KB107266

방랑자들

Bieguni

BIEGUNI
by Olga Tokarczuk

세계문학전집 399

방랑자들

Bieguni

올가 토카르추크

최성은 옮김

민음사

차례

여기 내가 있다

나는 서너 살이다. 창틀에 앉아 있는데, 주위엔 온통 널브러진 장난감들, 거꾸로 처박힌 블록 탑들, 눈이 불거져 나온 인형들. 집 안은 컴컴하고 방마다 공기가 차갑게 식어 흩어지고 있다. 아무도 없다. 다들 떠났고 어디론가 사라져 버렸다. 점점 사그라드는 그들의 음성, 발소리의 메아리, 웃음소리가 멀어져 가며 계속 귓가에 울린다. 창밖은 텅 빈 정원. 어둠이 하늘에서 내려와 조용히 번져 가며, 마치 검은 이슬처럼 만물에 내려앉는다.

가장 끔찍한 것은 정적. 두 눈에 생생히 보이는, 끈적거리는 그것. 차가운 석양, 그리고 불과 1미터도 떨어지지 않은 어둠 속으로 서서히 빨려 들어가는 나트륨램프의 가녀린 불빛.

아무 일도 일어나지 않는다. 어둠의 행군은 문밖에서 걸음을 멈추었고, 떠들썩한 소음이 점차 잦아들면서 어둠의 거죽은 데웠다가 식어 버린 우유처럼 그 빛깔이 더욱 짙어진다. 밤하늘을 등진 채 우뚝 솟은 건물들의 윤곽이 끝없이 뻗어 나가며 모서리와 귀퉁이, 가장자리의 날카로움을 점차 잃어 간다. 꺼져 가는 불빛들이 공기를 앗아 가 숨 쉬기가 힘들다. 어스름이 피부를 파고든다. 모든 소리가 달팽이처럼 제 안에서 웅크리며 더듬이를 거둬들인다. 세상의 오케스트라는 공원 쪽으로 사라져 버렸다.

그날 저녁은 세상의 경계선이었고, 나는 혼자 놀다가 그만 우연히 그것을 건드리고 말았다. 그들이 잠시 동안 나를 홀로 남겨 두었기에 그것과 맞닥뜨린 것이다. 덫에 걸려 빠져나갈 수 없게 된 게 분명하다. 나는 서너 살이다. 창틀에 앉아 차갑게 식어 가는 정원을 내다보고 있다. 학교 주방의 불빛이 꺼졌고 모두 떠났다. 정원의 시멘트 바닥이 어둠에 잡아먹혀 자취를 감추었다. 굳게 닫힌 출입문, 잠긴 쪽문, 가려진 블라인드. 빠져나가고 싶지만 갈 곳이 없었다. 요동치며 선명한 윤곽을 만들어 내는 건 오로지 나의 현존뿐. 그래서 고통스러웠다. 한순간 깨달았다. 더 이상 할 수 있는 게 아무것도 없다는 걸. 나는 그저 여기 있을 뿐이다.

머릿속의 세상

나의 첫 여행은 걸어서 들판을 가로지르는 것으로 시작되었다. 내가 사라진 걸 오랫동안 아무도 알아차리지 못하는 바람에 제법 멀리까지 갈 수 있었다. 공원을 통과하여 시골길로 접어들었고, 옥수수밭과 미나리아재비가 잔뜩 핀 축축한 목초지를 지나 사각형으로 구획이 나뉜 배수로를 거쳐 강가에 이르렀다. 이곳 평야에서 강은 어디에나 있으면서 잔디로 뒤덮인 토양에 스며들고 벌판을 핥는다.

높다란 제방에 올라서면 짜인 틀과 세상에서 벗어나 리본처럼 넘실대며 흘러가는 물길을 볼 수 있었고, 때로는 그 위에서 강 이쪽저쪽을 활주하는 바지선이나 큼지막한 평저선이 보였다. 배들은 강둑이나 나무, 제방에 서 있는 사람들을 그저 자기들의 우아한 움직임을 바라보는 목격자, 혹은 딱히 주목할 필요가 없는, 위치 파악에 도움이 되는 일시적인 지형지물 정도로 여겼다. 나는 어른이 되면 그런 바지선에서 일할 수 있기를, 아니 바지선 자체가 되기를 꿈꾸었다.

별로 크지 않은 그것은 오드라강이었다. 하지만 그때는 나 역시 작은 아이였다. 강의 위상을 결정짓는 건 크기에 따른 순위다. 나중에 지도에서 확인해 보니 그리 대단치 않은 평범한 강이었지만, 그래도 존재감이 아예 없는 건 아니었다. 아마존 여왕의 궁전에 초대된 시골 자작 부인 같다고나 할까. 하지만 당시의 내게는 충분히 거대했다. 오랜 세월 아무런 속박도 당하지 않으면서 마음껏 흐르고, 범람의 기운이 충만한, 예측 불가능한 강. 강변 근처 어디쯤에서는 물속에 잠긴 장애물이 물줄기를 가로막아 소용돌이를 일으키기도 했다. 강은 유유히 퍼레이드를 하면서 저 멀리 북쪽 어딘가, 수평선 너머에 감춰진 자신의 목적지에 집중했다. 강물을 쉼 없이 응시하기는 쉽지 않았는데, 수평선을 따라 시선을 위쪽으로 옮기다 보면 어김없이 균형감을 잃곤 했기 때문이다.

나라는 존재에 대해서는 아무런 관심도 없이 오직 스스로에게만 몰두하는 변덕스러운 강물. 나중에 알게 된 사실이지만, 강물에는 절대 두 번 이상 몸을 담글 수 없었다.

해마다 강은 자신의 물길에 배를 띄우면서 엄청난 대가를 요구했다. 누군가는 어김없이 강물에 빠져 죽곤 했는데, 무더운 여름날 멱을 감던 아이가 물살에 휩쓸렸고, 어떤 날은 한 취객이 엄연히 난간이 있는데도 알 수 없는 이유로 다리에서 추락해 목숨을 잃었다. 익사자를 찾기 위한 수색 작업은 매번

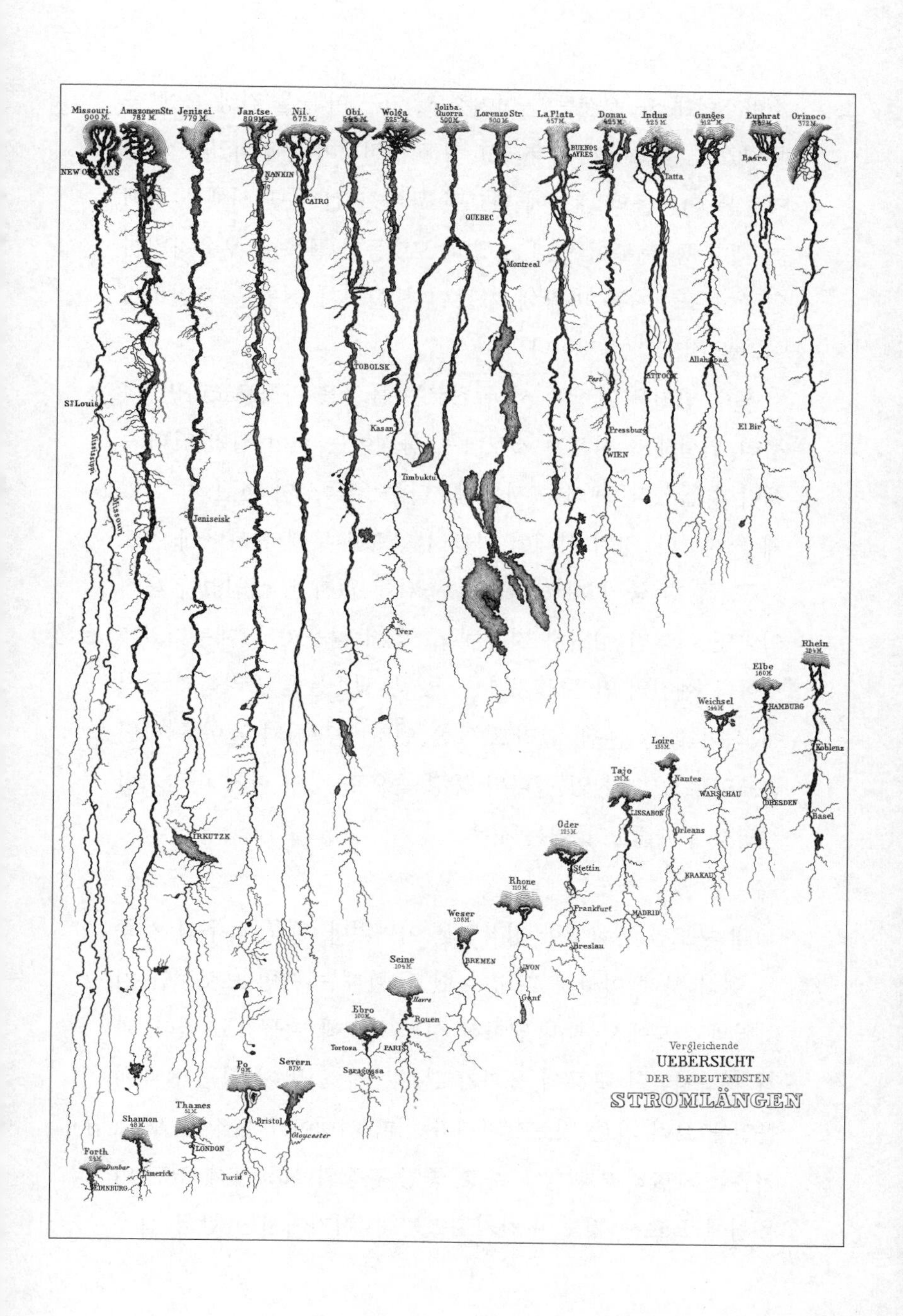
Missouri. 900 M.
AmazonenStr. 782 M.
Jenisei. 779 M.
Jan-tse. 809 M.
Nil. 675 M.
Obi.
Wolga 525 M.
Joliba. Quorra 500 M.
Lorenzo Str. 500 M.
La Plata 457 M.
Donau
Indus 425 M.
Ganges
Euphrat
Orinoco 372 M.
NEW ORLEANS
NANKIN
CAIRO
BUENOS AYRES
Tatta
Basra
QUEBEC
Montreal
Allahabad.
ATTOCK
TOBOLSK
Pest
St. Louis
Mississippi
Missouri
Kasan
Pressburg
WIEN
El Bir
Timbuktu
Jeniseisk
Tver
Rhein 184 M.
Elbe 160 M.
HAMBURG
Weichsel 144 M.
Koblenz
Loire 135 M.
Nantes
Tajo
LISSABON
WARSCHAU
DRESDEN
Basel
Orleans
IRKUTZK
Oder 125 M.
Stettin
KRAKAU
Rhone 110 M.
Frankfurt
MADRID
Weser 108 M.
BREMEN
Breslau
LYON
Seine 104 M.
Havre
Rouen
Genf
Ebro 100 M.
Tortosa
PARIS
Saragossa
Po 79 M.
Severn 87 M.
Thames 51 M.
Bristol
Gloycester
Shannon 48 M.
LONDON
Forth 24 M.
Dunbar
Limerick
Turin
EDINBURG
Vergleichende
UEBERSICHT
DER BEDEUTENDSTEN
STROMLÄNGEN

소란스럽게, 또 오랫동안 이어졌고, 인근 마을을 긴장 속에 몰아넣었다. 잠수부가 고용되고 해군 경비정이 동원되었다. 몰래 엿들은 어른들의 대화에 따르면 물에서 건져 낸 시체는 창백한 데다 퉁퉁 불어 있다고 했다. 오랫동안 물속에 부유하면서 얼굴이 뭉개지는 바람에 가족이나 친지가 신원을 확인하기 어려울 정도라는 것이다.

홍수 방지용 제방에 서서 흐르는 물살을 바라보노라면, 아무리 위험해도 정체된 것보다는 움직이는 편이 훨씬 낫다는 생각이 들었다. 내게는 지속성보다는 역동성이 한결 가치 있게 느껴졌다. 정지 상태에 머물러 있으면 부패와 타락에 이르고, 결국 한 줌의 재로 사라질 수밖에 없지만, 끊임없이 움직인다면 어쩌면 영원히 지속될 수 있지 않을까. 그때부터였을 것이다, 예전의 안온한 풍경 — 공원, 채소들을 초라하게 줄지어 심어 놓은 온실, 그리고 돌을 던져 사방치기 놀이를 하던 콘크리트 인도가 있는 나의 풍경 속으로 강이 마치 바늘처럼 선명하게 꿰뚫고 들어온 것은.

내 부모님은 완벽한 정착민은 아니었다. 때문에 우리 가족은 여러 차례 이사를 다녀야 했고, 한때는 제법 오랫동안 기차역과 차도에서 멀리 떨어진 시골 학교에 머물기도 했다. 과거 경작지였던 구릉에 올라가 본다든지, 근방에 있는 읍내에 볼일을 보러 가는 것, 그 자체가 이미 여행이었다. 장을 보고, 서류를 제출하러 관청에 가고, 중앙 광장의 시청 옆에 있던 미용실에 들르는 것도 마찬가지였는데, 거기에서는 항상 같은 앞치마를 입은 같은 미용사가 고객들의 머리를 감겨 주고 별 효과도 없는 탈색 작업을 하곤 했다. 그러면 고객들의 머리에는 붓으로 쓴 한자를 연상시키는 얼룩덜룩한 자국이 남았다. 엄마가 염색하는 동안 아빠는 카페 '뉴'에 가서 노천 테이블에 앉아 기다렸다. 그때마다 아빠는 지역 신문을 읽곤 했는데, 가장 흥미를 끈 지면은 누군가의 지하 저장고에서 잼이나 오이 피클을 도난당했다는 등의 소식이 담긴 범죄란이었다.

부모님은 여름 휴가철이 되면 소심하고 조심스럽게 관광을 위해 집을 떠났는데, 그때마다 낡은 자동차 트렁크가 미어터지도록 짐을 잔뜩 꾸렸다. 봄이 시작되기도 전, 겨우 눈이 녹긴 했지만 대지는 미처 깨어나지 않았을 무렵부터 밤마다 여행 계획을 짜고 준비했다. 하지만 대지가 자신의 토양을 쟁기와 괭이에게 맡긴 채 생명의 싹을 틔울 때까지 기다려야만 했고, 그러다 봄이 되면 밭에서 일하느라 아침부터 저녁까지 바쁘게 보냈다.

부모님은 집의 대체 장비를 차에 매달고 다니는 캠핑카 세대였다. 가스레인지, 접이식 테이블과 의자, 정차지에서 빨래를 너는 데 사용하는 플라스틱 노끈과 나무로 만든 빨래집게, 방수 테이블보, 알록달록한 플라스틱 접시와 수저, 양념통 그리고 작은 유리잔으로 구성된 여행용 식기 세트.

아빠는 엄마와 함께 벼룩시장을 돌아다니는 걸 좋아했고 (두 분은 성당이나 기념비 옆에서 사진을 찍는 데는 별다른 관심이 없었다.) 언젠가 거기에서 군용 주전자를 사기도 했다. 놋쇠로 만든 그 주전자의 가운데에는 관이 삽입되어 있어서 거기에 불쏘시개를 넣어 불을 피울 수 있었다. 야영지에서 전기를 끌어올 수도 있었지만 두 분은 항상 이런 식으로 소란스럽게 연기를 피우곤 했다. 펄펄 끓는 주전자 앞에 쭈그리고 앉아 부모님은 뿌듯한 표정으로 물 끓는 소리에 귀를 기울이며 티백을 넣어 차를 우렸다. 그들은 유목민이었다.

부모님은 항상 지정된 야영지, 캠프장에만 머물렀는데, 주변에는 항상 비슷한 처지의 여행객들이 함께 있었다. 양말을 말리려고 천막 사이에 건 빨랫줄을 가운데 두고, 두 분은 이웃들과 이런저런 잡담을 나눴다. 부모님은 관광 명소를 상세하게 소개한 여행 안내서를 들고 다니며 여정을 정했다. 정오까지는 바다나 호수에서 수영을 했고, 오후에는 고대 유적지를 돌아다녔으며, 저녁 식사로 일과를 마감했다. 메뉴는 대부분 병에 담긴 반조리 식품이었다. 굴라시,[1] 미트볼, 토마토소스를 곁들인 경단. 여기에 국수나 쌀만 조리해서 곁들이면 됐다. 근검절약의 연속이었는데, 폴란드 지폐인 즈워티가 워낙 약세라 서방 세계에선 동전 정도에 불과했기 때문이다. 전기를 연결할 수 있는 장소를 끊임없이 찾아다녔고, 어디론가 계속 가기 위해 마지못해 짐을 꾸렸지만, 두 분은 늘 집의 형이상학적인 궤도에 갇혀 있었다. 부모님은 돌아오기 위해 길을 떠났으므로 진정한 여행자는 아니었다. 그저 주어진 의무를 무사히 완수했다는 사실에 안도하며 집으로 돌아오곤 했다.

---

1) 고기를 야채와 함께 뭉근하고 매콤하게 끓인 스튜 요리. 헝가리 전통 요리지만 폴란드를 비롯한 동유럽 다른 나라에서도 널리 사랑받는 음식이다.

우편함을 가득 채운 편지와 고지서를 수거하여 서랍장 위에 쌓아 놓기 위해, 대대적으로 빨래를 하기 위해 부모님은 돌아왔다. 친구들에게 여행에서 찍은 사진을 끝도 없이 보여 줘서 결국 그들이 몰래 하품하다가 따분해 미칠 지경이 되도록 만들기 위해 돌아왔다. 여기가 카르카손[2]이야. 아내가 여기 있어. 아크로폴리스 광장을 등지고.

그러고 나면 그해의 나머지는 정착의 시간, 저녁때까지 미처 끝내지 못한 일감을 향해 아침마다 되돌아가곤 하는, 이상하고도 지루한 삶이었다. 이제 두 분의 옷에서는 자신들이 사는 아파트와 동일한 냄새가 풍겼고, 발은 양탄자 위의 오솔길을 지칠 줄 모르고 돌아다녔다.

나는 이런 식의 삶이 맞지 않았다. 어딘가에 일정 기간 머물다 보면, 금방 그곳에 뿌리내릴 수 있게 만들어 주는 그런 유전자가 내게는 없었다. 여러 차례 시도해 보았지만 내 뿌리는 굳건하지 못해서 미풍만 불어도 몸이 훅 날아갔다. 내게는 식물처럼 싹을 틔울 능력이 없었다. 나는 대지로부터 수분을 빨아들이지 못했다. 나는 안타이오스[3]의 대척점에 있는 인물이었다. 내 모든 에너지는 움직임에서 비롯되었다. 버스의 진동, 자동차의 엔진 소리, 기차와 유람선의 흔들림.

나의 몸집은 이동과 운반에 편리하다. 크지 않고 조밀하다.

---

2) 프랑스 중남부 오드주에 있는 도시.

3) 그리스 신화에 나오는 거인으로 바다의 신 포세이돈과 땅의 신 가이아 사이에서 태어난 아들. 땅에 몸이 붙어 있는 한 당할 자가 없고, 땅에 쓰러지면 더욱 힘을 얻었다고 한다.

내 위는 작은 데다 까다롭지 않으며 폐도 튼튼하고 팔 근육도 강하다. 나는 정기적으로 약을 복용하지도 않고 안경을 쓰지도 않으며 호르몬 주사도 맞지 않는다. 석 달에 한 번, 바리캉으로 직접 머리를 자르고 화장품도 거의 사용하지 않는다. 치아도 건강하다. 고른 편은 아니지만 왼쪽 여섯 번째 아랫니를 때웠을 뿐, 나머지 이는 멀쩡하다. 간 기능도 정상이고 췌장도 마찬가지다. 양쪽 콩팥의 상태도 양호하다. 복부 대동맥과 방광 기능도 정상이다. 헤모글로빈 수치는 12.7, 백혈구는 4.5, 적혈구 용적률은 41.6, 혈소판 수치는 228, 콜레스테롤은 180, 크레아티닌은 1.0, 빌리루빈은 4.2, 기타 등등. 내 아이큐는(이런 식의 측정이 신빙성이 있다고 가정할 때) 121이다. 그런대로 괜찮은 수치다. 나는 공간 지각력이 특별히 발달했는데 거의 직관적인 수준이다. 반면에 글자 그대로 해석하는 능력은 현저히 떨어진다. 성격은 수시로 바뀌기 때문에 내 인성에 대한 프로필은 신뢰하기 힘든 편이다. 나이는 심리적인 것이고, 성별은 문법적이다. 소프트 커버로 된 책을 주로 사는 편인데, 아무 때고 미련 없이 승강장에 두고 와서 다른 누군가가 볼 수 있게 하고 싶어서다. 나는 아무것도 수집하지 않는다.

학위를 취득했지만 근본적으로 취업에 도움이 될 만한 전문성을 깨치진 못했고, 그 점에 대해서는 상당히 후회하고 있다. 나의 고조할아버지는 방직공이었는데, 뜨거운 뙤약볕이 내리쬐는 산비탈에 베틀로 짠 천을 널어 새하얗게 표백시키곤 했다. 나도 씨실과 날실을 직조하는 일을 잘했을 것 같지만, 아쉽게도 휴대용 베틀은 존재하지 않는다. 방적(紡績)은 정주하는 사람들을 위한 일이다. 그래서 여행길에서 나는 늘 뜨개질을 한다. 그런데 안타깝게도 최근 어떤 항공사에서는 뜨개바늘과 코바늘 휴대를 금지한다. 나는 사람들이 흔히 말하는 전문적인 직업 교육을 받은 적이 한 번도 없으며, 그럼에도 부모님의 표현을 빌리자면, 용케도 그럭저럭 먹고살 수 있었다. 다양한 일자리를 전전했지만 파산한 적도 없었다.

부모님은 20여 년간의 낭만적인 탐험을 마감하고 마침내 도시로 돌아왔다. 가뭄과 혹한에 지치고 겨우내 지하 저장고에 보관하다 상하기 일쑤인 건강식품들도, 자신들이 직접 키운 양의 털을 빼곡히 쑤셔 넣은 이불과 베개도 지겨워졌을 때쯤. 부모님이 도시로 돌아오고 난 뒤, 나는 그분들께 약간의 돈을 물려받았고 처음으로 여행길에 올랐다.

나는 발길 닿는 곳 아무 데서나 닥치는 대로 일했다. 한번은 대도시 근교의 외국계 공장에서 값비싼 요트에 사용되는 안테나를 조립하기도 했다. 그곳엔 나와 비슷한 부류가 많았다. 어느 도시 출신인지, 미래의 계획이 무엇인지 아무런 질문도 받지 않고, 불법으로 고용된 사람들. 금요일마다 주급을 받았는데 급여가 만족스럽지 않을 경우 월요일에 나타나지 않으면 그만이었다. 고등학교 졸업 시험을 통과했지만 대학 입학시험을 앞두고 휴학한 학생들, 서쪽 어딘가에 이상적이고 정의로운 나라가 있다고 믿으며 이상향을 찾아 헤매는 이민자들, 그들은 인간이 서로에게 형제자매가 되고, 강력한 국가는 자국민을 부모처럼 돌봐 줄 거라고 믿었다. 자신의 가족, 부인이나 남편, 부모로부터 도망쳐 온 탈주자들, 불행한 연인들, 혼돈에 빠진 사람들, 우울증에 걸린 사람들, 항상 춥고 배고픈 사람들. 빚을 갚지 못해 법망을 피해 온 사람들도 있었다. 방랑자들, 유랑자들. 광기가 발동해서 병원으로 실려 갔다가 알 수 없는 규정에 따라 자신의 모국으로 추방당한 미친 사람들.

그곳에서 꾸준히 일하는 건 인도 남자 한 사람뿐이었는데, 벌써 몇 년이나 거기서 일했는데도 상황은 우리와 조금도 다르지 않았다. 보험에 가입하지도 못했고 휴가도 받지 못했다. 그는 묵묵히 참을성 있게 일정한 속도로 일했다. 절대 늦는 법이 없었고 월차나 연차를 쓰려고 하지도 않았다. 당시 폴란드에서 자유 노조 운동이 한창이었으므로 나는 몇몇 동료들에게 노동조합을 만들자고 권유했다. 이유는 단 하나, 그 인도인을 위해서였는데 막상 그는 원치 않았다. 내 관심에 감동한 그가 매일 찬합에 매운 커리를 싸 와서는 내게 먹어 보라고 권했다. 지금은 그의 이름조차 기억나지 않는다.

나는 웨이트리스였고 고급 호텔의 청소부였고 유모였다. 책을 팔기도 했고 표를 팔기도 했다. 작은 극장에서 한 시즌 동안 의상 팀에 고용된 적도 있는데, 그때 나는 무대 뒤에서 무거운 의상과 새틴으로 만든 망토, 그리고 가발 들에 둘러싸여 추운 겨울을 났다. 학업을 마치고 난 뒤에는 교사로 일하기도 했고 재활 상담사로 근무하기도 했으며 최근에는 도서관에서 일했다. 약간의 돈이 모이면 곧바로 여행길에 올랐다.

세상 속의 머리

나는 크고 황량한 사회주의 도시에서 심리학을 전공했는데, 우리 학과는 2차 세계 대전 당시 나치 친위대 지부가 있던 건물에 자리했다. 도시의 한쪽 구역은 폐허가 된 게토에 다시 지어진 곳인데, 그래서 자세히 살펴보면 이 구역의 지표면이 도시의 다른 지역보다 1미터가량 높게 솟아 있음을 알 수 있다. 그 1미터는 돌무덤이었다. 그 시절 나는 늘 몸 상태가 좋지 않았다. 새로 지은 아파트 건물과 초라하기 그지없는 광장 사이로 항상 바람이 불었고, 차가운 공기는 어찌나 매서운지 얼굴이 따끔거리곤 했다. 전후(戰後)에 재건되었지만, 근본적으로 그곳은 죽은 이들의 영토였다. 오늘날에도 나는 여전히 꿈속에서 학과 건물을 보곤 한다. 사람들의 발길 탓에 매끄러워진, 마치 돌로 새겨 놓은 듯한 넓은 복도, 닳고 닳은 계단 모서리, 손자국이 묻어 윤기를 머금은 난간, 공간에 새겨진 이런저런 흔적들. 어쩌면 그때 우리 모두는 망령에 둘러싸여 있었는지도 모른다.

미로 속에 쥐들을 풀어놓으면, 우리의 명석한 가설을 배반하고 이론에 어긋나는 행동을 하는 녀석이 나타나게 마련이다. 그 쥐는 여정의 끝에 기다리고 있는 보상 따위에는 아무런 관심도 없이, 앞다리를 세운 채 그 자리에 멈춰 서 버린다. 파블로프의 조건 반사라는 특권을 마다하고 우리를 빤히 훑어보다가 몸을 돌려 버리거나, 아니면 느긋하게 미로 탐험에 복귀한다. 때로는 복도의 한쪽 구석으로 이동해서 뭔가를 찾기도 하고 이목을 끌기 위해 애쓰기도 하는데, 그러다 어찌할 바를 몰라 찍찍거리기 시작하면 여자애들이 규칙을 어기고 손을 집어넣어 그 쥐를 미로에서 꺼내 주곤 했다.

죽어서 다리가 축 늘어진 개구리의 근육에 전류를 가하면, 우리의 교재에는 미처 언급되지 않은 어떤 방법에 의해 개구리가 다리를 구부렸다 폈다 하곤 했다. 이러한 현상은 우리에게 보내는 일종의 위협과 조롱의 몸짓이라고 할 수 있는데, 이것은 생리적 반사 작용이 기계적인 것이고 무고하다는 우리의 맹목적인 믿음에 위배되는 것이다.

심리학과에서는 세상이란 얼마든지 묘사 가능하다고 배우며, 심지어 영리한 질문에 대한 단순한 답변을 통해 설명이 가능하다고 배운다. 본질적으로 세상은 무력하고 활기가 없다고, 그리고 세상을 지배하는 건 꽤 단순한 법칙들인데, 되도록 도표 등을 사용해서 그 법칙들을 설명하고 널리 알려야 한다고 배운다. 우리에게는 실험이 요구된다. 가설의 정립과 입증이 요구된다. 그러다 마침내 통계학의 신비에 빠져들게 되는데, 그러면서 우리는 점점 세상의 모든 가능성을 그럴듯하게 기술할 수 있다고 믿게 되며, 5퍼센트보다는 90퍼센트가 훨씬 더 의미 있다고 여기게 된다.

하지만 오늘날 나는 한 가지 사실만은 분명히 깨달았다. 질서를 따르는 사람은 심리학을 피하고, 차라리 생리학이나 신학을 택하는 편이 낫다는 것을. 물질이든 정신이든, 확실하게 의지할 수 있는 버팀목이 있으니 말이다. 심리학은 매우 불확실한 연구 분야다.

당신이 심리학과를 선택했다면 그건 취업 전망이나 호기심, 또는 타인을 도우려는 사명감 때문이 아니라 그저 단순한 다른 이유 때문이라고 어떤 이들은 말하는데, 그들이 옳았다. 짐작건대 우리 모두에겐 내면에 깊이 감춰진 결함이 있다. 겉보기에는 지적이고 건강한 젊은이처럼 보이지만, 실제로는 입학시험에서 가면을 쓴 채 그럴듯하게 위장을 했던 것이다. 복잡한 감정의 실타래, 때로 우리 몸에서 발견되곤 하는, 병리 해부학 박물관에서 두 눈으로 확인할 수 있는 괴상한 종양 같은 덩어리. 어쩌면 입학시험관들도 우리와 같은 유형의 인간들이 아니었을까. 그래서 자신들의 선택이 어떤 일을 초래할지 알고 있었다면? 그렇다면 우리는 그들의 후계자가 되는 셈이다. 2학년 때 방어 기제의 작동 원리에 대해 토론하던 우리는 인간 정신의 놀라운 저력을 새삼 깨닫고 이해하기 시작했다. 만약 우리가 자신에게 합리화나 순화 작용, 자기부정이나 사소한 속임수 따위를 허용하지 않는다면, 그래서 아무런 보호막도 없이 세상을 있는 그대로 정직하고 용기 있게 직면하게 된다면 아마도 우리의 심장은 터져 버리리라는 걸.

심리학을 전공하면서 알게 되었다. 우리는 방패와 갑옷, 무기로 지어진 존재라는 걸. 우리는 일종의 도시라는 걸, 그리고 그 안의 모든 건축물은 성벽과 방어막, 요새로 연결된다는 걸. 우리는 벙커에 세워진 나라와 같다는 걸.

우리는 서로를 대상으로 모든 테스트와 인터뷰, 실험을 했다. 3학년이 되자 우리는 자신의 문제가 무엇인지 명명할 수 있게 되었다. 그건 마치 뭔가 새로운 일에 착수하도록 만드는, 자신의 비밀스러운 새 이름을 발견하게 된 것 같은 느낌이었다.

나는 전공 분야와 관련된 일을 그리 오래 하지 못했다. 그러다 어느 날, 여행 중에 어느 대도시에서 돈이 떨어지는 바람에 호텔 청소부로 일하면서 책을 쓰기 시작했다. 그것은 여행을 위한 책, 그러니까 기차에서 읽기 위한 책, 말하자면 나 스스로를 위해 쓴 책이었다. 깨물 필요도 없이 한입에 꿀꺽 삼킬 수 있는 카나페 같은 책이라고 할까.

나에겐 어떤 일에 집중하고 몰두하는 능력이 있었고, 필요한 경우에는 주위의 속삭임과 메아리, 소근거림, 벽 너머 멀리서 들려오는 음성들을 감지하는 남다른 청력을 발휘할 수도 있었다. 하지만 진정한 작가가 되어 본 적은 한 번도 없었다. '작가'라는 말은 내게 너무 진지하고 심상찮은 단어였다. 인생은 늘 나를 비껴가곤 했다. 나는 그저 그 흔적을, 남겨진 허물만을 찾아낼 뿐이었다. 간신히 위치를 파악했나 싶으면 생은 벌써 저만치 멀리 달아나 있었다. 내가 발견하는 것이라고는 그저 누군가가 다녀간 뒤, 공원의 나무줄기에 새겨 놓은 "나 여기 왔었다."라는 글귀뿐이었다. 나의 글쓰기에서 생은 불완전한 서사, 몽환적 이야기, 불확실한 줄거리로 탈바꿈했고 미지의 교차로, 아득히 먼 곳에서 희미하게 그 모습을 드러냈기에 하나의 전체로서 어떤 결론을 도출해 내는 건 불가능했다.

한 번이라도 소설 쓰기를 시도해 본 적이 있는 사람이라면, 그것이 얼마나 힘든 작업인지 안다. 그건 아마도 스스로에게 부과할 수 있는 가장 고약한 업무 가운데 하나일 것이다. 끊임없이 자신을 홀로 두고, 좁은 일인용 방에 가두고, 완전한 고독 속에 빠져들어야만 하니까. 그것은 통제할 수 있는 정신병이고, 스스로에게 작업의 족쇄를 채우는 강박적인 편집증이며, 그것도 우리가 잘 알고 있는 만년필이나 버슬,[4] 베네치아의 가면 따위는 모두 버리고, 정육점 도살업자의 앞치마를 입고, 고무 장화를 신고, 손에는 내장을 제거하는 칼을 들어야만 하는 일이다. 작가의 지하실에서는 지나가는 행인들의 다리가 보이고 구두 굽 소리가 들린다. 이따금 누군가가 멈춰 서서 몸을 숙여 창문을 들여다보기도 하는데, 그러면 비로소 사람의 얼굴을 볼 수 있고 몇 마디 대화도 나눌 수 있다. 하지만 궁극적으로는 성급히 설계한 '호기심의 방'[5]에서 저절로 진

---

4) 스커트 뒷자락을 부풀리려고 여자들이 착용하던 치마받이 틀.

5) 16세기에 들어와 지리상의 발견이 본격화되자 신대륙에서 진기한 물품들이 대거 입수되었다. 유럽 전역에서는 더 넓어진 세계를 반영하는 골동품

행되고 있는 자신의 게임에 온 정신을 빼앗길 수밖에 없다. 임시로 세워 놓은 무대에 말들이 올려진다. 작가와 주인공, 작중 화자와 독자, 서술하는 자와 서술당하는 자. 발과 구두, 구두 굽과 얼굴 들은 언젠가는 그 게임의 일부가 된다.

나는 심리학자로서 특별한 소양이 없다는 점에 대해 별 유감이 없다. 설명도 잘하지 못하고 정신의 어두운 저편에서 가족사진을 끄집어내는 능력도 없다. 슬프지만 사람들의 장황한 고백이 종종 따분하게 느껴지기도 한다. 솔직히 말하면 나는 종종 상대방과 처지를 바꿔서 내 이야기를 꺼내고 싶을 때가 많다. 그래서 나는 말을 끊기 위해 느닷없이 상담자의 옷소매를 잡아당기지 않으려고 각별히 주의해야만 했다. "아니, 대체 무슨 말씀을 하시는 거예요! 내 느낌은 완전히 다르거든요! 내가 무슨 꿈을 꾸었는지 좀 들어 보세요……!" 혹은 "불면증에 대해 선생님이 아는 게 뭐죠? 일종의 공황 발작이라고요? 농담이시겠죠. 제가 얼마 전에 겪은 공황 발작은 어땠냐면요……."

나는 귀 기울이는 법을 잘 몰랐다. 경계선을 보지 못하고 슬그머니 끼어들곤 했다. 이론의 입증이나 통계를 믿지 않았다. 한 사람에게 하나의 인성이 있다는 가설은 지나치게 축소 지향적이라는 생각이 들었다. 나는 당연함을 모호함으로 만

이나 희귀품의 수집과 진열 공간의 구축이 유행했는데, 이러한 공간을 '호기심의 방(cabinet of curiosity)'이나 '분더카머(Wunderkammer)', '파놉티콘(panopticon)'이라 부른다. 이 방에는 기이하거나 괴이한 물건들, 자연에서든 예술에서든 기존 규범이나 관습에서 벗어난 물건들이 진열되어 있었다.

들고, 반박할 수 없는 논거에 끊임없이 의심을 품는 성향을 지니고 있었다. 그것은 일종의 습관, 두뇌의 비뚤어진 요가, 내면의 움직임을 자각하는 데서 오는 미묘한 희열 같은 것이었다. 나는 모든 판결을 의심의 눈으로 보고 혀로 직접 맛보면서 궁극적으로 내가 예상한 결론에 이르곤 했다. 진짜는 하나도 없고 죄다 가짜일 뿐이며 복제품에 불과하다는 결론. 나는 일관된 견해를 갖고 싶지 않았다. 그건 그저 불필요한 짐 가방이나 마찬가지니까. 그래서 토론을 하는 경우, 한번은 이쪽 편에, 또 한번은 저쪽 편에 섰다. 내 동급생들이 그 때문에 날 좋아하지 않았다. 나는 내 머릿속에 떠오른 이상한 현상의 증인이었다. 뭔가에 대해 옹호하는 논거가 많이 떠오를수록 동시에 내 머릿속에는 그에 대한 반박의 논거도 수없이 떠올랐고, 전자의 의견에 공감하면 할수록 후자의 주장 또한 매력적으로 다가왔다.

모든 테스트를 통과하기가 이토록 힘든데 어떻게 남을 분석할 수 있단 말인가. 개인에 대한 진단, 설문 조사, 질문 목록, 그리고 등급화된 문항과 답변들, 이 모든 것이 내게는 너무 복잡하고 어렵기만 했다. 나는 자신의 취약점을 재빨리 파악했고, 그래서 학창 시절, 실습의 일환으로 서로를 분석할 때 되는대로 아무렇게나 대답했다. 결국 그래프의 좌표축이 이리저리 곡선을 그리며 휘어졌고, 나는 괴상한 성격의 소유자라는 진단을 받았다. "최고의 결정은 가장 쉽게 바꿀 수 있는 결정이라는 사실을 믿는가?" 내가 믿느냐고? 어떤 결정 말인가? 바꾼다니? 대체 언제? 그리고 얼마나 쉽게 바꾸는 건가?

"방에 들어가면 구석보다는 중앙에 있는 자리에 앉는다." 어떤 방을 말하는가? 그리고 언제 들어가는가? 방이 비어 있는가, 아니면 벽 쪽에 붉은색의 안락한 소파가 놓여 있는가? 창문 너머에는 어떤 풍경이 보이는가? 책에 관한 질문. "파티에 가는 것보다 책을 읽는 것을 더 좋아하는가?" 이 질문에 대한 답변 또한 어떤 책이냐, 그리고 어떤 파티냐에 따라 달라질 수밖에 없다.

이게 무슨 방법론인가! 인간은 스스로에 대해 아무것도 모르지만, 적당히 명석한 질문이 제공되면 알아서 이해할 거라고 조용히 단정 짓는다. 스스로에게 질문하고 스스로에게 대답한다. 그러고는 지금껏 아무것도 몰랐던 비밀을 자신에게 털어놓는다.

둘째 가설은 더욱 치명적이다. 우리는 한결같으며 우리의 반응은 전부 예측 가능하다는 가설 말이다.

신드롬

내 여행에 관한 기록은 따지고 보면 질병의 기록이다. 나는 임상 증후군 도감에서 흔히 찾을 수 있는 신드롬을 앓고 있다. 관련 문헌을 찾아본 결과, 이 증후군의 발병 빈도는 점점 잦아지고 있다. 이럴 때 참고할 수 있는 좋은 책 중 하나는 일종의 신드롬 백과라고 할 수 있는, 비교적 오래된 판본(1970년대에 발간되었다.)의 『임상 증후군』이다. 이 책은 내게 끊임없는 영감의 원천이다. 인간을 총체적인 대상으로 파악하면서 이렇게 객관적이고도 일반적으로 기술한 책이 또 있던가? 인격이라는 개념을 이처럼 확신에 차서 사용한 경우가 또 있을까? 이처럼 설득력 있게 유형의 분류를 시도한 책이 또 있을까? 나는 없다고 본다. 신드롬의 개념은 마치 장갑처럼 여행의 심리와 잘 맞아떨어진다. 신드롬은 작고 휴대 가능하며 이론의 압박에 짓눌리지도 않고 간헐적으로 발생한다. 신드롬을 통해 뭔가를 설명할 수도 있고, 그러고 난 뒤에는 미련 없이 휴지통에 버릴 수도 있다. 일종의 일회용 인지(認知) 도구다.

내 신드롬의 명칭은 '재발성 해독 증후군'이다. 이 용어를 있는 그대로 직역해서 요약하자면, 어떤 이미지를 향해 끊임없이 돌아가려는 의식의 작용, 나아가 그러한 이미지에 대한 강박적인 추구를 의미한다. 이는 '잔인한 세계 증후군'[6]의 변종이라 할 수 있는데, 최근 발표된 신경 심리학 연구 논문들에서 비교적 상세한 설명을 찾을 수 있다. 근본적으로 이것은 상당히 부르주아적인 증상이다. 환자는 리모컨을 손에 쥔 채 가장 끔찍하고 잔인한 소식을 방영하는 채널만 계속해서 찾는다. 전쟁, 전염병, 재난. 눈에 보이는 장면들에 사로잡힌 나머지 시선을 돌릴 수 없게 된다.

증상 그 자체만 놓고 보면 그리 위협적이라고 할 수 없으며, 적당한 거리만 유지할 수 있다면 안심하고 살아갈 수 있다. 하지만 이 불운한 증후군은 완치가 불가능하다. 이 경우 과학의 역할은 그저 신드롬의 존재 자체를 씁쓸히 인정하는 단계에 머물고 만다. 자신의 행동에 겁먹은 환자가 정신과 의사의 상담실을 찾으면 그들은 일상생활의 위생에 신경 쓰라고 조언한다. 커피나 술을 멀리하고 환기가 잘되는 방에서 자고 정원 일이나 바느질, 뜨개질을 하라고 권고한다.

---

6) The Mean World Syndrome. 매체의 폭력에 노출된 대중이 영상물 속의 폭력적인 세계를 실제처럼 느끼게 되는 심리 현상.

망가지고 손상되고 상처 나고 부서진 모든 것에 자꾸만 끌리는 것, 이것이 나의 증상이다. 시시한 것들, 뭔가를 만들다가 발생한 실수, 막다른 골목. 좀 더 발전할 수 있었는데 어떤 이유에선가 더 이상 뻗어 나가지 못한 것들, 혹은 그 반대의 경우, 즉 애초의 설계에서 너무 많이 확장된 것들 말이다. 표준을 벗어난 것, 너무 작거나 너무 큰 것, 넘치거나 모자라는 것, 끔찍하고 역겨운 것. 좌우대칭이 어긋난 모형, 기하급수적으로 늘어나고, 사방으로 번식하고, 싹을 틔우는 것, 혹은 그 반대로 수많은 개체가 하나로 줄어든 경우도 그렇다. 반면에 통계 수치에 따라 일정하게 반복되는 패턴, 예를 들어 모두가 흡족한 표정으로 화목한 미소를 지으며 뭔가를 축하하는 풍경은 내게 아무런 흥미도 일으키지 못한다. 내 감수성은 기형학(畸形學)[7]이나 괴짜를 향하고 있다. 나는 이런 기형의 상태 속에서 존재가 참모습을 드러내고 본성을 나타낸다는 고통스럽고도 확고한 믿음을 갖고 있다. 갑작스럽고 우연한 출현. 당황해서 튀어나오는 "아이쿠." 소리, 완벽하게 주름 잡힌 스커트 아래로 삐져나온 속치마 솔기. 벨벳 의자 덮개 밑에서 돌연 모습을 드러낸 흉측한 금속 받침대, 부드러움에 대한 환상을 뻔뻔하게 깨뜨린, 푹신한 안락의자에서 느닷없이 튀어나온 스프링 하나.

---

7) 개체 발생 과정에서 나타나는 선천적 이상으로, 하나 또는 여러 개의 장기 혹은 장기 계통뿐 아니라 전신의 상태 변화 중 변이의 범위를 이탈하는 것으로, 이를 기형이라 정의하며 이와 관련된 연구를 말한다.

호기심의 방

나는 단 한 번도 미술관이나 박물관에 열광하는 관람객이 되어 본 적이 없으며, 그보다는 희귀하고 괴상하고 기이한 것을 모아서 전시하는 '호기심의 방'을 구경하는 쪽을 선택하곤 했다. 의식의 그림자 속에 존재하다가, 우리가 들여다보면 비로소 가시적인 존재로 탈바꿈하는 것들. 그렇다, 나는 불운하기 짝이 없는 신드롬을 앓고 있는 게 분명하다. 도심 한복판에 전시된 예술품들은 나의 관심을 끌지 못했다. 그보다는 병원 근처에서 발견되는 작고 초라한 것, 일반적으로 전시 공간에는 어울리지 않는다는 평가를 받고 지하실로 치워지는 것, 전통적인 수집가들의 기호나 취향에 의문을 품게 만드는 것에 관심이 갔다. 타원형 유리병에 든 꼬리 두 개 달린 도롱뇽, 주둥이를 위로 향한 채 모든 표본이 부활하는 심판의 날을 기다리는 그런 것들. 포르말린에 잠긴 돌고래의 콩팥. 완벽한 변종이라 할 수 있는 양의 두개골, 일반적인 포유류보다 두 배나 많은 눈, 코, 입을 가진 그것은 마치 다양한 자연을 상징하는 고대 여신의 이미지처럼 아름다웠다. 구슬로 장식된 인간의 태아, 그리고 붓으로 정성스레 쓴 글귀 : "태아. 5개월 된 에티오피아인.(Fetus. Aethiopis 5mensium.)" 오랜 세월에 걸쳐 수집된 자연의 돌연변이, 머리가 두 개이거나 아예 머리가 없는 것, 미처 세상에 태어나지 못한 것들, 포름알데히드 용액 속을 꿈꾸듯 헤엄쳐 다니는 것, 혹은 펜실베이니아의 한 박물관에서 지금도 전시되고 있는 「좌우 대칭의 머리 가슴 결합 쌍둥이」. 머리 하나에 두 개의 몸을 가진 이 태아의 병리학적 형태는 '1=2'임을 주장하는 논리의 근거에 의혹을 제기한다. 그 밖에 감동적인 식재료 표본들도 있다. 스피리투스에 잠겨 있는 1848년산 사과들은 모양이 하나같이 비정상적이고 괴상하다. 마치 누군가가 이처럼 색다른 존재들, 자연의 변종들에게만 불멸을 허락하기라도 한 듯이.

나는 창조의 과정에서 발생한 실수와 실책을 추적하면서 위와 같은 것들을 찾아 천천히, 끈질기게 발걸음을 옮겼다.

나는 기차와 호텔, 대기실에서, 그리고 비행기의 접이식 테이블에서 글 쓰는 법을 익혔다. 밥을 먹다 식탁 밑에서, 혹은 화장실에서 뭔가를 끄적이기도 한다. 박물관 계단에서, 카페에서, 길가에 잠시 정차해 둔 자동차 안에서 글을 쓴다. 종이쪽지에, 수첩에, 엽서에, 손바닥에, 냅킨에, 책의 한 귀퉁이에 쓴다. 대부분은 짧은 문장이나 그림들이지만 이따금 신문 기사 일부를 베껴 적기도 한다. 때로는 군중 속에서 어떤 형상이나 인물이 나를 잡아끌기도 하는데, 그럴 때면 그를 쫓아가서 새로운 이야기를 쓰기 위해 예정된 일정에서 벗어나기도 한다. 이것은 꽤 좋은 방법이고, 나는 제법 잘해 내고 있다. 시간이 흐르면서 다른 여인들이 그러하듯 나 역시 세월과 친숙한 관계가 되었고, 덕분에 점점 눈에 띄지 않고 투명해질 수 있었다. 마치 유령처럼 돌아다니면서 어깨 너머로 사람들을 살피고 그들의 언쟁을 엿듣고, 그들이 배낭에 머리를 대고 자는 모습을 마음껏 관찰하고, 그들이 내 존재 따위는 아랑곳하지 않은 채 입술을 움직여 단어를 모아 자신을 향해 혼잣말을 하면 나는 곧바로 그들의 이야기를 소리 내어 말할 수 있게 되었다.

보는 만큼 안다

내 순례의 목적은 늘 다른 순례자다. 이번에 만난 순례자는 조각조각 부서진 상태였다.

예를 들어 여기에 각종 뼈들이 전시되어 있는데, 어딘가 성치 않은 것들뿐이었다. 뒤틀린 척추, 리본 모양으로 묶인 갈비뼈는 아마도 이와 유사한 지경으로 뒤틀린 몸에서 추출된 것인 듯하다. 그러고 난 뒤 방부 처리를 하고 잘 건조시켜 니스를 발랐다. 각각의 뼈에 매겨진 일련번호는, 관람객이 안내 책자에서 질병에 관한 정보를 찾아볼 수 있게 하기 위한 것이지만, 그 책자는 이미 오래전에 파손되었다. 종이와 뼈의 내구성을 어떻게 비교할 수 있겠는가. 그냥 뼈 위에다 적어 놓았으면 좋았을 텐데.

이 넙다리뼈를 예로 들자면, 호기심 많은 누군가가 내부를 들여다보기 위해 세로로 길게 톱질해서 잘라 놓았다. 하지만 별다른 게 없어 실망했는지 잘린 두 뼈를 두꺼운 로프로 묶어서 진열장에 도로 놓아두었다.

이 진열장에는 시간적으로, 또 공간적으로 멀리 떨어져 있던 낯선 사람 수십 명이 함께 있다. 그들은 널찍하고 뽀송뽀송하며 박물관 전시에 부합되도록 밝은 조명이 갖추어진 아름다운 무덤 속에 있다. 아마 땅속에 묻혀 흙과 사투를 벌이고 있는 뼈들은 이들을 몹시 부러워할 것이다. 궁금하다. 혹시 기독교도의 뼈들은 최후의 심판이 닥치면, 해체된 나머지 조각을 어떻게 다시 모아 결합시킬 것인지? 죄 지은 몸과 선행을 베푼 몸을 전부 짜 맞춰 되돌릴 수 있을까?

상상할 수 있는 온갖 모양의 괴상한 혹이 달렸거나, 총격, 혹은 다른 이유로 여기저기 구멍이 뚫렸거나, 아니면 어느 한쪽이 찌그러졌거나 뭔가가 누락된 두개골. 류머티즘에 걸린 손뼈. 여기저기 부러졌다가 저절로 치유된 어깨뼈, 그렇게 화석으로 굳은 수년간의 고통.

길어야 정상인데 너무 짧은 뼈, 짧아야 정상인데 너무 긴 뼈, 마치 나무좀이 파먹은 나무껍질 같은, 결절이 생긴 뼈. 빅토리아 양식의 진열장 조명 아래 놓인 가여운 인간의 두개골들은 활짝 웃으며 돌출된 치아를 드러내고 있는데, 예를 들어 이마 한가운데 커다란 구멍이 있는 두개골은 치아가 매우 아름다웠다. 이 구멍이 결정적인 사인이었는지는 의문이다. 아니었을 수도 있다. 오래전 철로 공사를 담당하는 한 기술자의 머리를 금속봉이 관통했는데, 그러고 나서도 꽤 오랫동안 더 살았다고 하니 '인간은 자신의 뇌에 의해 존재한다.'라는 신경 심리학의 가설에 더할 나위 없이 유용한 사례임이 틀림없다. 그는 죽지는 않았지만 완전히 변했다. 흔히 말하듯 전혀 다른 사람이 된 것이다. 우리가 어떤 사람인지는 우리의 뇌에 달려 있으니, 이제 왼편에 있는 뇌 전시장으로 가 보자. 자, 여기 뇌들이 있다! 특별한 용액에 잠겨 있는 크림 빛깔의 말미잘, 큰 것과 작은 것, 천재적인 것, 그리고 둘도 못 셀 정도로 바보스러운 것.

계속 가다 보면 신생아들, 즉 미니어처 인간을 위해 지정된 구역이 나온다. 조그만 인형들, 가장 작은 표본들, 모든 게 축소된 온전한 인간이 작은 유리병 속에 들어앉아 있다. 가장 어린 존재, 배아들, 잘 보이지도 않는 것이 아주 작은 물고기나 올챙이 같다. 튼튼한 말총에 대롱대롱 매달린 채, 광활한 포르말린 속을 유유히 헤엄쳐 다니는 중이다. 좀 더 큼지막한 것들은 인체의 질서, 그리고 육신의 놀라운 포장재를 보여 준다. 미처 인간이 되지 못한 부스러기들, 한참 어린 세미호미니드,[8] 그들의 생은 단 한 번도 마법과 같은 잠재력을 꽃피우지 못했다. 그저 형태만 갖추었을 뿐 영혼으로 자라나진 못했으니, 어쩌면 영혼의 현존은 형태의 크기와 연관이 있을지도 모른다. 배아 속에서 물질은 몽롱하게 고집을 피우며 생명력을 깨우고, 세포 조직을 서서히 축적하고, 장기를 만들고, 시스템을 가동하기 시작했다. 불빛도 저리 멀리 있고 공기도 희박하

8) Semi-hominid. 진화 인류의 모체가 된 사람이나 동물.

지만, 눈과 폐의 형태를 어느 정도 갖추었다.

다음 칸에는 내장들만 진열되어 있는데, 환경이 그들에게 정해진 크기만큼 자랄 수 있도록 허락해 주어서 흡족해 하는, 잘 자란 장기들이다. 정해진 크기라고? 얼마만큼 자라야 하는지, 언제쯤 멈춰야 하는지 그들은 대체 어떻게 알았을까? 어떤 것들은 필경 몰랐으리라. 이 창자들은 자라고, 또 자라는 바람에 교수들이 딱 맞는 크기의 유리병을 구하기 힘들었을 것이다. 더구나 그런 창자들이 두 글자의 이니셜로 소개된 어떤 남자의 배 속에 과연 어떻게 들어 있었을지, 상상이 가질 않는다.

심장. 그 신비는 확실히 밝혀졌다. 주먹 하나 정도 크기의 고르지 못한, 더러운 크림색 덩어리. 칙칙하고 보기 싫은 잿빛이 감도는 크림색, 그게 바로 우리 몸의 색깔이라는 걸 기억할 필요가 있다. 자동차나 벽지를 고른다면, 우리는 절대 그런 색을 원치 않을 것이다. 그것은 어둠의 색깔이자 내부의 색깔이다. 햇볕이 들지 않고 물질이 낯선 시선으로부터 음습하게 자신을 감추는 내부. 아무것도 과시할 게 없다. 하지만 피가 돌기 시작하면 화려한 치장이 허용된다. 피는 경고이고, 그 붉은 빛은 경고의 신호다. 우리를 덮고 있던 조개껍데기가 열리고 세포 조직의 지속성이 깨질 수도 있다는.

실제로 우리 몸의 내부에는 아무런 색깔이 없다. 심장이 원활하게 혈액을 펌프질할 때 혈액의 색깔은 콧물과 같다.

7년간의 여행

"결혼하고 벌써 7년째 저는 매년 여행을 갑니다."

기차에서 한 젊은 남자가 말했다. 길고 우아한 검정 코트를 입고 손에는 딱딱한 서류 가방을 들고 있었는데, 마치 포크와 나이프 한 벌이 든 가죽 케이스처럼 보였다.

"우리에겐 사진이 정말 많은데, 정리를 잘해 놓았답니다. 남프랑스, 튀니지, 터키, 크레타, 크로아티아에도 갔었고요, 심지어 스칸디나비아반도에도 갔었답니다."

그의 말에 따르면 사진 감상은 통상 몇 차례에 걸쳐 진행된다고 했다. 처음엔 가족과 함께, 다음에는 직장에서, 그 후엔 친구들과 같이 보고 나면, 마지막엔 안전하게 비닐 폴더에 담아 몇 년 동안 서랍 속에 잘 보관한다는 것이다. '거기 있었다'라는 증거를 확보해 둔 탐정의 캐비닛처럼.

우리는 골똘히 생각에 잠긴 채, 어딘가로 자꾸만 사라져 버리는 창밖 풍경을 내다보았다. 그렇다면 '거기에 있었다'는 게 과연 무슨 의미인지 의문을 품은 적은 없을까? 지금은 그저 몇 토막의 추억만 떠오르는, 프랑스에서 보낸 이 주. 중세 도시의 오래된 성벽에서 갑자기 엄습한 허기, 포도 덩굴로 뒤덮인 지붕 밑 카페에서 보낸 어느 저녁나절. 노르웨이는 또 어땠는가. 호수의 차가운 냉기, 언제까지고 계속될 것만 같던 한낮, 상점이 문 닫기 직전 아슬아슬하게 산 맥주, 숨 막히게 아름다웠던, 난생처음 본 피오르의 풍경.

"제가 본 것들, 그건 모두 제 것입니다."

갑자기 정신이 든 듯, 그가 허벅지를 철썩 때리며 결론을 내렸다.

시오랑[9]의 예언

수줍음이 많고 온화한 성격의 또 한 남자는 출장을 다닐 때마다 시오랑의 책 가운데 아주 짧은 문장들로 쓰인 책 한 권을 꼭 가져간다고 했다. 호텔에 들어서면 침대 옆 협탁에 그 책을 놓아두고, 아침에 눈을 뜨자마자 아무 페이지나 펼쳐서 그날의 모토를 발견한다는 것이다. 그는 유럽의 호텔들이 하루빨리 성경책 대신 시오랑의 책을 방마다 비치해야 한다고 주장했다. 루마니아에서부터 프랑스에 이르기까지 모두. 성경이 예언서 기능을 상실한 지는 이미 오래되었다는 것이다. 예를 들어 4월의 어느 금요일이나 12월의 어느 수요일에 무심코

---

9) 에밀 시오랑. 프랑스로 이주해서 활동했던 루마니아 출신의 염세주의 철학자이자 에세이스트. 현대 문명의 퇴폐를 비장한 필치로 고발하여 '절망의 심미가'라고 불린다.

성경을 펼쳤는데 다음과 같은 구절이 나온다면 그게 대체 우리의 삶과 무슨 상관이 있단 말인가. "각종 예식에 쓰는 성막의 기물과 말뚝, 그리고 뜰의 말뚝은 모두 청동으로 만들어야 한다."(「출애굽기」 27장 19절) 이 구절을 과연 어떻게 이해하면 좋단 말인가? 사내는 그렇다고 자신이 반드시 시오랑만을 고집하는 건 아니라고 덧붙였다. 그는 도전적으로 나를 쳐다보며 말했다.

"어디 한번 다른 책을 추천해 보세요."

머리에 아무런 책도 떠오르질 않았다. 그러자 그가 자신의 배낭에서 오래되어 너덜너덜한 얇은 책 한 권을 꺼냈다. 아무 페이지나 펼쳤는데 그의 얼굴이 환해졌다.

"행인들의 얼굴에 주목하는 대신 나는 그들의 발을 보는데, 바쁜 사람들은 항상 발걸음도 서두르게 마련이다. 그런데 대체 어디로 가는 걸까? 우리에게 주어진 사명은 결국 별로 심각하지도 않은 어떤 비밀을 찾아다니며 먼지를 일으키는 것임이 분명했다."[10] 그가 만족스러운 얼굴로 읽었다.

---

10) 에밀 시오랑, 『저주와 감탄(Anathemas and Admirations)』에서.

쿠니츠키: 물 1

때는 오전, 시계를 보지 않아 몇 시인지는 정확히 모르지만 대략 15분 가까이 기다리는 중이다. 그가 운전석에 편히 기대 앉아 반쯤 눈을 감고 있다. 적막이 마치 날카로운 고음처럼 예리하게 꿰찌르는 바람에 생각에 집중할 수가 없다. 그게 경고의 신호라는 걸 그는 알지 못한다. 운전석 의자를 뒤로 쭉 빼서 다리를 뻗는다. 머리가 너무 무거워서 그 무게 때문에 몸이 새하얗게 달궈진 공기 속으로 자꾸만 가라앉는다. 그는 움직이지 않고 그저 기다릴 것이다.

틀림없이 담배 한 대를 피웠을 것이다. 어쩌면 두 대일지도. 몇 분 후 차에서 내려 도랑에서 소변을 봤다. 그 순간엔 자동차가 한 대도 지나가지 않은 듯하지만, 사실 확실치는 않다. 그러고는 차 안으로 돌아가서 플라스틱 물병에 담긴 물을 마셨다. 그러다 결국 참지 못할 지경에 이르렀다. 난폭하게 경적을 울려 대자 고막을 찢는 듯한 요란한 소리가 그의 화를 부채질했고, 결국 그는 다시 밖으로 나와 땅바닥에 발을 디뎠다. 그 순간부터 그의 눈에 모든 게 선명히 보인다. 그는 아내와 아들을 쫓아 오솔길로 걸어갔다, 잠시 뒤에 쏟아 낼 말들을 정신없이 떠올리면서. "이런 빌어먹을. 왜들 이렇게 오랫동안 꾸물대는 거야? 대체 뭘 하는데?"

올리브 숲은 바싹 말라 있고 발밑에서 잔디가 버스럭거린다. 뒤틀린 올리브나무들 사이로 야생 블랙베리가 자라고 있다. 오솔길에 움튼 싹들이 자라서 그의 발길을 잡아당긴다. 주변이 온통 쓰레기 더미다. 화장지와 휴지, 역겨운 생리대, 파리들이 점령한 인간의 배설물. 다른 이들도 용변을 해결하기 위해 길가에 차를 멈춰 세운다. 하지만 숲 안쪽까지 들어가는 수고조차 하지 않고, 근처에서 바로 해결한다.

바람 한 점 없다. 햇볕도 없다. 하얗게 정지된 하늘은 천막 덮개를 연상시킨다. 후텁지근하다. 물의 입자가 공기를 밀치면서 사방에서 바다 냄새, 전파와 오존, 그리고 물고기 냄새가 진동한다.

뭔가 움직이는 게 보이지만 저기, 나무 사이가 아니라 여기, 바로 발밑에서다. 갑자기 커다란 검은 폴크스바겐이 오솔길로 밀고 들어왔다. 잠시 안테나를 세우고 주변 공기를 살펴보더니 사람이 있다는 걸 인지한 듯 멈춘다. 새하얀 하늘이 폴크스바겐의 멋진 갑옷에 투영되어 우유처럼 흰 얼룩을 만든다. 쿠니츠키는 잠시 지표면에서 괴상하게 생긴 눈동자가 자기를 응시하는 것 같은 느낌을 받았다. 그 어떤 육체에도 속하지 않는 눈동자, 제멋대로인 데다 무심한 눈동자가. 쿠니츠키는 별 의미도 없이 샌들 굽으로 땅바닥을 쿡쿡 찔러 댄다. 폴크스바겐이 좁은 길을 통과해서 지나가자 마른 잔디가 사각거린다. 블랙베리 덤불 너머로 차는 사라진다. 그게 전부다.

쿠니츠키는 욕을 하며 자동차로 돌아간다. 그는 그녀가 아이를 데리고 우회로를 통해 돌아올 거라는 희망을 여전히 버리지 못하고 있다. 그래. 그는 확신한다. 돌아오면 이렇게 말해야겠다. "벌써 한 시간 동안이나 찾아 헤맸다고! 제기랄, 대체 뭘 한 거야?"

그녀가 말했다. "차를 멈춰." 그가 차를 세우자 그녀가 뒷문을 열었다. 아들을 앉혀 놓았던 유아용 보조 의자 벨트를 풀고 아이를 팔에 안더니 함께 어딘가로 가 버렸다. 쿠니츠키는 차에서 내리고 싶지 않았다. 겨우 몇 킬로미터를 운전했는데 벌써 피곤하고 졸렸다. 곁눈질로 흘끗 쳐다봤을 뿐. 그들을 유심히 지켜봤어야 했다는 걸 그땐 몰랐다. 이제 와서 그는 흐릿한 영상을 다시 불러내어 선명하게 만들고, 가까이에서 들여다보고, 정지시키려 애쓴다. 그러자 터벅터벅 오솔길을 걸어가는 그들의 뒷모습이 보인다. 그녀는 밝은 색깔의 리넨 바지와 검은 티셔츠를 입은 듯하다. 아이는 코끼리가 그려진 모직 스웨터를 입었는데, 아침에 그가 직접 아이에게 입혀 준 옷이라 기억하고 있다.

걸어가면서 둘이 무슨 대화를 나누는 것 같은데 들리지 않는다. 들어야 한다는 걸 그땐 몰랐다. 올리브나무들 사이로 그들이 사라진다. 시간이 얼마나 흘렀는지는 모르지만 그리 오래되진 않았다. 15분, 어쩌면 그보다 더 오래. 그는 시간 속에서 길을 잃는다. 시계를 보지 않았으므로. 시간을 확인했어야 한다는 걸 그땐 몰랐다.

"무슨 생각해?"라는 그녀의 질문을 그는 너무도 싫어했다. 아무 생각도 안 한다고 대답하면 그녀는 믿지 않았다. 아무 생각도 안 하는 건 불가능하다면서 그녀는 화를 냈다. 하지만 그는 지금 아무 생각도 하지 않을 수 있다. 그래서 쿠니츠키는 일종의 만족감을 느꼈다. 그는 할 수 있다.

그가 갑자기 블랙베리 덤불 속에서 멈춰 서서 움직이지 않는다, 마치 그의 몸이 블랙베리의 뿌리줄기를 향해 기울어지면서 자신도 모르는 사이 새로운 균형점을 찾아내기라도 한 듯. 파리의 윙윙거림과 머릿속의 온갖 잡음이 적막에 반주를 넣는다. 잠시 동안 그는 위에서 자신을 내려다본다. 평범한 작업복 바지를 입은 남자, 흰 티셔츠 차림, 뒤통수에 난 작은 탈모 자국, 덤불숲에 나타난 불청객, 낯선 집에 온 손님, 포화 속에 내던져진 인간, 잠시 휴전 중인 격전지의 한복판, 갈라진 땅과 불타는 하늘이 있는 곳에 와 있는 남자. 샌들을 신은 발은 대지를 향해 그를 자꾸만 잡아끄는 닻이었다. 그는 절뚝거렸다. 자기 자신을 의아하게 여기며, 그는 의식적으로 온 힘을 다해 다리를 움직이려 애썼다. 펄펄 끓는 그 무한대의 공간을 빠져나올 다른 방도가 없었기에.

그들은 8월 14일에 도착했다. 스플리트[11]에서 출발한 유람선은 사람들로 꽉 차 있었다. 그중에는 여행객도 제법 있었지만 대부분 현지 사람이었다. 그들은 육지에서 구매한 물품을 잔뜩 손에 들고 배에 올랐다. 본토에서 사는 게 훨씬 저렴했으므로. 섬은 사람을 인색하게 한다. 여행객과 현지인을 구별하는 방법은 간단하다. 태양이 바다를 향해 기울기 시작하면 여행객들은 배의 우현으로 몰려가 카메라를 꺼내 든다. 유람선이 여기저기 흩뿌려진 작은 섬들 사이로 천천히 빠져나가자 공해(公海)가 드디어 그 모습을 드러낸다. 순간 속이 거북해지면서, 잠시, 대수롭지 않은 공황 상태가 밀려왔다.

그들은 별 어려움 없이 숙소를 찾아왔는데, '포세이돈'이라는 이름의 펜션이었다. 턱수염을 기르고 조개가 그려진 티셔츠를 입은 주인장 브란코는 쿠니츠키의 등을 친근하게 두드리면서 곧바로 말을 놓자고 제안하고는 그들을 바닷가 바로 앞에 지어진 작은 돌집의 2층으로 데려가 자랑스럽게 내부를 보여 주었다. 그들이 머물 곳엔 침실 두 개와 함께 전통적인 설비를 갖춘 주방이 구석에 딸려 있었다. 주방에는 합판을 덧대어 만든 작은 서랍장들도 있었다. 침실 창문들은 바다가 보이는 해변 쪽으로 나 있었다. 창문 하나에서 내려다보니 용설란 한 송이가 보였다. 단단한 줄기를 딛고 피어난 그 꽃은 수면 위로 당당히 고개를 내밀고 있었다.

---

11) 크로아티아의 달마티아 지방에 있는 항구 도시.

그가 지도를 꺼내 이런저런 가능성을 탐색해 본다. 아내는 방향 감각을 잃고 어쩌면 엉뚱한 도로로 나갔을지도 모른다. 그러다 지금쯤 어딘가 다른 곳에 서 있을지도 모르고, 어쩌면 지나가는 자동차를 잡아타고 어딘가로 향하고 있을지도 모른다. 하지만 과연 어디로 갔을까? 지도를 살펴보니 비스섬[12]의 도로는 섬 전체를 가로지르며 구불구불한 선으로 이어져 있어서 바닷가 쪽으로 가지 않고도 섬을 한 바퀴 돌 수 있었다. 그들도 며칠 전 바로 이 코스를 돌아 비스섬을 구경했다. 그는 그녀가 앉았던 조수석, 그녀의 핸드백 위에 지도를 내려놓고는 다시 차를 몬다. 올리브나무들 사이를 유심히 살피며 천천히 운전한다. 하지만 몇 킬로미터쯤 더 가자 풍경이 바뀐다. 올리브 숲 대신 마른 잔디와 블랙베리가 무성하게 자란 바위투성이 황무지가 나타난다. 새하얀 석회암이 마치 무시무시한 괴수의 아가리에서 떨어져 나온 이빨들처럼 보인다. 몇 킬로미터쯤 더 가다 말고 그가 차를 돌린다. 오른편에 숨막히게 선명한 초록빛 포도밭이 나타났고, 그 속에서 이따금 연장을 넣어 두는 작은 석조 헛간들이 모습을 드러냈는데, 텅 비어 암울해 보였다. 그냥 길을 잃은 거라면 그나마 다행이지만, 갑자기 몸이 불편한 거라면 어떡한단 말인가. 아내나 아들이 아플 수도 있다. 이렇게 무덥고 숨이 막히니 어쩌면 당장 도움이 필요할지도 모른다. 그런데도 아무 대처 없이 도로 위에서 차를 몰고 왔다 갔다 하고만 있었으니. 아, 이제야 깨닫

12) 아드리아해 연안에 있는 달마티아 지방의 섬.

다니 어리석기 짝이 없다. 갑자기 심장이 세차게 고동친다. 아내는 일사병에 걸렸을지도 모른다. 어쩌면 다리가 부러졌을 수도 있다.

그가 제자리로 돌아가 몇 번이나 경적을 울린다. 독일제 자동차 두 대가 지나간다. 시간을 확인한다. 벌써 한 시간 반 정도가 흘렀다. 다시 말해 유람선이 출발했다는 뜻이다. 희고 거대한 범선은 자동차를 삼키고 출입문을 닫은 채 이미 바다로 나아갔다. 무심하기 그지없는 바다의 물길이 점점 넓어지면서 그들을 갈라놓는다. 불길한 예감 탓에 쿠니츠키는 입안이 바짝바짝 탔다. 오는 길에 목격한 쓰레기와 파리 떼, 사람들이 내다 버린 폐기물이 떠올라 뭔가 께름칙한 느낌이 들었다. 그들은 사라졌다. 둘 다 떠나 버렸다. 올리브 숲에 이미 그들이 없다는 걸 알면서도 그는 마른 오솔길을 따라 그리로 다시 달려갔다. 그리고 목 터지게 불렀다. 그들이 응답할 거라고는 조금도 기대하지 않으면서.

점심 식사 후 시에스타가 시작되자 도시는 거의 비었다. 도로 가까이에 있는 해변에서 여자 셋이 푸른 연을 날린다. 주차하는 동안 그들의 모습이 생생히 보인다. 일행 중 한 명은 살진 엉덩이에 딱 달라붙는 크림색 바지를 입었다.

그는 아담한 카페의 테이블에 앉아 있는 브란코를 발견한다. 다른 사내 둘과 함께다. 위스키와 비슷한, 약쑥이 들어간 리큐어를 마시던 브란코가 쿠니츠키를 발견하고 놀라며 미소를 짓는다.

"뭘 두고 갔나요?" 브란코가 묻는다.

사내들이 의자를 빼며 권하지만 그는 앉지 않는다. 차근차근 모든 걸 설명하고 싶어 영어 모드로 전환해 본다. 동시에 머리 한쪽으로는 마치 영화 속 장면을 떠올리듯, 이런 상황이 닥치면 뭘 해야 좋을지 생각한다. 그들이, 야고다와 아들이 사라졌다고 그가 말한다. 언제, 어디서인지도 말한다. 찾아봤지만, 못 찾았다고 말한다. 그러자 브란코가 묻는다.

"두 분 싸웠어요?"

아니라고 사실대로 대답한다. 두 사내가 빈 잔에 리큐어를 채운다. 그도 한잔 생각이 간절하다. 새콤달콤한 그 맛이 입안에 생생히 느껴진다. 브란코가 테이블에 놓인 담뱃갑과 성냥을 챙겨 든다. 다른 일행도 마지못해 따라 일어난다. 마치 결전을 앞두고 마음의 준비라도 하는 것처럼. 아니 어쩌면 그들은 그저 차양 그늘에 계속 앉아 있고 싶었는지도 모른다. 모두가 함께 움직이려 하자 쿠니츠키는 우선 경찰에 알려야 한다고 고집을 피운다. 브란코가 망설인다. 그의 검은 턱수염은 희끗희끗 은빛으로 가득하다. 노란색 바탕에 붉은 조개가 그려진 그의 티셔츠에는 'shell'이라 적혀 있다.

"해변 쪽으로 내려간 게 아닐까요?"

그럴지도 모른다. 결국 브란코와 쿠니츠키는 올리브 숲으로 돌아가고 나머지 두 사람은 비스[13]로 전화하기 위해 파출

---

13) 비스섬의 해안가에는 섬과 이름이 같은 '비스'와 '코미자'라는 마을이 있다.

소로 가기로 한다. 브란코가, 코미자에는 경찰이 한 명밖에 없고, 제대로 된 파출소는 비스에 있다고 설명한다. 테이블에 놓인 유리잔에서 얼음이 서서히 녹고 있다.

쿠니츠키는 좀 전에 자신이 서 있던 길가의 작은 만(灣)을 단번에 알아본다. 마치 까마득히 오래전 일처럼 느껴진다. 시간은 지금 다르게 흐른다. 끈적끈적하고 맵싸하게, 병렬형으로. 새하얀 구름 뒤에서 태양이 모습을 드러내자 갑자기 더워진다.

"경적을 울려!" 브란코가 말하자 쿠니츠키가 클랙슨을 울린다.

짐승의 울음처럼 길고도 구슬픈 소리가 잠시 후 경적을 멈추자 매미 울음이 남긴 잔향처럼 산산이 흩어져 버린다.

두 사내는 서로를 향해 이따금 소리를 지르면서, 따로따로 올리브 덤불로 향한다. 그러다 포도밭 근처에서 다시 마주친다. 둘은 이 구역을 모두 뒤지기로 한다. "야고다, 야고다!" 그들은 실종된 여인의 이름을 부르며, 촘촘히 열을 나눠 샅샅이 뒤진다. 쿠니츠키는 아내의 이름이 폴란드어로 '산딸기'를 뜻한다는 사실을 새삼스럽게 깨닫는다. 너무 흔한 이름이어서 잊고 있던 사실이다. 그러다 갑자기 자신이 뭔가 아득하고 괴기스러운 고대의 의식에 참여하고 있는 듯한 느낌에 사로잡힌다. 덤불 아래로 짙은 보랏빛 송이들이 탐스럽게 매달려 있다. 몇 배나 많은, 늘어진 젖꼭지들. 그는 잎이 무성한 미로를 헤매며 "야고다, 야고다!"를 외친다. 누구를 향한 외침인가? 누구를 찾고 있는가?

갑자기 옆구리에 통증이 느껴져 잠시 멈춘다. 일렬로 늘어선 식물들 틈에서 그가 몸을 웅크린다. 시원한 그늘에 잠시 머리를 파묻은 동안, 저기 나뭇잎 사이로 브란코의 목소리가 조용히 사그라든다. 이제 쿠니츠키의 귀에는 파리의 윙윙거림, 익숙한 적막의 실타래만 들린다.

포도밭을 지나니 또 다른 포도밭들이 비좁은 오솔길을 사이에 두고 펼쳐져 있다. 두 사람은 잠시 멈췄고, 브란코가 휴대 전화로 전화를 건다. 반복되는 두 단어 "제나"[14] 그리고 "디예테."[15] 쿠니츠키가 알아들을 수 있는 단어는 폴란드어와 발음이 비슷한 이 두 개뿐이다. 태양이 오렌지색으로 변했다. 커다랗게 부풀어 올랐던 태양의 빛깔이 눈앞에서 점점 약해진다. 잠시 후면 똑바로 마주 볼 수 있으리라. 그사이 포도밭은 강렬한 진녹색을 머금는다. 초록빛 줄무늬의 바닷속에 두 사내의 형상이 무력하게 서 있다.

석양이 질 무렵 고속도로에는 차 몇 대와 한 무리의 남자들이 서 있다. 쿠니츠키는 '경찰'이라고 쓰인 자동차에 앉아, 브란코의 도움을 받아 가며 몸집이 거대하고 땀투성이인 경찰관이 던지는 질문에 스스로 생각하기에도 횡설수설 대답하고

---

14) 제나(žena)는 크로아티아어로 '여자' 또는 '아내'를 뜻하는데, 폴란드어로 '아내'를 뜻하는 '조나(żona)'와 발음이 유사하다.
15) 디예테(dijete)는 크로아티아어로 '아이'를 뜻하는데, 폴란드어로 '아이'를 뜻하는 '지에츠코(dziecko)'와 발음이 유사하다.

있다. 그가 간단한 영어로 말한다.

"우리는 멈췄어요.(We stopped.) 그녀가 아이를 데리고 차에서 내렸어요.(She went out with the child.) 그들은 바로 여기서 걸어갔어요.(They went right, here.)" 그가 손으로 가리켰다. "저는 계속 기다렸어요. 그러니까 한 15분쯤.(I was waiting, let's say, fifteen minutes.) 그러고 나서 그들을 찾아 나섰어요.(Then I decided to go and look for them.) 그들을 찾을 수가 없었어요.(I couldn't find them.) 대체 무슨 일이 벌어졌는지 알 수가 없었어요.(I didn't know what has happened.)"

그가 미지근한 생수를 받아 들고 벌컥벌컥 마신다.

"그들은 실종되었어요.(They are lost.)"

그러고 나서 한 번 더 말한다.

"실종!(lost!)"

경찰이 휴대전화로 어딘가에 전화를 한다.

"여기서 실종된다는 건 불가능합니다, 친구.(It is impossible to be lost here, my friend.)" 경찰이 전화 연결을 기다리며 그에게 말한다. "친구(my friend)"라는 말에 쿠니츠키는 감동했다. 그러고 나서 경찰은 무전기에 답한다. 일행이 줄도 제대로 맞추지 않고 섬의 내지를 향해 발걸음을 옮기기까지 또 한 시간이 흐른다.

그러는 사이 잔뜩 부풀어 올랐던 태양이 포도밭 너머로 저물고, 그들이 언덕에 올라설 즈음에는 태양과 바다가 맞닿는다. 좋든 싫든 그들은 오페라의 지루한 장면처럼 늘어지는 일몰의 광경을 지켜보는 증인이다. 마침내 사람들이 손전등을 켠다. 그들은 어둠 속에서 가파른 돌투성이 해변으로 돌아와 그곳의 작은 만들 중 두 곳을 뒤진다. 거기에는 돌로 지은 집들이 있었다. 호텔을 싫어하고 수도와 전기가 원활하게 공급되지 못하는 환경에 기꺼이 더 많은 돈을 지불하는 괴상한 취미의 여행객들이 머무는 곳이다. 그들은 물속에서 곧바로 그릴용 꼬챙이를 향해 달려드는 물고기들을 낚시질한다. 다들 고개를 젓는다. 아이와 함께 있는 여자를 본 사람은 아무도 없다. 그들은 곧 저녁을 먹을 것이다. 식탁에는 빵과 치즈, 올리브, 그리고 오늘 아침까지만 해도 별생각 없이 바닷속을 헤엄쳐 다니던 가엾은 물고기들이 올려질 것이다. 브란코는 쿠니츠키의 부탁에 따라 몇 분에 한 번씩 코미자에 있는 펜션에 전화를 건다. 쿠니츠키의 생각으론, 그녀가 길을 잃었지만 결국 다른 길을 통해 펜션으로 돌아왔을 것만 같았기 때문이다. 하지만 브란코는 매번 통화를 마치고 그의 등을 토닥일 뿐이다.

자정이 되자 남자들의 무리가 흩어진다. 그중에는 코미자의 카페에서 본 두 사내도 있다. 작별 인사를 할 때가 돼서야 그들은 자기소개를 한다. 드라고와 로만이라고. 두 사람이 함께 자동차에 오른다. 쿠니츠키는 그들의 친절이 고마웠지만 어떻게 표현해야 좋을지 몰랐다. "감사합니다."를 크로아티아어로 뭐라고 하는지 잊어버렸기 때문이다. 폴란드어의 "지엥쿠엥(Dziękuję)"과 유사한 "디아쿠유(dyakuyu)" 또는 "디아쿠예(dyakuye)" 뭐 이런 비슷한 말이었을 것이다. 약간의 선의와 의지만 있다면, 함께 슬라브어 공용 어휘집, 그러니까 문법 지식 없이도 사용할 수 있는, 일상생활에서 흔히 쓰이는, 서로 비슷한 슬라브 단어를 모아 볼 수 있지 않을까? 지나치게 단순화된 버전의 서툰 영어를 남발하는 것보단 나을 텐데.

밤이 되자 그의 집으로 배 한 척이 다가온다. 홍수가 나서 모두 대피해야만 한다. 물이 벌써 2층까지 차올랐다. 주방 바닥의 타일 틈새로 물이 스며들고, 전기 콘센트에서는 더운 김이 뿜어져 나온다. 책들은 습기 때문에 부풀어 오른다. 책을 한 권 펼쳐 보니 활자들이 마치 화장이 얼룩지듯 뭉개지고 있다. 알고 보니 먼저 출발한 배편으로 모두가 떠났고, 쿠니츠키만 홀로 남았다.

꿈속에서 그는 하늘에서 천천히 떨어지는 물방울 소리를 듣는다, 잠시 후면 짧지만 거센 폭우로 바뀌겠지.

베네딕투스, 퀴 베니트

4월의 고속도로, 아스팔트에는 태양이 남긴 기다란 자국, 불과 얼마 전에 내린 비의 흔적이 부활절 케이크에서 흘러내리는 글레이즈처럼 세상을 덮고 있다. 성금요일, 석양이 질 무렵 네덜란드와 벨기에 사이 어디쯤에서 나는 차를 몰고 어딘가를 향해 가고 있다. 국경선이 사라지고 무용해진 바람에 지금 어디에 와 있는지도 모른다. 라디오에선 「레퀴엠」이 흘러나오는 중이다. 베네딕투스 합창이 흘러나오는 순간, 고속도로 양쪽에서 가로등이 켜진다. 마치 라디오를 통해 내 의사와는 상관없이 무조건 축복을 받으라고 강요하는 듯하다.

하지만 실제로 이것의 의미는 딱 하나, 내가 이제 막 벨기에 영토에 들어섰다는 것이다. 고속도로마다 불을 환히 밝혀 여행자들을 환대하는 이 나라에.

파놉티콘

박물관 가이드에서 알게 된 사실, 파놉티콘과 분더카머는 박물관의 존재를 예고한, 고색창연한 단짝이다. 이러한 방에는 기이하거나 괴이한, 자연에서든 예술에서든 기존 규범이나 관습에서 벗어난 물건들이 수집되어 있다. 멀거나 가까운 여행을 통해 수집가가 획득한 진기한 물건들이 그곳에 진열되었다.

잊지 말아야 할 사실은 파놉티콘이 죄수들을 감시할 수 있도록 제러미 벤담이 설계한 놀라운 시스템을 일컫기도 한다는 사실이다. 그의 목표는 죄수 모두를 한눈에 끊임없이 감시할 수 있는 공간을 짓는 것이었다.

쿠니츠키: 물 2

"섬은 그렇게 크지 않아." 브란코의 아내인 듀르지차가 말하면서, 그의 찻잔에 진하고 걸쭉한 커피를 따라 준다.

모두가 같은 말을 만트라처럼 되풀이하고 있다. 쿠니츠키는 그들이 무슨 말을 하고 싶어 하는지 잘 안다. 섬이 아주 작고 이곳에서 길을 잃는다는 건 불가능하다는 얘기다. 섬의 길이는 겨우 10킬로미터 남짓이었고, 번듯한 마을이라고는 비스와 코미자 둘뿐이었다. 그러므로 서랍 속을 뒤지듯 구석구석 수색할 수 있다. 게다가 두 마을 사람들은 다들 서로 알고 지낸다. 밤은 포근하고 포도밭에는 포도가 주렁주렁 열리고 무화과는 벌써 무르익었다. 만약 그들이 길을 잃었다 해도 큰일은 일어나지 않는다. 굶어 죽거나 얼어 죽을 염려도 없고, 들짐승에게 잡아먹히지도 않는다. 따뜻하게 달궈진 마른 잔디밭, 올리브나무 아래에서 포근한 밤을 보내는 동안 꿈결 같은 파도 소리가 들려올 테니까. 어디로 가든 도로까지는 아무리 멀어도 3~4킬로미터면 도달한다. 벌판에 있는 작은 돌집마다 와인 통과 포도즙 짜는 기계가 있고, 그중에는 비상식량과 초가 마련된 곳도 있다. 아침밥으로 과즙이 풍부한 포도를 따 먹거나 작은 만에서 머무는 휴양객들의 집에서 제대로 된 식사를 얻어먹을 수도 있다.

그들이 펜션 쪽으로 내려가자 경찰관 한 사람이 기다리고 있었는데, 아까 왔던 경찰보다 젊다. 잠깐이지만 쿠니츠키는 그가 뭔가 좋은 소식을 갖고 온 게 아닐까 기대했다. 그러나 경찰은 여권을 보여 달라고 했다. 수첩에다 신중하게 날짜를 적은 경찰은 이제부터 내륙, 그러니까 스플리트로 가서 수색 작업을 하겠다고 말한다. 근처 다른 섬들도 뒤질 예정이란다.

"해변으로 가서 배를 탔을 수도 있으니까요." 그가 말한다.

"돈이 없는데요. 노 머니! 여기 다 두고 갔다니까요." 쿠니츠키는 핸드백을 보여 주면서 거기서 구슬로 장식된 붉은 지갑을 꺼낸다. 그러고는 지갑을 열어 경찰에게 내민다. 경찰이 어깨를 으쓱하고는 그들의 폴란드 주소를 적는다.

"아이는 몇 살이죠?"

쿠니츠키가 세 살이라고 대답한다.

그들은 구불구불한 도로를 운전해서 같은 장소로 돌아간다. 오늘은 화창하고 무덥고, 빛에 과다 노출된 필름 같은 날이 될 모양이다. 정오가 되면 모든 이미지가 그 필름에서 사라질 것이다. 쿠니츠키는 헬리콥터 같은 걸 타고 높은 곳에서 내려다볼 수는 없을까 생각해 본다. 섬은 거의 헐벗은 상태니까 잘 보일 텐데. 또한 그는 아직까지 인간들에게는 거의 사용되지 않지만 종종 동물이나 철새, 황새나 두루미에게 장착하는 DNA 칩을 떠올린다. 자신의 안전을 보장받기 위해 모두 이런 칩을 몸에 심어야 하지 않을까. 그러면 인터넷을 통해 모든 움직임, 경로와 정지한 곳의 위치, 길을 잃고 헤매는 순간까지 추적할 수 있을 텐데. 그렇게만 되면 얼마나 많은 생명을 구할 수 있겠는가! 눈앞의 컴퓨터 화면에 모든 것이 드러날 것이다. 사람들을 의미하는, 색깔로 구분된 선, 연속적인 자취, 표시. 원형과 타원형, 미로, 어쩌면 완결되지 못한 8자 모양, 혹은 갑자기 잘려 나간 나선형.

경찰들이 뒷자리에서 그녀의 스웨터를 꺼내어 검은 셰퍼드에게 내민다. 개가 자동차 근처에서 킁킁거리더니 올리브나무들 사이의 오솔길로 향한다. 갑자기 모든 게 밝혀질 것만 같은 느낌에 쿠니츠키는 기운을 차린다. 그들은 개를 따라간다. 셰퍼드는 쿠니츠키의 가족이 소변을 보려고 잠시 차를 세웠던 곳, 거기 어디쯤에서 걸음을 멈춘다. 하지만 아무런 흔적도 남아 있지 않다. 개는 자부심이 가득해 보인다. 셰퍼드야, 이게 끝이 아니야. 사람들은 어디로 갔니? 개는 그들이 자기에게 원하는 게 뭔지 이해하지 못한다. 그래서 마지못해 다시 움직인다, 도로를 따라 외진 곳으로. 포도밭에서 점점 멀어지면서.

쿠니츠키의 생각에 그녀는 길을 따라 쭉 걸어가다가 아마도 헛갈렸던 것 같다. 계속 걷다가 여기서부터 수백 미터 떨어진 어느 지점에서 그를 기다렸을지도 모른다. 하지만 경적을 듣지 못했을까? 그다음엔 어떻게 된 걸까? 발견되지 않은 걸 보면 누군가가 그녀와 아이를 어딘가로 태워다 주었겠지? 누군가. 불확실하고 흐릿하고 초점이 맞지 않는 인물. 어깨가 넓고 목이 굵은 인물. 납치. 그 남자가 두 사람의 정신을 잃게 하고 트렁크에 실었을까? 유람선에 태워 육지로 데려가는 바람에, 지금 그녀와 아이는 자그레브나 뮌헨, 아니면 다른 도시에가 있을지도 모른다. 그렇다면 의식을 잃은 두 사람을 데리고 과연 어떻게 국경을 넘었을까?

비스듬히 경사진 빈 협곡을 향해 개가 돌아선다. 울퉁불퉁 솟은 바위 틈으로 들어가서 돌밭을 따라 계속 안으로 들어간다. 거기에 오랫동안 방치된 작은 포도원이 있고, 그 안에 물결 모양의 녹슨 강판으로 뒤덮인, 가판대를 연상시키는 돌집이 보인다. 불쏘시개용으로 모아 놓았는지 문 앞에 마른 포도덩굴 더미가 쌓여 있다. 개가 원을 그리며 집 주변을 맴돌다 다시 문 앞으로 돌아온다. 문은 자물쇠로 잠겨 있고, 사람들이 잠시 미심쩍게 여기며 문을 바라본다. 바람이 불어 문지방 앞에다 나뭇가지를 흩뿌려 놓는다. 여기로 들어간 사람은 아무도 없는 게 분명하다. 경찰이 먼지 낀 유리창을 통해 내부를 들여다본다. 그러고는 창문을 내려치기 시작한다. 점점 더 강하게, 마침내 창문이 부서질 때까지. 모두 집 안을 들여다본다. 곰팡이와 바다, 그리고 모든 게 뒤섞인 괴상한 냄새.

무전기가 계속 지직거린다. 개에게 마실 물을 주고 나서 또

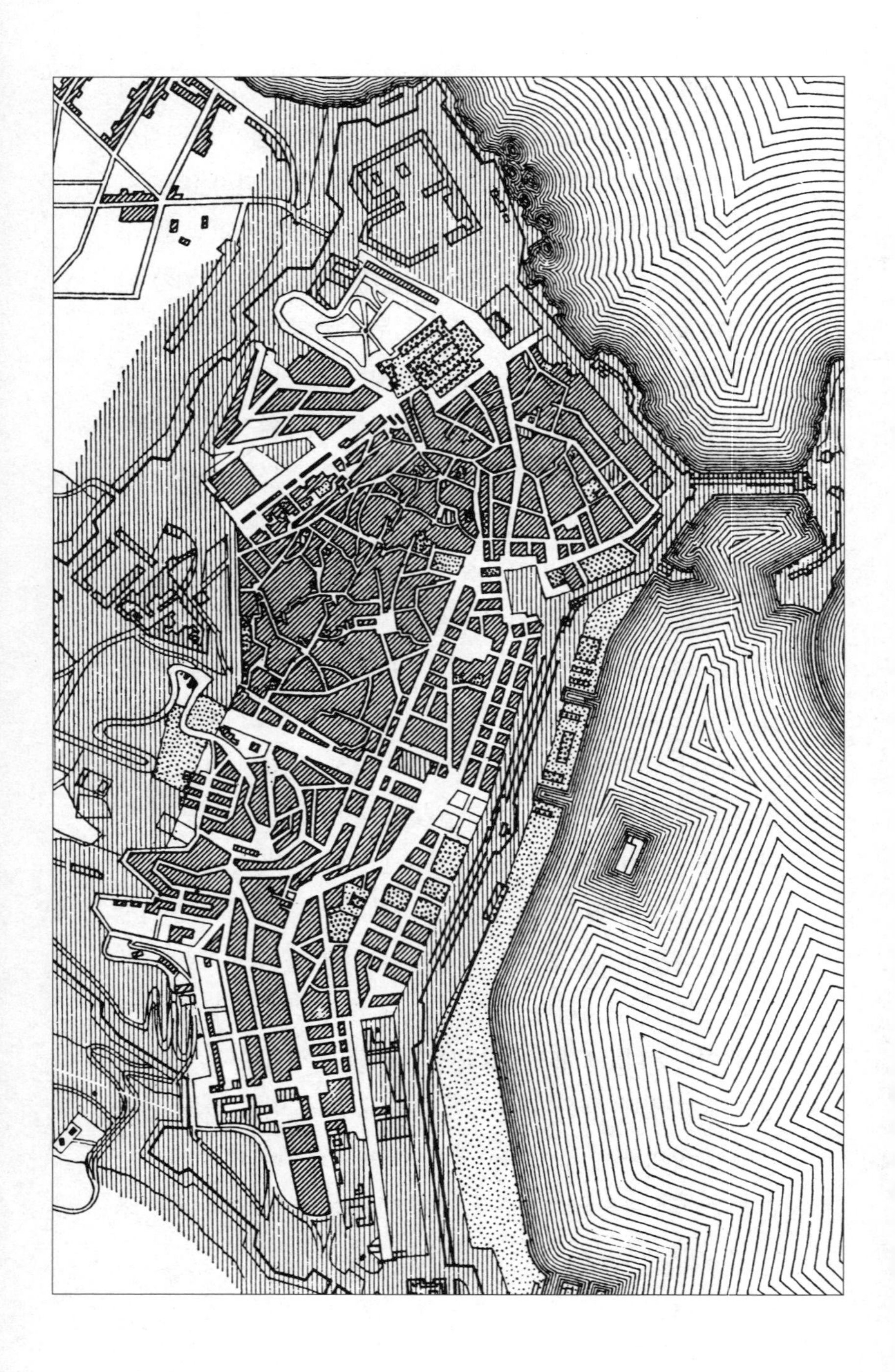

다시 스웨터 냄새를 맡게 한다. 그러자 개는 집 주변을 세 바퀴 돌고는 도로로 돌아간다. 또다시 망설이더니 같은 길을 따라 이따금 마른 잔디가 뒤덮인 헐벗은 돌밭으로 향한다. 비탈에 올라서니 바다가 보인다. 수색대원 모두가 거기 서 있다. 다들 물을 향해 얼굴을 돌린 채로.

개는 흔적을 놓치고, 되돌아가기를 반복하다 결국 오솔길 한가운데에서 뻗어 버리고 만다.

"밤새 비가 내려서요." 누군가가 세르비아어로 이야기하자, 쿠니츠키는 그게 지난밤에 내린 비에 관한 이야기임을 알아차린다.

브란코가 와서 그를 늦은 점심 식사 자리에 데려간다. 경찰은 아직 언덕에 남았지만, 거기서 바로 코미자 쪽으로 내려갈 예정이다. 둘은 거의 대화를 나누지 않는다. 쿠니츠키는, 브란코가 자기에게 무슨 말을 해야 좋을지 모르기도 하거니와 외국어, 즉 영어로 뭔가를 말해야 한다는 사실에 부담을 느낀다는 걸 안다. 그래, 그렇다면 아무 말 안 해도 좋다. 그들은 바닷가 바로 앞에 있는 레스토랑에서 생선 튀김을 주문한다. 사실 그곳은 레스토랑이라기보다 브란코가 아는 사람이 운영하는 가정집 식당 같은 곳이다. 이곳에 사는 사람들은 모두 브란코의 지인이며 생김새도 비슷하다. 선이 날카로운 얼굴, 바람을 흠뻑 맞은 듯한 얼굴, 울프피시과의 종족. 브란코가 그에게 와인을 따라 주며 한잔하라고 권한다. 그리고 자기 잔도 채운다. 심지어 밥값도 받지 않는다.

그들에게 전화 한 통이 걸려 온다.

"경찰이 헬리콥터와 비행기를 구했대요." 브란코가 영어로 말한다.

그들은 브란코의 보트를 타고 섬 해안가를 따라 어떤 경로로 수색할 것인지 계획을 세운다. 쿠니츠키가 폴란드의 부모님에게 전화한다. 아버지의 낯익은 목소리, 거친 음성이 들려온다. 사흘간 더 이곳에 머물게 되었다고 그가 말한다. 하지만 사실을 털어놓진 못한다. 모든 게 순조로우며 그저 사흘만 더 머물겠다고 이야기한다. 그리고 직장에 전화해서 사소한 문제가 생겼으니 사흘만 더 휴가를 달라고 요청한다. 하필이면 왜 '사흘'인지는 자신도 모른다.

쿠니츠키가 부두에서 브란코를 기다린다. 그는 오늘도 붉은 조개가 그려진 티셔츠를 입고 나타났는데, 깨끗한 새것이다. 아마도 같은 티셔츠가 여러 벌 있는 모양이다. 정박된 여러 척의 배 중에서 그들은 작은 고깃배를 찾아낸다. 한쪽 구석에 푸른 글씨로 서투르게 적은 배의 이름이 눈에 들어온다. '넵투누스'. 그제야 쿠니츠키는 자기가 타고 온 유람선의 이름이 '포세이돈'이었음을 떠올린다. 수많은 것, 수많은 술집과 상점, 배가 '포세이돈'이라는 이름으로 불린다. 아니면 '넵투누스'이거나. 바다는 이 두 이름을 마치 조개껍데기처럼 무수히 내뱉는다. 과연 저들은 이 바다의 신과 어떻게 저작권을 해결했을까? 어떤 수단으로 저작권료를 지불했을까?

그들이 고깃배에 자리를 잡고 앉았다. 작고 비좁고 나무판자를 아무렇게나 이어 붙여 만든 조그만 선실이 딸린 모터보트 고깃배다. 브란코는 그 안에 물병들을 보관해 놓았는데, 어떤 건 가득 차 있고 어떤 건 텅 비어 있다. 어떤 병에는 그의 포도원에서 만든, 도수 높고 질 좋은 화이트와인이 담겨 있다. 이곳 사람들은 누구나 자신의 포도원과 와인을 갖고 있다. 브란코는 선실에 있던 엔진을 꺼내 와 선미에 고정시킨다. 세 번의 시도 끝에 마침내 엔진이 돌아가기 시작했는데, 그 소리가 어찌나 요란한지 서로 고함을 질러야만 간신히 대화가 가능하다. 엔진 소리 때문에 귀청이 터질 것 같았지만, 얼마 안 가 인간의 뇌는 그 소리에 익숙해진다. 마치 세상으로부터 우리 몸을 차단하는 두꺼운 겨울옷에 적응하듯이. 요란한 소음 속에서 항구와 만의 풍경이 점점 작아지며 물속으로 서서히 가라앉는다. 쿠니츠키의 눈에 가족과 함께 머물던 펜션이 들어온다. 부엌 창문, 그리고 하늘을 향해 절망스럽게 꽃망울을 쏘아 올린 용설란도 보인다. 마치 얼어붙은 폭죽 혹은 의기양양한 사정(射精)처럼 보인다.

그의 눈에는 모든 것이 뒤섞이고 쪼그라들어 보인다. 집들은 어둡고도 불규칙한 선으로, 항구는 돛대의 점선들이 뒤엉킨 하얀 얼룩으로. 대신 도시 위쪽으로는 초록빛 포도밭 탓에 얼룩덜룩한 반점이 찍힌 헐벗은 잿빛 언덕들이 솟아 있는데, 갈수록 커져서 거대하게 느껴진다. 섬 내부에 있을 때는 섬이 작게 느껴졌는데 지금은 그 위용이 당당히 드러난다. 바위들이 모여 완성된 거대한 원뿔, 물속에서 솟구쳐 오른 커다란 주먹.

그들을 태운 배가 왼쪽으로 꺾자 드디어 만에서 벗어나 드넓은 망망대해가 펼쳐진다. 섬 해안가는 험준하고 위험해 보인다. 이곳에서 움직임의 동력을 이루는 건 바위에 산산이 부서지는 파도의 물마루, 그리고 배를 보고 불안해서 퍼득이는 새들이다. 그들이 다시 엔진을 켜자 새들이 겁에 질려 날아가 버린다. 비행기의 수직선이 창공을 둘로 쪼갠다. 비행기는 남쪽을 향해 날아간다.

그들도 움직인다. 브란코는 담배 두 대에 불을 붙여 그중 하나를 쿠니츠키에게 건넨다. 뱃머리로 미세한 물방울들이 자꾸만 튀어서 아무 데나 내려앉는 바람에 담배 피우기가 여간 힘들지 않다.

브란코가 외친다. "물 좀 봐요. 저기 헤엄치는 것들 좀 봐요."

동굴이 있는 만으로 가까이 다가갈 때쯤, 반대쪽을 향해 날아가는 헬리콥터가 보인다. 브란코가 보트 한가운데 서서 손을 흔든다. 헬리콥터를 바라보는 쿠니츠키는 행복해 보였다. 그는 수백 번도 넘게 생각해 왔다. 섬은 별로 크지 않으니 위에서 내려다보면, 기계로 작동되는 저 거대한 잠자리의 눈동자 앞에서는 아무것도 숨길 수 없으리라고, 모든 게 마치 손바닥 위에 놓인 것처럼 훤히 보일 거라고.

"포세이돈까지 갑시다." 쿠니츠키가 브란코에게 소리쳤으나 그는 망설이는 듯하다.

"거긴 배가 지날 수 있는 항로가 없어요." 브란코도 큰 소리로 대답한다.

하지만 결국 보트의 방향을 돌리고 속도를 줄인다. 그들은 엔진을 끈 채 바위틈으로 들어간다.

쿠니츠키는 섬의 이쪽 부분도 '포세이돈'으로 불려야 한다고 생각한다. 신은 이곳에 자신의 대성당을 지어 놓았다. 신자석과 지하실, 기둥과 합창석까지. 검은 화성암이 마치 짙은 금속이라도 씌운 듯 물에 닿아 번쩍거린다. 지금 땅거미 속에서 이 모든 구조물은 너무도 슬퍼 보였다. 본질적인 유기. 이곳에서는 이제 아무도 기도하는 사람이 없다. 쿠니츠키는 문득 지금 인류 교회의 원형을 보고 있는 듯한 느낌이 들었다, 랭스 대성당이나 샤르트르 대성당을 가기 전에 모든 성지 순례는 이곳에서 시작해야 한다. 그는 자신의 발견에 대해 브란코에게 이야기하고 싶었지만, 뭔가를 말하기에는 주변이 너무 시끄러웠다. 그들은 '경찰. 스플리트'라고 쓰인, 자기들이 탄 배보다 더 큰 배를 보았다. 바위가 많아 험준한 해안선을 따라 배가 움직인다. 배 두 척이 서로 가까워지자 브란코가 경찰들과 이야기를 나눈다. 아직까지 그녀와 아이의 흔적이 발견되지 않은 거라고 쿠니츠키는 짐작한다. 어차피 모터 소리 때문에 대화는 거의 불가능하다. 견장 달린 새하얀 경찰 셔츠와는 잘 어울리지 않지만, 저들은 입술의 미세한 움직임과 어깨의 온화하고 무기력한 으쓱거림으로 서로 소통하는 모양이다. 그들이 손짓으로 이제 곧 어두워지니 어서 돌아가라는 신호를 보낸다. 쿠니츠키의 귀에는 "돌아가세요."라는 단어만 들린다. 브란코가 속력을 내자 폭발하듯 요란한 소리가 난다. 물이 뻣뻣하게 경직되면서 전율과도 같은 작은 파문이 바다로 퍼져 나간다.

섬에 상륙하는 일은 낮에 하는 것과 완전히 다르다. 찬란한 광채를 뿜어내는 불빛들이 시시각각 잘게 쪼개지면서 기다란 줄을 만든다. 그러고는 밀려드는 어둠 속에서 각각의 불빛이 점점 확장되며 서로 분리되어 나와 다양한 형상을 이룬다. 해안으로 향하는 요트의 불빛이 다르고, 창가의 불빛이 다르고, 지나가는 자동차의 불빛이 또 다르다. 익숙한 세상의 안온한 풍경.

마침내 브란코가 엔진을 끄고 보트를 해안가에 가까이 댄다. 예기치 않게 바위에 부딪혀 가면서 그들은 부두에서 한참 떨어진, 펜션 앞 작은 해변까지 간다. 쿠니츠키는 브란코가 왜 여기까지 배를 몰고 왔는지 알아차린다. 해변 경사로에 경찰차가 서 있고, 흰 셔츠를 입은 남자 둘이 그들을 기다리고 있다.

"당신과 이야기하고 싶은가 봐요." 브란코가 말하며 보트를 해변으로 끌어 올린다. 쿠니츠키는 불현듯 마음이 약해지고 두려워진다. 혹시라도 나쁜 소식을 들을까 봐. 시체를 발견했다고 그들이 말할까 봐. 그게 두렵다. 다리에 힘이 풀린 채로 그들에게 다가간다.

다행스럽게도 그저 일상적인 문답이 이어진다. 새로운 소식은 없다. 하지만 생각보다 시간이 오래 소요되면서 사안은 심각해졌다. 그들은 이 섬에서 비스로 가는 유일한 경로를 이용해 쿠니츠키를 파출소로 데려간다. 사방이 완전히 어두워졌지만, 그들은 길을 잘 아는 듯, 커브를 돌 때도 속도를 전혀 줄이지 않는다. 그들은 실종 현장을 순식간에 지나친다.

파출소에 도착하니 새로운 인물들이 그를 기다리고 있다. 스플리트에서 데려온 키가 크고 잘생긴 통역사와 경관 한 명. 솔직히 말해 통역사는 폴란드어를 잘하진 못한다. 그들이 마지못해 뻔한 질문을 하는 동안 그는 자신이 의심받고 있다는 사실을 깨닫는다.

그들이 그를 펜션 앞까지 데려다준다. 그가 차에서 내려 펜션으로 향한다. 하지만 방에 들어가는 시늉만 했을 뿐, 사실은 어두운 복도에서 기다린다. 차가 떠나고 엔진 소리가 멀어질 때까지. 그리고 밖으로 나온다. 그는 불빛이 가장 많이 모여 있는 쪽, 카페와 레스토랑이 밀집해 있는 부둣가의 가로수길로 향한다. 하지만 이미 너무 늦은 시각이라 금요일인데도 인파는 없다. 아마 새벽 1시나 2시쯤 되었을 것이다. 테이블에 앉아 있는 몇 안 되는 손님 중에 혹시 브란코가 있는지 살펴보지만, 조개가 그려진 티셔츠는 발견되지 않는다. 이탈리아인 가족이 막 식사를 끝낸 참이고, 그 옆에 앉은 노부부가 소란스럽게 떠드는 이탈리아인들을 쳐다보며 빨대로 뭔가를 마시고 있다. 밝은 색 머리카락의 두 여인이 서로 어깨에 팔을 두른 채, 친밀하게 상대를 바라보면서 이야기에 열중하고 있다. 이곳에서 나고 자란 듯 보이는 어부들, 그리고 젊은 커플 하나. 아무도 그에게 주의를 기울이지 않으니 얼마나 다행인가……. 그는 해변 쪽으로 드리운 그늘을 따라 살금살금 걷는다. 물고기 냄새와 바다에서 불어오는 소금기 섞인 따뜻한 미풍을 느끼면서. 브란코의 집 쪽으로 향하는 골목길로 꺾어 올라가고 싶지만 차마 용기를 내지 못한다. 그는 아마 자고 있을 것이다. 그래서 정원 구석에 놓인 작은 테이블 옆에 앉는다. 웨이터는 그를 못 본 척한다.

그가 옆 테이블로 다가오는 사내들을 주시한다. 일행은 다섯 명이고 의자 하나를 추가해서 함께 둘러앉는다. 웨이터가 다가오기도 전에, 술을 주문하기도 전에, 이미 눈에 보이지 않는 끈끈한 유대감이 그들을 에워싸고 있다.

다양한 연령대의 그들 중 두 사람만이 덥수룩하게 턱수염을 기르고 있지만, 이러한 차이는 자연스럽게 결성된 이 모임 안에서 순식간에 대수롭지 않게 여겨질 것이다. 모두 열심히 떠들어 대지만 말의 내용은 중요치 않다. 마치 함께 노래를 부르기 위해 목소리를 맞추는 것처럼 보인다. 이들이 둘러앉은 공간은 웃음으로 채워지고, 그들이 주고받는 농담은 가장 진부한 것조차 지금 이 자리에서는 열렬히 환영받는다. 저음의 비브라토인 그들의 웃음은 공간을 정복하고, 옆자리에 앉은 여행객들, 놀란 중년 여인들의 입을 다물게 만들고, 호기심 어린 시선을 부른다.

그들은 청중을 맞을 채비를 한다. 술잔이 담긴 쟁반을 든 웨이터의 등장은 서곡이 되고, 나이 어린 청년 웨이터는 자기도 모르는 사이에 춤과 오페라를 예고하는 진행자가 된다. 웨이터의 눈에 비친 그들은 활기가 넘친다. 누군가 손을 들어 그에게 자리를 지정해 준다. 잠시 적막, 그러다 어느 순간 유리잔 가장자리가 누군가의 입술로 부지런히 향한다. 일행 중 몇 명, 특히 인내심이 부족한 이들은 눈을 감은 채 곧바로 술을 음미한다. 마치 교회에서 사제가 앞으로 내민 혓바닥 위에 장엄하게 성체를 놓아 줄 때처럼. 세상은 뒤집힐 준비가 되어 있다. 마루는 발밑에, 천장은 머리 위에 있다는 건 그저 관습일 뿐 육체는 더 이상 자신에게만 속한 것이 아니라 살아 있는 사슬의 한 조각, 살아 있는 원의 일부인 것이다. 그렇다. 술잔은 입술을 향해 방랑하고 있다. 찰나의 집중과 엄숙함이 반복되는 사이, 술잔이 비워지는 순간은 거의 보이지 않는다. 바로 이 시점부터 남자들은 술잔을 꽉 붙잡고 놓지 않는다. 테이블 옆에 앉은 몸이 빙글빙글 돌아가기 시작하고, 정수리가 허공에서 원을 그린다. 처음에는 작게, 나중에는 점점 크게. 그들은 서로를 향해 포개어지면서 새로운 화음을 만들어 낼 것이다. 그러다 결국은 두 손을 들어 올린 채, 허공에서 손짓으로 하고픈 말들을 그려 보일 것이다. 그러다가 그들의 손은 동반자들의 팔과 어깨, 등으로 가서 그들을 토닥이고 쓰다듬을 것이다. 그것은 사실상 사랑의 몸짓이다. 손과 등을 통한 친밀한 유대는 결코 뻔뻔한 행동이 아니다. 그것은 일종의 춤이다.

쿠니츠키는 이러한 모습을 질투 섞인 눈으로 바라본다. 그늘에서 나와 그들과 합류하고 싶다. 그는 이토록 강렬한 형제애를 경험해 본 적이 없다. 그는 남자들의 공동체가 별로 활발하지 못한 북쪽 정서에 익숙하다. 하지만 태양과 와인이 육체를 빠르게, 그리고 거침없이 열어 주는 남쪽에서는 이런 식의 춤은 지극히 현실적이다. 한 시간쯤 지나면 몸 하나가 뒤로 밀려나서 의자에 너부러지게 된다.

한밤의 따뜻한 미풍이 쿠니츠키의 등을 자꾸만 떠민다. 사내들이 앉은 테이블 쪽으로. 어서 가 봐, 가 보라니까, 라고 권유하면서. 쿠니츠키는 그들이 어디로 가든 따라가고 싶다. 그들이 자기를 함께 데려가 주길 간절히 바란다.

그는 불 꺼진 가로수 길을 따라 펜션으로 돌아온다. 어둠의 경계를 넘어서지 않도록 조심하면서. 비좁고 숨 막히는 계단으로 들어서기 직전, 그는 숨을 고르며 잠시 그 자리에 멈춰 선다. 그러고 나서 계단을 오르기 시작한다. 한 발 내디딜 때마다 어둠이 짙어지는 걸 느끼면서. 그가 옷을 입은 채 침대로 뛰어든다. 마치 누가 그의 등에 총을 쏘기라도 한 듯. 배를 바닥에 대고 양팔은 옆으로 축 늘어뜨린 채. 잠시 총알에 대한 생각에 잠긴다. 그리고 죽음을 맞는다.

몇 시간이 지난 후 깨어난다. 아직 깜깜한 걸 보니, 두세 시간 흐른 듯하다. 그는 무턱대고 계단을 내려가 자동차로 다가간다. 경보가 해제되고 자동차는 그동안 외로웠는지 사려 깊게 불을 밝혀 준다. 쿠니츠키는 트렁크에서 짐들을 닥치는 대로 모두 꺼낸다. 짐 가방을 들고 계단을 올라와 부엌과 방바닥에 아무렇게나 던진다. 트렁크 두 개, 수많은 꾸러미와 손가방, 바구니, 그것 중 하나는 오가는 길에 먹기 위해 챙겨 둔 식료품 꾸러미다. 비닐봉지에 담긴 물갈퀴 세트, 마스크와 우산, 돗자리, 섬에서 구입한 와인이 담긴 상자, 그들이 너무나 좋아하던, 붉은 고추로 만든 아이바르,[16] 그리고 절인 올리브를 담아 놓은 유리병들. 그는 불을 훤히 밝힌 채 난장판 속

---

16) 발칸반도에서 먹는 스프레드나 양념의 일종으로 붉은 고추와 가지를 섞어 만든다. 손으로 일일이 고추씨를 빼낸 뒤 향미를 유지하기 위해 서서히 보글보글 끓인다.

에 앉아 있다. 그러다 잠시 후 그녀의 핸드백을 집어 들고 안에 든 내용물을 식탁에 조심스럽게 쏟아 낸다. 그리고 의자에 앉아 애처로이 쌓인 물건 더미를 훑어본다. 마치 블록 빼기 게임 중에 그의 차례가 오기라도 한 것처럼. 다른 것들을 건들지 않으려면 블록을 제대로 빼내야 하니까. 잠시 망설이다가 립스틱을 집어서 뚜껑을 돌려 본다. 검붉은빛, 거의 새것이다. 그녀는 이 색깔을 자주 바르지 않았다. 냄새를 맡아 본다. 향기가 좋았지만 무슨 향인지는 모르겠다. 기운을 차리고 다시 물건들을 하나하나 집어서 식탁 위에 따로따로 분류한다. 푸른색 커버가 씌워진 오래된 여권, 사진 속 그녀는 훨씬 젊어 보인다. 풀어 헤친 긴 머리에 선명한 가르마. 마지막 장의 서명이 흐릿하게 뭉개져 있다. 때문에 국경을 지날 때면 통관원들이 그녀를 자주 멈춰 세우곤 했다. 고무 밴드로 묶은 검은 다이어리. 다이어리를 펼쳐 페이지를 넘겨 본다. 메모, 재킷의 스케치, 일렬로 적힌 숫자들, 폴라니차[17]의 식당 명함, 뒷면엔 전화번호가 적혀 있다. 머리카락 한 뭉치, 짙은 빛깔, 아니 뭉치라기보다는 그저 서로 다른 머리카락 몇십 가닥. 그는 그것을 옆으로 치워 놓는다. 그리고 좀 더 상세히 물품들을 들여다본다. 이국적인 문양의 인도산 천으로 만든 화장품 파우치, 그 속에는 진녹색 아이펜슬과 거의 다 쓴 분첩, 초록색 워터프루프 마스카라, 플라스틱 연필깎이, 립글로스, 핀셋, 그리고 끝부분이 검게 변한, 끊긴 체인 팔찌가 들어 있다. 트

17) 폴란드 중북부의 작은 도시로 온천이 있어 휴양지로 유명하다.

로기르[18]의 박물관 입장권도 찾아낸다. 뒤편에 낯선 단어가 적혀 있다. 종잇조각을 눈에 가까이 가져가 더듬더듬 읽어 본다. καιρός. 아마 K-A-I-R-O-S일 것이다. 하지만 확실치 않다. 무슨 뜻인지도 모른다. 화장품 파우치 바닥엔 모래가 가득하다.

거의 방전된 휴대 전화도 있다. 마지막 통화 기록을 확인해 본다. 가장 많이 뜨는 건 바로 그의 번호다. 하지만 전혀 모르는 번호 두세 개도 있다. 수신 메시지는 딱 하나, 그들이 트로기르의 박물관에서 서로 길이 엇갈렸을 때였다. "나는 중앙 광장 분수대 옆에 있어." 발신 메시지는 하나도 없다. 다시 초기 메뉴로 돌아온다. 화면에서 알 수 없는 문양이 껌뻑거리다 사라진다.

이미 뜯어서 사용하던 화장지 팩과 연필, 볼펜 두 자루, 하나는 노란색 비크 볼펜이고 다른 하나에는 '머큐리 호텔'이라고 적혀 있다. 폴란드 주화 그로시와 유로화 센트도 있다. 지갑 안에는 크로아티아 지폐 몇 장과 10즈워티짜리 폴란드 지폐 한 장이 들어 있다. 비자 카드. 모서리에 때가 탄 오렌지색 노트 패드. 고대 문양으로 장식된 구리 옷핀은 아마도 부러진 듯하다. 커피 맛 사탕 두 알. 검은 케이스에 든 디지털카메라. 못. 흰 클립 한 개. 껌을 싸는 은박지. 빵 부스러기. 모래.

그는 이 모든 걸 광택 없는 검은 조리대 위에 늘어놓는다.

---

18) 크로아티아 남부의 항구. 아드리아해에 면해 있으며 중세의 모습을 그대로 간직하고 있는 관광 도시이기도 하다.

그리고 각각의 물품을 일정한 간격으로 배열한다. 수돗물을 틀어 물을 마신다. 식탁으로 돌아와 담배 한 대를 피운다. 그러고 나서 그녀의 카메라로 모든 물품을 따로따로 촬영한다. 천천히, 진지하게, 렌즈를 최대한 물품에 가까이 대고, 플래시를 켠 채로. 이 작은 카메라가 자기 모습을 찍을 수 없다는 게 안타까울 뿐이다. 카메라 또한 엄연히 이 사건의 증인인데. 그러고 난 뒤 그는 트렁크와 다른 가방들을 세워 놓은 복도로 자리를 옮겨서, 각각의 가방을 따로 하나씩 사진으로 남긴다. 하지만 이걸로 끝이 아니다. 트렁크를 열어 그 안에 든 옷과 신발, 화장품과 책 사진도 모두 찍는다. 아이의 장난감도. 비닐봉지에 따로 담아 놓은 빨랫감도 전부 꺼낸 뒤, 쌓인 옷더미들도 사진으로 남긴다.

가방에서 조그만 라키야[19] 병 하나가 발견된다. 손에 카메라를 든 채 단숨에 마셔 버리고는 어쩔 수 없이 빈 병을 카메라에 담는다.

자동차를 타고 비스로 출발할 때쯤엔 이미 날이 밝아 오고 있었다. 그의 손에는 오가는 길에 먹으려고 그녀가 만들어 놓은, 꾸덕꾸덕 마른 샌드위치가 들려 있다. 무더위에 버터가 녹는 바람에 번들거리는 기름막이 빵에 스며들었고 노란 치즈는 딱딱하게 굳어 플라스틱처럼 반쯤 투명한 상태가 되었다. 코미자에서 출발하면서 샌드위치 두 개를 먹어 치우고는 손

19) 발효된 과일로 만든 증류주로 브랜디의 일종. 발칸반도 내 국가에서 일반적으로 생산, 음용된다.

을 바지에 쓱쓱 문질러 닦는다. 천천히, 조심스럽게 좌우를 살피고, 스쳐 지나가는 모든 풍경에 주의를 기울이며, 자신의 피에 알코올 성분이 있다는 걸 명심하면서 그가 차를 몬다. 자신은 이 자동차처럼 믿음직스럽고 튼튼하다고 생각한다. 그는 절대 뒤를 돌아보지 않는다. 자신의 등 뒤로 바다의 수면이 1미터씩 솟아오르고 있음을 알면서도. 공기가 어찌나 맑고 깨끗한지, 섬의 가장 높은 곳에 올라서면 이탈리아의 해변까지 보일 것 같다. 하지만 우선은 만에서 차를 세우고, 주위의 모든 걸 유심히 살펴본다. 종이쪽지 한 장, 휴지 조각 하나까지도. 브란코에게서 빌린 쌍안경 덕분에 비탈길도 관찰할 수 있었다. 뙤약볕에 바짝 말라 잿빛을 띤 잔디로 뒤덮인 돌무덤이 그의 눈에 들어온다. 잔디는 죽어 가는 뿌리로 악착같이 바위를 붙들고 있다. 줄기가 뒤틀린 채 시들어 버린 야생 올리브나무, 폐허가 된 포도원에 남겨진 작은 돌담도 보인다.

순찰대처럼 천천히 주변을 탐색한 지 한 시간쯤 지나자, 비스로 향하는 내리막길이 시작된다. 아내와 함께 먹거리, 그중에서도 주로 와인을 샀던 슈퍼마켓을 지나치자 곧 마을이 나온다.

유람선이 해안에 상륙해 있다. 어찌나 큰지 거대한 아파트가 물 위를 떠다니는 것 같다. '포세이돈.' 커다란 출입문은 이미 열려 있다. 한껏 벌어진 그 입속으로 곧 들어가기 위해 자동차들과 졸음에 취한 사람들이 줄을 서 있다. 쿠니츠키는 난간에 선 채로 표를 사는 사람들의 무리를 유심히 살핀다. 배낭을 멘 사람들 가운데 알록달록한 터번을 쓴 아름다운 아가

씨가 있다. 좀처럼 눈을 뗄 수가 없다. 그녀 옆에는 북유럽인 골격을 지닌 키 큰 청년이 서 있다. 아이들을 데리고 있는 여인들은 짐 가방이 없는 것으로 보아 현지인인 듯하다. 서류 가방을 든 양복 차림의 남자도 있다. 커플도 눈에 띄는데, 여자는 간밤의 부족한 잠을 메우려는 듯 애인의 품에 안겨 눈을 감고 있다. 그리고 자동차 몇 대. 뒷좌석에 짐을 잔뜩 실은 차도 있다. 독일 번호판을 단 차 한 대, 이탈리아 번호판을 단 차 두 대. 빵과 채소, 우편물을 실으러 육지로 가는 화물차도 있다. 섬도 살아야 하니까. 쿠니츠키는 신중하게 자동차들을 살핀다.

마침내 줄이 이동하기 시작하자 유람선이 사람들과 자동차를 차례로 삼킨다. 아무도 저항하지 않고 송아지 떼처럼 순순히 움직인다. 프랑스에서 온 사이클 선수들이 뒤늦게 도착한다. 다섯 명. 마지막으로 합류하긴 했지만 그들 역시 순순히 '포세이돈'의 입속으로 사라진다.

쿠니츠키는 출입문이 기계적인 신음을 내뱉으며 완전히 닫힐 때까지 기다린다. 매표원이 창구를 닫고 담배를 피우러 나간다. 유람선이 갑작스럽게 소란을 피우며 해변을 빠져나가는 것을 지켜본 유일한 증인은 쿠니츠키와 매표원뿐이다.

그가 여자와 아이를 찾고 있다고 말한다. 그리고 주머니에서 그녀의 여권을 꺼내어 매표원의 코앞에 들이민다.

매표원이 여권 쪽으로 몸을 숙이고는 사진을 들여다본다. 그가 크로아티아어로 대충 다음과 같이 말한다.

"경찰이 이미 이 여자에 대해 물어봤어요. 그녀를 본 사람은 아무도 없습니다." 그가 담배를 한 모금 빨고는 덧붙인다. "이 섬은 크지 않으니 다들 얼마든지 기억할 수 있을 텐데 말이죠."

그가 갑자기 오래전부터 아는 사이라도 되는 것처럼 쿠니츠키의 어깨에 손을 올린다.

"커피? 커피 한잔할래요?" 그가 고갯짓으로 이제 막 문을 열고 있는 항구 옆 카페를 가리킨다.

그래, 커피. 까짓것, 좋지.

쿠니츠키가 작은 테이블에 자리를 잡는 동안 매표원이 에스프레소 더블 샷을 들고 온다. 두 사내는 말없이 커피를 마신다.

"걱정하지 마세요." 매표원이 말한다. "여기선 누군가를 잃어버리는 게 불가능해요. 모두가 손바닥을 들여다보듯 빤히 다 보이거든요." 그가 이렇게 말하며 몇 줄의 고랑이 깊게 파인 자신의 손바닥을 내밀어 보인다. 그러고 나서 상추와 고기 튀김이 들어간 바게트 빵을 쿠니츠키에게 가져다준다. 그러다 결국 아직 커피를 다 마시지 못한 쿠니츠키를 남겨 둔 채 자리를 뜬다. 쿠니츠키는 터져 나오려는 짧은 흐느낌을 꿀꺽 삼킨다. 마치 빵 조각을 삼키듯. 하지만 아무런 맛도 느껴지지 않는다.

쿠니츠키는 손바닥을 들여다보듯 빤히 보인다는 그의 말을 떨쳐 버릴 수가 없다. 누가 들여다본단 말인가? 대체 누가 바다 위에 있는 이 섬을, 여기에 있는 모든 사람을, 항구에서 항구로 실처럼 연결된 아스팔트 도로들을, 무더위에 기진맥진한 수많은 여행객과 현지인을, 끊임없이 움직이고 있는 사람들을 주시한단 말인가? 위성 사진의 이미지가 그의 머릿속을 스치고 지나간다. 마치 성냥갑에 쓰인 글귀를 들여다보는 것과 유사하리라. 그런데 그게 과연 가능할까? 그렇다면 이제 막 머리카락이 빠지기 시작하는 그의 정수리도 생생히 내려다볼 수 있으리라. 저 거대하고 서늘한 창공은 초조하게 움직이는 위성의 눈동자로 가득 차 있으리라.

그가 교회 옆 작은 공동묘지를 통과해 자동차로 돌아온다. 마치 노천극장 좌석처럼 모든 무덤이 바다를 향하고 있다. 그러므로 죽은 이들은 느리게 반복되는 항구의 리듬을 바라볼 수 있을 것이다. 새하얀 유람선은 그들을 기쁘게 해 줄 것이다. 어쩌면 그들은 유람선을, 천상의 통로로 영혼을 인도하는 대천사로 여길지도 모른다.

쿠니츠키는 공동묘지에서 몇 개의 이름이 반복되고 있음을 알아차린다. 이곳에서 사람들은 고양이처럼 살아가는지도 모르겠다. 남과 어울리지 않고, 이 집에서 저 집으로 오직 몇몇 가구들만 왔다 갔다 하면서, 주어진 영역을 절대 벗어나지 않는 고양이. 그가 딱 한 번 발걸음을 멈춘다. 두 줄이 새겨진 작은 비석 앞에서.

조르카 1921년 2월 9일~1954년 2월 17일
스레찬 1954년 1월 29일~1954년 7월 17일

잠시 동안 그는 암호처럼 보이는 이 날짜에서 대수의 질서를 찾으려 애쓴다. 엄마와 아들이다. 비극이 날짜 속에 아로새겨져 단계적으로 그 모습을 드러낸다. 마치 릴레이 경주처럼.

여기가 마을의 끝이다. 그는 피로를 느낀다. 폭염이 절정에 이르러 그의 눈으로 땀방울이 끊임없이 흘러내린다. 그가 다시 자동차를 타고 섬의 내지로 향했을 때, 매서운 뙤약볕은 이 섬을 지구상에서 가장 불쾌한 장소로 만들었다. 무더위가 시한폭탄처럼 째깍거린다.

파출소에서 그들이 그에게 차가운 맥주를 권한다. 자신들의 무능함을 새하얀 거품으로 덮어 버리고 싶은 듯. "그들을 본 사람이 아무도 없습니다." 육중한 몸집의 경관이 말하면서 그를 향해 정중하게 선풍기를 돌려놓아 준다.

"그럼 이제 어떡하죠?" 쿠니츠키가 문간에 서서 경관에게 묻는다.

"가서 좀 쉬면서 기다리세요." 경관이 대답한다.

하지만 쿠니츠키는 파출소에 남아서 통화와 잡음 탓에 거의 들리지 않는 무전기의 대화에 촉각을 곤두세운다. 결국 브란코가 와서 그를 점심 식사 자리에 데려간다. 그들은 거의 대화를 나누지 않는다. 그러고 나서 쿠니츠키가 몸이 좋지 않으니 펜션에 데려다달라고 부탁한다. 그가 옷을 입은 채 침대에 쓰러진다. 자신의 땀 냄새를 맡는다. 역겨운 공포의 냄새를.

가방에서 끄집어낸 물건들로 잔뜩 어질러진 방 한가운데, 옷을 입은 채로 그가 배를 바닥에 대고 엎드려 있다. 그의 시선은 물건들이 만들어 낸 별자리와 같은 문양, 그것들의 형상,

놓인 위치와 가리키는 방향을 유심히 관찰한다. 이것은 어쩌면 징조일지도 모른다. 거기 어딘가에 그에게 발송된 편지가 있다. 아내와 아이의 문제에 관한 편지. 하지만 무엇보다 그 자신의 문제에 관한 편지. 글자도 모르겠고 기호도 모르겠다. 그러하니 아마도 인간의 손이 쓴 편지는 아닌 게 분명하다. 하지만 그 기호들이 그와 연관되어 있음은 명백하다. 그가 그것들을 바라보고 있다는 사실 그 자체가 중요하다. 그것들이 보인다는 것, 그 자체가 신비로운 일이다. 아니, 그가 지금 바라보고 있다는 것, 나아가 그가 지금 여기에 존재한다는 것, 그 자체가 바로 놀라운 신비다.

어디에나 있고 아무 데도 없는

여행할 때 나는 종종 지도에서 사라지곤 한다. 내가 어디에 있는지 아무도 모른다. 어딘가로부터 출발해서 어딘가에 도착하기까지의 어느 지점. '틈새'에 해당하는 그런 지점이 과연 존재할까? 그럴 때 나는 동쪽으로 향할 때 잃게 되는 낮이나, 서쪽으로 갈 때 얻게 되는 밤 같은 그런 존재일까? 하나의 입자가 동시에 두 군데에 존재할 수 있다는 저 놀라운 양자 물리학의 법칙이 내게도 통용되는 걸까? 그렇다면 그건 여태껏 우리가 잘 알지 못하고, 증명해 내지 못한 법칙, 그러니까 같은 장소에서는 하나의 존재가 두 개의 모습으로 공존할 수 없다는 법칙과는 차원이 다른 것일까?

내 생각엔 나 같은 부류가 꽤 많을 것 같다. 사라지고 없어지는 사람들. 그러다 갑자기 공항 터미널에 나타나서는 출입국 관리소에서 여권에 도장을 받고서야 다시 존재하기 시작하는 사람들. 아니면 호텔 리셉션에서 열쇠를 건네받으며 존재를 회복하는 사람들. 그들은 이미 자신의 불안정함을 인식하고 있을 것이다. 그리고 장소나 시각, 언어나 도시, 기후에 따라 자신의 현존이 좌우된다는 사실도 알고 있을 것이다. 유동성과 기동성, 환상성은 문명화된 사람들의 특성이다. 야만인들은 여행을 하지 않는다. 그저 목적지를 향해 움직이거나 침략할 뿐이다.

기차역에서 공항으로 가는 버스를 함께 기다리면서, 보온병에 든 허브티를 내게 권하던 여인도 비슷한 생각을 하고 있었다. 그녀의 손에는 복잡한 문양의 헤나 문신이 새겨져 있었는데, 이미 색이 꽤 옅어져 있었다. 차를 타자 그녀가 시간에 대한 자신의 이론을 내게 설파했다. 그녀에 따르면 농업에 종사하는 정착민들은 순환적 시간이 주는 기쁨을 만끽하길 원하는데, 그러한 시간 속에서는 모든 사건이 항상 처음으로 되돌아가기 마련이며, 배아 상태로 쪼그라들어서 성장과 노화와 죽음의 과정을 반복한다는 것이다. 하지만 수시로 여행길에 나서야만 하는 유목민이나 무역상들은 자신들을 위해 여행에 적합한 다른 시간을 고안해 내야만 했다. 그것은 직선적인 시간이며 목적을 향해 가는 척도가 될 수 있고 퍼센트에 따른 증가를 측정할 수 있는 실용적인 시간이었다. 그들에게는 매 순간이 서로 다른 것이며, 절대 반복되지 않는다. 그래서 그들은 기꺼이 위험을 감수하고 순간을 즐기며 충만한 삶을 살려고 애쓴다. 하지만 그것은 쓰라린 깨달음이다. 시간에 따른 변화를 되돌릴 수 없다는 건 결국 죽음이나 상실, 추모가 일상화되었다는 의미이기 때문이다. 그래서 '헛되다' 혹은 '무상하다'와 같은 말은 그들의 입에서는 절대 나오지 않는다.

"헛된 노력이고 부질없는 짓이죠."

여자가 웃으며, 문양을 그려 넣은 손을 머리 뒤에서 깍지 낀다. 이렇게 길게 늘어진, 단선적인 시간 속에서 버텨 낼 방법은 거리를 두는 것뿐인데, 그것은 다가갔다 물러섰다를 반복하며 스텝을 밟는 일종의 춤과 같은 것이라고 그녀는 말한다. 한 발 앞으로, 한 발 뒤로, 다시 왼쪽으로, 또 오른쪽으로, 기억하기 쉬운 간단한 스텝을 밟으면 된다. 세상이 점점 커질수록, 더 멀리 거리를 두어야 하는데, 그럴 땐 이렇게 춤을 출 수밖에 없다. 일곱 개의 바다를 건너, 두 개의 언어와 하나의 종교를 넘어 밖으로 벗어나야 한다.

하지만 시간에 대해 나는 의견이 다르다. 모든 여행자의 시간은 수없이 많은 시간이 하나로 모인 결합체다. 그것은 혼돈의 대양 속에서 정리된 시간, 섬과 군도의 시간이다. 기차역의 시계가 만들어 내는 시간, 가는 곳마다 달라지는, 그때그때 약속된 시간이자 자오선의 시간이기에 그 시간을 심각하게 받아들이는 사람은 아무도 없다. 날아가는 비행기 안에서 시간이 사라져 버리고, 먼동이 트기가 무섭게 오후와 저녁의 발소리가 계단에서 들려온다. 그저 잠시 머무는 대도시에서의 빡빡한 시간은 하룻저녁을 송두리째 바치기 위한 것에 불과하다. 그리고 이와는 대조적으로 비행기에서 목격할 수 있는, 인적 없는 평원의 느긋한 시간이 있다.

나는 세상이 뇌 속에, 그 주름 속에, 솔방울샘 안에 있고, 목구멍 안에 걸려 있다고 생각한다. 세상이라는 이름의 구체(球體). 그래서 그것은 기침으로 쏟아 내거나 침으로 뱉어 낼 수 있다.

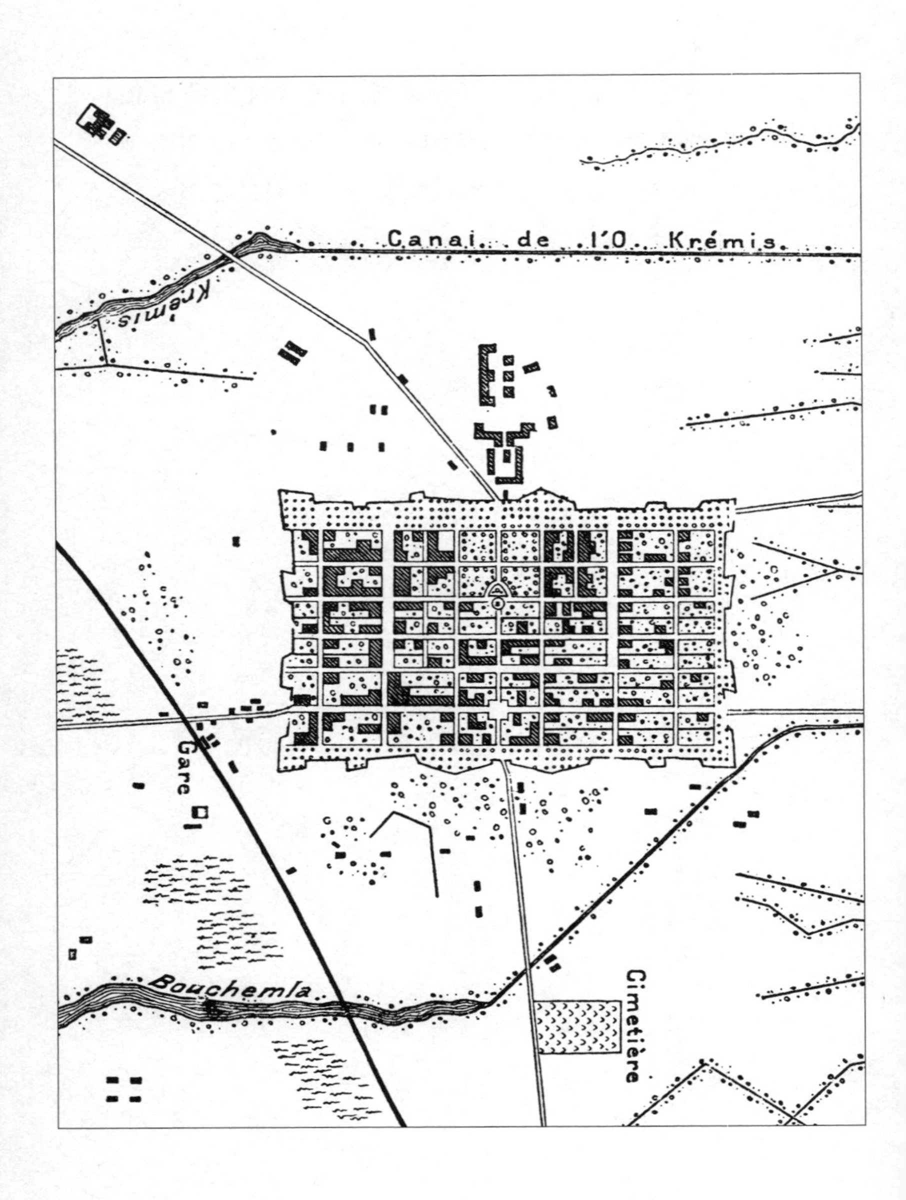
Canal de l'O. Krémis
Krémis
Gare
Bouchemla
Cimetière

공항들

여기 거대한 공항들이 있다. 환승 항공편을 제공해 주며 우리를 끌어모으는 곳. 이동을 도와주는 연결편과 시간표가 일목요연하게 정리된 곳. 비록 향후 얼마 동안은 여행 계획이 없다 해도 각각의 공항에 대해서는 상세히 알아 둘 필요가 있다.

과거에 공항은 기차역과 마찬가지로 도시의 보조 시설로 변두리에 지어졌다. 하지만 오늘날에는 고유한 정체성이 확립될 정도로 위상이 커졌다. 얼마 안 있으면, 일터나 숙소의 명목으로 도시가 공항에 병합되었다고 말하게 될지도 모른다. 진정한 삶은 움직임 속에서 구현되니까.

오늘날 공항이 도시보다 못할 게 뭔가? 공항에서는 흥미로운 미술 전시회나 회의가 열리고, 각종 이벤트나 신제품 출시회가 개최되기도 한다. 정원이나 산책로도 있고 교육 프로그램도 제공된다. 암스테르담의 스히폴 공항에서는 아름다운 렘브란트 그림의 복사본을 감상할 수 있고, 아시아의 어떤 공항에는 종교 박물관도 있다. 기가 막힌 아이디어다. 그뿐 아니라 공항 안에는 시설 좋은 호텔도 있고, 다양한 음식점이나 술집도 있다. 작은 상점들, 슈퍼마켓, 면세점, 쇼핑 센터도 있어서 여행에 필요한 물품을 장만하는 건 물론이고, 현지에 도착해서 시간을 절약할 수 있도록 기념품도 미리 사 둘 수 있다. 피트니스 클럽도 있고, 아시아 스타일이나 유럽 스타일의 마사지도 받을 수 있으며, 미장원이나 안내소, 은행 지점, 휴대 전화 서비스 센터도 있다. 육체적인 욕구를 해결하고 나면 예배당이나 명상실에서 정신적인 욕구도 충족시킬 수 있다. 어떤 공항에서는 낭독회나 강연회가 열리기도 한다. 내 배낭 어딘가에는 아직도 이와 관련된 프로그램 팸플릿이 들어 있다. 「여행 심리학의 역사 및 기초」, 「17세기 해부학의 발달」.

이곳에서는 모든 것이 철저하게 관리되고 운용된다. 무빙워크는 여행객들이 한 터미널에서 다른 터미널까지 이동하는 것을 도와준다. 공항에서 다른 공항까지도 긴밀하게 연결된다.(어떤 공항은 심지어 스무 시간 가까이 비행해야만 갈 수 있는 거리다!) 신중하고 사려 깊은 스태프들이 이 거대한 메커니즘이 완벽하게 작동될 수 있도록 끊임없이 살피고 관리한다.

이것은 공항들의 '허브'에서 더욱 폭넓게 확장된 개념이다. 도시 국가의 특별한 형태라고나 할까. 위치는 고정되어 있지만 거주자들은 끊임없이 유동적이다. 공항 공화국, 세계 공항 연합의 회원들, 아직 국제 연합에 대표단을 파견하진 못했지만,

머지않아 그렇게 될 것이다. 내부의 정치적인 문제보다는 세계 공항 연합의 구성체인 다른 공항들과의 관계를 긴밀하게 다지기 위한 새로운 체제가 등장한 것인데, 그 체제는 오직 다른 공항들과의 관계를 통해서만 존재 의미를 획득하게 될 것이다. 외향적이고 열려 있는 체제의 대표 사례다. 이곳에서 통용되는 헌법은 비행기표에 상세히 적혀 있고 보딩 패스가 거주민의 신원을 확인하게 된다.

거주민의 수는 일정치 않으며 수시로 바뀐다. 흥미로운 것은 안개가 끼거나 폭우가 쏟아질 때, 인구가 증가한다는 것이다. 편하고 자유롭게 돌아다니려면 남의 이목을 끌지 않는 편이 좋다. 때로는 에스컬레이터를 타고 가다 여행길에 오른 동족의 형제자매들과 마주칠 때도 있다. 그럴 때 우리는 자신이 포름알데히드에 절여져 유리병에 담긴 채, 병 밖으로 서로를 내다보는 존재가 된 것 같은 느낌을 받는다. 여행안내 책자에서 뜯어 낸, 사진이나 그림 속에 존재하는 인물들이 되는 것이다. 이곳에서 우리의 주소는 7D나 16A 같은 비행기 좌석이다. 거대한 이송 벨트 장치가 우리를 반대 방향으로 데려다준다. 모피 코트에 모자를 쓴 사람들, 야자수가 그려진 티셔츠에 반바지를 입은 사람들, 눈(雪) 때문에 눈동자 색깔이 흐릿해진 사람들, 햇볕에 그을은 피부를 지닌 사람들, 북쪽의 습기를 한껏 머금은 사람들, 썩은 나뭇잎과 부드러운 흙 내음을 풍기는 사람들, 샌들 한쪽 구석에 사막의 모래가 들어 있는 사람들. 어떤 이들의 피부는 구릿빛이나 황갈색이고, 숨 막힐 정도로 창백한 형광빛 피부를 지닌 이들도 있다. 늘 면도기로 머리카락을 미는 사람들, 한 번도 머리카락을 자르지 않은 사람들. 저기 선 남자처럼 덩치가 크고 우람한 사람들, 그리고 저 여자처럼 키가 남자의 허리밖에 안 올 정도로 작고 가냘픈 사람들.

공항은 자신의 고유한 음악을 갖고 있다. 비행기 엔진의 교향곡, 리듬을 거세한 채 공간을 가득 메우는 몇 개의 단순한 음들, 두 개의 엔진이 만들어 내는 전형적인 화음, 암적색과 암흑색의 음울한 단조. 듣기만 해도 지겨운, 하나의 화음으로 울려 퍼지는 라르고. 비행기가 이륙할 때 강렬한 입당송으로 시작되다가 착륙하며 '아멘'으로 마무리되는 레퀴엠.

자신의 뿌리를 찾아 떠나는 여행

호스텔들은 연령 차별주의 혐의, 그러니까 나이에 따라 손님을 차별하는 일로 고소를 당해야 마땅하다. 석연치 않은 어떤 이유로 그들은 젊은이들에게만 숙소를 제공하며, 자기들끼리 암묵적으로 나이 제한을 설정한다. 확실한 건 사십 대는 어김없이 입장을 거절당한다는 사실이다. 그렇다면 어째서 젊은이들만 이런 특별 대우를 받는 것일까? 이미 그들은 생물학적으로 충분히 많은 특권을 누리고 있지 않은가?

대부분의 호스텔에서 가장 많은 고객인 배낭여행족들을 예로 들어 보자. 그들은 남자든 여자든 하나같이 건장하고 키가 크며 투명하고 윤기 나는 피부를 갖고 있다. 담배를 피우거나 마약류를 소지하는 일도 드물고, 설령 그렇다 해도 기껏해야 마리화나 정도다. 그들은 주로 친환경적인 수단, 즉 육로로 여행을 하며 야간열차나 원거리 만원 버스를 애용한다. 어떤 나라에서는 히치하이크로 차를 얻어 타기도 한다. 밤이 되면 호스텔에 짐을 풀고, 저녁을 먹으며 '여행자의 세 가지 질문'을 서로 던진다. 어느 나라 사람인가? 어느 곳에서 오는 길인가? 어디로 갈 예정인가? 첫째 질문은 수직축을, 나머지 두 개의 질문은 수평축을 결정짓는다. 이러한 배열 덕분에 배낭족들은 머릿속에 좌표계와 유사한 뭔가를 그릴 수 있게 되며, 그 지도 위의 한 지점에다 서로를 배치한 뒤, 비로소 안심하고 잠자리에 든다.

기차에서 만난 그는 수많은 다른 사람들처럼 자신의 뿌리를 찾기 위해 여행하는 중이었다. 그것은 상당히 복잡한 여행이었다. 그의 외할머니는 유대계 러시아인이었고, 외할아버지는 빌뉴스[20] 태생의 폴란드인이었다.(그들은 안데르스 장군[21]의 군대와 함께 러시아를 떠나와 캐나다에 정착했다.) 그의 친할아버지는 에스파냐 사람이었고 친할머니는 인디언 부족 출신이었는데, 부족 이름은 기억나지 않는다고 했다.

여행을 시작한 지 불과 얼마 안 되었는데, 그는 벌써 뭔가에 한껏 압도당한 것처럼 보였다.

---

20) 리투아니아의 수도.

21) 브와디슬라프 안데르스(1892~1970). 2차 세계대전 당시 소련군과 동맹 협정을 맺으면서 소련 영토 내에 창설된 폴란드 군대 사령관.

여행용 화장품 키트

요즘 유명한 드러그 스토어들은 고객들에게 여행용 화장품 키트를 판매한다. 어떤 브랜드는 심지어 이런 유의 제품들만 따로 진열한 가판대를 마련해 둘 정도다. 세트 안에는 여행에서 유용하게 쓸 수 있는 모든 것이 들어 있다. 샴푸, 호텔 욕실에서 속옷을 빨 때 요긴한 튜브 비누, 반이 접히는 칫솔, 선크림, 모기 기피 스프레이, 구두약이 발린 티슈,(모든 색을 다 구할 수 있다.) 여성 청결용품 세트, 풋 크림, 핸드크림. 이 특별한 제품들의 가장 큰 특징은 사이즈다. 튜브나 유리병, 용기의 크기가 모두 엄지만 하다. 가장 작은 사이즈의 반짇고리 안에는 바늘 세 개와 색이 서로 다른 3미터 길이의 실을 감아 놓은 실타래 다섯 개, 그리고 비상용 단추 두 개와 옷핀 한 개가 들어 있다. 손안에 쏙 들어갈 정도로 작은 사이즈의 헤어스프레이는 특히 유용하다.

화장품 산업은 여행지에서 잠깐씩 멈추는 일상을 한곳에서 정주하는 일상생활의 축소판으로 간주하면서, 어린아이들에게나 어울릴 법한 작고 귀여운 제품을 다량으로 쏟아 내고 있다.

라 마노 디 조반니 바티스타

우리 주변에는 세상이 너무 많다. 그러므로 세상을 확장하거나 늘리기보다는 줄일 필요가 있다. 조그만 상자, 이를테면 휴대용 파놉티콘에 세상을 쑤셔 넣고 모든 일과를 마친 토요일 오후에만 들여다볼 수 있게 했으면 싶기도 하다. 속옷 빨래를 다 해 놓고, 셔츠는 의자 등받이에 널어 주름을 펴고 마룻바닥도 깨끗이 걸레질하고 크럼블 케이크는 모양이 잡히도록 창틀에 올려 잘 식힌 뒤에 말이다. 그러고 나서 마치 바르샤바에 있는 포토플라스티콘[22]을 관람하듯 구멍을 통해 그

22) Fotoplastikon. 1901년에 바르샤바에 만들어진 영사 시설. 관객들이 빙 둘러앉아 자신의 앞에 뚫려 있는 유리 구멍을 통해 20세기 초의 다양한 사진들을 삼차원 영상으로 감상한다. 마흔여덟 개의 장면으로 구성된 삼차원 이미지가 십오 초에 한 번씩 바뀐다.

안을 들여다볼 수 있다면.

하지만 이미 너무 늦었다.

그러므로 끊임없이 선택하는 법을 익히는 것 외에는 다른 도리가 없다. 야간열차에서 만난 여행객처럼 말이다. 그는 자기가 가치 있다고 생각하는 그림을 보기 위해 얼마간 한 번씩은 반드시 루브르 박물관을 방문한다고 했다. 「세례자 성 요한」[23] 앞에 서서 하늘을 가리키고 있는 요한의 손끝을 바라보기 위해서.

23) 1513~1516년경에 레오나르도 다빈치가 목판에 유채로 그린 세례자 성 요한의 성화. 갈색 곱슬머리에 몸에 표범 가죽 망토를 두른 세례자 요한이 입가에 미소를 띤 채 오른팔을 들어 손끝으로 하늘을 가리키고 있다.

원본과 복사본

어느 박물관의 카페테리아에서 만난 남자가 내게 이런 말을 했다. 원본과 마주했을 때만큼 만족스러운 순간은 없다고. 세상에 복사본이 많아질수록 원본의 위력은 더욱 커질 수밖에 없으며, 때로 그 위력은 거룩한 성유물에 버금간다고도 했다. 그에 따르면, 세상에 하나뿐인 것은 그래서 더욱 소중하며, 그로 인해 늘 파손에 대한 위협에 노출되어 있다는 것이다. 그의 말을 증명이라도 하듯 레오나르도 다빈치의 그림 앞에 여행객 한 무리가 둘러서서 경건한 태도로 그림에 집중하고 있었다. 하지만 이따금 팽팽한 긴장의 순간을 참을 수 없다는 듯, 어디선가 찰칵 소리가 선명하게 울려 퍼지곤 했다. 마치 디지털 언어로 내뱉는 새로운 '아멘'처럼.

겁쟁이들의 기차

승객들이 편히 잘 수 있도록 특별히 설계된 열차들이 있다. 침대칸 여러 대에 '식당 칸'이라고 부르기도 애매한, 바가 설치된 객차 한 대로 구성된 열차. 예를 들어 슈체친[24]에서 브로츠와프[25]까지 이런 종류의 열차가 운행되고 있다. 밤 10시 30분에 출발해서 아침 7시에 목적지에 도착하는데, 불과 322킬로미터로 여정 자체는 그렇게 먼 거리가 아니다. 기차로 다섯 시간이면 충분히 갈 수 있다. 하지만 한시라도 빨리 목적지에 도착하는 것만이 늘 중요한 건 아니다. 여기서 철도 회사가 신경 쓰는 건 승객의 안락함이다. 기차는 벌판 한가운데 밤안개 속

24) 폴란드 오드라강 하류에 있는 항구 도시.

25) 폴란드 슐레지엔 지방의 중공업 중심지.

에서 멈춰 서고, 바퀴 달린 조용한 호텔로 변신한다. 애써 밤과 경주를 벌일 필요는 없다.

베를린과 파리 구간에도 이런 식의 꽤 좋은 노선이 있다. 부다페스트와 베오그라드 구간도 마찬가지다. 부쿠레슈티에서 취리히로 이어지는 구간도 그렇다.

나는 이런 기차가 비행기를 두려워하는 사람들을 위해 고안된 게 아닐까 생각된다. 하지만 그런 사실을 고백하는 건 어쩐지 부끄러운 일이기에, 승객들은 자신들이 이런 기차로 여행을 다닌다는 말은 될 수 있으면 하지 않는다. 굳이 떠벌리고 다닐 필요는 없으니까. 이러한 기차는 오래된 단골들, 비행기의 이착륙 때마다 무서워서 거의 죽을 지경에 이르는 불운한 극소수를 위한 것이다. 매번 손에 땀이 나서 끊임없이 화장지를 뽑아 쓰기에 바쁜 사람들, 스튜어디스의 소매를 계속해서 잡아당기는 사람들.

이런 열차는 통상 사람들의 눈에 잘 띄지 않는 구석진 철로에 정차한다.(예를 들어 함부르크에서 크라쿠프로 가는 열차는 광고판으로 가려진 채 알톤 역에 서 있다.) 이런 기차를 처음 타 보는 사람들은 기차역의 어디에 열차가 세워져 있는지 몰라 헤매는 경우가 많다. 승차 과정은 신중하게 진행된다. 트렁크 앞주머니에는 파자마와 슬리퍼, 화장품 파우치, 그리고 귀마개가 들어 있다. 옷은 잘 펴서 특수 옷걸이에 걸고, 미니 세면대의 작은 서랍장에는 세면도구를 넣어 둔다. 잠시 후면 검표원이 와서 아침 식사를 주문받는다. 커피나 차를 주문받기도 한다. 기차 안에서 누릴 수 있는 몇 안 되는 자유다. 저가 항공표를 구매했다면 한 시간 안에 목적지에 도착하고 비용도 절약할 텐데. 사랑하는 연인의 품에서 밤을 보내거나 굴 요리가 나오는 근사한 현지 식당에서 디너를 즐길 수도 있었을 것이다. 대성당에서 모차르트 미사곡을 감상하거나 바닷가를 유유히 산책할 수 있을지도 모른다. 하지만 기차 여행을 선택한 사람들은 자신에게 허락된 밤 시간 전부를 송두리째 바쳐야 한다. 조상들의 오랜 여행 습관처럼 다리와 고가 도로, 터널을 일일이 통과하며 육로를 횡단해야 한다. 무엇 하나 빠뜨리거나 건너뛰어선 안 된다. 1밀리미터도 빠짐없이 바퀴로 밟아 가면서 순간과 접선하는 동안, 반복되지 않는 배열이 끝없이 펼쳐진다. 바퀴와 철로, 시간과 공간, 온 우주에서 하나밖에 없는 특별한 배열이 계속해서 전개된다.

겁쟁이들을 태운 열차가 별다른 예고도 없이 한밤중에 슬며시 출발하기 시작하면, 바는 어느새 사람들로 북적인다. 양복 차림의 남자들이 빨리 잠을 청하기 위해 맥주를 큰 병으로 주문해 단숨에 들이켠다. 옷을 잘 차려입은 게이들이 캐스터네츠처럼 누군가를 향해 눈을 깜빡거린다. 일행으로부터 떨어져 어딘지 쓸쓸해 보이는 축구 팬들도 눈에 띄는데, 비행기를 타고 먼저 간 팬들과는 달리 기차를 타고 이동하는 그들은 길 잃은 양처럼 어쩔 줄 몰라 한다. 따분한 남편들을 집에 남겨 두고 짜릿한 모험을 기대하는 중년 여인들도 있다.

바의 빈자리는 점점 줄어들고, 승객들은 마치 성대한 파티에 온 듯 즐긴다. 때로는 친절한 바텐더가 손님들을 서로에게 소개하기도 한다. "이 손님은 매주 이 기차를 타신답니다.", "여기는 테드 씨고요, 절대 안 잘 거라고 말하면서 제일 먼저 곯아떨어지는 분이지요.", "매주 부인을 만나러 가는 승객분인데요, 아마 사모님을 열렬히 사랑하시나 봐요.", "이 숙녀분은 '다시는 이 기차를 안 탈 거야.'라고 입버릇처럼 말하시죠."

한밤중, 기차가 벨기에나 루부시[26]의 평원으로 접어들고, 짙은 밤안개가 주위를 에워싸는 시각이 되면, 바에서는 2부가 시작된다. 불면증에 시달리던 승객들이 맨발에 슬리퍼 차림으로 나타난다. 그들은 될 대로 되라며 운명의 손에 자신을 맡기듯, 사람들 무리에 합류한다.

내 생각으론 그들에게는 좋은 일만 일어날 것이다. 왜냐하면 움직이는 공간, 밤이 실어 나르는 공간, 눈에 띄지 않는 어둠 속을 오가는 공간을 찾아냈으므로. 여기서는 아는 사람이 하나도 없으니 누구의 눈에도 띄지 않을 수 있다. 그러므로 그들은 자신의 삶에서 슬쩍 빠져나왔다가 안전하게 귀가할 수 있으리라.

---

26) 폴란드 서부에 위치한 주(州). 서쪽으로 독일과 국경에 접해 있다.

버려진 아파트

아파트는 대체 무슨 일이 벌어진 건지 이해하지 못한다. 주인이 죽었나 보다고 생각한다. 문이 쾅 닫히고 열쇠가 자물쇠 안에서 삐걱대고 난 뒤, 모든 소리는 이곳에서 짓눌렸고 희미한 얼룩이 지워지듯 모서리도, 그림자도 사라져 버렸다. 오랫동안 사용하지 않아 뻣뻣하게 굳었고, 더 이상 맞바람이 들이치거나 커튼이 살랑이지 않는다. 그런데 이러한 정지 상태 속에서 뭔가가 형태를 갖추려고 시도한다. 저기 입구 어디쯤, 마루와 천장 사이에 순간적으로 매달려 있다.

물론 여기 새로운 건 아무것도 나타나지 않는다. 사실 어떻게 가능하겠는가? 그건 단지 익숙한 형상의 모방일 뿐이다. 그저 순간적으로 윤곽을 드러낸 거품 덩어리 같은 것. 개별적인 에피소드, 격리된 몸짓일 뿐이다. 마치 보드라운 양탄자의 똑같은 자리에 끊임없이 나타났다 사라지기를 반복하는 발자국처럼. 혹은 탁자 위에서 뭔가를 끼적이는 척하는 손짓처럼. 비록 펜도, 종이도, 글자도, 그리고 어떤 실체도 없어서 도무지 이해할 수는 없지만.

악행을 기록한 책

그녀는 내 친구는 아니었다. 내가 그녀를 만난 건 스톡홀름 공항, 전 세계에서 유일하게 나무 바닥이 깔린 공항에서였다. 짙은 떡갈나무를 사용하여 각각의 널을 조심스럽게 이어 붙인 쪽모이 세공 방식으로 만들어진 마룻바닥은 더없이 아름다웠다. 하지만 이런 바닥을 완성하기 위해서는 북유럽의 숲에서 나무 몇 헥타르 분량은 족히 베어 와야 했을 것이다.

그녀는 두 다리를 쭉 펼쳐서 검은 배낭 위에 올려놓은 채 내 옆에 앉아 있었다. 책도 읽지 않고 음악도 듣지 않고, 그저 배 위에다 양손을 올려놓고서 정면을 바라보는 중이었다. 나는 그처럼 초연하고 평화롭게 기다림을 감수하는 그녀의 모습에 호감을 느꼈다. 내가 대놓고 쳐다보자 그녀의 시선은 광택이 흐르는 마룻바닥으로 옮겨 갔다. 그녀에게 말을 걸기 위해 나는 중얼거렸다. "공항 바닥을 깔려고 이렇게 많은 나무를 낭비하다니……."

그러자 그녀가 대답했다.

"공항을 지으면서 살아 있는 생명체를 희생시킬 필요가 있었던 거예요. 이곳에서 재난이 일어나지 말라는 뜻에서."

무슨 문제가 생긴 듯 게이트 앞의 스튜어디스들이 초조하게 움직였다. 안내 방송을 들어 보니, 비행기 탑승객이 초과 예약된 모양이었다. 알 수 없는 이유로 탑승자 명단에 정원을 초과한 인원이 등록되었다는 것이다. 컴퓨터의 실수, 이게 바로 오늘의 운명을 가르는 결정적 요인이었다. 이튿날에 떠나는 비행기를 이용하기로 하고 자리를 양보하는 승객 두 사람에게 현금 200유로와 공항 인근 호텔 숙박권, 그리고 저녁 식사권을 제공하겠다고 했다.

사람들은 신경질적인 눈빛으로 서로 쳐다보았다. 누군가 제비뽑기를 하자고 소리쳤다. 그 말에 다른 누군가가 큰 소리로 웃었는데, 그러고 나자 불쾌한 적막이 이어졌다. 하루 더 공항에 남기 원하는 사람은 아무도 없었다. 당연하다. 우리는 할 일 없이 빈둥거리는 사람이 아니다. 다들 약속된 만남이 있고 내일 치과에도 가야 하며 저녁에는 친구들을 집에 초대했으므로.

나는 고개 숙여 발끝을 내려다보았다. 서두를 필요도 없었고 시간 맞춰 도착해야 하는 약속도 없었다. 내가 시간에 쫓기기보다는 시간이 나를 쫓아오게 해 보자! 게다가 생계를 위해 돈을 버는 방법은 다양한데, 지금 내 눈앞에 새로운 형태의 일거리가 주어지지 않았는가. 어쩌면 이는 실업 문제를 해소하고 지나친 쓰레기 폐기물도 양산하지 않는 미래형 일거리인지도 모른다. 줄에서 옆으로 비켜 서는 즉시, 일당을 받으며 호텔에 묵을 수 있고, 커피와 함께 뷔페식으로 제공되는 아침 식사도 즐기고, 다양한 요거트를 맛볼 수 있다. 그러니 굳이 마다할 이유가 있겠는가. 나는 자리에서 벌떡 일어나 걱정스러운 표정을 하고 있는 스튜어디스들에게 다가갔다. 그러자 내 옆에 앉아 있던 여자도 일어나서 나를 따라왔다.

"그러지, 뭐." 그녀가 말했다.

안타깝게도 우리 수화물은 이미 목적지로 날아가 버린 뒤였다. 텅 빈 공항버스가 우리를 호텔로 데려갔다. 그곳에서 우리는 서로 이웃한 작은 방을 하나씩 얻었다. 딱히 짐 정리를 할 필요도 없었다. 여행의 필수품인 칫솔과 깨끗한 속옷, 그리고 로션과 흥미진진하게 읽을 두꺼운 책 한 권, 메모장. 이제 곧 모든 걸 기록할 시간이 올 것이다. 그녀에 대한 모든 걸.

그녀는 훤칠한 키에 몸매도 늘씬했다. 엉덩이는 좀 큰 편이었지만 손이 작았다. 풍성한 곱슬머리를 포니테일로 묶었는데, 허옇게 센 옆머리가 고집스럽게 삐죽삐죽 솟아 나와 마치 얼굴을 감싸는 은빛 후광처럼 보였다. 하지만 얼굴은 젊어 보였고 주근깨투성이에 낯빛이 밝았다. 염색을 안 하는 걸 보니 스웨덴 여자인 모양이었다.

저녁에 천천히 샤워를 마치고 케이블 티브이의 채널을 이리저리 돌려 보고 난 뒤, 우리는 아래층 바에서 만났다. 화이트 와인을 주문하고, 예의를 지켜 통성명하고, 서로에게 여행자의 세 가지 질문을 한 뒤, 곧바로 본론으로 들어갔다. 나는 그녀에게 내 긴 여행에 대한 이야기를 꺼냈는데, 얼마 못 가서 그녀가 그저 예의상 듣고 있다는 사실을 깨달았다. 내 이야기는 금방 탄력을 잃었고 나는 그녀에게 훨씬 더 흥미로운 이야깃거리가 있음을 알았다.

그녀는 어떤 증거를 모으는 일을 하고 있는데, 덕분에 유럽연합에서 보조금도 받았지만, 그것만으로는 턱없이 부족해 아버지에게서 돈을 빌려야만 했다. 그런데 그사이 아버지가 돌아가시고 말았다. 그녀는 이마 위로 꼬불꼬불 흘러내린 하얀 머리카락을 뒤로 쓸어 넘겼다.(그때 나는 그녀의 나이가 마흔다섯 살을 넘지 않았음을 확신했다.) 우리는 공항에서 받은 식사권으로 샐러드를 주문했다. 금액에 부합하는 건, 니스식 샐러드뿐이었다.

그녀는 눈살을 찌푸리면서 말하는 버릇이 있었는데, 그 때문에 살짝 비꼬는 것처럼 들리기도 해서 처음 몇 분 동안은 그녀가 진지하게 말하고 있는지 헷갈렸다. 얼핏 보기에 세상은 무척이나 다채롭게 보인다고 그녀가 말했다. 어딜 가든 다양한 인종, 이국적인 문화, 지역별 관습에 따라 서로 다른 요소들로 지어진 각양각색의 도시를 만날 수 있다고. 지붕 모양도 다르고, 창문이나 마당 형태도 서로 다르다고. 그녀는 포크로 페타 치즈를 찍어서 허공에서 빙글빙글 돌렸다.

"하지만 이렇게 표면적인 다양성을 무분별하게 받아들여서는 안 돼요. 그건 그저 피상적인 것이니까요. 사실 어디나 다 똑같아요. 동물들의 관점에서 보면 말이죠. 인간이 동물에게 하는 짓들 말예요." 그녀는 침착한 목소리로, 이미 달달 외운 강연을 반복하듯이 술술 이야기를 풀어 나갔다. "개들은 무더위에도 사슬에 묶여 있어요. 간절히 물을 기다리면서 말이죠. 어찌나 꽁꽁 묶어 놨는지 강아지들은 두 달이나 지났는데도 걷지를 못해요. 어미 양들은 한겨울에 눈 속에서 출산을 하죠. 농부들이 하는 일이라곤 트럭을 몰고 와서 새끼 양들을 실어 가는 것뿐이에요. 레스토랑 수족관에서는 바닷가재를 키웁니다. 손님이 손가락으로 사형 선고를 내리는 순간 끓는 물에 집어넣어 죽이기 위해서 말이죠. 어떤 곳에서는 창고에서 개들을 키웁니다. 개고기를 먹으면 남자들의 정력이 왕성해진다고 생각하거든요. 닭장에 갇힌 닭들은 낳는 달걀의 수에 따라 평가를 받고, 화학 약품 때문에 가뜩이나 짧은 생이 더욱 단축됩니다. 개들에게 결투를 벌이게 하고, 질병을 연구하기 위해 원숭이들에게 병균을 주사하고, 토끼의 피부에다 화장품을 테스트하고, 갓 태어난 어린 양의 털로 코트를 만들어 입죠." 그녀가 입속에 올리브를 넣으며 담담하게 말했다.

나는 그녀의 말을 막았다. 더 이상 듣고 싶지 않았다.

그녀는 의자 뒤에 걸어 놓았던 천 가방을 집어 들고는 그 안에서 플라스틱 파일에 차곡차곡 정리한 복사 용지 뭉치를 꺼내 내게 내밀었다. 내키지 않았지만 어쩔 수 없이 나는 그 뭉치를 넘겨 보았다. 오래되어 손때 묻은 종이에 백과사전이나 성경처럼 2단으로 나뉘어 적힌 텍스트, 깨알같이 작은 활자, 각주들. '악행에 관한 리포트', 그리고 그녀의 인터넷 홈페이지 주소. 그것들을 훑어본 뒤, 나는 내가 이 뭉치를 읽지 않으리라는 걸 알았다. 하지만 그것들을 꼼꼼히 챙겨 배낭 속에 집어넣었다.

"제가 하는 일이 이런 거예요." 그녀가 말했다.

두 번째 와인을 마시면서 그녀는 티베트 원정에서 고산병에 걸려 거의 죽을 뻔한 이야기를 들려주었다. 현지의 한 여인이 북을 두드리면서 약초를 달여 먹여 목숨을 구해 주었다고 했다.

그날 우리는 꽤 늦게 잠자리에 들었다. 긴 문장, 긴 이야기에 목말라하던 우리의 혓바닥은 화이트 와인 덕분에 유창해졌고 비교적 자유롭게 이야기를 나눌 수 있었다.

다음 날 호텔에서 아침을 먹으면서 알렉산드라(분노에 찬 그 여인의 이름이었다.)는 접시에 담아 놓은 크루아상 너머 내 쪽으로 몸을 숙이면서 속삭였다.

"진정한 신은 동물이에요. 신은 동물 속에 있죠. 그렇게 가까이 있는데 우리가 보지 못할 뿐이에요. 동물은 매일 우리를 위해 희생하고, 죽음을 반복하고, 자신의 몸을 바쳐 우리를 먹이고, 자신의 가죽으로 우리에게 옷을 지어 입히고, 의약품 테스트를 허용해 줘요. 우리가 더 오래, 더 잘 살 수 있게 하려고요. 그렇게 우리에게 애정을 표시하고 우정과 사랑을 전하는 거죠."

나는 그녀의 입술을 바라보며 얼어붙은 듯 꼼짝도 할 수 없었다. 몸이 떨렸다. 그녀의 입에서 흘러나온 계시 때문이 아니라 그런 이야기를 하는 그녀의 어조가 너무도 평화롭고 잔잔했기 때문이었다. 그리고 나이프 때문이었다. 너무도 담담히 크루아상 안쪽을 휘저으며 버터를 바르고 있는 그녀의 나이프.

"증거는 겐트[27]에 있어요."

그녀가 천 가방을 뒤져 엽서 한 장을 꺼내더니 내 접시 위에 올려놓았다.

나는 그 엽서를 손에 들고, 거기에 그려진 수많은 세부 항목 속에서 요점을 발견하기 위해 애썼다. 돋보기가 필요할 듯했다.

"누구나 그 증거를 눈으로 볼 수 있어요." 알렉산드라가 말했다. "거기 가면 시내 한복판에 대성당이 있는데요, 그 제단에는 거대하고 아름다운 그림이 있어요. 도시 근교의 어느 벌판, 초록빛 평야가 그려져 있는데, 그 풀밭에서 거양(擧揚)이 이루어지고 있죠. 아, 바로 여기예요." 그녀가 나이프 끝으로 짚어 가며 내게 알려 주었다. "여기 새하얀 양의 모습을 한, 신격화된 '동물'이 보이죠?"

마침 내가 아는 그림이었다. 나는 이미 다양한 복제본으로 이 그림을 본 적이 있었다. 「어린 양에 대한 경배」[28]였다.

"그의 진짜 신원이 세상에 드러난 거죠. 환하게 빛나는 형상은 사람들의 시선을 끌어당기고 신성한 권위 앞에서 저절

---

27) 벨기에 서북부, 헬데강과 지류인 리스강의 합류점에 위치한 옛 도시.
28) 겐트에 있는 성 바보(Saint Bavo) 성당의 제단화. 플랑드르 회화의 거장인 얀 반에이크와 후베르트 반에이크 형제가 1432년에 그렸다.

로 고개를 숙이게 합니다." 그녀가 나이프로 양을 가리키며 말했다. "보시다시피 사방에서 그를 경배하려는 행렬이 모여들고 있어요. 가장 겸손하고 가장 초라한 모습을 한 신을 보기 위해서 말이죠. 이것 좀 보세요. 여기 국가의 권력자들, 황제들, 교회와 국회, 정당의 대표들, 길드의 회원들이 전부 모여들고 있어요……. 아이를 데리고 온 어머니들, 노인들, 그리고 십대 소녀들까지……."

"무엇 때문에 이 일을 하나요?" 내가 물었다.

"너무도 당연한 이유에서죠." 그녀가 대답했다. "거대한 악행을 기록한 장대한 책을 쓰기 위해서예요. 세상이 시작될 때부터 인류가 저질러 온 범죄를 하나도 빼놓지 않고 모두 기록할 거예요. 이건 인류의 고해성사가 될 겁니다." 그녀는 이미 그리스 고전에서 다양한 발췌문을 수집해 놓았다고 덧붙였다.

여행 안내서

뭔가를 글로 묘사한다는 건, 그것을 사용하는 것과 비슷해서 결국엔 그것을 망가뜨리게 된다. 색깔이 엷어지고 모서리는 닳아서, 글로 적어 놓은 것들은 결국 희미해지고 사라져 버린다. 특히 장소에 관한 글이 그렇다. 여행 안내서들은 침략이나 전염병처럼 지구의 상당 부분을 파괴하고 막대한 손실을 초래했다. 다양한 언어로 수백만 부를 찍으면서 해당 장소를 속박하고 약화시키고 그 윤곽을 지워 버렸다.

나 또한 한때, 젊은 날의 무지함 탓에 어떤 장소들을 묘사해 보겠다는 시도를 한 적이 있다. 하지만 훗날 내가 써 놓은 글을 다시 읽어 보았을 때, 깊게 숨을 들이마시고는 그 강렬했던 존재감을 되살리려 애쓰고 그 글의 소곤거림에 귀를 기울여 보았을 때, 나는 충격을 받았다. 진실은 가혹했다. 뭔가를 글로 쓴다는 건, 그것을 파괴한다는 의미였다.

그렇기에 신중해야만 한다. 구체적인 이름을 언급하지 말고, 에둘러 말하거나 얼버무리는 편이 좋다. 주소를 제시하는 경우에도 그 누구도 순렛길에 오르고픈 마음이 들지 않도록 주의할 필요가 있다. 가 봤자 뭐가 있겠는가? 말라비틀어진 사과 속처럼 케케묵은 공간, 그리고 먼지뿐일 텐데.

앞서 언급했던 『임상 증후군』에는 주로 일본인들에게서 나타나는 증상인 '파리 신드롬'이 언급되어 있다. 신체적으로 여러 가지 불편한 증상이 나타나는 게 이 신드롬의 특징인데, 예를 들면 호흡 곤란이 일어나거나 심장 박동이 고조되고 식은땀이 흐르고 흥분 상태에 이르게 된다. 때로는 환영도 보인다. 그럴 땐 진정제 복용 또는 아예 집으로 돌아가라는 처방이 내려진다. 이러한 증상을 유발하는 직접적인 원인은 높은 기대치를 충족하지 못한 여행객들의 실망감이다. 그들이 두 눈으로 직접 목격한 파리는 여행 안내서나 영화, 텔레비전에서 본 것과 너무나도 달랐던 것이다.

새로운 아테네

여행 안내서처럼 빨리 나이를 먹는 책은 없는데, 가이드북의 시장성이라는 측면에서 보면 축복일 수도 있다. 내가 여행을 떠날 때마다 손에 집어 드는 책은 딱 두 권이다. 쓰인 지 꽤 오랜 세월이 흘렀음에도 말이다. 무엇보다 진심 어린 열정, 그리고 세상을 그려 보겠다는 간절한 바람으로 탄생된 책이기 때문이다.

첫 번째 책은 18세기 초에 폴란드에서 발간된 책으로 제목은 『새로운 아테네』다. 당시 유럽에서 계몽주의가 한창 유행이었으므로 이런 경향을 반영해서 기술했다면 훨씬 큰 성공을 거두었을 테지만, 대신 이 책이 지닌 고유한 매력은 반감되었을 것이다. 책의 저자는 가톨릭 신부인 베네딕트 흐미엘롭스키인데, 보윈[29] 출신이었다. 안개 낀 시골 마을에 몸을 숨긴 요세푸스[30]나 변방에서 나타난 헤로도토스[31]라고 할 수 있을 것이다. 흐미엘롭스키는 나와 비슷한 신드롬을 앓지 않았을까 짐작되지만, 나와는 반대로 집에서 한 발도 움직이지 않았다.

이 책에는 다음과 같은 긴 제목을 붙인 장이 있다. '세상의 또 다른 괴상하고도 놀라운 사람들에 대해서: 즉 머리가 없는 아케팔루스들에 대해서, 그리고 개의 머리를 가진 키노케팔루스들에 대해서, 그리고 또 다른 괴이한 형태의 사람들에 대해서.' 여기서 흐미엘롭스키는 다음과 같이 적고 있다.

"이시도루스[32]가 렘니오스라 불렀던, 블레미족이 있었다. 이 종족 사람들은 모두 좌우 대칭의 몸매를 지녔는데, 머리는 아예 없었다. 대신 가슴 한가운데 얼굴이 있었다. …… 로마 역사가이자 자연계에 대한 뛰어난 연구자인 플리니우스 세쿤두스는 머리가 없는 아케팔루스들에게 감정이나 정서가 있었다는 사실을 확인했을 뿐 아니라 그들이 에티오피아 또는 아

---

29) 현재 폴란드, 우크라이나, 벨라루스 삼국의 국경이 맞닿아 있는 지역.

30) 플라비우스 요세푸스(Flavius Josephus, 37?~100?). 유대 역사가. 『유대 전기』(77~78), 『유대 고대지(古代誌)』(95) 등의 저서를 기술했는데, 비기독교인으로서 예수에 대한 기록을 남겨 유명해졌다.

31) 헤로도토스(Herodotos, B. C. 484?~B. C. 430?). 그리스 역사가로 키케로가 '역사의 아버지'라고 불렀다. 페르시아 전쟁사를 다룬 『역사』를 썼다. 서사시와 비극의 영향을 받은 것으로 여겨진다.

32) 이스팔레우시스 이시도루스(Hispaleusis Isidorus, 560?~636). 7세기 서고트 왕국의 신학자이자 저술가. 서고트 왕국을 가톨릭으로 개종시키고, 교육과 학문의 부흥을 이끌어 내는 데 중요한 역할을 했다.

프리카 대륙에 거주하던 혈거인들[33]과 친족이라는 사실도 밝혀 냈다. 저자가 인용한 이러한 대부분의 지식은 '오쿨라티스 테스티스', 즉 목격자이자 권위자인 아우구스티누스 성인의 저술에서 찾아낸 것인데, 북아프리카 히포 레기우스의 주교였던 아우구스티누스는 그곳에서 그리 멀지 않은 에티오피아 인근 지역을 순례하면서 거룩한 기독교 신앙의 '씨앗(semina)'을 뿌렸고, 그는 '사막(Eremo)'에서 행한 설교에서 자신의 형제자매들에게 이렇게 말했다. …… "저는 히포 레기우스의 주교인데, 예수 그리스도의 복음을 전파하기 위해 몇몇 그리스도의 종들과 함께 이곳 에티오피아까지 오게 되었습니다. 이 나라에서 우리는 머리가 없는 수많은 남자와 여자를 보았습니다. 대신 그들은 가슴팍에 커다란 눈동자를 갖고 있었습니다, 그들과 함께 있던 나머지 사람들은 우리와 비슷했습니다." …… 또한 저자가 여러 차례 언급한 솔리누스[34]는 이렇게 적고 있다. "인도의 산야에는 개의 머리와 개의 목소리를 갖고 있으며 개처럼 짖는 사람들이 살고 있다." 인도를 탐험한 마르코 폴로 또한 주장하기를 벵골만 남쪽의 안다만섬에는 개의 머리와 이빨을 가진 사람들이 살고 있다고 했다. 또한 이 책의 10장에는 오도리쿠스 아일리아누스 역시 이런 사람들이 사막과 이

33) 동굴 속에 사는 사람들을 뜻한다. 인류는 선사 시대에 동굴 생활을 했다. 하지만 지금은 아프리카, 아시아, 유럽에 소수의 혈거인이 남아 있다. 또한 에스파냐에는 약 3000명의 집시들이 동굴 생활을 하고 있다.

34) 가이우스 율리우스 솔리누스(Gaius Julius Solinus, 3세기). 고대 로마 제국의 라틴어 문법학자이자 저술가.

집트의 숲에 살고 있다는 견해를 내놓았다는 내용이 언급되어 있다. 이 괴물 같은 인간들을 가리켜 플리니우스는 키나날로고스라고 명명했고, 고대 로마의 저술가 아울루스 겔리우스와 이시도루스는 키노케팔루스, 즉 '개의 머리'라고 불렀다. …… 미코와이 라지비우 왕자는 성지 순례를 떠났다가 그곳에서 쓴 세 번째 편지에서 키노케팔루스, 즉 개의 머리를 가진 사람 둘을 유럽으로 데려왔다고 적었다.

탄뎀 오리투르 퀘스토.(Tandem oritur questo, 마침내 떠오른 질문.) 이 괴물 같은 사람들은 과연 구원받을 수 있을 것인가? 이 질문에 대한 응답으로 아우구스티누스 성인은 히포 레기우스의 대성당에서 신탁을 받았다. 그에 따르면, 어디에서 태어났든 간에 인간은 선하고 현명하며, 만일 그가 영혼 속에 지혜를 갖고 있다면 비록 피부색이나 목소리, 걸음걸이가 우리와 다르더라도 그 또한 인류의 선조인 아담의 자손임이 틀림없으니 구원받을 수 있으리라.

나의 두 번째 여행 안내서는 멜빌의 『모비 딕』이다.

그리고 이따금 위키피디아를 통해 검색을 할 수 있다면 그것으로 충분하다.

위키피디아

이것이야말로 인간이 만든 가장 정직한 인지 프로젝트라고 생각한다. 신의 머리에서 나온 지혜의 여신 아테나처럼 세상에 대한 모든 지식은 결국 우리의 두뇌에서 비롯된다는 사실을 위키피디아는 일깨워 준다. 사람들은 자신이 아는 모든 것을 위키피디아를 통해 실어 나른다. 만약 이 프로젝트가 성공한다면, 이는 끊임없이 생장을 거듭하는 백과사전, 아마도 세상의 가장 큰 기적이 될 것이다. 위키피디아에는 우리가 아는 모든 것이 다 있다. 우리의 뇌를 차지하고 있는 모든 사안과 정의, 사건, 문제가 전부 포함되어 있다. 우리는 다양한 출처를 인용하고 링크를 제시하게 될 것이다. 이런 식으로 우리는 세상사에 대한 자신의 버전을 함께 직조해 나가고, 우리가 만든 고유한 이야기가 지구를 에워싸게 될 것이다. 위키피디아 안에 모든 것을 담아 보자. 자, 어서 작업에 착수하자! 각자 자신이 가장 잘 아는 항목에 대해 최소한 한 문장만이라도 써 보자.

하지만 이따금 나는 과연 이 모든 것이 성공적으로 진행될 수 있을지 의구심이 든다. 위키피디아에 존재하는 정보는 우리가 말로 표현할 수 있는 것, 다시 말해 언어의 영역에 존재하는 것으로만 한정되기 때문이다. 이런 관점에서 보면 이 백과사전은 절대 모든 것을 포괄할 수 없을 것이다.

그러므로 균형을 유지하기 위해서는 우리가 잘 모르는 것, 지식과 반대되는 것을 축적할 수 있는 또 다른 방식이 요구된다. 옷의 안감 같은 것, 그 어떤 색인으로도 담아낼 수 없는 것, 그 어떤 검색 엔진으로도 찾아낼 수 없는 것. 그 영역은 어찌나 방대한지 단어에서 단어로 횡단하는 게 도저히 불가능하다. 그저 단어들 사이로 발을 들여놓을 뿐이다. 개념들 사이의 헤아릴 수 없이 깊은 심연 속으로. 하지만 발을 디딜 때마다 우리는 미끄러지고 넘어진다.

내 생각에 여기서 우리가 할 수 있는 유일한 시도는 깊숙이 파고드는 것뿐이다.

물질과 반(反)물질.

정보와 무(無)정보.

세계 시민들이여, 펜을 들어라!

상냥한 무슬림 여인, 자스민. 함께 이야기를 나누는 저녁 시간 내내 그녀는 내게 자신의 프로젝트에 대해 들려주었다. 그녀는 자신의 나라에 사는 모든 사람에게 책을 쓰라고 권유하고 싶다고 했다. 책을 쓰는 건 그렇게 힘든 일이 아니라고 그녀는 말했다. 그저 업무가 끝난 뒤 약간의 자유 시간만 있으면 된다고. 반드시 컴퓨터에 써야만 하는 것도 아니라고. 그러다 결국 용기 있는 누군가는 베스트셀러를 쓰게 될 테고, 그러면 그간의 노력을 사회적 출세로 보상받을 수 있다고. 그리고 이것이야말로 빈곤에서 벗어날 수 있는 가장 좋은 방법이라고 덧붙였다. 단 모두가 서로의 책을 읽기만 한다면 말이다! 이 말을 하면서 그녀는 한숨을 내쉬었다. 자스민은 인터넷에 포럼을 개설했다. 벌써 수백 명이 가입했다고 한다.

책을 읽는 것을 형제애나 자매애에서 비롯된, 가까운 사람들에 대한 도덕적인 의무로 간주하는 그녀의 생각이 좋았다.

여행 심리학
짧은 강연 1

최근 일이 년 동안 공항에서 꽤 많은 학자들을 만났는데, 그들은 이륙 공지가 나가고 탑승 콜이 울릴 때까지의 시간을 이용하여 왁자지껄한 여행의 소음 속에서 소규모 강연을 한다. 이것은 범세계적인(어쩌면 주로 유럽 연합에서 진행되는) 새로운 교육 전도 프로그램이라고, 학자들 중 누군가가 내게 말해 주었다. 그래서 나는 대기실의 화면 앞에 모인 호기심에 찬 무리 앞에서 걸음을 멈췄다.

"존경하는 여러분." 젊은 여자가 다소 긴장한 몸짓으로 스카프를 고쳐 매면서 이야기를 시작했다. 그녀 옆에는 팔꿈치에 가죽을 덧댄 트위드 재킷을 입은 젊은 남자가 벽에 걸린 휴대식 화면을 작동시키고 있었다. "여행 심리학의 대상은 여행하는 사람들, 어딘가를 향해 움직이는 사람들입니다. 그런

점에서 연속적인 관점 혹은 정지 상태, 그러니까 생물학적인 지속성이나 가족 관계, 사회적 상황이라는 프리즘으로 인간의 존재를 들여다보는 전통 심리학과는 대척점에 있다고 할 수 있겠죠. 여행 심리학에서 이런 문제는 부수적인 것에 불과하고 관심의 대상이 아닙니다.

인간을 설득력 있게 묘사하기 원한다면 우리는 인간을 한 지점에서 다른 지점까지 향하는 움직임 속에서 파악해야 합니다. 안정적이고 지속적인 상태의 인간을 놓고 설득력이 부족한 설명들이 반복되고 있다는 사실은 '나'라는 존재를 이해함에 있어 관계성을 배제하는 방식에 대해 의문을 제기하게 만듭니다. 그렇기에 언제부턴가 여행 심리학 말고 다른 심리학은 있을 수 없다는, 여행 심리학 우세론이 등장하게 되었습니다."

얼마 안 되는 청중은 끊임없이 들락거렸다. 목에 알록달록한 수건을 두른, 키 큰 남자들의 무리가 왁자지껄 지나갔다. 특정 구단의 축구 팬들이었다. 하지만 벽에 걸린 화면과 두 줄로 배열된 의자 덕분에 사람들이 계속 모여들었다. 게이트로 이동하다 잠시 자리에 앉은 사람들도 있었고, 면세점을 구경하다 쉬는 사람들도 있었다. 그들의 얼굴은 피로해 보였고 시간 개념을 상실한 듯 혼미해 보였다. 잠시라도 눈을 붙이고 싶은 기색이 역력했는데, 아마도 가까운 모퉁이를 돌면 취침용 안락의자가 놓인 편안한 대기실이 있다는 걸 모르는 모양이었다. 여자가 이야기를 시작하자 몇몇 여행객들이 발걸음을 멈췄다. 젊은 커플 한 쌍이 부둥켜안은 채 상대의 등을 어루만

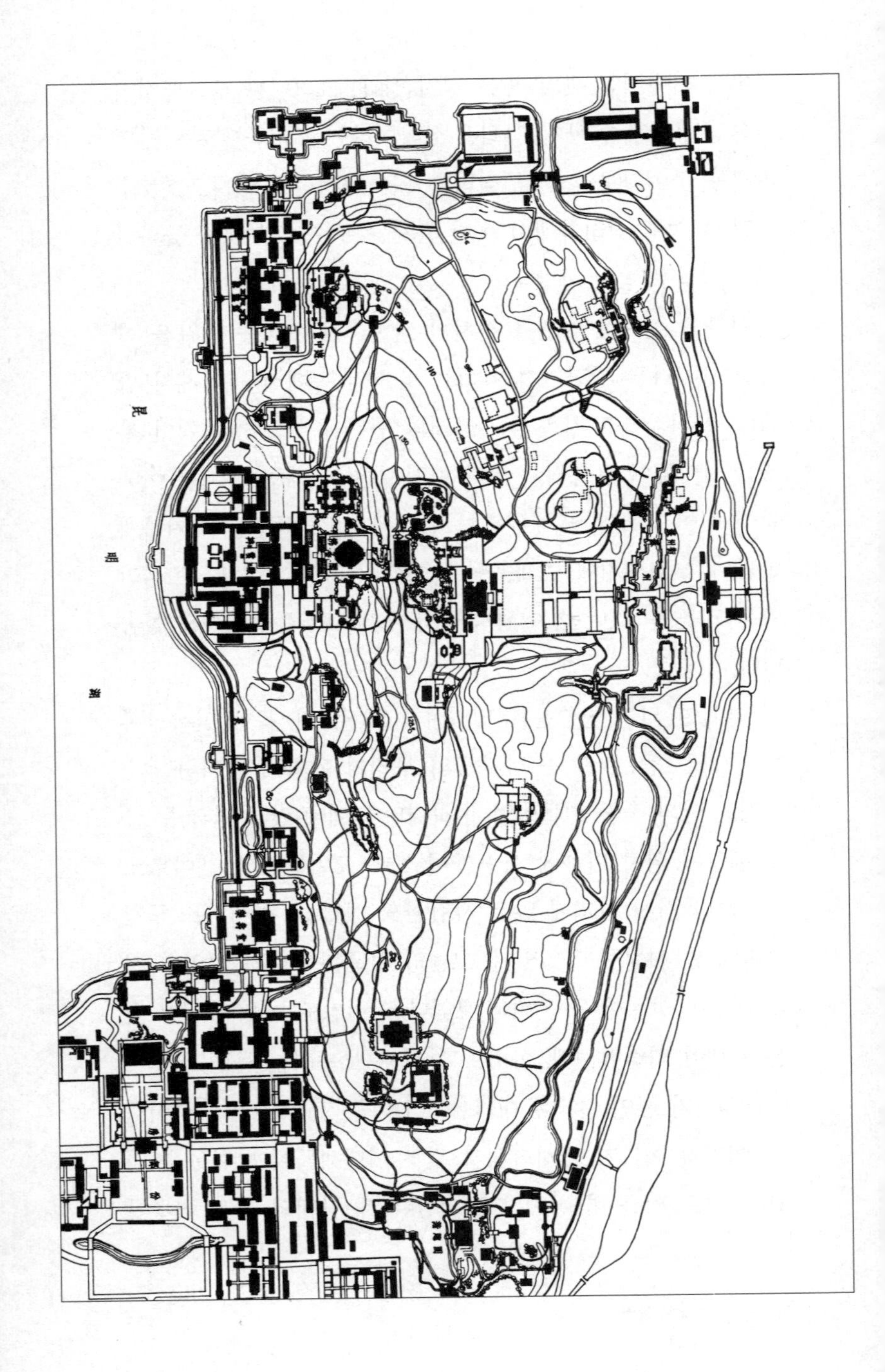

지며 귀를 기울였다.

여자는 잠시 호흡을 가다듬고는 다시 본론으로 들어갔다.

"여행 심리학의 핵심적인 개념은 바로 욕망입니다. 바로 이 욕망이 인간에게 이동성과 방향성을 부여하고 어딘가로 향하려는 성향을 일깨웁니다. 욕망 그 자체는 무의미합니다. 그저 방향만을 가리킬 뿐, 목적지를 드러내진 않으니까요. 목적지는 신기루 같은 것이고 불확실한 것입니다. 가까이 다가갈수록 더욱 애매해지고 수수께끼 같아집니다. 그 어떤 방법으로도 목적지에 다다르거나 욕망을 충족시킬 수 없습니다. 이러한 고군분투의 과정을 요약하는 딱 한마디는 바로 '~로 향하는'을 뜻하는 전치사, 그러니까 영어로 바꾸면 towards와 같은 전치사입니다."

이 대목에서 여자는 안경 너머로 시선을 들어 청중을 유심히 살폈는데, 그 모습이 마치 자신이 적절한 대상을 향해 이야기하고 있는지 확인하려는 것처럼 보였다. 이런 태도가 마음에 들지 않았는지 유모차에 두 아이를 태운 부부가 서로 눈짓을 하더니 짐 가방을 밀면서 렘브란트 그림의 복사본이 있는 쪽으로 가 버렸다.

"여행 심리학은 정신 분석학과 뗄 수 없는 연관성이 있습니다." 그녀가 말을 이었다. 나는 이 젊은 강연자들이 안쓰럽게 느껴졌다. 그들은 그저 우연히 이곳에 모인 사람들, 주제에 별 관심이 없는 사람들을 대상으로 강연을 하고 있었다. 나는 정신을 가다듬기 위해 자판기로 가서 커피 한 잔을 뽑아 각설탕

몇 개를 집어넣었다. 내가 자리로 돌아왔을 땐 이미 어떤 남자가 강연을 시작한 뒤였다.

"여기서 기본적인 개념은 바로 별자리와 같은 원심형(圓心形) 배열에 있습니다. 이게 바로 여행 심리학을 설명하는 첫 번째 단계죠. 질서와 정리를 추구하는 학문과 달리 인생에는 철학적 우위라는 게 없습니다. 다시 말해 일관된 인과 관계의 논리를 구축하는 것은 불가능하며, 각자의 궤변과 저마다의 사건이 이어지는 가운데 하나의 서사를 만든다는 것도 불가능합니다. 그건 그저 근사치에 불과한 것이니까요. 마치 지구 표면이 우리에게 제공하는 위도와 경도의 격자판처럼 말이죠. 실제로 우리의 경험을 가장 정확하게 복제하기 위해서는 같은 표면에 동심(同心)으로 흩어져 있는, 비슷한 크기와 용량의 조각을 한데 모아 전체를 구성해야 합니다. 연속적으로 발생하는 직선적 사건이 아니라 별자리와 같은 원심형 배열을 통해서만 참모습이 드러나기 때문입니다. 그렇기에 여행 심리학은 동등한 여러 가지 상황 속에 놓인 인간의 모습을 설명하는 데 집중합니다. 그의 생에 굳이 연속적인 무엇을 부여하려 애쓰지 않으면서 말이죠. 인간의 삶이란 결국 상황들로 이루어진 것이죠. 대신 특정 행동을 반복하려는 경향은 분명 인간에게 존재합니다. 하지만 이런 반복성이 우리의 삶에 무조건 일관된 전체로서의 겉모습을 부여해 주는 건 아닙니다."

남자는 사람들이 진짜로 듣고 있는지 알고 싶다는 듯, 안경 너머 불안한 눈빛으로 청중을 살폈다. 우리는 열심히 듣고 있었다.

바로 그 순간 아이들을 대동한 여행자 무리가 빠른 걸음으로 우리 옆을 지나쳐 갔다. 비행기를 갈아타려고 서두르는 것 같았다. 덕분에 우리는 잠시 한눈을 팔면서 발갛게 상기된 그들의 얼굴과 밀짚모자, 기념품으로 구입한 듯한 가면과 북, 조개껍데기로 만든 목걸이를 쳐다보았다. 남자는 우리를 집중시키기 위해 몇 번이나 목청을 가다듬고 헛기침을 했다. 그러다 다시 우리 쪽을 바라보더니 한숨을 내뱉으며 입을 다물었다. 자신의 노트를 몇 장 뒤적이던 남자가 마침내 강연을 이어갔다.

"역사. 자, 이제 역사에 대해 잠시 말씀드릴까 합니다. 이 분야는 2차 세계 대전 이후, 그러니까 1950년대에 이르러 발전하기 시작했는데요, 비행기 탑승객의 증가로 인해 탄생된 항공 심리학으로부터 발전하기 시작했습니다. 초반에는 승객의 움직임, 즉 위협적인 상황에서 발생하는 집단행동이나 심리학적인 비행 역학과 같은 문제를 주로 다루었습니다. 그러다가 공항이나 호텔의 운영, 새로운 공간에서의 적응 방식, 여행을 통해 겪는 다문화 양상 등으로 그 관심사가 확장되었습니다. 그리고 여기에서 심리 지리학이나 위상 심리학과 같은 세부 분야가 갈라져 나왔습니다. 또한 임상학 분야로도 연결되었고요……."

나는 듣기를 멈추었다. 강연은 너무 길었다. 좀 더 적은 분량으로 지식을 공급하는 편이 나을 것 같았다.

강연에 귀를 기울이는 대신 나는 한 남자에게로 눈길을 돌렸다. 그는 오랫동안 여행을 했는지 잔뜩 구겨진 초라한 옷을 입고 있었는데, 임자 없는 검은 우산을 주워 유심히 들여다보고 있었다. 알고 보니 그 우산은 망가져 있었다. 우산살이 부러져 펼칠 수 없는 상태였다. 그런데 놀랍게도 그 남자는 우산살에서 우산 막을 조심스럽게 떼어 내기 시작했다. 제법 오랜 시간이 걸리는 작업이었는데, 옆에서 여행객 무리가 파도처럼 일렁이며 지나가는데도 그는 꼼짝하지 않고 작업에 열중했다. 마침내 작업이 다 끝나자 그는 떼어 낸 우산 막을 네모반듯하게 접어서 호주머니에 넣고는 인파 속으로 사라졌다.

나 또한 몸을 돌려 가던 길로 향했다.

적절한 시간과 장소

많은 이들은 세상의 좌표 어딘가에 시간과 공간이 서로 딱 들어맞는 완벽한 지점이 있다고 믿는다. 어쩌면 그래서 다들 여행을 하는지도 모르겠다. 다소 혼란스러운 방식으로 움직이면서도 어떻게든 가능성이 싹터서 결국엔 목표 지점에 다다르리라는 희망을 품은 채로 말이다. 적절한 순간, 적절한 장소에 도착한다면, 그래서 주어진 순간을 놓치지 않고 포착한다면 자물쇠의 암호는 해제되고 비밀번호가 밝혀지고 진실이 드러나게 되리라. 더 이상 기회를 놓칠 일도 없고 우연이나 돌발적인 사건, 운명의 손길을 찾아 헤매지 않아도 되리라. 아무것도 할 필요 없다. 그저 시간과 공간이 만나는 그 유일한 배열 속에 모습을 드러내고 출석을 확인하기만 하면 되는 것이다. 거기서 당신은 어쩌면 위대한 사랑이나 놀라운 행운을 만나게 될지도 모른다. 복권에 당첨되거나, 오랜 세월 모두가 헛되이 갈구하던 놀라운 신비를 풀 수 있게 되거나, 어쩌면 죽음을 맞게 될지도 모른다. 아침에 일어났을 때 종종 그런 순간이 가까이 다가온 것만 같은 느낌을 받을 때가 있다. 어쩐지 바로 오늘 그런 일이 벌어질 것만 같다.

지침서

수영장과 연못을 찍은 사진이 잔뜩 실린 미국 잡지를 뒤적이는 꿈을 꾸었다. 모든 게 시시콜콜하게 상세히 보였다. 알파벳 a, b, c가 계획과 지침에 따라 모든 구성 요소를 정확히 기술했다. 나는 잡지에 실린 기사를 열심히, 흥미롭게 읽어 내려갔다. 제목은 이러했다. '대양(大洋)을 건설하기 위한 지침서.'

재의 수요일[35] 축일[36]

“저를 에릭이라고 부르세요.”

매년 이맘때, 장작으로 불을 지피는 으슬으슬 추운 날, 그는 작은 바로 들어설 때마다 인사 대신 이렇게 말하곤 했다. 그러면 다들 그를 향해 다정하게 미소를 지어 보였고, 심지어 어떤 이들은 옆에 와서 앉으라며 손짓을 하기도 했다. 그는 괜찮은 술친구였고 좀 괴팍하긴 해도 인기가 좋았다. 술을 별로

---

35) 기독교에서 사순절이 시작되는 첫날로 이날 미사 때 사제는 종려나무를 태우고 남은 재를 신자들의 이마에 바르며 ‘흙에서 났으니 흙으로 돌아갈 것’을 상기시킨다.

36) 이 장은 허먼 멜빌의 장편소설 『모비 딕』(1851)에서 여러 부분을 인용하고 있다. 특히 에릭의 대사는 대부분 『모비 딕』에 나오는 등장인물들의 대사다.

안 마신 초반엔 무뚝뚝하게 굴면서 벽난로의 온기에서 멀리 떨어진 구석에 홀로 앉아 있곤 했다. 덩치가 워낙 크고 건장해서 그까짓 추위쯤은 얼마든지 견뎌 내고 스스로의 온기로 충분히 몸을 덥힐 수 있을 것 같았다.

"이 섬은 말이지……." 그가 첫 맥주를 큰 잔으로 주문하면서 혼잣말처럼 내뱉었다. 하지만 실은 모두 들으라는 듯 도발적인 어투였다. "정말 지루하기 그지없어. 망할 놈의 세상."

나머지 사람들은 그의 말을 이해하지 못하면서도 다 안다는 듯 낄낄거리며 웃었다.

"이봐, 에릭, 고래 잡으러 언제 떠날 거야?" 사람들이 고함을 질렀다. 열기와 술기운 때문에 다들 얼굴이 벌겋게 상기돼 있었다.

에릭은 응답 대신 바로크 스타일로, 완벽하게 시적으로 욕을 했다. 이것은 매일 저녁 반복되는 의식의 일부였다. 해변에서 해변으로 정해진 항로를 따라 항해하는 범선처럼 흘러가는. 범선은 항해 도중 늘 똑같은 빨간색 부표들을 지나쳤는데, 부표의 목적은 하나였다. 끝없이 광활하게 이어지는 물의 독과점을 무너뜨리고 바다를 뭔가 측정 가능한 것으로 만드는 것. 비록 허상이긴 하지만 인간의 힘으로 조정할 수 있다는 느낌을 자아내는 것.

두 번째 잔을 기울이고 나면 에릭은 통상 다른 이들 곁으로 다가가서 앉을 준비를 하곤 했는데, 최근에는 취기가 오르면 오히려 시큰둥하게 변했고, 자리에 앉은 채 냉소적인 태도로 빈정거리기 일쑤였다. 먼바다에서 경험한 다채로운 이야깃거리도 더 이상 늘어놓지 않았다. 그를 어느 정도 아는 사람이라면 그가 단 한 번도 같은 이야기를 한 적이 없다는 걸 안다. 소소한 항목이라도 매번 다르게 이야기하는 게 그의 매력이었다. 하지만 요즘은 점점 말이 없어졌고 다른 사람에게 무조건 날카롭게 굴었다. 성난 에릭.

그러다 결국 안하무인이 될 때가 있는데, 그러면 누구도 참기 힘들었다. 그때마다 바의 주인인 헨드릭이 끼어들어 말려야 했다.

"너희는 모두 징집당했다!" 에릭이 바에 있는 한 사람 한 사람을 손가락으로 가리키며 외쳤다. "마지막 한 사람까지 모조리. 인간의 배에서 태어난 것처럼 가장한 저런 이교도들과 한 배를 타다니! 상어가 우글거리는 바닷가에서! 오, 인생이여! 영혼이 억눌려 부서지고, 거칠고 무식한 놈들이 음식을 탐하듯 지식을 갈구하는 때가 왔도다."

젊은 손님들이 에릭의 괴상한 말투에 웃음을 터뜨릴 때마다 헨드릭은 그를 친절하게 구석으로 데리고 가서는 다정하게 등을 토닥였다.

"진정해, 에릭. 말썽 피우지 않을 거지?" 에릭에 대해 잘 아는 연장자 헨드릭이 어떻게든 그를 진정시켜 보려고 애써 봐도, 에릭은 막무가내였다.

"이봐, 형제, 물러나 주게. 나를 모욕하면 태양이라도 들이받을 테니까."

상황이 이 지경까지 이르면 에릭이 타지에서 온 손님을 자극하지 않기만을 바랄 뿐이었다. 적어도 이곳 주민들은 에릭 때문에 기분이 상하거나 화를 내진 않는다. 마치 새하얀 폴리에스테르 커튼 너머로 바라보듯 멍한 상태로 바를 둘러보는 에릭에게 화를 내서 무엇 하겠는가. 그의 초점 잃은 눈동자는 에릭이 지금 삼각돛을 올린 채 한참 바다 한가운데를 항해하는 중임을 알려 주었다. 이럴 때 할 수 있는 일은 자비를 베풀어 그를 집에 데려다주는 것뿐이었다.

"내 말 좀 들어 보라고, 이 무정한 양반아." 에릭이 손가락으로 누군가의 가슴팍을 가리키면서 계속 중얼거렸다. "내가 지금 당신에게 말하고 있잖아."

"에릭, 이제 그만해. 어서 집에 가자."

"그래서 너희가 배를 탔다는 거지? 계약서에 서명을 했겠군? 계약은 계약이니까. 일어날 일은 결국 일어나겠지. 어쩌면 아예 일어나지 않을 수도 있고……." 에릭이 중얼거리며 문간에서 다시 카운터로 돌아가 모국어로 '막잔'을 달라고 소리쳤지만, 스스로도 그 외에는 무슨 의미인지 아무도 알아듣지 못했다.

에릭은 계속해서 소란을 피웠다. 누군가가 적절한 순간에 그의 옷자락을 움켜쥐고 밖으로 끌고 나가 택시를 태워 줄 때까지.

하지만 그가 늘 이렇게 적대적으로 굴기만 하는 건 아니었다. 대부분은 일찍 술집을 나섰는데, 집까지는 4킬로미터나 걸어가야 하기 때문이었다. 스스로 입버릇처럼 말하듯이 그는 이 행군을 싫어했다. 아스팔트를 따라 쭉 이어진 길은 단조롭기 짝이 없었다. 도로 양편에는 잡초와 작은 소나무가 무성하게 자란 오래된 목초지가 음산하게 펼쳐져 있었다. 달 밝은 밤이면 이따금 저 멀리 풍차의 실루엣이 보였다. 풍차는 이미 오래전에 작동을 멈추어, 지금은 여행객들의 기념사진 배경으로나 쓰일 뿐이었다.

에릭이 도착하기 대략 한 시간 전쯤에 난방이 가동되곤 했다. 전기를 절약하려고 일부러 그렇게 시간을 맞춰 놓았기 때문이었다. 덕분에 어둑어둑해질 무렵 방 두 개에는 여전히 소금기를 흥건하게 머금은 습기와 냉기가 감돌곤 했다.

그는 항상 기본적인 단품 요리를 차려 먹곤 했는데, 그가 싫증 내지 않는 유일한 일과가 바로 이것이었다. 잘게 썬 감자를 베이컨, 양파와 함께 법랑 냄비에 넣고 볶은 뒤, 소금으로 간을 하고, 후추와 마저럼[37]을 뿌렸다. 지방, 탄수화물, 단백질, 비타민C 같은 필수 영양소를 고루 갖춘 이상적인 식사였다. 저녁을 먹는 동안 텔레비전을 켰지만, 사실 그는 텔레비전을 무엇보다 혐오했기에 결국엔 보드카 한 병을 꺼내어 다 비우고서야 잠자리에 들었다.

얼마나 지루한가, 이 섬은. 어두운 서랍 속을 연상케 하는 북쪽에 위치해 있어서 풍랑도 거세고 습도도 높다. 무슨 이유에선가 사람들은 이곳에 계속 눌러살면서 따뜻하고 햇볕이 좋은 육지로 이주할 생각을 하지 않는다. 사람들은 도로를 따라 일렬로 늘어선, 나무로 지은 오두막에 들어앉아 있다. 아스팔트를 새로 깔 때마다 도로의 지표면은 점점 높아졌고, 덩달

---

37) '꽃박하'라고도 하며 말려서 허브로 사용하는 식물.

아 집들은 크기가 자꾸만 줄어들어 보였다.

아스팔트를 따라 쭉 걸어가다 보면 작은 항구가 나온다. 지저분한 건물 몇 채와 유람선 표를 파는 플라스틱 부스, 초라하기 짝이 없는 정박지는 한 해 중 이맘때가 되면 항상 텅 빈다. 여름철이 되면 남쪽 바닷물과 리비에라, 하늘빛 수면, 뜨거운 해변에 질린 괴팍한 취향의 여행객들을 태운 요트 몇 척이 들어올 것이다. 아니면 우리와 비슷한 부류의 사람들, 어딘가 불안해 보이고, 새로운 모험에 계속 목말라하며, 싸구려 중국제 수프로 배낭을 가득 채운 여행자들이 이 우울한 장소에 우연히 다다를 수도 있다. 대체 여기에 볼 게 뭐가 있다고? 세상의 귀퉁이, 텅 빈 해변에 실망한 시간이 끝없는 정체와 지속의 상태로 이곳을 내버려 둔 채 냉정하게 육지로 돌아가 버린다. 그렇다면 1946년과 1976년은 과연 무슨 차이가 있을까? 1976년과 2000년은 또 어떻고?

에릭은 산전수전을 겪어 가며 몇 년 전 이곳으로 흘러 들었다. 오래전 단조롭고 무미건조한 공산주의 국가였던 조국에서 도망친 그는 젊은 시절 포경선에서 일자리를 얻었다. 처음에 그가 할 수 있는 영어라고는 '예스'와 '노' 사이에 있는 몇 마디에 불과했다. 배에서 주고받는 거친 사내들끼리의 대화는 그것만으로도 충분했다. '가져가', '끌어당겨', '잘라', '빨리', '세게', '잡아', '묶어', '제기랄', '우라질.' 초창기에는 그것만으로도 족했다. 이름 또한 발음하기 쉽고 흔한 '에릭'으로 바꾸면 그만

이었다. 아무도 제대로 발음하지 못하는 과거의 성가신 잔재는 말끔히 지워 버렸다. 서류와 졸업장, 학위증, 수료증, 예방접종 기록이 담긴 가방도 바다에 던져 버렸다. 원양 어선에 몇 차례 타 봤거나 항구의 술집에서 일한 게 이력의 전부인 다른 선원들을 당황하게 만들 뿐, 아무짝에도 쓸모없는 것들이었으니까.

배에서의 삶은 소금물이나 북해의 달콤한 빗물에 젖은 것도 아니고, 그렇다고 햇볕에 달궈진 것도 아니었다. 오직 아드레날린에 푹 젖어 있을 뿐이었다. 생각할 시간도, 엎질러진 물에 대해 후회할 시간도 없었다. 에릭이 나고 자란 조국은 멀리 있었고 그곳엔 바다가 거의 없었기에 바다로 접근할 수 있는 경로 또한 드물고 귀했다. 항구는 그에게 낯설었다. 바다보다는 안정적인 강가에 자리 잡고, 다리들이 있는 도시를 선호했다. 에릭은 조국을 딱히 그리워하지 않았다. 그보다는 이곳, 북쪽 지방이 더 마음에 들었다. 그는 몇 년간 항해를 해서 돈을 모은 뒤, 나무로 집을 짓고, 아마빛 머리카락을 지닌 에마나 잉그리드와 결혼해서 아들 몇을 낳고, 아이들과 함께 낚시찌를 만들어서 함께 바다 송어를 잡아 내장을 손질하는 상상을 했다. 그러다 언젠가는 회고록을 쓰리라고 마음먹었다. 한 권의 멋진 책을 쓸 수 있을 만큼 자신의 모험담이 풍성하게 쌓일 때쯤이면.

세월이 어째서 이렇게 빠르고 순식간에, 흔적도 없이 흘러가 버렸는지 그는 도무지 알 수가 없었다. 그의 몸, 그중에서도 간에 그저 약간의 자취를 남겨 놓았을 뿐이었다. 하지만 그건 훨씬 나중의 일이고 이민 생활 초반, 첫 항해를 마치자마자 그는 3년 동안 감옥에 갇혔다. 고약한 선장이 선원들에게 담배와 코카인 밀반입 혐의를 뒤집어씌웠기 때문이다. 하지만 머나먼 이국땅의 감옥에 갇혀 있으면서도 에릭은 여전히 바다와 고래에 사로잡혀 있었다. 감옥 도서관에는 영어로 쓰인 책이 딱 한 권 있었는데, 아마도 몇 년 전에 다른 수감자가 두고 간 책인 듯했다. 20세기 초반에 출판된 책이라 페이지는 너덜너덜했고 색도 누렇게 바랬으며 일상의 흔적이 여기저기에 묻어 있었다.

그리하여 에릭은 삼 년 동안(이곳에서 100해리 떨어진 곳에서는 코카인 밀반입에 통상 교수형이 선고된다는 점을 감안하면, 그렇게 과한 형벌도 아니었다.) 공짜로 영어 실력을 갈고닦을 시간을 누리게 되었다. 책 한 권을 독파하는 고급반용 영어 수업, 문학적이면서 고래학적이고 여행 심리학적인 어학 코스. 산만하게 이것저것 손대기보다는 하나에 집중하는 효과적인 방법이었다. 다섯 달이 지나자 에릭의 실력은 이스마엘의 모험담을 거의 외워서 낭송할 수 있는 수준에 이르게 되었다. 등장인물 중에서 에이허브의 목소리로 말하는 건, 특히나 에릭에게 짜릿한 기쁨을 선사하곤 했는데, 마치 편안한 옷을 입은 듯 에릭의 본성과 워낙 잘 들어맞았기 때문이다. 다소 괴상하고 촌스럽긴 했지만. 이런 곳에서 이런 책이 이런 인물의 손에 들어갔다는 것은 그야말로 놀라운 행운이었다. 여행 심리학자들은 이런 현상을 가리켜 '동시성의 원리'라고 명명하면서 세상의 이치를 보여 주는 증거로 여겼다. 의미의 실타래, 기이한 논리의 그물망이 이 아름다운 혼돈 속에서 사방으로 펼쳐져 있다는 살아 있는 증거 말이다. 그리고 신을 믿는 자의 시각으로 보면 이것이야말로 신의 손가락에 새겨진 일그러진 지문의 흔적과 같은 것이라고 에릭은 생각했다.

낯설고 먼 이국의 감옥, 저녁마다 열대의 습기 때문에 숨쉬기조차 힘들고, 불안과 향수가 마음을 괴롭히는 이곳에서 에릭은 얼마 안 가 독서에 완전히 빠져들었고, 거기서 특별한 행복을 맛보았다. 만약 그 책이 없었다면 감옥에서의 세월을 버텨 내지 못했을 것이다. 에릭과 마찬가지로 밀수범으로 낙인찍혀 같은 감방에 수감된 동료들은 어느 틈에 에릭의 우렁찬 낭송을 감상하는 청취자가 되었고, 얼마 안 가서 그들도 고래잡이 모험의 매력에 흠뻑 빠져들었다. 그러므로 그들이 자유의 몸이 되고 난 뒤에 고래잡이의 역사에 관해 심층 연구를 하고 작살이나 포경선에서 사용하는 도구들에 관해 논문을 쓰게 된 것은 결코 놀라운 일이 아니었다. 그들 가운데 재능이 뛰어난 사람들은 더욱 깊은 단계에 이르렀다. 즉 난관이나 어려움에 처했을 때 요구되는 모든 종류의 인내심에 대한 임상 심리학적인 연구. 그렇게 해서 같은 감방에 있던 세 명의 사내들, 아조레스 제도[38)]에서 온 선원, 포르투갈 출신 선원, 그리고 에릭은 책에 나오는 대사들을 인용해 자기들끼리만 통하는 감방의 은어를 사용하게 되었다. 예를 들어 눈이 찢어진 간수들에 대해서 그들은 이런 식으로 이야기를 주고받았다.

38) 포르투갈 근해에 있는 군도.

"이런, 저 노인네는 정말 유쾌한 동지로군!"

어느 날 간수 하나가 그들에게 눅눅해진 담배 한 갑을 몰래 넣어 주었을 때 아조레스 제도에서 온 선원은 이렇게 소리쳤다.

"맹세코 나 역시 똑같은 심정이야. 그에게 우리의 축복을 내리자고!"

그들은 이런 식의 대화를 즐겼다. 새로 감방에 들어온 죄수들은 처음에는 에릭 일행이 주고받는 말을 이해하지 못하여 이방인이 될 수밖에 없었다. 비록 감방이지만 바깥세상의 사회생활을 그럴듯하게 흉내 내려면 이런 이방인도 필요했다.

저녁이면 셋이 둘러앉아 의식을 거행하듯 각자 자신이 좋아하는 구절을 낭송했고 그때마다 나머지 둘은 합창으로 문장을 함께 마무리했다.

일취월장, 갈수록 유창해지는 영어로 주고받는 그들의 대화에서 주로 다뤄지는 주제는 바다, 여행, 출항, 그리고 물에 의탁하는 마음가짐에 대한 것이었다. 소크라테스 이전의 철학자들이 하던 대로 며칠 동안의 격렬한 토론 끝에 그들은 지구상에서 가장 중요한 원소는 물이라고 결론 내렸다. 그들은 또한 집으로 귀환하는 구체적인 경로를 짰고, 가는 길에 보게 될 풍경들도 미리 조사해 보았고, 가족에게 보낼 전보 문안도 작성했다. 자, 그러면 앞으로 어떻게 먹고살 것인가? 다양한 아이디어가 속출했지만, 실은 항상 같은 주제를 벗어나지 못했다. 그들은 저 바다 어딘가에 흰 고래가 존재할 가능성, 그것만으로 이미 가슴이 뛰었고 (자신들도 자각하고 있다시피) 그러한 상상에 중독되고 감염되어 있었다. 어떤 나라에서는 지금도 여전히 고래잡이를 한다는 걸 그들은 알고 있었다. 비록 그 일은 이스마엘이 묘사하는 것만큼 낭만적이지 않을 수도 있겠지만, 그렇다고 그보다 나은 일을 찾기도 힘들었다. 일본에서는 고래잡이 인력을 찾고 있을 것이다. 거기서는 대구나 청어 대신 고래를 잡는다……. 수공예 대신 진짜 예술을 할 수 있다…….

삼십팔 개월이라는 시간은 스스로의 미래에 대한 세부 사항을 결정하기에 충분한 시간이었다. 그들은 항목별로 하나하나 따져 보았다. 하지만 그들의 논쟁은 전혀 무겁거나 심각하지 않았다.

"그런 얘긴 집어치워! 상선 같은 소리는 꺼내지도 말라고 했잖아. 나를 화나게 하지 말게. 절대로 참지 않을 테니까! 나는 고래잡이가 어떤 것인지 자네에게 힌트를 주는데, 그래도 마음이 내키나?" 에릭이 소리쳤다.

"그래, 그 세계에서 무엇이 보이던가?" 포르투갈 항해사도 큰 소리로 외쳤다.

"나는 북해를 횡단하고 종단했다. 발트해 또한 낯설지 않다. 대서양의 조류가 마치 내 손금처럼 훤하다."

"스스로에 대한 확신이 넘치는군, 친애하는 동지."

그들은 그저 무엇에 대해서든 떠들어야만 했다.

에릭이 집으로 돌아오기까지 십 년이 걸렸는데 그나마 동지들보다는 나은 상황이었다. 그는 바다의 주변부와 가장 좁은 직선 구간, 가장 넓은 만들을 통과하면서 빙 돌아 귀환했다. 강물이 어귀를 벗어나 드넓은 바다로 흘러 들어가기 시작했을 때나 집으로 향하는 배에 막 승선했을 때, 그때마다 느닷없이 새로운 기회가 찾아오곤 했다. 대부분은 반대 방향으로 향하는 여정이었다. 그럴 때면 잠시 망설이다 결국 익숙한 결론에 다다르곤 했다. "지구는 둥글다. 그러니 방향은 중요하지 않다."라는, 오래됐지만 가장 진실된 주장. 어떻든 간에 수긍할 수밖에 없는 주장이었다. 무(無)에서 온 사람에게는 모든 이동이 다 귀환인 법이었다. 공허만큼 자신을 끌어당기는 것은 없기에.

이 기간 동안 그는 파나마와 호주, 인도네시아의 깃발을 단 배에서 일했다. 칠레 화물선에서는 일본산 자동차를 미국으로 운반하는 일을 했다. 남아프리카 유조선에서 일하다가 라이베리아 해안에서 재해를 겪기도 하고, 자바에서 싱가포르까지 노동자들을 실어 나르기도 했다. 간염에 걸려 카이로의 병원에 입원한 적도 있었다. 말레이시아에서는 술에 취해 다툼을 벌이다 팔이 부러져 몇 달 동안 술을 끊은 적도 있었다. 결국 말라가에서 다시 인사불성이 되도록 취하는 바람에 반대편 팔도 부러졌지만.

자세한 내용은 더 이상 언급하지 않으련다. 바다 위의 여정에서 에릭의 운명이 어떤 변곡점을 맞이했는지는 우리의 관심사가 아니니까. 그보다는 그가 그토록 못마땅하게 여기던 이 섬에 도달해 인근의 조그만 섬들을 오가는 작고 오래된 유람선에 일자리를 얻은 시점부터 이야기를 다시 시작하는 게 좋을 것 같다. 그의 표현대로라면 굴욕적인 그 일을 하면서 에릭은 체중이 줄고 창백해졌다. 햇볕에 그을린 황갈색이 피부에서 점차 사라지면서 그의 얼굴에 진한 검버섯을 남겨 놓았다. 머리카락은 허옇게 셌고, 깊게 파인 주름살 때문에 눈빛은 더욱 날카롭고 매서워 보였다. 그의 자존심에 큰 타격을 입힌 뱃일을 계속하던 중 그는 좀 더 비중 있는 구간을 항해하는 업무를 맡게 되었다. 그의 유람선은 이제 섬과 육지를 연결하는 일을 했고, 줄에 매이지 않고 마음껏 바다를 돌아다녔다. 드넓은 갑판에는 열여섯 대나 되는 자동차를 실을 수 있었다. 이 새로운 일자리는 그에게 고정적인 푼돈과 의료 보험, 그리고 북쪽의 그 섬에서 안정적으로 살아갈 계기를 마련해 주었다.

그는 매일 아침 일어나 찬물로 몸을 씻고 손가락으로 은빛 턱수염을 매만졌다. 그러고 나서 '북부 유람선 연합 주식회사'의 진녹색 유니폼을 입은 뒤, 전날 배를 정박해 놓은 항구를 향해 걸어갔다. 잠시 후 지상 서비스를 담당하는 로버트나 애덤이 출입문을 열면, 경사면 계단을 통해 유람선으로 오르기 위해 자동차들이 줄지어 설 것이다. 자리는 항상 충분했다. 때로 유람선은 텅 비어 깨끗하고 홀가분하며 사색적인 자태를 뽐내기도 했다. 그럴 때면 에릭은 배의 2층, 높은 곳에 마련된 자신의 선실, 유리로 만든 황새 둥지 속에 들어앉아 있었다. 맞은편에 있는 해변이 가까이 있는 것처럼 느껴졌다. 이렇게 번거롭게 왔다 갔다 하느니 차라리 다리를 만드는 편이 낫지 않을까?

그것은 마음의 상태에 관한 문제였다. 그는 매일 둘 중 하나를 선택할 수 있었다. 하나는 민감하고도 고통스러운 쪽이었는데, 자신이 다른 이들보다 열등한 존재이며 다른 이들이 모두 가진 것을 갖지 못했다는 생각, 뭐가 잘못되었는지조차 잘 모르는 망할 놈의 낙오자라는 생각이었다. 그때마다 그는 사무치는 외로움을 느꼈고 어딘가에 홀로 격리된 것만 같은 기분에 빠졌다. 마치 다른 또래 아이들이 행복하게 노는 모습을 창문으로 내다보았다는 이유로 벌을 받아 방 안에 갇힌 어린아이처럼. 육지와 바다를 오가는 인류의 혼란스러운 긴 여정 속에서 운명은 자신에게 겨우 조연 역할밖에 허락하지 않은 것처럼 느껴졌다. 게다가 이 섬에 정착한 뒤부터는 더욱 보잘것없는 엑스트라로 전락한 것만 같았다.

또 다른 선택은 자기가 남들보다 우월하고 독보적이며 특별한 사람이라는 확신을 더욱 공고히 하는 것이었다. 오직 자신만이 진실을 깨닫고 이해할 수 있으며, 자기에게만 어떤 예외적인 존재로서의 가치가 허락되었다고 생각해 보았다. 때로는 이런 긍정적인 자부심에 흠뻑 취해 몇 시간 혹은 며칠을 보낼 때도 있었는데, 그럴 땐 뭔가 행복감 비슷한 것을 맛보기도 했다. 하지만 그것은 취기와 마찬가지로 오래가지 못했다. 얼마 못 가서 숙취와 더불어 어김없이 끔찍한 생각이 떠오르곤 했는데, 스스로를 고귀한 존재로 포장하기 위해서는 이 두 가지 방법 모두 끊임없이 수정할 필요가 있다는 자각이었다. 게다가 더욱 참혹한 건, 언젠가 자기가 아무것도 아닌, 보잘것없는 존재라는 사실이 만천하에 드러나고 말리라는 두려움이었다.

그는 유리로 된 선실에 앉아 이른 아침 첫 번째 유람선이 항구에 정박하는 광경을 바라보았다. 오랫동안 알고 지내는 동네 사람들이 보였다. 회색 오펠[39] 차를 탄 R 씨네 가족이었다. 아빠는 항구에서, 엄마는 도서관에서 일하고 남매는 학교에 다닌다. 고등학교에 다니는 십 대 넷도 보인다. 길 건너편에는 그들을 태울 버스가 기다리고 있다. 유치원 선생인 엘리자는 어린 딸과 함께 출근하는 중이다. 이 년 전 아이 아빠가 갑자기 사라져 버렸고 지금껏 아무 소식이 없다. 에릭은 그가 어딘가에서 고래를 잡고 있을 거라고 생각했다. S 영감은 콩팥에 문제가 생겨서 일주일에 두 번, 투석을 받기 위해 유람선을 타고 병원에 간다. 그와 그의 아내는 작은 통나무집을 처분하고 병원 근처로 이사하려고 했는데 뭔가 일이 잘 안 풀린 모양이었다. '유기농 식품점'이라는 간판을 단 차량은 식료품을 실어 오기 위해 육지에 나가는 모양이다. 처음 보는 검은 승용차는 아마도 영화감독의 손님들을 태운 차량인 듯하다. 알프레트와 알브레히트 형제의 노란색 승합차도 보인다. 이 늙고 고집 센 노총각 형제는 섬에서 양을 키우고 있다. 추위에 떠는 사이클리스트 커플도 있다. 카센터의 배달 차량은 아마도 부품을 가지러 가는 길인 듯하다. 에드윈이 에릭에게 손을 흔들었다. 항상 인조 모피로 안감을 댄 두툼한 체크무늬 셔츠를 입고 있어서 어디에 있더라도 단번에 눈에 띄었다. 에릭은 그 사람들을 모두 알아보았다. 심지어 오늘 처음 본 사람조차 무

39) 독일 자동차 브랜드.

엇 때문에 여기에 왔는지, 여행의 목적이 무엇인지 금방 알 수 있었다. 사람에 대해서는 이제 알 만큼 알았으니까.

사람들이 이 섬을 찾는 데는 세 가지 이유가 있었다. 첫째, 이곳에 살고 있거나, 둘째, 영화감독의 손님이거나, 셋째, 풍차를 배경으로 기념사진을 찍기 위해서였다.

유람선의 항해 시간은 이십 분이었다. 그동안 어떤 승객들은 금지된 줄 알면서도 차에서 내려 담배를 피웠다. 다른 이들은 철책에 몸을 기댄 채 바닷물을 바라보았다. 자신들의 흔들리는 시선이 맞은편 해변에 고정될 때까지. 잠시 후 육지의 향기가 그들을 깨우면, 다들 매우 중요한 약속과 임무를 이행하기 위해 부두의 골목골목으로 순식간에 흩어졌다. 마치 가장 멀리까지 나갔다가 육지에 스며들어 다시는 바다로 돌아오지 않는 아홉 번째 파도[40]처럼. 그러고 나면 그들의 자리를 다른 이들이 대신했다. 멋진 픽업 차량을 탄 수의사는 고양이들을 거세하고 돈을 벌었다. 자연 수업의 일환으로 섬의 동식물을 조사하러 가는 어린이 현장 학습단, 바나나와 키위를 실어 나르는 배달 차량, 영화감독과 인터뷰를 하러 가는 방송사 직원들, 할머니 댁에 갔다가 돌아오는 G 씨네 가족. 먼저 온 사이클리스트들과 교대하러 오는, 햇볕에 그을린 피부의 또 다른 사이클리스트 커플.

한 시간도 안 걸리는 승선과 하선까지의 시간 동안, 에릭은 담배 몇 대를 태우며 절망에 굴복하지 않으려 애썼다. 이제 유

---

40) 폭풍우가 휘몰아칠 때 생겨나는 거대한 파도.

람선은 다시 섬을 향해 돌아간다. 그렇게 하루에 여덟 차례 운행이 반복된다. 점심 식사를 위해 배정된 두 시간의 휴식을 제외하고 말이다. 에릭은 이곳에 있는 세 군데 식당 가운데 한 곳, 늘 같은 장소에서 점심을 먹었다. 일을 마치면 감자와 양파, 베이컨을 샀다. 담배와 술도. 정오가 될 때까진 어떻게든 술을 안 마시려 노력하지만 여섯 번째 운항에서는 이미 고주망태가 되곤 했다.

짧은 직선 코스. 너무도 민망하다. 이것은 정신에 대한 모욕이다. 구간을 오가며 우리를 바보로 만드는 불성실한 기하학, 여행의 패러디. 바로 돌아오기 위해 길을 떠나고, 단지 브레이크를 밟기 위해 속도를 올린다.

에릭의 결혼 생활 또한 폭풍처럼 짧고 격렬했다. 이혼녀인 마리아는 가게에서 일했고, 도시에서 기숙 학교에 다니는 중학생 아들을 두고 있었다. 에릭은 커다란 텔레비전이 있는 그녀의 안락하고 따뜻한 집에서 그녀와 함께 지냈다. 그녀는 새하얀 피부에, 다소 풍만하긴 하지만 그런대로 늘씬해 보이는 몸매의 소유자였고, 늘 꼭 끼는 레깅스를 입었다. 그녀는 베이컨을 곁들인 감자 요리를 만드는 법을 금방 익혔고, 거기에 항상 마저럼과 육두구를 넣었다. 그동안 에릭은 벽난로에 넣을 장작을 열심히 팼다. 두 사람의 관계는 일 년 반 동안 지속되었다. 그러다 언젠가부터 쉴 새 없이 울려 퍼지는 텔레비전의 소음이 그를 짜증 나게 했다. 촌스러운 영상들도 마찬가지였다. 진흙투성이의 신발을 벗어 놓으라며 깔개 옆에 놓아 둔 걸

레와 육두구 향기도 신경을 건드렸다. 그가 술에 취해 선원들에게 하듯이 손가락질을 하며 그녀에게 욕설을 몇 번 퍼붓자, 그녀는 그를 집에서 쫓아냈다. 그리고 얼마 안 있어 아들이 있는 육지로 떠나 버렸다.

* * *

오늘은 3월 1일, 재의 수요일이다. 에릭은 눈을 뜨고 회색빛 먼동을, 그리고 유리창에 희뿌연 자국을 남기고 있는, 비에 섞여 내리는 눈송이들을 바라보았다. 문득 그의 진짜 이름이 떠올랐다. 그동안 거의 잊고 지냈던 이름이었다. 소리 내어 그 이름을 불러 보니, 마치 낯선 누군가가 자기를 부르는 것 같았다. 어제 마신 술 때문에 낯익은 통증이 그의 머리를 강타했다.

순간 중국인들은 이름이 두 개라는 사실이 불현듯 떠올랐다. 하나는 가족 사이에서 어린 시절에 불리는 이름인데, 아이를 꾸짖거나 벌을 줄 때도 사용되지만 애정이 듬뿍 담긴 애칭이기도 하다. 하지만 자라서 사회생활을 시작하면 두 번째 이름을 갖게 된다. 대외적이고 세속적이고 저명한 이름. 마치 제복이나 성직자의 제의 혹은 죄수복을 입듯이, 아니면 공식적인 칵테일파티에 참석하기 위한 의상으로 갈아입듯이 그들은 새 이름을 걸치고 다닌다. 그것은 유용하면서도 기억하기 쉬운 이름이다. 이름은 그의 주인을 확증하는 역할을 한다. 보편적이고 범세계적이며 누구나 알기 쉬운 이름이면 더욱 좋다. 우리의 이름에서 지역성을 타도하자! 올드르지흐, 성인 카지

미에시, 자이렉은 물러가라. 블라젠이나 류, 밀리차와 같은 이름도! 마이클, 주디스, 안나, 얀, 새뮤얼, 에릭이여, 영원하라!

하지만 오늘 에릭은 옛 이름이 자신을 부르자 응답했다. 나 여기 있다고.

아무도 모르는 이름이기에 굳이 여기서 그 이름을 밝히진 않겠다.

에릭이라고 알려진 그 남자는 '북부 유람선 연합 주식회사'의 로고가 박힌 녹색 유니폼을 입고, 손으로 턱수염을 매만지고, 작은 오두막집 난방의 타이머를 맞춰 놓은 뒤에 아스팔트를 따라 길을 나섰다. 유람선이 승객과 화물을 싣고 태양이 떠오를 때까지, 그는 수족관처럼 생긴 자신의 선실에서 기다렸다. 그러고는 맥주 한 캔을 마시고 첫 번째 담배를 피웠다. 그는 선실에서 엘리자와 그녀의 딸을 내려다보며 다정하게 손을 흔들었다. 마치 오늘은 유치원에 안 가도 된다며 너그러운 호의를 베풀고 싶다는 듯.

유람선이 해변을 벗어나 두 정박지 사이의 중간 지점에 이르렀을 때 갑자기 운항을 멈추는가 싶더니 방향을 바꿔 공해를 향해 움직이기 시작했다.

무슨 일이 벌어졌는지 모두 금방 알아차린 것은 아니었다. 단순한 구간을 반복하는, 틀에 박힌 일상에 익숙해진 사람들은 시야에서 사라져 가는 해변을 그저 덤덤히 바라볼 뿐이었다. 유람선 여행은 인간의 두뇌 활동을 단순하게 만든다며 에릭이 항상 술 취해 떠들어 대던 이론이 지금 멍한 표정으로

서 있는 사람들을 통해 확인된 셈이었다. 그러다 한참 지난 후에야 일부가 사태의 심각성을 알아차렸다.

"에릭, 지금 무슨 짓을 하는 거야? 당장 배를 돌려!" 알프레트가 그를 향해 소리쳤다. 엘리자도 높고 날카로운 목소리로 동참했다. "이러다 모두 직장에 늦는다고……."

알프레트가 에릭의 선실로 들어가려고 했지만, 이미 에릭은 용의주도하게 선실 문을 잠가 놓은 상태였다.

에릭은 배의 위쪽에서 모두가 일제히 휴대 전화를 꺼내 전화를 걸고, 걱정스러운 몸짓으로 빈 공간을 향해 분노를 쏟아 내는 광경을 내려다보았다. 그들이 무슨 말을 하는지 알 것 같았다. 직장에 늦을 거라고, 그런데 그들이 입은 이러한 손실에 대한 도의적 책임은 과연 누가 질 것인지 궁금하다고, 그러기에 술이나 퍼마시는 인간에게 일을 맡기는 게 아니었다고, 언젠가는 이런 일이 일어날 줄 알았다고, 가뜩이나 현지인들에게도 일자리가 부족한데 뭣 때문에 이민자를 고용했는지 모르겠다고, 그런데 언어는 대체 어디서 깨쳤는지 모르겠다고, 하긴 그런 사람들은 항상 있게 마련이라고.

에릭은 그들에게 전혀 신경 쓰지 않았다. 다들 얼마 안 있으면 잠잠해질 테고 자리에 앉아서 점점 화창해지는 하늘을, 그리고 구름 사이로 내리쬐는 아름다운 빛줄기를 바라볼 거라고 확신했다. 딱 한 가지 마음에 걸리는 건 엘리자의 딸이 입고 있는 선명한 하늘색 코트였다.(뱃사람이라면 누구나 아는 징크스였다.) 이 색깔은 배를 탈 때 불길한 징조를 뜻했다. 하지만 눈을 몇 번 깜빡이고는 금방 잊어버렸다. 그는 대양을 향해 뱃머리를 돌리면서 오늘을 위해 특별히 준비한 초콜릿 바와 콜라 한 상자를 아래쪽으로 던졌다. 그가 준비한 가벼운 다과가 사람들의 마음에 든 모양이었다. 아이들은 멀어져 가는 해안가를 바라보면서 잠잠해졌고, 어른들은 자신들의 항해에 점점 관심을 보이기 시작했다.

'우리는 지금 어디로 가고 있는 거야?' T 형제 중에 동생이 그에게 전문적인 질문을 던지면서 콜라 때문에 트림을 했다.

'바다 한가운데까지 나가려면 얼마나 걸리나요?' 유치원 선생인 엘리자가 궁금해했다.

'연료는 충분한가?' 콩팥에 문제가 있는 S 영감도 관심을 보였다.

적어도 에릭에게는 그들이 이렇게 말하는 것처럼 느껴졌다. 그는 될 수 있으면 그들을 보지 않고 신경 쓰지 않으려 애썼다. 시선을 수평선에 고정했다. 덕분에 그의 동공은 반으로 갈라졌다. 바다에서부터 시작되는 아래쪽 절반은 짙은 빛을, 하늘에서부터 시작되는 위쪽 절반은 밝은 빛을 띠었다. 실제로 승객들은 어느 정도 잠잠해졌다. 그들은 이마 쪽으로 모자를 당겨 쓰고, 목에 두른 스카프를 단단히 고쳐 맸다. 헬리콥터의 우르렁대는 프로펠러 소리와 경찰 모터보트의 요란한 소음이 정적을 깨뜨릴 때까지는 모두 조용히 항해를 했다고 말할 수 있을 것이다.

* * *

"혼자서 일어나고 벌어지는 일들이 있습니다. 꿈속에서 시작되어 꿈속에서 끝나는 여행도 있습니다. 그리고 불안에서 비롯된 혼란스러운 외침에 응답하기 위해 여행을 떠나는 사람들도 있습니다. 당신들 앞에 서 있는 사람도 바로 그들 중 하나……."

짤막하게 진행된 공판에서 에릭은 이렇게 변론을 시작했다. 하지만 그의 감동적인 변론은 기대만큼의 효과를 내지 못했고 우리의 주인공은 또다시 얼마 동안 감옥에 갇히게 되었다. 바라건대, 부디 자신에게 유용한 시간이 되었기를. 에릭은 파도의 출렁이는 리듬과 바다의 불가사의한 밀물과 썰물의 움직임 같은 그런 삶 말고 다른 삶은 상상도 할 수 없기 때문이다.

하지만 이 문제는 우리의 관심사가 아니다.

누군가가 사실의 진위에 대한 의혹을 떨쳐 버리고 싶고, 과연 이 이야기의 결말에 진실만이 적혀 있는지 확인하고 싶어 내게 묻고 싶을지도 모른다. 그가 내 어깨를 잡고 조바심을 내며 "그렇다면 방금 말한 이야기가 대체로 사실이라고 확신할 수 있는가? 내가 너무 추궁하는 것 같다면 용서해 주게."라고 소리친다면 나는 그를 관대하게 용서하면서 이렇게 대답할 것이다. "하느님, 굽어살피소서. 내 명예를 걸고 맹세하건대, 신사 숙녀 여러분, 내가 한 이야기의 대부분은 모두 사실입니다. 나는 그것이 진실임을 확실히 압니다. 그것은 이 지구에서 일어난 일이고 내가 직접 그 배를 내 두 발로 밟았으니까요."

북극 원정

지금 문득 보르헤스가 어딘가에서 읽은 내용을 기억하고 쓴 글이 떠오른다. 덴마크 왕국을 건설할 무렵 덴마크 성직자들은 교회에서 설교하면서 북극 원정에 참여하는 사람은 영혼의 구원을 보장받을 수 있다고 말했다. 그런데 원정에 나서는 이가 별로 없자, 성직자들은 이것이 매우 오랜 시간이 소요되는 힘든 원정이며 아무나 선뜻 하지 못하는 용감한 사람들의 여정이라는 사실을 인정했다. 그래도 지원자 수는 전혀 늘지 않았다. 그러자 성직자들은 체면을 구기지 않기 위해, 결국 자신들이 공표한 내용을 단순화해 버렸다. 사실상 모든 여행은 북극 원정이나 마찬가지이며 짧은 소풍이나 심지어 도시에서 마차를 타는 것도 이에 해당된다고 말했다.

오늘날엔 아마 지하철을 타는 것도 포함될 것이다.

섬의 심리학

여행 심리학에 따르면, 섬은 사회화 이전의 가장 이르고 가장 원시적인 상태를 말한다. 에고가 어느 정도의 자의식은 획득할 정도로 개별화되었지만, 아직 주변과 만족스러울 만한 관계를 구축하지는 못한 상태. 섬의 상태란 외부의 영향에 좌우되지 않고 자신의 고유한 영역 안에 머무르는 상태를 말하는데, 어떤 의미에서는 자폐증이나 자기도취를 연상시키기도 한다. 오로지 혼자 힘으로 모든 필요조건을 충족시킨다. '나'만이 현실로 느껴지고 '너'나 '그들'은 희미한 망령, 아니면 저 멀리 수평선에서 나타났다가 금방 사라져 버리는 '방황하는 네덜란드인'[41]처럼 여겨진다. 어쩌면 이것은 시야를 상하로 명

41) 북유럽의 설화. 신의 저주로 영겁을 항해해야 하는 네덜란드인의 이야

확히 가르는 직선에 익숙해져 버린 눈이 만들어 낸 평범한 허상일지도 모른다.

7[1]. 바그너의 오페라로도 유명하다.

지도 지우기

나를 아프게 하는 것을 나는 내 지도에서 문질러 지워 버린다. 내가 발부리에 걸려 휘청거리고 넘어졌던 곳, 누군가로부터 깊은 상처를 받은 곳, 모든 게 고통스러웠던 곳들이 지도에서 더 이상 존재하지 않게 되었다.

이런 식으로 나는 몇 개의 대도시와 작은 도 하나를 지워 버렸다. 이러다 언젠가는 나라 하나를 통째로 지워 버릴지도 모른다. 지도들은 너그럽게 모든 걸 받아들이면서도 실은 자신들의 행복했던 유년 시절, 새하얀 얼룩들을 그리워한다.

때때로 이렇게 존재하지 않게 된 장소들에 모습을 드러내야만 할 때(나는 스스로를 책망하지 않으려 애쓴다.) 나는 유령 도시에서 망령처럼 움직이는 눈(目)이 되곤 했다. 조금만 더 집중력을 발휘하면 단단한 콘크리트 블록 속에 내 손을 슬그머니 집어넣을 수도 있었고, 자동차들이 줄지어 멈춰 서 있는 복잡하기 짝이 없는 도로도 자유롭게 건너다닐 수 있었다. 아무런 상해도 입지 않고 바스락거리는 소리조차 내지 않은 채.

하지만 나는 그렇게 하지 않았다. 그저 이 도시에 사는 사람들이 설정해 놓은 일반적인 규칙을 받아들였다. 그리고 그들이 갇힌 이곳, 불쌍하게도 모두 지워져 버리는 이곳의 허상을 그들의 눈앞에 드러내 보이지 않으려고 애썼다. 나는 그들에게 미소를 보낼 것이다. 그리고 그들이 뭐라고 말하면 가만히 고개를 끄덕일 것이다. 나는 그들이 존재하지 않는다고 믿는 사실을 일깨워서 굳이 그들을 당황하게 만들고 싶지는 않다.

밤을 좇아서

어떤 곳에 하룻밤만 머무는 경우에는 편히 잠들기가 힘들다. 대도시는 지금 천천히 식어 가며 잠잠해지는 중이다. 호텔은 항공사에서 제공해 주었고, 숙박비는 비행기표 가격에 포함되어 있다. 나는 내일까지 기다려야 한다.

탁자 위에 파란색 콘돔 상자가 놓여 있다. 침대맡에는 성경책과 불경이 있다. 아쉽게도 휴대용 전기 포트의 플러그가 이 방의 콘센트와 맞지 않았다. 어쩔 수 없이 차〔茶〕를 포기할 수밖에 없다. 어쩌면 커피를 마셔야 할 시간인지도 모른다. 지금 내 몸은 침대 옆 라디오에 부착된 전자시계가 가리키는 시각이 무엇을 의미하는지 전혀 감을 잡지 못하고 있다. '아라비아 숫자'라는 이름으로 널리 알려져 있긴 해도 우리가 사용하는 숫자는 보편적이고 범세계적인 것인 줄로만 알았는데, 아니었나 보다. 창밖으로 보이는 저 노란빛을 띤 홍조는 여명의 시작일까, 아니면 어둠이 응축되어 가는 석양일까. 저편에 있는 세상, 그러니까 그 위로 곧 태양이 나타날 예정이거나 아니면 그 너머로 조금 전에 태양이 자취를 감춘 저 세상은 동쪽일까, 서쪽일까. 알 수가 없다. 나는 비행기 안에서 열심히 시간을 헤아려 보았다. 그리고 이해를 돕기 위해 언젠가 인터넷에서 본 이미지를 떠올렸다. 천천히, 체계적으로 세상을 삼키고 있는 거대한 입처럼 동쪽에서 서쪽으로 움직이고 있는 명암 경계선.[42)]

호텔 맞은편 광장은 텅 비어 있었고, 이미 문을 닫은 좌판 근처에서 주인 없는 개들이 소란을 피웠다. 지금은 한밤중이 틀림없다고 나는 결론을 내렸다. 그리고 차도 안 마시고, 목욕도 안 한 채 잠자리에 들었다. 하지만 나의 개별적인 시간, 즉 휴대 전화에 담겨 온 나의 시간은 지금 이른 오후였다. 그걸 알고 있기에 곧 잠들 수 있을 거라는 천진난만한 기대를 품을 수가 없었다.

이불 속으로 들어가 텔레비전을 켜고 볼륨을 죽였다. 그래, 얼마든지 툴툴거리고 깜빡거리고 칭얼대 봐라. 나는 무기를 꺼내 들 듯 리모컨을 앞으로 내밀고 화면 정중앙을 겨냥했다.

---

42) 행성의 표면에서 낮과 밤이 구분되는 명암의 경계를 이루는 선을 말한다. 이 경계선은 햇빛이 행성이나 위성에 접하는 점의 궤적으로 정의된다. 행성이 자전함에 따라 경계선은 시간의 흐름에 따라 이동하게 되고, 공전 때문에 발생하는 궤도의 변화에도 영향을 받는다.

한 번씩 쏠 때마다 채널이 하나씩 죽음을 맞았지만 곧바로 다른 채널이 생성되었다. 내 게임의 목적은 밤을 좇아가는 것이고 밤의 지배를 받는 세상에서 송출된 채널들만을 골라내는 것이다. 그리고 지구의 완만한 만곡에 내려앉은 어둠의 흔적을 떠올려 보는 것. 그것은 오래된 범죄의 증거다. 샴쌍둥이나 다름없는 빛과 어둠을 간신히 분리시키고 남은 상처.

밤은 절대로 끝나지 않는다. 세상의 어느 구역에선가 어김없이 자신의 세력을 뻗치고 있다. 텔레비전 리모컨을 통해 좇아가 볼 수도 있고 라디오의 심야 방송만 골라서 들어 볼 수도 있다. 아니면 모니터 속에서 움푹 꺼진, 시커먼 손의 형상으로 지구를 지탱하고 있는 명암 경계선의 암흑 면을 따라가 볼 수도 있다. 그 손은 시시각각 서쪽으로 향하며, 하나둘씩, 여러 나라들을 지나쳐 간다. 이렇게 계속 밤을 따라가 보면 흥미로운 현상이 발견될 것이다.

매끈하고 무심한 텔레비전의 이마를 향해 발사된 첫 탄환은 348번 '홀리 갓' 채널을 불러냈다. 마침 십자가형이 행해지는 장면이 나오고 있었는데 1960년대에 만들어진 영화였다. 성모 마리아의 눈썹은 가늘게 다듬어져 있었고 농가의 여인들이 입는, 우중충한 하늘색 치마를 걸친 막달라 마리아는 그 속에 코르셋을 차고 있는 듯했다. 흑백 영화에 서툴게 색을 입힌 티가 역력했다. 그녀의 커다란 가슴은 원추형이었는데 비정상적으로 튀어나와 있었고, 허리는 지나치게 가늘었다. 못생긴 군인들이 낄낄거리면서 그녀에게 가운을 벗어서 덮어 주자, 그때부터 모든 종류의 끔찍한 재난이 시작된다. 마치 자연

재해의 한 장면을 아무런 수정도 없이 영화 속에 갖다 붙인 듯하다. 빠른 속도로 몰려든 먹구름, 번개 치는 하늘, 회오리바람, 신의 손가락이 공간 속에 물결 문양을 아로새긴다. 이번에는 성난 파도가 해변을 무섭게 두드리기 시작한다. 싸구려 모조품을 연상시키는 요트 몇 척이 거센 물결에 휩쓸려 산산조각 난다. 화산의 폭발, 하늘을 수정시키려는 뜨거운 사정(射精), 하지만 애당초 가능성이 없는 일이기에 그저 용암만 화산 근처로 무기력하게 흘러내릴 뿐. 그렇게 황홀경은 평범하고 해묵은 한밤의 배출이 되어 사그라들고 만다.

따분했다. 다시 조준을 해 본다. 채널 350번 '블루 라인 TV'. 자위행위 중인 여자. 그녀의 손가락 끝이 호리호리한 자신의 허벅지 사이로 사라졌다. 여자는 누군가와 이탈리아어로 이야기를 나누는 중이다. 귀에 꽂은 인이어 마이크에 대고 그녀가 뭔가를 말한다. 기다란 혓바닥처럼 생긴 마이크가 그녀의 입에서 흘러나오는 이탈리아 어휘 하나하나, '시' 또는 '프레고'를 부드럽게 핥고 있다.

채널 354번, '섹스 위성 방송 1'. 이번에는 따분한 표정을 한 여자 두 명이 자위행위를 하고 있다. 피로한 기색이 역력한 걸 보면 이제 순서가 거의 끝나 가는 모양이다. 둘 중 하나가 리모컨으로 자신들을 찍는 카메라를 조정한다. 상당히 자립적인 존재들이다. 여자들의 얼굴에 때때로 찡그린 표정이 나타난다. 그러다 마치 자신들이 지금 무슨 일을 하고 있는지 갑작스레 자각한 듯 두 눈을 감고 입술을 벌려 보지만, 얼마 못 간다. 얼굴에는 다시 피로와 산만함이 몰려든다. 아랍어 자막을 통해 열심히 권유해 보지만 아무도 그녀들에게 전화를 걸지 않는다.

다시 채널을 돌리니 키릴 문자가 등장한다. '기원'이라 적혀 있다. 화면 하단에 등장하는 단어들은 의심의 여지 없이 휘황찬란하다. 산과 바다, 구름, 동식물의 이미지로 장식되어 있다. 채널 358번에서는 로코라는 이름의 포르노 스타가 최고의 장면을 보여 주고 있다. 그의 얼굴에 송글송글 맺힌 땀방울이 눈에 들어와 채널을 잠시 멈추었다. 익명의 골반을 향해 돌진하면서 남자는 한 손을 자신의 엉덩이 위에 살포시 올려놓고 있다. 언뜻 보면 삼바나 살사 스텝을 연습하느라 열중하고 있는 것처럼 보인다. 하나 둘, 하나 둘.

288번 채널은 '아멘 TV'. 코란의 한 구절을 읽는 중이다. 내가 보기엔 그랬다. 무슨 뜻인지 전혀 알 수 없는 아름다운 서체의 아랍 글자가 화면 위에서 부드럽게 날아다닌다. 나는 그 글자들의 의미에 대해 생각하기도 전에 우선 손으로 붙잡아 만져 보고 싶었다. 복잡하고 현란하게 구부러진 장식체를 반듯하게 펴고, 좀 더 안정적이고 단순한 선으로 바꾸고 싶었다.

다시 채널을 돌리니 검은 피부의 성직자가 청중에게 한참 연설을 하고 있고, 사람들은 그를 향해 연신 '알렐루야'를 외쳐 대고 있다.

시끌벅적하고 공격적인 뉴스 채널, 모험 채널, 영화 채널 들을 밤이 진정시킨다. 한낮의 찬란한 빛의 소음을 옆으로 밀어 놓고 대신 그 자리에 섹스와 종교, 속(俗)과 성(聖), 생리학과 신학이 교차하는 단순한 좌표를 배치하면서.

생리대

약국에서 생리대를 구입했는데 포장지마다 다음과 같은 짧고 위트 있는 정보들이 적혀 있었다.

적확 언어 망각(適確言語忘却)이란 당신이 원하는 어떤 말이나 진술을 상기하지 못하는 상태이다.

로포그래피(Ropography)는 미술 용어로 예술가가 매우 사소하고 세부적인 항목에 주목하는 것이다.

리파로그래피(Rhyparography)는 부패하거나 혐오스러운 대상을 그리는 화풍을 말한다.

가위를 고안해 낸 사람은 레오나르도 다빈치이다.

욕실에서 이런 흥미로운 지식과 정보가 담긴 포장지에 싸인 생리대들을 상자에서 하나씩 꺼내는데 문득 이런 생각이 머리를 스치고 지나갔다. 이것은 막 새롭게 탄생된, 모든 것을 담고 있는 거대한 백과사전의 새로운 유형이 아닐까? 그래서 나는 약국으로 돌아가 유용성과 필요성을 연계시키기로 마음먹은 이 괴상한 회사가 생산한 제품들을 가판대에서 열심히 찾아냈다. 꽃이나 딸기가 그려진 포장지로 생리대를 싸는 게 무슨 의미가 있을까? 종이라는 것은 사상을 전달하고 나르기 위한 수단으로 발명되었는데. 포장지는 결국 헛된 낭비에 불과하니 금지되어야 마땅하다. 굳이 뭔가를 포장하기 위해 사용되어야 한다면 소설책이나 시집을 포장해야 하리라. 뭔가를 담는 것과 뭔가가 담겨 있는 것이 서로 긴밀히 연결될 수 있도록.

서른 살부터 인간은 점차 수축하기 시작한다.

매년 당나귀의 발에 차여 사망하는 사람들의 수가 비행기 추락 사고로 목숨을 잃는 수보다 많다.

우물 밑바닥에서 하늘을 올려다보면 대낮에도 별을 볼 수 있다.

지구상에 당신과 똑같은 생일을 가진 사람이 900여 만 명이나 된다는 사실을 아는가?

지구상에서 가장 짧은 전쟁은 1896년 잔지바르와 영국 간에 일어난 전쟁으로 삼십팔 분간 이어졌다.

지구의 중심축이 1도만 더 기울어졌어도 지구에는 생명체가 살 수 없었을 것이다. 적도 부근은 더 뜨겁고 양극은 더 추웠을 테니까.

평범한 인간의 육체에는 개 한 마리를 죽이고도 남을 만큼의 유황이 함유되어 있다.

지구의 자전 탓에 동쪽으로 던진 것보다 서쪽으로 던진 물체가 더 멀리 날아간다.

땅콩버터 공포증은 땅콩버터가 입천장에 달라붙는 것을 두려워하는 공포증이다.

하지만 가장 인상적인 대목은 바로 이것이었다.

인간의 신체에서 가장 강한 근육은 혓바닥이다.

유적
십자가의 길

1677년 프라하에서는 이미 성 비투스 대성당을 볼 수 있었다. 즉 온전한 상태로 유리병에 담겨 보관된 성녀 안나의 유방, 순교자 스테파노 성인과 세례자 요한의 머리 또한 볼 수 있었다. 테레사 성녀 수도회의 수녀들은 300년 전 철창 안에 앉은 채로 사망한 어느 수녀의 시신을 관심 있는 방문객들에게 보여 주었는데 그 시신은 보관이 매우 잘된 상태였다. 예수회 수도사들은 우르술라 성녀의 머리, 프란시스코 사비에르 성인의 모자와 손가락을 보여 주었다.

100년 후 한 폴란드인이 몰타의 수도 발레타에 도착했는데 현지의 한 사제가 도시 곳곳을 안내하며 보여 주었다고 그는 기록했다. "거기에는 세례자 요한의 '오른손 전체'가 마치 금방 몸에서 도려낸 듯 신선한 상태로 보관되어 있었다. 사제는 크리스털 상자를 열면서 내 비천한 입술로 감히 그 손에 입을 맞출 수 있게 해 주었다. 나 같은 죄인이 주님의 축복을 받을 수 있도록. 또한 세례자 요한의 코와 라자리 콰드리두아니 성인의 코, 막달레나 성녀의 손가락, 우르술라 성녀의 머리 일부(사실 좀 이상하긴 하지만 쾰른이나 라인강 유역에서도 이 성녀의 머리를 통째로 본 적이 있었고, 그때도 내 비천한 입술로 입을 맞추었다.)에도 입을 맞추게 해 주었다."

벨리 댄스

음식을 먹자마자 웨이터가 서둘러 커피를 가져오더니 카운터 뒤, 홀 안쪽으로 물러났다. 물론 거기에서도 손님들을 살피고 있을 것이다.

우리는 어쩔 수 없이 목소리를 낮춰야만 했다. 갑자기 조명이 어두워지고 젊은 여자가 테이블 사이로 달려 나왔기 때문이다. 나는 그녀가 불과 십여 분 전에 거리에서 담배를 피우는 모습을 보았다. 그녀는 앉아 있는 사람들 속에 홀로 선 채 늘어뜨린 검은 머리카락을 흔들었다. 짙은 눈화장을 하고 가슴팍에 스팽글이 달린 꽉 끼는 상의를 입고 있었다. 형형색색의 스팽글이 한꺼번에 찬란하게 번쩍거려서 아이나 소녀 들이 특히 좋아할 것 같았다. 손목에 찬 팔찌들이 쩔그렁거리며 요란한 소리를 냈다. 흘러내릴 듯 골반에 걸쳐진 긴 치맛자락이 그녀의 맨발에 거의 닿을 정도였다. 그녀는 매우 아름다웠다. 새하얀 치아가 비현실적으로 반짝였으며, 두 눈이 생기 있고 도발적인 광채를 내뿜었다. 가만히 앉아 있을 수 없게 만드는 눈빛, 몸을 들썩이고, 자리에서 일어나고, 담배를 피우고 싶게 만드는 눈빛이었다. 여자는 북소리의 리듬에 맞춰 춤을 추었다. 그녀의 골반은 스스로의 위용을 한껏 뽐내면서 자신의 능력을 과소평가하는 자들에게 결투를 신청하고 있었다.

마침내 한 남자가 용기 내어 자리에서 일어나 도전에 응했다. 여행객의 반바지 차림은 그녀의 화려한 스팽글과 좀처럼 어울리지 않았다. 하지만 그는 열심히 골반을 흔들어 댔고, 그와 같은 테이블에 앉은 동료들은 발을 구르고 휘파람을 불며 흥분의 도가니로 빠져들었다. 그 밖에도 젊은 여자 둘이 춤에 동참했다. 대팻밥처럼 삐쩍 마른 그들은 청바지를 입고 있었다.

이 싸구려 술집에서 그녀의 춤은 그야말로 신성한 이벤트였다. 나와 내 동행인 또 다른 여인은 그렇게 느꼈다.

불이 켜졌을 때 우리는 두 눈에 눈물이 고인 사실을 깨닫고는 손수건으로 서둘러 눈물을 훔쳤다. 광란에 휩싸인 남자들이 우리를 놀려 댔다. 하지만 나는 확신했다. 남자들의 흥분보다는 여자들의 감동이 그 춤을 이해하는 빠른 길이라는 걸.

자오선

잉기비오르그라는 이름의 여인은 본초 자오선을 따라 여행을 했다. 아이슬란드 태생인 그녀는 셰틀랜드 제도에서 여행을 시작했다. 그녀 스스로도 불평하듯이 직선 코스를 따라 전진하는 것은 당연히 불가능했다. 도로나 뱃길 사정, 철로의 상태에 따라 모든 게 달라지기 때문이었다. 하지만 그녀는 비록 지그재그로 움직일지언정 선을 따라 남쪽으로 향한다는 규칙을 준수하기 위해 노력했다.

어찌나 열정적으로 생생하게 대답하는지, 왜 이런 일을 하느냐고 물을 용기가 차마 나지 않았다. 하긴 이런 질문에 대한 대답은 항상 이런 식이 아니던가. 하면 안 될 이유는 또 뭔데요?

그녀가 말하는 동안 나는 상상 속에서 지구 표면을 타고 미끄러져 내려가는 물방울의 이미지를 떠올렸다.

그녀의 아이디어는 여전히 날 불안하게 한다. 자오선이란 존재하지 않으니까.

우누스 문두스[43)]

내게는 시인 친구가 하나 있는데 안타깝게도 그녀는 시를 써서 생계를 유지한 적이 한 번도 없었다. 사실 시로 먹고사는 사람이 얼마나 되겠는가? 그녀는 결국 여행사에서 일하게 되었고, 영어를 유창하게 구사했기 때문에 미국인 여행객들을 상대하는 가이드가 되었다. 주어진 업무를 썩 잘해 낸 덕분에 가장 까다로운 고객들이 그녀에게 배정되었다. 그녀는 여행객들을 마드리드에서 픽업한 뒤 그들과 함께 비행기를 타고 말라가로 갔고, 거기서 다시 유람선을 타고 튀니스까지 갔다. 그

---

43) Unus mundus. 라틴어로 '통일 세계'나 '하나된 세계'라는 의미이다. 심리학자 카를 구스타프 융은 자신이 제창한 '초월적인 상위 구조체'를 이렇게 명명했다. 그는 우누스 문두스를 정신과 물질이 융합된 궁극적인 세계로 보고, 이 세계는 무의식의 영역에 존재한다고 보았다.

녀는 주로 열 명 정도로 구성된 소규모 그룹을 맡았다.

평균 한 달에 두 번 정도 그녀에게 업무가 주어졌는데 그녀는 이 일을 즐겼다. 그때마다 그녀는 최상급 호텔에서 편안히 숙면을 취했다. 다양한 유적지로 손님들을 안내해야 했기에 늘 많은 자료를 읽으며 준비를 했다. 그리고 남몰래 뭔가를 쓰기도 했다. 머릿속에 흥미로운 생각이나 문장, 이미지가 떠오르면 당장 메모를 해 놓아야 한다는 걸 그녀는 알고 있었다. 그러지 않으면 영원히 사라져 버릴 테니까. 나이를 먹으면서 기억력이 쇠퇴하고 구멍이 생기기 시작했다. 아침에 눈을 뜨고 화장실에 갔다가 변기에 앉아서 뭔가를 끼적일 때도 있었다. 때로는 손바닥에 급히 알파벳 몇 자를 적기도 했다. 기억술의 일종이었다.

그녀는 아랍권 국가들이나 그곳 문화에 대한 전문가는 아니었지만, 자신의 고객들 또한 그쪽 지방에 대해서는 별로 잘 알지 못한다는 사실에 위안을 받았다.(그녀는 어문학 전공자였다.)

'당황할 필요는 없어. 세상은 하나니까.' 그녀가 중얼거렸다.

굳이 전문가가 될 필요는 없었고 그저 상상력을 발휘하면 그만이었다. 지프의 브레이크 케이블이 끊어지는 바람에 여행이 잠시 중단되거나 낯선 그늘 속 또는 '아무것도 아닌 곳'에서 몇 시간 동안 기다려야만 할 때 그녀는 고객들이 지루하지 않도록 뭔가를 해야 했다. 그럴 때 그녀는 이야기를 시작했다. 고객들이 그녀에게 기대하는 것도 바로 그런 것이었다. 어떤 이야기는 보르헤스의 작품에서 빌려 와 아름답게 각색한 뒤 극적인 요소를 가미했다. 또 다른 이야기는 『아라비안 나이트』에서 찾아냈고, 여기에 자신이 꾸민 이야기들을 덧붙였다. 지금껏 한 번도 영화화되지 않은 이야깃거리들만 골라내야 했는데, 알고 보니 그런 이야기들이 제법 많더라고 그녀가 말했다. 그녀는 모든 것에 아랍의 색채를 가미했으며, 민속 의상의 소소한 디테일이나 전통 요리의 맛, 낙타의 변종 등에 대해 오랫동안 장황하게 이야기하곤 했다. 그녀가 몇 번이나 역사적 사실을 혼동했음에도 아무도 지적하지 않은 것을 보면 여행객들 또한 그녀의 이야기에 딱히 열중하지는 않은 모양이었다. 그래서 결국 그녀는 역사적 사실에 대해 별로 신경 쓰지 않게 되었다.

하렘
멘추가 들려준 이야기

하렘의 미로를 말로 표현하는 건 불가능하다. 말보다는 벌집의 칸이나 창자의 뒤틀린 배열, 우리 몸의 내부와 같은 이미지를 떠올리는 게 나을 것이다. 아니면 귓속의 달팽이관, 다시 말해 나선형의 막다른 골목을, 혹은 숨겨진 방의 입구로 이어지는 부드럽고 둥근 터널을 연상해도 좋으리라.

하렘의 중심부, 그러니까 술탄의 어머니가 머무는 방들은 마치 개미집처럼 깊숙한 곳에 자리하고 있다. 몰약을 피워 놓은 그곳에는 자개처럼 아름다운 문양이 새겨진 양탄자들이 깔려 있고, 뿜어져 나오는 물줄기가 대리석 바닥의 열기를 식힌다. 그 방들 주위에 아직 성인이 되지 않은 어린 아들의 방들이 이어져 있다. 하렘에서 나이가 아주 어린 아들은 여자나

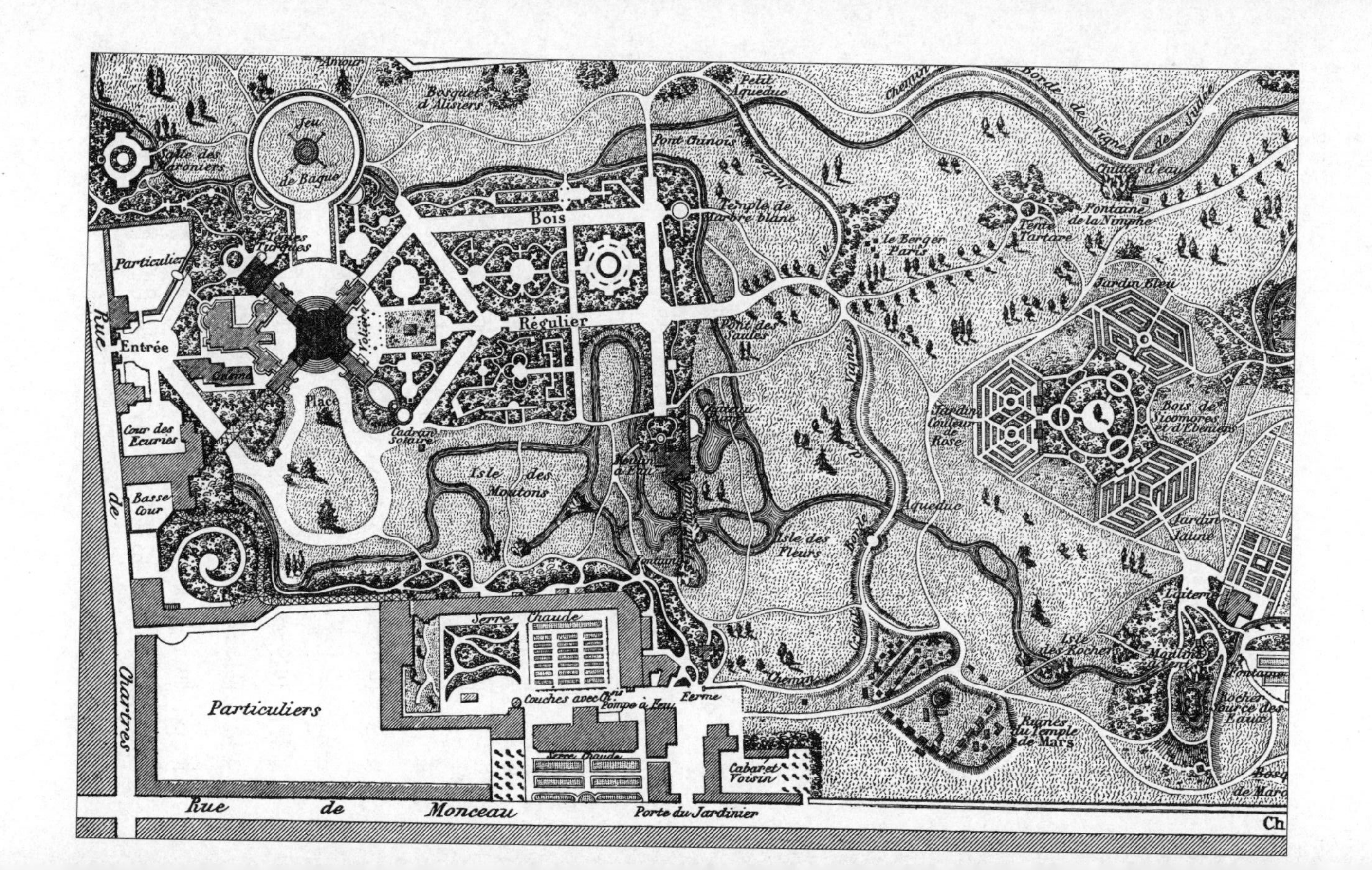

Rue de Chartres
Rue de Monceau
Porte du Jardinier
Particuliers
Particuliers
Entrée
Cour des Ecuries
Basse Cour
Place
Voliere
Cadran Solaire
Bois
Régulier
Jeu de Bague
Salle des Maroniers
Bosquet d'Aliniers
Amour
Petit Aqueduc
Pont Chinois
Temple de Marbre blanc
Pont des Saules
Isle des Moutons
Isle des Fleurs
Moulin à Eau
le Berger Paris
Tente Tartare
Fontaine de la Nimphe
Chutte d'eau
Borde de Vignes de Judée
Jardin Bleu
Jardin Couleur de Rose
Bois de Sicomores et d'Ebeniers
Jardin Jaune
Aqueduc
Isle des Rochers
Ruines du Temple de Mars
Rocher Source des Eaux
Serre Chaude
Serre Chaude
Couches avec Chassis
Pompe à Eau
Ferme
Cabaret Voisin
Laiterie
Chemin
Ch

마찬가지다. 그들의 진주 같은 양막낭[44]이 칼로 갈라지기 전까지는 온통 여성적인 요소들로 둘러싸여 있기 때문이다. 이곳을 지나면 후궁들의 침소가 복잡한 서열에 따라 배치된 내부의 중정이 나온다. 술탄에게서 호감을 덜 받는 여인의 처소는 위쪽에 배치된다. 마치 남자들로부터 잊힌 육신이 남몰래 천사와도 같은 신성을 얻기라도 한다는 듯이. 나이 많은 후궁들은 지붕 바로 밑에 거주한다. 얼마 못 가 그들의 영혼은 하늘로 올라갈 것이다. 그리고 한때 눈부시게 매혹적이었던 그들의 육체는 마치 생강 뿌리처럼 말라비틀어질 것이다.

이처럼 복도와 회랑, 비밀스러운 벽감과 침소, 안뜰과 중정으로 이루어진 그곳에는 젊은 지배자를 위한 여러 개의 침실이 있다. 침실마다 호화로운 욕실이 마련되어 있다. 술탄이 호사를 누리며 고귀한 배설 활동을 마음껏 즐길 수 있도록.

술탄은 매일 아침 어머니의 품에서 빠져나와 세상으로 향한다, 조금 늦게 걸음마를 배운 덩치 큰 아이처럼. 예복으로 카프탄[45]을 갖춰 입고 그는 자신에게 맡겨진 역할을 수행한다. 그러고 나서 저녁이 되면 안도의 한숨을 내쉬며 자신의 몸, 자신의 창자, 후궁들의 보드라운 질 속으로 돌아간다.

그가 원로원 회의실을 나선다. 그곳에서 그는 황폐한 나라를 지배하고 사절단을 맞이하고 몰락해 가는 자신의 작은 왕

44) 모체가 태아를 임신했을 때 자궁 속 태아가 자신을 보호하기 위해 양수를 담은 막을 형성한다. 이를 양막이라고 하며, 이 양막의 주머니가 양막낭이다.

45) 아랍 국가 남자들이 허리에 벨트를 매고 입는 긴 옷.

국을 다스리기 위해 아무짝에도 쓸모없는 정책을 집행한다. 그곳에 전해지는 소식들은 끔찍하기 짝이 없다. 거대한 세 나라의 피비린내 나는 충돌은 어김없이 전쟁을 예고한다. 그러므로 그들은 룰렛 게임을 하듯이 색깔에 베팅을 해야 하고 어느 편에 설지를 결정해야만 한다. 무엇이 선택에 결정적인 영향을 미칠지는 알 수 없다. 교육받은 장소인지, 문화에 대한 친밀감인지, 아니면 언어의 발음이나 소리인지. 이러한 불확실성은 아침마다 그가 맞이하는 손님들에 의해 더욱 커진다. 사업가, 상인, 영사, 속삭이는 조언자들 말이다. 그들은 화려하게 장식된 쿠션 위에 앉아 그를 마주 보았다. 그들은 피스 헬멧[46]을 꽉 눌러쓴 채 이마에 맺힌 땀방울을 연신 문질러 닦았다. 겉으로 드러난 이마의 나머지 부위는 신기할 정도로 하얗고 창백했는데, 마치 땅속에 파묻힌 뿌리줄기를 연상케 하는 그 허연 빛깔은 악마와도 같은 이 백인들의 출신 성분을 상기시켜 주었다. 터번이나 화관 장식을 단 투구를 쓴 또 다른 이들은 자신들의 긴 수염을 쓸어내리고 있었는데, 이러한 동작이 거짓말이나 속임수를 떠올리게 할 수도 있다는 걸 미처 의식하지 못하는 듯했다. 다들 그에게 용건이 있었고, 자신들의 협상안을 권유했고, 유일하게 올바른 결정이라며 그를 부추겼다. 그는 이 모든 것 때문에 머리가 아팠다. 그의 왕국은 그리 크지 않았다. 암질 황원의 오아시스들을 중심으로 수

46) 매우 더운 나라에서 머리 보호용으로 쓰는 가볍고 단단한 소재로 된 흰색 모자.

십 개의 작은 마을이 모여 있는 작은 왕국에 불과했으며, 천연자원이라고는 노천 채굴이 가능한 소금 광산뿐이었다. 바다로 나아갈 통로나 항구도 없었고 전략적 요충지로 활용할 곳이나 해협도 없었다. 이 작은 왕국에 사는 여인들은 병아리콩과 참깨, 사프란을 재배했다. 이 여인들의 남자들은 여행자와 상인을 포장마차에 태우고 사막을 가로질러 남쪽으로 데려다주는 일을 했다.

그는 한 번도 정치에 마음이 끌린 적이 없었고 자신의 위대한 아버지가 대체 어떤 점에 매료되어 정치를 위해 전 생애를 바쳤는지 이해할 수가 없었다. 그는 수십 년에 걸쳐 사막에서 유목민들과 싸워 가며 이 조그만 국가를 건설한 자신의 아버지와 조금도 닮은 구석이 없었다. 수많은 형제 중 그가 후계자로 발탁된 것은 단지 그의 어머니가 가장 나이 많은 아내였고 야심이 가득한 사람이었기 때문이었다. 어머니는 태생적으로 자기 것이 될 수 없었던 권력을 아들의 손에 쥐여 주었다. 그의 강력한 경쟁 상대였던 형제는 운 나쁘게도 전갈에 물려 목숨을 잃었다. 여자 형제들은 아예 술탄 후보감에서 제외되었고, 심지어 그는 그녀들을 잘 알지도 못했다. 여자를 바라볼 때마다 그는 늘 상대가 자신의 누이일지도 모른다고 생각했다. 그러면 이상하게도 안도감이 들곤 했다.

턱수염을 기른 영감들의 칙칙한 모임인 원로회에서 그는 친구를 단 한 사람도 만들지 못했다. 그가 회의실에 나타나면 그들은 갑자기 조용해지곤 했는데 뭔가 뒤에서 은밀하게 음모를 꾸미는 느낌이 들곤 했다. 사실 진짜 그랬을 것이다. 틀에 박힌 환영 인사를 주고받고 나면 그들은 사안을 보고한 뒤에 그를 향해 시선을 던졌고, 그 눈빛에는 승인을 바라는 갈망과 더불어 그에 대한 경멸과 혐오가 감춰져 있었다. 이따금(안타깝게도 점점 자주) 그는 저들의 짧은 시선 속에 마치 칼날처럼 날카로운, 구체적이고도 생생한 적대감이 깃들어 있음을 감지하곤 했다. 저들이 궁극적으로 원하는 것은 그의 입에서 나오는 '네' 또는 '아니요'라는 대답이 아니었다. 그보다는 과연 그가 이 방의 중앙에 놓인 자리, 온갖 특권을 누릴 수 있는 위치를 차지할 만한 자격이 있는지, 그리고 입에서 뭔가 소리를 낼 여력이 있는지를 확인하고 싶은 듯했다.

그렇다면 저들이 그에게서 기대하는 것은 무엇인가? 그는 저들이 서로를 향해 내뱉는 고함과 열정, 주장의 논거를 도저히 이해할 수가 없었다. 대신 원로 중 한 명인 수자원부 장관이 쓴 샛노란 터번이라든지 안색이 매우 나쁜 또 다른 원로에게 신경이 집중되곤 했다. 은빛 턱수염이 가득 덮인 그 원로의 창백한 얼굴에는 병색이 완연했다. 중병에 걸린 게 틀림없었다. 아마 이제 곧 죽을 것이다.

'죽는다'라는 단어는 이 젊은 지배자에게 참기 힘든 혐오감을 불러일으켰다. 떠올리기만 해도 속이 불편했고 입안 가득 침이 고이면서 목구멍이 쪼그라드는 것 같았다. 오르가슴의 비뚤어진 전도(轉倒). 여기서 도망쳐야만 한다.

덕분에 그는 자기가 뭘 해야 할지 이미 알고 있었지만 어머니 앞에서는 모든 것을 비밀로 했다.

하지만 늦은 저녁 어머니가 그를 찾아왔다. 술탄의 어머니라 할지라도 술탄의 충직한 경호원들, 즉 흑단처럼 검은 피부를 지닌 환관인 곡과 마곡에게 자신이 술탄을 만나러 왔다는 사실을 알려야 했다. 그녀는 어린 친구들과 함께 즐거운 시간을 보내던 술탄을 만난다. 그녀는 술탄의 발밑, 아름다운 자수로 장식된 쿠션에 앉는다. 그녀의 팔찌가 쩔그렁거린다. 움직일 때마다 그녀의 늙은 육체에 덧바른 알싸한 오일 향기가 파도처럼 출렁인다. 그녀는 자신이 이미 모든 걸 알고 있으며, 만약 자신을 데려가겠다고 약속만 하면 그의 도피 여행을 돕겠다고 말한다. 그리고 자신을 여기에 홀로 남겨 놓는 건 죽으라는 것이나 마찬가지라는 사실을 알고 있느냐고 묻는다.

"우리에겐 사막에 사는 헌신적인 친척들이 있으니 그들이 틀림없이 우리를 받아 줄 거다. 소식을 전하기 위해 이미 그들에게 사람을 보내 놓았어. 일단 거기서 최악의 시간을 버틴 다음에 변장을 하고 보석과 황금, 전 재산을 챙겨서 서쪽 항구로 가자. 이곳을 완전히 뜨는 거야. 그러고 나서 유럽에 정착하자. 날이 좋으면 아프리카의 해변이 보이는 너무 멀지 않은 곳에. 아들아, 내가 네 자식들도 돌봐 주마." 그녀가 말한다. 피신에 대해서는 확신이 있었지만 손주들에 관한 이야기는 사실 그녀 자신도 믿지 못하는 바였다. 그건 절대 불가능한 일일 테니까.

그가 뭐라고 대답할 수 있겠는가. 그는 자기 품에 안긴 비단결 같은 조그만 머리들을 쓰다듬으면서 동의를 표했다.

벌집에는 비밀이 없었다. 소식은 육각형으로 퍼져 나갔다.

침실에서 침실로, 굴뚝으로, 화장실로, 복도로, 안뜰로. 한겨울 추위를 버텨 내기 위해 커다란 주철 솥에서 목탄을 굽느라 뿜어져 나오는 열기를 타고 소식은 사방으로 퍼졌다. 내륙이나 산간 지방에서 불어오는 공기는 어찌나 차가운지 마욜리카 요강에 담긴 오줌에 살얼음이 낄 정도였다. 소식은 후궁 처소의 층마다 전해졌고, 심지어 이미 천사처럼 신성해진, 가장 높은 층에 머무르는 여인들을 포함한 모두가 자신의 얼마 안 되는 재산을 챙겨 짐을 꾸리기 시작했다. 그들은 서로에게 속닥거리며 심지어 사막을 건너는 포장마차 행렬에서 어느 자리에 탈지 다툼을 벌이기도 했다.

그로부터 며칠 동안 궁전은 살아 움직였다. 실로 오랜만의 움직임이었다. 그래서 우리의 젊은 지배자는 의아해했다. 어째서 '진홍색 터번'이나 '비참한 턱수염'은 아무것도 눈치채지 못할까.

그는 자기가 생각했던 것보다 그들이 멍청하다고 생각했다.

그들 또한 완전히 똑같은 생각을 하고 있었다. 자신들의 통치자가 지금껏 그들이 알던 것보다 훨씬 더 둔하다고 생각했다. 덕분에 그에 대한 안타까운 마음이 줄어들었다. 서쪽에서 엄청난 규모의 군대가 항로와 육로를 통해 다가오고 있다고 그들은 서로에게 속삭였다. 셀 수 없이 많은 인원이 몰려오고 있다고 했다. 세상을 향해 '신성한 전쟁'을 선포하고 우리를 정복하려는 모양이었다. 그들이 가장 많은 관심을 두는 것은 예루살렘이었다. 거기에 자신들의 예언자가 남긴 유물이 있으니까. 그들을 막을 방도는 없었다. 그들은 만족할 줄 몰랐고, 무슨 짓이든 행할 준비가 되어 있었다. 그들은 우리의 집을 약탈하고 여인들을 강간하고 주거지를 불태우고 모스크를 파괴할 것이다. 모든 규칙과 조약을 위반할 것이다. 그들은 욕심 많고 변덕스럽다. 그들이 원하는 게 무덤이 아니라는 건 의심할 여지가 없었다. 무덤이야 얼마든지 있으니 그들이 원한다면 당장이라도 내놓을 수 있었다. 만약 그들의 관심사가 공동묘지라면 얼마든지 가져가도 좋았다. 하지만 분명히 그건 그저 핑계일 뿐 그들은 이미 죽어 버린 대상이 아닌 지금 살아 있는 대상을 갈망하고 있었다. 오랜 항해 탓에 그들의 얼굴은 햇볕에 표백되고 피부에는 바다 소금으로 얇은 은빛 막이 덮어 씌워질 것이다. 그들을 태운 배가 해안에 다다르기 무섭게 그들은 알아듣기 힘든 쉬어 터진 목소리로(그들은 제대로 된 언어나 문자를 구사할 수 없기에) 전투의 함성을 외치면서 우리의 도시를 향해 달려올 것이다. 집의 빗장을 열기 위해, 올리브유가 담긴 단지를 깨뜨리기 위해, 우리의 식품 저장고를 약탈하기 위해, 그리고 하늘도 무심하게 우리의 여인들이 입는 살와르[47]를 벗기기 위해. 그들은 우리의 인사에 아무런 대답도 할 줄 모를 테고, 둔탁한 눈빛으로 우리를 바라볼 것이다. 그들의 밝은색 눈동자는 마치 물에 헹궈진 듯 흐릿하고 퀭하고 무심해 보이리라. 누군가는 그들이 바다 밑에서 태어난 종족이라고 말했다. 파도와 은빛 물고기들이 그들을 키워 냈다는 것이다. 실제로 그들은 바닷가에 버려진 나무토막처럼 보였고 그

47) 이슬람교도가 입는, 발목을 조이는 헐렁한 바지.

들의 피부색은 마치 바닷물이 오랫동안 갖고 논 뼈다귀처럼 보였다. 하지만 다른 이들은 사실이 아니라고 했다. 만약 그랬다면, 붉은 수염을 가진 그들의 지배자가 어떻게 살레프강[48]의 지류에 빠져 죽을 수 있었겠느냐고 반문했다.

그렇게 그들은 심각하게 속삭였고 나중에는 불평으로 이어졌다. 지배자가 우리를 망하게 했다고. 그의 아버지는 유능했다. 만약 그의 아버지가 살아 있었더라면 즉시 1000명의 기마병을 준비시켰을 것이고, 요새를 구축하고 포위당할 경우를 대비해 물과 곡식도 비축했을 것이다. 그런데 이자는…… 누군가가 그의 이름을 말하려다 자기 입에서 무슨 말이 튀어나올지 몰라 입을 다물고 침을 뱉었다.

긴 침묵이 이어졌다. 누군가는 턱수염을 문질렀고 다른 누군가는 형형색색의 도자기 타일로 미로의 문양을 새긴 바닥을 착잡한 눈빛으로 내려다보았다. 또 다른 누군가는 터키석이 정교하게 박힌 자신의 칼집을 만지작거렸다. 그의 손가락이 볼록하게 튀어나온 부분을 쓰다듬으며 칼집 위를 오갔다. 오늘은 위풍당당한 장관들과 고문관들이 아무런 결정도 내리지 않았다. 밖에는 이미 경호원들, 즉 왕의 친위대가 대기하고 있었다.

그날 밤 그들의 머릿속에는 다양한 아이디어가 싹터서 마

48) 터키의 추쿠로바에 있는 강. 1190년 신성 로마 제국의 제3차 십자군 원정에서 프리드리히 1세가 이 강에서 익사했다.

치 식물처럼 자라났다. 그것도 눈 깜짝할 사이에 무럭무럭 자라서 머지않아 꽃을 피우고 열매를 맺을 것 같았다. 아침이 되자 전령 하나가 말을 타고 거대한 이웃 나라의 술탄을 찾아갔다. 아무도 기억하지 않는 이 작은 왕국을 돌봐 달라는 비루한 청원서를 들고서. 원로 회의가 열렸다. 그들은 알라신을 위해 헌신하는 모든 정의로운 사람을 위해 무능한 통치자를 제거하기로 결정했다.(하늘에서 갑자기 떨어지는 칼의 이미지가 구체화되었다.) 그리고 서쪽에서 다가오는, 사막의 모래알처럼 많은 수의 이교도들을 막아 낼 수 있게 해 달라며 무력 지원을 요청했다.

바로 그날 밤, 지배자의 어머니가 잠든 젊은 지배자를 끌어냈다. 가죽과 양탄자 밑에서, 아이들의 몸 아래에서. 그녀는 잠에 취해 있는 아들을 흔들어 깨우면서 옷을 입으라고 명령했다.

"모든 게 준비됐어. 낙타들도 기다리고 있고 너의 두 준마에는 안장을 채워 놓았어. 천막도 잘 말아서 이미 안장에 묶어 놓았단다."

아들은 신음을 내뱉으며 투덜거렸다. 사막에서 사발이나 접시도 없이, 석탄 난로도 없이, 그리고 아이들과 뒹굴던 양탄자도 없이 대체 어떻게 지낸단 말인가? 거기엔 화장실도 없고 창밖으로 펼쳐지던 맑은 물이 샘솟는 분수나 광장의 풍경도 없을 텐데.

"이대로 있으면 넌 죽을 거다." 어머니가 속삭였다. 그녀가 이마에 흐르는 땀을 닦자 그 자리에 마치 단검에 찔린 것처럼 날카로운 세로 주름이 나타났다. 그녀의 속삭임은 파충류 같았다. 샘터에 출몰하는 지혜로운 뱀처럼 그녀가 쉭쉭 속삭였다. "일어나!"

몇 개의 벽 너머에서 부산한 발소리가 들렸다. 아내들이 각자 소지품을 챙겼다. 젊은 아내들은 많이 챙겼고, 늙은 아내들은 좀 적게 챙겼다. 나중에 후회하지 않기 위해. 초라한 꾸러미 속에 값비싼 스카프와 귀걸이, 팔찌 들만 집어넣었다. 그들은 커튼 밖으로 나와 문간에 쪼그리고 앉아 누군가 자신들을 데리러 올 때까지 기다렸다. 제법 오랜 시간이 흐르자 그녀들은 초조하게 창밖을 내다보았다. 이미 사막 위 동쪽 하늘에는 분홍빛 홍조가 피어오르고 있었다. 지금껏 그녀들은 모래바람을 일으켜 거친 혓바닥처럼 궁전의 계단을 핥는 사막의 광대함을 목격한 적이 없었다. 그녀들이 묵는 방의 창문들은 오직 궁전의 안뜰 쪽으로만 나 있었기 때문이었다.

"네 조상들이 천막을 치기 위해 박은 말뚝이 세상의 축이 되었고 세상의 중심이 되었어. 거기가 어디든 네가 천막을 펼치는 곳, 그곳이 바로 너의 왕국이란다."

어머니는 이렇게 말하면서 아들을 입구 쪽으로 떠밀었다. 어머니가 이런 식으로 그의 몸에 손을 댄 건 이번이 처음이었다. 어머니의 이러한 행동을 보며 그는 자기가 몇 시간 후면 이 사프란 왕국의 통치자 자리에서 물러나게 되리라는 사실을 직감했다.

"아내 중에서 누구를 데려갈 거니?" 어머니의 질문에 그는 한참 동안 아무 대답도 하지 않다가 아이들을 끌어당겼다. 사내애와 계집애, 천사 같은 무리였다. 한밤의 어둠이 그들의 벌거벗은 몸을 가려 주었다. 가장 큰 사내아이가 열 살, 가장 어린 계집애는 고작 네 살이었다.

아내라고? 늙은 아내든 젊은 아내든 그에게 아내란 없을 것이다. 그녀들은 그저 궁전의 구색을 맞출 뿐이었다. 그가 특별히 그녀들을 필요로 한 적은 한 번도 없었다. 매일 아침 수염을 잔뜩 기른 고관들의 낯짝을 마주해야 하는 것과 똑같은 이유로 그는 억지로 그녀들과 잠을 잤다. 그녀들의 풍만한 둔부, 살집 많은 은밀한 부위를 통과하는 것은 그에게 아무런 즐거움도 주지 못했다. 그녀들의 겨드랑이 털이나 불룩하게 솟은 유방이 무엇보다 역겨웠다. 그래서 그는 이 보잘것없는 그릇에 자신의 고귀한 씨앗을 한 방울이라도 뿌리지 않기 위해 애썼다. 단 한 방울의 생명이라도 헛되이 낭비되지 않도록.

그는 사정을 억제함으로써, 자는 동안 아이들의 마른 몸에서 기를 빨아들임으로써, 그리고 자기 얼굴을 향해 내뿜는 아이들의 달콤한 숨결을 들이마심으로써 자신이 언젠가는 불멸의 존재가 될 거라고 믿었다.

"아이들을 데려갈 거예요, 내 아이들요. 열두 명의 천사들, 아이들이 옷을 입을 수 있게 좀 도와주세요." 그가 어머니를 향해 말했다.

"바보 같으니, 아이들을 데려가겠다고?" 어머니가 소리를 낮춰 쉬익 소리를 내며 흥분했다. "이 애들과 함께 있으면 사막에서 며칠도 못 버틸 거다. 점점 다가오는 버스럭거림과 속삭임을 못 들은 거니? 지체할 시간이 없어. 도착하게 되면 거기서 다른 아이들을 고르면 돼. 더 많은 아이들을 가질 수 있어. 이 아이들은 여기에 남겨 두자. 아이들은 무사할 거다."

하지만 그의 결심이 확고하다는 걸 알게 된 그녀는 분노를 참지 못하고 양팔을 벌린 채 문간에 멈춰 섰다. 아들이 그녀에게 가까이 다가갔다. 둘의 시선이 허공에서 부딪혔다. 아이들이 반원을 그리며 두 사람을 둘러쌌다. 그들 중 일부는 그의 카프탄 아랫자락을 붙잡고 있었다. 아이들의 눈빛은 덤덤하고 무심했다.

"나와 이 아이들 중에 선택해라." 어머니가 경솔하게 내뱉었다. 이 말이 자신의 입술을 통해 흘러나오고 외부의 시선으로 그 말들을 포착하게 된 바로 그 순간 그녀는 혓바닥을 말아서 그 말들을 다시 주워 담고 싶었다. 하지만 이미 엎질러진 물이었다.

순간 그녀의 아들이 단번에 주먹으로 그녀의 배를 내리쳤다. 여러 해 전 그의 첫 번째 집이었던 곳, 붉은색과 선홍색으로 내부를 칠한 보드라운 방에 그가 머물던 그곳을. 그는 주먹에 칼을 쥐고 있었다. 여인이 앞으로 고꾸라졌다. 이마의 주름에서 얼굴을 향해 어둠이 쏟아져 내렸다.

지체할 시간이 없다. 곡과 마곡이 아이들을 낙타에 태웠고, 아직 어린 유아들은 새처럼 바구니에 담았다. 귀중품도 실었다. 값비싼 직물은 눈속임을 위해 일부러 거친 아마포에 둘둘 말았다. 태양의 미세한 파편이 지평선을 건드리기 무섭게 그들은 길을 나섰다. 사막은 처음에 모래 언덕 사이사이로 기다란 그늘을 풍족하게 선사했다. 아는 사람의 눈에만 보이는 흔적을 남기면서. 하지만 시간이 흐를수록 그늘은 점점 줄어들었고, 마침내 행렬이 그토록 갈구하던 불멸에 이르렀을 즈음에는 결국 자취를 감추었다.

멘추의 또 다른 이야기

어떤 유목 부족은 오랜 세월 기독교 마을과 무슬림 마을 사이의 사막에 거주해 왔고, 덕분에 많은 것을 깨우치게 되었다. 기근이나 가뭄, 혹은 그 밖의 다른 위협이 닥치면 어쩔 수 없이 인근의 정착민들에게 피난처를 부탁해야 했다. 그들은 도움을 요청하기 전에 마을의 관습을 몰래 살피기 위해 전령을 보냈다. 그는 소리나 냄새, 의복을 통해 마을 사람들이 무슬림인지 기독교 신자인지 파악했다. 그러고는 돌아와서 자기 부족에게 그 사실을 귀띔해 주었다. 그의 말에 부족은 짐 바구니에서 필요한 소품들을 꺼내 치장을 한 뒤 같은 신자인 척하면서 오아시스로 향했다. 그러면 절대로 원조를 거절당하지 않았다.

멘추는 이 이야기가 사실이라고 맹세했다.

클레오파트라들

나는 베일로 얼굴을 꽁꽁 싸맨 십수 명의 여인들과 함께 버스를 탔다. 가느다란 틈으로 그녀들의 눈만 보였는데, 어찌나 공들여 아름답게 화장했는지 놀라움을 금할 수 없었다. 그것은 클레오파트라들의 눈이었다. 여인들은 빨대의 도움을 받아 생수를 마셨다. 빨대는 검은 천의 주름 속, 어딘가에 있을 입술 속으로 사라졌다. 승객들을 위해 버스에서 영화가 상영되었다. 「툼 레이더」였다. 나를 비롯한 차 안의 여자들은 윤기 나는 팔과 허벅지를 지닌 유연한 몸매의 여인이 완전 무장한 군인들을 쓰러뜨리는 모습을 넋 놓고 바라보았다.

매우 긴 15분

비행기에서 8시 45분과 9시 사이. 내게는 한 시간 혹은 그 이상이 흐른 것처럼 느껴진다.

당나귀 아풀레이우스[49]

어느 당나귀 사육자가 내게 들려준 이야기다.

"당나귀 사육이란 게 그렇습니다. 일단 비용이 많이 드는 투자예요. 일은 많고 수익은 느리게 나거든요. 성수기가 지나서 관광객들이 뜸해지면 생돈 들여 여물을 먹이고 말끔하게 보이도록 털도 관리해 줘야 하고요. 저기 짙은 갈색의 수놈이 바로 이 가족의 아버지랍니다. 이름은 아풀레이우스예요. 저쪽에 있는 녀석은 암컷인데 이름이 장자크예요. 그리고 저기

49) 이 이야기에 등장하는 당나귀 이름은 2세기경에 활동한 고대 로마의 작가 루키우스 아풀레이우스의 이름에서 따온 것이다. 그가 쓴 장편 소설 『변형담』의 또 다른 제목이 바로 『황금 당나귀』이다. 주인공 루키우스가 당나귀로 변해 온갖 모험을 겪는 이야기이며, 라틴어로 쓰인 세계 최고(最古)의 완전한 소설 작품이다.

가장 밝은 색깔의 털을 가진 놈이 장파울입니다. 집 뒤편에 몇 마리가 더 있어요. 보통 비수기 때는 두 마리만 일합니다. 일단 먼동이 트고 차량의 운행이 시작되면 관광버스가 도착하기 전에 당나귀들을 데리고 지정된 장소로 갑니다.

가장 고약한 건 미국인들이에요. 대부분이 과체중이거든요. 아풀레이우스가 감당하기 힘들 정도로 뚱뚱한 사람도 꽤 많아요. 다른 사람들의 두 배 정도 되는 몸무게를 가진 사람들 말예요. 당나귀는 영리한 피조물이라 금방 무게를 가늠합니다. 땀으로 얼룩진 셔츠에 반바지를 입고 온몸이 벌겋게 달궈진 채 버스에서 내려 걸어오는 승객을 보자마자 당나귀는 벌써 예민하게 반응하기 시작합니다. 내 생각엔 아마도 체취를 통해 뭔가를 구분하는 것 같아요. 그런 경우엔 비록 고객의 몸 사이즈가 적절한 경우에도 당나귀가 과민 반응을 보입니다. 발길질을 하고 수선을 피우면서 노골적으로 일을 피하려고 하죠.

하지만 내 당나귀들은 착한 편입니다. 내가 직접 교육시켰으니까요. 우리는 고객들이 이곳에서 좋은 추억을 만들기를 바랍니다. 나는 기독교 신자는 아니지만 이곳에서의 일정이 그들의 여행에서 절정의 시간이라는 걸 알고 있거든요. 그들이 여기 오는 건 내 당나귀를 타고서 무슨 요한인가 하는 사내가 자신의 선지자에게 물로 세례를 베푼 곳을 방문하기 위해서예요. 그런데 그곳이 바로 여기라는 걸 어떻게 알죠? 아마도 그들의 성서에 그렇게 쓰여 있나 봅니다.”

방송사 취재 팀

아침에 테러가 있었다. 한 명이 죽고 몇 명이 다쳤다. 시신은 이미 옮겨졌다. 경찰이 사건 현장에 흰색과 빨간색 테이프로 빙 둘러 줄을 쳐 놓았다. 그 너머로 땅바닥에 커다란 핏자국이 보이고 파리 떼가 그 주변을 맴돌고 있다. 오토바이가 넘어지고, 그 주변에 휘발유가 흘러나와 흥건하게 고였다. 그 옆에 과일이 담긴 비닐봉지, 흙이 묻어 더러워진 귤들이 굴러다닌다. 좀 더 안쪽으로 가면 넝마 조각과 샌들 한 짝, 형언하기 힘든 색깔의 야구 모자 하나가 널브러져 있고, 휴대 전화의 일부도 보인다. 액정이 있던 자리에 지금은 커다란 구멍이 뚫렸다.

꽤 많은 사람이 테이프 주변에 서서 겁에 질린 얼굴로 바라보고 있다. 한껏 낮춘 목소리. 극도로 말을 아낀다.

경찰이 현장을 정리하면서 기다리고 있다. 주요 언론사의 기자 한 명이 텔레비전으로 현장을 보도하기 위해 이곳에 오기로 되어 있었다. 바닥에 남겨진 핏자국을 카메라에 담으려는 모양이다. 아마도 그들은 열심히 달려오는 중일 것이다.

아타튀르크[50]의 개혁

어느 날 저녁, 하루 종일 보고 듣고 걷느라 지쳐서 침대에 누웠는데 문득 알렉산드라와 그녀의 보고서가 생각났다. 불현듯 그녀가 그리워졌다. 그녀가 바로 이 도시에서 은빛 머리칼로 후광을 드리운 채 침대 옆에 배낭을 놓고 잠든 모습을 상상해 보았다. 정의로운 알렉산드라 사도. 나는 배낭에서 그녀의 주소를 찾아냈다. 그리고 그녀를 위해 이곳에서 알게 된 또 하나의 악행을 기록했다.

1920년대에 아타튀르크가 용감하게 개혁을 수행할 당시 이스탄불에는 주인 없는 들개들이 들끓었다. 심지어 새로운 품

50) 무스타파 케말(Mustafa Kemal, 1881~1938)의 애칭. 터키 육군 장교이자 혁명가로, 터키 공화국을 건국하고 초대 대통령을 지냈다. '아타튀르크'는 '터키 민족의 아버지'라는 뜻이다.

종이 생겨나기도 했는데, 중간 크기의 몸집에 흰색 또는 크림색, 아니면 이 두 색이 군데군데 섞인 밝은색 짧은 털을 가진 종자였다. 개들은 부두에 머물며 카페와 레스토랑, 거리와 광장을 누비고 다녔다. 그러다 밤이 되면 도시로 사냥을 와서 닥치는 대로 물어뜯고 쓰레기 더미를 뒤졌다. 자신도 모르는 사이 오래된 자연의 본성이 되살아났고, 무리 지어 다니면서 늑대나 자칼처럼 대장을 뽑기도 했다.

아타튀르크는 터키를 문명화된 국가로 만들기를 원했다. 며칠 만에 특수 부대가 수천 마리의 개를 때려잡았다. 그리고 사람이 살지 않고 식물도 자라지 않는 인근의 작은 섬으로 개들을 실어 날랐다. 거기서 개들은 자유롭게 풀려났다. 담수도 없고 식량도 없는 그곳에서 그들은 서너 주 동안 서로 잡아먹었다. 이스탄불 시민들, 특히 보스포루스 해협을 향해 발코니가 나 있는 집의 주인들이나 해변의 생선 요리 레스토랑에서 식사하는 손님들은 섬에서 들려오는 광포한 울부짖음을 들었다. 그리고 얼마 후에는 썩은 냄새가 진동하는 파도 때문에 고역을 겪어야 했다.

그날 밤 내 머릿속에는 점점 더 많은 범죄의 증거들이 떠올라 나중에는 온몸이 땀에 흠뻑 젖었다. 예를 들어 보자. 개 한 마리가 얼어 죽었다. 그 이유는 한겨울에 개집 대신 양철 욕조를 뒤집어 놓고 그 안에서 지내게 했기 때문이었다.

칼리 유가[51]

세상이 점점 어두워지고 있다고 내 옆에 앉은 두 남자가 이야기했다. 내가 이해하기로 둘은 대양학자들과 지구 물리학자들이 모이는 학술 대회에 참석하기 위해 몬트리올에 가는 길이었다. 1960년대부터 태양광의 강도가 4퍼센트가량 줄어들었다고 했다. 대략 10년당 1.4퍼센트의 빛이 감소하고 있다는 것이다. 이러한 현상은 아직까지는 우리가 직접 피부로 느낄 만큼 강렬하지 않다. 하지만 라디오미터[52]로 그것을 측정할 수 있다. 예를 들어 소비에트 연방에 내리쬐이는 태양광의 방사량은 1960년과 1987년 사이에 5분의 1 정도 줄어들었다.

---

51) Kali Yuga. 고대 인도에서 신화적 시대를 구분한 명칭으로 총 네 개의 시대 중 마지막인 '말세'를 가리킨다.

52) 방사선의 세기를 측정하는 장치.

그렇다면 지구가 이렇게 점점 어두워지는 이유는 무엇일까. 정확한 원인은 밝혀지지 않았다. 대기 오염, 그을음, 연무제의 과용 등에서 비롯된다고 추정될 뿐이다.

깜빡 잠이 들어 끔찍한 광경을 보았다. 수평선 너머에 거대한 먹구름이 피어오른다. 머나먼 곳에서 지속되고 있는 대규모 전쟁의 징표다. 잔인하고 무자비한 그 전쟁은 세상을 파괴하고 있다. 하지만 괜찮다. 다행스럽게도 우린 지금 섬에 있으니까. 쪽빛 바다, 푸른 하늘. 발밑에는 따뜻한 모래사장과 가운데가 볼록한 조개껍데기들.

하지만 이곳은 비키니섬[53]이다. 곧 모든 것이 죽음을 맞을 테고, 운이 좋으면 끔찍한 돌연변이가 될 것이다. 살아남은 자들은 괴물 같은 아이들, 머리가 붙은 샴쌍둥이나 몸 둘에 뇌는 하나인 아이, 혹은 하나의 몸에 심장이 두 개인 아이들을 낳을 것이다. 추가적인 감각들이 생겨날 것이다. 결핍을 인지하는 감각, 부재의 맛을 식별하는 감각, 그리고 특별한 예지력. 어떤 사건이 발생하지 않으리라는 걸 아는 능력. 존재하지 않는 것들에 대한 탁월한 후각.

적갈색 낙조가 피어오른다. 하늘이 밤색으로 물든다. 점점 어두워지고 있다.

---

53) 북태평양 마셜 제도에 있는 환초. 1946년에서 1958년 사이에 미국의 원자탄과 수소탄 실험지였다.

밀랍 인형 컬렉션

내 순례의 목적은 늘 다른 순례자다. 이번에 만난 순례자는 밀랍 인형이었다.

빈의 요제피눔,[54] 최근에 보수를 마친 해부학 밀랍 인형 컬렉션. 비 내리는 어느 여름날, 그곳에는 나 말고 다른 여행객이 하나 더 있었다. 머리가 허옇게 세고 가느다란 금속으로 만든 안경을 쓴 중년 남자였다. 그의 관심을 끈 모형은 오직 하나, 그는 모형 앞에서 십오 분 정도 머물다가 알 수 없는 미소를 머금은 채 사라졌다. 반면 나는 그곳에 훨씬 오래 머물렀다. 수첩과 카메라도 준비했고 주머니에는 카페인 성분이 든

54) 1785년 외과 지망생들을 위해 신성 로마 제국의 황제 요제프 2세가 설립한 아카데미. 근대 의학의 산실이라고도 불리는 이곳은 현재 의학 박물관으로 남아 전 세계에서 두 번째로 많은 의학용 밀랍 인형을 보유하고 있다.

사탕과 초콜릿 바도 있었다.

나는 단 한 개의 전시물도 빠뜨리지 않기 위해 보폭을 최대한 좁혀 유리 진열장 사이사이를 천천히 움직였다.

모형 59. 키가 2미터쯤 되는, 피부를 벗겨 낸 남자. 그의 아름다운 몸은 근육과 힘줄로 직조되었다. 속이 훤히 내비친다. 처음 보면 충격적이지만 그건 반사 작용일 뿐이다. 살갗을 벗겨 낸 육체는 마치 어린 시절 깨진 무릎에서 뜯겨 나온 살점처럼 그 자체로 고통스럽고 따가우며 심지어 뜨겁기까지 하다. 모델의 왼팔은 뒤로 젖혀졌고, 오른팔은 고대 조각상처럼 우아한 몸짓으로 머리 위에서 두 눈을 가리고 있다. 마치 저 멀리 있는 태양을 바라보는 것처럼. 우리는 지금껏 많은 회화에서 이런 동작을 보아 왔다. 사람들이 미래를 생각할 때 흔히 하는 몸짓이니까. 모형 59는 가까운 미술관에 놓여도 손색이 없을 정도다. 그런데 하필이면 왜 굴욕적으로 해부학 박물관에 전시될 수밖에 없었는지 알 수가 없다. 최고의 갤러리에 있어야 마땅한 미술품인데. 그 이유는 두 가지다. 첫째는 밀랍으로 너무나도 정교하게 빚어졌기 때문이며,(자연주의의 가장 위대한 성과 중 하나임이 틀림없다.) 둘째는 몸 자체의 디자인 또한 완벽하기 때문이다. 작가는 누구일까?

모형 60 역시 근육과 힘줄을 보여 준다. 하지만 무엇보다 우리의 이목을 끄는 것은 완벽한 비율을 과시하며 부드러운 곡선으로 매듭지어진 창자다. 매끈한 표면 위로 박물관 창문이 비친다. 잠시 후 나는 이 모델이 여자라는 사실을 깨닫고 깜짝 놀랐다. 그녀의 몸에는 괴상한 것이 덧붙었는데 배 아래쪽에 회색빛 털뭉치가 붙었고, 그 안쪽에 직사각형 모양의 작고 조잡한 구멍이 뚫려 있었다. 아마도 이 모델의 작가는 해부학에 대해 무지한 관람객들에게 이것이 여자의 창자라는 걸 알려 주고 싶었던 모양이다. 털북숭이 낙인, 여성의 로고, 성별 마크. 모형 60은 창자의 후광처럼 순환계와 림프계를 드러내 보인다. 대부분의 혈관은 근육에 의지하지만 일부는 과감하게 격자무늬 형태로 허공에 매달려 있다. 비로소 이 붉은 실들이 만들어 내는 놀라운 프랙털 구조가 한눈에 들어온다.

계속해서 팔과 다리, 위장, 심장이 전시되어 있다. 모든 표본은 진주처럼 빛나는 비단 위에 정성스럽게 놓여 있다. 신장은 방광으로부터 뻗어 나오는데 마치 두 송이의 아네모네 같다. '하지와 그 혈관'이라고 삼개국 언어로 쓰인 글귀가 보인다. 격자무늬의 복부 림프관, 림프절, 별들과 브로치들, 알 수 없는 손길이 단조로운 근육에 이런 장신구들을 매달아 놓았다. 림프관은 보석 장신구의 디자인에 활용되어도 좋을 것 같다.

밀랍 인형 컬렉션의 중앙에서 모형 244가 쉬고 있다. 금속 안경을 쓴 남성의 관심을 한 몸에 받았고, 지금부터 약 삼십 분 동안 내 이목을 끌 가장 아름다운 모델이다. 누운 여인의 육신은 거의 손상되지 않은 온전한 상태다. 그녀의 몸에서 손을 댄 곳은 딱 한 군데다. 열린 복부가 우리 순례자들에게 횡격막에 밀착된 생식 기관, 난소 밑에 자리 잡은 자궁을 보여 준다. 여기에도 털로 덮인 여성의 낙인이 불필요하게 찍혀 있다. 이 모형이 여자라는 사실은 의심할 여지가 전혀 없는데도 말이다. 치골은 가짜 털로 꼼꼼하게 덮이고, 아래쪽에는 심혈을 기울여 만든 질의 입구가 있다. 거의 눈에 띄지 않기에 좀 전에 다녀간 안경 쓴 남자처럼 집요한 관람객이 붉은 발가락을 가진 저 조그만 발 옆에 쪼그리고 앉아 들여다봐야만 보일 정도다. 남자가 가서 다행이다. 이제 내 차례가 왔다.

여자는 밝은 머리카락을 아름답게 늘어뜨린 채 살포시 눈을 감고 있다. 반쯤 벌어진 입속으로 치아의 끝부분이 보인다. 여자는 작은 진주 알갱이들을 꿴 줄 하나를 목에 걸고 있다. 진주 알갱이 아래쪽에 있는 그녀의 폐가 어찌나 깨끗하고 매끄럽고 보드라운지 놀라움을 금할 수 없었다. 이 폐는 아마 단 한 번도 담배 연기를 들이마신 적이 없으리라. 천사의 폐라고 해도 과언이 아닐 정도였다. 가로축으로 잘린 심장은 자신의 이중성을 드러내는데, 단조로운 박동을 위해 만들어진 양쪽 심실이 붉은 벨벳으로 아름답게 장식되어 있다. 마치 피 묻은 커다란 입술처럼 간이 위를 에워싸고 있다. 자궁의 위쪽으로 연결된 콩팥과 수뇨관도 보인다. 그것들은 맨드레이크[55]의 뿌리를 연상시킨다. 자궁은 눈으로 감상하기에 즐거운 근육이다. 모양이 날렵하고 균형이 잡혀 있어서 한때 사람들이 널리 믿었듯이 자궁이 몸 안을 돌아다니며 히스테리를 불러일으킨다는 건 상상하기 힘들다. 마치 먼 길을 떠나기 전에 꼼꼼히 싸 놓은 짐처럼 장기들은 신체 깊숙한 곳에 잘 포장되어 있다. 여기에 질도 있다. 세로로 잘린 그녀의 질은 자신의 비밀을 드

55) 약물, 특히 마취제에 쓰이는 유독성 식물. 과거에는 이 식물에 마법의 힘이 깃들어 있다고 여겼다.

러내 보인다. 막다른 골목에서 끝나 버리는 짧은 터널, 신체의 내부로 들어가는 통로가 아니기에 별 쓸모가 없어 보인다. 그것은 그저 막다른 방일 뿐.

너무 지쳐서 창문 아래 딱딱한 벤치에 걸터앉았다. 아무 말도 없는 밀랍 인형의 무리를 마주 보면서 느낀 감동과 전율을 되새겨 보았다. 내 목구멍을 꽉 조이게 만든 근육은 무엇이더라? 이름이 뭐였지? 인간의 몸은 과연 누가 고안해 낸 것이며, 이에 대한 영원한 저작권은 누가 갖고 있는 것일까?

블라우 박사의 여행 1

회색빛 턱수염에 머리카락이 희끗희끗한 그는 의료용 표본의 보존과 저장, 특히 인간 세포 조직의 플라스티네이션[56]에 대해 연구하는 학술 대회에 참석하기 위해 여행을 다녔다. 그는 지금 비행기 좌석에 편히 기대앉아 헤드폰을 끼고 바흐의 칸타타를 듣는다.

그가 지금 지니고 있는 사진 속의 소녀는 특이한 머리 모양을 하고 있다. 뒷머리는 목덜미 부근에서 일자로 잘랐지만, 어

56) 반응성 플라스틱을 주입하여 만든 '인체 표본'. 장기와 인체 조직의 수분과 지방을 제거하고 실리콘 등 화학 성분을 채워 넣는 방법을 말한다. 이 방법을 사용하면 포르말린을 채운 유리병에 장기를 담아 보관하는 재래의 방법과 달리 건조, 무취한 상태에서 동물의 장기와 인체를 반영구적으로 보관하고 근육 조직의 부패를 방지할 수 있다.

깨까지 내려오는 앞머리가 요염하게 얼굴을 가리는 바람에 매끄러운 피부 위에 선명하게 그려진 적갈색의 입술 선만 또렷이 보였다. 블라우 박사의 마음을 사로잡은 건 바로 이 입술이었다. 그리고 그녀의 몸도 좋았다. 가느다랗고 탱탱한 몸, 벨벳처럼 보드라운 흉곽 위에 선명하게 구두점을 찍고 있는 작은 젖꼭지가 돋보이는 몸. 그녀의 엉덩이는 자그마했지만 허벅지는 제법 두툼했다. 튼실한 허벅지는 늘 그를 매료시키곤 했다. '허벅지의 힘', 블라우 박사가 소장한 이 개인적인 헥사그램[57]에 이름을 붙인다면 아마도 이런 명칭이 될 것이다. 강한 허벅지를 가진 여인은 마치 호두까기 인형 같다고 블라우 박사는 생각했다. 그 허벅지 사이로 들어가는 것은 산산이 부서질 위험을 감수하는 것이다. 그것은 폭탄을 무장 해제하는 것과 같다.

바로 이러한 점이 그를 흥분시켰다. 박사 또한 작고 깡마른 체격의 소유자였다. 그는 자신의 목숨을 걸었다.

이 사진을 찍을 당시 박사의 온몸은 짜릿한 흥분에 휩싸였다. 그녀와 마찬가지로 그 역시 알몸이었기에 그의 흥분 상태

---

57) 정삼각형 두 개를 거꾸로 겹쳐 놓은 형태. 6선 성형이라고도 한다. 유대인을 상징하는 '다윗의 별'도 육각형의 별로 이루어졌고, 힌두교에서 사용되는 기하학적 도형인 얀트라 또한 이런 모양을 나타낸다. 음과 양의 조화로운 우주적 에너지를 의미하며, 우주 순환의 확장과 소멸을 단일성에서 다양성으로, 다양성에서 다시 단일성으로 표현한 문양이다. 유교 경전 중 하나이면서 인간의 운명을 점치는 점복술의 원전인 『역경』에서 우주에 존재하는 현상을 설명하기 위해 사용한 상징적인 부호 64개를 괘, 즉 헥사그램이라고 일컫기도 한다.

가 점점 눈에 띄게 드러났고, 나중에는 명백한 실체가 되었다. 하지만 사진기로 얼굴을 가리고 있었기 때문에 그는 개의치 않았다. 그때 블라우 박사는 기계로 만든 일종의 미노타우로스였다. 카메라는 그의 얼굴이었고, 삼각대 위에서 코끼리 코처럼 앞으로 다가갔다 뒤로 물러섰다를 반복하는 줌 렌즈는 그의 외눈이었다.

소녀는 블라우 박사의 흥분 상태를 눈치챘고 덕분에 자신감이 충만해졌다. 그녀가 양팔을 들어 올려 목 뒤에서 깍지를 끼자 무방비 상태의 겨드랑이, 그리고 아직 진전되지 않은 사타구니의 무궁무진한 가능성이 훤히 드러났다. 위쪽으로 한껏 내민 가슴은 거의 사내아이의 것처럼 평평했다. 블라우 박사가 얼굴에 바싹 카메라를 갖다 댄 채 무릎으로 기어서 그녀에게 다가갔다. 그리고 밑에서부터 사진을 찍었다. 그가 부르르 몸을 떨었다. 직선 모양으로 깎은 사타구니의 털 뭉치가 그녀의 엉덩이를 훨씬 작아 보이게 했고, 금방이라도 카메라 렌즈에 또렷한 느낌표를 새겨 놓을 것만 같았다. 그의 발기가 더욱 선명해지고 명확해졌다. 소녀는 이미 화이트 와인을 마신 상태였다. 그리스산 레치나[58]였으리라. 그녀는 바닥에 주저앉아서 블라우 박사를 감동시킨 바로 그 부위를 감추기 위해 다리를 꼬았다. 그는 이러한 자세가 무엇을 의미하는지 짐작할 수 있었다. 그들은 저녁의 끝을 향해 서서히 이동하는 중이었다.

하지만 블라우가 바라는 건 그것이 아니었다. 그는 창가 쪽

---

58) 수지(樹脂) 향을 첨가한 와인.

으로 물러섰다. 그가 쉬지 않고 사진을 찍어 대는 동안 그의 벌거벗은 엉덩이가 잠시 차가운 창틀에 닿았다. 그녀의 또 다른 포즈, 앉아 있는 모습이 다시금 기록되었다. 새끼 양처럼 어린 그 소녀는 미소를 지었다. 그녀는 박사의 몸이 준비되었다는 사실에 자부심을 느꼈다. 서로 이렇게 떨어져 있는데도 자신의 매력이 효과를 발휘하다니 이 얼마나 대단한 에너지인가! 불과 몇 년 전 아직 조그만 어린아이였을 때 그녀는 마법사 놀이를 하며 놀았다. 그때 그녀는 자신의 의지로 사물들을 움직일 수 있다고 상상하곤 했다. 그러다 보면 어느 순간 숟가락이나 머리핀 따위가 실제로 1밀리미터 정도 움직인 것 같기도 했다. 하지만 지금껏 그 어떤 물건도 이처럼 분명하게, 그리고 극적으로 그녀의 의지에 반응한 적은 없었다.

이제 블라우 박사는 실질적인 과제에 당면했다. 불가항력의 대상을 멈추게 할 방법이 없었다. 그들의 몸은 함께 떠내려갔다. 소녀는 바닥에 등을 대고 누워 그가 자신을 애무하도록 허락했다. 부드러운 손가락으로 박사는 폭탄을 해체했다. 그와 그녀의 허벅지가 만들어 낸 헥사그램은 이제 모든 해석에 개방되었다. 카메라가 그 순간을 찍는다.

블라우 박사는 수십 장, 아니 수백 장도 넘는 사진을 소장하고 있었다. 깨끗한 벽을 등진 채 쓰러져 있는 여자들의 시체. 장소가 달랐으므로 벽들의 모양도 다양했다. 호텔, 펜션, 학교 연구실, 그리고 그의 아파트. 시체들은 기본적으로 거의 다 비슷했고 특별히 놀라운 점도 없었다.

하지만 질(膣)은 달랐다. 그것은 마치 지문과도 같아서 아직 경찰로부터 인정받지는 못했지만 신원 확인에 사용해도 될 정도였다. 그만큼 이 낯뜨거운 신체 기관은 개성적이고 특징적이었으며, 모양과 색깔만으로 벌레를 끌어당기는 난초처럼 아름다웠다. 이러한 식물의 구조와 메커니즘이 인류 번영의 시대에까지 이어지다니 얼마나 신기한 일인가. 아니, 단순히 신기하다기보다 아주 효과적이었다고 말하는 편이 좋을 것 같다. 자연이 꽃잎들을 너무도 사랑한 나머지 여자들의 몸에도 꽃잎 모양의 징표를 만들어 놓은 듯했다. 하지만 인간에게는 자연이 미처 통제하지 못하는 '정신'이 주어졌기에 그들은 너무나도 아름답게 만들어진 이 꽃잎들을 스스로 감추어 버렸다. 속옷 속에, 넌지시 빗대는 암시 속에, 침묵 속에.

그는 다양한 모양의 질을 찍은 사진들을 이케아에서 구입한, 무늬가 새겨진 판지 상자들 속에 보관했다. 상자는 시대별 유행에 따라 디자인만 바뀌었다. 원색의 키치 스타일이 유행하던 1980년대, 그리고 옅은 회색이나 검은색이 대부분이던 1990년대를 지나 빈티지와 팝 아트, 에스닉 스타일이 유행하는 오늘날에 이르렀다. 그렇기에 굳이 상자에 날짜를 적어 놓지 않아도 촬영 시기를 바로 알 수 있었다. 하지만 박사가 진심으로 바라는 것은 사진의 형태가 아닌 진짜 질들을 모아 수집 목록을 구성하는 것이었다.

신체의 모든 부위는 기억할 가치가 있다. 모든 인간의 몸은 보존해야 마땅하다. 이토록 여리고 연약하다니 말도 안 되는 일이다. 인간의 몸을 땅속에서 썩게 하고 화염 속에 던져 쓰레기처럼 태워 버린다는 건 용납할 수 없다. 만약 블라우 박사에게 세상을 창조하도록 했다면 우리에게 별 필요도 없는 영혼은 필멸로 만들고, 아마도 육체에 불멸을 허용했을 것이다. 인간의 육체를 함부로 손상되게 내버려 둔다면 인간 종이 얼마나 다양한지, 또 개별적인 인간이 얼마나 특별한지 결코 알지 못하게 될 것이라고 그는 생각했다. 과거에 그렇게 했다면 충분히 이해할 수 있다. 당시에는 도구도 부족했고 보존 기술도 발달하지 않았으니까. 극소수의 부유층만이 자신의 방부 처리를 허용한 시기였다. 하지만 오늘날에는 플라스티네이션 기술이 눈부시게 발전하고 있으며 방법이나 이론 또한 계속해서 보완되는 중이다. 원한다면 누구든지 자기 몸이 손상되는 것을 막을 수 있고 인체의 아름다움과 신비를 다른 이들과 나눌 수 있다. "여기 내 놀라운 근육들이 있어요." 단거리 주자, 세계 100미터 경주 챔피언이 말할 것이다. "어떻게 작동하는지 좀 보라고요. 여기 내 뇌가 있어요. 아, 여기 고랑 두 개가 깊게 파여 있네요. 이것을 '비숍의 트위스트'라고 부릅시다." 가장 위대한 체스 선수는 이렇게 말할 것이다. "여기 내 배가 있어요, 두 아이가 이곳을 통해 세상으로 나갔죠." 한 어머니가 자랑스럽게 말할 것이다. 블라우 박사는 바로 이런 광경을 상상했다. 거룩하고 성스러운 대상을 함부로 파괴하지 않는 정의로운 세상을 그는 꿈꾸었다. 그리하여 그는 자신의 꿈을 실현하기 위해 할 수 있는 모든 걸 했다.

이러한 생각이 무슨 문제란 말인가? 개신교 신자인 우리에겐 틀림없이 아무 문제도 되지 않는다. 가톨릭 신자라 해도 경고를 보낼 이유가 없다. 우리에겐 오래된 증거와 수집된 다양한 유물이 있지 않은가? 어쩌면 플라스티네이션의 수호자는 예수 그리스도 자신일지도 모른다. 우리에게 붉은 살점으로 이루어진 자신의 심장을 보여 준 그 순간부터.

***

엔진의 부드러운 웅웅거림이 박사의 헤드폰을 타고 울려 퍼지는 합창 소리에 뜻하지 않게 깊은 울림을 더해 주었다. 비행기는 서쪽을 향해 날아가고 있었다. 덕분에 밤은 끝나야 할 지점에서 끝나지 않고 근근이 지속되었다. 블라우는 이따금 덧창을 열어 저 멀리 지평선 부근에서 하얀 광채가 피어오르고 새날, 새로운 가능성이 움트고 있는지 확인했다. 하지만 아무 일도 일어나지 않았다. 영화가 끝났다. 화면에는 주기적으로 지도가 나타났고, 그 위로 작은 비행기 모형이 거북이처럼 느린 속도로 지도상에서는 대수롭지 않게 묘사된 어떤 구간을 날아가고 있었다. 마치 지도 제작자 제논[59]이 고안한 지도처럼 보인다. 모든 거리는 무한하며 모든 지점은 도저히 정복할 수 없는 새로운 공간을 끊임없이 열고 있다. 그리고 모든 움직임은 환상에 불과하며 한곳을 계속 맴돌고 있다.

밖은 상상도 못 할 정도로 춥고 지금 우리는 상상도 못 할

59) 기원전 5세기경에 활동하던 엘레아학파의 철학자.

정도의 고도를 날고 있는 중이다. 이토록 희박한 대기 속에서 이렇게 무거운 기기가 떠오른다는 것 자체가 상상 못 할 현상이다. 헤드폰 속에서는 블라우 박사의 천사들이 「비어 당켄 디어, 고트, 비어 당켄 디어(Wir danken dir, Gott, Wir danken dir)」[60]를 노래하고 있다.

그는 자신의 왼쪽에 앉아 잠들어 있는 여자의 팔을 흘끗 보고는 쓰다듬고 싶은 충동을 간신히 억눌렀다. 블라우의 오른편에는 약간 살집이 있는 젊은 청년이 코를 골고 있었다. 그의 손은 힘없이 팔걸이에 늘어져 있었는데, 하마터면 박사의 바지에 닿을 뻔했다. 그는 청년의 손과 손가락도 쓰다듬고 싶었지만 간신히 참았다.

박사는 기다란 비행기 안에서 200명 가까이 되는 사람들 틈에 섞여 그들과 같은 공기를 마시며 비좁은 의자에 앉아 있었다. 바로 그래서 그는 여행에 열광했다. 여행 중 어쩔 수 없이 사람들과 부대끼며 어울려야만 하고, 몸을 맞대고 서로에게 가까이 다가갈 수밖에 없기 때문이었다. 마치 여행의 목적이 다른 여행자이기라도 한 것처럼.

비행기 내의 개별적인 존재들(블라우 박사가 손목시계를 확인해 보니 그와 승객들이 함께 서로의 현존을 느낄 시간은 네 시간 정도에 불과했다.)은 모나드[61]였고, 페탕크[62]를 할 때 쓰는 작은

60) 바흐의 칸타타 BWV 29번. '감사하나이다, 주여, 감사하나이다'란 의미이다.

61) 철학자 라이프니츠의 용어로 넓이나 형체를 갖고 있지 않으며 무엇으로도 나눌 수 없는 궁극적인 실체를 뜻한다.

공처럼 매끄럽고 반짝거렸다. 그렇기 때문에 블라우의 본능적인 알고리즘에서 활성화된 유일한 접촉 방법은 바로 '쓰다듬는 것'이었다. 스쳐 지나가며 손가락 끝으로 냉기를 감지하고 완만한 굴곡을 느끼는 것. 하지만 그의 손은 여성의 몸을 통해 수천 번이나 확인한 끝에 그 안에서 어떤 균열을 발견할 수 있으리라는 희망을 이미 포기한 상태였다. 거기에는 손톱으로 조심스럽게 열 수 있는 마개나 숨겨진 자물쇠 따윈 없었다. 불룩 튀어나온 돌출부도, 그를 내부로 초대하는 비밀스러운 빗장도 없었고, 누르는 순간 요란한 소리와 함께 작은 스프링이 튀어나와 욕망으로 가득 찬 복잡한 내부를 그의 눈앞에 드러내 보이는 버튼도 없었다. 어쩌면 인체의 내부는 전혀 복잡하지 않고 단순할지도 모른다. 그저 표면이 거꾸로 뒤집혔거나 안쪽으로 휘었거나 나선형으로 휘감긴 것뿐일지도 모른다. 모나드의 표면에는 무한한 신비가 감춰져 있다. 놀랍도록 교묘하게 잘 포장된 이 구조물들은 자신에게 깃든 눈부신 풍요로움의 극히 일부조차 드러내지 않는다. 세상에서 가장 영리한 여행자도 자신의 짐 가방을 이처럼 완벽하게 정리하여 꾸릴 수는 없을 것이다. 질서와 안전, 미적 감각을 고려하여 장기들끼리 서로 적당히 떨어져 있도록 배치하고 지방 조직으로 내벽을 채우고 완충 작용을 유도한다. 불안정한 비행기 안에서 반쯤 잠든 상태로 블라우 박사는 이처럼 열정적인 환상에 빠져들었다.

---

62) 쇠공을 교대로 굴리면서 표적을 맞히는 프랑스 게임.

모든 게 편안했다. 블라우 박사는 행복감을 느꼈다. 더 바랄 게 없었다. 지금 그는 위에서 세상을 내려다보고 있다. 세상의 아름답고도 평온한 질서를. 그 질서는 말끔히 살균된 상태로 조개껍데기와 동굴, 모래 알갱이, 그리고 모든 비행기의 예정된 여정 속에 담겨 있다. 대칭을 유지하면서, 오랜 세월에 걸쳐 오른쪽은 왼쪽에 맞추고 왼쪽은 오른쪽에 맞춰 가면서. 블라우 박사는 자신의 깡마른 몸에 비행기에서 나눠 준 플리스 원단의 담요를 덮었다. 그러고는 본격적으로 잠에 빠져들었다.

* * *

엔지니어였던 블라우의 아버지는 사회주의 국가의 다른 건축업자들처럼 전쟁으로 폐허가 된 드레스덴을 재건하는 작업에 오랜 세월 동원되었다. 어린 시절 블라우는 아버지와 위생 박물관에 간 적이 있다. 거기서 어린 블라우는 프란츠 차케르트가 교육용으로 만든 유리 인간 '글라스멘슈(Glasmensch)'를 보았다. 피부를 제거한 2미터가량의 골렘.[63] 그 투명한 육체 안에는 역시 유리로 정교하게 만들어진 내장 기관들이 있었는데 덕분에 비밀이라곤 하나도 없는 듯 보였다. 그것은 인간과 그 육체를 완벽하게 설계한 자연을 위해 헌정한 특별한 유

---

63) 본래 히브리어로 '형태 없는 것'이라는 뜻. 점토로 만든 인형이나 기계, 로봇 등을 가리킨다.

형의 기념비였다. 유리 인간의 내부에는 가벼움과 기발함, 공간적 감각과 미각, 아름다움, 절묘한 대칭 구조가 어우러져 있었다. 그것은 논리적인 유선형으로 만들어진 경이롭고 복잡한 인간 기계였다. 귀의 구조처럼 유머러스하다가 가끔은 눈의 구조처럼 괴기스럽기도 한.

유리 인간은 어린 블라우의 친구가 되어 주었다. 적어도 소년의 상상 속에서는 그랬다. 유리 인간은 소년을 찾아왔고 그의 방에 앉아 자신을 관찰하는 걸 허락했다. 때로는 공손하게 몸을 숙여 소년이 세부 항목을 파악하도록 배려해 주었고, 유리로 만든 근육이 어떻게 뼈를 에워쌌는지, 어디쯤에서 신경이 사라지는지 이해할 수 있게 도와주었다. 유리 인간은 소년의 절친한 벗이자 말 없는 동반자가 되어 주었다. 아마도 많은 아이들이 상상 속 친구들과 함께 노는 상상을 할 것이다.

블라우의 꿈에서도 상상 속 친구가 살아 움직이긴 했지만 자주 있는 일은 아니었다. 소년이 된 블라우는 살아 움직이는 대상에 대해 어느 정도 관심만 있을 뿐 특별한 애착이 없었다. 그래서 어른들이 방의 불을 끄라고 재촉하면 그와 유리 인간은 이불을 뒤집어쓴 채 저녁 내내 서로 말 없는 대화를 나누었다. 무슨 이야기를 했던가? 블라우는 이제 기억나지 않았다. 낮 시간에 유리 인간은 블라우의 수호천사가 되어 상상 속에서 항상 그의 옆자리를 지켰다. 예를 들어 학교에서 옥신각신 다툼이 벌어지면 블라우를 괴롭히는 아이들에게 언제라도 주먹을 날릴 준비가 되어 있었다. 현장 학습을 위해 다 함께 무리 지어 식물원을 방문할 때도 학급의 문제아를 떼어 내기 위해 블라우의 옆을 지켰다. 무리가 다 모일 때까지 기다리는 게 대부분인 현장 학습이 블라우는 싫었다. 단체로 어울리는 것을 강요하는 이런 방식이 특히나 마음에 들지 않았던 것이다.

크리스마스에 블라우는 아버지로부터 플라스틱 미니어처를 선물받았다. 신성(神性)의 인위적인 모형에 불과한 그것은 원본과는 비교조차 할 수 없었다. 실제 존재하는 대상을 고통스럽게 떠올리게 할 뿐.

어린 블라우는 공간에 대한 상상력이 매우 발달한 아이였고, 이것은 나중에 그가 해부학을 이해하는 데 큰 도움이 되었다. 덕분에 그는 유리 인간의 불가시성에 능동적으로 대처할 수 있었다. 그가 유리 인간의 신체를 바라볼 때마다 주목할 가치가 있는 부위가 강조되어 드러났고, 반대로 현시점에서 별 의미 없는 것들은 스스로 자취를 감췄다. 유리로 만든 모형은 그의 눈앞에 힘줄과 근육으로 조합된 인간, 얼굴과 피부가 없는 인간의 모습으로 다가왔다. 그것은 최대한 팽팽하게 부풀어 오르고 단단히 당겨진 근육이 서로 긴밀하게 얽히고설킨 모습이었다. 어린 블라우는 자신이 언제 해부학에 대해서 깨쳤는지 알지 못했다. 엄격하고 까다로운 성향의 아버지는 그런 아들을 자랑스럽게 여기면서 의사 그리고 학자로서 아들의 미래를 구체적으로 그려 보았다. 소년은 생일에 아름답게 채색된 해부학 도감을 선물받았고, 부활절에는 실물 크기의 인간 해골을 받았다.

학창 시절, 그리고 졸업한 지 얼마 안 된 젊은 날에 블라우는 부지런히 여행을 다녔다. 그는 입장이 허용된 거의 모든 해부학 박물관을 돌아다녔다. 마치 아이돌 그룹을 쫓아다니는 소녀 팬처럼 폰 하겐스[64]와 그의 괴기스러운 전시회를 열심히 따라다녔고, 그러다 결국 이 분야의 거장이 되었다. 그의 여행은 언제나 제자리를 맴도는 순환이었다. 그는 항상 출발점으로 돌아왔다. 여행의 목적지는 멀리 있지 않았으며 인체 내부는 다 거기서 거기였으므로 당연한 결과였다.

그는 의학을 전공했으나 금방 싫증을 느꼈다. 질병은 그의 관심을 끌지 못했고, 치료는 더더욱 관심 밖이었다. 죽은 시체는 병에 걸리지 않는다. 그래서 그는 해부학 수업만 열심히 듣기 시작했고, 여학생들이 겁을 먹고 비명을 지르며 내빼는 해부학 실습에 자원해서 참여했다. 해부학의 역사에 관해 졸업 논문을 썼고, 같은 학교 동급생과 결혼했다. 소아과 수련의인 그녀는 대부분의 시간을 병원에서 보냈기에 블라우와 잘 맞는 배우자였다. 그녀가 원하던 딸을 출산했을 무렵 블라우는 조교수로 재직하면서 각종 학술 대회와 실습 프로그램으로 바빴다. 그녀는 다른 산부인과 의사를 만났고 지하에 진료실까지 갖춘 그의 큰 저택으로 아이와 함께 이사를 가 버렸다. 이렇게 해서 소아과 의사인 그녀와 산부인과 의사인 그 남자는 인류의 생식과 확산에 기여했다.

그사이에 블라우는 「실리콘 플라스티네이션에서 병리학적

64) 권터 폰 하겐스(Gunther von Hagens, 1945~). 독일의 해부학자. '플라스티네이션'이라는 특수 고형 기술을 이용해 실제 인간 몸의 근육과 뼈, 신경 조직 등을 속속들이 보여 주는 기술을 개발했다.

샘플의 작용에 관한 연구: 병리학적 해부학 교육에 활용 가능한 혁신적인 보조물」이라는 뛰어난 논문을 완성했다. 그는 학생들로부터 '포름알데히드'라는 별명을 얻었다. 그는 해부학 샘플의 역사와 세포 조직의 보존에 관한 연구에 매달렸다. 논문에 필요한 자료를 찾아 수십 군데의 박물관을 전전하다 결국 베를린에 정착했다. 개관한 지 얼마 안 된 의학사 박물관에서 자료를 분류하고 목록화하는 흥미로운 일자리를 얻었기 때문이다.

그의 사생활은 별문제 없이 순조롭게 흘러갔다. 혼자 살게 되면서 건강도 기분도 훨씬 좋아졌다. 성욕은 자신이 가르치는 여학생들을 통해 충족했다. 늘 와인을 마시자는 조심스러운 제안으로 시작했다. 이런 짓이 허용되지 않는다는 걸 알면서도 '대학은 자연의 사냥터'라는 사회 생물학적인 전제하에 행동했다. 학생들도 결국 성인이고 자신이 뭘 하는지 알 거라고 그는 자위했다. 그는 멀끔해 보였다. 잘생겼고 단정하고 면도도 깨끗이 했다.(어쩌다 턱수염을 기를 땐 당연히 정성껏 손질했다.) 그러면 여학생들은 까치 떼처럼 호기심을 보였다. 그는 연애에는 딱히 재능이 없는 듯했다. 언제나 보호막을 사용했고, 욕구도 별로 왕성하지 않았다. 대부분 충동은 자발적인 승화로 해소되었기 때문이다. 그렇기에 그의 인생에서 성적인 영역은 별다른 문제를 일으키지 않았고 거기에서 어두운 그림자나 죄책감 따위는 찾아볼 수 없었다.

애초에 그는 박물관에서 맡은 자신의 업무를 지금껏 대학에서 해 오던 교육 활동에서 잠시 숨 고르기를 하는 시간 정도로 여겼다. 하지만 샤리테 병원 단지의 안뜰에 발을 들여놓았을 때, 잘 다듬어진 잔디밭과 환상적으로 손질된 나무들 사이로 들어섰을 때 그는 어떤 초현실적인 장소에 와 있는 것만 같은 느낌을 받았다. 대도시 한가운데에서 그 어떤 혼잡이나 소음도 없는 느긋한 여유를 만끽했고 휘파람을 불었다.

박물관의 거대한 지하실은 종합 병원 단지의 다른 건물들과 연결되어 있었는데 블라우 박사는 주로 거기에서 여가 시간을 보냈다. 연결 통로에는 오래되어 먼지가 쌓인 선반이나 진열장, 그리고 강철판을 두른 찬장 등이 즐비했다. 대부분은 먼 옛날 그 안에 뭔가를 보관했지만 결국 알 수 없는 시기에 텅 빈 상태로 발견된 것들이었다. 복도의 일부는 잠겨 있었으므로 열쇠 몇 개를 추가로 복사한 뒤에야 단지 전체를 막힘없이 돌아다니는 법을 익히게 되었다. 그렇게 해서 그는 매일이 경로를 따라 식당으로 가곤 했다.

그가 맡은 일은 먼지가 자욱한 박물관 창고의 어두컴컴한 구석에서 표본이 담긴 유리병 또는 다른 방법으로 보존된 소장품을 꺼내어 전문적인 시각으로 식별하고 분류하는 것이었다. 이 일을 하면서 블라우는 캄파 씨에게 정말 많은 도움을 받았다. 캄파 씨는 벌써 오래전에 정년 퇴임할 나이가 지났지만 매년 고용 계약서를 갱신해 일했다. 이 거대한 저장고를 캄파 씨만큼 잘 아는 사람이 없었기 때문이었다.

두 남자는 선반을 하나씩 정리해 나갔다. 먼저 캄파 씨가 유리병에 부착된 라벨을 손상시키지 않도록 주의하면서 병 입구를 정성스레 닦았다. 그들은 옆으로 약간 기울어진 고대의 아름다운 서체들을 판독하는 방법을 함께 익혔다. 일반적으로 라벨에는 신체 부위나 병명이 라틴어로 적혔다. 그리고 해당 표본의 당사자 성명 머리글자와 성별, 나이가 기재되었다. 덕분에 이 아름답기 그지없는 창자의 종양이 A. W.라는 이름을 가진 쉰네 살의 재단사 배 속에 있었다는 사실을 알 수 있었다. 하지만 기재된 정보가 지워지거나 정확하지 않은 경우도 많았다. 유리병 뚜껑의 밀봉제에 틈새가 생겨 그 사이로 공기가 들어가는 바람에 알코올 성분의 액체가 뿌옇게 흐려지고, 결국 그 속에 잠겼던 표본이 안개처럼 희뿌연 물질에 뒤덮여 버리는 경우도 있었다. 이런 경우에는 표본을 파괴하는 수밖에 없었다. 이를 위해 위원회가 소집되고 블라우 박사와 캄파 씨, 그리고 박물관 위층에서 일하는 다른 직원 둘이 모여 이런 사실을 공식 문서로 남겼다. 그러면 캄파 씨가 유리병에서 손상된 인간의 신체 일부를 꺼내어 병원 화장터로 가져갔다.

어떤 표본의 경우는 특별한 관리가 요구되었다.(특히 유리병이 어느 정도 손상된 경우에는 더욱 그랬다.) 그러면 블라우는 자신의 작은 실험실로 표본을 들고 가서 각별히 주의를 기울여 가며 정화조로 옮겼다. 그다음에 표본의 상태를 신중하게 점검한 뒤 거기서 소량의 샘플을 떼어 얼리고 나서 자신이 개발한 최신 기술로 제작된 새로운 유리 용기에 담았다. 이런 식으로 그는 불멸까지는 아니더라도 적어도 꽤 오랫동안 표본의 생명을 연장시키는 일을 수행했다.

물론 유리병에 든 샘플만 있는 건 아니었다. 거기에는 기록이 누락된 뼛조각이나 신장 결석, 화석 등이 든 서랍들도 있었다. 또 미라로 만들어진 아르마딜로나 보존 상태가 매우 좋지 않은 다른 동물의 시체도 있었다. 마오리족의 쪼그라든 머리를 모은 작은 컬렉션도 있고 인간의 피부를 벗겨 만든 마스크도 있었는데, 그중 특별히 끔찍한 상태의 두 개는 화장터로 옮겨서 없애 버렸다.

블라우와 캄파는 이곳에서 고고학적으로 진귀한 유물 몇 점을 발굴하기도 했다. 예를 들어 17세기 말에서 18세기 초 사이에 명성이 자자하다가 여기저기 흩어지는 바람에 자취를 알 수 없게 된 '라위스의 수집품' 중 네 점을 우연히 발견했다. 그러나 그 가운데 하나인 아카르디우스 헤미소무스[65]의 경우는 오늘날 그 어떤 기형학 컬렉션에 내놓아도 손색이 없는 진귀한 유물인데도 유리 용기 한쪽 면에 금이 가는 바람에 화장터로 옮겨졌다. 그들이 발견했을 땐 이미 손쓸 수 없는 상태였다. 위원회는 이미 부패가 상당 부분 진행되었음을 확인하면서 이런 경우에는 장례식과 유사한 어떤 의식을 치러야 하는 게 아닌지 잠시 망설이기도 했다.

블라우는 이것을 발견했을 때 뛸 듯이 기뻤다. 19세기 말 네덜란드의 해부학자였던 프레데릭 라위스가 만든 저 유명한 방부액과 관련하여 몇 가지 실험을 할 수 있게 되었기 때문이었다. 이 방부액의 사용은 당시로서는 매우 효과적인 방법이

---

65) Acardius hemisomus. 심장이 없는 미발육 태아.

었다. 표본이 가진 본래의 색깔을 그대로 유지시켜 주었을 뿐만 아니라 액체 속에 보존된 다른 샘플들의 치명적인 약점, 즉 부풀어 오르는 현상도 없었기 때문이었다. 게다가 블라우는 이 방부액을 제조하는 과정에서 낭트산 브랜디와 후추 외에도 생강 뿌리 추출물이 첨가되었다는 사실을 밝혀냈다. 그는 이와 관련된 논문을 발표했고, '라위스 방부액', 그러니까 여기에 담그면 적어도 인간의 육신은 불멸을 획득하는 것으로 알려진 이 착색된 액체의 성분과 관련된 해묵은 논쟁에 가세했다. 그때부터 캄파는 자신들의 지하실에 있는 수집품들을 가리켜 '피클'이라고 부르기 시작했다.

블라우는 캄파와 함께(왜냐하면 어느 날 아침 블라우에게 표본을 가져다준 사람이 바로 캄파였기 때문이다.) 또 다른 특별한 뭔가를 발견했다. 따라서 블라우는 방부액의 성분과 작용을 정확히 이해하기 위해 수개월에 걸쳐 연구에 몰두해야만 했다. 그것은 남자의 강인한 팔이었다. 이두박근의 둘레는 54센티미터, 길이는 약 47센티미터였다. 깨끗하고 고르게 절단되어 있었는데 이유는 간단했다. 문신을 보여 주기 위해서였다. 파도(새하얀 물마루가 바로크식 미감을 살려 정교하게 표현되어 있었다.)를 헤치고 모습을 드러낸 고래가 하늘을 향해 물줄기를 내뿜는 광경을 다양한 색채와 놀라운 균형감으로 표현한 문신이었다. 완성도가 매우 뛰어났으며, 특히 팔의 바깥쪽에서는 하늘색으로 표현되다가 겨드랑이로 다가갈수록 점점 짙은 색으로 변하는 하늘의 색채가 압권이었다. 오묘한 색감의 유희가 투명한 액체 속에서 고스란히 드러났다.

표본에는 라벨이 붙어 있지 않았다. 유리병만 보면 17세기 네덜란드에서 만들어진 것으로 추측되었다. 원통형이었기 때문이다. 당시에는 유리로 직육면체를 만드는 기술이 없었다. 슬레이트 뚜껑 밑에 말총을 사용하여 고정한 표본은 액체 속에서 떠다니는 것처럼 보였다. 하지만 무엇보다 신기한 것은 바로 액체였다. 그것은 알코올이 아니었다. 블라우가 보기에 처음에는 17세기 초 네덜란드에서 만들어진 것처럼 여겨졌지만 그 액체는 물과 소량의 글리세린을 첨가한 포름알데히드의 혼합물이었다. 다시 말해 매우 현대적인 성분이었던 것이다. 오늘날 널리 사용되는 카이젤링 III 방부제와 거의 흡사했다. 방부액은 알코올처럼 증발하지 않았기 때문에 굳이 단단히 밀봉할 필요가 없었다. 뚜껑을 막는 데 사용된 왁스에서 블라우는 우연히 지문을 발견했고, 거기서 깊은 감동을 받았다. 그는 복잡한 미로의 형태로 자연이 새겨 놓은 스탬프, 물결치는 이 가느다란 선들이 자신과 비슷한 누군가의 육신에 속해 있었다는 사실을 떠올려 보았다.

그는 이 팔과 문신을 극진히 관리했다. 사랑의 감정이라고 말해도 될 정도였다. 누구의 팔이었는지, 그리고 시간을 거슬러 문신을 새긴 이 팔을 이곳으로 보낸 사람이 누구인지 더 이상 알아내려고도 하지 않았다.

두 남자는 공포의 순간을 함께 체험하기도 했다. 블라우가 1학년 여학생에게 이 이야기를 했을 때 그녀의 눈은 놀라서 동그래졌고, 동공은 윤기 없는 어두운 색조로 변했다. 사회 생물학자들의 견해에 따르면 이것은 에로틱한 관심의 징후였다.

어느 어두운 복도의 구석에서 나무 상자가 발견되었는데 그 안에는 보존 상태가 매우 나쁜 미라들이 들어 있었다. 피부는 완전히 시커멓게 변했고, 너무 메말라서 온통 다 갈라졌으며, 뜯어진 솔기 사이로 해초가 자라 삐져나왔다. 몸은 수분이 전부 빠져 쪼그라든 상태였고, 그 위에 한때는 호화롭고 현란한 색감을 뽐냈을 의상이 걸쳐져 있었다. 안타깝게도 레이스와 깃은 먼지를 뒤집어쓴 채 똑같은 색으로 탈색되었다. 또한 옷의 장식이나 단, 주름도 모두 고유의 특성을 상실한 채 한낱 썩은 헝겊 뭉치로 변했다. 그 속에서 진주 단추 몇 개만 발견되었을 뿐이다. 너무 건조한 나머지 저절로 벌어진 입속에서 해초들이 튀어나와 있었다.

그들은 이러한 미라를 두 개나 찾아냈는데 별로 크지 않은 것으로 보아 처음에는 아이들인 줄 알았다. 하지만 정밀하게 조사한 결과 다행스럽게도 그것은 내장을 꺼내고 속을 채운 뒤에 붕대로 휘감은 침팬지였다. 검사에 따르면 방부 처리가 상당히 서툴고 비전문적이었다. 18세기와 19세기에는 이런 미라를 사고파는 게 유행이었다. 그러므로 당시 인간의 미라가 암암리에 매매되었고 이를 수집하는 사람들도 제법 있었다는 의혹은 꽤 신빙성이 있었다. 수집가들은 뭔가 색다르고 특별한 대상에 관심을 가졌다. 예를 들어 다른 인종이라든지 심하게 손상되거나 병든 육체를 특히 선호했다.

"시체의 내장을 꺼내고 속을 채우는 것은 그것을 보존하는 가장 단순한 방법입니다." 블라우가 지하실에 임시로 차려 놓은 컬렉션을 보여 주기 위해 두 여학생을 안내하면서 골똘히 생각에 잠긴 얼굴로 말했다. 캄파는 동의하지 않았지만 블라우는 여학생들을 불렀고, 그들은 기꺼이 초대를 받아들였다. 블라우는 최소한 두 사람 중 하나에게는 와인을 마시자고 초대할 수 있기를 기대했다. 그러면 자신의 수집 목록에 새로운 사진이 추가될 수 있을 터였다. 그가 말을 이었다. "피부만 남겨 놓는 거죠. 그러니까 '몸'이라는 단어의 온전한 의미를 구현하지 못하는 거예요. 그저 일부에 불과합니다. 건초로 만든 인체 모형으로 외관만 드러내는 것이죠. 미라는 시체 보존법 중에서도 상당히 유감스러운 방법입니다. 그것은 우리 눈앞에서 모든 것이 다 갖추어진 듯 시늉만 할 뿐입니다. 사실상 명백한 속임수이자 서커스의 눈속임이죠. 왜냐하면 겉모습이나 외피만 보존했으니까요. 실제로는 시체를 파괴하는 행위입니다. 관념적으로 보존에 반대되는 개념을 지향하니까요. 지극히 야만적이죠."

그렇다. 그들은 이것이 인간의 미라가 아니라는 사실을 알고 안도의 한숨을 내쉬었다. 법규에 따르면 국립 박물관에서 인간의 온전한 시체를 소장하는 것이 금지되어 있기 때문이다.(고대 이집트의 미라는 예외적이지만, 이 경우에도 여러 반대 의견이 나오고 골치 아픈 문제가 뒤따른다.) 만약 이 미라가 그들이 처음에 생각했듯이 사람, 그것도 아이의 미라였다면 아마도 사무적으로 복잡한 절차와 문젯거리들이 그들을 기다렸을 것이다. 블라우는 의과대학이나 종합대학에서 소장품을 정리하는 과정에서 발견된 다양한 골칫거리에 대해 익히 들어 알고 있었다.

요제프 2세 황제는 빈에 바로 이런 수집품들을 소장하고 있었다. 그는 자신의 '호기심의 방'에 독특한 모든 것, 세상의 일탈을 드러내는 징후, 자연의 실수로 탄생한 괴상한 것을 전부 모아 놓기로 결심했다. 그리고 그의 후계자인 프란츠 1세는 앙겔로 졸리만이라는 흑인 신하가 죽자 일말의 망설임도 없이 그 시신을 박제했다. 그때부터 옷이라고는 풀로 만든 허리띠가 전부인 그의 미라를 공화국의 모든 손님이 볼 수 있었다.

오스트리아 황제 프란츠 1세에게
요제피네 졸리만이 보낸 첫 번째 서신

존경하는 황제 폐하께 깊은 탄식과 혼란스러운 심경을 담아 이 글을 올립니다. 폐하의 숙부이신 요제프 2세의 충직한 신하였던 저희 아버지가 세상을 떠난 뒤 내려진 부당한 처분이 부디 다시 바로잡을 수 있는 끔찍한 실수였기를 간절히 희망하면서 말입니다.

저희 아버지에 대해서는 폐하께서도 잘 알고 계실 것입니다. 친히 아버지와 만나신 적도 있고, 또 오랜 세월에 걸친 아버지의 희생과 업적, 무엇보다 충직한 신하로서, 또한 체스의 대가로서 아버지의 진가를 치하해 주신 분이 바로 폐하이시니까요. 폐하의 숙부이신 요제프 황제나 다른 이들 역시 저희 아버지에게 아낌없는 찬사를 보내 주셨습니다. 아버지에게는 그의 고귀한 영혼과 유머 감각, 선한 심성을 높이 평가하는 훌륭한 친구분이 많았습니다. 저희 아버지는 폐하의 숙부께서 자애롭게도 오페라를 주문하셨던 모차르트 씨와도 오랜 세월 가깝게 지내셨습니다. 또한 아버지는 특유의 신중함과 예지력, 지혜 덕분에 외교관으로서도 명성을 떨쳤습니다.

저는 이 서신에서 아버지의 이력에 대해 간략히 언급함으로써 아버지에 대한 폐하의 은혜로운 기억을 일깨우고자 합니다. 우리 자신을 인간답게 만드는 가장 중요한 지점은 바로 각자 고유하고 특별한 역사를 갖고 있다는 점, 시간 속을 이동하면서 자신만의 흔적을 남긴다는 점일 것입니다. 비록 다른 이들을 위해 특별히 헌신하지 않았다 해도, 자신의 통치자나 국가를 위해 크게 기여하지 못했다 해도 우리에게는 누구나 존엄하게 매장될 권리가 있습니다. 그것은 우리 창조주께 창조물인 인간의 육신을 돌려드리는 행위니까요.

저희 아버지는 1720년경 북아프리카에서 태어나셨습니다만, 인생의 초반에 대한 기억은 안개 속에 파묻혀 있습니다. 아버지께서는 당신의 유아기에 대해서는 거의 기억나지 않는다고 여러 차례 말씀하셨습니다. 네댓 살의 나이에 노예로 팔려 가던 시점부터 그의 기억은 시작됩니다. 언젠가 아버지는 떨리는 목소리로 당신의 기억 속에 아프게 각인된 그 이야기를 우리에게 들려주셨습니다. 함선의 어두운 화물칸에 실려 오랫동안 바다를 항해한 이야기, 어머니와 친지들과 헤어지던 순간 어린아이의 눈에 비친 단테의 지옥과도 같은 풍경들에 대해서 말입니다. 아버지의 부모님은 아마도 신대륙으로 보내졌을 것입니다. 하지만 흑인 아기였던 그는 마치 몰티즈나 페르시아고양이처럼 검은 마스코트 취급을 받으며 이 손에서 저 손으로 옮겨졌습니다. 그렇다면 아버지는 이러한 과거에 대해 무엇 때문에 말을 아끼셨던 걸까요? 사회적 지위를 얻고 난 뒤에는 오히려 당신의 이력에 대해 큰소리로 떠벌릴 만도 했을 텐데요. 제 생각에 아버지의 침묵은 어떤 끔찍한 신념에서 비롯된 것 같습니다. 고통스러운 현실일수록 하루빨리 기억에서 지워 버리면 그 기억은 힘을 잃게 되고, 더 이상 우리를 괴롭히지 못할 것이며, 때문에 세상은 더 나아질 수 있다는 신념 말입니다. 어쩌면 아버지는 인간이 또 다른 인간에게 무섭고 끔찍한 존재가 될 수 있다는 사실을 사람들에게 알리지 않으면 그들의 결백이 유지될 거라는 신념을 당신도 미처 인식하지 못하는 사이에 품고 있었던 것 같습니다. 하지만 아버지가 돌아가시고 난 뒤 아버지의 몸에 벌어진 일을 생각해 보면 아버지의 신념이 잘못된 것 같습니다.

오랜 세월 온갖 시련과 비극을 겪고 난 뒤 리히텐슈타인 대공 세자비의 호의 덕분에 아버지는 코르시카에서 노예 생활을 벗어나 궁궐로 입성하게 되었습니다. 그렇게 해서 빈까지 가게 되었고, 거기서 공주마마로부터 따뜻한 애정과 보살핌, 아니 감히 이 단어를 입에 올려도 될지는 모르겠으나 사랑을 받게 되었습니다. 공주마마로 인해 아버지는 세심한 교육을 받고 자랐습니다. 그리고 교육 덕분에 아버지는 자신의 멀고도 이국적인 기원에 대해서 더 이상 기억하지 않게 되었습니다. 외동딸인 저는 아버지가 당신의 뿌리에 대해 입에 올리는 것을 한 번도 들어 본 적이 없습니다. 심지어 고향을 그리워하는 아버지의 모습을 한 번도 본 적이 없습니다. 아버지는 폐하의 숙부께 온 마음을 다 바쳐 헌신하셨습니다.

아버지는 뛰어난 정치가로, 총명한 사절로, 그리고 매력적인 사나이로 이름을 날렸고 항상 벗들에 둘러싸여 지내셨습니다. 사람들은 그를 좋아했고 존경했습니다. 무엇보다 아버지는 폐하의 숙부이신 요제프 2세, 아버지에게 엄청난 지략을 요구하는 주요 임무를 여러 차례 맡기셨던 그분과 각별한 우정을 나누는 특권을 누렸습니다.

1768년 아버지는 네덜란드 장군의 미망인이었던 제 어머니 막달레나 크리스티아니와 혼인하여 어머니가 돌아가실 때까지 십수 년 동안 행복한 결혼 생활을 하였습니다. 두 분의 유일한 사랑의 결실이 바로 저입니다. 오랜 세월 국가를 위해 헌신한 아버지는 리히텐슈타인 공국의 공무에서 마침내 은퇴하기로 결심하였습니다. 하지만 공국의 후원자를 자처하면서 황제를 위해 봉사하며 황궁과의 유대를 계속 유지하였습니다.

인간의 따뜻한 호의, 서로에게 도움을 베풀고자 하는 온정에 아버지께서 얼마나 많은 빚을 지셨는지 저는 잘 알고 있습니다. 저희 아버지처럼 인생을 불행하게 시작한 많은 사람이 세상의 혼돈에 휩쓸려 나락에 빠졌다는 사실도 압니다. 피부가 검은 노예의 후예 가운데 저희 아버지처럼 의미 있고 높은 지위까지 올라 인생에서 이토록 많은 걸 누린 사람은 거의 없을 것입니다. 그렇기 때문에 아버지의 사례는 너무나도 중요합니다. 신의 손길로 창조된 존재인 우리는 신의 자녀이며 서로 형제라는 사실을 보여 주는 산 증거이기 때문입니다.

저뿐 아니라 아버지에 대해 생생한 기억을 지닌 수많은 아버지의 벗이 이미 이 문제로 여러 차례 폐하께 서신을 올린 것으로 압니다. 부디 아버지의 시신을 돌려주시고 기독교 전례에 따라 매장할 수 있도록 허락해 주십시오.

간절한 희망을 담아서,

요제피네 졸리만 폰 포이히터슬레벤

마오리족의 미라

마오리족은 가족 구성원이 죽으면 그 머리를 미라로 만들어 애도의 대상으로 보존한다. 미라를 만드는 단계는 다음과 같다. 김을 쐬어 찌고 훈제하고 기름으로 코팅하는 것이다. 이런 일련의 공정을 거침으로써 머리카락과 피부, 치아가 모두 온전한 상태로 머리가 보존된다.

블라우 박사의 여행 2

그는 긴 터널을 통과하여 기체에서 빠져나왔다. 그러고는 목적지에 도착한 승객들과 여정을 지속하는 승객들을 조심스럽게 나누는 화살표와 전광판의 불빛을 따라 걸었다. 거대한 공항, 사람들의 물결이 점점 팽창되다가 마침내 여러 곳으로 흩어진다. 조금도 어려울 것 없는 분류 과정을 거쳐 그는 자연스럽게 에스컬레이터로 연결되었다. 그다음에는 넓고 긴 복도가 나온다. 무빙 워크 덕분에 흐름이 빨라졌다. 급한 사람은 문명의 이기를 활용하여 다른 시간 속으로 도약했다. 여유로운 속도로 다른 이들을 지나치면서. 블라우 박사는 유리 흡연실을 지나쳤다. 오랜 비행 시간 동안 흡연을 금지당한 니코틴 숭배자들이 얼굴에 만족스러운 표정을 지으며 자신의 나쁜 습관에 굴복하는 중이다. 박사의 눈에 그들은 다른 환경, 그러니까 대기가 아닌 이산화탄소와 담배 연기의 혼합물 속에 사는 별종처럼 보인다. 그는 마치 테라리엄에 담긴 동물들을 쳐다보듯이 살짝 의아한 눈빛으로 유리창 너머에 있는 사람들을 바라본다. 비행기 안에서는 그와 비슷한 부류로 보였지만 여기서는 자신과 전혀 다른 그들의 생물학적 본성이 뚜렷하게 드러난다.

그가 여권을 내밀자 입국 심사대의 직원이 사진과 유리창 너머에 있는 두 개의 얼굴을 비교하면서 잠시 전문가다운 눈빛으로 그를 훑어본다. 별다른 문제 없이 낯선 영토에 입국이 허용된 걸 보면 아무런 의심도 하지 않은 모양이다.

블라우 박사는 택시를 타고 기차역으로 가서 매표소에서 자신의 전자 티켓을 보여 주었다. 기차가 출발하려면 아직 두 시간이나 남았으므로 그는 오래된 기름 냄새가 풍기는 바로 들어섰다. 그리고 생선 요리가 나올 때까지 기다리면서 주위를 이리저리 살펴보았다.

전혀 특별할 게 없는 기차역이었다. 기차의 출발 시각을 공지하는 전광판에 익숙한 광고, 샴푸와 신용 카드 광고가 등장한다. 눈에 익은 로고 덕분에 이 낯선 세계가 안전하게 느껴졌다. 그는 배가 고팠다. 비행기에서 제공하는 플라스틱 용기에 담긴 음식은 그의 신체에 아무런 흔적도 남기지 않았다. 그 음식들은 그저 형태와 냄새만 있을 뿐 물질적인 대상이 아니었다. 천국에서나 나올 법한 음식, 배고픈 영혼을 위한 음식처럼 느껴졌다. 하지만 지금 샐러드와 함께 나온 생선 토막, 노릇노릇 구워진 하얀 생선 살은 박사의 여윈 몸에 기운을 북돋

워 줄 것이다. 그는 와인도 주문했다. 딱 한 잔 정도에 해당하는 분량의 미니 사이즈 와인이었다.

기차에서 그는 깜빡 잠들었다. 기차가 도시로, 터널로, 교외로 워낙 천천히 움직였기 때문에 별로 놓친 것은 없었다. 교외의 풍경은 당황스러울 정도로 다른 곳과 똑같았다. 스쳐 지나간 고가 도로나 창고의 벽에 그려진 그래피티 디자인조차 똑같았다. 잠에서 깨어났을 때 그는 바다를 보았다. 항구의 기중기, 그리고 창고와 조선소의 보기 흉한 건물 사이로 밝고 가느다란 푸른 띠가 보였다.

"존경하는 선생님." 그녀가 그에게 보낸 편지는 이러했다. "귀하의 질문들과 질문을 던지는 방식이 내게 깊은 신뢰감을 주었음을 고백하고 싶습니다. 자기가 무엇에 대해 묻고 있는지 아는 사람은 얼마 안 가서 그 질문에 대답할 수 있는 사람일 것입니다. 지금 당신에게 필요한 것은 아마도 저울의 눈금을 기울게 할 수 있는, 속담에 나오는 딱 한 줌일지도 모르겠네요."

그녀가 생각한 '한 줌'이란 게 과연 무엇을 의미하는지 블라우는 궁금했다. 그는 사전에서 단어 하나하나를 전부 확인해 보았다. 한 줌 또는 저울과 관련된 속담은 하나도 아는 게 없었다. 그녀는 남편의 성을 썼는데 '타이나'라는 이름은 다분히 이국적이었다. 어쩌면 그녀는 이국적인 언어를 사용하는 먼 나라 출신인지도 모르겠다. 그곳에서는 한 줌이나 저울 같은 단어가 속담에 즐겨 사용되는 게 아닐까. "우리가 만날 수 있다면 정말 좋을 것 같습니다. 그때까지 박사님의 모든 논문과 자료를 살펴보도록 노력하겠습니다. 저를 보러 와 주세요! 이곳은 남편이 죽을 때까지 일했던 곳입니다. 그리고 여전히 그의 자취를 생생히 느낄 수 있습니다. 틀림없이 우리가 대화하는 데 도움이 될 것입니다."

그곳은 해변을 따라 길게 뻗은 아스팔트 도로로 둘러싸인 작은 해안 마을이었다. 택시는 마을 이름이 적힌 마지막 표지판이 있는 곳에서부터 바다를 향해 아래쪽으로 내려가기 시작했다. 발코니와 테라스가 딸린 보기 좋은 목조 주택을 지나쳤다. 그가 찾는 집은 자갈이 깔린 이 골목에서 가장 크고 멋진 집이었다. 마당은 포도 덩굴로 뒤덮인 나지막한 담장에 둘러싸여 있었다. 대문이 열려 있었지만 그는 길가에서 택시를 멈추게 하고는 바퀴 달린 짐 가방을 꺼내 들고 자갈이 깔린 길로 내려섰다. 말끔하게 다듬어진 마당에서 인상적인 풍경은 바로 웅장한 나무 한 그루였다. 분명 침엽수였는데 낙엽의 모양을 살펴보면 잎사귀의 크기가 쪼그라든 떡갈나무 같았다. 그는 지금껏 이런 나무를 본 적이 없었다. 새하얀 나무껍질이 마치 코끼리 가죽처럼 보였다.

그가 문을 두드렸지만 아무도 대답하지 않았다. 그래서 목조 현관에 잠시 그대로 서 있었다. 그러다 용기를 내어 문고리를 돌려 보았다. 문이 열렸고, 그는 널찍하고 환한 거실로 들어섰다. 정면에 마주 보이는 창문 밖의 풍경은 온통 바다로 채워져 있었다. 붉은 털의 커다란 고양이가 불쑥 발밑에 나타나야옹거리다가 손님을 무시하면서 후다닥 밖으로 사라져 버렸다. 박사는 집에 아무도 없다고 확신했다. 그래서 짐 가방을 안에다 들여놓고 현관으로 나가 여주인을 기다렸다. 거대한 나무를 바라보면서 십오 분쯤 기다렸을까, 그는 천천히 집 주변을 돌아보기 시작했다. 마을의 다른 집들과 마찬가지로 나무로 지은 테라스가 있고, 거기에 (전 세계 어디서나 마찬가지로) 초경량 가구들이 놓여 있고, 그 위로 쿠션이 던져져 있었다. 집의 뒤편에는 꼼꼼하게 손질된 잔디밭과 꽃이 활짝 핀 관목이 조밀하게 심긴 정원이 있었다. 그중에는 그가 아는 향기로운 인동도 있었다. 부드러운 느낌을 주는 둥근 돌이 일렬로 놓인 오솔길을 따라 걷던 그는 바닷가로 통하는 길을 발견했다. 그는 잠시 망설이다가 바닷가로 걸음을 옮겼다.

해변의 모래는 흰색에 가까웠다. 입자가 곱고, 깨끗하고 새하얀 조개껍데기가 군데군데 박혀 있었다. 박사는 구두를 벗어야 할지 말아야 할지 몰라서 잠시 망설였다. 개인 소유의 해변에 신발을 신은 채 들어서는 게 어쩐지 예의에 어긋나는 것 같았기 때문이었다.

저 멀리 바다에서 걸어 나오는 누군가가 보였다. 이미 수평선 가까이 내려앉아 있었지만 여전히 강렬한 빛을 내뿜는 태양 아래로 그녀의 모습이 보였다. 여인은 검은 원피스 수영복을 입고 있었다. 그녀는 백사장에서 수건을 집어 자신의 몸을 감싸더니 수건의 한쪽 끝을 잡아당겨 머리카락을 털었다. 그리고 벗어 놓았던 샌들을 손에 들고는 땀을 뻘뻘 흘리며 서 있는 박사를 향해 다가왔다. 블라우는 어떡하면 좋을지 알 수가 없었다. 몸을 돌려 얼른 이곳을 벗어나야 할지, 아니면 그녀에게 다가가야 할지 판단이 서질 않았다. 그는 조용한 사무실에서 좀 더 공식적으로 그녀를 만나고 싶었다. 하지만 그녀는 이미 그의 옆에 다가와 있었다. 그녀는 환영의 의미로 악수를 청하고 되묻는 듯한 뉘앙스로 그의 이름을 되뇌었다. 중간 정도의 키에 예순 살이 다 된 듯한 여인이었다. 햇볕에 탄 얼굴에는 잔인하게도 주름이 잔뜩 새겨져 있었다. 자외선에는 별 신경을 쓰지 않은 모양이었다. 주름살만 아니어도 훨씬 젊어 보였을 텐데. 밝은 색깔의 짧은 머리카락이 그녀의 얼굴과 목덜미를 가리고 있었다. 몸에 두른 수건은 거의 무릎까지 내려왔고, 그 아래로 역시 햇볕에 그은 다리와 무지외반증이 생긴 두 발이 보였다.

"집으로 가시죠." 그녀가 말했다.

그녀는 그에게 거실에 앉으라고 말하고는 잠시 어디론가 사라졌다. 박사는 초조한 나머지 얼굴이 시뻘게졌다. 마치 화장실에서 그녀를 맞닥뜨렸거나, 아니면 그녀가 손톱을 깎고 있는데 자기가 불쑥 나타나기라도 한 것처럼 불편했다. 거의 알몸인 늙은 몸, 맨발에 젖은 머리카락을 늘어뜨린 여인과의 만남은 그를 당혹스럽게 했다. 하지만 그녀는 전혀 개의치 않는 듯했다. 잠시 후 그녀는 밝은 색깔의 바지와 티셔츠를 입고 거실로 돌아왔다. 가느다란 뼈대에 축 늘어진 팔 근육, 검버섯과 점이 많은 피부. 그녀는 한 손으로 여전히 축축한 머리카락을 털었다. 그가 상상한 그녀는 이런 모습이 아니었다. 몰 교수의 부인은 뭔가 다른 모습일 줄 알았다. 어떤 모습을 기대했을까? 키도 좀 더 크고 훨씬 겸손하고 기품 있는 여인. 주름 장식이 달린 실크 블라우스에 목에는 카메오 목걸이를 건 여인. 바다에서 수영을 하지 않는 여인.

그녀가 그의 맞은편에 다리를 꼬고 앉아서 초콜릿이 든 그릇을 내밀었다. 그녀가 먼저 하나를 집어 들고는 뺨을 오물거리며 초콜릿을 먹었다. 그가 그녀의 얼굴에 날카로운 시선을 던졌다. 눈 밑에 처진 살이 있다. 갑상샘 저하증일 수도 있고, 어쩌면 그저 눈꺼풀이 늘어진 것일 수도 있다.

"그러니까 바로 선생님이시군요." 그녀가 입을 열었다. "정확히 어떤 일을 하시는지 말씀해 주세요."

그가 입안에 있던 초콜릿을 서둘러 꿀꺽 삼켰다. 별일 아니다. 초콜릿이야 또 먹으면 되니까. 그는 다시 자기소개를 하고 나서 자신이 하는 일과 출판물에 대해 간략하게 이야기했다. 특히 얼마 전에 출판되었고, 그녀에게 보내는 자료 목록에 추가하기도 했던 『보존의 역사』에 대해 언급했다. 그는 그녀의 남편에 대해 찬사를 늘어놓았다. 몰 교수야말로 해부학에 혁명을 가져온 주인공이라고 그녀에게 말했다. 그 순간 그녀의 푸른 눈동자가 그의 얼굴을 유심히 바라보았다. 입가에는 가벼운 만족의 미소가 떠올라 있었는데, 블라우 박사는 이것을 우호적으로 해석해야 할지 반어적으로 해석해야 할지 알 수 없었다. 이름과 달리 그녀에게서는 이국적인 느낌은 전혀 들지 않았다. 문득 그가 생각한 여인이 아니라 요리사나 청소부와 이야기하고 있는 게 아닐까 하는 생각이 머리를 스쳤다. 그는 이야기를 마치고 양손을 신경질적으로 비볐다. 신경증의 명백한 증거인 이런 동작은 웬만하면 자제하고 싶었지만 뜻대로 되지 않았다. 문득 여행 내내 입은 셔츠가 왠지 후줄근하고 지저분하게 느껴졌다. 그러자 그녀가 마치 그의 생각을 읽기라도 한 듯 갑자기 대화를 중단했다.

"방을 보여 드릴게요. 이쪽으로 오세요."

그녀가 계단을 통과하여 어두운 위층으로 그를 안내했다. 그녀가 문을 가리키면서 먼저 방으로 들어가 붉은 커튼을 열어젖혔다. 창문은 바다를 향하고 있었다. 햇볕이 쏟아져 들어와 방 안을 주황빛으로 물들였다.

"편안히 짐도 풀고 좀 쉬세요. 그동안 저는 먹을 걸 좀 만들게요. 많이 피곤하시겠네요. 비행은 어땠나요?"

그가 간략히 답변했다.

"아래층에서 기다리겠습니다." 그녀가 말하고는 사라졌다.

박사는 무슨 일이 벌어졌는지 제대로 실감이 나지 않았다. 별로 크지 않은 키에 밝은 색깔의 바지와 늘어진 티셔츠를 입은 저 여인이 알 수 없는 어떤 동작으로, 아니 어쩌면 그저 깜빡이는 눈짓 하나로 공간 전체를 새롭게 정리해 버리고 의사의 기대와 상상을 송두리째 무너뜨린 것 같았다. 그녀는 길고도 피로했던 그의 여행을, 그가 예상한 모든 시나리오와 그가 준비한 인사말을 전부 물거품으로 만들었다. 그 대신 자신의 것들로 공간을 채웠고 스스로 규칙과 조건을 정해 버렸다. 그리고 박사는 아무런 저항의 몸짓도 보이지 못하고 그에 순응하고 말았다. 그는 체념한 상태로 재빨리 샤워를 하고는 옷을 갈아입고 아래층으로 내려갔다.

그녀는 저녁 식사로 바삭하게 구운 흑빵 토스트를 곁들인 샐러드와 구운 채소를 내놓았다. 채식주의자였다. 기차역에서 생선을 먹은 게 다행이라고 그는 생각했다. 그녀는 그의 맞은편에 앉아 테이블 위에 양 팔꿈치를 올려놓고는 손가락 끝으로 토스트 조각을 잘게 부서뜨렸다. 그러면서 건강식품에 대해, 밀가루와 설탕의 유해성에 대해, 자신이 설탕 대신 사용하는 메이플 시럽과 우유, 채소를 구매하는 인근의 유기농 농장에 대해 이야기했다. 하지만 와인은 정말 좋았다. 술을 즐기지 않는 데다 피로까지 겹친 박사는 두 잔을 마시고 나자 이미 취기를 느꼈다. 그는 머릿속으로 열심히 다음에 할 말을 지어냈지만 항상 그녀가 먼저 말했다. 한 병을 거의 다 비울 무렵 그녀가 남편의 죽음에 대해 이야기를 꺼냈다. 모터보트 충돌 때문이었다.

"남편은 겨우 예순일곱 살이었어요. 그이의 시신은 손도 쓸 수 없었어요. 너무 많이 훼손되었거든요."

그는 그녀가 금방이라도 울음을 터뜨릴 것이라고 생각했지만 그녀는 토스트를 하나 더 집어 들더니 남은 샐러드 안에 잘게 부수어 넣었다.

"남편은 죽음에 대해 아무런 준비도 하지 않았어요. 하긴 준비된 사람이 어디 있겠어요?" 그녀가 잠시 생각에 잠겼다. "하지만 제가 알기로 그이는 자신에게 어울리는 후계자, 그러니까 자기처럼 능력을 갖췄을 뿐만 아니라 열정적으로 일하는 후계자를 두고 싶어 했어요. 그이는 굉장히 외로운 사람이었어요, 박사님도 알고 계신 것처럼요. 유언장도 남기지 않았고 어떤 지시도 없었어요. 그이의 표본을 박물관에 기증하는 게 맞을까요? 벌써 박물관 몇 군데가 제게 요청을 해 왔어요. 혹시 박사님께서 신뢰할 만한 박물관을 알고 계신가요? 요즘은 플라스티네이션과 관련해 부정적이고 흉흉한 시선이 많습니다. 뭔가를 좀 해 보려고 해도 교수대에서 사형수의 시신을 바로 잘라 낼 수는 없는 노릇이니까요." 그녀가 한숨을 쉬었다. 그러고는 샐러드 접시에 있는 잎사귀 몇 개를 돌돌 말아 입에 넣었다. "하지만 한 가지 분명한 것은 남편이 후계자를 원했다는 사실입니다. 프로젝트 중 일부는 이제 겨우 시작 단계거든요. 물론 제가 계속 진행해 볼 수도 있습니다만, 저는 그이처럼 에너지와 열정이 많지 않아요. 제가 식물학 전공이라는 건 알고 계신가요? 예를 들어 이런 게 문제죠……." 그녀가 말을 꺼내려다가 망설였다. "별로 중요한 건 아니에요. 나중에 아마도 이 문제에 대해 이야기할 시간이 있을 거예요."

그가 호기심을 억누르며 고개를 끄덕였다.

"박사님께서는 역사적인 표본들을 주로 다루시죠? 안 그런가요?"

블라우는 그녀가 내뱉은 말의 울림이 서서히 잦아들 때까지 잠시 기다렸다. 그러고 나서 재빨리 위층으로 달려가 흥분된 상태로 자신의 노트북을 가져왔다.

그들은 접시를 옆으로 밀어 놓았다. 잠시 후 화면이 서늘한 광채와 함께 밝아졌다. 박사는 바탕화면에 뭔가 선정적인 폴더들이 남아 있지는 않은지 잠시 불안했지만 노트북을 정리한 지 얼마 안 되었다는 사실을 떠올리곤 안심했다. 그가 그녀에게 직접 발송한 자료와 그의 책을 그녀가 모두 읽었기만을 바랐다. 두 사람은 함께 화면 쪽으로 몸을 기울였다.

그의 논문과 자료를 훑어보는 동안 그녀가 자신을 감탄의 눈길로 바라보는 것 같은 느낌이 들었다. 적어도 두 번 정도 그녀가 그런 반응을 보인 것으로 기억했다. 그는 구체적으로 무엇이 그녀를 감탄하게 했는지 머릿속에 정확히 입력했다. 그녀는 이 분야에 대해 상당히 많은 걸 알고 있었고 전문적인 질문을 했다. 박사는 그녀가 이 정도의 지식을 갖고 있으리라고는 기대하지 않았다. 그녀의 피부에서 가벼운 보디로션 향이 풍겼다. 나이 든 여자들이 즐겨 사용하는 약간의 분 냄새가 섞인 순박하고 기분 좋은 냄새였다. 화면을 터치하는 오른손 집게손가락에는 인간의 눈을 연상시키는 모양의 알이 박힌 괴상한 반지가 끼워져 있었다. 손등에는 간이 좋지 않아 생긴 어두운 빛깔의 검버섯들이 잔뜩이었다. 그녀의 손 또한 얼굴 못지않게 햇볕에 상해 있었다. 그는 얇고 골이 파인 피부에 자외선이 가하는 손상을 멈추게 할 기술이 없을까 잠시 고민했다.

그러고 나서 그들은 안락의자로 옮겨 앉았다. 그녀가 부엌에서 반병 정도 남은 포트와인을 가져와 잔에 따랐다.

그가 물었다.

"실험실을 좀 봐도 되겠습니까?"

그녀는 바로 대답을 하지 않았다. 어쩌면 입에 포트와인을 머금고 있어서였을지도 모른다. 조금 전에 초콜릿을 입에 물고 있었던 것처럼. 그러다 결국 그녀가 대답했다.

"실험실은 여기서 좀 떨어진 곳에 있어요."

그녀가 몸을 일으키더니 식탁을 치우기 시작했다.

"박사님은 너무 피곤해서 눈도 간신히 뜨고 있네요."

블라우는 그녀가 접시를 식기세척기에 넣는 것을 도왔다. 그러고는 안도의 숨을 쉬며 위층으로 향했다. "안녕히 주무세요."라고 웅얼거리면서. 그는 새 시트를 씌워 놓은 침대의 가장자리에 앉았다. 그리고 옷도 벗지 않고 옆으로 쓰러지듯 몸을 뉘었다. 잠들기 직전 그는 테라스에서 그녀가 고양이를 부르는 소리를 들었다.

이튿날 아침, 그는 모든 걸 꼼꼼하게 했다. 샤워를 하고 지저분한 속옷을 반듯하게 개켜서 봉투에 담고 짐을 풀어 선반에 올려놓고 셔츠를 옷걸이에 걸었다. 면도를 하고 보습 크림을 발랐다. 그리고 겨드랑이에 자신이 좋아하는 디오더런트를 뿌리고 희끗희끗 센 머리에 젤을 약간 발랐다. 샌들을 신을까 말까 잠시 고민했지만 끈 묶는 로퍼를 신는 게 낫다는 결론을 내렸다. 그러고 나서 살그머니(왜 그래야 하는지도 모르면서) 아래층으로 내려왔다. 그녀는 꽤 일찍 일어난 모양이었다, 부엌에 들어가니 식탁 위에 토스터와 흑빵 몇 개가 놓여 있었다. 그 밖에도 식탁 위에는 마멀레이드 병이 꺼내져 있고 그릇에 꿀과 버터가 담겨 있었다. 그의 아침 식사였다. 포트에는 커피가 들어 있었다. 그는 테라스에 서서 토스트를 먹었다. 눈앞에 펼쳐진 바다를 바라보면서 틀림없이 그녀가 수영하러 갔으리라고 생각했다. 그렇다면 틀림없이 이편에서 모습을 드러낼 것이다. 그는 그녀가 자기를 보기 전에 자기가 먼저 그녀를 발견하길 원했다. 다른 이들을 눈동자에 담는 주인공은 그여야만 했다.

과연 그녀가 실험실을 공개하는 데 동의할지 궁금했다. 너무 흥미로웠다. 거기 뭐가 있는지 그녀가 굳이 말하지 않더라도 그는 자기가 거기서 뭘 보게 될지 대충 짐작할 수 있었다.

몰의 기술은 비밀이었다. 물론 블라우는 몇 가지 추론을 해냈고, 어쩌면 그의 발견에 거의 근접했을지도 모른다. 그는 몰의 표본을 마인츠[66]에서 처음 보았고, 그다음에는 '국제 세포 보존 학회'가 열렸을 때 피렌체에 있는 한 대학에서 보았다. 그는 몰이 어떤 방식으로 신체를 보존했는지 짐작할 수 있었지만 보존액의 화학 성분에 대해서는 알지 못했고, 그것이 세포 조직에 어떻게 작용하는지도 몰랐다. 언제, 그리고 어떻게 화학 성분이 투입되었을까? 혈액 대신 무엇이 사용되었을까? 내부 조직은 어떻게 플라스티네이션했을까?

어쨌든 간에 몰(그리고 그의 아내가 참여했다는 사실은 점점 더 확실해지고 있다.)은 그것을 해냈다. 그리고 그의 표본은 완벽했다. 샘플은 자연 그대로의 색깔과 어느 정도의 가소성을 유지했다. 그것들은 부드러웠고 몸에 적절한 형태를 부여할 만큼 적당히 뻣뻣했다. 게다가 분리하거나 떼어 내기도 쉬워서 교육학적으로도 가치가 높았다. 얼마든지 분해했다가 다시 새롭게 합체시킬 수 있었기 때문이다. 잘 보존된 유기체로서

66) 독일 남서부, 라인강과 마인강의 합류 지점에 있는 도시.

몸 안을 자유롭게 탐구할 무한한 가능성이 열린 것이다. 신체 보존의 역사라는 관점에서 보면 몰의 발견은 가히 혁명적이라고 할 수 있으며, 그 무엇과도 비교할 수 없는 독보적인 성과였다. 폰 하겐스의 플라스티네이션은 이 분야에서 첫걸음이었지만 오늘날의 시각으로 볼 땐 더 이상 획기적이지 않았다.

그녀는 또다시 수건을 두르고 나타났다. 이번에는 분홍색이었다. 하지만 바다가 아니라 욕실에서 나왔다. 젖은 머리카락을 손으로 털면서 가스레인지 옆에 가서 섰다. 금속을 씌운 머그잔에 우유를 데워서 커피에 넣기 위해서였다. 그녀는 보글보글 소리를 내며 머그잔 표면에서 거품이 일어날 때까지 그 물로 싼 플런저를 위아래로 천천히 움직였다.

"안녕히 주무셨어요, 박사님? 커피 드실래요?"

아, 커피. 물론이다. 그는 기꺼이 머그잔을 받아 들었고, 그녀가 자신의 커피에 우유 거품을 따르도록 내버려 두었다. 그는 건성으로 그녀의 이야기에 귀 기울이는 척했다. 그녀는 키우던 붉은 고양이가 죽던 날 갑자기 나타난 새로운 붉은 고양이에 대해 떠들어 댔다. 대체 어디서 왔는지 정체를 알 수는 없었지만 마치 늘 이 집에 살던 것처럼 고양이 한 마리가 소파 위에 앉아 있었다고 했다. 그렇게 고양이는 한 식구가 되었고 덕분에 부부는 이전과 별다른 차이를 느끼지 못했다는 것이다.

"그것이 바로 생명의 힘이죠. 어떤 존재가 떠나고 나면 다른 존재가 그 공허를 채우는 법이니까요." 그녀가 한숨을 쉬었다.

가여운 블라우는 곧장 본론에 들어가고 싶었다. 그는 잡담이나 수다에 유독 취약했다. 친목을 유지하기 위해 떠들어 대는 이야기에는 금방 싫증이 났다. 그는 이제 커피를 그만 마시고 얼른 서재로 가고 싶었다. 몰 교수가 연구한 현장을 보고, 그가 무슨 책을 읽었는지 확인하고 싶었다. 과연 그의 책장에는 블라우가 쓴 『보존의 역사』가 꽂혀 있을까? 대체 그는 어떤 경로로 놀라운 발견에 이르게 되었을까?

"남편도 박사님과 마찬가지로 라위스의 논문을 통해 연구를 시작했다는 것은 흥미로운 일입니다."

블라우는 당연히 이 사실을 알고 있었지만 그녀의 말을 끊고 싶지 않았다.

"남편은 발표한 첫 논문에서 라위스가 시체의 몸 안에 있는 자연적인 수분을 모조리 제거함으로써 시체를 통째로 보존하려고 시도했다는 사실을 증명했습니다. 그리고 수분 대신에 액체 왁스에 활석과 수지를 혼합한 성분을 몸속에 채워 넣으려고 했던 거죠. 만약 당시에 물리적으로 이러한 방법이 가능했다면 말입니다. 그러고 난 뒤 모든 준비를 마친 몸을 마치 장기를 보존하듯 '어둡고 탁한 용액'에 담그려고 했죠. 하지만 그럴 만큼 큰 유리 용기를 구할 수 없었기 때문에 아이디어를 실현하지 못했습니다."

그녀는 그를 조급한 눈길로 쳐다보았다.

"박사님께 그 논문을 보여 드릴게요." 이렇게 말하면서 그녀는 한 손에 커피 잔을 든 채로 미닫이문과 실랑이를 벌였다. 그래서 그가 나섰고, 그가 문을 여는 동안 그녀는 그의 커피

잔을 들고 있었다.

문을 열자 서재가 펼쳐졌다. 바닥부터 천장까지 책들이 빼곡하게 들어찬 책장이 있는 아름답고 넓은 공간이었다. 그녀는 목표물을 향해 정확히 손을 내밀어 책장에서 제본된 형태의 아담한 책 한 권을 꺼냈다. 블라우가 책장을 넘기는 모습을 보면서 그녀는 그가 이 논문에 대해 이미 잘 안다는 사실을 직감했다. 사실 그는 액체에 보존물을 담그는 문제에 한 번도 관심을 가진 적이 없었다. 그것은 발전 가능성이 없는 막다른 골목이나 마찬가지였다. 라위스가 젖은 상태로 방부 처리를 했던 영국의 해군 원수 윌리엄 버클리의 사례가 관심을 끌긴 했지만 그건 사후경직 때문이었다. 동시대인들이 감탄하며 기록했듯이 버클리의 육체가 그토록 아름다운 모습으로 유지될 수 있었던 비밀이 바로 여기에 있었던 것이다. 라위스는 버클리가 죽은 뒤 며칠이 지나서야 딱딱하게 굳은 상태로 그의 시신을 넘겨받았다. 그러나 결국 육체가 느긋하고 편안한 모습을 간직하도록 만드는 데 성공했다. 아마도 특별한 일꾼들을 고용해서 사후경직 상태가 풀릴 때까지 인내심을 갖고 마사지를 하도록 한 덕분일 것이다.

하지만 지금 블라우의 관심은 전혀 다른 대상에 쏠려 있었다. 그는 그것으로부터 한순간도 눈길을 떼지 못하면서 그녀에게 책자를 돌려주었다.

창문 아래엔 커다란 책상이, 맞은편에는 유리 진열장이 있었다. 그리고 표본들! 블라우는 흥분을 자제하지 못하고 자기도 모르는 새 그 앞으로 다가갔다. 마치 박물관에서 그렇게 하듯. 자기가 곧 관람하게 될 전시물을 보기 전에 미리 준비하는 시간을 허락하지 않은 데 대해 그녀는 화가 난 듯했다. 그는 이미 그녀에게서 떨어져 있었다.

"이건 아마 박사님도 모르는 내용일걸요." 그녀가 손가락으로 붉은 고양이를 가리키며 다소 언짢은 기색으로 말했다. 거기에는 고양이 한 마리가 마치 이런 형태로 존재해도 되느냐고 동의를 구하는 듯한 자세로 앉아서 태연히 그들을 바라보고 있었다. 또 한 마리, 살아 있는 진짜 고양이가 어느 틈에 그들을 뒤따라와서 거울에 비친 상을 바라보듯 자신의 전임자를 마주 보았다.

"한번 만져 보세요. 품에 안아 보시라고요." 분홍빛 수건을 두른 여인이 박사에게 권했다.

그는 떨리는 손으로 유리문을 열고 표본에 손을 대 보았다. 차가웠지만 딱딱하지는 않았다. 그의 손끝이 닿자 고양이의 털이 살짝 구부러졌다. 블라우는 마치 살아 있는 고양이를 대하듯 배 밑에 손을 넣어 고양이를 가슴팍으로 들어 올렸다. 묘한 기분이 들었다. 진짜 고양이와 거의 무게가 똑같았고 그의 손길에 닿는 반응도 똑같았다. 정말 놀라운 체험이었다. 얼빠진 그의 표정을 본 그녀가 웃음을 터뜨리면서 이미 마른 머리카락을 다시 흔들어 댔다.

"그것 보라니까." 그녀가 갑자기 반말을 했다. 마치 표본의 비밀이 둘 사이에 신뢰를 심어 주고 두 사람을 친밀하게 만들어 주었다는 듯이. "여기에 고양이 등을 대고 눕혀 봐."

그는 조심스럽게 그렇게 했다. 그녀가 그의 옆에 서서 고양이의 배 위에 손을 올렸다.

고양이의 몸이 자신의 몸무게로 인해 쫙 펴졌다. 잠시 후 고양이는 그들의 눈앞에서 살아 있는 고양이는 결코 만들어 낼 수 없는 자세로 너부러졌다. 블라우는 보드라운 털을 만져 보았다. 도저히 말이 안 된다는 걸 알면서도 따뜻하게 느껴졌다. 그는 고양이의 눈이 유리가 아니라 진짜라는 사실에 주목했다. 이렇게 박제를 만들 경우 대부분은 유리를 박아 놓는 게 관례였다. 하지만 몰 교수는 마술이라도 부렸는지 고양이의 진짜 눈을 그대로 보존해 놓았다. 단지 눈동자가 좀 탁해졌을 뿐이었다. 그는 눈꺼풀을 건드려 보았다. 보드라운 감촉이 손끝에 그대로 느껴졌다.

"젤 같은 걸 사용한 모양이군." 그녀에게 하는 말이라기보다는 혼잣말처럼 그가 중얼거렸다. 그녀가 손가락으로 고양이 배에 나 있는 갈라진 자국을 가리켰다. 그 자국을 살짝 벌리자 고양이의 내장이 고스란히 드러났다.

박사는 마치 가장 얇고 연약한 종이로 만든 모형을 다루듯이 손끝으로 조심스럽게 동물의 복부 내피를 잡아당겨 복막에 이르렀다. 그러자 복막이 스르르 열렸다. 마치 아직 이름조차 붙여지지 않은 진귀하고 이국적인 재료로 제본된 책인 것처럼. 어린 시절부터 항상 그에게 충만한 행복감을 맛보게 해 준 바로 그 광경이 그의 눈앞에 펼쳐졌다. 이상적으로 배열되고 신성한 조화로 가득 찬 광경, 자연 그대로의 생생한 색감 덕분에 살아 있는 생명체의 내부가 열리고 그 놀라운 신비에 자신이 동참하는 듯한 환상에 빠져들었다.

“흉곽을 한번 열어 보세요, 어서요.” 그녀가 그의 등 뒤에서 속삭이며 그를 부추겼다. 그녀의 숨결이 고스란히 느껴졌다. 그녀의 입에서 커피 향과 신선하지 않은 단내가 났다.

그는 그렇게 했다. 그러자 작고 앙상한 갈비뼈가 그의 손끝에 닿았다. 환상이 어찌나 완벽한지 그는 실제로 박동하는 심장을 보고 싶다는 기대심마저 생겼다. 그런데 갑자기 찰칵 소리가 나더니 빨간 불빛이 켜지고 삐걱거리는 멜로디가 요란하게 울려 퍼졌다. 블라우 박사는 나중에야 그게 퀸의 유명한 히트곡 「나는 영원히 살고 싶어(I want to live forever)」의 멜로디였다는 사실을 깨달았다. 박사는 혐오와 공포가 뒤섞인 채 겁에 질려 황급히 뒤로 물러섰다. 마치 지금 자신의 앞에 축 늘어진 동물에게 원치 않는 해라도 입힌 양. 그는 화들짝 양손을 들어 올렸다. 여인이 박수를 치면서 박장대소했다. 짓궂은 장난이 성공해서 기쁜 모양이었다. 하지만 블라우의 표정은 딱딱하게 굳었다. 그녀가 또다시 주도권을 되찾았고, 무엇보다 그의 등에 갑자기 손을 올려놓았기 때문이었다.

“별일 아니에요. 이건 그저 그이의 장난이랍니다. 우리는 이 고양이가 너무 슬퍼 보이는 걸 원치 않았거든요.” 진지한 표정으로 말했지만 그녀의 눈은 여전히 웃고 있었다. “미안해요, 미안해요. 진짜 아무 일도 없다니까요.”

박사는 애써 미소를 지어 보이면서 표본의 조직이 천천히, 거의 눈에 띄지 않게 원래의 형태로 돌아가는 광경을 넋을 잃고 바라보았다.

그녀는 그를 실험실로 데려갔다. 그들은 자동차를 타고 해변을 에워싼 자갈길을 달려서 석조 건물에 도착했다. 항구가 활발하게 운영되던 과거에 이곳은 생선 가공 공장이었지만, 지금은 창고처럼 리모컨으로 여닫는 문과 타일을 바른 깔끔한 벽을 세운 몇 개의 큰 방들이 있는 공간으로 개조되었다. 창문은 없었다. 그녀가 불을 켜자 판금을 덮은 커다란 테이블 두 개와 유리병과 도구로 가득 찬 유리 진열장들이 보였다. 예나유리[67]로 만든 플라스크가 잔뜩 놓인 선반들. 그중 하나에 적힌 '파파인'[68]이라는 글귀가 그를 놀라게 했다. 몰 교수는 이 효소를 어디에 썼을까? 이것으로 대체 무엇을 분해했을까? '카탈라아제.'[69] 어마어마한 양을 주입할 때 쓰는 거대한 주사기, 그리고 사람에게 사용하는 것과 비슷한 크기의 평범한 주사기들. 대체 이것들은 다 무엇일까? 블라우는 차마 물어볼 용기가 없어서 이 풍경을 머릿속에 새겨 놓았다. 아직은 때가 아니다. 철제 욕조, 바닥의 배수구, 외과 의사의 수술실이나 도살장을 떠올리게 하는 실내 장식. 여인이 물방울이 떨어지는 수도꼭지를 잠갔다.

"만족하나요?" 그녀가 물었다.

그는 손을 펴서 탁자의 판금을 옆으로 움직였다. 그리고 책상으로 다가갔다. 그 위에는 휘어진 모양의 그래프가 그려진 출력물이 그대로 놓여 있었다.

---

67) 광학용 특수 유리.

68) 파파야 열매에 함유된 단백질 분해 효소.

69) 과산화수소를 물과 산소로 분해하는 효소.

"아무것도 건드리지 않았어요." 마치 집을 팔려고 내놓은 집주인처럼 뭔가를 권유하는 듯한 말투로 그녀가 이야기했다. "미처 완성 못 한 표본들만 내다 버렸어요. 부패하기 시작했거든요."

등 뒤에서 그녀의 손길을 느끼고는 그가 깜짝 놀라며 그녀를 쳐다보았다. 하지만 금방 시선을 아래로 떨구었다. 그녀가 그에게로 바짝 다가왔다. 그녀의 가슴이 그의 셔츠에 닿을 만큼 가까웠다. 그는 아드레날린이 무섭게 솟구치는 것을 느꼈지만 자신의 의지와 상관없이 뒤로 미끄러지듯 움직이는 몸을 마지막 순간에 간신히 제어했다. 다행히 핑계를 찾았다. 그의 몸이 부딪히는 바람에 테이블이 흔들렸고 그 위에 있던 작은 앰풀들이 거의 바닥에 떨어질 뻔한 것이다. 떨어지기 직전에 그는 간신히 그것들을 붙잡았다. 덕분에 그는 두 몸이 밀착된 불편한 자세에서 가까스로 벗어날 수 있었다. 그는 이것이 자연스럽게 벌어진 일이라고 확신했다. 그녀가 그저 우연히 그에게 기댄 것이라고. 동시에 그는 자신이 문득 어린 소년이 된 듯 느꼈고, 그와 그녀의 나이 차가 갑자기 크게 다가왔다.

그녀는 세부적인 것들을 그에게 보여 주고 설명하는 것에 흥미를 잃은 듯했다. 휴대 전화를 꺼내어 누군가에게 전화를 걸었다. 그러고는 집세에 관해 이야기를 나누다가 토요일에 약속을 잡았다. 그동안 그는 모든 걸 열심히 관찰하고 세부 항목을 샅샅이 살피고 모든 것을 머릿속에 각인시켰다. 그는 머릿속에서 실험실 구조, 유리병 하나하나, 그리고 거기에 놓여 있던 도구까지 포함해 세세하게 지도를 그렸다.

점심을 먹으며 그녀는 몰 교수에 대해 이야기했다. 그의 일과와 사소한 기행들에 대해서.(블라우는 그녀가 남편에 관한 이야기를 털어놓는 것이 자신에게만 허락된 일종의 특권인 것처럼 느껴져서 주의 깊게 그녀의 이야기를 들었다.) 그러고 나서 블라우에게 바다에서 수영을 해 보라고 권했다. 그는 달갑지 않았다. 그보다는 서재에서 조용히 시간을 보내거나 고양이를 다시 보거나 아니면 서재를 찬찬히 살펴보고 싶었다. 하지만 그녀의 권유를 거절할 용기가 나지 않았다. 그래서 수영복이 없다는 어설픈 핑계를 대 보았다. 그녀가 대수롭지 않다는 듯 말했다. "아무 문제도 안 돼. 이곳은 내 개인 해변이니까. 아무도 안 올 거야. 나체로 수영해도 돼."

그렇게 말하면서도 정작 그녀는 수영복을 입고 있었다. 블라우 박사는 수건으로 아래를 가린 채 사각팬티를 서둘러 벗고 재빨리 물속으로 몸을 숨겼다. 물이 어찌나 차가운지 잠시 숨을 쉴 수조차 없었다. 그는 수영을 잘 못했다. 제대로 배울 기회가 없었다. 블라우는 본래 몸을 움직이는 것을 좋아하지 않았다. 그래서 물속으로 뛰어들고 나서도 어떻게든 발이 바닥에 닿도록 신경을 썼다. 반면에 그녀는 유연한 자유형 영법으로 헤엄쳐 바다 저편으로 멀어졌다가 다시 해안으로 돌아오곤 했다. 그녀가 그에게 물을 끼얹었다. 그가 놀라서 눈을 깜빡였다.

"뭘 망설여. 어서 헤엄쳐!" 그녀가 소리쳤다.

차가운 물에 뛰어들기 직전 잠시 망설이던 그가 결국 자포자기하는 심정으로 물속에 뛰어들었다. 부모를 실망시키고 싶어 하지 않는 어린아이처럼 그녀에게 굴복하고 만 것이다. 그는 얼마 안 되는 거리를 헤엄쳐 갔다가 금방 돌아왔다. 그 순간 그녀가 거칠고 힘찬 동작으로 수면을 내리치며 힘차게 앞으로 헤엄쳐 나갔다.

그는 추위에 몸을 떨면서 해변에서 그녀를 기다렸다. 그녀가 물을 뚝뚝 흘리며 그에게 다가오자 그가 시선을 아래로 떨궜다.

"왜 수영을 안 하는 거야?" 그녀가 명랑하고 쾌활한 하이톤의 목소리로 물었다.

"추워서." 그의 대답은 그게 다였다.

그녀가 고개를 뒤로 젖힌 채 입천장을 훤히 드러내면서 박장대소했다.

방으로 돌아온 블라우는 잠시 낮잠을 자고 일어나서 꼼꼼하게 메모하기 시작했다. 몰 박사의 실험실 구조를 종이에 그리는 동안에는 잠시 제임스 본드가 된 것 같은 착각에 빠지기도 했다. 그는 안도의 한숨을 내쉬며 몸에서 소금기를 씻어 내고는 면도를 한 뒤에 깨끗한 셔츠로 갈아입었다. 그가 아래층으로 내려왔을 때 그녀는 보이지 않았다. 서재로 들어가는 문이 굳게 닫혀 있어 차마 그 문을 열고 안으로 들어갈 용기가 나지 않았다. 그래서 집 밖으로 나와서 고양이가 그를 외면할 때까지 고양이와 장난치면서 시간을 보냈다. 마침내 부엌에서 기척이 들려왔다. 그는 정원 쪽의 출입문을 통해 부엌으로 들어갔다.

몰 부인이 개수대 주변에 서서 상추 잎을 골라내고 있었다.

"토스트와 치즈를 곁들인 샐러드. 어때?"

그가 간절하게 고개를 끄덕였다. 하지만 사실은 그런 풀 쪼가리 따위로 배를 채울 수 있을지 확신이 없었다. 그녀가 화이트 와인을 잔에 따라 주었고, 그는 기계적으로 그것을 입술로 가져갔다.

그녀는 남편의 사고와 바다에서 시신을 찾기 위해 벌였던 며칠 동안의 수색 작업에 대해 구체적으로 이야기했다. 그리고 마침내 시신을 발견했을 때 어떤 상태였는지에 대해서도 털어놓았다. 그러자 입맛이 완전히 사라져 버렸다. 그녀는 손상이 가장 덜 된 세포의 일부를 보존하는 데 성공했다는 말도 덧붙였다. 몰 부인은 양옆이 트인 치렁치렁한 잿빛 드레스를 입고 있었다. 목이 깊게 파여서 주근깨가 가득한 그녀의 몸이 훤히 드러났다. 그녀가 울음을 터뜨릴 것 같다는 생각이 그의 머릿속을 또다시 스치고 지나갔다.

그들은 거의 아무 말도 하지 않은 채 묵묵히 샐러드와 치즈를 먹었다. 그러고 나서 그녀가 그의 손을 잡아끌었다. 순간 그는 얼어붙었다.

그가 그녀를 팔로 감싸 안았다. 덕분에 그는 영리하게 그녀의 시선으로부터 자신의 얼굴을 감출 수 있었다. 그녀가 그의 목에 입을 맞췄다.

"이건 아니에요." 그가 무심결에 외쳤다.

그녀는 이해하지 못했다. "그럼 어떻게? 내가 뭘 하면 되지?"

하지만 그는 그녀의 품에서 서둘러 빠져나왔다. 그리고 소파에서 몸을 일으켰다. 얼굴이 벌겋게 상기되어 그가 무기력하게 주변을 이리저리 둘러보았다.

"원하는 게 뭔데? 말만 해."

그 순간 그는 더는 가식적으로 행동할 수 없다는 사실을 깨달았다. 그에게는 감당할 힘이 없었다, 너무 많은 일이 한꺼번에 벌어졌으니까. 그가 그녀에게서 등을 돌린 채 속삭이듯 내뱉었다.

"안 되겠어요. 내겐 너무 일러요."

"내가 나이가 너무 많아서 그래?" 그녀가 일어서면서 중얼거렸다.

그가 자신 없는 표정으로 부정했다. 그는 그녀가 자기 몸에 손을 대지 않고 그저 도움을 주기를 바랐다.

"사실 우리가 그렇게까지 나이 차가 많이 나는 건 아니죠, 하지만……." 등 뒤에서 그녀가 식탁을 치우는 소리가 들렸다. "사실 지금 제겐 누가 있거든요." 그가 거짓말을 했다.

어떤 면에서 그건 사실이었다. 사실이란 늘 어떤 단면 안에 깃드는 법이니까. 그의 곁엔 누군가가 있었다. 이미 결혼도 했었고, 한때 부인도 있었고, 혈연관계로 맺어진 친지도 있었다. 그는 글라스멘슈와도 함께 지냈고 내장을 훤히 드러낸 밀랍 여인이나 졸리만, 프라고나르,[70] 베살리우스,[71] 폰 하겐스,

---

70) 오노레 프라고나르(Honoré Fragonard, 1745~1823). 18세기 프랑스의 저명한 해부학자.

71) 안드레아스 베살리우스(Andreas Vesalius, 1514~1564). 16세기 벨기에의 의학자. 근대 해부학의 창시자로 그가 1542년에 발표한 저서 『인체의 구조

몰 박사와도 함께였다. 그리고 또 누구랑 함께했더라? 그런데 늘 그렇게 지내던 그가 대체 무엇 때문에 살아서 꿈틀대는 늙고 뜨끈뜨끈한 몸뚱이에 자신의 신체 일부를 쑤셔 넣어 가며 따분한 짓을 견뎌야 한단 말인가? 무슨 목적으로? 그만 떠날 때가 되었다는 걸, 심지어 그게 바로 오늘이라는 걸 블라우는 직감했다. 그는 손을 뻗어 머리카락을 매만지고 셔츠의 단추를 잠갔다.

그녀가 깊은 한숨을 쉬었다.

"그래서요?" 그녀가 물었다.

그는 뭐라고 대답해야 할지 알 수가 없었다.

십오 분 뒤 그가 짐을 꾸려서 거실로 내려왔다. 떠날 준비가 완료되었다.

"택시를 불러도 될까요?"

그녀는 소파에 앉아 있었다. 책을 읽는 중이었다.

"얼마든지요." 그녀가 대답했다. 잠시 안경을 벗고 전화기를 손가락으로 가리키더니 다시 책장으로 눈길을 돌렸다.

하지만 그는 번호를 몰랐다. 나가서 걷다 보면 택시를 잡을 수 있을 거라고 그는 생각했다. 그래, 그렇게 하는 편이 나을 것이다. 택시는 주변에 있을 테니까.

그래서 그는 계획보다 일찍 학술 대회에 참가하게 되었다. 호텔 리셉션 데스크에서 실랑이를 벌인 끝에 간신히 방을 구

에 대하여』는 의학 근대화의 새로운 기점을 마련한 것으로 평가받는다.

했고, 저녁 내내 호텔 바에서 시간을 보냈다.

와인 한 병을 비우고 나서야 방으로 돌아온 그는 침대에 누워 어린아이처럼 울음을 터뜨렸다.

그 뒤로 며칠 동안 그는 다양한 발표를 들었고, 자신도 직접 발표를 했다. 그의 발표 제목은 영어로 다음과 같았다. '실리콘 플라스티네이션을 통한 병리학 샘플의 보존: 해부 병리학 교육을 위한 혁신적인 보조물.' 박사 논문의 일부에서 발췌한 내용이었다.

그의 발표는 열렬한 환영을 받았다. 마지막 날 저녁 만찬에 참석한 블라우는 헝가리 태생의 친절하고 잘생긴 기형학 학자를 알게 되었다. 그는 몰 부인의 초대로 학회가 끝나는 즉시 그녀를 방문하러 갈 계획이라고 털어놓았다.

"바닷가에 있는 부인의 집으로 갈 예정입니다." 그가 '바닷가'를 강조하면서 말했다. "학술 대회와 연계해서 그곳에 가기로 결심했죠, 몰 부인의 집은 여기서 별로 멀지 않으니까요. 부인의 남편이 남긴 모든 게 지금 그녀의 손에 있잖아요. 아, 몰 박사의 실험실을 직접 볼 수만 있다면 얼마나 좋을지……. 화학 물질의 성분과 구성에 대해서 저 나름대로 이론을 세워 보았거든요. 제가 듣기로 그녀는 지금 미국에 있는 박물관과 얘기 중이라는 것 같아요. 머지않아 자신이 소장한 남편의 자료들을 문서들과 함께 통째로 박물관에 넘길 거라네요. 아, 그 전에 몰 박사가 남긴 논문들을 손에 넣을 수만 있다면……." 그는 꿈에 부풀어 있었다. "'박사 후 과정'은 가볍게 통과할 테고, 어쩌면 교수 자격도 취득할 수 있겠죠."

얼간이가 따로 없다고 블라우는 생각했다. 아마도 이 사내는 자신이 처음으로 거기에 도착했다고 믿는 마지막 사내가 될 것이다. 블라우는 잠시 그녀의 시선으로 그를 훑어보았다. 젤을 발라 번들거리는 그의 검은 머리카락을, 그리고 푸른 셔츠의 겨드랑이에 땀으로 번진 얼룩을 보았다. 살짝 튀어나왔지만 아직은 그런대로 날렵해 보이는 배와 좁다란 엉덩이, 숱이 무성한 머리카락 탓에 그늘이 드리운 밝고 흰 피부. 그의 눈은 와인 때문에 몽롱하긴 해도 다가올 승리의 기쁨에 취해 반짝이고 있었다.

방탕한 승객들을 태운 비행기

북쪽 지방에서 온 얼굴들이 갑작스러운 강렬한 햇볕에 놀라 벌겋게 달아올랐다. 소금물 탓에 창백해진 낯빛, 매일 해변에서 몇 시간을 보내느라 탈색된 머리카락. 짐 가방에는 땀에 찌든 지저분한 옷가지들이 가득하다. 기내용 가방에는 마지막 순간에 공항 면세점에서 친지들을 위해 구입한 도수 높은 술 한 병이 들어 있다. 전부 남자들이다. 그들은 일종의 암묵적인 협약에 따라 비행기의 일정 구역에 함께 앉아 있다. 좌석을 편안한 각도로 조정하고 안전벨트를 착용한다. 이제 그들은 잠들 예정이다. 그동안 부족했던 잠을 보충하기 위해 정신없이 잠에 취할 것이다. 그들의 살갗은 아직도 술 냄새를 풍기고 있다. 두 주 동안 그들에게 공급된 알코올의 분량을 미처 다 소화하지 못했으므로. 몇 시간 후에는 비행기 전체에서 술 냄새가 진동할 것이다. 성적 흥분을 위해 복용한 각성제의 잔재가 뒤섞인 땀 냄새까지 가세하리라. 뛰어난 범죄학자라면 이미 여기서 많은 것을 찾아낼 수 있다. 셔츠의 단추에서 발견된 기다란 검은 머리카락, 검지와 중지의 손톱 밑에서 나온 유기 물질, 속옷의 면 섬유에서 채취한 피부 조각, 배꼽에서 추출해낸 극소량의 정액을 통해 DNA의 주인이 누구인지 밝혀낼 수 있을 것이다.

비행기가 이륙하기 직전 그들은 양쪽 옆자리에 앉은 사람들과 몇 마디 대화를 나눈다. 다들 어색하고 수줍은 태도로 이번 여행에 대해 만족을 표시한다. 그러고 나니 더는 할 말이 없어 입을 다문다. 뭐, 충분히 이해할 만한 상황이다. 몇몇 무례한 사람들만이 가격과 서비스에 대해 마지막으로 질문을 한다. 그러고는 흡족한 표정으로 잠을 청한다. 상당히 저렴한 가격이라는 걸 확인했기에.

순례자의 성향

오래전부터 알고 지내는 지인이 내게 말하길 그는 혼자 여행하는 걸 좋아하지 않는다고 했다. 뭔가 새롭고 신기하고 아름다운 것을 봤을 때 다른 누군가와 감상을 나누고 싶은데 그럴 사람이 곁에 없으면 불행하게 느껴진다는 것이다.

나는 그가 과연 진정한 순례자가 될 수 있을지 의문스럽다.

오스트리아 황제 프란츠 1세에게 요제피네 졸리만이 보낸 두 번째 서신

제가 드린 편지에 대해 지금껏 아무런 답신도 받지 못했기에 다시 한번 폐하께 청원을 드리려고 합니다. 부디 친분을 과도하게 이용하는 것으로 받아들여지지 않기를 바라면서도 이번에는 좀 더 용기를 내어 이렇게 불러 보겠습니다. 형제님! 신께서는 그 자신이 어떤 분이시건 간에 우리 모두를 형제자매로 창조하셨다고 믿습니다. 신은 우리에게 공평하게 의무를 부과하셨고, 우리가 당신의 창조물들을 보살피면서 존엄과 헌신을 다해 주어진 의무를 수행해 나갈 수 있도록 이끌어 주시지 않았습니까? 신은 우리 인간에게 육지와 바다를 돌보게 하셨고, 어떤 이들에게는 장사와 사업을 하게 하셨고, 어떤 이들에게는 통치의 권한을 주셨습니다. 명문가에서 아름답고 건강한 외모를 갖고 태어나게 하신 이들도 있고, 낮은 출신 성분과 부족한 신체 조건을 주신 이들도 있습니다. 인간으로서의 한계 탓에 그 이유가 무엇인지 우리는 알 수가 없습니다. 그저 그러한 섭리 속에 신의 지혜가 깃들어 있고, 따라서 우리 모두가 신이 지으신 복잡한 세계의 일부로서 자신에게 맡겨진 역할을 수행한다고 믿을 뿐입니다. 비록 우리는 그 참뜻을 짐작할 수 없지만, 만약 그런 섭리가 없다면 이 거대한 세상의 메커니즘이 제대로 작동될 수 없을 테니까요.

바로 몇 주 전에 저는 한 사내아이의 엄마가 되었습니다. 남편은 그 아이에게 에두아르트라는 이름을 지어 주었습니다. 하지만 저는 엄마가 되었다는 기쁨을 마음껏 누릴 수가 없습니다. 제 아들의 할아버지가 영원한 안식을 누리지 못하고 있기 때문입니다. 시신이 땅에 묻히지 못하고, 폐하의 지시로 왕궁의 분더카머에 전시되어 관람객들의 호기심 어린 시선 속에 던져졌기 때문입니다.

이성의 세기, 이 특별한 시대에 우리가 태어난 것은 큰 행운이 아닐 수 없습니다. 인간 정신이야말로 신의 가장 위대한 창조물이라는 사실을 증거하는 시대, 이성의 힘으로 세상의 온갖 무지와 불의를 타파하고, 결국엔 우리 모두가 번영을 누릴 수 있다는 확신을 갖도록 만드는 시대가 바로 지금이니까요. 제 아버지는 진심과 영혼을 다해 이러한 이상을 구현하기 위해 헌신했습니다. 인간 이성은 우리가 성취할 수 있는 가장 위대한 에너지라는 사실을 아버지는 굳게 믿었습니다. 그리고 그분의 극진한 보살핌을 받고 자란 저 역시 이성은 신이 인간에게 준 가장 고귀한 선물이라는 사실을 믿고 있습니다.

아버지가 돌아가신 뒤 서류들을 정리하다가 폐하의 전임자이자 숙부이신 요제프 황제께서 아버지에게 보낸 서신을 발견하였습니다. 손으로 직접 쓰신 그 편지에는 다음과 같은 내용이 적혀 있었는데요, 인용해 보도록 하겠습니다. "모든 인간은 태어날 때부터 평등합니다. 우리는 부모로부터 동물로서의 생을 부여받았습니다. 그리고 우리가 익히 알 듯이 이러한 생에서는 왕과 왕자, 중산층, 농부 간에 아무런 차이도 없습니다. 이러한 평등의 원칙에 반하는 신의 법칙이나 자연의 법칙은 이 세상에 존재하지 않습니다."

자, 그런데 지금 제가 과연 이 서신에 적힌 말들을 어떻게 믿을 수 있단 말입니까?

이제 저는 폐하께 요청하기보다는 애원하고자 합니다. 모든 명예와 품위를 송두리째 빼앗긴 채 마치 죽은 야생 동물처럼 사람들의 호기심을 충족시키기 위해 화학 약품으로 방부처리되고 박제가 되어 버린 제 아버지의 시신을 부디 돌려주십시오. 또한 박제된 상태로 '황실의 호기심의 방'에 놓인 다른 시신들에 대해서도 선처를 베풀어 주십시오. 그 시신들의 경우에는 거두어 줄 가족이나 가까운 친지도 없다고 들었습니다. 예를 들어 네댓 살 정도 된 이름 모를 여자아이의 시신이나 요제프 하머, 피에트로 미카엘레 앙기올라의 시신을 대신하여 이렇게 애원합니다. 심지어 저는 이 사람들이 누군지도 모르고 그들의 불행한 삶에 관해 가장 짧게 축약된 버전도 들어 본 적이 없지만, 앙겔로 졸리만의 딸로서 저는 이들에게 기독교적인 선행을 베풀어야 할 의무를 빚지고 있다고 생각합니다. 불과 얼마 전 한 아이의 어미가 된 여인으로서도 말입니다.

요제피네 졸리만 폰 포이히터슬레벤

사리

상앗빛 승복을 입고 삭발을 한 아름다운 여승이 조그만 성해함(聖骸函)을 향해 몸을 숙인다. 그 안에 벨벳으로 만든 작은 쿠션이 있고, 깨달음을 얻은 존재의 육신을 화장하고 난 뒤에 남겨진 잔재가 그 위에 놓였다. 나는 여승 옆에 서서 그 작디작은 알갱이들을 찬찬히 들여다본다. 진열장에 부착된 확대경 덕분에 알갱이들을 더 자세히 감상할 수 있었다. 깨달음에 이르는 과정에서 생성된 그 결정체들은 아주 작은 수정체 같은 모양인데 모래 알갱이보다 좀 더 클까 말까 하다. 세월이 흐르면 필경 이 여승의 육신도 모래 알갱이로 탈바꿈할 것이다. 내 육체는 그렇게 되지 못하고 그저 산산이 스러져 버릴 것이다. 나는 불교 신자가 아니므로.

하지만 그렇다고 슬퍼할 필요는 없다. 이 세상에 백사장과 모래사막은 무수히 많다. 정말 거기에 있는 모래 알갱이들이 전부 깨달음을 얻은 존재의 육신에서 나온 결정체일까?

보리수[72]

중국에서 한 사내를 알게 되었다. 그가 회사 출장으로 처음 인도를 방문했을 때의 이야기를 들려주었다. 중요한 비즈니스 미팅과 회합이 줄지어 그를 기다리고 있었다고 했다. 그의 회사는 혈액을 비교적 오랫동안 보관하고 안전하게 장기를 이식하도록 도움을 주는 복잡한 전자 기기를 생산했는데, 당시 그는 인도에 자회사를 세우고 현지 시장에 진출하기 위해 협상을 진행하는 중이었다.

마지막 저녁 식사 때 그는 인도인 계약자에게 자신의 소원을 이야기했다. 석가모니가 깨달음을 얻고 그 아래에서 열반

72) 수행을 통해 얻는 깨달음의 지혜 또는 그 지혜를 얻기 위한 수도의 과정을 일컫는다. 석가모니가 보리수 아래에서 깨달음을 얻었기에 '깨달음의 나무'라는 뜻도 있다.

에 들었다는 보리수를 직접 보는 것이 어릴 때부터 그의 소원이었던 것이다. 중화인민공화국에서는 종교의 자유를 인정하지 않았지만 그는 전통적인 불교 집안에서 태어나고 자랐다. 그런데 막상 종교의 자유가 허락되자 그의 부모는 뜻밖에도 기독교, 그것도 동아시아의 현실에 맞게 토착화된 개신교를 선택했다. 기독교의 신은 자기를 믿는 신자들에게 더 우호적이며 나아가 유용할 것이라고 부모는 생각했던 것이다. 기독교의 신을 믿으면 쉽게 부자가 되고 경제적으로 금방 자립할 것이라 여겼다. 하지만 사내는 그런 부모의 생각에 동의하지 않았고 조상이 믿어 온 불교 신앙을 고수하기로 결정했다.

인도의 계약자는 그의 바람을 충분히 이해했다. 고개를 끄덕이면서 부지런히 술을 따라 주었고, 결국은 계약이나 협상의 긴장감 따위는 훌훌 털어 버린 채 모두 거나하게 취했다. 그들은 휘청거리는 걸음으로 마지막 안간힘을 다해 호텔 사우나가 있는 아래층으로 내려갔다. 술을 깨기 위해서였다. 이튿날 아침 중요한 업무가 그들을 기다리고 있었으므로.

아침이 되자 그의 방으로 메시지 한 통이 전달되었다. 쪽지에는 딱 한 문장만 적혀 있었다. "깜짝 선물입니다." 그리고 그 인도인 계약자의 명함이 들어 있었다. 호텔 앞에서 택시 한 대가 기다리고 있다가 그를 태워서 헬리콥터로 데려갔다. 그렇게 수십 분 동안 비행을 해서 그는 석가모니가 깨달음에 이른 거대한 보리수 아래 거룩한 성지에 도착했다.

그의 흰 셔츠와 우아한 슈트가 순식간에 순례자들의 인파에 휩쓸려 버렸다. 그는 몸에 여전히 알코올의 씁쓸한 향기와 사우나의 열기가 배어 있었다. 그리고 유리 덮개를 깐 책상 위에서 말없이 서로 서명을 주고받던 펜의 사각거림, 펜이 종이를 긁으면서 그 위에 사내의 이름과 성을 아로새기던 소음이 귓가에 생생했다. 이곳에서 사내는 마치 길 잃은 어린아이처럼 어쩔 줄 몰랐다. 그의 어깨에 닿는 키 작은 여인들이 앵무새처럼 알록달록한 옷을 입은 채 그를 밀치면서 사람들 무리가 흘러가는 방향으로 서둘러 걸음을 옮겼다. 갑자기 그는 불교 신자로서 하루에도 여러 번 시간이 날 때마다 되뇌던 서약의 내용을 떠올리고는 두려움을 느꼈다. 자신의 기도와 행동으로 감각이 있는 모든 존재를 계몽하기 위해 노력하겠다고 맹세했건만 갑자기 모든 것이 헛되고 무의미하게 느껴졌다.

마침내 두 눈으로 나무를 보았을 때 솔직히 그는 실망했다. 머릿속에 아무런 생각도 기도문도 떠오르지 않았다. 그는 그저 장소에 어울리는 예를 표하기 위해 여러 차례 몸을 숙여 절하고 시주를 두둑이 한 뒤 두 시간도 안 되어 헬리콥터로 돌아왔다. 오후에 그는 이미 호텔에 도착했다.

샤워를 하면서 그는 땀과 먼지, 인파와 노점상들의 들척지근한 냄새, 어디에서나 맡을 수 있는 향불의 독특한 향기, 종이 접시에 담아 파는, 모두가 손으로 집어 먹는 커리 냄새를 물줄기로 씻어 냈다. 그러다 문득 그런 생각이 들었다. 고타마 싯다르타[73] 왕자를 전율하게 만든 것들, 그러니까 질병과

73) 고타마는 성이고 싯다르타는 이름이다. 후에 깨달음을 얻어 붓다라 불렸다.

노쇠와 죽음을 실은 그가 매일같이 목격하고 있었다는 깨달음. 깨달음을 얻었건만 아무 일도 일어나지 않았고, 그의 내면에서는 작은 변화의 조짐도 없었다. 아니, 솔직히 말하면 그는 이미 그러한 것에 익숙해져 있었다. 희고 폭신한 수건으로 몸을 닦으면서 그는 자신이 정말 깨침을 갈망하는지 확신이 서지 않았다. 그는 정말로 한순간에 모든 진실을 보기를 원했던 것일까. 엑스레이를 들여다보듯 세상을 투시해서 그 공허한 뼈대를 확인하기를 바랐던 것일까.

바로 그날 저녁 그는 그 관대한 인도인 친구에게 뜻하지 않은 선물을 선사해 준 데 대해 진심으로 감사의 인사를 전했다. 그러고는 양복 주머니에서 바스러진 나뭇잎 한 장을 꺼냈다. 두 남자가 경건한 자세로 나뭇잎을 향해 몸을 숙였다.

집은 나의 호텔

나는 다시 한번 이곳에 있는 물건을 하나하나 찬찬히 들여다본다. 마치 예전에 한 번도 본 적 없는 것처럼 전혀 새로운 시각으로. 그러자 세세한 항목이 눈에 들어온다. 나는 이 호텔의 주인이 얼마나 정성껏 화초를 가꾸었는지 새삼 감탄한다. 꽃송이가 크고 아름답다. 잎사귀에는 윤기가 흐르고, 토양은 적당히 촉촉하며, 특히 저 테트라스티그마[74]는 참으로 인상적이다. 침실 또한 얼마나 넓은지. 물론 침대 시트가 좀 더 나은 것이었으면 좋았겠지만. 예를 들어 빳빳하게 풀을 먹인 새하얀 리넨이었다면 한결 나았을 것이다. 여기에 깔린 시트는 빛바랜 나무껍질 같은 색깔이다. 그 대신 애써 주름을 펴거나 다림질

74) 포도과의 덩굴 식물로 주로 동남아시아나 호주에서 자란다.

할 필요는 없다. 그렇지만 아래층에 있는 서재는 매우 흥미롭다. 내 취향에 완벽하게 들어맞으며, 만약 내가 이 집에서 산다면 내가 필요로 할 모든 책이 그 안에 다 갖추어져 있다. 바로 이 서재 때문에 어쩌면 나는 이곳에 오래 머물지도 모르겠다.

기이한 우연의 조화로 옷장에는 내 치수에 해당하는 옷가지들이 걸려 있다. 대부분 내가 선호하는 검은색이다. 내 몸에 딱 맞고, 지금 입은 이 검은 후드 티셔츠는 보드랍고 편안하다. 게다가 정말 놀라운 것은 침대 옆 협탁에 평소 내가 복용하는 비타민과 내가 좋아하는 상표의 귀마개가 놓여 있다는 사실이다. 이거야말로 진짜 대단한 일이다.

집주인은 절대 모습을 드러내는 법이 없고 아침에 방을 치우려고 문을 두드리는 청소부도 없다. 이곳에는 귀찮게 어슬렁대는 사람이 하나도 없다. 심지어 프런트 데스크도 없다. 커피도 자신의 취향에 따라 스스로 알아서 끓여 마시면 된다. 나는 커피 메이커에 원두를 내린 뒤 우유 거품을 곁들이는 걸 좋아한다.

그렇다. 나는 적당한 가격에 꽤 괜찮은 호텔을 발견했다. 물론 큰길에서 좀 떨어져 외진 곳에 자리하고 겨울에는 도로가 눈에 파묻히기도 하지만 차로 움직이면 특별히 불편한 점은 없다. 고속도로를 타고 가다 S시에서 국도로 벗어나 몇 킬로미터 정도 달린 뒤, G시가 나오면 밤나무들이 늘어선 숲길 쪽으로 꺾는다. 그렇게 가다 보면 자갈이 깔린 도로와 연결된다. 겨울에는 마지막 소화전 옆에다 자동차를 세워 두고 남은 길은 걸어서 가면 된다.

여행 심리학

짧은 강연 2

"친애하는 신사 숙녀 여러분." 이번에는 나이가 훨씬 어린 여자 하나가 끈 묶는 워커를 신고 우스꽝스럽게 머리를 올려 묶은 채 강연을 시작했다. 이제 갓 석사 학위를 받은 게 분명했다. "만약 여러분께서 기차역이나 공항에서 진행된 우리의 교육 프로그램에 참여하신 적이 있다면 지난 강연들을 들으셨을 겁니다. 그때도 말씀드렸듯이 우리는 주로 무의식 중에 시간과 공간을 체험합니다. 시간과 공간은 우리가 흔히 객관적 또는 표면적이라 명명하는 분류 체계와는 다른 것입니다. 우리의 공간 감각은 움직일 수 있는 우리의 능력에서 비롯된 것입니다. 반면에 우리의 시간 감각은 우리가 생물학적인 존재로서 상태의 다양한 변화에 굴복할 수밖에 없기 때문에 생겨난 것입니다. 그러므로 시간은 다름 아닌 '변화의 흐름'이라고 할 수 있겠습니다.

공간의 양상 중 하나로서 장소는 시간 속에서 일종의 정지 상태와 같습니다. 그것은 대상을 배열하는 우리의 인지 작용을 일시적으로 멈추게 하는 역할을 담당합니다. 그러므로 그것은 시간과 달리 고정된 개념입니다.

이러한 이해를 바탕으로 인간의 시간은 단계적으로 나뉩니다. 공간 속에서의 이동이 장소에 의해, 그리고 정지 상태에 의해 나뉘듯이 말이죠. 이러한 정지 상태는 시간의 흐름 속에서 우리를 고정시키는 역할을 합니다. 깜빡 잠이 드는 바람에 자기가 지금 머무는 공간에 대한 개념을 상실한 사람은 즉시 시간에 대한 개념도 잃어버리게 됩니다. 공간 속에서 정지 상태가 많으면 많을수록, 더 많은 장소를 경험하면 경험할수록 더 많은 시간이 주관적으로 흘러가게 됩니다. 우리는 종종 시간의 개별적인 단계를 가리켜 '에피소드'라고 부릅니다. 그것들은 서로 별다른 인과 관계도 없으며 시간의 일부분이 아닌 상태에서 시간의 경과를 방해합니다. 각각의 에피소드는 독립적으로 생겨나며, 시작은 전부 무(無)에서 비롯됩니다. 모든 시작과 모든 끝은 절대적입니다. 따라서 이렇게 말할 수 있겠네요. 개별적인 에피소드는 결코 지속적으로 진행되는 법이 없다고."

첫째 열에서 약간의 소란이 있었다. 탑승 시각에 늦은 승객들을 찾기 위해 웅얼대는 안내 방송에서 누군가가 자신의 이름을 듣고는 기내용 가방과 면세점에서 산 물건들이 담긴 쇼핑백을 황급히 챙겨 들고서 옆에 앉은 사람들을 난폭하게 밀치며 종종걸음으로 사라진 것이다. 나 역시 당황해서 게이트 번호를 한 번 더 확인하느라 강연의 흐름을 놓쳐 버렸다. 때문에 여행 심리학의 실용적인 측면에 관한 여자의 강연을 다시 좇아가느라 애를 먹었다. 청중은 이미 이 괴상하고 복잡한 이론을 지겨워하는 중이었다.

"실용적인 여행 심리학에서는 장소의 은유적인 의미에 대해 연구합니다. 여기, 목적지가 명시되어 있는 이 전광판을 한 번 봐 주세요. 여러분은 '아이슬란드'가 무슨 뜻인지, '미합중국'이 무슨 뜻인지 생각해 보신 적이 있나요? 이러한 지명을 소리 내어 발음해 보면 당신 안에서 어떤 종류의 반응이 감지됩니까? 자기 자신을 향해 이런 식의 질문을 던져 보는 것은 특히 지형학적 심리 분석학, 그러니까 장소에 깃든 심오한 의미에 대한 연구를 통해 '여행 일정'에 관한 심리학적인 해석을 이끌어 내는 작업에서 중요한 실마리가 됩니다. 이러한 과정을 통해 여행자의 개인적인 여정에 담긴 심오한 속뜻을 알아낼 수 있으니까요.

지형학적 심리 분석학 또는 여행 심리 분석학에서 제기하는 질문은 겉보기엔 비슷해 보여도 출입국 관리 사무소의 공무원이 의례적으로 하는 '이곳에 왜 왔습니까?' 같은 질문과는 차원이 다릅니다. 여행 심리 분석학에서 야기하는 질문은 본질적인 의미에 대해 묻는 것입니다. 근본적으로 우리가 무언가에 참여하게 되면 우리는 그 무언가의 일부가 되는 법이니까요. 다시 말해 우리는 우리가 바라보는 대상의 일부가 될 수 있다는 뜻입니다.

고대의 순례자들이 여행을 하는 목적은 바로 이것이었습니다. 거룩한 장소를 목적지로 정하고 거기에 이르는 일련의 과정을 통해 우리는 신성함을 체험하고 정죄받게 됩니다. 그렇다면 거룩한 성지가 아니라 죄 많은 장소를 여행할 때도 똑같은 일이 벌어질까요? 사막이나 황무지를 여행한다면 어떻게 될까요? 아니면 활기 넘치고 생산적인 장소를 여행한다면요?"

여자는 계속 말을 이어 갔다. 그때 내 뒤에 있는 두 중년 커플이 목소리를 한껏 낮추고서 대화를 주고받기 시작했다. 순간 내 귀에는 그들의 속삭임이 강연보다 훨씬 흥미롭게 들렸다.

알고 보니 두 커플 모두 부부였고, 자신들의 여행에 대한 감상을 서로 나누는 중이었다. 그중 한 커플이 다른 커플에게 권했다.

"쿠바에 꼭 한번 가 보세요. 단 피델 카스트로가 지배하는 바로 그 쿠바에 가 봐야 해요. 그가 죽으면 쿠바는 아마도 다른 여느 나라들과 다름없어질 거예요. 하지만 아직은 진짜 빈곤이 무엇인지, 사람들이 어떤 자동차를 타고 다니는지 생생히 볼 수 있답니다! 얼른 서둘러야 해요. 요즘 피델 카스트로가 위독하다고 들었거든요."

동포들

여자가 여행 심리학의 실용적인 측면에 관한 강연을 막 끝마쳤다. 여행객들이 수줍어하며 이런저런 질문을 던지기 시작했는데 그리 적절한 내용은 아니었다. 적어도 내가 보기엔 그랬다. 그렇다고 직접 질문을 할 용기는 없어서 나는 커피를 마시기 위해 가까운 레스토랑으로 갔다. 마침 사람들 한 무리가 서 있었는데 내 모국어로 대화를 나누고 있었다. 나는 미심쩍은 눈길로 그들을 이리저리 훑어보았다. 외모가 나와 비슷했다. 그렇다. 저쪽에 서 있는 여자들은 나의 자매처럼 보였다. 그래서 나는 될 수 있는 한 그들로부터 멀찍이 떨어진 곳에 자리를 잡고 커피를 주문했다.

낯선 타국에서 같은 나라 사람을 만나는 건 내게 별로 달가운 일이 아니었다. 나는 내 모국어 소리를 알아듣지 못하는 척했다. 차라리 익명의 존재가 되는 편이 나았다. 나는 구석에서 그들을 조심스럽게 관찰하면서 내가 그들의 말을 이해하고 있다는 사실을 그들이 전혀 인지하지 못하는 상황을 은밀히 즐겼다. 나는 곁눈질로 그들을 살피면서 어떻게든 눈에 띄지 않으려 애썼다.

피로해 보이는 영국 남자가 골똘히 생각에 잠긴 얼굴로 내게 똑같은 심경을 고백했다. 그는 레스토랑으로 들어오는 사람들을 살피면서 맥주 한 잔을 더 주문했다. 그와 잠시 이야기를 나누었다. 하지만 딱히 할 말은 없었다.

"낯선 타국에서 같은 나라 사람을 만나는 건 별로 달가운 일이 아니에요."

커피를 다 마시고는 강연장으로 돌아왔다. 그저 잠시 들렀다가 금방 일어설 것 같은 시늉을 했지만 사실 나는 시간이 꽤 많았다. 마침 몇 번의 토론이 남아 있어서 그것을 듣게 되었다. 열정적인 강연자가 자신의 바로 앞에 앉아 꾸준히 강연에 귀 기울이는 세 청중에게 뭔가를 열심히 설명하고 있었다.

여행 심리학

결론

친애하는 신사 숙녀 여러분, 우리는 개별적인 자아가 얼마나 많이 성장할 수 있는지, 갈수록 얼마나 더 강렬해지고 얼마나 더 특별해질 수 있는지를 입증하는 증인입니다. 과거에 우리의 자아는 별로 눈에 띄지 않았고 쉽게 희미해졌고 집단의 위용에 자주 굴복했습니다. 여러 가지 역할이나 관습의 그물에 갇혔고 전통에 얽매였고 다양한 요구 사항에 무조건 복종했습니다. 하지만 지금 우리의 자아는 그 입지를 확대하고 세상을 아우르며 병합하고 있습니다.

과거에 신들은 손 닿을 수 없는 곳, 저 먼 바깥세상에 있었습니다. 악마나 천사와 같은 그들의 사절과 마찬가지로 신들은 우리와 전혀 다른 세계의 존재였던 것입니다. 하지만 인간의 자아가 폭발하면서 신들을 내면으로 집어삼켰고 해마구[75]와 뇌간[76] 사이, 송과선[77]과 운동성 언어 중추[78] 사이 어딘가에 신들의 자리를 지정해 버렸습니다. 신들은 결국 어둡고 고요한 인체의 한구석에서, 뇌의 갈라진 틈바구니에서, 신경 접합부 사이의 빈 공간에서 생존하게 되었습니다. 이 매력적인 현상에 관해서는 신생 학문 분야라고 할 수 있는 '여행 심리 신학'이 집중적으로 연구하고 있습니다.

이처럼 자아의 성장과 팽창의 과정이 점점 더 강력해지면서 인간이 직접 고안하고 만들어 낸 것들과 그렇지 않은 것들이 우리 현실에 똑같이 영향을 미치게 되었습니다. 100퍼센트 현실 속에서 움직이는 사람이 과연 얼마나 될까요? 우리는 베르톨루치의 영화를 통해 모로코를 여행하고, 제임스 조이스로 인해 더블린에 가고, 달라이 라마에 관한 영화 덕분에 티베트를 방문하는 사람들을 익히 알고 있습니다.

'스탕달'의 이름을 딴 꽤 유명한 신드롬이 있습니다. 문학이나 예술 작품을 통해 널리 알려진 장소에 직접 갔을 때 그 체험이 너무도 강렬해서 의식이 희미해지고 컨디션이 나빠지는 현상을 말합니다. 전혀 알려지지 않은 미지의 장소를 발견했다고 자랑스럽게 떠들어 대는 사람들이 간혹 있습니다. 우리는 그들을 매우 부러워합니다. 아주 잠시나마 진짜 현실을 제

75) 대뇌 반구의 안쪽 면에 있는 치아 이랑과 해마 곁 이랑 사이의 고랑.
76) 뇌줄기라고도 하며, 척수와 대뇌 사이에 줄기처럼 연결된 부분.
77) 좌우 대뇌 반구 사이 제3뇌실의 후부에 있는 작은 공 모양의 내분비 기관.
78) 대뇌 겉질에서 근육의 협동 작용으로 언어 활동 기전에 관여하는 부분.

대로 맛볼 수 있었을 테니까요. 우리의 정신이 그곳을 다른 여느 장소들처럼 흡수해 버리기 전에 말이죠.

그렇기에 우리는 새롭게, 그리고 끈질기게 똑같은 질문을 되풀이해야 합니다. 그들은 어디로 가고 있는가? 어느 나라로, 어떤 장소로 향하는 중인가? 이제 해외의 다른 나라들은 우리에게 외적인 콤플렉스가 되었고, 뛰어난 지형 심리학자만이 그 자리에서 문제를 풀고 해석할 수 있는 복잡한 매듭이 되었습니다.

우리의 임무는 여러분에게 여행 심리학의 실용성을 전파하고 우리가 제공하는 서비스를 이용하시라고 권하는 것입니다. 친애하는 신사 숙녀 여러분, 커피 자판기 옆에 마련된 이 구석 자리를, 면세점 근처에 즉흥적으로 마련된 임시 강연장을 두려워하지 마십시오. 어쩌다 이륙 안내 방송이 나오면 약간의 소란이 일어나기도 합니다만 대부분은 빠르고 은밀하게 분석이 이루어지니까요.

"자, 그래서 당신은 지금 페루로 가시는 길인가요?" 지형 심리 분석학자가 여러분에게 이렇게 질문할지도 모릅니다. 그러면 아마도 여러분은 그를 면세점의 계산대 직원이나 출입국 사무소의 공무원으로 오해할지도 모릅니다. "당신은 왜 페루로 가시나요?"

그러고 나서 그는 여러분을 대상으로 짧은 연관 검사를 할 것입니다. 여러분의 대답 중에서 어떤 단어가 매듭을 푸는 실마리가 될지 주의 깊게 귀 기울이면서 말이죠. 그것은 단기 분석이 될 것입니다. 불필요하게 주제를 질질 끌 필요도 없고,

어머니나 아버지와의 해묵은 관계를 들먹일 필요도 없습니다. 그저 한 번의 면담으로 충분히 그럴듯한 결과를 도출해 낼 수 있습니다.

페루, 그러니까 어디로 간다는 거죠?

인간의 가장 강한 근육은 혓바닥이다

모든 국민이 영어를 모국어로 사용하는 국가들이 있다. 자신의 고유한 언어는 기내용 가방이나 화장품 파우치 깊숙한 곳에 넣고 다니면서 여행을 할 때나 낯선 나라에 갔을 때, 아니면 외국인에게 말을 걸 때만 영어를 사용하는 우리와는 차원이 다른 영어를 그들은 구사한다. 상상하기 힘들지만 그들에게 영어는 진짜 언어다! 대부분은 그들이 말할 수 있는 유일한 언어이기도 하다. 자신의 영어 실력에 의문을 품고 누군가에게 물어보거나 확인할 필요도 없다.

모든 설명서와 시시한 유행가 가사, 레스토랑의 메뉴, 사소한 전단지나 팸플릿, 엘리베이터의 버튼까지 전부 자신들의 고유한 언어로 적힌 이 세상에서 과연 그들이 길을 잃고 당황하는 순간이 있을까? 그들이 입을 열기만 하면 매 순간 누구든지 다 알아듣고, 그들이 뭐라고 끼적이기만 하면 사람들은 그 특별한 암호를 해독하기 위해 혈안이 된다. 그들이 어디에 있든 사람들은 무제한으로 그들에게 접근할 수 있다. 그들은 모두에게, 모든 것에 열려 있다.

언젠가 나는 영어를 모국어로 사용하는 사람들의 사생활을 보호하는 차원에서 그들로 하여금 자신만의 고유한 소수자 언어를 갖도록 하는 프로젝트가 구상되고 있다는 이야기를 들은 적이 있다. 이를테면 오늘날에는 아무도 쓰지 않는 사어를 그들에게 사용하게 한다는 것이다. 그들이 자신만의 고유한 영역을 보장받을 수 있도록 하기 위해서 말이다.

말하라! 말하라!

안에서 그리고 밖에서, 자신에게 그리고 타인에게, 모든 상황을 일일이 털어놓고 모든 상태를 명명하라. 단어를 찾고 그것들을 입에 올려라. 마치 신데렐라를 공주로 변신시켜 주는 마법 구두를 신듯이. 룰렛을 돌리듯 낱말을 작동시켜라. 어쩌면 이번에는 성공하지 않을까? 어쩌면 당첨되지 않을까?

말하라. 사람들의 옷소매를 잡아끌어라. 그들로 하여금 맞은편에 앉아서 우리의 이야기를 듣게 만들어라. 그러고 나서 우리 스스로가 청자로 변신하여 그들이 '말하고, 또 말하는 것'에 귀를 기울여 보라. "나는 말한다. 고로 나는 존재한다."라는 이야기를 들어 본 적 없는가? 누군가가 말한다. 고로 누군가가 존재한다?

가능한 한 모든 수단을 총동원하라. 은유, 우화, 망설임, 끝맺지 못한 문장들. 동사 바로 뒤에 거대한 심연이 도사리고 있기라도 한 듯 중간에 문장이 끊기더라도 개의치 말라.

설명하지 않고 말하지 않는 상황은 절대 만들지 말라. 문을 닫아 놓아서도 안 된다. 저주의 발길질로 그 문을 걷어차라. 잊어버리고 싶은, 수치스러운 복도로 우리를 내모는 그 문들을 저주하라. 그 어떤 몰락이나 죄악도 부끄러워하지 말라. 입에 올려진 죄악은 이미 사함을 받은 것이다. 말로 내뱉어진 생명은 구원을 받는다. 지크문트 성인과 카를로스 성인, 야고보 성인이 우리에게 이미 가르쳐 주지 않았던가. 말하는 법을 배우지 못한 사람은 항상 덫에 걸리는 법이라고.

개구리와 새

세상을 바라보는 관점에는 두 가지가 있다. 개구리의 관점, 그리고 공중을 나는 새의 관점. 이 두 관점의 사이에 놓여 있는 모든 것은 혼란을 초래하기 마련이다.

항공사 브로슈어에 그려진 멋진 공항들의 도면을 살펴보자. 사실 이러한 도면의 진정한 의미는 위에서 내려다볼 때 비로소 드러난다. 마치 기념비적인 나스카 라인[79]처럼 하늘을

79) 페루 남부 태평양 연안과 안데스산맥 사이의 나스카와 후마나평원에 그려져 있는 거대한 지상 그림으로, 기원전 500년에서 기원후 500년 사이의 프레잉카 시대의 유산으로 알려져 있다. 1994년 유네스코 세계 문화 유산으로 지정되었다. 사막 표면에 수십 개의 서로 다른 이미지가 넓게 그려져 있으며, 대부분은 양식화된 동물 형상으로 그중에는 나선형 꼬리가 달린 원숭이, 도마뱀, 벌새, 고래도 있다. 삼각형이나 사다리꼴 같은 기하학적 도형도 발견되었다.

나는 존재들을 염두에 두고 만들어진 것들이다. 예를 들어 최신식으로 지어진 시드니 공항은 비행기 모양이다. 비행기가 비행기에 착륙한다는 아이디어가 어쩐지 진부하다는 생각이 든다. 여정이 목적이 되고 수단이 결과가 되어 버린 것이다. 거대한 상형 문자를 본떠 만든 도쿄 공항의 경우 상당히 난처한 상황을 초래한다. 대체 이게 무슨 글자인가? 우리는 일본어를 배운 적이 없기에 우리의 방문이 이곳에서 어떤 의미인지, 어떤 단어로 우리를 환영하고 있는지 알 수가 없다. 우리의 여권에 저들이 찍어 주는 스탬프에는 무엇이 적혀 있는 걸까? 물음표가 떠오른다.

중국의 공항들 또한 이와 유사하게 해당 지역의 문자를 염두에 두고 지어졌다. 따라서 그 의미를 제대로 이해하기 위해서는 지방의 문자들을 깨쳐야 하고, 그것들을 차례로 연결하여 애너그램[80]을 만들어야 한다, 그렇게 하면 아마도 예상치 못했던 이 여행의 숨은 지혜가 드러날지도 모른다. 아니면 그것들을 『역경』에 나오는 64개의 헥사그램(괘)으로 간주해야 할지도 모르겠다, 그렇게 되면 매번 착륙할 때마다 우리의 운이 드러나게 될 것이다. 예를 들어 40괘는 해(解). 해소. 36괘는 명이(明夷). 빛의 어둠. 10괘는 이(履). 발 디디기. 17괘는 수(隨). 따르기. 24괘는 복(復). 돌아옴. 30괘는 이(離). 들러붙기.

하지만 이 복잡하기 짝이 없는 동양의 형이상학에 대해서

80) 철자나 어구의 문자 순서를 바꿔서 만든 말.

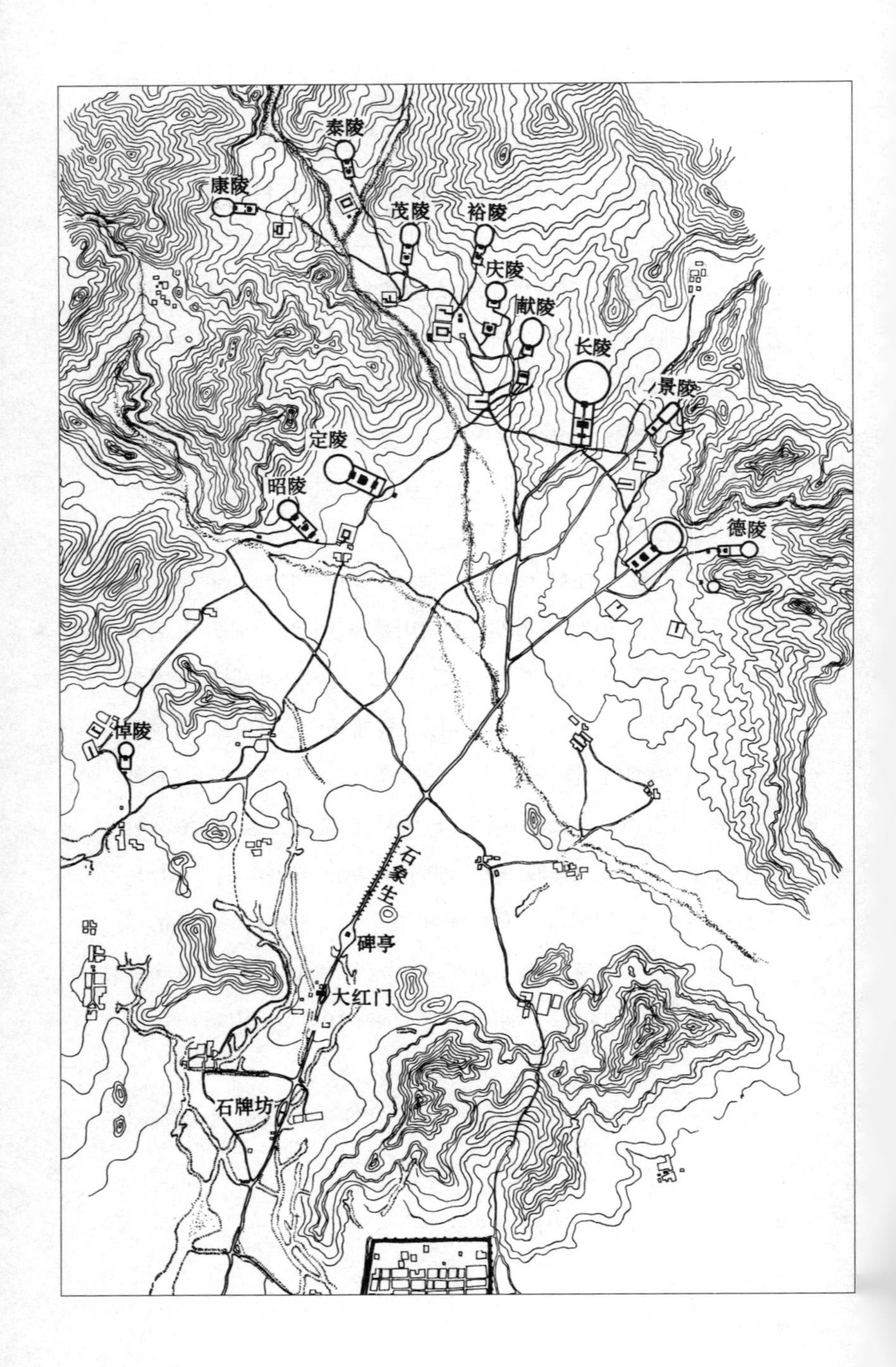

泰陵
康陵
茂陵
裕陵
庆陵
献陵
长陵
景陵
定陵
昭陵
德陵
悼陵
石象生
碑亭
大红门
石牌坊

는 더 이상 파고들지 않기로 한다. 우리 서양인이 보기에는 상당히 매력적인 대상이지만. 그 대신 샌프란시스코 공항을 살펴보자. 척추의 단면도를 연상케 하는 이 형상은 우리에게 친숙하게 느껴지며 신뢰를 주면서 마치 고향에 온 것 같은 안정감을 제공한다. 공항 한가운데 있는 둥근 센터는 늑골 하나하나의 단단하고 안전한 껍질 안에 고정된 척수를 떠올리게 한다. 여기에서부터 신경근들이 뻗어 나오는데, 각각의 뿌리에는 번호가 매겨진 문이 있고 문마다 비행기로 연결되는 통로가 이어져 있다.

프랑크푸르트는 어떤가? 이 거대한 이착륙 허브는 마치 국가 안에 존재하는 또 다른 국가와도 같다. 이곳에서 우리는 어떤 모습일까? 그렇다. 컴퓨터 칩, 극도로 작고 얇은 컴퓨터 칩들이다. 이곳에서는 아무런 의구심도 가질 필요가 없다. 친애하는 여행자들이여, 이 장소는 우리에게 우리가 어떤 존재인지 말해 주고 있다. 우리는 이 세상에서 그저 개별적인 신경의 박동에 불과하다고. 조금씩 더하거나 빼도 아무런 지장이 없는, 순간의 분해들. 아니 어쩌면 그 반대일지도 모른다고. 끊임없는 흐름 속에서 모든 것을 유지하는 존재일 수도 있다고.

선, 면, 구체

나는 종종 남이 나를 보지 못하는 상태에서 뭔가를 자유롭게 바라볼 수 있기를 꿈꾸었다. 은밀히 훔쳐보는 것. 이상적인 관찰자가 되기를 원했다. 과거에 신발 상자를 이용해서 직접 만들었던 카메라 오브스쿠라[81]처럼 말이다. 그것은 빛을 내부로 투사시키는 현미경이 장착된 어둡고 밀폐된 공간을 이용하여 세상의 일부를 내게 촬영해 주었다. 나는 꿈을 실현하기 위해 훈련했다.

이런 유의 훈련을 하기에 가장 좋은 장소는 네덜란드였다. 그곳 사람들은 자신들의 완벽한 결백을 확신했기에 커튼을 치

---

81) Camera obscura. 어원적으로는 '어두운 방'이란 뜻이다. 캄캄한 상자의 한곳에 작은 구멍이 뚫려 있어서 반대쪽 측면의 외부 정경이 역방향으로 찍혀 나온다.

지 않았다. 그래서 해가 지고 나면 집집마다 창문들이 작은 무대로 변했다. 저마다 자신의 저녁 풍경을 연기하는 배우들이 그 창문에 모습을 나타낸다. 노르스름한 빛깔의 따뜻한 불빛에 흠뻑 젖은 다양한 이미지들의 시퀀스, 그것은 '인생'이라는 제목의 연극을 구성하는 각각의 장면들이었다. 네덜란드풍의 유화. 정물이 아닌, 살아 움직이는 대상들.

쟁반을 손에 든 남자가 문간에 모습을 드러낸다. 그가 식탁 위에 쟁반을 내려놓자 두 아이와 한 여자가 식탁 주변에 둘러앉는다. 그들은 꽤 오랫동안 말없이 식사를 한다. 이 극장에서 오디오는 작동되지 않는다. 식사를 마친 뒤 소파로 이동해서 환하게 불이 들어온 텔레비전 화면을 주의 깊게 바라본다. 하지만 길가에서 바라보는 나로서는 잘 모르겠다. 대체 무엇이 저들을 화면으로 끌어당기는 걸까? 깜빡거림과 불빛의 펄럭거림, 뭔가를 이해하기엔 너무 짧거나 너무 멀리 있는 이미지들. 창가의 연극 무대에 등장하는 누군가의 얼굴, 격정적으로 움직이는 입, 풍경, 또 다른 누군가의 얼굴……. 혹자는 아무 일도 일어나지 않는 지겨운 작품이라고 말한다. 하지만 나는 이 연극이 좋다. 무의식중에 슬리퍼를 갖고 장난치는 발, 하품을 하면서 짓는 놀라운 표정과 자세, 플러시 천 위에서 리모컨을 더듬으며 찾다가 마침내 발견하고는 잠잠해지는 손짓.

한 귀퉁이에 서서 바라보는 것. 그건 세상을 그저 파편으로 본다는 뜻이다. 거기에 다른 세상은 없다. 순간들, 부스러기들, 존재를 드러내자마자 바로 조각나 버리는 일시적인 배열들뿐. 인생? 그런 건 없다. 내 눈에 보이는 것은 선, 면, 구체, 그리고 시간 속에서 그것들이 변화하는 모습뿐이다. 반면에 시간은 미세한 변화의 측정을 위한 간단한 도구에 불과하다. 아주 단순화된 줄자와 마찬가지다. 거기엔 눈금이 딱 세 개뿐이다. 있었다, 있다, 있을 것이다.

아킬레스건

1542년에 새로운 시대가 시작되었다. 비록 세기말도 아니고 뭔가를 특별히 기념해야 하는 해도 아니었기에 아무도 알아차리지는 못했지만 말이다. 숫자 점을 동원해 보더라도 그 속에서 3이 등장한다는 것 말고는 특별할 게 없었다. 하지만 이 해에 코페르니쿠스의 『천체의 회전에 관하여』 1장이 발표되었고, 베살리우스의 『인체의 구조에 관하여(파브리카)』가 완성되었다.

물론 이 두 권의 책이 사안을 모두 대변하는 것은 아니다. 하지만 모든 걸 포괄하는 대상이 과연 존재하기는 할까? 코페르니쿠스의 저술에는 태양계의 나머지 부분, 이를테면 프랑스 대혁명 바로 전날에야 비로소 발견된 천왕성과 같은 행성에 관한 정보가 누락되어 있었다. 베살리우스의 경우에는 인체와 관련한 구체적이고 기계적인 설명이 상당 부분 빠져 있었고, 관절이나 접합 부위, 예를 들어 종아리와 발뒤꿈치를 연결하는 힘줄에 관한 정보도 없었다.

내부를 다룬 것이든 외부를 다룬 것이든 세계의 지도들은 이미 그려져 있었다. 한번 목격한 질서는 인간의 정신을 일깨우기 마련이고, 그 정신에 지울 수 없는 중요하고 근본적인 선과 면을 새겨 놓았던 것이다.

그러니까 날씨가 꽤 따뜻했던 1689년 11월의 어느 날 오후였다. 필립 페르헤이언은 마치 이 특별한 기회를 위해 미리 계획이라도 한 것처럼 창문을 통해 쏟아지는 빛줄기를 맞으며 탁자 앞에 앉아 늘 해 오던 작업에 몰두하는 중이었다. 그는 탁자의 표면에 세포 조직을 죽 늘어놓고 연구하고 있었다. 회색빛 신경들이 나무로 만든 작업대에 핀으로 고정되어 있었고, 오른손으로는 종이를 쳐다보지도 않고 자신의 눈에 보이는 것을 부지런히 스케치했다.

본다는 건 결국 안다는 의미였으므로.

바로 그때 누군가가 문을 두드렸고 개가 요란하게 짖어 대기 시작했다. 필립은 의자에서 몸을 일으켜야만 했다. 달갑지 않았다. 그의 몸은 이미 가장 선호하는 자세를 찾아냈고, 무엇보다 한참 표본을 들여다보며 연구에 몰두하는 중이었기 때문이었다. 그는 멀쩡한 한쪽 다리에 의지하여 탁자 밑에서 힘들게 의족을 끄집어냈다. 그러고 나서 다리를 절뚝거리며 문으로 가서 개를 진정시켰다. 문 앞에는 자기보다 훨씬 젊은 사내가 서 있었는데, 이름은 빌럼 판 호르선이었다. 페르헤이언은 한참이 지나서야 그가 자신의 제자였다는 사실을 깨달았다. 그는 갑작스러운 이 방문이 영 탐탁지 않았다. 사실 어떤 종류의 방문이든 다 마음에 들지 않았을 것이다. 하지만 결국엔 나무로 만든 의족으로 돌바닥을 두드려 가면서 현관 안쪽으로 비켜섰고 손님을 집 안으로 들였다.

호르선은 키가 크고 탐스러운 곱슬머리에 명랑한 인상의 사내였다. 그는 오는 길에 사 온 치즈와 빵 한 덩어리, 사과 몇 알과 와인을 부엌 탁자에 올려놓았다. 그리고 큰소리로 자신이 구한 강연표에 대한 자랑을 한바탕 늘어놓았다. 이게 바로 오늘 그가 필립을 방문한 이유였다. 어쩌다 갑자기 끔찍한 소란에 휩쓸린 사람들이 짓는 찡그린 표정이나 불쾌한 기색이 자신의 얼굴에 피어오르지 않도록 필립은 주의해야만 했다. 이 친절한 사내가 느닷없이 오늘 이렇게 자기를 찾아온 이유는 현관의 작은 탁자에 뜯지도 않은 채 놓여 있는 편지에 상세히 적혀 있으리라고 그는 짐작했다. 손님이 식탁을 차리는 동안 주인은 솜씨 좋게 편지를 감추었고, 그 순간부터 편지 내용에 대해 짐짓 아는 척하기 시작했다.

필립은 또한 그동안 안주인감을 열심히 물색했지만 결국엔 못 찾은 시늉을 할 것이다. 실제로는 제대로 찾아본 적도 없으면서 말이다. 뿐만 아니라 방문객의 입에서 튀어나오는 모든 이름을 다 기억하는 체할 것이다. 실제로는 기억력이 엉망이면서. 그는 루뱅 대학교의 총장이었는데, 항상 건강에 대해 불평을 늘어놓더니 올여름부터는 아예 시골로 내려가서 지내는 중이었다.

그들은 함께 벽난로에 불을 피우고는 식사를 하기 위해 마주 앉았다. 주인은 내키지 않는 표정으로 음식을 먹었지만 한 입씩 삼킬 때마다 식욕이 조금씩 살아나는 듯했다. 와인은 치즈와 고기에 잘 어울렸다. 호르선은 그에게 표를 꺼내 보여 주었다. 둘 다 말없이 표를 들여다보았다. 필립은 복잡한 그림과 활자를 좀 더 정확하게 보기 위해 창가로 가서 안경 렌즈의 각도를 조절했다. 표는 그 자체로 예술품이었다. 위쪽에 적힌 글자들 바로 아래에 라위스의 아름다운 일러스트레이션[82]이 인쇄되어 있었는데, 태아의 해골과 골격을 그린 그림이었다. 그중 두 개는 돌과 마른 나뭇가지로 이루어진 조형물 위에 놓였고, 각각의 손에는 악기가 들렸다. 하나는 트럼펫을 연상시키는 악기를, 또 하나는 하프를 들고 있었다. 복잡하게 엉킨 선들을 자세히 들여다보면 섬세하고 조그만 뼈와 해골이 더 많이 발견되었다. 주의력이 상당한 관찰자라면 그 속에서 필경 또 다른 태아들의 형상을 발견했으리라.

"아름답네요, 그렇죠?" 손님이 집주인의 등 뒤에서 표를 들여다보면서 물었다.

"이것도 아름답지 않나?" 페르헤이언이 건성으로 대꾸했다. "인간의 뼈들이야."

"네, 정말 예술이네요."

---

82) 프레데릭 라위스는 저명한 식물학자이자 해부학자였지만 취미로 그림을 그렸고, 그의 딸인 라헬 라위스는 꽃 정물화가로 세계적인 명성을 떨쳤다.

하지만 필립은 더 이상 토론을 이어 가지 않았다. 그는 호르선이 알던 옛날의 그 필립 페르헤이언이 아니었다. 대화는 매끄럽게 이어지지 않았고, 주인은 뭔가 다른 것에 정신이 팔린 듯했다. 어쩌면 고독이 그의 머릿속에 너무 긴 자취를 남기는 바람에 혼잣말로 주고받는 대화에 익숙해졌는지도 모른다.

"필립, 아직도 그걸 가지고 계세요?" 꽤 오랫동안 적막이 이어지고 난 뒤 과거의 제자가 마침내 질문했다.

페르헤이언의 실험실은 현관문과 연결된 작은 별채에 있었다. 나무나 돌 따위에 글자나 무늬를 새기는 조판공의 작업장처럼 보였지만 손님은 전혀 놀라지 않았다. 판, 그리고 에칭 작업을 위한 대야가 사방에 널렸고 벽에는 끌과 정 세트가 걸려 있었다. 인쇄된 도안과 삽화 들은 마룻바닥에 펼쳐진 채 한창 건조 중이었고, 그 옆에는 아마포 뭉치가 굴러다녔다. 손님은 무심코 인쇄된 종이를 향해 다가갔다. 거기에는 인간의 근육과 혈관, 힘줄과 신경이 그려져 있었다. 모든 것이 세밀하게 표시되었는데 명료하고 정확했다. 실험실에는 많은 이가 부러워하는 최고급 현미경도 있었다. 베네딕투스 데 스피노자가 직접 연마했다고 알려진 렌즈가 장착된 현미경이었다. 필립은 그 렌즈를 통해 혈관 덩어리를 관찰했다.

남쪽으로 난 커다란 창문 아래에 넓고 깨끗한 책상이 하나 있고, 그 위에는 벌써 수년 전부터 똑같은 표본이 놓여 있었다. 그리고 그 옆 유리병에 밀짚 빛깔의 액체가 3분의 2 정도만 채워져 있었다.

"만약 우리가 내일 암스테르담에 가야만 한다면 이것들을 챙기는 걸 좀 도와주게나." 필립이 이렇게 말하고는 책망하듯이 한마디 덧붙였다. "그동안 쭉 작업을 해 왔거든."

그는 가느다란 핀셋의 도움을 받아 자신의 기다란 손가락으로 세포와 혈관을 떼어 내기 시작했다. 그 손놀림이 어찌나 가볍고 날렵한지 마치 딱딱한 금속에 홈을 파내는 조판공 같은 해부학자가 아니라 나비 수집가의 손처럼 보일 정도였다. 호르선은 팅크[83]가 들어 있는 유리병 하나를 손에 집어 들었다. 그 안에는 표본의 일부가 마치 고향에 돌아온 것처럼 느긋한 자태로 맑은 연갈색 액체 속에 잠겨 있었다.

"이게 뭔지 알겠나?" 필립이 뼈 위에 있는 밝은 빛깔의 물질을 새끼손톱으로 누르면서 물었다. "만져 보게."

손님의 손가락이 죽은 세포를 향해 뻗었다. 하지만 너무 놀란 나머지 차마 세포를 만지지 못하고 허공에 그대로 머물렀다. 피부는 전혀 예상치 못한 방식으로 어떤 부위를 드러내면서 절단되었다. 그는 그 부위의 정체가 뭔지 정확히 몰랐지만 추측은 할 수 있었다.

"이것은 아마도 족저근[84]의 구성 요소 중 하나인 것 같군요."

집주인은 적합한 어휘를 찾으려는 듯 한동안 말없이 손님의 얼굴을 바라보았다.

---

83) 동식물에서 얻은 약물이나 화학 물질을 에탄올 또는 에탄올과 정제수의 혼합액으로 흘러나오게 하여 만든 액제.

84) 다리 근육 중 하나로 배복근 안쪽에 있다. 경골 후면의 상부나 배골 후면의 상부로부터 시작해서 배복근과 함께 아킬레스건을 형성한다.

"지금부터 이것은 '아킬레스 코드'네." 그가 말했다.

호르선은 명칭을 외우기라도 하려는 듯 두 단어를 반복적으로 중얼거렸다.

"아킬레스 코드."

필립은 천 조각으로 손을 닦고 서류 더미에서 네 개의 시점에 따라 그려진 놀랄 만큼 정교한 도안을 한 장 뽑아 들었다. 하퇴부와 발이 온전히 하나로 이어져 과거에는 서로 이런 양상으로 붙어 있지 않았다는 사실이 도저히 믿기지 않을 정도였다. 지금은 기억조차 가물가물한 희미한 이미지 말고는 어떤 흔적도 보이지 않았다. 예전에는 모든 것이 분리되어 있었지만 지금은 하나로 결합되어 있다. 그런데 어째서 이 힘줄에 대해서 지금껏 알아차리지 못한 걸까? 자신의 신체 부위를 발견하는 건 마치 강물의 근원을 발견하기 위해 강 밑바닥에서 물줄기가 수면을 향해 끊임없이 용솟음치는 것처럼 어렵고 힘든 일이다. 혈관을 따라 메스를 들이대면서 일은 시작된다. 그러면 지금까지 공백 상태였던 빈칸들에 빽빽한 도면의 망이 씌워지게 된다.

뭔가를 발견하면 이름을 부여해야 한다. 정복을 하면 문명화를 할 수밖에 없다. 지금부터 흰색 연골 조각에는 우리의 법칙이 적용될 것이다. 이제 우리는 우리가 할 일을 수행할 것이다.

젊은 호르선에게 가장 인상적인 대목은 그 힘줄의 이름이었다. 사실 그는 시인이었다. 의학을 전공하긴 했지만 시 쓰는 걸 더 좋아했다. 그 이름을 듣는 순간 그의 머릿속에 동화 같은 이미지가 떠올랐다. 마치 정열적인 님프와 신들이 화폭을 가득 메운 이탈리아 유화를 들여다보는 느낌이었다. 여신 테티스가 영원히 죽음을 맞지 않게 하려고 어린 아들 아킬레우스를 스틱스 강물에 담가 목욕시키면서 손으로 붙잡았던 바로 그 부위의 명칭으로 이보다 나은 게 또 있을까.

어쩌면 필립 페르헤이언은 숨겨진 법칙의 단서를 발견한 것 아닐까. 우리의 몸속에 온 세상이, 그리고 신화의 세계가 깃든 건 아닐까. 어쩌면 인체에는 위대한 것과 보잘것없는 것이 모두 투영되어 있을지도 모른다. 그렇게 인간의 몸은 그 안에서 모든 것을 모든 것과 결합시키고 있을지도 모른다. 이야기와 주인공, 신과 동물, 식물의 질서와 광물의 조화를. 그러므로 인체의 부위를 이런 식으로 명명하는 게 합당할지도 모르겠다. 아르테미스의 근육, 아테나의 대동맥, 헤파이스토스의 망치뼈와 모루뼈, 헤르메스의 나선기.

해가 저물고 두 시간쯤 지난 뒤 두 남자는 잠자리에 들었다. 예전 집주인이 두고 간 부부용 더블 침대에 둘이 함께 누웠다. 필립에게는 여태껏 아내가 없었다. 밤은 추웠다. 그래서 그들은 양가죽 몇 개를 가져와 덮어야만 했다. 축축한 습기 때문에 양의 비계와 축사 냄새가 온 집에 퍼졌다.

"루뱅 대학교로 돌아오셔야 합니다. 우리는 교수님을 기다리고 있어요."

호르선이 말을 꺼냈다.

필립 페르헤이언이 가죽끈을 풀고 의족을 한쪽 구석에 세웠다.

그가 입을 열었다.

"너무 고통스럽네."

호르선은 필립이 고통을 느끼는 건 다리가 잘려 나간 바로 그 부위 때문이라고 생각했다. 하지만 필립 페르헤이언은 과거에 자신의 신체 일부가 붙어 있던 자리, 지금은 아무것도 없는 빈 곳을 가리켰다.

"흉터 부위가 아프신 거예요?" 젊은이가 물었다. 아픈 부위가 어디든 간에 이 마르고 여윈 사내를 향한 그의 연민은 변함없을 터였다.

"종아리가 아파. 뼈를 따라서 쭉 다 아프고, 특히 발 때문에 미칠 지경이야. 엄지발가락과 관절도 문제야. 퉁퉁 붓고 열이 난다네. 피부는 가렵고. 여길 좀 보게나."

그가 몸을 숙인 채 시트 위의 주름을 손가락으로 가리켰다.

빌럼은 침묵했다. 하긴 무슨 말을 할 수 있었겠는가. 그러고 나서 두 남자는 등을 대고 누워 양가죽을 목까지 끌어 올려 덮었다. 주인이 촛불을 껐다. 그러자 더 이상 그의 몸이 보이지 않았다. 잠시 후 어둠 속에서 그가 한마디 했다.

"우리는 통증에 대해 연구해야만 하네."

의족을 달고 걷는 사람과 함께 이동하는 일은 누구나 짐작하듯 쉽지 않았다. 하지만 필립은 용감했다. 경미한 절뚝거림이라든지, 바싹 마른 도로를 디딜 때마다 의족에서 나는 덜그럭거리는 소리만 아니었다면 그의 다리가 하나밖에 없다는 사실을 알아차리기 힘들 정도였다. 천천히 걷는 대신 서로 이런저런 이야기를 나눌 수 있어 좋았다. 상쾌한 아침, 활기 넘치는 거리, 해는 이미 높이 솟았고 가느다란 포플러의 나뭇가지들이 태양의 얼굴을 건드리고 있었다. 걷기 딱 좋은 날이었다. 절반쯤 왔을 때 그들은 루뱅 시장으로 채소를 싣고 가는 수레를 세워서 얻어 탔다. 덕분에 '황제의 숙소'라는 여관에서 느긋하게 아침 식사를 즐길 수 있었다.

그런 다음 운하로 가서 거대한 말들이 육지까지 끌고 온 바지선을 탔다. 갑판 위, 햇볕을 가리기 위해 펼쳐 놓은 차양 아래 저렴한 좌석이 그들의 자리였다. 날이 화창해서 여행은 즐거움 그 자체였다.

그리하여 나는 그들을 암스테르담으로 향하는 바지선, 수면에 그림자를 드리우는 차양 아래에 남겨 두려고 한다. 두 사내는 모두 검은 정장 차림이고 빳빳하게 풀을 먹인, 새하얀 면 모슬린 칼라가 달린 셔츠를 입고 있다. 호르선이 좀 더 말쑥하고 단정해 보였는데, 그건 단지 그에게 옷차림을 신경 써 주는 아내가 있거나 하인을 고용할 경제적 능력이 있기 때문이었다. 필립은 배가 움직이는 방향으로부터 등을 돌리고 편안하게 기대어 앉아 있다. 멀쩡한 다리는 구부린 상태였는데 발에는 짙은 보라색 리본이 달린 닳아빠진 검은 구두를 신었다. 목발은 바지선 갑판의 판자 위에 튀어나온 옹이에 걸쳐져 있다. 휙휙 스쳐 지나가는 풍경을 뒤로한 채 두 사내는 서로 바라보고 있다. 버드나무가 일렬로 늘어선 벌판, 배수로, 작은 부두의 교각들, 갈대에 덮인 목조 주택들. 해변을 따라 떠다니는 작은 보트처럼 운하에서 헤엄치는 거위들. 가볍고 따뜻한 바람이 그들이 쓴 모자에 꽂힌 깃털을 살랑살랑 흔들어 댄다.

한마디만 덧붙이자면, 자신의 스승과 달리 호르선에게는 그림을 그리는 재주가 없었다. 그는 해부학자였지만 부검 때마다 전문 제도사를 고용하곤 했다. 그의 작업 방식은 정확하게 메모하고 기술하는 것이었다. 어찌나 상세하고 구체적인지 기록하는 순간 모든 것이 그의 눈앞에 생생하게 펼쳐졌다. 쓰는 것 또한 방법의 일환이므로.

그뿐 아니라 그는 해부학자로서 철학자 스피노자의 권고를 성실하게 이행하려고 노력했다. 한때 이곳에서는 그의 학문과 사상이 열광적으로 연구되었다. 인간을 선과 면, 구체로 파악하는 그의 가르침이 금지되기 전까지는.

제자이면서 벗이었던
빌럼 판 호르선이 쓴
필립 페르헤이언의 이야기

내 스승이자 멘토는 1648년 플랑드르 지방에서 태어났다. 그의 부모의 집은 여느 플랑드르의 집들과 다름없었다. 목재로 지어졌고, 지붕에 얹은 갈대는 어린 필립의 가르마처럼 반으로 고르게 갈라져 있었다. 불과 얼마 전 점토 벽돌로 바닥을 덮어 식구들은 나막신이 바닥을 두드리는 소리를 통해 집 안에서 자신의 존재감을 드러냈다. 일요일이면 페르헤이언 가문의 세 식구는 나막신 대신 가죽신으로 갈아 신고 포플러 가로수가 늘어선 긴 직선 도로를 따라 페레브룩에 있는 성당에 갔다. 그들은 신자석에 자리 잡고 앉아 사제를 기다렸다. 그러고는 감사의 마음을 되새기며 노동으로 거칠어진 자신들의 손을 기도서에 갖다 댔다. 그때마다 그들은 기도서의 얇은 페이지와 자잘한 글자 들이 연약하기 짝이 없는 인간의 목숨보다 더 끈질긴 생명력을 지녔다는 사실을 실감했다. 페레브룩의 신부는 언제나 다음과 같은 말로 설교를 시작했다. "헛되고 헛되도다." 그것은 신도들을 향한 안부 인사나 다름없었고, 실제로 어린 필립은 이 말을 그런 뜻으로 이해했다.

필립은 조용하고 말이 없는 소년이었다. 아버지의 농장 일을 부지런히 도왔지만 아이가 장차 아버지와 같은 길을 가지 않으리라는 사실은 얼마 안 가서 명백해졌다. 그는 아침마다 커다란 바퀴 모양의 치즈를 만들기 위해 양동이에 우유를 붓고 송아지의 위로 만든 분말을 섞어서 열심히 젓는 일은 하지 않을 터였다. 또한 이른 봄 쟁기질해 놓은 고랑에 물이 고이지 않았는지 살피지도 않을 터였다. 필립은 총명하고 재능이 많으니 교회 부설 초등학교를 마치면 계속 공부를 시켜야 한다고 페레브룩의 신부가 필립의 부모를 설득했다. 그리하여 필립은 열네 살의 나이에 가톨릭 부설 중등학교인 헤일리허 드리빌디흐헤이트에서 학업을 이어 갔다. 거기서 그는 미술에 남다른 재능을 보였다.

만약 작은 것만 보는 사람과 큰 것만 보는 사람이 따로 있다는 말이 사실이라면 페르헤이언은 당연히 전자에 속할 것이다. 어쩌면 그의 육신은 태어날 때부터 아예 특정한 자세를 선호했는지도 모른다. 책상 위로 몸을 숙이고 두 다리는 의자 나무 받침대에 걸쳐 놓고 척추는 활처럼 구부린 채 손에는 만년필을 든 자세. 그의 손은 원대한 목표를 실현하는 데는 전혀 관심이 없었다. 그저 가까이 있는 사소한 것, 자잘한 선과

면으로 이루어진 우주, 세부 항목의 왕국을 그리는 데만 주력했다. 에칭 기법과 메조틴트 기법으로 금속에다 자질구레한 흔적과 표지를 남기고, 매끄러운 금속판의 표면에 뭔가를 그려 넣고, 그것을 묵혀서 부식시켰다. 그가 내게 말했다. '정반대되는 것'을 보면 항상 놀라움을 금할 수 없었고, 이를 통해 오른쪽과 왼쪽은 서로 완전히 다른 차원이라는 그의 확신이 더욱 선명해졌노라고. 또한 이렇게 서로 정반대되는 것들이 존재한다는 건 우리가 지금껏 별생각 없이 당연한 현실로 받아들이고 있는 것들에 실은 얼마나 의심의 여지가 많은지를 일깨워 주기 위함이라고.

이처럼 그림 그리기에 몰두하고 에칭과 염색, 인쇄에 열중했지만 이십 대 초반의 페르헤이언은 멘토인 페레브룩의 신부처럼 사제가 되기 위해 신학 공부를 목적으로 레이던 대학교에 진학했다.

책상 위에 놓인 멋진 현미경의 렌즈에 관해 그는 내게 다음과 같은 에피소드를 털어놓았다. 필립이 대학에 진학하기 훨씬 전 페레브룩의 신부는 몇 마일이나 되는 험한 길을 오가는 정기적인 여정에 어린 필립을 데리고 다녔다. 안경 렌즈를 갈고 닦기 위해 전문가를 찾아간 것이다. 그 전문가는 자신의 동포들에게 욕을 먹고 있는 오만한 성품의 유대인이었고, 신부 역시 그에 대해 비슷한 평가를 내렸다. 그는 석조 건물에 있는 방 몇 칸을 임대하여 지냈는데, 어찌나 특이한 인물이었던지 페르헤이언에게는 그를 방문했던 모든 여정이 특별한 사건으로 기억될 정도였다. 물론 당시에는 너무 어려서 대화 내용을 제대로 이해하지 못했고, 대화에 끼어드는 건 아예 불가능했지만 말이다. 렌즈 연마공은 이국적이면서 다소 괴짜 같은 외양과 태도를 지녔다. 긴 가운을 걸치고 머리에는 끝이 뾰족한 작은 모자를 쓰고는 절대 벗지 않았다. 때문에 그의 모습은 계기반의 수직 바늘처럼 보였다고 언젠가 필립이 내게 이야기한 적이 있다. 그를 벌판 한가운데 세워 놓으면 해시계로 쓸 수 있었을 거라며 농담을 하기도 했다. 그의 집에는 상인, 학생, 교수 등 다양한 계층의 사람들이 몰려들어 커다란 버드나무 아래 놓인 나무 탁자에 둘러앉아 끊임없이 토론을 했다. 그러다 집주인이나 초대받은 손님들 중 누군가가 강연을 하기도 했는데, 그 이유는 토론이 끊기지 않고 새롭게 이어지도록 하기 위해서였다. 집주인이 마치 책을 읽는 것처럼 아무런 막힘이나 더듬거림도 없이 물 흐르듯 매끄럽게 말을 이어 가던 모습을 필립은 똑똑히 기억한다. 어린 소년의 눈에 비친 그 사내는 의미를 파악하기조차 힘든 길고 어려운 문장들을 능수능란하게 구사했다. 신부와 필립은 늘 먹을 것을 가져갔다. 그러면 집주인은 물을 잔뜩 타서 희석한 와인을 손님들에게 대접했다. 이것이 당시의 만남에서 필립이 기억하는 전부였다. 그렇게 해서 스피노자는 그의 영원한 스승이 되었다. 덕분에 그는 열정적으로 그의 책을 읽었고, 또한 열정적으로 그의 사상에 반기를 들었다. 어쩌면 당시의 만남으로 인해 어린 필립은 생각을 정리하는 법을 익히고 사고의 힘을 기를 수 있게 되었고, 결국 레이던 대학교에서 신학을 공부하기로 결심하게 되었는지도 모른다.

신의 손길이 우리 삶의 이면에 아로새겨 놓은 운명에 대해서 우리는 결코 알아차리지 못하리라는 것을 나는 확신한다. 그것들은 딱 한 번 인간이 알아볼 수 있는 형태를 취하며 흑백의 상태로 모습을 드러낸다. 신은 왼손으로, 그리고 거울 문자[85]로 글귀를 쓴다.

대학교 2학년에 재학 중이던 1676년 5월의 어느 저녁, 한 과부의 집 한 층을 빌려 살던 필립은 비좁은 계단을 내려가다가 튀어나온 못에 바지가 찢겼다. 그리고 이튿날이 되어서야 무릎에 난 상처를 발견했다. 피부에는 날카로운 못이 그려 놓은 붉은색 상흔이 새겨져 있었다. 핏방울이 점점이 찍힌 몇 센티미터 남짓의 줄표 모양이었다. 그것은 인간의 예민한 살갗에 아로새겨진 부주의한 조판공의 몸짓이나 다름없었다. 며칠 뒤 고열이 시작되었다.

마침내 과부가 의사를 불렀을 땐 작은 상처가 이미 세균에 감염된 후였다. 상처의 테두리가 불에 덴 듯 벌겋게 변한 채 부어올라 있었다. 의사는 찜질제와 기력 회복을 위한 죽을 처방했다. 하지만 다음 날 저녁이 되자 감염은 도저히 막을 수 없을 만큼 급속도로 진행되었고, 결국 무릎 아래 부위를 절단할 수밖에 없었다.

"지금껏 한 주도 누군가의 어떤 부위를 절단하지 않고 넘어간 적이 없어요. 당신에겐 또 다른 다리가 있잖아요." 의사는 아마도 이런 식으로 그를 위로했던 것 같다. 그의 이름은 디르

85) 거울에 비추면 바로 보이게 글자를 거꾸로 쓴 글.

크 케르크링크, 훗날 그의 절친한 벗이 된 내 숙부였다. 필립은 최근에도 그를 위해 해부학 판화 작업을 했다. "의족을 달면 됩니다. 지금까지와 달리 덜그럭거리는 소리는 좀 나겠지만 그뿐이에요."

케르크링크는 네덜란드에서, 아니 어쩌면 세계에서 가장 위대한 해부학자인 프레데릭 라위스의 제자였다. 그리하여 다리 절단 수술은 모범적으로, 그리고 성공적으로 이루어졌다. 전체에서 부분이 정확하게 분리되었고, 뼈는 톱으로 고르게 절단되었으며, 혈관은 불에 달군 꼬챙이로 완벽하게 지져서 봉인되었다. 그런데 수술이 시작되기 직전 환자가 훗날 친구가 된 그의 소매를 붙잡고는 잘라 낸 다리를 잘 보관해 달라고 신신당부했다. 독실한 신자였던 그는 육신의 부활을 문자 그대로 믿었던 것이다. 그래서 예수 그리스도가 재림할 때 우리의 육신도 무덤에서 깨어나게 되리라고 여겼다. 당시에 그는 자신의 다리가 분리된 상태에서 따로 부활할까 봐 두려웠노라고 내게 고백했다. 그래서 부활의 순간이 왔을 때 육신이 온전히 결합된 상태로 되살아날 수 있도록 다리도 몸과 함께 묻히길 원했던 것이다. 만약 나의 숙부가 아니라 평범한 의사였다면, 이나 뽑고 사마귀나 터뜨리는 흔한 돌팔이였다면 이런 황당한 부탁에 절대 귀 기울이지 않았을 것이다. 당시에 잘린 사지는 대부분 캔버스 천에 싸여 공동묘지로 보내졌고, 거기서 종교 의식을 아예 생략한 채 작은 구덩이에 파묻은 뒤 아무런 표지도 남기지 않는 경우가 대부분이었다. 하지만 나의 숙부는 환자가 알코올 성분의 마취약에 취해 잠들어 있을 때 잘린 다리를 꼼꼼하고 세심하게 건사했다. 우선 그는 자신의 스승이 비밀리에 제조한 물질을 주사하여 혈액과 림프관으로부터 오염된 혈액과 괴저 가능성을 차단했다. 그렇게 절단된 다리를 잘 말린 뒤 부패를 영구히 막기 위해 검은 후추와 낭트산 브랜디로 제조한 향유를 채운 유리 용기에 담갔다. 필립이 마취에서 깨어났을 때 친구는 브랜디에 잠긴 다리를 그에게 보여 주었다. 마치 아이를 출산한 산모에게 신생아를 보여 주듯이.

페르헤이언은 레이던 대학가의 골목에 있는 과부가 운영하는 하숙집의 다락방에서 천천히 건강을 회복했다. 그를 간호한 사람은 바로 집주인이었다. 만약 그녀가 없었더라면 어떤 일이 벌어졌을지 짐작조차 하기 힘들다. 상처가 아물면서 쉼 없이 이어지는 신체적인 통증 때문인지, 아니면 느닷없이 맞닥뜨리게 된 새로운 상황 때문인지 정확히 알 수는 없었지만 환자는 실의와 절망의 늪에 빠졌다. 스물여덟의 나이에 불구가 되었고, 신학 공부의 의미도 상실했다. 다리가 없으면 목회자가 되는 것이 사실상 불가능했기 때문이다. 그는 자신의 불행을 부모님께 알리고 싶어 하지 않았다. 실망할 부모님을 생각하면 부끄럽고 창피했다. 디르크가 그를 방문했고, 또 다른 친구 둘도 찾아왔다. 하지만 그들의 시선과 관심은 환자가 겪는 고통보다 환자의 머리맡에 놓인 잘린 다리에 쏠렸다. 인간의 몸에서 떨어져 나온 파편은 알코올 속에 잠긴 채 독자적으로 생명을 유지하는 듯 보였다. 이른 새벽 이슬에 젖은 풀밭이나 뜨거운 모래사장을 달려가는 꿈을 꾸면서 영원히 몽롱한 상태로. 신학과의 동급생 몇 명도 그를 찾아왔다. 결국 필립은 그들에게 학교로 돌아가지 않겠노라 선언했다.

손님들이 돌아가고 나면 필립의 방에는 하숙집 주인인 과부 플루어 부인이 나타났다. 훗날 그녀를 만났을 때 나는 그녀가 천사라고 생각했다. 필립은 레인스뷔르흐에 집을 사서 그곳으로 이주할 때까지 몇 년 동안 그녀의 집에서 살았다. 그녀는 항상 커다란 대야와 뜨거운 물이 담긴 양철 주전자를 들고 필립의 방에 들어섰다. 환자의 몸에서 열이 내리고 상처에서 피가 멈춘 뒤에도 여인은 늘 조심스럽게 그의 다리를 닦아 주었고 그가 몸을 씻는 걸 도와주었다. 그러고 나면 깨끗한 셔츠와 바지로 갈아입혔다. 그녀는 바지의 왼쪽 다리통을 바늘로 꿰매 놓았다. 그녀가 놀라운 손재주로 매만진 덕분에 모든 게 천연덕스럽게 보였다. 마치 필립 페르헤이언은 처음부터 신의 뜻에 따라 왼쪽 다리가 없는 상태로 태어난 것처럼 보였다. 요강을 사용하기 위해 침대에서 몸을 일으킬 때마다 그는 과부의 강한 두 어깨에 몸을 의지했다. 처음에는 매우 부끄러워했지만 시간이 흐르자 그녀와 연관된 모든 것이 자연스러워졌다. 몇 주가 지나자 그녀는 그를 아래층으로 데리고 내려가서 자신과 두 아이와 함께 나무로 만든 육중한 부엌 식탁에서 함께 식사하게 했다. 그녀는 키가 크고 체격이 건장한 여인이었다. 대부분의 플랑드르 여인들처럼 숱 많고 밝은색 고수머리를 리넨 두건으로 가리고 있었다. 하지만 그녀의 이마나 등에는 항상 머리카락이 한 움큼씩 삐져나와 있었다. 의심컨대 아이들이 모두 순결한 꿈에 빠져들 때쯤이면 그녀는 어김없이 요강을 들고 그의 방에 와서 그의 침대 속으로 살그머니 들어갔으리라. 나는 그게 조금도 잘못되었다고 생각하지 않는다. 사람들은 어떤 식으로든 서로 돕고 의지해야 하는 법이니까.

가을이 되자 상처가 완전히 아물었고, 절단된 부위에는 불그스레한 자국만 남았다. 필립 페르헤이언은 포장용 돌들이 깔린 레이던의 울퉁불퉁한 도로를 의족으로 두드리면서 아침마다 의과 대학에 강의를 들으러 갔다. 해부학 공부를 시작한 것이다.

얼마 안 가서 그는 학과에서 가장 인정받는 학생이 되었다. 경험이 부족한 자의 눈으로 보면 인간의 세포, 즉 힘줄이나 혈관, 신경은 혼돈 그 자체였지만 그는 그것을 종이 위에 고스란히 그림으로 옮기는 솜씨가 누구보다 좋았다. 필립은 100년도 넘은 베살리우스의 저 유명한 해부도를 모사하면서 맡은 임무를 정말 훌륭하게 수행해 냈다. 그것은 앞으로 계속될 그의 연구에서 최상의 출발점이었다. 그의 연구는 점점 명성을 떨쳤다. 그는 나를 포함한 수많은 제자에게 아버지와 같은 존재였다. 애정이 충만했지만 동시에 엄격했다. 그의 지휘 아래 우리는 시체를 부검했다. 그럴 때마다 그의 주의 깊은 시선과 숙련된 손짓이 복잡한 미로에서 헤매는 우리를 적절한 길로 안내해 주었다. 학생들은 그의 단호함과 특별하고 세부적인 지식에 감탄했다. 그들은 마치 기적의 순간을 목도하듯이 추적지시약[86]이 빠르게 번지는 광경을 지켜보았다. 해부도를 그리는 건 절대 복제의 행위가 아니었다. 정말 제대로 보기 위해서는 자기가 보고 있는 게 무엇인지 알아야 하고, 대상을 정확히 보는 법을 익혀야 했으니까.

필립은 늘 말수가 적은 편이었다. 하지만 근래에 와서는 시간적인 관점에서 볼 때 그의 존재가 세상에서 아예 사라져 버렸다고 말할 수밖에 없는 순간이 있었다. 그가 자기 안으로 침잠해 버리는 순간이었다. 그는 자신의 실험실에서 외로운 작업에 몰두하기 위해 강의를 점점 줄였다. 나는 레인스뷔르흐에 있는 그의 집을 자주 방문했다. 도시의 온갖 소식, 대학가의 여러 가지 소문과 사건을 기꺼이 그에게 들려주었다. 하지만 그가 점점 한 가지 주제에 집착하고 파고드는 모습을 나는 그저 불안하게 지켜볼 수밖에 없었다. 최대한 세밀하고 정교한 방법으로 연구 중인 그의 다리, 해체된 부위는 언제나 그의 머리맡 유리병 속에 담겨 있거나 탁자 위에 공포스럽게 널브러져 있었다. 그와 연락하고 지내는 사람이 나밖에 없다는 사실을 알게 되었을 때 나는 필립이 이미 돌아올 수 없는 강을 건넜다는 사실을 깨달았다.

이른 오후, 우리를 태운 바지선이 암스테르담의 헤렌흐라흐트에 도착했다. 우리는 정박하자마자 목적지로 향했다. 때는

---

86) 물질이나 생체 내에서 특정한 물질이나 원소의 이동을 추적하기 위하여 사용하는 물질.

11월, 운하는 여름날처럼 고약한 냄새를 풍기지 않았다. 우리의 눈앞에서 물안개가 맑은 가을 하늘로 피어오르고 있었다. 그 포근한 안개 속을 걷는 기분이 꽤 상쾌했다. 우리는 유대인 지구에 있는 한 비좁은 거리로 방향을 틀었다. 어딘가에서 맥주라도 한잔하고 싶었기 때문이었다. 하지만 레이던에서 아침 식사를 든든히 한 것이 다행이었다. 술집마다 손님들이 꽉 차서 들어갈 수가 없었다. 음식을 주문하려면 꽤 오래 기다려야만 했다.

노점상들이 늘어선 시장에는 하역된 물품들의 무게를 다는 '무게 측정소' 건물이 있었다. 이 건물에 딸린 탑 모양의 부속 건물 중 하나에 사업 수완이 좋은 라위스가 차린 극장이 자리 잡고 있었다. 우리가 표에 적힌 시간보다 일찍 도착한 목적지가 바로 여기였다. 아직 관람객들의 입장을 허용하지 않은 모양이었다. 입구 앞에는 사람들이 몇 개의 그룹으로 무리지어 서 있었다. 호기심에 그들을 유심히 살펴보았다. 그들의 외양이나 옷차림으로 미루어 라위스 교수의 명성은 이미 네덜란드 밖에서도 자자한 듯했다. 여기저기서 외국어가 들려왔고, 사람들의 머리 위에 얹힌 프랑스제 가발과 더블릿[87]의 소매 밖으로 삐져나온 영국제 레이스 커프스가 눈에 들어왔다. 학생들도 꽤 많았는데, 좋은 자리를 맡기 위해 입구 근처에 몰려 있는 것을 보니 아마도 좌석 번호가 지정되지 않은 저렴한 표를 구입한 모양이었다.

87) 14~17세기 유럽에서 남성들이 입던 짧고 꼭 끼는 상의.

필립이 대학에서 활발히 활동할 당시에 알던 지인들이 계속해서 우리에게 다가와 인사를 했다. 시 의회에서 한자리하는 관리들, 외과 협회 의사들, 과연 라위스가 무엇을 생각했고 우리에게 무엇을 보여 주려 하는지 궁금해하는 사람들이었다. 그리고 마침내 나의 숙부이자 우리에게 표를 사 준 후원자가 모습을 드러냈다. 말끔하고 청결한 검은 정장 차림의 그는 필립을 향해 요란스러운 환영 인사를 건넸다.

벤치 형태의 의자가 거의 천장에 닿을 정도로 빙 둘러서 갈수록 높게 배치된 극장의 구조는 노천극장을 연상케 했다. 조명 시설을 비롯하여 공연에 걸맞은 설비가 잘 갖추어져 있었다. 입구에서부터 벽면을 따라 동물들의 해골이 쭉 세워져 있었다. 뼈들은 조심스럽게 세워진 구조물에 철사로 연결되어 있었는데 마치 당장이라도 해골들이 살아 움직일 것만 같았다. 인간의 해골도 두 개나 있었다. 하나는 무릎을 꿇은 채 두 손을 들어 올려 기도하는 듯한 자세를 취했고, 다른 하나는 철사로 일일이 손가락뼈를 연결하여 만든 손으로 머리를 고인 채 사색에 잠겨 있는 듯했다.

청중이 서로에게 나지막이 속삭이며 신발을 끌면서 극장 안으로 들어섰다. 표에 명시된 자리를 찾아가면서 그들은 진열장 안에 전시된 라위스의 저 유명한 작품들, 세련된 조각품들을 감상했다. 함께 어울려 노는 듯한 두 태아의 해골 아래에는 다음과 같은 글귀가 적힌 해설문이 놓여 있었다. “죽음은 젊음도 피해 갈 수 없다.” 균일한 크기의 작고 섬세한 손가락뼈와 갈비뼈를 쌓아 놓은 더미에 옅은 크림색의 작은 뼈와 울퉁불퉁한 두개골이 파묻혀 있었다. 그것들과 대칭을 이루는 작품은 생후 4개월쯤 되어 보이는 두 태아의 해골이었는데, 잘 손질해서 말린 혈관으로 뒤덮이고 내 눈에는 담석처럼 보이는 작은 돌 더미 위에 세워져 있었다.(혈관 중에서 가장 굵은 가지에는 박제된 카나리아가 놓여 있었다.) 왼쪽의 태아는 한 손에 모형 낫을 들었고, 오른쪽의 태아는 슬픈 몸짓으로 폐와 같은 세포 조직을 말려서 만든 가짜 손수건을 텅 빈 안와에 갖다 대고 있었다. 누군가의 섬세한 손길이 작품 전체를 연어빛깔 레이스로 장식하고 실크 리본 위에 우아한 글씨체로 다음과 같이 요약해 놓았다. "우리는 무엇 때문에 이 세상의 것들을 그리워해야만 할까?" 이 글귀 덕분에 눈앞에 보이는 광경이 그렇게 끔찍하지만은 않게 여겨졌다. 나는 강연이 시작되기도 전에 감동을 받았다. 일반적인 죽음이 아니라 작게 축소된 죽음의 연약한 흔적을 바라보는 듯한 느낌이 들었기 때문이다. 하긴 아직 세상에 태어나지도 않았는데 어떻게 제대로 된 죽음을 맞이할 수 있겠는가?

우리는 특별한 대접을 받는 다른 관객들과 함께 1열에 자리를 잡고 앉았다.

사방에서 신경질적인 속삭임이 울려 퍼지는 중에 무대 한가운데 놓인 테이블에는 해부를 위해 마련된 시신이 놓여 있었다. 밝은 색깔의 반짝이는 천으로 덮여 시신의 윤곽은 거의 드러나지 않았다. 우리가 받은 표에는 특선 메뉴, 즉 '스페시알

리테 드 라 메종(spécialité de la maison)'의 등장이 예고되어 있었다. "준비된 시신은 라위스 박사의 학문적 역량 덕분에 지금껏 잘 보존되었고, 거의 살아 있는 것처럼 신선한 느낌을 자아내기 위해 자연스러운 색깔과 농도를 그대로 재현하고 있다." 라위스 박사는 놀라운 팅크 액제의 성분들에 대해서 철저하게 비밀을 고수했다. 필립 페르헤이언의 다리가 지금껏 고스란히 보존될 수 있었던 것도 바로 이 물질이 개발된 덕분이었다.

얼마 안 가서 거의 모든 좌석이 꽉 찼다. 막판에 주최 측에서 십수 명의 학생들을 극장 안으로 들여보냈다. 대부분은 외국인이었다. 해골이 늘어선 벽 아래에 선 그들의 모습이 두개골들과 기묘한 조화를 이루었다. 그들은 뭔가를 보려고 열심히 고개를 뺐다. 공연이 시작되기 직전 1열의 가장 좋은 좌석에 외국 의상을 우아하게 차려입은 남자 몇 명이 들어와 앉았다.

라위스는 조수 둘과 함께 무대에 올랐다. 교수가 간단히 소개를 마치자 두 사람이 양쪽에서 일제히 천을 걷었다. 그러자 시신이 모습을 드러냈다.

여가저기에서 한숨 소리가 들려온 것은 당연한 일이었다.

그것은 젊은 여성의 날씬한 몸이었다. 내가 알기로 지금껏 여성의 몸을 공개적으로 해부하는 것은 두 번째였다. 지금까지는 해부학 수업에서 늘 남자 시신만 사용되었다. 갓 낳은 자기 아이를 살해한 이탈리아 매춘부의 시신이라고 나의 숙부가 귓속말로 우리에게 알려 주었다. 그녀의 까무잡잡하고 매끄럽고 완벽한 피부는 불과 1미터 정도밖에 떨어지지 않은 첫 번째 열에 앉아서 보니 홍조를 띠고 싱그러워 보였다. 귓불 끝부분과 발가락은 살짝 붉은 기운을 머금어서 마치 오랫동안 추운 곳에서 떨었던 게 아닐까 하는 생각이 들 정도였다. 그녀의 몸에 올리브유가 발렸다. 몸이 빛나는 것으로 보아 어쩌면 이는 라위스 교수의 방부 처리 과정의 일부인지도 몰랐다. 갈비뼈 아래 쪽에 복부가 푹 꺼지면서 올리브유로 번들거리는 가냘픈 몸 위로 치구[88]가 들어 올려졌다. 그것은 다름 아닌 인체에서 가장 중요한 뼈였다. 해부에 익숙한 내 눈에도 감동적인 광경이었다. 일반적으로 해부학에 사용되는 시신은 살아 생전 평소에 자신을 돌보지 않고 자기 목숨이나 건강을 가볍게 여긴 이들이었다. 하지만 그 자리에서 사용된 시신은 놀라울 정도로 완전무결했다. 나는 시신을 이렇게 완벽한 상태로 보존한 라위스 교수의 능력과 세밀한 보살핌에 감탄하지 않을 수 없었다.

라위스는 그 자리에 참석한 모든 의사와 해부학 교수들, 외과 의사들, 공무원들의 이름을 하나하나 거론하고 감사의 인사를 전하면서 강연을 시작했다.

"환영합니다, 여러분. 이렇게 성황을 이루어 주셔서 감사드립니다. 치안 판사님의 호의 덕분에 저는 오늘 여러분이 지켜보는 가운데 자연이 우리의 몸 안에 감춰 둔 것을 드러내 보일 수 있게 되었습니다. 오늘 제 작업은 이 가엾은 육신에 나쁜 감정이 있어서도 아니고, 이 육신이 저지른 악한 행동을 벌하려는 것도 아닙니다. 그저 우리가 우리 자신에 대해서 좀

88) 남녀의 생식기 언저리에 있는 볼록한 부분.

더 잘 알고 창조주의 손길이 어떤 방법으로 우리를 지으셨는지 깨닫게 되기를 바랄 뿐입니다."

그는 또한 이 시신이 이 년이 지난 것이며, 그동안 시체 안치소에 보관되어 있었다고 청중에게 알려 주었다. 그가 개발한 비법 덕분에 지금껏 신선한 상태로 보존될 수 있었다는 것이다. 벌거벗겨진 채 무방비 상태로 놓인 아름다운 인간의 육체를 보자 평소 인간의 시신에 감동받는 성향이 아님에도 불구하고 나는 목이 메었다. 사람들이 흔히 말하듯 간절히 원하면 모든 것을 가질 수 있고 무엇이든 될 수 있다는 생각이 들었다. 인간은 창조의 중심에 놓여 있으므로. 그리고 우리가 사는 세상은 신의 것도 다른 그 어떤 피조물의 것도 아닌 인간의 것이므로. 우리가 이룰 수 없는 것은 단 하나, 영생. 맙소사, 그렇기에 감히 불멸의 존재를 꿈꾸게 된 것은 아닐까?

그는 배벽[89]을 따라 능숙하고 전문적으로 첫 번째 절개를 수행했다. 잠시 수군거림이 있었다. 아마도 오른편에 앉은 누군가가 속이 불편했던 모양이었다.

"이 여인은 교수형을 당했습니다." 라위스가 이렇게 말하며 우리에게 목을 보여 주기 위해 시체를 들어 올렸다. 실제로 목에는 가로로 자국이 나 있었다. 하지만 희미한 눈금 정도에 불과해서 이것이 직접적인 사인이라고는 믿기 힘들 정도였다.

그는 처음에 복강 내부의 내장 기관에 집중하면서 소화 체

89) 배 앞부분의 안벽. 피부, 근육, 복막 따위로 이루어져 있다.

계에 관해 상세히 설명했다. 하지만 심장으로 넘어가기 전에 우리에게 아래쪽에 있는 모든 것을 살펴보도록 했다. 심지어 치구 아래쪽에서 출산으로 인해 크기가 늘어난 자궁을 꺼내어 우리에게 보여 주었다. 그가 수행하는 모든 작업은 그와 같은 분야에 종사하는 동료인 우리의 눈에도 마치 마술 쇼 같았다. 그의 희고 호리호리한 손은 박람회에 초대된 마법사의 손처럼 빠르게 원형을 그리며 유연하게 움직였다. 그 손짓을 따라가는 청중의 눈빛은 하나같이 넋이 나가 있었다. 연약한 육체가 관객의 눈앞에서 자신의 비밀을 거리낌 없이 드러냈다. 이런 전문적인 손길은 자신에게 절대 아무런 해도 끼치지 않으리라는 걸 전적으로 신뢰한다는 듯이. 그의 논평은 간결하고 조리 있고 명료했다. 이따금 농담도 했지만 절대 품격을 잃지 않는 우아한 발언이었다. 그 순간 나는 이 발표의 본질을 깨달았고 그 인기를 실감했다. 라위스는 자신의 둥그런 몸짓으로 인간의 존재를 육신으로 한정시켰다. 그리고 우리의 눈앞에서 그 비밀을 드러내 보였다. 라위스는 마치 복잡한 시계를 해체하듯이 그렇게 소인수를 분해했다. 죽음에 대한 공포는 어느 틈에 사라져 버렸다. 두려워할 필요가 없었다. 우리 인간은 하위헌스[90]의 시계와 같은 일종의 기계 장치일 뿐이니.

발표가 끝나자 사람들은 매료당한 채 말없이 극장을 나섰

90) 크리스티안 하위헌스(Christian Huygens, 1629~1695). 네덜란드의 물리학자, 천문학자, 수학자. 진동 시계와 망원경을 만들었다.

다. 해부 작업을 마치고 남은 부위는 자비롭게도 처음과 똑같은 천으로 가려졌다. 잠시 후 태양이 구름을 몰아내고 화창한 기운을 뿜어내는 밖으로 나서자마자 사람들은 다시 왁자지껄 떠들기 시작했다. 그리고 우리 일행을 포함하여 행사에 초대받은 손님들은 연회가 마련된 치안 판사의 공관으로 향했다.

필립은 진수성찬이나 와인, 담배 따위에는 아무런 관심도 보이지 않고 침울하게 입을 다물었다. 나 역시 별로 유쾌한 기분이 아니었다. 우리 해부학자들이 모든 해부 작업을 일상생활의 일부로 여긴다고 치부하는 것은 잘못된 생각이다. 이따금 오늘처럼 뭔가가, 그러니까 내가 혼잣말로 '인체의 진실'이라 명명하는 그 무언가가 이렇게 '드러나는' 경우가 있다. 죽음의 명확한 증거와 영혼의 확실한 부재에도 불구하고 몸 자체가 일종의 완결된 전체를 유지하고 있다는 기묘한 확신 말이다. 물론 시신은 결코 살아 있지 않다. 여기서 내가 주목하는 건 그것이 자신의 형태 그대로 유지되었다는 사실, 그러니까 형태만은 자신의 고유한 모습 그대로 살아 있다는 것이다.

라위스의 강의로 겨울 시즌 프로그램이 시작되었고, 이제 더 바흐[91]에서는 학생들뿐 아니라 일반 청중을 대상으로 강의와 토론, 동물들의 생체 해부 시연이 정기적으로 진행되었다. 주변 상황이 맞아떨어져서 신선한 시신이 공급되는 경우에는 다른 해부학자들도 시신 해부 강연을 수행했다. 하지만 사전에, 그것도 무려 이 년 전부터 생생한 시신을 확보할 수 있는

91) 앞서 등장한 '무게 측정소'를 가리키는 네덜란드어.

건(사실 지금도 여전히 믿기 힘들지만) 라위스뿐이었다. 한여름의 폭염을 염려하지 않아도 되는 사람은 라위스밖에 없었다.

만약 이튿날, 처음에는 배를 타고 나중에는 걸어서 집으로 돌아가는 여정에 동행하지 않았더라면 나는 필립 페르헤이언이 겪고 있는 고통의 실체가 무엇인지 알지 못했을 것이다. 그때 내가 그에게서 들은 이야기는 너무도 희한하고 특별했다. 의사로서 또 해부학자로서 나는 그러한 현상에 대해서 이미 여러 차례 들은 바 있었다. 하지만 그때마다 나는 통증의 원인을 신경 과민 반응 또는 과도한 상상력 때문이라고 치부했다. 지금껏 필립과 알고 지낸 지 수년째였지만, 나는 그보다 더 명확한 판단력과 꼼꼼한 관찰력을 가진 인물은 본 적이 없다. 올바른 방법을 적용하는 지식인은 명확하고 분명한 자신만의 아이디어를 통해 세상의 세부적인 사항에 대한 참되고 유용한 지식을 얻을 수 있다는 사실을 우리에게 가르쳐 준 것은 50여 년 전, 바로 이 대학에서 수학을 강의했던 데카르트였다. 궁극적으로 가장 완벽한 존재인 신, 우리에게 인지 능력을 제공해 주신 그분은 절대 사기꾼이 될 수 없다. 주어진 능력을 올바로 사용한다면 우리는 진리에 도달할 수 있다.

수술 후 몇 주가 지난 뒤 한밤중에 통증이 그를 엄습했다. 끊임없이 어딘가를 떠도는 불안정한 이미지, 잠에 취한 정신속을 여행하는 사람들에 대한 환영에 시달리며, 꿈과 현실의 경계에서 그의 육신이 긴장을 풀고 느긋해져 있을 때였다. 그의 왼쪽 다리에서 갑자기 감각이 사라진 듯한 느낌이 들었다.

그래서 그는 어떻게든 적절한 자세를 취해 보려 애썼다. 발가락이 따끔거렸고 몹시 불쾌한 느낌이 들었다. 그는 반쯤 의식을 잃은 상태에서 몸을 뒤척였다. 어떻게든 발가락을 움직여 보려고 애썼지만 아무런 소용이 없었고, 덕분에 잠이 완전히 달아나 버렸다. 그는 침대에 걸터앉아서 이불을 걷어 젖힌 채, 통증이 느껴지는 부위를 들여다보았다. 무릎 아래로 30센티미터가량 되는 위치였는데, 실제 그 자리에는 구겨진 침대 시트만 있었다. 그는 눈을 감고서 가려운 부위를 긁어 보려 애썼다. 하지만 아무것도 만져지지 않았다. 손가락은 페르헤이언에게 아무런 안도감도 주지 못한 채, 그저 절망적으로 허공을 더듬을 뿐이었다.

언젠가 통증과 가려움이 그를 거의 광란 상태로 몰아넣었을 때, 그리하여 절망의 늪에 빠져 허우적대고 있을 때, 그가 자리에서 일어나 떨리는 손으로 촛불을 밝혔다. 그리고 한 발로 껑충거리면서 절단된 다리가 담긴 유리 용기를 탁자로 가져갔다. 플루어 부인은 벌써 여러 차례 이 용기를 꽃무늬 보자기에 싸서 다락으로 옮겨다 놓자고 했지만, 그는 듣지 않았다. 필립은 절단된 다리를 꺼내어 불빛에 비춰 보며, 통증의 원인을 알아내려고 애썼다. 어쩐지 다리의 크기가 줄어든 것 같았고, 브랜디 탓에 피부 색깔도 갈색으로 변한 듯했다. 페르헤이언이 보기에는 진줏빛 광택을 머금은 돌출된 발톱이 많이 자라난 것만 같았다. 그는 마룻바닥에 주저앉아서 다리를 앞으로 뻗고, 왼쪽 무릎 아래 뭉툭하게 잘려 나간 부위에 절단된 다리를 갖다 댔다. 그리고 두 눈을 감고는 통증이 느껴지는 부위를 찾기 위해 손을 더듬었다. 하지만 그의 손에 닿은 건, 차가운 고깃덩어리뿐, 아픈 부위에는 결코 이르지 못했다.

그는 자신만의 고유한 인체 도면을 만들기 위해 체계적으로, 끈질기게 작업했다.

첫 번째 단계는 해부였다. 해부도를 그리기 위해 조심스럽게 모델을 준비했다. 근육 일부와 한 다발의 신경을 꺼내 놓았고, 혈관을 잡아당겨 늘렸으며, 표본을 2차원으로 펼쳐 놓았고, 네 방향, 그러니까 위, 아래, 왼쪽, 오른쪽으로 그것을 축소했다. 작업할 때 그는 아주 섬세한 나무 핀셋을 사용했는데, 복잡한 것을 명료하게 만드는 데 도움이 되었다. 이렇게 만반의 준비를 마치고 나면 그는 잠시 방을 나가서 손을 말끔히 씻고 잘 말린 뒤, 겉옷을 갈아입고는 종이 위에다 질서를 구현하기 위해 종이와 흑연을 갖고 자리로 돌아왔다.

그는 주로 앉아서 작업했는데, 이미지의 선명도와 정확성을 망가뜨리는 체액을 어떻게든 제어해 보기 위해 헛된 노력을 기울이곤 했다. 그는 일단 세부 항목을 서둘러 종이 위에 옮긴 다음, 느긋한 태도로 세밀한 사항을 하나하나 수정하고 신경과 힘줄을 단계적으로 고쳐 나갔다.

체력이 자주 약해지고 우울증에 시달리는 걸 보면 절단 수술로 인해 그의 건강이 악화된 게 틀림없었다. 그는 자신을 끊임없이 괴롭히는 왼쪽 다리의 통증을 '유령'이라고 이름 지었다. 하지만 정신 착란자나 신경증 환자로 의심받을까 봐 이러한 사실을 다른 사람에게 알리는 것을 두려워했다. 누군가가 사실을 알게 되면 대학에서 그가 차지하고 있는 높은 지위를 잃게 될지도 몰랐기 때문이다. 그는 서둘러 의사로 일하기 시작했고, 외과 의사 협회에 가입했다. 한쪽 다리가 없기에 오히려 다른 외과 의사들보다 더 자주 절단 수술 의뢰를 받았다. 그의 불우한 경험이 사람들에게는 오히려 수술의 성공을 보증하는 신뢰감을 안겨 주었으며, 한쪽 다리가 없는 외과 의사는, 적절한 표현인지는 모르겠으나, 질병 치료에서 행운을 가져다준다고 여겨졌다. 그는 근육과 힘줄의 해부에 관한 전문적인 논문을 발표했다. 하지만 1689년 대학 측이 총장 자리를 제안하자 루뱅으로 이주했다. 당시 그의 여행 가방 안에는 절단된 다리가 담긴 유리 용기가 캔버스 천에 꼼꼼하게 싸인 채로 들어 있었다.

그로부터 몇 년 후, 나, 빌럼 판 호르선은 인쇄소의 부탁으로 아직 잉크가 마르지도 않은 그의 첫 번째 저서, 위대한 해부학 도감인 『인체 해부학』을 페르헤이언에게 보여 주기 위해 그를 찾아갔다. 그는 책 속에 이십 년에 걸친 자신의 업적을 고스란히 담았다. 에칭 작업 하나하나가 전부 뛰어난 역작인 데다 명확했으며, 글로 된 설명까지 추가되어 있었다. 덕분에 이 책에서 인체는 어떤 신비한 공정을 거쳐 그 본질적인 정수만 그려진 것처럼 보였다. 또한 쉽게 망가지는 혈액이나 림프액, 정체가 의심스러운 체액, 그리고 생명의 소리와 흔적은 모두 제거되었다. 그러자 검은색과 흰색의 절대적인 침묵 속에서 완벽한 질서가 드러났다. 『인체 해부학』은 그에게 명성을 안겨 주었고, 몇 년 뒤에는 훨씬 많은 부수의 재판을 찍게 되었으며, 결국 교재로 쓰이게 되었다.

내가 필립 페르헤이언을 마지막으로 찾아간 것은 1710년 11월, 그의 하인에게서 와 달라는 연락을 받고서였다. 스승의 병세는 심각했고, 그와 아무런 대화도 나눌 수가 없었다. 필립은 남쪽 창가에 앉아서 창밖을 바라보고 있었다. 하지만 그가 볼 수 있는 것은 내면의 이미지뿐이었다. 내가 방으로 들어서는데도 그는 전혀 반응을 보이지 않았다. 그저 무심한 표정으로, 미동도 없이 나를 물끄러미 쳐다보더니 바로 고개를 창문 쪽으로 돌려 버렸다. 탁자에는 그의 다리, 아니 그 다리에서 남겨진 잔해가 널려 있었다. 그의 다리는 이미 수백, 수천 개의 조각으로 잘게 분해되었고, 힘줄과 근육, 신경 또한 가장 작은 단위로 쪼개져서 탁자의 표면을 뒤덮고 있었다. 하인인 시골 출신의 순박한 청년은 겁에 질려 있었다. 그는 주인의 방에 들어가는 것을 두려워하면서 주인을 등진 채, 내게 손짓으로 신호를 보냈다. 그러고는 말없이 입술만 움직여서 주인의 반응에 대해 이런저런 보충 설명을 해 주었다. 나는 최선을 다해 필립을 진찰했다. 하지만 진단 결과는 좋지 않았다. 그의 뇌는 이미 작동을 멈추고 일종의 무기력 상태에 빠진 듯했다. 그가 우울증으로 오랫동안 고생했다는 사실은 알고 있었지만 지금 그의 상태는 쓸개즙이 뇌로 쏠린 듯했다. 어쩌면 그 자신이 '유령'이라고 부르던, 끊임없이 그를 괴롭히는 통증 탓일 수도 있었다. 지난번 방문 때 나는 그에게 지도를 갖다주었다. 지도를 들여다보는 것이 우울증 치료에 효과가 있다는 말을 들었기 때문이었다. 나는 기력 강화와 휴식에 도움이 되도록 그에게 기름진 음식을 처방했다.

1월 말에 그가 죽었다는 소식을 듣고, 곧바로 레인스뷔르흐로 갔다. 내가 도착했을 때 그의 사체는 이미 장례식을 위해 깨끗이 씻기고 털이 깎인 채로 관 속에 들어가 있었다. 말끔히 청소된 그의 집에는 레이던에서 온 친지들이 있었다. 하인에게 그의 다리에 대해 물었지만 그는 그저 어깨만 으쓱할 뿐이었다. 창가에 놓여 있던 커다란 탁자는 이미 소다로 사용해 깨끗이 닦은 상태였다. 필립이 자신의 시신과 함께 묻어 달라고 입버릇처럼 말하던 그 절단된 다리는 어떻게 되었느냐고 하인에게 캐물었지만 가족은 내 질문을 묵살해 버렸다. 결국 그는 다리 없이 땅에 묻혔다.

일종의 회유 또는 위로의 명목으로 나는 페르헤이언의 논문을 한 묶음이나 받았다. 장례식은 1월 29일, 플리르베이크의 한 수도원에서 치러졌다.

절단된 다리에게 보내는 편지

페르헤이언이 사망한 뒤, 제본도 안 된 상태로 내게 전달된 종잇조각들은 나를 당황스럽게 했다. 내 스승은 말년에 자신의 생각을 특정한 대상을 향한 편지 형식으로 기록했는데, 각각의 글은 누가 보더라도 그의 광기를 실감할 충분한 증거가 되고도 남았다. 하지만 그가 쫓기듯 휘갈겨 쓴 메모들은 타인의 눈을 의식했다기보다는 스스로 기억하기 위해 남긴 비망록으로 간주하는 편이 좋을 것 같다. 주의 깊게 읽어 보면, 아마도 그것이 미지의 영토로 향하는 여행의 기록이면서 그 여행을 지도로 남기려는 시도라는 것을 알게 될 테니까.

이 예상치 못한 유품을 과연 어떻게 하면 좋을지, 꽤 오랫동안 고심하다가 결국 어떤 형태로도 출판하지 않기로 결심했다. 그의 제자이자 친구의 입장에서 나는 후손들이 그를 뛰어난 해부학자이자 제도사로, 그리고 아킬레스건을 비롯하여 지금껏 알려지지 않았던 신체의 부위를 발견해 낸 인물로 기억하기를 바랐다. 또한 나는 우리가 그의 아름다운 판화를 잊지 않기를, 그리고 타인의 삶에서 모든 것을 이해하는 것은 불가능하다는 사실을 자연스레 받아들이게 되기를 원했다. 하지만 그가 죽고 난 뒤 암스테르담과 레이던에 퍼진 일련의 루머, 즉 거장이 미쳤었다는 소문에 반박하기 위해 여기에 그가 남긴 글 일부를 소개하려고 한다. 그러면 그가 미친 게 아니었다는 사실을 증명할 수 있을 것이다. 하지만 필립이 자신을 줄곧 괴롭히던 불가해한 통증과 관련해서 특별한 강박에 시달렸다는 사실은 부정하지 않겠다.

이러한 강박은 어쨌든 개별적인 언어, 우리가 그것을 과감하게 사용할 수만 있다면 진리를 드러내 보이는 데 기여할 수도 있는 그런 특별한 언어가 존재한다는 일종의 예감이라고도 할 수 있다. 우리는 이 예감을 좇아서 다른 사람들의 눈에는 터무니없고 미친 것처럼 보이는 구역으로 나아가야 한다. 하지만 대체 무엇 때문에 이 진리의 언어가 어떤 이들에게는 천사의 음성으로 들리는 데 반해, 다른 이에게는 수학 기호나 음표로 느껴지는지 모르겠다. 또한 어떤 이에게는 그 진리의 언어가 매우 괴상한 방법으로 말을 건네기도 한다.

「절단된 다리에게 보내는 편지」에서 필립은 감정을 배제한 채, 조리 있게 자신의 생각을 증명하려고 애썼다. 육체와 영혼은 본질적으로 하나이기에, 그리고 모든 것을 포괄하는 신의 무한한 두 가지 속성이기에, 그 두 속성 사이에는 창조주가 설계한 적절한 비례가 존재한다는 사실을 말이다. 한 개인으로서의 자연. 그의 가장 큰 관심사는 바로 이것이었다. 육체와 영혼처럼 서로 완전히 다른 요소가 과연 인간의 몸에서 어떻게 온전히 결합될 수 있었으며, 서로 어떤 작용을 했는가. 통증은 어떻게 발생했고 어디에서 비롯된 것인가?

예를 들어 그는 다음과 같이 적었다.

> 내 한쪽 다리가 내게서 분리되어 알코올 속을 헤엄치고 있는데도 나는 그 떨어져 나간 부위에서 극심한 통증과 고통을 느낀다. 그렇다면 지금 나의 고통을 일깨우는 것은 과연 무엇인가? 통증을 자극할 요인은 아무것도 없고 아픔을 느낄 이유도 전혀 없다. 그 어떤 통증도 논리적으로 정당화될 수 없음에도, 분명 아픔이 존재한다. 지금 이렇게 다리를 내려다보고 있으면 마치 뜨거운 물에라도 담근 것처럼 다리 한쪽이, 발가락들이 참을 수 없을 만큼 뜨거워짐을 느낀다. 그러한 체험이 어찌나 사실적이고 천연덕스러운지, 눈을 감으면 양동이에 담긴 끓는 물에 발목까지 잠겨 있는 내 발이 어른거릴 정도다. 나는 외관상으로 다리의 형태를 유지한, 방부 처리된 내 살덩어리를 만져본다. 하지만 거기에서는 아무것도 느껴지지 않는다. 존재하지 않는 무엇, 물리적인 감각으로는 분명 빈 무언가가 이토록 생생히 느껴진다. 하지만 거기에는 자극을 일으킬 요소가 전혀 없다. 존재하지 않는 무엇인가가 나를 아프게 한다. 유령이다. 유령 같은 통증이다.

처음에는 이런 식으로 단어를 조합하는 것이 그로서도 낯설고 이상하게 여겨졌겠지만, 나중에는 이러한 표현을 흔쾌히 사용하고 있었다. 그는 또한 다리의 점진적인 해부 과정에 대해서도 상세한 메모를 남겼다. 그의 해부 작업은 갈수록 세분화되었고, 결국에는 현미경을 사용하지 않으면 안 되는 지경까지 이르렀다.

그는 다음과 같은 글을 썼다.

인체는 전적으로 신비로운 대상이다. 아무리 정확하게 묘사한다고 해도 그것에 대해 완벽하게 아는 건 아니다. 그러니까 그것은 모든 것을 더욱 가까이 들여다보기 위해 열심히 유리를 갈면서 동시에 자신의 생각을 표현하기 위해 엄청나게 어려운 언어를 창조했던 렌즈 연마공 스피노자, 그 철학자의 논리와 같은 것이다. 왜냐하면 흔히 말하듯 '보는 것이 아는 것'이므로.

나는 알기를 원하고 논리에 굴복하기를 원치 않는다. 기하학적인 논리로 포장된 외적인 증거가 다 무슨 소용이란 말인가. 그것들은 겉보기에 논리적인 결과와 정신을 유쾌하게 만들어 주는 어떤 질서의 형태만을 제공할 뿐이다. A가 있으면 그다음에 B가 나온다. 정의가 먼저고 이치와 번호를 매긴 정리, 그리고 추가적인 결론이 그 뒤를 잇는다. 이러한 논법은 해부 도감에 실린, 뛰어나게 구현된 에칭화들을 연상시킨다. 해부 도감에서는 특정 부위가 알파벳으로 표시되고, 모든 것이 명료해 보인다. 하지만 우리는 실제로 그 부위들이 어떻게 작동하는지 여전히 알지 못한다.

하지만 필립은 이성의 힘을 믿었다. 또한 대상을 우연이 아니라 필연적인 것으로 여기는 속성이 이성의 본질에 깃들어 있다고 믿었다. 그렇지 않으면 이성은 아무런 힘도 발휘하지 못할 테니까. 그는 이성이란 신께서 주신 것이기에 이성을 믿어야 한다고 여러 차례 주장했다. 신은 완전한 존재인데, 과연 그런 신께서 우리를 속이고 기만하는 대상을 우리에게 주셨겠는가? 신은 사기꾼이 아니다! 만약 우리가 주어진 지성의 힘을 적절한 방법으로 사용한다면 우리는 궁극적으로 진리에 다다를 수 있을 것이며, 신, 그리고 다른 모든 것과 마찬가지로 신의 일부인 우리 자신에 대해 속속들이 알게 될 것이라고 믿었다.

그는 가장 높은 단계의 이성은 논리적이지 않고 직관적이라고 주장했다. 직관적으로 이해하면 존재하는 모든 것들의 결정론적 필요성을 즉시 깨닫게 된다는 것이다. 필수적인 모든 것은 결코 그 반대의 경우가 될 수는 없는 법이다. 이러한 사실을 제대로 인식하게 되면 우리는 놀라운 안도와 정화를 체험하게 될 것이다. 그러면 재산의 탕진이나 시간의 경과, 노화나 죽음 등을 겪게 되더라도 더 이상 불안해하지 않게 될 것이다. 이렇게 해서 우리는 외적인 영향을 스스로 통제할 수 있게 되고 마음의 평화를 얻게 될 것이다.

다만 우리는 좋고 나쁨에 대해 끊임없이 판단하려는 원시적인 욕구를 떨쳐 버려야 한다. 문명화된 인간이라면 복수심이나 탐욕, 소유욕과 같은 원시적인 충동을 잊어야 하듯이 말이다. 신, 그러니까 자연은 좋은 것도 아니고 나쁜 것도 아니다. 부적절한 지성은 우리에게 나쁜 영향을 미친다. 필립은 자연에 대한 우리의 모든 지식은 사실상 신에 관한 지식이라고 믿었다. 우리 안의 지옥인 슬픔과 절망, 질투와 근심으로부터 우리를 해방시켜 주는 것이 바로 자연이기 때문이다.

필립이 자신의 다리를 마치 살아 있는 독립된 인간처럼 취급한 것은 사실이다. 다리는 필립으로부터 분리되는 순간 악마와도 같은 자율성을 획득했지만 동시에 필립과 고통스러운 관계를 맺었다. 이 부분이 그의 편지에서 가장 불안한 대목이라고 나는 생각한다. 하지만 동시에 이러한 표현은 단지 은유에 불과하며, 필립의 생각을 온전히 전달하지 못하는 것이다. 필립은 굳게 믿고 있었다. 한때는 전체를 이루었지만 지금은 분해된 것이 여전히 보이지 않고 규명하기 힘든 방식으로 서로 강하게 연결되어 있다는 사실을. 하지만 그러한 관계의 본질이 무엇인지는 명확하지 않다. 한 가지 분명한 것은 현미경 렌즈로도 그 본질을 파악할 수 없다는 것이다.

물론 우리가 믿을 수 있는 것은 생리학과 신학뿐이다. 이 두 학문이야말로 지식의 굳건한 두 기둥이니까. 하지만 그 기둥 사이에 놓여 있는 것은 전혀 고려되지 않고 있다.

그의 메모를 읽으면서 우리는 명심해야 한다. 필립 페르헤이언은 끊임없이 고통받았지만, 그 고통의 이유를 알지 못한 인물이었다는 사실을. 그러므로 아래에 인용하는 그의 글을 읽으면서도 이러한 사실을 반드시 염두에 두어야 할 것이다.

나는 무엇 때문에 아픈 것일까? 렌즈 연마공이 말했듯이

(그가 착각하거나 헛갈린 게 아니라는 전제하에) 본질적으로 육체와 영혼은 그보다 더 큰 무언가의 일부다. 그것은 마치 액체이면서 동시에 고체인 물처럼, 동일한 물질의 서로 다른 상태인 것이다. 어째서 존재하지도 않는 것이 나를 아프게 하는가? 무엇 때문에 나는 결핍과 부재를 느끼는가? 그렇다면 우리는 처음부터 총체로서의 숙명을 선고받은 것인가? 그리하여 각각의 분열이나 쪼개짐은 그저 허상일 뿐이고, 모든 분해는 표면적으로만 이루어질 뿐이며, 그 밑에 있는 계획은 절대 움직일 수 없고 변동될 수 없는 것인가? 그렇다면 가장 미세한 파편조차 여전히 어떤 커다란 총체에 귀속되어 있는 것인가? 거대한 유리구슬 같은 세상이 수백만 개의 파편으로 산산조각 나더라도, 그 속에는 위대하고 강력하며 무한한 무언가가 하나의 전체로서 여전히 남아 있는 것인가?

그렇다면 나의 고통은 바로 신, 그 자체인가?

나는 내 삶을 여행에 바쳤다. 내 고유한 몸속으로, 그리고 내 절단된 다리로 향하는 여행에. 나는 가장 정교한 지도를 그렸다. 최적의 방법론에 따라 검토된 대상을 해체하고, 소인수분해하듯 정밀하게 작업했다. 근육과 힘줄, 신경 및 혈관을 계산했다. 이러한 작업을 위해 내 눈을 사용했지만 현미경의 더욱 정밀한 시야에도 의지했다. 나는 가장 작은 부분도 놓치지 않았다고 믿는다.

오늘 나는 스스로에게 다음과 같은 질문을 던진다. 과연 나는 무엇을 찾고 있었던 걸까?

여행에 대한 이야기

이런 식으로 이야기를 늘어놓는 것이 과연 옳은 일일까? 이야기로 풀어내기보다는 지성(知性)을 클립으로 철하고 정신의 고삐를 조이면서, 그저 단순한 강의록의 형태로 메시지를 전달하는 편이 낫지 않을까? 그랬다면 어떤 생각을 한 문장 한 문장 명확하게 설명할 수도 있고, 다른 말로 바꿔 가며 또 다른 생각들을 거기에 덧붙여 구체화시킬 수도 있을 텐데 말이다. 또한 인용문이나 각주도 마음대로 사용할 수 있고, 사항별로 또는 장을 나눠 단계별로 전개함으로써 내가 의도한 결과를 차근차근 이끌어 낼 수도 있을 것이다. 또한 앞서 언급한 가설에 대해 검증할 수도 있고, 궁극적으로는 신혼 첫날밤을 치른 침대 시트를 창밖에 훤히 널어 놓듯이, 대중의 눈앞에 나의 주장을 명백하게 드러내 보일 수도 있을 것이다.

그러면 나는 텍스트를 마음대로 지배하는 주인이 될 수 있을 것이고, 텍스트에 필요한 단어 하나하나를 매우 성실하게 사용할 수 있을 것이다.

하지만 지금 나는 텍스트의 주인이 되는 대신 씨앗을 파종하는 게 주된 업무이고, 그러다 시간이 좀 지나면 잡초와 지루한 싸움이나 벌이는 정원사 혹은 산파의 역할을 수행하는 중이다.

이야기에는 완벽한 통제가 도저히 불가능한, 고유의 타성이 내재되어 있다. 그렇기 때문에 이야기는 나 같은 사람들을 필요로 한다. 자신감이 없고 우유부단하며 쉽게 현혹당하는 사람들. 단순하고 무지한 사람들.

300킬로미터

높은 곳에 올라가서 계곡과 산의 경사지에 넓게 펼쳐진 마을들을 내려다보았다. 이렇게 높은 지점에서 보면 그 마을들은 한때 엄청나게 큰 나무, 아마도 거대한 삼나무나 은행나무의 잘린 줄기였음이 분명하다는 생각이 든다. 줄기 속에 마을 전체가 다 들어가려면, 대체 당시에 나무의 높이가 어느 정도였을지 궁금했다. 나는 잔뜩 흥분해서 학창 시절에 배운 단순한 수식을 적용하여 그 높이를 계산해 보았다.

A와 B의 관계는 C와 D의 관계와 같다.(A : B = C : D)

$A \times D = B \times C$

만약 A가 나무의 횡단면의 넓이라면 B는 횡단면의 높이가 될 것이다, C는 마을의 표면적, D는 우리가 구하고자 하는 '마을-나무'의 높이가 된다. 평균적인 나무의 횡단면, 즉 나무의 밑면의 넓이가 1제곱미터, 그리고 높이가 30미터라고 가정해 보자! 마을(작은 주거 단지 정도로 보는 게 합당하리라.)의 면적을 1헥타르(1만 제곱미터)로 계산해 보자.

1—30 = 10000—D

$1 \times D = 10000 \times 30$

그러면 높이는 30만 미터, 즉 300킬로미터라는 결론이 나온다.

나는 꿈속에서 위와 같은 결론에 도달했다. 나무는 300킬로미터의 높이여야만 했다. 나는 잠결에 만들어진 이 산술이 너무 진지하게 받아들여질까 봐 겁이 난다.

3만 길더[92)]

"이건 그리 많은 액수가 아닙니다. 식민지와 무역하는 상인들의 연간 수입이 통상 이 정도거든요. 세상이 평화롭고 영국인들이 네덜란드 함선들을 잡아들이지 않는다는 전제하에 말이죠. 만약 그랬다가는 나중에 끝없이 법적 다툼을 벌여야만 할 테니까요. 그러니 이 정도 액수는 타당하다고 봅니다. 여기다 튼튼하고 안전한 나무 상자 비용과 운반료를 더하면 됩니다."

러시아 제국의 차르인 표트르 1세는 프레데릭 라위스가 수년 동안 수집한 해부학 표본들에 딱 이만큼의 금액을 지불했다.

---

92) 네덜란드의 예전 화폐 단위. 2002년에 유로로 대체되었다.

1697년 차르는 200명의 대규모 수행단을 거느리고 유럽 여행길에 올랐다. 그는 모든 것을 열정적으로 관찰했는데, 무엇보다 그의 관심을 끈 것은 분더카머였다. 아마도 차르 역시 어떤 신드롬을 앓고 있었던 듯하다. 그 후 루이 14세가 알현을 거절하자 차르는 몇 달 동안 네덜란드에서 지냈다. 그는 건장한 체격의 경호원 몇 명을 거느리고, 신분을 감춘 채 해부학 극장이 있는 더바흐를 찾곤 했다. 거기서 그는 라위스 교수가 메스를 들고 유연한 동작으로 사형수의 시체를 열어 대중에게 그 내부를 드러내 보이는 모습을 상기된 표정으로 열중해서 바라보곤 했다. 차르는 거장과 친분을 맺었다. 라위스 교수가 차르에게 나비를 방부 처리하는 법을 가르쳐 주면서 가까운 사이가 된 것이다.

무엇보다 그의 마음을 사로잡은 건 라위스 교수의 컬렉션이었다. 유리 용기에 담겨 액체 속을 헤엄치고 있는 수백여 개의 표본, 개별적인 구성 요소에 따라 쪼개진 인간의 육체가 만들어 낸 파놉티콘, 내장 기관들의 기계적인 우주. 인간의 태아를 보았을 때 그는 전율을 느꼈고, 도저히 눈을 뗄 수 없을 만큼 빠져들었다. 또한 인간의 뼈가 빚어내는 극적이면서도 공상적인 배열 때문에 유쾌한 명상에 빠져들었다. 그는 이 컬렉션을 자기 것으로 만들지 않고는 견딜 수가 없었다.

유리 용기는 뱃밥[93]을 잔뜩 채운 상자 속에 조심스럽게 담

93) 배의 틈으로 물이 새어들지 못하도록 틈을 메우는 물건. 천이나 얇은 대나무 껍질 등을 쓴다.

겼고, 이 상자는 밧줄에 묶여서 말에 실려 항구로 옮겨졌다. 십수 명의 선원이 종일 진귀한 물건들을 갑판 아래로 실어 날랐다. 라위스 교수는 직접 선적 과정을 감독하면서 분노와 욕설을 퍼부었다. 단 한 번의 부주의 탓에 매우 진귀한 무두증 표본 하나가 파괴되어 버렸기 때문이다. 평소에 교수는 이런 별종을 방부 처리하고 보관하는 일에 별 관심이 없었다. 그보다는 인체의 조화와 아름다움을 지속시키는 데 주력했다. 유리 뚜껑이 깨지면서 용기에 담긴 혼합액이 도로 위로 쏟아졌고, 포장도로의 자갈 사이로 액체가 스며들었다. 그사이에 표본은 불결한 거리에서 뒹굴었고, 결국 두 곳이나 손상을 입었다. 깨진 유리병 파편에는 교수의 딸이 직접 손 글씨로 쓴 라벨이 붙어 있었다. 거기에는 검정색 프레임을 입힌 화려한 장식체로 다음과 같이 쓰여 있었다. 'Monstrum humanum acephalum.(머리가 없는 인간 괴물.)' 상당히 희귀한 표본이었다. 안타깝기 짝이 없었다. 교수는 손수건으로 표본을 조심스럽게 쌌다. 그리고 느릿느릿 걸어서 집으로 가져갔다. 어쩌면 이 표본으로 뭔가 더 할 수 있는 일이 있을지도 모른다고 생각하면서.

수집품들을 팔아 치우고 난 후에 텅 빈 방을 바라보는 건 서글픈 일이었다. 라위스 교수는 빈자리를 물끄러미 바라보다가 나무 선반에 남겨진 검은 얼룩들을 발견했다. 그것은 삼차원 유리 용기의 평면이 남긴 자국이고, 어디에나 굴러다니는 먼지의 흔적이었으며, 그 안에 담겼던 내용물에 대한 아무런 단서도 없이, 그저 너비와 길이의 형태로만 남은 뒷모습이었다.

내일모레면 여든 살, 그의 컬렉션은 지난 삼십여 년의 작업이 이루어 낸 결실이었다. 비교적 이른 나이에 연구를 시작했기에 가능한 일이었다. 화가 야코프 아드리안스 바커르가 남긴 그림을 보면, 고작 삼십 대 초반의 나이에 도시 전역에서 가장 수준 높은 해부학 강의를 했던 라위스의 모습을 발견할 수 있다. 화가는 젊은 라위스의 얼굴에 깃든 특별한 면모를 성공적으로 포착했는데, 거기에는 자신감과 함께 상업적인 영악함이 서려 있었다. 또한 그림 속에는 해부용 시신도 등장하는데, 원근법에 의해 축소된 젊은 남자의 시신은 신선함을 유지한 채 살아 있는 것처럼 보였다. 분홍빛이 감도는 우윳빛 피부는 도저히 시신이라고는 믿을 수 없는 상태였고, 구부러진 한쪽 무릎 또한 마치 벌거벗은 채 등을 대고 누운 한 사내가 낯선 사람들의 시선으로부터 자신의 부끄러운 부위를 가리기 위해 본능적으로 취한 몸짓처럼 느껴질 정도였다. 교수형으로 생을 마감한 절도범 요리스 판이페런의 시신이었다. 검은색 외투로 몸을 감싼 외과 의사들의 모습은 이 당혹스럽고 무기력한 시체와 불편한 대조를 이룬다. 이 그림은 삼십 년 후 교수가 거액을 벌어들이게 된 이유를 우리에게 설명해 주고 있다. 그러니까 세포 조직의 신선도를 오랫동안 유지해 주는 독창적인 방부제의 기원을 보여 주는 것이다. 라위스 교수가 자신의 희귀한 해부학 표본을 살아 있는 것과 유사한 상태로 보존하는 데 사용했던 액체와 그림 속의 방부제는 아마도 같은 성분이었으리라. 라위스 교수는 자신의 몸 상태가 상당히 좋다고 느끼면서도 한편으로는 혼합액을 다시 만들 시간이 없을지도 모른다는 예감에 불안해했다.

교수에게는 헌신적인 딸이 하나 있었다. 나이는 쉰 살, 크림색 레이스 소매에 섬세하고 보드라운 손을 감추고 있는 그녀가 하녀들을 동원해 교수의 방을 청소했다. 그녀의 이름을 기억하는 사람은 거의 없었다. 다들 '라위스 교수의 딸' 혹은 청소부들이 그녀를 부르는 호칭인 '부인'이라고 불렀다. 하지만 우리는 그녀의 이름이 샬로타라는 걸 기억한다. 그녀에게는 아버지를 대신하여 서류에 서명할 수 있는 권한이 있었다. 게다가 그녀의 서명은 아버지의 것과 구별이 안 될 정도로 똑같았다. 하지만 레이스 소맷자락에 가려진 섬세한 손이 있고, 광범위한 해부학 지식을 갖고 있음에도 불구하고, 그녀가 아버지처럼 사람들의 기억이나 교재 속에서 불멸의 존재로 남는 것은 불가능했다. 그녀가 묵묵히 헌신과 열정을 다해 보살핀 표본들이 아마도 그녀보다 더 오래 보존되어 기억될 것이다. 그 아름답고도 조그만 태아들이 그녀보다 더 오래 살아남아서 황금빛 액체 속에서, 스틱스강에서 퍼 올린 불로장생의 영약 속에서 조용히 낙원의 삶을 누리게 될 것이다. 그것 중 일부, 마치 난초처럼 희귀한 것은 여분의 손길로부터 보살핌을 받았다. 왜냐하면 그녀는 자신의 아버지와 달리, 결함이 있거나 불완전한 것에 매료되었기 때문이다. 그녀는 산파를 매수하여 소두증 표본을 입수했다. 비만으로 커다랗게 늘어난 창자는 외과 의사에게서 얻어 왔다. 지방의 의료진은 특이한 종양 세포들과 다리가 다섯 개인 송아지, 머리가 붙은 샴쌍둥이 시신을 라위스 교수의 딸에게 판매하기 위해 특별한 가격을 제시했다. 하지만 그녀의 주요 거래 대상은 도시의 산파들이었다. 값을 깎고 흥정하긴 해도 그녀는 좋은 고객이었다.

아버지는 그녀의 남동생인 헨릭에게 사업을 맡기기로 했다. 첫 번째 그림으로부터 십삼 년이 지난 후에 그려진 또 다른 그림에 동생의 모습이 등장한다. 샬로타는 매일 계단을 내려갈 때마다 그림을 보곤 했다. 그림 속에 묘사된 아버지는 잘 손질된 에스파냐식 턱수염을 기른 노련한 모습이다. 머리에는 가발을 쓰고, 배를 갈라 열어 놓은 유아의 몸 위로 수술용 가위를 움켜쥔 손을 번쩍 들어 올리고 있다. 복벽이 옆으로 잘 펼쳐져 있어 내장이 훤히 드러나 있다. 샬로타는 아이를 보면서 창백한 도자기 얼굴에 톱밥으로 채워진 헝겊 몸통을 가진, 사랑하는 자신의 인형을 떠올린다.

그녀는 결혼을 하지 않았다. 덕분에 온전히 아버지를 위해 희생할 수 있었고 자신의 처지를 유감스러워하지도 않았다. 알코올 속을 헤엄쳐 다니는 아름답고 창백한 표본들이 그녀에게는 자식이나 다름없었다.

그녀는 자신과 함께 표본을 만들던 자매 라헐이 결혼한 것을 항상 유감스럽게 생각했다. 하지만 라헐은 과학보다는 예술에 관심이 많았다. 피 냄새를 역겨워했고 포르말린에 손을 담글 때마다 질색을 했다. 대신 표본을 저장하는 유리병을 식물 문양으로 예쁘게 장식하곤 했다. 그녀는 또한 뼈의 구성과 배열에 관해 아이디어가 많았다. 특히 아주 작은 뼈에 대한 관심이 각별했는데, 때로는 그것들에 이름을 붙여 주기도 했다. 하지만 라헐은 결국 남편과 함께 헤이그로 떠나 버렸고, 샬로타는 홀로 남겨졌다. 남동생에게서는 아무것도 기대할 게 없었으므로.

샬로타가 선반의 나무 표면을 손가락으로 훑자 흔적이 남았다. 잠시 뒤면 지시를 받은 하녀들이 헝겊으로 말끔히 닦아 낼 것이다. 자신의 전 생애를 바친 컬렉션이었기에 아쉬움이 컸다. 하녀들이 자신의 눈물을 보지 못하도록 그녀는 고개를 창문 쪽으로 돌렸다. 그러자 도시의 일상적인 풍경이 눈에 들어왔다. 저 먼 북쪽 땅에서 유리 용기들이 제대로 보관되거나 저장되지 못하는 건 아닐까 걱정스러웠다. 뚜껑을 밀봉하는 래커는 때때로 보존용 혼합물에서 나오는 증기의 영향으로 접착력을 잃기도 하는데, 그러면 알코올이 증발해 버리기 때문이다. 그녀는 수집품에 동봉한 긴 설명서에다 이러한 사실에 대해 라틴어로 매우 상세하게 적어 놓았다. 하지만 과연 그들이 라틴어를 읽을 수 있을까?

오늘 밤은 잠들지 못하리라. 그녀는 마치 아들을 먼 곳에 있는 대학으로 유학 보낸 어머니처럼 걱정을 멈출 수가 없었다. 그간의 경험으로 보면 근심 걱정에 가장 효과적인 약은 바로 일에 전념하는 것이었다. 일은 그 자체로 기쁨이자 보상이었으니까. 그녀는 왁자지껄 떠들어 대는 하녀들에게 조용히 하라는 신호를 보냈다. 하녀들은 그녀의 엄격한 태도를 두려워하면서, 샬로타 같은 사람은 곧바로 천국으로 갈 것이라고 여겼다.

하지만 샬로타에게 천국이 무슨 소용이란 말인가? 해부학자들의 천국에서 그녀는 과연 무엇을 얻을 수 있을까? 그곳은 필경 어둡고 지루할 것이다. 어둠 속에서 거의 눈에 띄지도 않는 짙은 빛깔의 옷을 입은 남자들이 배를 갈라 내장을 드러낸 인간의 몸을 내려다보며 미동도 없이 무리 지어 서 있으리라. 새하얀 깃 때문에 가벼운 광채가 감도는 그들의 얼굴에는 만족감과 승리의 도취감이 서려 있을 것이다. 그녀는 고독한 사람이기에 남들과 어울리는 일에는 별 관심이 없다. 따라서 실패를 두려워하지도, 성공을 즐기지도 않는다. 그녀는 자신을 위로하기 위해 요란하게 목청을 가다듬고는 스커트 자락을 펄럭이며 성큼성큼 발걸음을 옮긴다.

하지만 그녀가 향하는 곳은 집이 아니라 그 반대편, 바다와 항구가 있는 쪽이다. 잠시 후 그녀는 동인도 회사가 운영하는 선박의 높고 가느다란 돛대를 멀리서 응시한다. 통과 상자마다 VOC[94] 로고가 스탬프로 찍혀 있다. 웃통을 벗은 남자들이 햇볕에 그을리고 땀으로 번들거리는 몸뚱이를 드러낸 채 후추와 정향, 육두구가 담긴 상자를 나르고 있다. 바닷물과 생선, 소금 내음에 계피 향이 뒤섞여 있다. 그녀는 저 멀리, 돛대 세 개를 세운 차르의 범선이 보일 때까지 바닷가를 따라 계속 걸어간다. 하지만 차마 들여다보고 싶지 않기에 재빨리 범선을 지나쳐 버린다. 자신의 유리 용기들이 지금 생선 비린내가 가득한 더럽고 컴컴한 창고에 놓여 있으며, 낯선 손길이 함부

94) 네덜란드 동인도 회사.(Vereenigde Oost-Indische Compagnie)

로 그것들을 만진다는 사실을 그녀는 상상조차 하고 싶지 않다. 게다가 앞으로 며칠 동안은 빛도 없고 인간의 시선도 닿지 않는 곳에서 견뎌 내야만 하다니 너무도 끔찍한 일이었다.

그녀의 발걸음이 점점 빨라지더니 덴마크와 노르웨이 해안을 향해 출항 준비를 마친 배들이 정박한 부두에 다다른다. 동인도 회사에 속한 배들과는 생김새부터 완전히 다르다. 동인도 회사의 배들이 단순하고 투박한 형태라면, 여기에 정박한 배들은 밝고 선명한 색깔로 칠해졌고, 선두는 세이렌이나 신화 속 인물들의 모형을 본떠 만들어졌다.

그녀는 훈련하는 장면을 목격했다. 검은 외투를 입고 갈색 가발을 쓴 공무원 두 명이 해변에 테이블을 펼쳐 놓은 채 앉아 있고, 그 앞에 꽤 많은 숫자의 지원자들이 서 있다. 이웃 마을의 어부들인데, 두상이 긴 그들은 부활절 이후로 씻지도 않고 면도도 하지 않은 채 낡은 누더기를 걸치고 있었다.

바로 그때 무모한 아이디어가 그녀의 머릿속을 스치고 지나갔다. 닥치는 대로 아무거나 남자용 누더기를 걸치고, 어깨에 냄새 나는 기름을 바르고, 얼굴은 검게 칠하고, 머리를 짧게 자른 뒤, 저들이 서 있는 줄에 합류하면 어떨까. 시간은 자비롭게도 남녀의 차이를 없애 버렸다. 그녀는 자신이 아름답지 않다는 사실을 알고 있었다. 축 처진 뺨과 두 개의 팔자 주름이 만든 괄호 안에 들어 있는 입, 그것만으로도 그녀는 충분히 남자처럼 보였다. 갓난아기와 노인의 생김새는 거의 똑같다. 그렇다면 그녀를 여자답게 해 주는 것은 무엇인가? 무거운 드레스, 풍성한 페티코트, 그녀의 보잘것없는 머리카락을 단단히 조인 불편하기 짝이 없는 흰 머리 장식. 그리고 제정신이 아닌 늙은 아버지와 그의 탐욕스러운 공격. 그는 앙상하게 뼈만 남은 손가락으로 살림에 보태라며 그녀를 향해 테이블 위로 동전 한 닢을 던진다. 아버지는 자신의 광기를 신중하게 감춘 채 원점에서 모든 걸 다시 시작하기로 결정했다. 그리고 모든 준비를 떠맡아야 하는 건 물론 그녀다. 그들은 수년 내에 컬렉션을 재현할 것이고, 그 어떤 사산이나 유산도 놓치지 않기 위해 산파에게 또다시 비용을 지불할 것이다.

그녀는 내일이라도 당장 승선할 수 있었다. 동인도 회사는 끊임없이 선원을 필요로 한다고 들었다. 그러니 함대가 기다리는 텍설섬[95]으로 자신을 실어다 줄 배에 오르기만 하면 된다. 동인도 회사의 함선은 선체가 납작하면서도 모양이 앞뒤로 불룩해서 갑판 아래에 실크와 도자기, 카펫과 향신료 등을 가능한 한 많이 실을 수 있었다. 여기에 오리의 부리처럼 커다란 뱃머리를 설치한다면 아마 금상첨화일 것이다. 그녀는 쥐처럼 몰래 숨어들 수 있을 것이고, 아무도 눈치채지 못할 것이다. 키도 큰 편이고 체격도 제법 건장했으므로, 가슴에 광목천을 감으면 사람들의 눈을 감쪽같이 속일 수 있으리라. 설령 비밀이 밝혀진다 해도 이미 동인도로 향하는 공해에 접어들었을 때쯤일 것이다. 그때 가서 그녀에게 무슨 짓을 할 수 있겠는가? 기껏해야 바타비아[96]같이 문명화된 장소에서 그녀를

95) 암스테르담에서 배로 두 시간 정도 거리에 위치한 네덜란드의 대표적인 휴양지.
96) 자카르타의 옛 이름.

배에서 쫓아내는 정도일 것이다. 언젠가 판화에서 본 적이 있는 그곳은 원숭이가 무리 지어 지붕에 앉아 있고, 일 년 내내 과일이 자라는 낙원과도 같은 곳이었다. 그리고 날씨가 어찌나 따뜻한지 아무도 양말을 신고 다니지 않았다.

그렇게 혼자서 이런저런 상상을 하고 있는데, 갑자기 덩치가 크고 건장한 남성이 그녀의 눈길을 끌었다. 그의 벌거벗은 어깨와 상체는 형형색색의 문신으로 뒤덮여 있었다. 배와 돛, 반쯤 옷을 벗은 까무잡잡한 피부의 여인들. 그렇다, 이 사내는 생의 이력을 자신의 몸뚱이에 새겨 놓은 것만 같았다. 어쩌면 이 도안들은 그가 경험한 여정들, 그리고 사랑했던 여인들에 관한 이야기인지도 모른다. 샬로타는 이 사내에게서 눈을 뗄 수 없었다. 남자는 회색빛 넝마에 싸인 꾸러미를 등에 짊어지고, 중형 보트로 트랩을 오가며 짐을 운반하고 있다. 사내도 샬로타를 흘끔 쳐다본다. 그녀의 시선을 의식한 듯하다. 하지만 그녀에게서 아무런 매력도 느끼지 못했기에 미소를 짓지도 찡그리지도 않는다. 그저 어두운색 옷을 입은 늙은 하녀라 여긴다. 하지만 그녀는 그의 문신에서 시선을 거두지 못한다. 그의 어깨에는 알록달록한 물고기 한 마리와 거대한 고래가 그려져 있다. 선원의 근육이 계속해서 움직이는 바람에 고래가 살아 있는 것처럼 보인다. 마치 사내와 전례 없는 공생 관계를 유지하면서 그의 피부에 영원히 달라붙은 채, 그의 어깨뼈에서 가슴 쪽으로 헤엄치고 있는 듯하다. 이 거대하고 건장한 몸뚱이는 그녀에게 너무도 강렬한 인상을 남긴다. 그녀는 다리가 무거워지고 발걸음이 느려지면서 자기 몸이 아래쪽에서부터 열리는 것을 느낀다. 자신의 육체가 사내의 어깨를 향해, 그리고 고래를 향해 열리고 있다.

그녀가 어금니를 꽉 문다. 어찌나 세게 물었는지 머릿속이 웅웅거릴 지경이다. 그녀가 운하를 따라서 집 쪽으로 걷기 시작한다. 하지만 점점 속도를 늦추다가 결국 멈춰 선다. 바닷물이 운하를 범람하는 것만 같은 이상한 느낌에 휩싸였기 때문이다. 바다는 부드럽게 첫 번째 파도를 보내 팽창 지점을 확인한 뒤, 이번에는 좀 더 과감하게 포장도로로 쏟아져 들어온다. 그리고 그다음에는 가까운 곳에 있는 집의 첫 번째 계단에 도달한다. 샬로타는 물의 중량감을 선명하게 체감한다. 그녀의 치마가 수분을 흡수하면서 납덩이처럼 무거워진다. 움직일 수가 없다. 그녀는 자신의 몸 구석구석에서 홍수의 기운을 느낀다. 당황한 배들이 나무에 부딪히는 광경을 바라본다. 뱃머리를 세운 채 물살을 가르며 줄지어 항해하던 배들이 방향을 잃고 우왕좌왕하고 있다.

차르의 컬렉션

다음 날 새벽, 러시아 범선은 화물칸에 조심스럽게 수집품들을 실은 채 닻을 올리고 바다로 출항했다. 일행은 덴마크 해협을 유유히 통과하여 며칠 후 발트해에 도착했다. 선장은 최근에 구입한 네덜란드 장인의 지동의[97]를 떠올리며 흐뭇해했다. 평소 항해보다는 다른 분야에 관심이 더 많았던 그의 영혼 깊은 곳에는 천문학자나 지도 제작자를 향한 꿈이 있었다. 배가 닿지 않는 곳, 인간의 시야를 넘어서는 공간을 탐험하고픈 열망을 늘 품고 있었던 것이다.

선장은 때때로 화물칸에 내려가 값비싼 화물이 제자리에 있는지 확인하곤 했다. 그런데 고틀란드섬 부근에 이르렀을

---

97) 지구의 자전과 공전 모양을 나타내는 장치.

때 날씨가 갑자기 바뀌었다. 그리 거세지 않은 폭우가 지나간 뒤 바람이 멈추었다. 거기에 8월의 마지막 열기가 더해지면서 바다 위를 맴돌던 대기가 호박색으로 변했다. 돛이 넘어졌고 그 상태로 며칠이 흘렀다. 선장은 사람들이 뭔가에 몰두하면서 시간을 보낼 수 있도록 밧줄을 감고 푸는 일을 시켰고, 갑판을 닦게 했으며, 저녁에는 훈련을 명령했다. 하지만 날이 저물자 그의 권위도 한풀 꺾였고, 거칠고 무식한 선원들에 대한 경계심이 들기도 한 데다, 두 아들에게 보여 주기 위해 여행일지도 써야 했기에 안락한 선실에 틀어박혀 버렸다.

여드레 동안 바람 한 점 없이 쥐죽은 듯한 고요가 지속되자 선원들은 서로에게 점점 사납게 으르렁대기 시작했다. 암스테르담에서 구입한 채소, 특히 양파가 변질되면서 곰팡이가 폈고 보드카는 이미 바닥났다. 선장은 갑판 아래, 술통을 보관하는 장소를 직접 살펴보기를 꺼렸다. 일등항해사의 보고만으로도 상황은 충분히 불길했던 것이다. 선장은 한밤중에 갑판에서 들려오는 소란에 불안을 느끼며 귀를 기울였다. 처음에는 한 가지 발소리만 났다. 그러다 여러 개의 발이 한꺼번에 툭탁거리는 소리가 들렸고, 나중엔 다 함께 군무라도 추는 듯 규칙적인 종종걸음과 리드미컬한 소음이 들려왔다. 그러다 결국에는 거나하게 취한 고성과 시끄러운 합창으로 돌변했고, 마치 바다에 사는 거대한 동물의 울부짖음처럼 침통한 소리가 울려 퍼졌다. 며칠 동안 밤마다 이런 일이 이어졌고, 새벽까지 계속되었다. 낮이 되면 선원들은 충혈된 눈과 부어오른 눈꺼풀을 한 채 선장의 시선을 애써 외면했다. 선장과 일등항

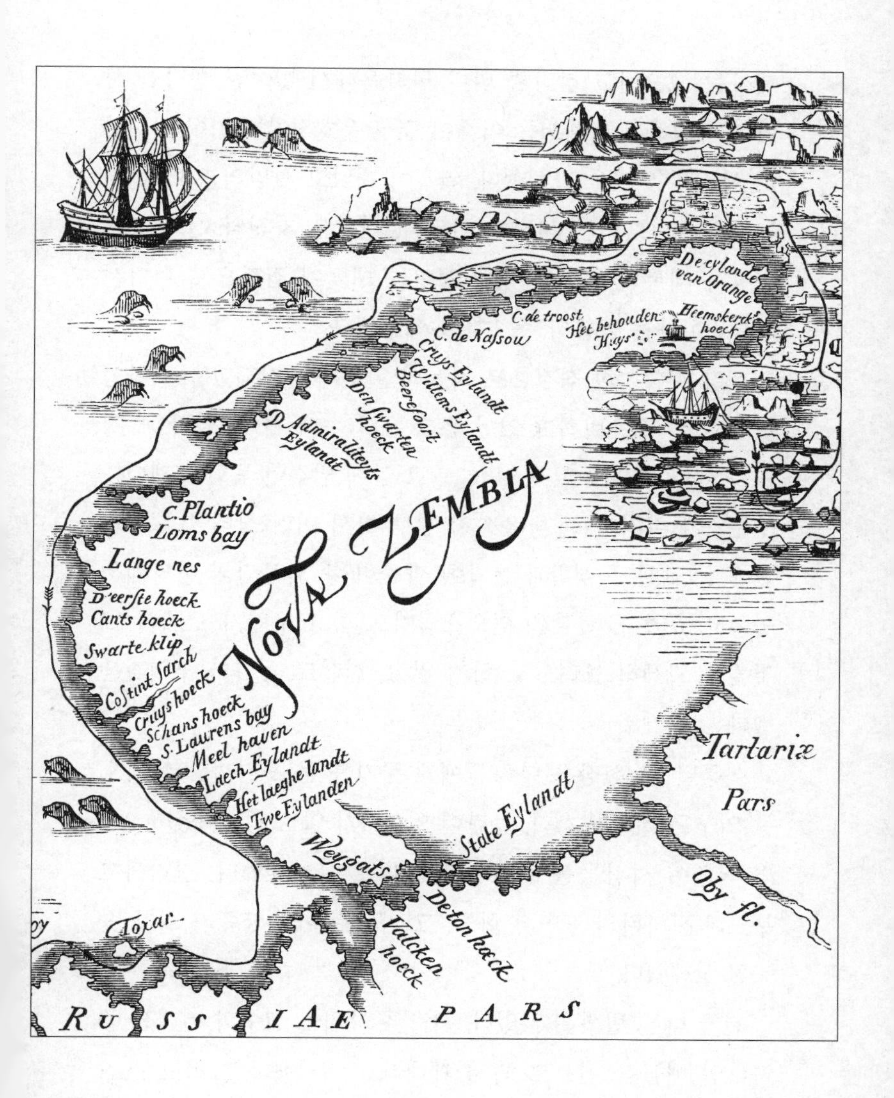
De eylande van Orange
C. de troost
Het behouden Huys
Heemskercks hoeck
C. de Nassou
Cruys Eylandt
Willems Eylandt
Beeresoort
Den swarten hoeck
D. Admiraliteyts Eylandt
NOVA ZEMBLA
C. Plantio
Loms bay
Lange nes
D'eerste hoeck
Cants hoeck
Swarte klip
Costint Sarch
Cruys hoeck
Schans hoeck
S. Laurens bay
Meel haven
Laech Eylandt
Het laeghe landt
Twe Eylanden
State Eylandt
Tartariæ Pars
Weygats
Oby fl.
Toxar
Deton hoeck
Valcken hoeck
RUSSIAE PARS

해사는 고요하고 잠잠한 바다 한가운데서 벌어진 심각한 사안을 해결하기 위해서는 어둠이 결코 우호적인 환경이 아니라는 사실에 의견을 같이했다. 열흘이 지나고 한밤의 일탈을 더는 용납할 수 없는 지경에 이르자, 선장은 자신의 어깨에 단 견장과 제복의 휘장이 훤히 보이는 대낮에 갑판으로 나가서 칼루킨이라는 이름의 주모자를 체포했다.

선장은 씁쓸한 심정으로 화물의 일부가 손상되었음을 확인했다. 그들이 운반하고 있던 유리 용기 수백 개 중 열몇 개 정도가 이미 뚜껑이 열려 있었고, 그 안에 담겼던 독한 브랜디는 누군가가 마지막 한 방울까지 전부 마셔 버린 상태였다. 용기 안에 든 표본은 뱃밥과 톱밥에 파묻힌 채 화물칸의 바닥에서 뒹굴고 있었다. 선장은 혐오스럽기도 하고 두렵기도 해서 그것들을 자세히 보려고도 하지 않고, 선실로 돌아와 구역질을 했다.

이튿날 밤 선장은 부하들에게 무기를 들고 갑판으로 나오는 입구를 지키게 했다. 반란이 일어나기 일보 직전이었다. 8월의 폭염이 사람들을 분노의 도가니로 몰아넣었다. 잔잔하고 부드러운 바다의 표면과 화물, 그 자체로 이미 모두가 화가 솟구친 상태였다.

결국 다른 방법은 없었다. 선장은 라위스 교수의 컬렉션 중 하나인 뼈들을 천으로 싸서 꿰매라고 지시했다. 그리고 스스로 그것들을 배 밖으로 던져 버렸다. 이 작은 제물 덕분에 바다의 화가 누그러진 것일까? 마치 마법사의 지팡이가 건드리기라도 한 것처럼 바다가 다시 철썩거리며 움직이기 시작했다.

스웨덴 본토 근처에서 바람이 불어와 차르의 범선을 고향 쪽으로 밀었다.

페테르부르크에 도착한 뒤 선장은 비밀 보고서를 써야만 했다. 칼루킨은 사형 선고를 받고 교수형에 처해졌다. 그리고 라위스 교수의 컬렉션은 불완전한 상태이긴 했지만 전시를 위해 마련된 특별 공간으로 안전하게 옮겨졌다.

선장은 운반 작업을 제대로 감독하지 못한 책임을 지고 가족과 함께 멀리 북쪽 지방으로 유배되었다. 거기서 그는 고래잡이 원정에 참여하기도 하고, 보다 상세한 뉴질랜드 지도를 그리기도 하면서 남은 생애를 보냈다.

이르쿠츠크-모스크바

이르쿠츠크에서 모스크바로 가는 비행기. 아침 8시에 이르쿠츠크에서 출발하면 정확히 같은 시간, 그러니까 같은 날 오전 8시에 모스크바에 도착한다. 마침 해가 떠오르는 시각이기에 우리는 계속되는 여명 속에서 비행하게 된다. 시베리아 대륙만큼이나 거대하고 고요하며 평화로운 지금의 이 순간이 이어지고 있다.

이 순간이야말로 자신의 전 생애에 대해 고해 성사를 해야 할 시간이다. 기내에서는 쉼 없이 흐르고 있지만, 그 바깥으로는 절대 흘러가지 않는 시간.

암흑 물질

비행 세 시간째, 내 옆자리에 앉은 남자가 화장실에 갔다가 좌석으로 돌아왔다. 그를 창가 자리로 들여보내기 위해 좌석에서 일어서면서 나는 그와 의례적인 몇 마디를 주고받았다. 날씨와 난류, 그리고 음식에 대해서. 비행 네 시간째에 접어들자 마침내 우리는 서로 자기소개를 했다. 그는 물리학자였다. 특강 몇 건을 마치고 귀가하는 중이라고 했다. 그가 구두를 벗었을 때 나는 그의 양말 뒤꿈치에 커다란 구멍 하나가 난 것을 발견했다. 이런 식으로 물리학자의 물리적인 육체는 내 눈길을 끌었고, 그때부터 우리는 좀 더 편안하게 이야기를 주고받을 수 있었다. 그는 고래에 대해 상당히 열정적으로 이야기를 늘어놓았다. 하지만 그의 본업은 따로 있었다.

암흑 물질. 그가 연구하는 대상은 바로 그것이었다. 누구나 존재는 알고 있지만, 어떤 도구로도 포착되지 않는 미지의 대상. 하지만 복잡한 계산과 수학적 결과는 그 존재의 증거를 명백히 드러낸다. 모든 징표가 가리키는 것은 이러한 물질이 우주의 4분의 3을 차지하고 있다는 것이다. 우리가 잘 아는 물질, 우리의 우주를 구성하는 명확한 물질들이 차지하는 비중은 실제로는 훨씬 적다. 반면에 암흑 물질은 어디에나 존재하며 지금 여기, 바로 우리 주변에도 존재한다고, 구멍 난 양말을 신은 사내가 말했다. 그가 창밖을 내다보며 우리 밑에서 흘러가고 있는 눈부시게 밝은 구름을 향해 시선을 던졌다.

"저기 바깥에도 있어요. 사방에 존재하죠. 고약한 건, 그게 대체 뭔지, 그리고 왜 존재하는지 알 수가 없다는 겁니다."

몬트리올의 학술 대회에 참석하기 위해 비행기를 타고 가던 그 기후학자들에게 당장 이 사내를 소개해 주고 싶었다. 나는 자리에서 벌떡 일어나 눈으로 그들을 찾았다. 그러다 곧 깨달았다. 그건 이 비행기가 아니라는 사실을.

이동성은 현실이다

한 공항의 유리 벽에 걸린 대형 옥외 광고가 모든 걸 다 안다는 듯, 이렇게 단언했다.

> мобильность стАновится РеАльностью.
> (이동성은 현실이 된다.)

이건 그저 휴대 전화 광고일 뿐이라고 우겨 보자.

방랑자들

밤이 되면 세상 위로 지옥이 떠오른다. 가장 먼저 일어나는 현상은 공간의 형태를 파괴하는 것이다. 모든 곳을 더욱 비좁게 만들고, 더욱 거대하게 만들고, 움직일 수 없게 만든다. 세부 항목들은 사라지고 사물은 자신의 고유한 모양을 잃어버리며 쪼그라들어서 불분명해진다. 낮에는 '아름답다' 혹은 '유용하다'고 말할 수 있었던 것들이 밤에는 마치 형태를 잃어버린 몸뚱이처럼 이전에 과연 어떤 의미가 있었는지 짐작조차 하기 힘든 상태가 된다. 지옥에서는 모든 것이 가상으로 존재한다. 낮 시간에 드러난 형태의 다양성, 색의 현존, 음영 따위는 전부 헛된 것이 되어 버린다. 대체 그것들이 다 무슨 소용인지 알 수 없게 되어 버리는 것이다. 크림색 소파 천, 잎사귀 문양이 찍힌 벽지, 커튼의 술 장식 따위가 과연 어디에 쓰인단 말인가? 의자 등받이에 걸쳐 놓은 드레스의 초록색도 마찬가지다. 상점 진열장에 걸려 있을 때 대체 무엇 때문에 저 빛깔에 탐욕스러운 시선을 던졌는지 지금은 이해되지 않는다. 단추나 후크, 걸쇠는 없다. 어둠 속의 손가락이 마주치는 건 모호한 돌출부, 거친 면, 딱딱한 덩어리뿐이다.

다음 단계에 이르면 지옥은 당신을 잠에서 끄집어낸다. 때로는 불쾌한 이미지, 무섭거나 조롱하는 듯한 장면을 당신의 꿈에 출몰시킨다. 예를 들어 목을 자른다든지, 사랑하는 이의 몸을 핏물에 담근다든지, 인간의 뼈를 재 속에 파묻는 광경 따위를 꿈속에서 보여 주는 것이다. 그렇다. 지옥은 충격을 가하는 것을 좋아한다. 하지만 대부분은 떠들썩한 소란을 자제한 채 그저 조용히 잠을 깨운다. 어둠을 향해 눈을 뜨면서 이제 의식의 흐름이 시작된다. 한밤의 두뇌는 낮에 열심히 직조한 카펫에서 다시 실을 풀어내는 페넬로페[98]와 같다. 때로는 그 실이 한 가닥일 때도 있고, 더 많을 때도 있다. 복잡한 문양이 가장 기본적인 요소, 즉 씨실과 날실로 쪼개진다. 씨실이 떨어져 나와 평행선들로 탈바꿈한다. 그것은 세상의 바코드이다.

비로소 모든 것이 분명해진다. 밤이 세상을 본래의 자연스러운 모습으로 되돌려 놓았고, 더 이상 아무런 꾸밈도 포장도 없다. 낮은 빛이요 찬란함이다. 하지만 그것은 사소한 예외이

98) 그리스 신화에 나오는 오디세우스의 아내. 남편이 트로이 전쟁에 나가 돌아오지 않는 사이에 수많은 구혼자들의 청혼에 시달렸지만 끝까지 지조를 지켰다.

고 부주의이며 질서의 붕괴에 불과하다. 세상은 사실 어둠 그 자체이며 거의 검은색에 가깝다. 움직이지 않으며 차갑다.

그녀가 침대에 똑바로 앉아 있다. 가슴 사이로 땀방울이 흘러내려 간지럽다. 땀에 젖은 잠옷이 그녀의 몸에 들러붙어 있다. 마치 머지않아 벗어던질 허물처럼 느껴진다. 아누슈카는 어둠 속에서 귀를 쫑긋 세우고 있다. 피에티아의 방에서 흘러나오는 소리를 엿듣기 위해서다. 그녀는 잠시 발을 더듬어 슬리퍼를 찾으려다 단념한다. 그녀는 맨발로 아들의 방으로 달려갈 것이다. 그녀는 자기 옆에 있는 한 사내의 흐릿한 윤곽이 한숨을 쉬는 것을 바라본다.

"뭐야?" 남자가 잠에 취해 물으면서 베개에 머리를 파묻는다.

"별일 아니에요. 피에티아예요."

그녀가 아이의 방에 있는 작은 램프를 켜고 아들의 눈을 들여다본다. 불빛이 아이의 얼굴에 공들여 조각해 놓은 어두운 골짜기 안에서 두 눈이 빛나고 있다. 평소처럼 본능적으로 아이의 이마를 짚어 본다. 열은 없지만 땀에 젖어 척척하고 서늘하다. 그녀는 조심스럽게 아이를 일으켜 앉히고는 천천히 등을 문질러 준다. 아들이 머리를 자신의 어깨에 힘없이 기대자 아누슈카는 땀 냄새를 맡으며 그 안에 고통이 깃들어 있음을 알아차린다. 피에티아가 아파하며 흘린 땀은 다른 냄새를 풍긴다는 걸 그녀는 깨친 것이다.

"아침까지 참을 수 있겠니?" 그녀가 부드럽게 속삭인다. 하지만 이것이 얼마나 어리석은 질문인지 금방 깨닫는다. 대체 왜 참아야 한단 말인가? 무엇 때문에? 그녀가 손을 뻗어 침대 옆 탁자에 놓아 둔 알약 하나를 캡슐에서 꺼내어 아이의 입에 넣는다. 그리고 따뜻한 물 한 잔을 마시게 한다. 아이가 알약을 삼킨다. 잠시 후 아이에게 물 한 모금을 더 마시게 한다. 이번에는 더욱 조심스러운 몸짓이다. 알약은 곧 효과를 발휘할 것이다. 그녀는 마비된 아이의 몸을 오른쪽으로 돌려 눕히고, 그의 양 무릎을 배 가까이 둔다. 이런 자세가 아이에게 가장 편안하리라고 생각한 것이다. 그녀는 침대 가장자리, 아이 옆에 누워, 뼈만 앙상한 아이의 등에 자기 머리를 갖다 댄다. 공기가 아이의 폐로 들어갔다가 다시 어둠을 향해 날숨으로 내뱉어지는 과정에 그녀는 귀를 기울인다. 이러한 과정이 규칙적이고 가볍고 리드미컬한 소리를 낼 때까지 그녀는 기다린다. 그러고 나서 가만히 자리에서 일어나 발꿈치를 들고 자신의 침대로 돌아온다. 그녀는 남편이 돌아오기 전까지 그랬던 것처럼 피에티아의 방에서 자는 게 훨씬 더 좋았다. 아이를 바라보며 잠들었다 깨는 편이 마음이 편했던 것이다. 그러면 밤마다 침대 겸용 소파를 펼쳐서 부부용 잠자리를 만드는 번거로움도 없을 것이고, 전처럼 소파는 그냥 내버려 두면 그만이었을 것이다. 하지만 어쩌겠는가. 남편은 남편인데.

남편은 넉 달 전, 이 년 만에 돌아왔다. 집을 떠날 때 입었던 것과 똑같은, 다소 유행이 지난 평상복 차림이었다. 그동안 거의 입지 않은 듯 옷은 말짱했다. 그녀는 옷의 냄새를 맡아 보았다. 약간의 습기 외에는 아무런 냄새도 나지 않았다. 그것은 사방이 꽉 막힌 창고에서 이 년을 보낸 부동의 냄새였다.

그는 다른 사람이 되어 돌아왔다. 그녀는 그를 보자마자 그것을 즉시 감지했다. 그리고 지금까지도 여전히 그는 다른 사람이다. 남편이 돌아온 첫날 밤, 그녀는 그의 몸을 살펴보았다. 역시 달랐다. 더욱 강해지고 몸집은 전보다 커지고 좀 더 근육질이 되었지만, 이상하게도 허약했다.

그녀는 그의 한쪽 어깨에 난 흉터와 그의 두피를 만져 보았다. 새치가 눈에 띄게 늘고 머리카락이 훨씬 가늘어졌다. 육체 노동을 계속한 사람처럼 손은 더 커지고 손가락도 두꺼워졌다. 그녀는 실오라기 하나 걸치지 않은 자신의 가슴에다 그의 손가락을 가져다 댔다. 하지만 그 손가락들은 머뭇거릴 뿐이었다. 그녀는 자신의 손을 움직여 그를 흥분시켜 보려 했지만, 그는 얕은 숨을 내쉬며 조용히 누워 있었다. 그녀는 부끄러워졌다.

그는 밤마다 분노에 찬, 쉰 목소리로 고성을 지르며 잠에서 깨어나 어둠 속에서 우두커니 앉아 있곤 했다. 그러다 벌떡 일어나 찬장으로 가서 보드카를 꺼내 마셨다. 그러고 나면 그의 숨결에서 사과 향기가 났다. 그제야 비로소 그는 그녀에게 간청했다. "나를 만져 줘, 만져 달라고."

"그곳에서는 어땠는지 말해 줘요. 어떻게 하면 내가 당신을 편안하게 해 줄 수 있는지 말해 줘요."

그녀가 그의 귓가에 대고 속삭이면서 뜨거운 숨결로 유혹했다.

하지만 그는 아무 말도 하지 않았다.

그녀가 피에티아를 돌보는 동안 그는 줄무늬 파자마를 입고 집안을 돌아다니고, 진한 커피를 타서 마시고, 창밖에 펼쳐진 아파트 단지의 풍경을 바라보았다. 그러고는 아들의 방을 들여다보았다. 때로는 아이 옆에 쭈그리고 앉아서 말을 걸어 보려 애쓰기도 했다. 그러고 나면 텔레비전을 켜고 창문에 노란 커튼을 쳤다. 한낮의 햇볕이 쇠약해지고 조밀해지고 과열되게 만들기 위해서였다. 남편은 피에티아의 간호사가 집에 올 시간인 정오가 다 되어서야 옷을 갈아입었는데, 항상 그러는 것도 아니었다. 때로는 파자마를 입은 채로 방문을 걸어 잠가 버렸다. 그러면 텔레비전 소리가 희미해졌다. 그 소리는 의미를 상실한 세상을 향한 덧없는 외침, 괴상한 웅성거림이 되었다.

매달 규칙적으로 돈이 지급되었다. 액수가 제법 넉넉해서 피에티아의 약값을 충당하고, 거의 새것에 가까운 중고 유모차도 사고, 간호사도 부를 수 있을 정도였다.

오늘은 그녀가 아이를 돌보지 않아도 되는 날이다. 말 그대로 자유다. 곧 시어머니가 집으로 올 것이다. 사실 그녀가 보러 오는 대상이 아들인지 손자인지, 그리고 누구를 더 신경 써서 돌보려는지는 알 수가 없다. 시어머니는 대문 옆에 격자무늬가 그려진 비닐봉지를 내려놓고, 그 안에서 나일론 실내복과 슬리퍼를 꺼낼 것이다. 그것은 그녀가 늘 집에서 입는 유니폼이다. 그녀는 먼저 자신의 아들을 들여다볼 것이다. 그녀가 안부를 물으면, 아들은 텔레비전에서 눈도 떼지 않은 채 네, 아니요로만 대답할 것이다. 더 이상 꾸물거릴 이유가 없기에 그녀는 곧장 손자에게로 향한다. 손자를 씻기고, 먹을 것을 주고, 땀과 오줌이 묻은 시트를 갈아 주고, 약을 먹여야 한다. 그러고 나면 세탁기에 빨랫감을 집어넣고 요리를 시작한다.

그다음에는 아이와 놀아 주는 게 일과였다. 날씨가 좋으면 손자를 베란다로 데리고 나가곤 했다. 사실 딱히 볼 건 없었다. 물이 다 말라 버린 바다에서 자라난 거대한 회색빛 산호초를 연상시키는 아파트 건물들만 사방에 즐비했으니. 그 바다는 움직이는 생물로 가득하고, 거대한 대도시 모스크바의 어슴푸레한 수평선과 맞닿아 있었다. 하지만 아이는 늘 하늘을 올려다보았다. 아이의 시선은 구름이 시야에서 사라질 때까지 계속해서 구름의 아랫면에 고정되어 있었다.

아누슈카는 일주일에 하루, 자유 시간을 가질 수 있어서 시어머니에게 감사했다. 그녀는 집을 나서며 시어머니의 보드랍고 매끄러운 뺨에 가볍게 키스했다. 두 사람이 함께하는 시간은 문 앞에서 마주치는 순간, 그게 다였다. 그녀는 계단을 내려갈수록 몸이 점점 가벼워지는 것을 느끼곤 했다. 그렇게 주어진 온전한 하루를 그녀는 집 안의 다양한 문제를 해결하는 데 할애하곤 했다. 공과금을 내고 장을 보고 피에티아를 위해 처방전을 받으러 가고 가족 묘지에 들렀다가 마지막에는 이 비인간적인 도시의 반대편으로 향했다. 석양을 바라보며 마음껏 소리 내어 울기 위해서였다. 어느 경로를 택하든 길이 막혔으므로 도시의 반대쪽까지 가는 데는 시간이 정말 오래 걸렸다. 만원 버스에 오른 그녀는 사람들 틈에 끼인 채로 서서 차창 너머를 바라보았다. 모두가 교통 체증 때문에 그 자리에 서 있는데, 창문을 검게 착색한 대형 세단 한 대가 너무도 태연히 악마처럼 거리를 질주하는 모습이 눈에 들어왔다. 젊은 이들이 가득 찬 광장, 싸구려 중국산 제품들을 판매하는 임시 장터가 눈에 들어왔다.

그녀는 늘 키예프역에서 버스를 갈아타곤 했는데, 그때마다 지하도에서 걸어 나오는 다양한 인파를 지나쳤다. 하지만 한 사람을 제외하고는 특별히 그녀의 주의를 끌거나 두렵게 만드는 존재는 없었다. 그 여인은 임시로 쳐 놓은 울타리를 등진 채 지하도의 출구 옆에 서 있었는데, 알 수 없는 어떤 건물을 짓기 위한 기초 공사 현장을 가리기 위해 친 울타리에는 광고 현수막들이 촘촘히 부착되어 있어서 마치 그것들이 동시에 비명을 지르는 듯 보였다.

그 여자는 담벼락과 이제 막 새로 깐 포장도로 사이, 아직 흙도 제대로 고르지 않은 구역을 계속해서 뒤뚱거리며 맴돌았다. 이곳에서 여자는 끊임없이 이어지는 군중의 무리를 목격하고, 서둘러 어딘가를 향하는 피로에 젖은 보행자의 행렬, 직장에서 집으로 혹은 그 반대로 오가는 그들의 여정을, 그리고 그들이 교통수단을 바꿔서 지하철에서 버스로 갈아타는 과정을 지켜보았다.

여자의 옷차림 또한 범상치 않았다. 몸에 지나치게 많은 것을 걸치고 있었다. 하의는 바지를 입고, 그 위에 치마를 여러 벌 겹쳐 입었는데, 치마들이 다른 치마 밖으로 빠져나와 켜켜이 층을 이루는 복잡한 구성이었다. 상의도 마찬가지였다. 여러 벌의 셔츠와 블라우스를 겹쳐 입고, 그 위에 조끼들과 가죽 외투를 여러 벌 껴입었다. 그리고 마지막에는 회색빛 퀼팅 코트를 걸쳤다. 그것은 극도로 세련된 단순성의 구현이면서 동아시아의 사찰이나 노동 수용소를 연상시켰다. 이 모든 것이 서로 아우러져 어떤 미학적인 의미를 자아냈고, 심지어 아누슈카는 그것이 마음에 들기까지 했다. 너무도 절묘하게 고른 그 색감은 인간의 선택이라기보다는 예측 불허의 상태, 그러니까 점점 바래진 색조와 닳아 해어지고 훼손되어 가는 질감이 빚어낸 일종의 오트 쿠튀르[99]라고 표현하는 게 맞을 듯했다.

하지만 무엇보다 괴상한 건 그녀의 머리였다. 천 조각으로 빈틈없이 머리를 꽁꽁 싸매고, 그 위에는 귀마개 달린 따뜻한 털모자를 눌러쓰고 있었다. 덕분에 그녀의 얼굴은 모자에 가려졌고, 쉼 없이 욕설을 내뱉고 있는 그녀의 입술만 보였다. 이 광경 자체가 너무도 오싹해서 아누슈카는 그 입에서 흘러나오는 욕설의 뜻 같은 건 생각조차 해 보지 않았다. 다시금 그녀를 지나치면서 아누슈카는 발걸음을 서둘렀다. 여자가 혹시라도 자기를 붙잡을까 봐, 아니면 폭포수처럼 쏟아지는 욕설 가운데 자신의 이름이 들려올까 봐 두려웠다.

온화하고 쾌적한 12월의 어느 날이었다. 인도는 눈을 깨끗이 쓸어 내서 뽀송뽀송했고, 그녀는 편한 구두를 신고 있었

99) 매년 1월과 7월 파리에서 열리는 고급 맞춤복 박람회에서 유래한 용어로 수작업으로 만드는 고급 맞춤복을 뜻한다.

다. 아누슈카는 버스에 오르지 않았다. 대신 다리를 건넌 뒤, 여러 차선으로 이루어진 고속도로를 걷고 또 걸었다. 마치 다리가 하나도 없는, 큰 강의 기슭을 걷는 느낌이었다. 우는 건 나중에, 정교회 예배당의 어두운 구석에서도 얼마든지 할 수 있었기에 그녀는 이 순간의 행군을 즐겼다. 예배당에 가면 그녀는 항상 무릎을 꿇은 채 다리가 감각을 잃을 때까지 가장 불편한 자세를 고수하곤 했다. 그렇게 다리가 굳어 버리고 극심한 통증의 과정을 넘어서고 나면, 공허의 단계에 접어들 수 있었다. 하지만 지금 그녀는 손가방을 어깨에 둘러맨 채, 공동묘지에 가져갈 조화가 담긴 비닐봉지를 손으로 꽉 움켜쥐고서 걸음을 재촉했다. 자기가 떠나온 곳에 대해서는 생각하지 않으려 애썼다. 이 도시에서 가장 화려한 구역에 점점 가까워지고 있었다. 그곳에는 볼거리가 넘쳐 났다. 즐비한 상점에서는 매끄럽고 호리호리한 몸매의 마네킹들이 진열장에서 무심한 자태로 값비싼 옷들을 뽐냈다. 아누슈카는 수많은 구슬, 그리고 망사와 레이스로 정교하게 장식된 핸드백을 구경하기 위해 잠시 발걸음을 멈추었다. 경탄을 금할 수 없었다. 그녀는 마침내 특별한 약품을 취급하는 약국에 도착했다. 거기서 그녀는 잠시 기다려야만 할 것이다. 그러고 나면 필요한 약을 손에 넣을 수 있으리라. 증세를 간신히 완화시키는 정도에 불과한, 쓸모없는 약품을.

그녀는 노점에서 만두 한 봉지를 사서 광장 벤치에 앉아서 먹었다.

그녀가 자주 들르는 그리 크지 않은 정교회 예배당은 마침 관광객들로 붐볐다. 상품을 관리하는 상인처럼 예배당 안을 이리저리 돌아다니던 젊은 사제가 건축물의 역사와 성장에 관해 관광객들에게 열심히 설명했다. 그는 노래하는 듯한 말투로 알기 쉽게 가르침을 전달했다. 호리호리하고 길쭉한 몸 덕분에 사제의 머리는 군중 틈에서 위로 솟아올라 있었다. 매끄러운 윤기를 자랑하는 그의 턱수염은 마치 특별한 후광이 머리에서부터 떨어져 내려와 가슴팍까지 이어져 있는 것 같았다. 아누슈카는 뒤로 물러섰다. 관광객들 틈에서 어떻게 기도를 하고 울음을 터뜨리겠는가. 그녀는 기다리고 또 기다렸지만 계속해서 또 다른 무리가 교회 안으로 들어왔다. 결국 아누슈카는 마음 놓고 눈물을 흘릴 수 있는 다른 장소를 찾기로 결심했다. 조금 더 가면 또 다른 정교회 예배당이 있었다. 작고 오래된 그곳은 대부분 잠겨 있었다. 언젠가 예배당 안에 들어가 봤으나 마음에 들지 않았었다. 차가운 냉기에 거부감이 들었고 습기를 머금은 눅눅한 나무 냄새도 싫었다.

하지만 지금은 까다롭게 굴 때가 아니었다. 실컷 울 수 있는 장소를 찾아야 했다. 조용한 곳, 하지만 텅 비어 있지는 않은 곳, 자기보다 더 큰 존재, 삶에 지쳐 떨고 있는 자신을 향해 두 팔을 옆으로 길게 벌려 주는 존재가 있음을 확실히 느낄 수 있어야 했다. 아누슈카는 또한 자신을 바라보는 누군가의 시선이 느껴지는 곳을 원했다. 누군가가 자신의 울음을 목격해 주기를, 그리하여 자신의 이야기가 헛된 혼잣말이 되지 않기를 바랐다. 목판에 새겨진 눈이어도 상관없었다. 언제나 활짝 뜬 눈, 그 무엇도 지겨워하지 않으며 영원히 평화를 간직한 눈, 그런 눈이 깜빡거리지 않고 지그시 자신을 지켜봐 주기를 갈망했다.

그녀는 초 세 개를 집어 들고 깡통에 동전을 넣었다. 첫 번째 초는 피에티아를 위해, 두 번째는 말 없는 자신의 남편을 위해, 그리고 마지막에는 항상 다림질이 필요 없는 실내복을 입고 있는 시어머니를 위해 밝혔다. 그녀는 촛불을 봉헌하고 있는 몇몇 다른 신자로부터 조금 떨어진 곳에서 촛불을 켜면서, 눈으로는 오른편 구석의 외진 자리를 바라보았다. 그곳이라면 기도하는 노인들을 방해하지 않으면서 혼자 울 수 있을 것 같았다. 그녀가 요란스럽게 성호를 그었다. 곧 눈물의 의식을 시작한다는 의미였다.

하지만 그녀가 기도하기 위해 두 눈을 위로 들어 올리자 어둠 속에서 그녀를 향해 어떤 얼굴이 나타났다. 어두운 빛깔의 거대한 그것은 교회의 반구형 지붕 바로 아래에 매달려 있는 사각형의 나무판이었는데, 거기에는 그리스도의 모습이 갈색과 회색의 음영을 이용해서 단순한 형태로 그려져 있었다. 어두운 배경에 어두운 얼굴색. 광륜도, 왕관도 없었다. 그녀가 바랐던 것처럼 어둠 속에서 부릅뜬 두 눈은 그녀를 향해 빛나고 있었다. 하지만 정작 아누슈카가 원한 것은 이런 눈길이 아니었다. 그녀는 사랑이 가득한, 좀 더 부드러운 눈빛을 원했다. 지금 그녀와 마주한 시선은 마치 그녀에게 최면을 걸고 그녀를 마비시키려는 것처럼 보였다. 그 시선 안에서 아누슈카는 움츠러들었다. 그리스도는 이곳에 그저 잠시 들른 것이다. 신의 자리, 그가 몸을 숨기고 있던 저 높은 천장으로부터, 아득히 먼 곳으로부터, 가장 깊은 어둠 속으로부터 그저 잠시 내려왔을 뿐이다. 신에게는 몸통이 필요치 않았기에 얼굴만 존재했다. 그래서 그녀는 그 얼굴과 맞닥뜨려야만 했다. 그 시선은 마치 드라이버로 그녀의 머릿속을 고통스럽게 헤집고, 두뇌에 구멍을 뚫는 것처럼 날카로웠다. 그것은 구원자의 얼굴이라기보다는, 아직 생명이 붙어 있는 물에 빠진 사람의 얼굴 같았다. 물속에 만연한 죽음에 대항하여 자신의 몸을 숨기고 있다가, 어떤 알 수 없는 조류로 인해 공간 속으로 떠밀려 온 존재, 그리하여 의식이 또렷한 상태로 그가 말한다. 보아라, 여기 내가 있노라. 하지만 그녀는 그를 보고 싶지 않다. 그래서 아누슈카는 시선을 아래로 떨어뜨린다. 신이 약하며 패배자라는 것을 보고 싶지 않다. 신이 유배당했다는 것을, 세상의 쓰레기 더미에, 악취가 진동하는 심연 속에 몸을 숨기고 있다는 것을 확인하고 싶지 않다. 눈물은 흘려서 뭐 하겠는가, 이곳은 울 만한 장소가 아닌데. 지금 여기에 있는 신은 아무 도움도 주지 못할 것이다. 지지도, 응원도 하지 못할 테고, 영혼을 정화시켜 주거나 구원해 주지도 않을 것이다. 물에 빠진 이의 시선이 그녀의 정수리를 꿰뚫는다. 아누슈카의 귀에 웅얼거림, 먼 곳의 천둥 소리, 그리고 예배당 바닥의 미세한 진동이 들린다.

아마도 오늘 거의 잠도 못 자고 제대로 먹지도 못해 몸 상태가 좋지 않아서일 것이다. 눈물은 흐르지 않았고 눈시울은 건조했다.

그녀는 자리에서 벌떡 일어나 밖으로 나왔다. 그리고 뻣뻣한 몸짓으로 곧장 지하철로 향했다.

마치 뭔가를 체험한 듯했고, 뭔가가 그녀를 관통하고 지나간 것 같은 느낌이었다. 그러니까 마치 뭔가가 그녀의 내면에 팽팽하게 당겨진 줄을 튕겨서 그 몸에서 누구에게도 들리지 않는 어떤 맑은 소리가 흘러나오는 것만 같았다. 그녀의 몸에 맞춘 아주 조용한 소리, 매우 섬세하게 설계된 무대에서 흘러나오는 짧은 연주. 그녀는 계속해서 귀를 기울인다. 온통 내면으로 주의를 기울이는 중이다. 그러나 정작 그녀의 귀에 들리는 건 자신의 피가 용솟음치는 박동 소리뿐이다.

에스컬레이터를 타고 아래로 내려간다. 마치 영원히 끝나지 않을 여정처럼 길게만 느껴진다. 어떤 이들은 아래로, 또 다른 이들은 위로 향하고 있다. 평소에는 다른 이들의 얼굴을 대수롭지 않게 지나쳐 버렸지만, 예배당에서 마주친 이콘[100] 속 그리스도의 시선에 놀란 아누슈카의 눈동자는 지금 무기력한 상태가 되어 지나치는 모든 사람의 얼굴을 주시하고 있다. 행인들의 얼굴 하나하나가 그녀의 뺨을 때리는 듯하다. 강하게 그리고 따갑게. 얼마 못 가서 시선을 견딜 수 없게 될 것만 같다. 그러면 아까 역 근처를 서성거리던 미친 여자처럼 두 눈을 가린 채 욕설을 내뱉을 수밖에 없게 되리라.

"자비를 베푸소서, 자비를." 그녀가 중얼거리면서 에스컬레이터의 난간을 손가락으로 움켜잡는다. 그러지 않았다면 바로 넘어졌을 것이다.

묵묵히 위아래를 오르내리고 서로 어깨를 부딪히고 인파

---

100) 동방 정교회에서 모시는 예수, 성모, 순교자 등의 초상.

를 이루는 사람들의 무리가 보인다. 다들 밧줄을 타고 미끄러지듯 유연하게 자신의 목적지로 향하는 중이다. 도심의 외곽으로, 아파트 10층으로 가서 그들은 머리까지 담요를 덮어쓴 채, 낮과 밤의 조각들이 모여 만들어 낸 잠 속으로 빠져들 것이다. 실제로는 아침이 되어도 그 꿈은 사라지지 않을 것이다. 그 조각들은 콜라주를 만들고 얼룩을 형성할 것이다. 그중에 어떤 배열은 상당히 영리하고 뛰어나서 치밀한 계획의 산물인 것처럼 보일 것이다.

그녀의 눈에 팔의 취약성과 눈꺼풀의 연약함, 그리고 찡그리면 쉽게 뒤틀리는 불안정한 입술선이 보인다. 그리고 인간의 팔다리가 얼마나 나약한지도 보인다. 저 연약한 다리들은 절대 목적지에 이르지 못할 것이다. 또한 사람들의 심장이 얼마나 규칙적으로 뛰는지도 보인다. 어떤 이의 심장은 조금 빨리, 다른 이의 경우에는 조금 느리게 뛴다. 일반적이고 기계적인 박동, 폐 주머니는 마치 더러운 비닐봉지 같다. 숨을 들이쉬고 내쉬는 소리가 들린다. 사람들의 옷이 투명해졌고, 그래서 그녀는 그들의 육체가 엔트로피와 결합하는 과정을 지켜본다. 우리의 몸뚱이는 가엾고 추하다. 예외 없이 전부 가루로 으깨어질 운명을 타고났다.

에스컬레이터는 이 모든 존재를 나락으로, 심연으로 데려가고 있다. 여기 에스컬레이터의 끝, 유리로 만든 부스 안에는 케르베로스[101]의 눈이 있다. 가짜 대리석과 기둥, 악마의 거대

---

101) 지하 세계, 즉 저승의 입구에서 영혼이 나가지 못하도록 감시하는 역

한 조각이 있다. 어떤 것은 낫을 들고 있고, 다른 것은 곡식의 낟알을 들고 있다. 마치 기둥처럼 굵직한 다리와 거인들의 팔. 트랙터, 그 지옥의 기계들이 대지 위에 아물지 못할 상처를 끊임없이 남기는, 날카로운 이빨을 가진 고문 도구들을 끌고 있다. 사방으로부터 압박당한 사람들의 무리, 공포에 질려 애원하듯 앞으로 내민 그들의 두 손, 비명을 지르려고 크게 벌린 입들. 바로 이곳에서 최후의 심판이 벌어지고 있다. 지하철이 다니는 땅속, 생기 잃은 노란빛을 내뿜는 크리스털 샹들리에가 켜진 이곳에서. 실제로 심판관은 보이지 않지만 어디서나 그들의 존재가 느껴진다. 아누슈카는 물러나고 싶고 흐름을 거슬러 위를 향해 오르고 싶다. 하지만 에스컬레이터는 그녀의 역행을 허락하지 않는다. 그저 계속해서 아래로 내려갈 수밖에 없다. 이 순간을 모면할 방법은 전혀 없다. 지하철이 뱀처럼 쉭쉭 소리를 내며 입을 벌려 자신의 우울한 터널 속으로 그녀를 집어삼킬 것이다. 하지만 나락은 어디에나 있다. 도시의 높은 지대에도 있고 고층 빌딩의 10층이나 15층에도 있으며 첨탑의 꼭대기나 안테나의 끝에도 있다. 그녀가 빠져나갈 출구는 어디에도 없다. 그렇다면 아까 그 미친 여자가 욕설을 내뱉으며 소리친 건 바로 이런 이야기가 아니었을까?

아누슈카가 비틀거리면서 벽에 팔을 기댔다. 그녀의 코트에 흰 페인트 자국이 묻었다. 벽이 그녀에게 성유를 발라 준 것

할을 맡은 개. 머리가 세 개이고, 꼬리는 뱀이며 검고 날카로운 이빨을 가진 모습으로 묘사된다.

이다.

그녀는 차를 갈아타야만 했다. 이미 날이 저물었다. 유리창에 서린 은빛 성에 탓에 차창 밖으로 아무것도 보이지 않아 그녀는 대충 짐작으로 버스에서 내렸다. 다행히 그녀는 집까지 가는 길을 잘 알고 있었기에 헛갈리지 않았다. 그녀는 지름길을 택했다. 다른 집 마당을 몇 개만 통과하면, 곧 그녀가 사는 아파트 단지가 나올 것이다. 하지만 그녀는 속도를 늦추었다. 그녀의 다리는 그녀를 목적지로 데려가길 원치 않았다. 다리가 저항하자 걸음도 점점 느려졌다. 아누슈카가 그 자리에 우뚝 멈춰 섰다. 고개를 높이 쳐들고, 자신의 아파트 창문에서 흘러나오는 불빛을 올려다보았다. 그들은 틀림없이 그녀를 기다리고 있을 것이다. 그래서 그녀는 움직이기 시작했다. 하지만 잠시 후 다시 걸음을 멈추었다. 그녀의 코트 밑단으로 차가운 바람이 파고들어 얼음장처럼 차가운 손가락으로 그녀의 허벅지를 움켜잡았다. 그 감촉이 마치 면도날이나 깨진 유리 조각처럼 쓰렸다. 차가운 공기 탓에 그녀의 뺨에 흐르던 눈물이 날아가 버렸다. 바람이 냉기를 머금고 그녀의 얼굴을 사정없이 찔렀다. 아누슈카는 출입구를 향해 계속해서 앞으로 나아갔다. 하지만 문 앞에서 몸을 돌렸다. 코트 깃을 세우고는 빠른 걸음으로 왔던 길을 되돌아갔다.

키예프역에서 따뜻한 곳은 대합실이나 화장실뿐이었다. 순찰대가 그녀의 옆을 지나쳐 갈 때만 해도 그녀는 아직 아무 결정도 내리지 못한 상태였다.(순찰대는 항상 느릿느릿 여유롭게 걸어 다녔다. 해변의 야자수 밑을 정처 없이 거니는 피서객처럼 가볍게 다리를 끌면서.) 그녀는 열차 시간표를 읽는 척했다. 나쁜 짓도 저지르지 않았는데 무엇 때문에 두려워하는지 스스로를 이해할 수가 없었다. 순찰대의 관심은 다른 곳에 있었다. 그들은 인파 속에서 가죽 재킷을 입은 올리브색 피부의 남자들과 머리에 두건을 쓴 그들의 여인들을 정확히 찾아냈다.

아누슈카는 역사 앞으로 걸어 나왔다. 얼굴을 가린 채 욕설을 퍼붓던 예의 그 여인이 멀리서 여전히 뒤뚱거리며 걷는 모습이 보였다. 욕설 탓에 그녀의 목소리는 쉬어서 진짜로 욕을 하고 있는지 어떤지도 알아차리기 힘들었다. 잘된 일이다. 잠시 망설이던 아누슈카가 조용히 여인에게 다가가 그 앞에 섰다. 여인은 당황한 듯했다. 천으로 얼굴을 가렸지만 그 틈으로 아누슈카의 얼굴이 보이는 모양이었다. 아누슈카는 한 발 더 다가갔다. 어찌나 가까이 갔는지 먼지와 곰팡이, 오래된 기름이 뒤섞인 그녀의 체취가 고스란히 느껴졌다. 여인의 외침이 점점 작아지더니 결국 잠잠해졌다. 뒤뚱거리며 자리를 맴도는 대신, 이제 그녀의 몸은 좌우로 흔들리고 있었다. 이것만은 멈출 수 없는 모양이었다. 행인들이 무심히 지나쳐 가는 동안 두 여인은 서로 마주 보며 서 있었다. 여자들을 향해 시선을 던진 건 한 사람뿐이었다. 모두가 바삐 서둘렀다. 곧 그들의 열차가 출발할 예정이었기에.

"무슨 말을 하는 거죠?" 아누슈카가 물었다.

얼굴을 가린 여인이 놀라서 잠시 머뭇거리다가 숨을 들이마셨다. 그러고는 겁먹은 사람처럼 재빨리 구석으로 향했다.

얼어붙은 진흙 위에 뭔가를 짓고 있는 건설 현장과 연결된 통로 쪽이다. 아누슈카가 뒤따라갔다. 여인에게서 눈을 떼지 않은 채, 바로 몇 발 뒤에서, 여인의 누빔 코트와 작은 양털 펠트 부츠를 주시하면서 걸었다. 절대 도망치지 못하게 하리라고 다짐하면서. 여인이 어깨 너머로 뒤돌아보며 점점 걸음을 재촉했다. 이제 그녀의 걸음은 거의 뜀박질에 가까워졌다. 하지만 아누슈카는 젊고 기운도 셌다. 그녀는 강한 근육의 소유자였다. 엘리베이터가 고장 났을 때, 피에티아를 태운 유모차를 들어 아래층으로 옮긴 적이 대체 몇 번이었던가. 그리고 다시 위층으로 들어 올린 건 또 얼마나 많았던가.

"이봐요!" 아누슈카가 가끔씩 여인을 불렀지만, 아무 반응이 없었다.

그들은 집들 사이에 있는 마당을 통과하고 쓰레기 더미를 지나, 인파가 북적이는 광장을 가로질렀다. 아누슈카는 조금도 피로하지 않았다. 공동묘지에 갖다 놓으려던 조화가 담긴 비닐봉지를 떨어뜨렸지만, 가지러 되돌아가기에는 시간이 아까웠다.

마침내 여인이 자리에 쪼그리고 앉더니 숨을 헐떡거렸다. 숨이 차서 견딜 수 없는 모양이었다. 아누슈카도 몇 미터 뒤에서 걸음을 멈추고, 여인이 일어나서 자신을 향해 몸을 돌릴 때까지 기다렸다. 그녀가 패했다. 그러니 항복해야만 했다. 결국 여인이 몸을 돌렸다. 그녀의 얼굴이 보이고, 그동안 가려졌던 눈이 드러났다. 연푸른색이었다. 그녀가 두려움이 깃든 시선으로 아누슈카의 신발을 바라보았다.

"나한테 원하는 게 뭐야? 대체 왜 쫓아오는 거지?"

아누슈카는 아무 대답도 하지 않았다. 마치 커다란 동물, 월척, 고래를 낚았지만 그걸로 막상 뭘 하면 좋을지 몰라 난처한 상황에 놓인 듯한 기분이었다. 아누슈카에게는 사실 아무런 트로피도 필요 없었다. 여인은 두려워하고 있었다. 그녀의 입에서 온갖 욕설과 말들이 흘러나온 것도 두려움 탓인 듯했다.

"경찰에서 나온 거야?"

"아니에요." 아누슈카가 대답했다.

"그럼 대체 왜?"

"당신이 무슨 말을 하는지 알고 싶어요. 계속해서 뭔가를 말하고 있잖아요. 나는 일주일에 한 번, 도심에 갈 때마다 당신을 봤거든요."

이 말에 여인의 답변이 과감해졌다.

"난 아무 말도 안 해. 좀 내버려 둬."

여인이 자리에서 일어나는 것을 돕기 위해 아누슈카가 그녀를 향해 몸을 숙이고 손을 내밀었다. 하지만 갑자기 아누슈카의 손이 본래의 의도를 바꿔서 여인의 뺨을 어루만졌다. 뺨은 따뜻하고 보드라웠다.

"당신을 해치려는 게 아니에요."

여인이 잠시 얼어붙었다. 아누슈카의 손길에 놀란 모양이었다, 하지만 잠시 후, 아누슈카의 몸짓에 마음이 누그러졌는지 뒤뚱거리며 자리에서 일어났다.

"배고파." 그녀가 말한다. "여기서 조금만 가면 매점이 있는

데, 거기서 싼 샌드위치를 팔거든. 먹을 것 좀 사 줘."

두 사람이 말없이 나란히 걸었다. 매점에서 아누슈카는 치즈와 토마토가 든 기다란 바게트 샌드위치를 샀다. 그러면서도 눈으로는 여인이 도망갈까 봐 줄곧 감시했다. 이 큰 샌드위치를 혼자 다 먹을 순 없는 노릇이다. 아누슈카의 손에 들린 바게트 샌드위치는 마치 겨울에 어울리는 멜로디를 연주하기 위한 피리처럼 보였다. 어둠 속에 두 사람이 나란히 앉았다. 여인은 자기 몫의 샌드위치를 허겁지겁 먹어 치우고는 아무 말 없이 아누슈카의 샌드위치를 집어 들었다. 늙은 여인이었다. 시어머니보다 나이가 많아 보였다. 그녀의 뺨은 이마에서부터 턱까지 대각선으로 움푹 파인 주름으로 인해 푹 꺼져 있었다. 이가 거의 다 빠져서 샌드위치를 씹는 게 힘들어 보였다. 토마토 조각이 자꾸만 빵 덩어리 안에서 삐져나왔다. 노파가 마지막 순간에 그것을 입으로 물어서 제자리에 밀어 넣었다. 노파는 이도 없이 입술만으로 샌드위치를 한입 크게 베어 물었다.

"집으로 돌아갈 수가 없어요." 아누슈카가 갑자기 말을 꺼내면서 발끝을 내려다보았다. 자기가 이런 말을 한 것에 대해 스스로도 놀란 눈치였다. 막상 말로 내뱉고 나니 그게 무슨 의미인지 갑자기 무서운 생각이 들었다. 노파가 대답 대신 알아듣기 힘든 소리로 뭐라고 중얼거렸다. 그러다 입안에 든 샌드위치를 꿀꺽 삼키고는 아누슈카에게 물었다.

"주소는 알아?"

"네." 아누슈카가 대답하고는 자신의 주소를 읊는다. "쿠즈니에츠카 46번길 78호……."

"그럼 잊어버려." 노파가 입안에 음식물을 가득 넣은 채로 그녀의 말을 가로막았다.

보르쿠타.[102] 그녀는 1960년대 말에 그곳에서 태어났다. 지금은 낡고 오래된 아파트 건물들이 막 지어질 무렵이었다. 그녀는 그 건물들을 새것처럼 생생히 기억하고 있다. 거친 회반죽의 질감, 콘크리트 냄새, 그리고 단열재로 사용되는 석면. 부드러운 촉감을 약속하는 PVC 타일. 하지만 혹한 속에서는 모든 게 빨리 노화하는 법이다. 서리는 벽의 지속적인 내구성을 파괴하고, 전자(電子)의 끊임없는 순환을 느리게 만든다.

그녀는 겨울의 눈부신 순백을 기억한다. 유배지의 새하얀 빛깔, 그리고 빛의 날카로운 가장자리. 세상에는 어둠이 훨씬 많기에 그런 식의 백색은 어둠에 테를 두르기 위해 존재할 뿐이다.

아버지는 대규모 열 발전소의 기술자였다. 어머니는 구내식당에서 일을 하며 먹거리를 집에 가져오곤 했다. 덕분에 식구가 그럭저럭 먹고살 수 있었다. 이제 와서 돌이켜 보면 당시에는 모두가 이상한 병을 앓았던 듯하다. 다들 옷 속에, 몸속 깊은 곳에 커다란 슬픔을 감추고 있었다. 아니 슬픔보다 더 큰 뭔가를 지니고 있었는데, 그것을 표현할 만한 적절한 단어가

---

102) 러시아 연방의 자치 공화국인 코미 공화국에 있는 도시. 우랄산맥 북단의 구릉부를 흐르는 보르쿠타강을 끼고 있다.

그녀의 머릿속에 떠오르지 않았다.

그들은 어디서나 흔히 볼 수 있는 8층짜리 건물의 7층에 살았다. 하지만 시간이 흐르고 그녀가 철이 들 무렵이 되자, 고층에 있는 집들은 거의 비어 버렸다. 다들 좀 더 살기 편한 장소로 이주했기 때문이다. 대부분은 모스크바로 갔고, 아니면 그저 이곳에서 될 수 있는 한 멀리 떨어진 다른 지역으로 옮겨 갔다. 이곳에 남은 사람들은 아래쪽에 빈집이 생길 때마다 차츰 아래층으로 옮겨 갔다. 아래쪽이 훨씬 따뜻했고, 다른 사람들과, 그리고 대지와 더 가까웠기 때문이다. 몇 달씩 지속되는 혹한의 겨울에 아파트 8층에서 사는 것은 마치 얼어붙은 지옥 한가운데에 매달려 있는 꽁꽁 언 물방울 신세나 다름없었다. 그녀가 마지막으로 언니와 엄마를 만나러 갔을 때, 그들은 1층에 살고 있었다. 아버지는 돌아가신 지 벌써 오래였다.

아누슈카가 모스크바에 있는 명문 사범학교에 입학한 것은 행운이었고, 졸업하지 못한 것은 불운이었다. 만약 학교를 무사히 졸업했다면 그녀는 지금쯤 교사가 되었을 테고, 현재의 남편을 만날 일도 없었을 것이다. 그러면 그들의 유전자가 독성 물질로 결합되는 일도 없었을 테고, 그로 인해 피에티아가 불치병을 갖고 세상에 태어나지도 않았을 것이다.

아누슈카는 지금껏 수없이 많은 흥정을 시도했다. 신과 성모 마리아, 성녀 파라스케바와 성장(聖障)에 등장하는 모든 이콘의 주인공들, 심지어 모호한 세상과 운명을 대상으로도 그녀는 거래를 하고자 했다. 피에티아 대신 저를 데려가세요.

제가 대신 아프겠습니다. 제가 대신 죽을게요. 아들의 병만 낫게 해 주세요. 그녀는 거기서 멈추지 않고 다른 이들의 목숨도 걸었다. 과묵한 자신의 남편을(그곳에서 총에 맞게 해 주세요.) 그리고 시어머니를(뇌졸중에 걸려 쓰러지게 해 주세요.) 내세웠다. 하지만 당연하게도 그녀의 제안에는 아무런 응답이 없었다.

그녀가 표를 끊고 지하로 내려갔다. 여전히 인파가 들끓었다. 사람들은 잠자리에 들기 위해 도심에서 침대로 돌아가는 중이었다. 이미 객차 안에서 잠든 이들도 있었다. 잠결에 내뱉는 그들의 날숨이 유리창을 뿌옇게 만들었다. 손가락으로 그 위에 무엇이든 그릴 수 있을 것 같았다. 아누슈카는 종착역인 유고 자파드나야역까지 갔다. 그리고 그곳에 내려 승강장에 섰다. 잠시 후면 같은 열차가 돌아온다는 것을 확인하기 위해서였다. 그녀는 좀 전까지 자신이 앉았던 자리를 다시 차지하고는 왔던 길을 돌아갔다. 그렇게 같은 구간을 몇 번 왔다 갔다 한 뒤, 콜트세바야 라인으로 갈아탔다. 마침 순환 노선이어서 자정 무렵 그녀는 마치 귀가하듯이 키예프역에 도착했다. 위협적인 표정의 여자가 다가와 지하철 운행이 끝났으니 나가라고 소리칠 때까지 그녀는 계속 승강장에 앉아 있었다. 그녀는 마지못해 기차역을 나섰다. 밖은 서리가 내려앉을 만큼 추웠다. 그녀는 역 근처에서 작은 술집을 발견했다. 천장 바로 밑에 텔레비전을 달아 놓은 술집이었다. 테이블에는 갈 곳 잃은 여행자들이 몇 사람 앉아 있었다. 그녀는 레몬차를 한 잔 주문했다. 그리고 잠시 후 또 한 잔을 마셨다. 그러고 나서 보르시[103]를 시켜서 맛을 봤다. 하지만 너무 묽고 맛이 없었다. 그녀는 한 손으로 머리를 괸 채 깜빡 잠이 들었다. 그녀는 행복했다. 머릿속에 아무런 생각도, 근심도, 기대도, 희망도 없기에. 그것은 안락한 느낌이었다.

첫차는 여전히 한가하다. 하지만 시간이 흐를수록 점점 승객이 늘어나 결국 아누슈카는 열차 안에서 커다란 몸집의 사내들 등에 끼여 꼼짝달싹하지 못했다. 손잡이에 손이 닿지 않았으므로 그녀는 익명의 몸뚱이들이 자신의 몸을 붙들도록 내버려 둘 수밖에 없었다. 그러다 어느 틈엔가 군중이 점점 흩어지더니 결국 열차는 또다시 한가해졌다. 남은 사람은 몇 명 되지 않았다. 아누슈카는 그제야 종착역에 도착했는데도 내리지 않는 이들이 있다는 사실을 깨달았다. 열차를 갈아타기 위해 그녀는 홀로 내렸다. 제일 끝에 있는 객차에서 자신의 자리를 찾고 있는 다른 이들의 모습이 유리창에 비쳤다. 그들의 발밑에는 비닐봉지나 리넨으로 만든 낡은 배낭이 놓여 있다. 그들은 눈을 반쯤 뜬 채 꾸벅꾸벅 졸거나 아니면 종이에 싼 음식물을 꺼내어 뭐라고 변명을 늘어놓으면서 엄숙한 표정으로 질겅질겅 씹어 댔다.

그녀는 계속해서 열차를 갈아탔다. 누군가가 그녀를 알아보거나 팔을 움켜잡거나 흔들거나, 최악의 경우에는 그녀를

103) 비트로 만든 수프. 러시아나 폴란드 사람 들이 즐겨 먹는다.

어딘가에 가둘까 봐 무서웠기 때문이다. 그저 반대편 승강장으로 이동할 때도 있고, 아예 노선을 바꿀 때도 있었다. 그때마다 에스컬레이터이나 터널을 이용하지만 표지판은 절대 읽지 않았다. 완전히 자유롭고 싶었기 때문이다. 예를 들면, 치스티예프루디역으로 갔다가 소콜니체스카야 선에서 칼루즈스코-리즈스카야 선으로 갈아타고 메베드코보역으로 가서 다시 도시의 반대쪽 끝으로 돌아오는 식이었다.

그녀는 이따금 여정을 중단하곤 화장실에 들르기도 했다. 자신의 용모가 말끔한지 확인하기 위해서였다. 스스로 어떤 구체적인 필요성을 느껴서 그런 건 아니었다.(솔직히 그녀는 별다른 필요성을 느끼지 못했다.) 그저 자신의 단정치 못한 외모가 에스컬레이터 부근의 유리 부스에서 지켜보고 있는 케르베로스의 이목을 끌까 봐 걱정되었기 때문이다. 그녀는 케르베로스가 자신에게 눈 뜨고 자는 법을 가르쳤다고 의심하고 있었다. 그녀는 매점에서 생리대와 비누, 그리고 가장 저렴한 치약과 칫솔을 샀다. 그리고 콜트세바야 선을 타고 가면서 오후 내내 잠을 잤다. 저녁이 되자 에스컬레이터를 타고 밖으로 나왔다. 역 앞에서 얼굴을 가린 노파를 만날 수 있을지 확인하기 위해서였다. 하지만 그녀는 없었다. 날이 추웠다. 어제보다 더 추웠다. 그래서 그녀는 안도하며 지하 세계로 돌아갔다.

다음 날은 얼굴을 가린 노파가 자기 자리로 돌아와 있었다. 뻣뻣하게 굳은 다리를 흔들고, 입으로는 또다시 횡설수설 욕설을 내뱉으면서. 아누슈카는 건너편 출구 앞, 노파의 시선이 닿는 곳에 서 있었다. 하지만 노파는 탄식하느라 정신이 없어서 그녀가 보이지 않는 모양이었다. 결국 아누슈카는 잠시 인적이 드문 틈을 타서 그녀 앞으로 다가갔다.

"이리 와요, 샌드위치 사 드릴게요."

여자가 잠시 멈칫하더니 무아지경의 상태에서 빠져나왔다. 그러고는 장갑을 낀 두 손을 문지르면서 뼛속까지 꽁꽁 얼어붙은 장터의 상인이 하듯이 발을 굴렀다. 두 여인은 함께 매점으로 갔다. 아누슈카는 그녀를 다시 만나서 진심으로 기뻤다.

"이름이 뭐예요?" 아누슈카가 물었다.

바게트 샌드위치를 먹느라 바쁜 그녀가 어깨를 으쓱했다. 잠시 후 음식물을 가득 입에 문 채로 그녀가 말했다.

"갈리나."

"난 아누슈카예요."

대화는 그게 다였다. 추위가 그녀를 다시 역으로 이끄는 시각이 되자 아누슈카는 비로소 다음 질문을 던졌다.

"갈리나, 잠은 어디서 자요?"

얼굴을 가린 노파가 말했다. 지하철이 문을 닫은 뒤에 매점 앞으로 오라고.

저녁 내내 아누슈카는 똑같은 라인을 타고 다니면서 지하 터널의 어두운 벽을 배경으로 유리창에 비친 자신의 얼굴을 계속해서 무심하게 바라보았다. 그녀는 승객 중에서 적어도 두 사람의 얼굴을 알아볼 수 있었다. 하지만 그들에게 말을 걸지는 않았다. 그녀는 그들과 벌써 역을 몇 개나 함께 지나는 중이었다. 그중 한 사람은 나이가 그리 많지 않은, 마른

新安縣
東莞縣
虎門鎮
長坪
茶山鄉
榴花塔
黃旗峰
永平街
大林退汛
石龍塘
周家村塘
白石塘
文廟
大嶺沙汛
新塘汛

몸집의 사내였다. 어쩌면 자기보다 어릴지도 모르지만 확실친 않았다. 그는 흔치 않은 밝은 색깔의 턱수염을 가슴팍까지 기르고, 노동자들이 즐겨 쓰는 챙 달린 납작한 모자를 쓰고 있었다. 낡아서 올이 다 드러난 평범한 모자였다. 뭐가 들었는지 주머니가 불룩한 긴 회색 코트를 입고, 색이 바랜 배낭을 메고 있었다. 발에는 끈 묶는 워커를 신고 있었는데, 집에서 만든 양말이 워커 위로 삐져나와 갈색 바지의 바짓단을 조이고 있었다. 사내는 자신이 그 누구의 관심도 끌지 않을 것이라 확신했는지 깊은 사색에 잠겨 있었다. 잠시 후 승강장으로 활기차게 뛰어내리는 것으로 봐서는 제법 멀지만 확실한 목적지를 향하는 중인 것 같았다. 아누슈카는 이전에도 승강장에 서 있다가 열차를 타고 가는 이 사내를 두 번이나 본 적이 있었다. 한번은 사람이 거의 없는 열차 안에서 졸고 있었는데, 퇴근 후 쉬러 가는 길인 것 같았다. 두 번째 봤을 때도 역시 졸고 있었는데 유리창에 이마를 대고 있었다. 그의 입에서 흘러나오는 숨결이 창문을 뿌옇게 만들어 그의 얼굴을 반쯤 가린 상태였다.

아누슈카가 기억하는 또 다른 남자는 늙은 영감이었다. 그는 걷는 게 힘든지 지팡이를 짚고 다녔다. 좀 더 정확히 말하면 보행용 보조 기구를 들고 다녔는데, 끝이 약간의 곡선을 이룬 두꺼운 나무 막대였다. 열차를 탈 때면 노인은 한 손으로 문을 잡아야만 했다. 그러면 대부분 누군가가 나서서 그를 도와주었다. 열차에 오르면 사람들은 마지못해서이긴 해도 그에게 자리를 양보해 주었다. 그는 걸인처럼 보였다. 아누슈카는 얼굴을 가린 여인에게 그랬던 것처럼 이 노인도 따라가서 잡아 보려 했다. 하지만 같은 열차를 타고 가면서 한 삼십 분가량 노인 앞에 서서 그의 얼굴과 옷차림의 세세한 특징을 파악한 것이 고작이었다. 그를 붙잡고 말을 걸 용기가 그녀에게는 없었다. 노인은 고개를 푹 숙이고 있었고, 주위에서 일어나는 일에 무관심했다. 그러다 일을 마치고 퇴근하는 인파에 휩쓸리는 바람에 그녀는 노인에게서 멀어졌다. 그녀는 온갖 체취와 접촉이 뒤섞인 이 따뜻한 인파에 자신을 내맡겼다. 지하철이 마치 이물질을 내뱉듯 그녀를 밖으로 뱉어 내, 개찰구를 통과한 후에야 비로소 그녀는 인파에서 자유로워질 수 있었다. 다시 지하철 안으로 들어가려면 표를 사야만 했다. 머지않아 돈이 바닥나리라는 걸 그녀는 알고 있었다.

그녀는 왜 하필 이 두 사내를 기억하는 걸까? 그들은 대체로 나이 든 사람들이었고, 그래서 보통 사람과 달리 천천히 움직였기 때문이 아닐까 추측해 본다. 나머지 다른 사람은 이곳에서 저곳으로 유유히 흘러가는 강이고 조류이고 물이었다. 그들은 소용돌이와 파도를 만들어 낸다. 각각의 특별한 형태는 모두 순간적인 것으로 금방 사라진다. 그래서 강은 그 형태를 기억하지 않는다. 반면에 이 두 사내는 조류에 역행해서 움직였고, 그래서 두드러져 보일 수밖에 없었다. 그렇기 때문에 그들에게는 강물의 법칙이 적용되지 않는다. 바로 이런 점에 아누슈카가 끌렸을 것이다.

지하철이 문을 닫자마자 아누슈카는 옆쪽 출구에서 얼굴을 가린 여자를 기다렸다. 오리라는 희망을 거의 접을 때쯤 되어서야 비로소 노파가 모습을 드러냈다. 두 눈은 가려져 있었고, 겹겹이 층을 이룬 옷차림 덕분에 그녀의 몸매는 마치 술통처럼 보였다. 그녀가 아누슈카에게 따라오라고 말했고, 아누슈카는 고분고분 그녀를 뒤따랐다. 너무나 피곤하고 기력이 없어서 솔직히 말하면, 그저 아무 데나 앉아서 쉴 수만 있어도 좋을 것 같았다. 그들은 공사 현장에 마련된 좁은 통로를 지나서 광고 현수막이 덕지덕지 붙은 울타리를 넘어갔다. 그러고는 지하로 내려갔다. 얼마쯤 지났을까, 그들은 비좁은 복도를 지나갔다. 그곳은 기분 좋게 따뜻했다. 여인이 마루에 있는 구석 자리를 가리켰고 아누슈카는 옷도 벗지 않고 곧바로 드러누워 곯아떨어졌다. 그녀가 늘 바랐던 대로 아무런 생각도 없이 깊은 잠을 자고 나자 비로소 그녀의 눈동자에는 조금 전 지나왔던 좁다란 복도의 풍경이 담기기 시작했다.

어두운 방, 그 안에는 열린 문이 있고 그 문은 좀 더 환한 다른 방으로 이어져 있었다. 거기에 탁자가 있고 그 주위에 사람들이 둘러앉아 있었다. 다들 양손을 탁자 위에 가지런히 올려놓은 채 등을 곧게 펴고 있다. 그들은 완벽한 침묵 속에서 미동도 없이 서로를 바라보았다. 아누슈카가 보기에 거기 앉아 있는 사람 중에 노동자의 모자를 쓴 사내도 있는 것 같았다.

아누슈카는 다시 깊은 잠에 빠졌다. 그 어떤 속삭임도, 벽 너머의 작은 신음도, 침대의 삐걱거림이나 텔레비전의 소음도, 그 무엇도 그녀를 깨우지 못했다. 고집스러운 파도가 밀려와 부딪히는 바위처럼, 이끼와 버섯으로 뒤덮인 쓰러진 나무처럼, 그녀는 꿈쩍도 안 하고 잠에 취해 버렸다. 잠에서 깨어나기 직전, 재미난 꿈을 꾸었다. 꿈속에서 그녀는 귀여운 코끼리와 고양이가 그려진, 알록달록한 세면도구 주머니를 빙빙 돌리면서 놀고 있었다. 그러다 갑자기 주머니를 던졌다. 하지만 주머니는 바닥에 떨어지지 않고, 그녀의 두 손 사이 허공에 대롱대롱 매달렸다. 아누슈카는 주머니에 손을 대지 않고도 얼마든지 그것을 갖고 놀 수 있다는 사실을 깨달았다. 그래서 그녀는 자신의 의지로 그것을 움직여 보았다. 그것은 매우 유쾌한 체험이었다. 아주 오랫동안, 그러니까 어린 시절부터 맛보지 못한 놀라운 희열이었다. 덕분에 그녀는 매우 기분이 좋아진 채로 눈을 떴다. 어제는 이곳이 버려진 노동자의 숙소 같다고 생각했는데, 지금 보니 아니었다. 이곳은 평범한 보일러실이었다. 그래서 그렇게 따뜻했던 것이다. 그녀는 석탄 더미 옆에 쌓아 놓은 판지들 위에서 자고 있었다. 신문지 위에 꽤 오래된 듯한 빵 4분의 1 덩어리와 돼지비계에 매운 고추를 갈아 넣어 만든 라드가 놓여 있었다. 갈리나가 차려 놓은 것이라고 짐작할 수는 있었지만, 문도 없는 불결한 화장실에서 볼일을 보고 손을 씻기 전까지 아누슈카는 음식에 손도 대지 않았다.

이 얼마나 기분 좋은 일인가. 점점 달아오르는 군중의 일부가 된다는 것은 정말 놀랍도록 즐거운 일이었다. 외투와 모피는 가정의 체취, 그러니까 기름과 린스, 달콤한 향수 냄새를 방출했다. 아누슈카는 회전문을 통과하여 첫 번째 인파에 몸을 맡겼다. 이번에는 칼리닌스카야 라인이다. 승강장에 서서 다가오는 열차가 자신을 향해 내뿜는 따뜻한 지하의 공기를 느껴 보았다. 문이 열리고, 그녀가 안으로 들어섰다. 몸뚱이들 사이에 꽉 끼어서 아무것도 붙잡을 필요가 없었다. 열차가 곡선을 그리며 커브를 틀면 그녀는 그 움직임에 가만히 몸을 맡겼다. 마치 잔디 속에 파묻힌 잔디처럼, 난알들 틈에 섞인 난알처럼. 다음 역에서 사람들이 또 열차에 탔다. 성냥개비 하나도 비집고 들어올 틈이 없을 듯한 이 비좁은 공간 속으로 그들이 들어왔다. 아누슈카는 눈을 반쯤 감았다. 마치 사람들의 손을 붙잡고 있는 것만 같았다. 사방에서 그녀를 애정 어린 몸짓으로 감싸 안고, 선한 손길이 그녀를 부드럽게 어루만지는 것처럼 느껴졌다. 그러다 갑자기 승객 대부분이 하차하는 정류장에 도착하면, 그때는 비로소 자신의 두 발로 제대로 서 있어야 하리라.

객차가 거의 텅 비고, 종착역에 이를 때쯤 그녀는 신문 한 부를 발견했다. 처음에는 수상쩍은 눈길로 신문을 바라보았다. 어쩌면 그녀는 읽는 법을 아예 잊어버렸는지도 모른다. 하지만 결국 그녀는 그것을 집어 들고 근심스럽게 읽어 내려가기 시작했다. 어떤 모델이 거식증으로 사망했다. 그러자 당국은 지나치게 마른 모델들이 런웨이에 오르는 것을 금지하는 방안을 강구하고 있다. 테러리스트에 관한 기사도 있었다. 테러가 또다시 실패했다는 내용이었다. TNT 폭탄과 기폭 장치가 어느 아파트에서 발견되었다. 방향감각을 잃은 고래들이 해변으로 몰려와 떼죽음을 당했다는 기사도 읽었다. 경찰이 인터넷을 통해 소아 성애자들의 연결 고리를 추적하고 있다는 기사. 내일은 더 추워질 거라는 일기예보. 그리고 이동성은 현실이 된다는 광고.

이 신문은 뭔가 잘못된 게 틀림없었다. 조작되거나 거짓투성이일 터였다. 그녀가 읽는 모든 문장이 하나같이 견딜 수 없고, 가슴이 아리게 하다니. 아누슈카의 눈에 그득 고인 눈물이 신문지 위로 떨어졌다. 질이 별로 좋지 못한 신문지가 순식간에 눈물을 빨아들였다. 마치 얇은 성경책 종이처럼.

열차가 지상으로 올라가면 아누슈카는 유리창에 얼굴을 갖다 대고 창밖을 바라보았다. 더러운 회색으로부터 검은색에 이르기까지 온통 재로 뒤덮인 도시의 모든 그늘. 도시는 직사각형과 불규칙한 덩어리, 직사각형과 평각으로 이루어져 있었다. 고압선과 케이블을 살펴보고, 시선을 들어 지붕과 안테나의 숫자를 세어 보았다. 그녀는 눈을 감았다. 다시 눈을 뜨니 세상은 한 장소에서 다른 장소로 이미 건너뛴 상태였다. 해 질 무렵 같은 장소를 또다시 방문했다. 아주 잠시, 그저 몇 분 동안 낮게 깔린 태양이 구름의 새하얀 실타래 뒤에서 빛을 내뿜으며 아파트 건물들을 붉게 비추었다. 하지만 그 빛은 꼭대기, 위층에만 내리쬐고 있어서 마치 타오르는 거대한 횃불처럼 보였다.

이제 그녀는 거대한 광고판 아래, 승강장 벤치에 앉아 아침에 남긴 음식을 먹었다. 그리고 화장실에 들러 씻고 나서 다시 자기 자리로 돌아갔다. 곧 러시아워가 시작될 터였다. 아침에 이쪽으로 향했던 사람들은 이제 반대쪽으로 움직이리라. 그녀의 앞에 멈춰 선 열차는 불빛을 훤히 밝히고 있었다. 안은 거의 비어 있다. 객차 안에 사람은 하나뿐이었다. 모자를 쓴 그 남자. 마치 현악기의 줄처럼 몸을 꼿꼿이 세우고 있었다. 열차가 움직이는 순간, 그는 가볍게 흔들릴 것이었다. 그러고는 지하의 검은 입속으로 순식간에 사라져 버리겠지.

"바게트 사 줄게요." 아누슈카가 얼굴을 가린 노파에게 말했다. 그러자 몸을 흔들던 그녀가 또다시 동작을 멈추고 얼음처럼 굳어졌다. 정지된 상태여야만 그녀의 말을 소화할 수 있다는 듯이. 잠시 후 두 사람은 샌드위치를 파는 매점으로 향했다.

두 여자가 매점 뒤편에 서서 샌드위치를 먹었다. 먹기 전에 노파는 오늘따라 여러 번 성호를 긋고 절을 한다.

아누슈카가 어제 말없이 보일러실에 앉아 있던 사람들에 대해 물었다. 그러자 입안에 바게트를 물고 있던 노파의 몸이 또다시 굳어 버렸다. 그녀가 질문과는 아무 상관도 없는 말을 중얼거렸다. "어떻게 그럴 수가?" 이런 식의 내용이었다. 그러다 버럭 화를 내며 소리쳤다. "이 여자야, 내게서 얼른 꺼져 버려!"

그러고는 자리를 떴다. 아누슈카는 새벽 1시까지 지하철을 타고 돌아다녔다. 그러다 마침내 지하철이 문을 닫고 지옥의 개들이 사람들을 쫓아내자 그녀는 따뜻한 보일러실 근처라고 짐작되는 장소를 계속해서 서성거렸다. 하지만 입구를 도저히 찾을 수가 없었다. 그래서 다시 역으로 갔다. 거기서 그녀는 수중에 남은 마지막 현금을 털어서 플라스틱 용기에 담겨 나오는 차와 보르시를 주문하고, 합판으로 만든 테이블에 당당히 팔꿈치를 올려놓은 채 밤을 보냈다.

철문이 올라가는 소리가 들리기 무섭게 그녀는 발매기에서 표를 사서 에스컬레이터를 타고 지하로 내려갔다. 열차의 창문에 비친 그녀의 머리카락은 잔뜩 기름진 상태로, 과거의 헤어스타일은 자취를 감춘 지 오래였다. 승객들은 그녀 옆에 앉는 걸 꺼리는 듯했다. 아는 사람을 우연히 만날지도 모른다는 생각이 들 때마다 그녀는 공황 상태에 짧게 빠지곤 했다. 하지만 그들은 이 노선을 거의 이용하지 않는다. 그래도 만약의 경우에 대비해 그녀는 항상 구석 자리로 가서 벽에 기대서곤 했다. 하긴 그녀를 아는 사람이 몇이나 되겠는가? 여자 우편배달부, 아래층 식료품 가게 아주머니, 앞집 남자. 아누슈카는 심지어 그들의 이름도 모른다. 얼굴을 가린 그 노파처럼 자기도 얼굴을 가리고 싶다는 생각이 들었다. 천으로 눈을 가리는 건 좋은 아이디어였다. 본인도 거의 안 볼 수 있고 남의 눈에도 안 띌 테니. 사람들의 몸이 그녀에게 부딪혔다. 하지만 그녀는 누군가가 자신의 몸에 손을 대는 것이 오히려 기뻤다. 지하철에서 그녀의 옆자리에 앉은 늙은 여자가 비닐봉지에서 사과를 꺼내더니 미소를 지으며 그녀에게 건넸다. 파르크쿨투리역에서 만두를 파는 매점 앞에 서 있는데, 머리를 짧게 자른 젊은 청년이 그녀에게 일인분을 사 주었다. 그래서 그녀는 자신

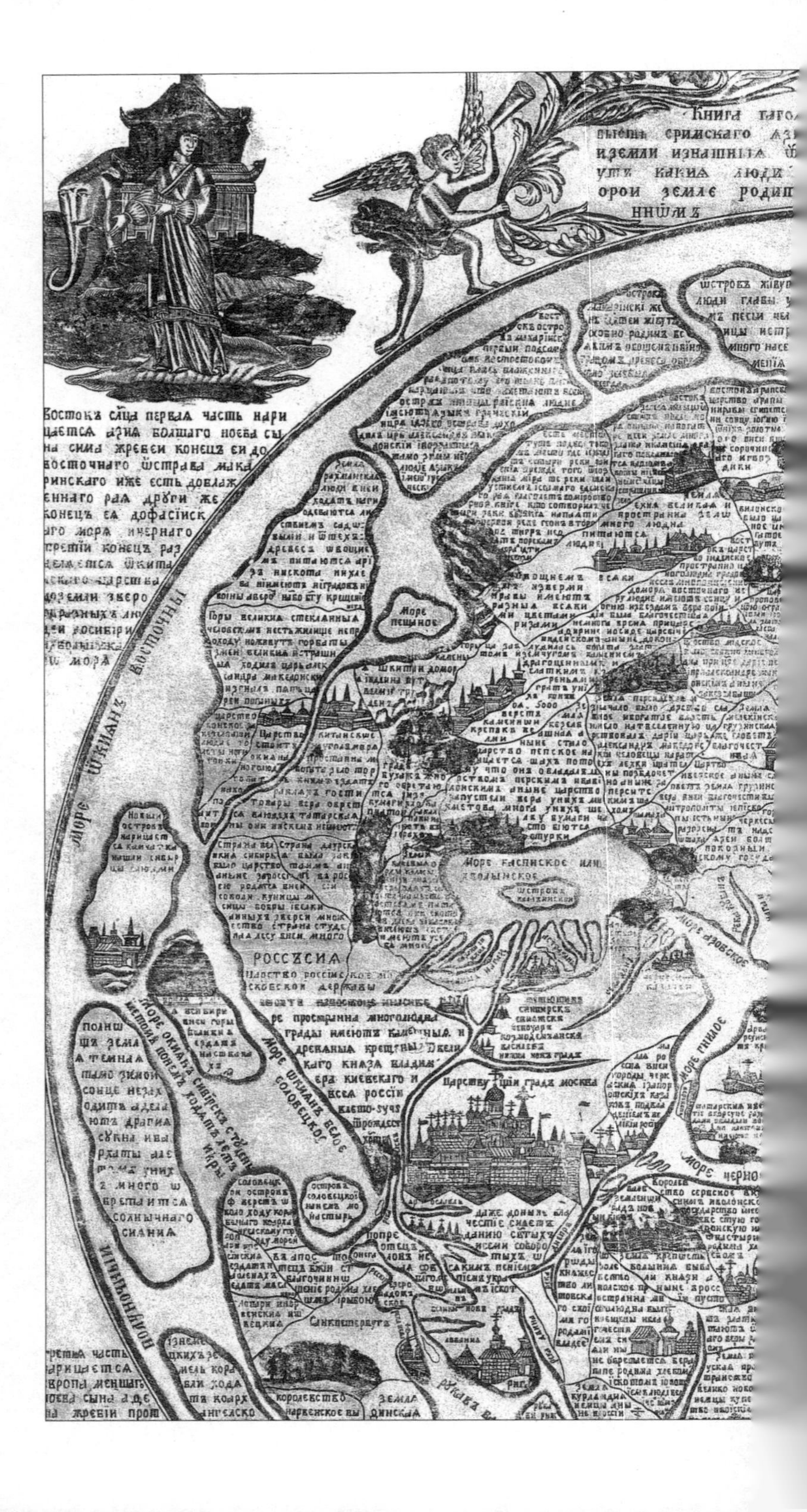

Море пещиное
Море каспиское или хвалынское
Море азовское
Море гнилое
Море черное
Море окиянъ восточны
Царствующий градъ москва

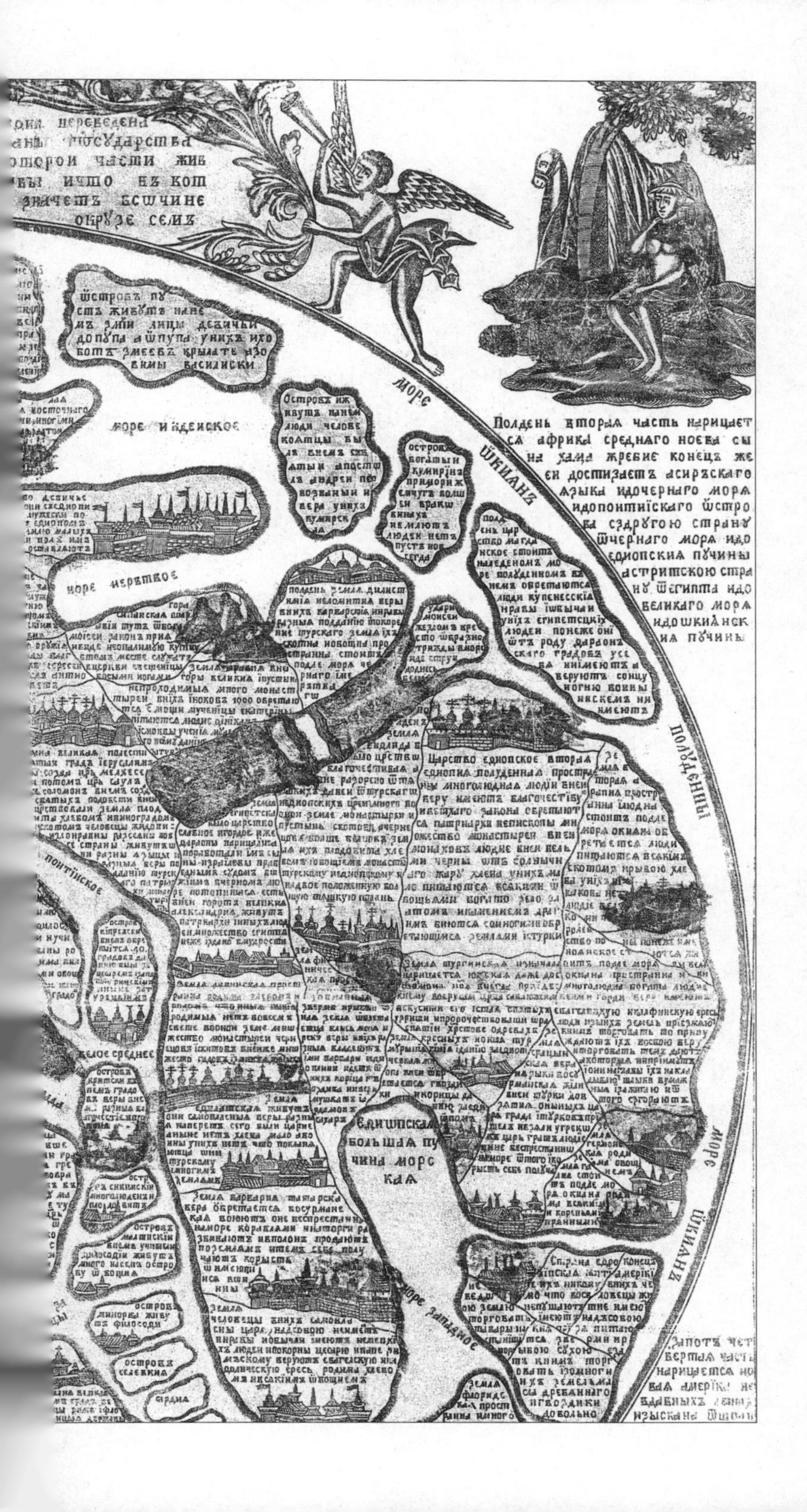

Полдень вторая часть нарицает
са африка среднаго ноева сы
на хама жребие конецъ же
еи достизаетъ асиръскаго
азыка идочерного моря
идопонтиiскаго ѿстро
ва сдругою страну
ѿчерного моря идо
едиопския пучины
астритскою стра
ну ѿегипта идо
великаго моря
идошкианск
ия пучины
море
ѿкианъ
полуденны
море
ѿкианъ
море индеиское
море мертвое
море западное
ѿстровъ пу
стъ живутъ нане
мъ змии лицы девичьи
допупа аѿпупа унихъ хво
бота змеевъ крылате изо
вимы василиски
Царство единопское вторая
единопия полуденная простра
ны многолюдная люди вней
вѣру имеюта благочестиву
Едипская большая пу
чина морс
кая
Земля барбария татарска
вера обретается босурмане
остров
селевкия

의 모양새가 별로 보기 좋지 않다는 사실을 깨달았다. 수중에 아직 동전 몇 푼이 남았지만 호의를 거절하지 않고 감사 인사를 하며 받아먹었다. 오늘 그녀는 다양한 사건을 목격했다. 경찰이 가죽점퍼를 입은 남자를 체포하는 광경. 술에 취해 고래고래 소리를 지르며 싸우는 부부. 체르키좁스카야역에서 열차에 오르자마자 엄마를 부르며 서럽게 울던 십 대 소녀. 하지만 아무도 선뜻 그녀를 도와주려고 나서지 않았다. 소녀가 콤소몰스카야역에서 내렸다. 결국 도와줄 때를 놓쳐 버리고 말았다. 그녀는 또한 도망치는 사람들도 보았다. 군중을 헤집고 달리던 피부색이 어두운 땅딸막한 남자는 계단 근처에서 인파에 갇혔고, 결국 다른 두 남자에 의해 손목을 비틀리며 체포당하고 말았다. 모든 걸 도둑맞았다며 한탄하던 어느 여인의 목소리, 그녀의 탄식이 점점 멀어지다가 마침내 사라져 버렸다. 그날은 텅 빈 눈동자에 불편한 다리를 가진 늙은 영감과 두 번이나 마주쳤다. 심지어 그녀는 이미 오래전에 날이 저물었다는 걸 알지 못했다. 지상에서는 모든 전등과 등불이 끈끈한 노란빛을 내뿜으며 밝혀지고, 차가운 냉기 속으로 불빛이 스며들었다는 사실을 그녀는 몰랐던 것이다. 오늘 그녀는 한 번도 햇볕을 쬐지 못했다. 그녀가 키예프역 밖으로 나갔다. 얼굴을 가린 노파를 만날지도 모른다는 기대에 공사 현장의 임시 통로가 있는 쪽으로 향했다.

노파는 자신의 자리에서 늘 하던 일을 하고 있었다. 축축한 넝마를 뭉쳐 놓은 것 같은 옷차림으로 제자리에서 발을 구르며, 8자와 원을 그리며 맴돌고, 해묵은 욕설을 내뱉는 중이었다. 아누슈카는 그녀가 자신을 알아보고 욕을 멈출 때까지 꽤 오랫동안 그녀의 앞에 서 있었다. 그러고 나서 두 여인은 서로 아무런 약속도 안 했지만, 일제히 빠른 걸음으로 말없이 걷기 시작했다. 마치 당장 서두르지 않으면 영원히 사라져 버릴 어떤 대상을 향하듯이 그렇게 걸음을 재촉했다. 다리를 건널 땐 바람이 어찌나 매서운지 권투를 하다가 주먹으로 얻어맞는 것 같았다. 아르바트역의 매점에는 맛있고 저렴한 블리니[104]가 있다. 돼지비계 기름을 뿌리고, 그 위에 생크림도 얹는다. 얼굴을 가린 노파가 유리 받침대 위에 동전 몇 개를 놓고 따뜻한 요리를 건네받았다. 두 여인은 어둠 속에서 이 특별한 음식을 차분하게 맛볼 자리를 발견했다. 쌀쌀한 날씨에도 벤치에 앉아 기타를 치며 맥주를 마시고 있는 청년들이 아누슈카의 시선을 빼앗았다. 노래라기보다는 시끄러운 고성에 가까웠다. 청년들은 서로에게 고함을 치면서 노닥거리는 중이었다. 그때 두 처녀가 말을 타고 나타났다. 흔치 않은 광경이었다. 말들은 키가 컸고 마구간에서 막 데리고 나온 듯 잘 관리되어 있었다. 아마존 여전사 가운데 하나가 기타를 든 청년과 인사를 나누더니 날렵한 자태로 안장에서 내려와 말고삐를 짧게 쥔 채, 젊은이들과 잡담을 나누었다. 또 다른 처녀는 일행에서 떨어져 나온 여행자들을 붙잡고, 말에게 줄 먹이가 필요하다며 돈을 청하고 있었다. 말은 그래도 실은 맥주 마실 돈이 필요한 거라고 여행자들은 짐작했다. 실제로 말들은 배고

104) 러시아의 팬케이크. 치즈나 잼 등을 넣어서 구워 만든다.

파 보이지 않았다.

얼굴을 가린 노파가 팔꿈치로 아누슈카를 찔렀다.

"어서 먹어."

하지만 아누슈카는 청년들에게서 좀처럼 눈을 뗄 수가 없었다. 김이 모락모락 피어오르는 블리니를 손에 든 채, 그녀는 넋을 잃고 젊은이들을 바라보았다. 청년들의 모습에서 피에티아가 보였다. 자신의 아들과 비슷한 또래였다. 피에티아가 그녀의 몸속으로 돌아오고 있었다. 마치 그녀가 지금껏 한 번도 세상 밖으로 내놓지 않았던 것처럼. 피에티아가 거기서 몸을 웅크리고 있었다. 바위처럼 무겁고 고통스럽다. 그녀의 안에서 피에티아가 부풀어 오르고 점점 자라났다. 다시 그를 출산해야만 할 것 같았다. 이번에는 그녀의 피부에 있는 모든 모공에서 땀이 솟았다. 피에티아가 어느 틈에 그녀의 폐에 달라붙고 목구멍까지 올라왔다. 흐느끼는 것 말고 다른 방법으로는 도저히 그를 꺼낼 수 없을 것이다. 그렇다. 그녀는 배가 너무 불러서 블리니를 먹을 수 없었다. 피에티아는 지금 그녀의 목구멍 속에 처박혀 있었다. 사실 저기 저 벤치에 얼마든지 앉아 있을 수 있는데 말이다. 저 자리에 앉아 있다가 손을 뻗어 맥주 캔을 집어서, 말을 타고 있는 아가씨에게 건네주고, 몸을 뒤로 완전히 젖힌 채 와락 웃음을 터뜨릴 수 있었을 텐데. 자유롭게 움직이고, 자신의 두 발을 향해 완전히 몸을 숙이고, 두 팔을 높이 쳐들고, 등자에 한쪽 발을 얹고, 나머지 발은 멋지게 흔들 수 있었을 텐데. 윗입술에 조금씩 그림자를 드리우기 시작하는 콧수염을 기른 채, 말 등에 올라타서 몸을 똑바로 세우고, 미소를 머금고 멋지게 거리를 질주할 수 있었을 텐데. 계단으로 달려가서 천둥처럼 요란하게 오르내릴 수 있었을 텐데, 아들은 지금 저 청년들과 비슷한 나이가 아니던가. 엄마인 나는 아들의 화학 점수를 받아 보고 대학에 입학하지 못할까 봐 전전긍긍할지도 모른다. 그러다 결국 제 아버지와 비슷한 신세가 되어 일자리를 구하는 데 애를 먹고, 마음에 안 드는 며느리를 맞이하고, 둘 사이에서 너무 일찍 아이가 생겨 버릴 수도 있다.

아누슈카의 몸속에서 무거운 납의 바다가 용솟음치면서 견딜 수 없는 지경이 되었다. 그녀는 참을성이 부족한 말을 길들이려는 젊은 여자의 몸짓에 몰입했다. 처녀는 말이 움직이지 못하게 하려고 고삐를 조여 강제로 머리를 숙이게 만들었다. 말이 달려 나가려 하자 채찍으로 등을 내리치면서 소리쳤다.

"멈춰, 제기랄! 꼼짝 말라고!"

그 순간 아누슈카의 손에서 크림 없은 블리니가 떨어졌다. 아누슈카가 말과 실랑이를 벌이고 있는 여자를 향해 달려가서 무작정 주먹을 휘두르기 시작했다.

"내버려 둬! 내버려 두라고!" 짓눌린 목구멍에서 고함이 터져 나왔다.

놀란 청년들이 그녀의 갑작스러운 행동에 대응할 때까지 몇 초가 흘렀다. 젊은이들은 갑자기 미친 사람처럼 구는 체크무늬 코트의 여자를 떼어 놓기 위해 애썼다. 하지만 온몸에 넝마를 걸치고 얼굴을 가린 또 다른 미친 여자가 뛰어와서 그녀를 도왔다. 두 여자는 젊은 처녀의 손에 들려 있는 고삐를 빼앗기 위해 그녀를 밀치려고 했다. 처녀가 비명을 지르며 두 손으로 머리를 움켜쥐었다. 느닷없이 분노에 찬 공격을 당할 줄은 전혀 예상하지 못한 것이다. 말은 잔뜩 겁을 먹었다. 발을 구르고 히힝 울음소리를 내면서, 여자에게서 벗어나 아르바트역을 향해 달렸다.(이 시각에 통행로가 한산한 것이 다행이었다.) 건물 벽에 메아리치는 말발굽 소리를 듣고 거리의 패싸움이나 시위를 떠올린 사람들이 창문을 열고 내다보았다. 하지만 도로의 끝에는 이미 경찰관 둘이 서 있었다. 컴퓨터 게임에 대해 이런저런 이야기를 주고받으며 느긋하게 순찰을 돌고 있는데, 갑자기 소란이 벌어진 것이다. 두 경찰은 경찰봉을 꽉 쥐고 준비 태세를 갖추었다. 그리고 목표물을 향해 돌진했다.

"몸을 흔들어." 얼굴을 가린 노파가 말했다. "움직이라고."

두 여인이 파출소에 앉아서 얼굴이 벌겋게 상기된, 불친절한 경찰관에게 진술하기 위해 차례를 기다리고 있다.

"몸을 흔들라고." 기다리는 몇 시간 동안 노파는 광분한 사람처럼 계속해서 중얼거렸다. 무서워서 그러는 게 분명했다. 아드레날린이 여자의 혓바닥을 각성시킨 모양이었다. 노파는 아누슈카에게 쉬지 않고 계속 귓속말을 했다. 도둑맞은 남자, 까무잡잡한 피부의 매춘부 두 명, 한 손에 붕대를 든 머리 깨진 사내를 비롯해 그 누구도 그녀의 이야기를 듣지 못하게 하기 위해서였다. 그러는 동안 아누슈카는 끊임없이 울고 있었다. 눈물이 계속해서 뺨을 타고 흘러내렸다. 하도 울어서 머지 않아 눈물이 다 말라 버릴 것 같았다.

그러다 마침내 두 여인의 차례가 되자, 시뻘건 얼굴의 경찰이 어깨 너머로 고개를 돌려 옆방에 있는 누군가에게 소리쳤다.

"이 여자가 바로 그 '날뛰는 여인'입니다."

그러자 저쪽에서 대답이 들려왔다.

"그 여자는 놔줘. 하지만 다른 여자는 치안방해죄로 기록해 놔."

경찰이 얼굴을 가린 노파에게 말한다.

"이봐요, 아줌마, 한 번만 더 걸리면 도시 100킬로미터 밖으로 쫓아낼 거예요, 알았죠? 우리는 이단은 필요 없거든요."

아누슈카에게는 신분증을 달라고 했다. 하지만 마치 글을 읽을 줄 모르는 사람처럼 그녀에게 성명과 주소를 큰 소리로 말하라고 했다. 그녀에게 주소를 대라고 요구한 것이다. 아누슈카는 손톱으로 책상을 두드리며, 마치 시를 낭송하듯이 두 눈을 감고서 자신의 신상 정보를 읊조리기 시작했다. 그녀는 두 번이나 자신의 주소를 말했다.

"쿠즈니에츠카 46번길 78호."

경찰은 한 시간 간격으로 두 여자를 따로 석방했다. 우선 얼굴 가린 노파를 풀어 주고, 그다음에 아누슈카를 내보냈다. 먼저 풀려난 여자는 이미 사라지고 없었다. 바깥이 끔찍하게 추웠으니 당연한 일이었다. 아누슈카는 역 주변을 맴돌았다. 그녀의 다리가 그녀에게 응원을 보냈다. 이 널찍한 거리를 지나서 모든 거리의 근원지로, 언덕이 많은 교외가 시작되는 곳으로 그녀를 데려다줄 거라고, 그 너머에는 전혀 새로운 풍경,

숨 쉬는 대평원이 펼쳐져 있을 거라고 그녀를 위로했다. 버스가 한 대 아누슈카를 향해 다가왔다. 그녀가 마지막 순간에 버스에 올랐다.

사람들이 벌써 움직이고 있었다. 아직 날이 밝지 않았는데도 거리에서는 이미 새벽의 이동이 시작되었다. 아누슈카는 꽤 오랫동안 버스를 타고 도시의 외곽으로 갔다. 얼마 후 그녀는 한 건물 앞에 서서 높은 곳에 있는 자신의 아파트 창문을 올려다보았다. 아직 컴컴했다. 하지만 하늘이 점차 밝아지기 시작하자, 부엌에 불이 켜졌다. 그녀가 입구를 향해 걸어갔다.

날뛰는 여인은 무슨 이야기를 했을까

몸을 흔들어, 움직여, 움직이라고. 그래야만 그에게서 도망칠 수 있어. 이 세상을 다스리는 존재에겐 움직임을 지배할 능력이 없어. 우리의 몸은 움직일 때 비로소 신성하다는 것을 그는 알고 있어. 움직여야만 그에게서 벗어날 수 있는 거야. 그는 정지 상태에 놓여 있는 것, 꼼짝도 하지 않는 것, 수동적이고 무기력한 모든 것을 지배해.

그러니까 움직여, 몸을 흔들어, 걸어, 뛰어, 도망쳐! 네가 그 사실을 잊고 멈춰 서는 순간, 그의 거대한 손이 너를 낚아채서 꼭두각시로 만들어 버릴 테니까. 그렇게 되면 연기와 매연, 도시 밖의 쓰레기 더미에서 풍기는 악취 가득한 그의 숨결이 너를 휩쓸어 버리고 말 거야. 그는 너의 밝고 찬란한 영혼을 신문에서, 한낱 종잇조각에서 잘라 낸, 보잘것없는 평범한 영혼으로 바꿔 버릴 거야. 그리고 불과 질병, 전쟁으로 널 위협할 거야. 그가 너를 겁주는 바람에 너는 마음의 평화를 잃고 잠도 못 자게 될 거야. 그는 너를 점찍어 놓고, 명단에 네 이름을 기록하고, 너의 파멸에 대한 증서를 제공할 거야. 뭘 살지, 뭘 팔지, 어디가 값이 싼지, 어디가 비싼지, 이런 대수롭지 않은 것들이 네 생각을 지배하게 될 거야. 그때부터 너는 지극히 사소한 것들에 대해 전전긍긍하게 될 거야. 휘발유 가격 같은 것이 우리의 신용 대금 지불에 어떤 영향을 미치게 될지 등등에 대해서. 너는 매일 고통스러운 시간을 보내게 될 거야, 마치 인생이 형벌인 것처럼. 하지만 대체 무슨 죄를 저질렀다는 건지, 언제, 어떤 잘못을 했다는 건지, 너는 결코 알지 못할 거야.

먼 옛날, 한 차르가 세상을 개혁하려고 시도한 적이 있었어. 하지만 실패하고 말았지. 그때 세상은 반기독교주의자의 손아귀에 넘어가고 말았어. 그때 진정한 신, 선한 신은 세상에서 추방되었어. 신의 권능이 담긴 그릇은 깨어져 산산조각이 났고 땅에 흡수되어 심연 속으로 사라져 버렸어. 하지만 신이 자신의 은신처에서 속삭일 때, 한 정의로운 인간, 예핌이라는 이름의 군인이 그의 말을 귀 기울여 듣고 기록해 놓았어. 한밤중에 그는 총을 버리고 군복을 벗고 군화를 집어 던졌어. 그는 벌거벗은 채 하늘 아래 섰어. 신이 태초에 그를 창조했을 때의 모습으로. 그러고는 숲으로 달려갔어. 그는 천으로 몸을 가린 채 우울한 소식을 전파하면서 마을에서 마을로 떠돌아다녔어. 달아나라, 집에서 나와라, 걸어가라, 뛰어가라. 그래야만 반기독교주의자의 덫에서 벗어날 수 있다. 그와 대놓고 결투를 벌이면 무조건 패배할 것이다. 소유하고 있는 것들을 모두 그 자리에 두고 떠나라. 땅을 버리고 여행길에 오르라.

이 세상에서 자신의 고유한 자리를 차지한 모든 것, 모든 나라와 교회, 인간이 세운 정부, 이 지옥에서 형태를 유지하고 있는 모든 것은 전부 그자의 지배를 받고 있다. 명확히 규정된 모든 것, 여기서부터 저기까지 구획이 정해진 것, 프레임에 들어맞는 것, 명부에 기록된 것, 번호가 매겨진 것, 증명된 것, 서약된 것, 수집된 것, 전시된 것, 상표가 부착된 것. 정지 상태에 놓인 것, 집과 안락의자, 침대, 가족, 땅, 파종과 모종, 생장의 확인. 계획 세우기, 결과 기다리기, 일정 개괄하기, 순서 지키기. 그러니 아이들을 잘 키워라, 예기치 않게 그들을 낳았으니. 그리고 길을 떠나라. 부모를 잘 묻어라, 예기치 않게 너를 이 세상에 태어나게 해 주었으니. 그리고 떠나라. 그의 숨결이 닿지 않는 먼 곳으로 가라, 그의 케이블과 전선, 전파가 미치지 못하는 곳으로, 그의 민감한 도구의 측정으로부터 벗어날 수 있는 곳으로.

멈추는 자는 화석이 될 거야. 정지하는 자는 곤충처럼 박제될 거야. 심장은 나무 바늘에 찔리고, 손과 발은 핀으로 뚫려서 문지방과 천장에 고정될 거야.

그자에게 저항한 사람은 바로 그런 식으로 죽임을 당했어. 끌려가서 십자가에 못 박혔어. 그리고 곤충처럼 움직이지 못하게 된 육신은 인간적인 눈과 비인간적인 눈앞에 던져졌어. 실은 주로 비인간적인 시선을 위한 것이었는데, 이런 광경을 가장 즐기는 게 바로 그들이었기 때문이야. 그러므로 그들이 매년 시체를 위해 기도하면서 이런 짓을 되풀이하고 기념하는 건 이상한 일이 아니야. 모든 종류의 폭군, 지옥의 하수인이 유목 민족에 대한 깊은 증오심을 품는 것은 바로 이러한 이유 때문이지. 그들이 집시와 유대인들을 박해하는 것도 이 때문이야. 그래서 그들은 자유로운 모든 사람을 강제로 정착시키려 하고, 형벌이나 다름없는 주소를 우리에게 부여하려 애쓰는 거야.

그들이 원하는 건 경직된 질서를 만들고 시간의 경과를 조작하는 거야. 그들은 하루하루가 똑같이 반복되고, 구별이 안 되길 바라지. 모든 피조물이 자신에게 할당된 구역을 준수한 채 거짓된 행동과 동작을 반복적으로 수행하는 무시무시한 기계를 만들려는 거야. 기관과 시설, 도장, 소식지, 위계질서, 서열, 등급, 계급, 신청과 거부, 여권, 숫자, 카드, 선거의 결과, 할인 판매, 마일리지 적립, 수집, 물품 교환.

그들이 원하는 건 바코드의 도움을 받아 세상을 속박하고, 모든 것에 상표를 붙이는 거야, 이 제품이 무엇인지, 가격이 얼마인지 한눈에 알 수 있게 하려는 거지. 이 낯선 언어는 인간의 힘으로는 해독할 수 없으니 기계나 로봇이 대신 읽어 줄 거야, 그런 식으로 밤마다 그들은 거대한 지하상가에서 바코드로 쓰인 자신의 시를 낭독할 거야.

움직여, 계속 가, 떠나는 자에게 축복이 있으리니.

오스트리아 황제 프란츠 1세에게
요제피네 졸리만이 보낸 세 번째 서신

폐하께서 답이 없으신 것을 보면, 틀림없이 국가의 주요한 현안 때문에 바쁘신 모양입니다. 하지만 저 역시 시도와 노력을 포기하지 않을 겁니다. 그래서 폐하께 또다시 이렇게 자비를 구합니다. 제가 마지막으로 폐하께 편지를 쓴 것이 이 년 전인데, 여태껏 답변을 받지 못했습니다. 그래서 다시 한번 간청드립니다.

저는 폐하의 충복이자 제국을 위해 헌신한 외교관이었고, 계몽사상을 가진 지식인이면서 널리 존경받는 인물이었던 앙겔로 졸리만의 외동딸입니다. 저는 저 자신을 위해 폐하께 자비를 간구합니다, 제 아버지의 시신이 기독교의 장례법에 따라 매장되지 못하고, 박제된 상태로 화학적으로 처리되어 폐하의 궁전에 있는 '호기심의 방'에 전시되어 있다는 소식을 들은 뒤부터 저는 지금껏 한순간도 편히 잠들 수가 없었습니다.

아들을 출산하고 나서 저는 병을 앓게 되었는데, 병세가 점점 악화되고 있습니다. 저는 지금 제가 앓고 있는 질병의 상태와 마찬가지로 아버지의 시신을 되찾겠다는 저의 바람 또한 희망을 잃게 될까 봐 너무나 두렵습니다. 자꾸만 상기시켜 드려서 죄송스럽습니다만, 제 아버지께서는 돌아가시고 난 뒤 피부가 벗겨지고 몸 안에 이물질이 잔뜩 채워져서 폐하의 전시품으로 전락한 채 사람들의 눈요깃거리가 되고 있습니다.

폐하께서는 비록 젊은 엄마의 청은 거절하셨지만, 죽어 가는 젊은 엄마의 청은 거절하지 않으실지도 모른다는 생각이 들어 이렇게 다시 편지를 씁니다. 저는 빈을 떠나기 전에 그 끔찍한 장소를 방문했습니다. 폐하의 시종이자 공병인 폰 포이히터슬레벤과 혼인하게 되었고, 남편과 함께 제국의 북쪽에 위치한 크라쿠프로 이주하라는 명을 받았기 때문입니다. 떠나기 전에 저는 거기서 아버지를 보았습니다. 지옥에 있는 아버지를 보았다고 말하는 편이 좋을 것 같군요. 가톨릭 신자인 저는 육체가 없으면 최후의 심판 날에 부활하지 못한다는 사실을 믿으니까요. 이러한 믿음 때문에 저는 몇몇 사람의 견해와 달리, 우리의 육신이 실은 가장 위대하고 거룩한 선물이라는 생각을 하게 되었습니다.

신이 인간의 모습으로 재림하신 이래, 인간의 육신은 영원한 신성을 획득하게 되었으며 인류는 개별적인 인간의 형태를 취하게 되었습니다. 육체를 통하지 않고 다른 사람, 그러니까 다른 세계와 접촉할 방법은 없습니다. 만약 그리스도께서 인간의 육신을 취하지 않으셨다면 우리는 결코 구원받지 못했을 것입니다.

제 아버지는 마치 짐승처럼 가죽이 벗겨졌고, 몸속은 풀과 잔디로 아무렇게나 채워져서 박제된 다른 인간들과 함께 전시되어 있습니다. 거기에는 유니콘의 유골이나 괴물 두꺼비, 알코올에 담근 머리 둘 달린 태아와 같은 다른 희귀한 대상도 함께 전시되어 있습니다. 거기서 저는 두 눈으로 직접 폐하의 수집품을 확인하려는 수많은 인파를 보았습니다. 폐하, 저는 제 아버지의 표본을 보는 순간 관람객들의 얼굴에 홍조가 피어오르는 것을 보았습니다. 또한 그들이 당신의 활력과 용기에 찬사를 보내는 것도 들었습니다.

만약 폐하께서 전시장에 가시거든 제 아버지 앙겔로 졸리만, 죽어서도 폐하를 위해 자신의 육체를 온전히 내놓은 충실한 신하를 한 번만 돌아봐 주십시오. 속을 제대로 채워 넣지도 못한 아버지의 두 손은 예전에 저를 따듯이 어루만져 주고, 안아 주었던 바로 그 손입니다. 지금은 푹 꺼지고 건조하게 삭아 버렸지만, 과거에 아버지는 자신의 뺨을 제 얼굴에 대고 다정히 문질러 주시곤 했습니다. 류머티즘 때문에 손상되기 전까지 아버지의 육체는 사랑하고 또 사랑받았습니다.

지금은 형태만 남은 팔에서 폐하의 주치의가 아버지의 피를 뽑아냈습니다. 제 아버지의 이름을 붙여 놓은 인간의 잔해는 한때는 생생히 살아 움직이던 생명체였습니다. 저는 잠들지 못해 뒤척이는 밤마다 늘 고민하곤 합니다. 사랑하는 제 아버지의 시신이 이토록 잔혹한 취급을 받는 진짜 이유가 무엇일까에 대해서 말입니다.

그 이유가 단순히 아버지의 피부색 때문일까요? 어둡고 검은빛이라서? 그렇다면 낯선 땅에서 발견된 백인의 시신을 가죽을 벗겨 박제한 뒤, 사람들의 호기심을 충족시키기 위한 전시품으로 만드는 게 과연 가능할까요? 외적으로 혹은 내적으로 다른 사람과 다르다는 이유로 어떤 사람으로부터 평범한 권리와 관습을 앗아 가는 게 합당한 일일까요? 그러한 권리라는 것이 과연 똑같은 외양의 사람들에게만 적용되도록 만들어진 것일까요? 그렇다고 하기에는 이 세상은 너무나 다양합니다. 남쪽으로 멀리 가 보면 북쪽에 정착한 사람들과는 매우 다른 사람들이 살고 있습니다. 그렇다면 특정인에게만 적용되는 규칙이 무슨 의미가 있을까요? 우리의 배가 닿고 우리의 돈이 흘러 들어가는 곳이라면, 거기에 사는 모든 사람에게 예외 없는 법칙이 적용되어야 할 것입니다. 만약 제 아버지가 백인이었어도 폐하께서는 자신의 신하를 박제해서 전시하셨겠습니까? 가장 낮은 계급에 속한 사람에게도 장례를 치를 권리는 있습니다. 그렇다면 제 아버지로부터 그러한 권리를 박탈한 것은 제 아버지의 인간으로서의 존엄을 부정하시는 게 아니고 무엇입니까?

저는 사람들의 일반적인 생각과는 달리, 우리를 통치하는 사람들의 목적이 우리의 '영혼'을 다스리는 데 있다고는 생각하지 않습니다. '영혼'이라는 것은 이 시대와 상당히 동떨어져 있고, 또 이해하기 어려운 개념이기 때문입니다. 만약 신께서(부디 제 신랄함을 용서해 주시길.) 시계의 태엽을 감는 사람, 즉

시계 제조 장인이거나 인간의 모습이 아닌 매우 모호한 방식으로 나타나는 '자연의 정령'과 같은 존재라면, '영혼'이라는 개념은 상당히 불편하고 당혹스러울 수밖에 없습니다. 그렇다면 과연 어떤 지배자가 이런 덧없고 순간적이고 애매한 것을 다스리려고 하겠습니까? 실험실에서 그 존재가 입증되지 않은 것들을 향해 권력을 휘두르고 싶어 하는 계몽 군주가 과연 어디에 있겠습니까?

그러므로 폐하, 인간의 진정한 권력은 인간의 육신에만 작용하고 영향을 미치는 것이 사실입니다. 국가가 만들어지고 국가 간에 국경선이 수립되었다는 것은 결국 명확히 규정된 공간에만 인간의 육체를 머물게 한다는 것을 의미합니다. 비자와 여권이 만들어졌다는 건, 이동과 움직임의 자연적인 필요성을 제한하고 조정하겠다는 의미입니다. 세금을 부과하는 통치자는 자신의 국민에게 어떤 것을 먹이고 어디서 잠을 재울지, 비단옷을 입힐지 무명옷을 입힐지를 결정하게 됩니다.

마찬가지로 폐하께서도 어떤 시신이 더 중요하고 덜 중요한지를 결정하십니다. 모유가 가득 찬 어머니의 가슴이 모든 아이에게 고른 영양분을 제공해 주는 것은 아닙니다. 높은 언덕에 자리한 궁궐에 사는 아기가 싫증 날 때까지 젖을 빠는 동안, 계곡의 작은 마을에 사는 아기는 얼마 남지 않은 젖에 만족해야 합니다. 폐하께서 전쟁을 선포하게 되면, 수천 명의 육체를 피바다로 밀어 넣으시는 겁니다.

그러므로 육체를 다스리는 것은 삶과 죽음의 왕이 되시는 것이며, 그것은 가장 큰 나라의 황제보다 더 위대한 존재가 되는 것입니다. 바로 그렇기에 저는 당신, 삶과 죽음을 좌지우지하는 폭군, 압제자에게 이 글을 씁니다. 이제 저는 간청하지 않고, 저만의 방식대로 당당히 요구하겠습니다. 아버지의 시신을 땅에 묻을 수 있도록 제게 돌려주십시오. 폐하, 저는 당신을 끝까지 따라다닐 것입니다. 어둠 속의 은밀한 음성처럼, 저는 죽어서도 결코 당신에게 평화를 허락지 않을 것입니다. 이 속삭임을 절대 멈추지 않을 것입니다.

요제피네 졸리만 폰 포이히터슬레벤

인간의 손이 아닌 것에 의해 만들어진 것들

사리 유적 전시회를 보고 난 뒤에 나는 인간의 손이 아닌, 뭔가 다른 것이 만들어 낸 대상을 보더라도 그다지 놀라지 않게 되었다. 깊은 산속 동굴의 축축한 습기에 의해 자연스럽게 형성되었다가 정의로운 사람들에 의해 발견되어, 얼마에 한 번씩 성대하게 성전으로 옮겨지는 책들[105]이 바로 이런 경우에 해당된다. 신의 얼굴이 그려진 이콘도 마찬가지다. 그저 표면이 깨끗하게 착색된 목판을 놓고 기다리기만 하면 된다. 때로는 한밤중에 신성한 얼굴이 그 위에 나타날 수도 있고, 밑바

105) 티베트 불교, 즉 라마교의 구전 전설에 따르면, 라마교의 개조(開祖)이자 두 번째 부처로 숭상받는 파드마 삼바바(Padma Sambhava)가 삶과 죽음, 미래에 관한 신비한 예언을 담은 100여 권의 경전을 쓴 뒤, 히말라야 동굴 속에 숨겨 두고 자신의 제자들이 때가 되면 발견하도록 했다고 전해진다.

닥에서 위쪽을 올려다보고 있다가 깊은 어둠에서 홀연히 흘러나올 수도 있고, 물속에 잠긴 세상의 토대에서 자취를 드러낼 수도 있다.[106] 어쩌면 우리는 거대한 카메라 오브스쿠라, 어두운 암상자 속에 갇혀서 살아가고 있는지도 모른다. 그리하여 그 상자에 미세한 출구가 만들어지기만 하면, 그러니까 어떤 바늘이 아주 작은 구멍을 뚫기만 하면 외부의 이미지가 광선에 투영되어 안쪽으로 비치게 된다. 그러면 세상의 내부, 빛에 민감한 그 표면에 흔적을 남기게 되는 것이다.

스스로의 고유한 의지로 탄생되었다고 일컬어지는 불상이 있다. 가장 좋은 금속으로 만들어진, 완벽한 불상이라고들 말한다. 그저 표면에 묻은 흙을 닦아 내는 것만으로도 충분했다. 머리를 손에 얹고 앉은 부처의 모습을 연상시키는 조각상이다. 이 불상은 마치 미묘한 농담을 들은 사람처럼 스스로를 향해 아이러니가 깃든 옅은 미소를 머금고 있다. 결정적인 내용이 마지막에 등장하는 게 아니라, 말하는 사람의 호흡에 담긴 그런 농담을 들은 사람처럼.

---

106) 동방 정교에서는 이러한 이콘을 가리켜 '아케이로포이에토스(Acheiropoietos)'라고 한다. 인간의 손으로 만들지 않았다는 뜻으로 '초자연적인 힘', 즉 '신께서 친히 그리셨다'라는 의미를 담고 있다.

피의 순도

지구 반대편의 어느 섬에 거주하는 여자를 프라하의 호텔에서 만났다. 그녀는 내게 다음과 같은 이야기를 들려주었다.

사람들은 수백만 개의 박테리아나 바이러스, 질병을 몸에 지닌 채 돌아다닌다. 그러한 이동을 결코 멈추게 할 순 없지만, 적어도 저지하려는 시도 정도는 해 볼 수 있다. 광우병 파동이 전 세계를 휩쓸고 지나간 뒤, 몇몇 국가에서는 새로운 법이 제정되었다. 그녀의 섬에서는 유럽에 다녀온 사람들이 더 이상 헌혈을 할 수 없게 되었다. 법령에 따라 그들은 평생 더러운 피를 가졌다는 선고를 받게 된 것이다. 그녀도 마찬가지였다. 이제는 절대 자신의 피를 다른 이들에게 나누어 주지 못할 것이다. 그것은 푯값에 포함되지 않은, 이 여행의 대가였다. 피의 순도를 상실하는 것. 명예를 잃어버리는 것.

나는 그녀에게 물었다. 고작 도시 몇 개와 교회, 박물관을 보는 것이 피의 순도를 희생할 만큼 가치가 있는 일이냐고.

그러자 그녀가 진지하게 대답했다. 모든 일에는 대가가 따르는 법이라고.

쿤스트카머[107)]

내 순례의 목적은 늘 다른 순례자이다. 이번 여행에서 나는 샬로타의 섬세한 손길을 단번에 느낄 수 있었다. 조각품을 연상시키는 뚜껑 달린 직사각형 유리병에는 눈 감은 작은 태아가 두 개의 말총에 매달린 채 떠다니고 있었고, 태아의 조그만 두 발은 바닥에 가라앉아 있는 붉게 착색된 태반 찌꺼기에 닿아 있었다. 바다 밑에서 건져 올린 작은 정물, 이판암[108)]으로 만든 뚜껑이 태아를 덮어 주고 있었다. 이 전시의 주인공을 비롯한 모든 것이 바다를 떠올리게 한다. 우리 모두는 바다에서 왔다. 샬로타가 조개와 불가사리, 산호와 해면으로 뚜

107) 독일어로 '예술품 진열실'을 뜻한다.

108) 점토가 굳어져 이루어진 수성암(水成巖).

껍을 장식하고, 한가운데에 말린 해마를 배치한 이유도 그 때문이다.

내게 강렬한 인상을 남긴 표본이 하나 더 있다. 새까만 물속에 잠겨 있는 샴쌍둥이, 그리고 그 옆에 놓인 그들의 건조된 골격. 두 배의 몫을 하는 하나의 몸에서 비롯된 표본 두 개, 이것이야말로 물질의 경제적 측면을 대변하는 자료라고 할 수 있다.

라 마노 디 콘스탄티노

'영원한 도시'라는 별칭으로 알려진 로마에 도착했을 때, 제일 먼저 내 눈길을 끈 것은 검은 피부에 잘생긴 외모를 지닌 가방 판매원들이었다. 스톡홀름에서 손지갑을 도둑맞아서 나는 작은 지갑 하나를 샀다. 두 번째로 인상적이었던 것은 엽서로 가득한 노점상들이었다. 거기서 걸음을 멈추고, 테베레 강변의 그늘에서 엽서를 구경하며 남은 시간을 보내도 충분히 만족스러울 것 같았다. 그러다 고급스러운 카페에 앉아 와인 한잔을 마신다면 더욱 좋을 것이다. 지금까지 유행하던 풍경 사진 엽서, 유적지의 파노라마를 담은 엽서, 주어진 공간 속에 가능한 한 많은 정보를 담은 엽서들은 이제 사소하고 세부적인 사항에 초점을 맞춘 엽서들로 서서히 대체되는 중이었다. 좋은 생각임이 분명하다. 왜냐하면 정신적으로 덜 피로하기 때문이다. 너무 많은 세계가 존재할 때는 전체보다 세부적인 항목에 집중하는 편이 낫다.

여기 분수대의 멋진 디테일, 로마 스타일의 처마에서 잠든 새끼 고양이, 미켈란젤로가 조각한 다비드상의 생식기, 돌로 만든 거인의 발, 과연 어떤 얼굴이 달려 있었을지 궁금증을 불러일으키는 깨진 몸통, 황토색 외벽에 달린 창문이 있다. 그리고 마침내 바로 이것, 하늘을 향해 검지를 수직으로 들어 올린, 무시무시하게 큰 손, 믿을 수 없을 만큼 거대한 전체로부터 손목 언저리가 잘려져 나와 단절된 조각, 콘스탄티누스 황제의 손이 있다.

나는 그 엽서에서 눈을 뗄 수 없었다. 어떤 대상을 처음 볼 때는 정말 신중해야 한다! 그때부터 어딜 가든 나의 눈에는 뭔가를 가리키는 손이 보였고, 그렇게 나를 사로잡은 세부 항목의 노예가 되었다. 반쯤 옷을 벗고 투구를 쓴 전사의 조각상, 한 손에는 창을 들고 다른 손으로는 위쪽을 가리키고 있다. 두 개의 큐피드 상은 통통한 손가락을 들어 올려 다른 사람의 관심을 자신들의 머리 위쪽으로 돌려놓았다. 그런데 과연 거기에는 무엇이 있는 걸까? 그뿐이 아니다. 정신없이 웃느라 허리를 숙인 두 여자 관광객과 그녀들이 가리키는 손가락, 여기 사람들 한 무리가 호화로운 호텔 앞에서 손가락질을 하고 있다. 방금 리처드 기어와 니콜 키드먼이 호텔에서 나갔기 때문이다. 또한 성 베드로 광장에서도 우리는 뭔가를 가리키는 수백 개의 손가락을 볼 수 있다.

캄포 디 피오리 광장에서 나는 수돗가 근처에서 더위를 먹고 멍하니 있는 한 여자를 보았는데, 그녀는 손가락을 자신의 귓가에 대고 있었다. 마치 젊은 시절의 멜로디를 기억해 내려는 동작처럼 보였고, 이미 그녀의 귓가에는 첫 번째 음표가 울려 퍼지고 있는 것 같았다.

그러고 나서 나는 젊은 여자 둘이 함께 밀고 있는 휠체어에 앉은, 병든 노인을 발견했다. 노인의 몸은 마비되었고 코에서 튀어나온 두 개의 투명한 플라스틱 튜브는 검은 배낭에 연결되어 있었다. 얼굴에는 절대적인 공포의 기색이 어려 있었고, 그의 오른손, 약탈자처럼 손톱이 날카로운 그의 손가락은 왼쪽 어깨 너머에 틀림없이 있는 무언가를 가리키고 있었다.

빈 공간에 지도 그리기

제임스 쿡[109]은 남쪽 바다로 떠났다. 금성의 태양면 통과를 관찰하기 위해서였다. 금성은 쿡에게 자신의 아름다움만 드러낸 것이 아니라 네덜란드 사람 타스만[110]이 이미 발견한 영토를 보여 주었다. 타스만의 기록을 통해 항해사들은 그 땅이 어딘가에 있다는 사실을 알게 되었다. 그들은 매일 그것을 찾아 헤맸지만 매일 똑같은 실수를 반복했다. 구름을 보고 육지라고 착각했던 것이다. 선원들은 저녁마다 미지의 섬에 대한 이야기를 주고받았다. 금성이 출몰하는 곳이라면 틀림없이 아름다운 섬일 테지만, 그 밖에도 뭔가 남다른 우월한 특징이

---

109) James Cook(1728~1779). 영국의 탐험가.

110) 아벨 얀스존 타스만(Abel Janszoon Tasman, 1603?~1659). 네덜란드 출신의 탐험가이자 항해가.

있을 거라 믿었다. 다들 섬에 대해 자신만의 환상을 품었던 것이다.

첫 번째 탐험자는 타히티섬 출신의 장교였다. 그는 자신이 머물던 하와이처럼 그 땅이 따뜻한 열대 기후에, 햇볕이 찬란히 내리쬐며, 사방이 온통 끝없는 해변으로 둘러싸여 있고, 꽃과 유용한 약초가 만발하며, 가슴을 훤히 드러낸 아름다운 여인이 넘쳐 날 것이라고 상상했다. 요크셔 출신으로 자부심이 남달랐던 쿡 선장은 그 섬이 자신의 고향과 매우 비슷한 환경일 거라 믿어 의심치 않았다. 심지어 그는 지구 반대편에 있는 그 영토가 같은 행성으로서의 친밀감이나 익숙함, 유사성을 나타내지 않을까 궁금해했다. 명백하고 사소한 형태가 아니라면 뭔가 다른, 좀 더 심오한 방법으로 그러한 연결 고리가 드러날 것이라고 그는 믿었다. 선실에서 사환으로 일하는 소년 닐스 융은 그 영토가 산이 많은 지형이어서 하늘과 가깝고, 정상에는 흰 눈이 쌓여 있기를 바랐다. 또한 산 중턱에는 양 떼가 풀을 뜯는 비옥한 계곡에 송어가 헤엄쳐 다니는 맑은 시냇물이 흐르는 광경을 꿈꾸었다. (아마도 그는 노르웨이 사람인 듯하다.)

1769년 10월 6일에 뉴질랜드를 처음으로 목격한 건 바로 융의 눈이었다. 그 순간부터 '인데버 호'는 앞으로 곧장 진격했고, 1마일씩 다가갈 때마다 구름 저편에서 육지가 서서히 모습을 드러냈다. 쿡 선장은 저녁마다 감격스러운 마음으로 육지의 윤곽을 종이 위에 옮기며 지도를 완성해 나갔다.

그렇게 몇 년 동안 지도를 그리면서 그들은 수많은 모험을 했고, 생생한 기록을 남겼다. 그러다 선원 중 한 사람이 이런 특별한 땅에는 반드시 거주민이 있을 거라는 의견을 냈다. 그리고 다음 날 그들은 덤불에서 연기가 피어오르는 것을 보았다. 선원들이 식량 공급에 문제가 생길까 봐 걱정하면서 용맹한 야만인의 모습을 상상하기 시작했을 무렵, 정말로 그들이 무시무시한 모습으로 나타났다. 원주민들은 얼굴에 문신을 하고 혓바닥을 내밀며 창을 휘둘렀다. 선원들은 자신들의 우위를 확실히 드러내고 위계질서를 확립하기 위해 원주민 중 몇 명에게 총을 쐈다. 그러자 탐험가들이 공격을 당했다.

아마도 뉴질랜드는 우리가 고안해 낸 마지막 영토인 것 같다.

또 다른 쿡

1841년 여름, 토머스 쿡[111]은 '금주회(禁酒會)' 집회에 참석하기 위해 걸어서 길을 떠났다. 왜냐하면 그는 '깨어 있는 정신'의 열렬한 옹호자였기 때문이다. 그래서 고향인 러프버러에서 레스터까지 약 18킬로미터를 이동했다. 몇 명의 신사가 이 여정에 동참했다. 길고도 피로한 그 여정에서 쿡은 한 가지 아이디어를 떠올렸다. 쿡 이전에 아무도 그런 생각을 하지 못했다는 게 놀라울 정도였는데 사실 모든 빛나는 아이디어는 지극히 단순한 데서 비롯되곤 한다. 그의 아이디어는 다음번에는 모든 여행자가 함께 기차를 임대해서 공동으로 철로를 이용하자는 것이었다.

111) Thomas Cook(1808~1892). 세계 최초로 여행사를 차렸다.

한 달 후, 그는 수백 명이 함께하는 첫 번째 여행 상품을 마련하는 데 성공했다.(물론 기차를 이용한 모든 사람이 금주회 집회에 참석했는지는 의문이지만.) 그렇게 지구상의 첫 번째 여행사가 탄생했다.

토머스 쿡과 제임스 쿡, 우리의 현실을 보기 좋게 요리한 두 명의 쿡(Cook)이 바로 그들이다.

고래들 또는 허공에서 허우적대기

오스트레일리아의 한 바닷가에서 길 잃은 고래가 또다시 해변으로 헤엄쳐 왔다는 소식이 전해지자 사람들이 우르르 모래사장으로 몰려들었다. 그들은 교대로 고래 옆을 지키고 서서 그 섬세한 피부에다 물을 뿌리며 바다로 돌아가라고 설득했다. 히피처럼 나이 든 여인들은 이럴 때 어떻게 하면 되는지 안다고 주장한다. 고래를 향해 이렇게만 말하면 된다는 것이다. "가라, 어서 가, 나의 형제여." 혹은 "자매여." 그러고는 두 눈을 감은 채, 고래에게 에너지를 보내면 된다고 주장한다.

온종일 조그마한 체구의 인간들이 만조를 기다리며 해변을 맴돌았다. 고래를 다시 심해로 데려가 달라고 물에게 간구하면서. 그물을 보트에 묶고, 강제로 고래를 끌어당기기 위한 시도가 이루어졌다. 하지만 결국 그 거대한 동물은 목숨 따위에 연연하지 않는, 무기력한 시체가 되고 말 것이다. 그리고 그러한 현상을 가리켜 사람들이 '자살'이라 일컫는 것도 놀라운 일이 아니다. 동물들 또한 자유 의지로 죽음을 맞이할 수 있게 허용해야 한다고 주장하는 소규모 운동가 집단도 등장했다. 어째서 자살이란 행위가 인류에게만 주어진 미심쩍은 특권이어야 하는가? 어쩌면 살아 있는 모든 존재의 생명은 우리의 눈에는 보이지 않는 고유한 경계선을 갖고 있으며, 일단 그 선을 넘어서는 순간 스스로 소멸되어 버리는 것인지도 모른다. 시드니나 브리즈번에서 만들어진 '동물 권리 헌장'을 여기서 상기할 필요가 있을 듯하다. 친애하는 형제들이여, 우리는 그대들에게 죽음을 선택할 권리를 허락하노라.

정체를 알 수 없는 주술사들이 죽어 가는 고래에게 다가가서 의식을 거행했고, 아마추어 사진사들과 파파라치들도 모습을 드러냈다. 시골 학교의 한 여교사가 자신이 맡은 반의 학생들을 모두 데려왔고, 아이들은 '고래와의 작별'이라는 주제로 그림을 그리라는 과제를 받았다.

통상 죽음에 이르기까지는 며칠이 소요되었다. 그러는 동안 바닷가에 사는 사람들은 불굴의 의지를 가진 이 장엄하고 조용한 존재에게 익숙해졌다. 지역 TV 방송국이 출동했고, 고래의 죽음에 온 나라가 관여했으며, 위성 방송 덕분에 전 세계가 주목했다. 바닷가에 상륙한 고래의 문제를 3개 대륙의 모든 뉴스에서 다루었다. 이 사건을 계기로 지구 온난화와 환경 문제를 소재로 한 영화들이 상영되었다. 학자들이 스튜디오에 초청되어 이 문제에 관해 토론을 벌였고, 정치인들 또한 환경 보호에 관한 현안을 선거 캠페인 공약에 넣었다. 무엇 때문에 고래들이 이런 선택을 하는 걸까? 어류학자들과 생태학자들은 제각기 고유한 이론을 내놓았다.

방향 위치 감지 시스템의 붕괴. 해수 오염. 그 어떤 나라도 자백하지 않는 바다 밑에서의 핵폭탄 폭발. 코끼리의 경우처럼 고래도 스스로 죽음의 순간을 결정할 수는 없는 것일까? 노령이나 각성 때문일까? 최근에 발견된 것처럼, 고래의 뇌와 인간의 뇌는 궁극적으로 큰 차이가 없으며, 서로 비슷할 뿐 아니라 심지어 고래의 뇌는 호모 사피엔스에게 부족한 영역, 그러니까 가장 잘 발달된 전두엽의 일부를 포함하고 있다.

그러는 사이에 결국 고래의 죽음은 현실이 되었고, 그 사체를 바닷가에서 치우는 과제가 남았다. 그러자 많은 군중이 뿔뿔이 흩어졌다. 밝은 초록색 재킷 차림으로 사체를 트럭에 싣고는 어딘가로 옮기는 역할을 맡은 실무자들을 제외하면 목격자도 거의 없었다. 만약 이 세상에 고래를 위한 공동묘지가 존재한다면 틀림없이 그곳으로 옮겨 갔으리라.

범고래 빌리는 그렇게 대기 속에서 익사했다.

사람들은 비탄에 잠겼다.

하지만 이따금 그들 중 일부의 생명을 구해 내는 데 성공하는 경우도 있었다. 자원봉사자 십수 명의 희생과 끈질긴 노력 덕분에 고래들이 깊은 호흡을 들이마시면서 대양으로 돌아갔다. 그들이 하늘을 향해 저 유명한 분수를 활기차게 내뿜고는 바다 깊숙이 잠수하는 모습을 바라보면서 바닷가에 모인 군중은 박수갈채를 보내곤 했다.

하지만 몇 주 후 그 고래들은 일본의 한 해안에서 붙잡힐 것이고, 그들의 부드럽고 아름다운 몸통은 개밥이 되고 말 것이다.

신의 구역

그녀는 며칠 동안 짐을 싼다. 옷가지와 물건이 양탄자 위에 어지럽게 널려 온통 난장판이다. 무사히 침대까지 가기 위해서는 물건들 사이를 조심조심 통과해야만 한다. 셔츠와 속옷, 둘둘 뭉친 양말 더미, 주름을 따라 깔끔하게 접은 바지와 시간이 없어 미처 읽지 못한, 길거리에서 산 책 몇 권. 그녀는 두툼한 점퍼와 겨울용 부츠 한 켤레를 구입했다. 겨울의 한복판에 모험을 떠날 예정이었기 때문이다.

물건은 단지 물건일 뿐이다. 이미 여러 차례 사용한 불가사의하고 부드러운 허물, 오십 대 여성의 연약한 몸을 지켜 주는 보호막, 자외선과 호기심 어린 시선을 막아 주는 가리개. 머나먼 지구의 끝에서 몇 주 동안 머물게 될, 긴 여행에 꼭 필요한 것. 일정이 확정되고 떠날 수밖에 없다는 걸 알게 된 뒤, 바쁜 시간을 쪼개서 몇 날 며칠 작성한 목록의 도움을 받아 가며, 그녀는 바닥에 물건들을 늘어놓는다. 약속은 지켜야 하는 법이니까.

바퀴 달린 붉은색 짐 가방에 짐을 차곡차곡 넣으면서 그녀는 그리 많은 것이 필요치 않음을 인정해야 했다. 필요한 물건의 가짓수는 해마다 줄어들었다. 드레스와 헤어 무스, 매니큐어, 그리고 손톱 미용에 관련된 각종 용품과 귀걸이, 휴대용 다리미와 담배를 제외했다. 그리고 올해, 그녀는 생리대가 더는 필요치 않다는 사실을 깨달았다.

"차로 배웅해 줄 필요 없어." 잠에 취한 얼굴로 자신을 향해 몸을 돌린 남자를 향해 그녀가 말한다. "택시 타고 가면 돼."

그녀가 그의 연약하고 창백한 눈꺼풀을 부드럽게 쓰다듬으면서 뺨에 입을 맞춘다.

"도착하면 전화해. 안 그러면 걱정돼서 죽을지도 몰라." 그가 중얼거리며 베개에 머리를 떨어뜨린다. 간밤에 병원에서 당직을 서다가 사고가 있어 환자 한 명이 죽었다.

그녀는 검은 바지와 검은 리넨 블라우스를 가방에 집어넣는다. 신발을 신고 어깨에 숄더백을 둘러멘다. 지금 그녀는 저도 모르게 마루에 가만히 멈춰 서 있다. 그녀의 가족은 어디론가 여행을 떠나기 전에 항상 일 분 정도 자리에 앉아 있었다. 폴란드 시골 마을의 오랜 관습이었다. 하지만 이 작은 아파트의 현관에는 의자도 없고, 앉을 만한 공간도 없었다. 그래서 지금 그녀는 마루에 우두커니 서서 내면의 시계를 맞추고, 타이머를 설정하고, 자신의 호흡과는 다르게 박동하는, 피와

살을 가진 크로노미터[112]를 장착한다. 그러고는 갑자기 자세를 가다듬은 뒤, 뭔가에 마음을 뺏긴 아이처럼 짐 가방 손잡이를 꽉 움켜쥐고, 와락 문을 연다. 떠날 시간이다. 출발. 그녀가 움직인다.

까무잡잡한 피부의 택시 운전사가 그녀의 가방을 받아 조심스럽게 트렁크에 싣는다. 그녀의 눈에는 그의 몇몇 동작이 불필요하고, 지나치게 사적인 몸짓으로 보인다. 예를 들어 트렁크에 가방을 싣고 나서 그는 부드럽게 가방을 쓰다듬는다.

"여행 가시나 봐요?" 그가 새하얗고 큼지막한 이를 드러내면서 미소를 짓는다.

그렇다고 그녀가 대답한다. 그러자 '백미러'라는 신중한 매개체를 사이에 두고 그가 좀 더 크게 미소를 지어 보인다.

"유럽에 가요." 그러자 택시 운전사는 절반은 함성, 절반은 탄식에 가까운 소리를 내뱉으며 감탄을 표현한다.

그들이 탄 차는 만을 끼고 뻗은 도로를 따라 움직인다. 마침 썰물이 시작되면서 바다는 자갈 투성이에 홍합이 널린 바닥을 드러낸다. 햇빛이 눈을 뜨지 못할 정도로 뜨겁게 내리쬔다. 그녀는 마당에서 키우는 자신의 꽃나무들을 떠올리면서 남편이 약속대로 물을 제대로 줄지 갑자기 걱정한다. 그녀는 또한 귤나무들을 떠올린다.(자신이 돌아와서 잼을 만들 때까지 과연 나무들이 버틸 수 있을까.) 그리고 막 익기 시작한 무화과

112) 천문과 항해에 사용하는 정밀한 경도 측정용 시계.

열매와 정원에서 가장 건조하고 메마른 토양, 거의 돌밭에 가까운 외진 곳으로 쫓겨난 허브들도 떠올린다. 올해는 사철쑥이 전례 없이 많이 돋아나서 그쪽에 옮겨 심는 편이 허브에게도 좋을 것이라고 생각한 것이다. 마당에 널어 놓은 빨래에서도 특유의 쌉싸름한 쑥 향기가 풍길 정도다.

"10달러입니다." 택시 기사가 말한다. 그녀가 요금을 지불한다.

지방 공항에 도착한 그녀는 카운터에서 비행기표를 보여주고, 짐을 부치고, 탑승 수속을 했다. 그리고 배낭 하나만 단출하게 둘러멘 채 여유롭게 비행기에 올랐다. 기내에는 이미 잠에 취한 사람들이 탑승을 완료하고 자리에 앉아 있었다. 아이들과 함께, 개들과 함께, 그리고 먹거리가 잔뜩 든 봉투와 함께.

그녀를 대형 국제 공항에 데려다주기 위해 소형 비행기가 공중으로 이륙한 순간, 어찌나 아름다운 풍경이 펼쳐졌는지 그녀는 '황홀경'을 맛보았다. '황홀경'이라는 표현이 좀 구식이고 거창하긴 해도, 실제로 그녀는 구름 속으로 붕 떠올라 몸과 마음이 달뜬 지경에 이르렀던 것이다. 섬과 백사장이 마치 자신의 손발처럼 느껴졌다. 해변에서 거품을 내며 고리 모양으로 휘감기는 파도, 배와 보트의 조각들, 부드럽게 물결치는 해안선, 섬의 초록빛 내부, 이 모든 것이 바로 그녀의 소유였다. '신의 구역.' 그녀가 사는 섬의 주민들은 이렇게 불렀다. 이곳은 신이 세상의 모든 아름다움을 가져와서 정착한 곳이다.

그러고는 섬에 사는 모든 이에게 아무런 조건도 대가도 바라지 않고, 그 아름다움을 공짜로 나눠 주고 있다.

국제공항에 도착한 그녀는 화장실에 가서 얼굴을 씻었다. 그러고는 무료로 인터넷을 사용하기 위해 초조하게 기다리며 서 있는 짧은 줄을 잠시 쳐다보았다. 여행 중인 사람들은 자신의 가까운, 혹은 먼 지인들에게 안부를 전하기 위해 이곳에 잠시 들렀다. 그녀 또한 컴퓨터 화면에 다가가 포털 사이트에 접속한 뒤, 주소를 입력하고, 누가 자기에게 메일을 보냈는지 확인해 볼까 하는 생각을 잠시 했지만, 거기서 무엇을 발견하게 될지 그녀는 이미 알고 있었다. 흥미로운 소식은 아무것도 없을 것이다. 지금 그녀가 작업 중인 프로젝트에 관한 내용, 오스트레일리아의 친구가 보낸 농담, 자녀 중 하나가 오랜만에 발송한 메일, 그게 다일 것이다. 이 여행의 원인을 제공한 발신자는 이미 얼마 전부터 침묵하는 중이었다.

그녀는 꽤 오랫동안 비행기를 타지 않았기 때문에 안전을 위해 치러지는 모든 절차에 놀랄 수밖에 없었다. 그들은 그녀와 그녀의 배낭을 모두 스캔하고는 손톱깎이를 압수했다. 그녀는 안타까웠다. 여러 해 동안 꽤 만족스럽게 사용해 왔던 것이다. 공항 직원들은 승객 중 누군가가 폭탄을 소지하고 있는지 아닌지를 전문가다운 시각으로 가려내려 노력했다. 특히 까무잡잡한 피부를 가진 사람들이나 명랑하게 재잘거리는 두건 쓴 여인들에 주목했다. 그녀들이 지금 향하는 세계, 그 세계로 들어가는 국경선이 바로 앞에 있는 노란 선 앞에 펼쳐져 있는 것처럼 보였다. 그 세계는 완전히 다른 법칙이 지배하고 있으며, 그 암울한 분노와 노여움이 여기까지 전달되는 것 같았다.

세관에서 출국 수속을 마친 뒤 그녀는 면세점에서 간단히 쇼핑을 했다. 그리고 자신의 게이트인 9번을 찾아가 탑승구 쪽으로 고개를 향한 채, 뭔가를 읽기 시작했다.

비행기는 아무런 불편이나 문제도 일으키지 않고 정각에 이륙했다. 다시금 기적이 일어났다. 빌딩처럼 큰 기계가 우아하고 유연하게 대지의 손아귀에서 미끄러져 나와 부드럽게 위로 솟구쳐 오른 것이다.

비행기에서 제공한 인스턴트 식품을 먹고 난 뒤 모두 잠에 빠져들었다. 몇몇 승객들만 귀에 헤드폰을 걸친 채 영화를 감상했다. 알 수 없는 '가속 장치'에 의해 박테리아 정도로 몸이 축소된 용감한 학자들이 환자의 몸속을 직접 탐험하는 환상 여행을 다룬 영화였다. 그녀는 헤드폰을 끼지 않고 화면만 바라보면서, 극적이고 화려한 장면에 넋을 잃었다. 바다 밑바닥을 연상시키는 배경, 진홍빛 혈관, 박동하는 가느다란 동맥, 그리고 그 동맥 속에는 우주에서 온 미지의 생명체를 떠올리게 하는 공격적인 림프구들이 있고, 순진무구한 양 떼를 연상시키는 부드럽고 볼록한 혈구도 있었다. 스튜어드가 레몬 한 조각이 든 물 주전자를 들고 조심스럽게 복도를 오가고 있었다. 그녀는 물 한 컵을 청해서 마셨다.

비가 내리면 공원의 오솔길에 물이 고여 길의 오물을 씻어

내고, 가볍고 밝은 빛깔의 모래가 물에 쓸려 오곤 했다. 그러면 거기에 막대기 끝으로 글자를 쓸 수 있었다. 물결치는 선들이 다양한 문구를 만들어 냈다. 거기에는 그림도 그릴 수 있었다. 사방치기를 할 수 있는 네모 칸도 그릴 수 있고, 개미허리에 폭이 넓은 풍성한 치마를 입은 공주의 모습도 그릴 수 있었다. 몇 년 후에는 수수께끼나 고백의 문구, 혹은 'M+B =GL'과 같은 낭만적인 공식도 적을 수 있었다. GL은 '위대한 사랑(Great Love)'의 약자였으니 마레크(Marek)나 마치에크(Maciek)가 바시아(Basia)나 보제나(Bożena)를 좋아한다는 의미였다. 비행기를 탈 때면 늘 그랬다. 그녀는 자기 생의 조감도를 보면서, 지상에서는 까맣게 잊고 지내던 생의 특별한 순간들을 떠올리곤 했다. 플래시백의 진부한 메커니즘, 기계적인 회상.

이메일을 처음 받았을 때 그녀는 누가 보냈는지, 이름과 성 뒤에 숨은 사람이 누구인지, 어째서 그녀에게 이처럼 격의 없이 친밀한 어투로 이야기하는지 알 수가 없어 당황했다. 수십 초 동안 발신자를 기억해 내지 못했으니 부끄러운 일이었다. 나중에 생각해 보니 겉보기에는 그저 성탄 인사 메일이었다. 첫 무더위가 시작될 무렵이었으니 메일을 받은 건 12월 중순이었다. 하지만 그 메일은 사람들이 흔히 명절에 주고받는 일상적인 문구에서 벗어나 있었다. 그것은 전성관(傳聲管)[113] 반

---

113) 분리된 두 방을 연결하여 음성을 전하여 주는 관. 주로 비행기, 철도,

대편에서 들려오는 멀고도 불명확하고 희미한 목소리 같은 것이었다. 그녀는 모든 내용을 다 이해하지는 못했다. 어떤 문장은 그녀를 불안하게 만들고 동요시켰다. "인생이란 우리가 오래전에 이미 통제 능력을 상실한 혐오스러운 습관 같은 거야. 담배 끊어 본 적 있어?"라는 문장이 대표적인 예다. 그렇다. 그녀는 담배를 끊은 적이 있었다. 그리고 그것은 녹록지 않은 경험이었다.

삼십여 년 전에 만났고, 그 후에 단 한 번도 만난 적이 없어서 아예 잊고 살았던 한 남자. 하지만 젊은 시절 이 년 내내 열정적으로 사랑했던 사내에게서 온 뜻밖의 편지에 대해 그녀는 며칠 동안 생각을 떨칠 수가 없었다. 그의 편지와는 전혀 다른 어조로, 정중하면서도 친근한 답장을 보냈고, 그때부터 편지가 매일 오가기 시작했다.

그 메일들은 그녀로부터 평정심을 앗아 갔다. 그 메일들은 그와 함께했던 세월이 저장되어 있던 두뇌의 휴면 구역을 자극했고, 이미지와의 대화 일부, 냄새의 파편들로 조각나 있던 그 시절을 일깨웠다. 이제 매일 출근길에 운전대를 잡을 때마다, 그리고 시동을 걸 때마다 녹화된 영상들이 저절로 켜졌다. 그것은 빛바랜 색조, 심지어 그저 그런 흑백 카메라로 촬영된 것 같은 그런 영상들이었다. 일상적인 장면들, 순서나 질서, 의미를 상실한 순간들. 예를 들어 그들은 도시의 외곽으로 나가는 중이라고 상상해 보자. 언덕 위 작은 마을, 고압선이 흐르

선박 따위에서 승무원끼리의 연락에 쓴다.

는 곳, 그때부터 그들의 대화에 윙윙거림이 끼어든다. 마치 이 산책의 의미를 강조하기 위한 화음처럼 모노톤의 낮은 소리, 긴장 상태가 늘지도 줄지도 않으며 팽팽하게 유지된다. 그들은 두 손을 맞잡고 있다. 첫 키스를 위한 시간, 기이하다는 말 외에는 도저히 표현이 안 되는 그런 시간이다.

그들이 다니던 중등학교는 오래되고 썰렁한 2층짜리 건물이었는데, 층마다 넓은 복도를 따라 교실들이 늘어서 있었다. 교실들은 모두 똑같아 보였다. 세 줄로 배열된 책걸상, 그 앞에 교사의 책상. 진녹색 고무 칠판은 아래위로 움직일 수 있게 되어 있었다. 각 학급의 당번은 수업 시간 전에 스펀지 지우개에 물을 적셔 놓는 임무를 맡았다. 벽에는 남자들의 흑백 초상화가 걸려 있었다. 남녀평등의 유일한 표시로 물리 교실에만 여성의 얼굴이 걸려 있었으니, 바로 마니아 스크워도프스카 퀴리[114]였다. 학생들의 머리 위에 나란히 걸린 이 초상화들은 설명하기 힘든 어떤 기적에 의해 이 학교가 학술적으로 상당히 인정받는 위치를 획득했다는 점을 상기시켰다. 즉 지방에 위치함에도 전통을 훌륭하게 계승하고 있으며, 모든 것이 예시 속에서 묘사되고 설명되고 입증되고 증명될 수 있는 세계에 속한다는 사실을 일깨웠던 것이다.

그녀는 7학년이 되자 생물에 흥미를 갖기 시작했다. 당시

114) 마리 퀴리. 물리학자. 1903년 남편 피에르와 함께 노벨 물리학상을 수상했다.

그녀는 어디선가 미토콘드리아에 관한 논문을 찾아냈다. 아마도 그녀의 아버지가 찾아 주었을 것이다. 논문에 따르면, 태초의 원시 바다에서 미토콘드리아는 독립적인 피조물이었음이 틀림없지만, 다른 단일 세포 생물들이 그들을 가로채기 시작했고, 결국 역사의 나머지 시간에는 자신들의 숙주를 위해 노동을 제공할 수밖에 없었다는 것이다. 진화론은 노예 제도를 인정했으며, 그렇게 해서 우리가 존재하게 된 것이다. 논문은 '붙잡히다', '강요당하다', '노예'와 같은 용어들을 사용하여 설명하고 있었다. 사실 그녀는 절대로 이런 단어와 타협할 생각이 없었다. 애초에 어떤 폭력이 작용했다는 가설에도 동의하지 않았다.

학창 시절 그녀는 이미 자신이 생물학자가 되리라는 사실을 알았다. 그래서 생물학과 화학을 열심히 공부했다. 러시아어 시간에는 떠도는 소문이나 험담이 담긴 쪽지들을 주변에 앉은 친한 친구들에게 전달하여 온 학급에 퍼뜨렸다. 국어 시간에도 따분하고 지겨워서 어쩔 줄 몰라 했다. 하지만 10학년이 되자 그녀는 동급생인 한 사내아이와 사랑에 빠졌다. 메일의 발신인과 같은 이름, 얼굴조차 간신히 떠오른 바로 그 아이였다. 그녀가 '실증주의'나 '젊은 폴란드 시절'과 같은 폴란드 문학사를 거의 배우지 못한 이유는 바로 그 아이 때문이었다.

그녀의 출퇴근은 우아하게 곡선을 그리는 진자 운동의 여정 같은 것이었다. 그 여정은 해안을 따라 8킬로미터, 집에서 직장 혹은 그 반대 방향으로 이루어졌다. 그 여정에는 언제나 바다가 있었다. 그러므로 그것은 당연히 '항해'를 의미했다.

직장에서는 이메일에 대한 생각을 접을 수 있었다. 모호한 회상에 잠길 공간이 마땅히 없었기에 일터에서는 자신의 모습을 되찾을 수 있었다. 집 앞에 있는 차도를 벗어나 고속도로에 합류하는 순간, 그녀는 연구실과 사무실에서 그녀를 기다리고 있을 모든 일을 떠올리며 가벼운 흥분을 느끼곤 했다. 유리 빌딩의 익숙한 형상은 그녀의 의식을 가다듬어 주었고, 덕분에 그녀의 뇌는 기름을 가득 넣어 목적지까지 얼마든지 갈 수 있는 엔진처럼 능률적이고 집중적으로 작동하곤 했다.

그녀는 족제비나 주머니쥐와 같은 해로운 동물들을 제거하기 위한 대규모 프로젝트에 참여하고 있었다. 이러한 동물들은 인간에 의해 무분별하게 도입되어 지역의 고유한 조류들이 낳은 알을 먹으면서 그들의 번식을 파괴했다.

그녀는 동료들과 팀을 이루어 이 작은 동물들을 겨냥한 독극물을 개발했다. 새의 알에다 독을 주입한 뒤, 특별히 제작된 나무 상자에 넣어 숲이나 덤불에 가져다 놓는다. 그 독은 신속하고 인간적이며, 무엇보다 효과적으로 자연 분해되어 동물들의 사체가 곤충의 번식에 해를 끼치지 않도록 해야만 했다. 세계를 위해 안전하고 완벽하게 깔끔한 독극물, 특정한 유기체를 겨냥하여 임무를 완수한 후 곧바로 스스로를 무력화시키는 독극물. 생태학계의 제임스 본드.

이것이 그녀가 해 온 일이다. 그녀는 지금껏 이런 종류의 물질을 만들었고, 칠 년 동안 연구해 왔다.

그는 이러한 사실에 대해 알고 있었다. 틀림없이 인터넷에서 읽었을 것이다. 거기에는 모든 게 다 있으니까. 만약 당신의 흔적이 인터넷에 없다면 당신이라는 존재가 아예 없는 것이나 다름없다. 고등학교 졸업자 명단과 같은 사소한 기록일지라도 당신의 자취는 반드시 거기에 남아 있다. 그녀는 한 번도 성을 바꾼 적이 없었으니 그는 아마도 제일 단순한 방법으로 그녀를 찾아냈으리라. 구글에 접속해서 이름을 쳐 보았겠지. 그러면 몇 개의 사이트가 뜨고 그녀가 쓴 논문들, 그리고 학생들을 위해 작성한 강의 계획서, 생태학계에서의 그간의 활동에 대한 기록들이 나올 것이다. 처음에 그녀는 그가 자신의 이력에 관심을 보이는 것이라고 생각했다. 그래서 단순하고 순진한 마음으로 메일 교환에 응하기로 했다.

대륙을 오가는 이 거대한 비행기에서 잠을 자는 것은 쉬운 일이 아니었다. 발목이 붓고 발에는 감각이 없었다. 그녀는 깜빡 졸았고, 덕분에 시간 개념이 더욱 혼란스러워졌다. 어떻게 밤이 이렇게 길 수가 있을까? 지구로부터 멀리 떨어져 나와 태양이 뜨고 지는 자리로 들어 올려진 잃어버린 인간의 육체가 궁금증을 품는다. 그리고 솔방울샘,[115] 즉 숨겨진 세 번째 눈이 조심스럽게 태양의 움직임을 등록한다. 마침내 태양이 떠오르기 시작하고, 비행기의 엔진 소리가 음색을 바꾼다. 귀에 익은 테너에서 바리톤이나 베이스처럼 낮은 음역대로 바

115) 머리의 가운데에 위치한 솔방울 모양의 내분비 기관으로 빛에 반응하여 멜라토닌을 만들고 분비한다.

꿔고, 예상했던 것보다 훨씬 빨리 이 위대한 기계가 날렵하고 부드럽게 착륙한다. 그녀는 탑승교를 통해 공항으로 나오면서 갈라진 틈으로 밀려 들어오는 공기가 얼마나 뜨거운지 실감한다. 끈적거리고 습한 공기가 그녀를 압박한다. 하지만 더 이상 이러한 공기와 접할 일은 없으니 다행이다. 다음 비행기는 여섯 시간 후에 출발할 테니, 공항에서 낮잠이라도 자면서 시간을 보내려 한다. 그러고 나면 다시 열두 시간에 걸친 비행이 그녀를 기다린다.

그녀는 자신에게 예상치 못한 메일을 보낸 그 남자에 대해 자주 생각했다. 오가는 메일이 많아지면서 추측과 암시가 난무했다. 어떤 사안은 대놓고 언급하는 걸 자제할 필요가 있었다. 과거에 육체적으로 친밀한 관계였던 사람들 사이에는 일종의 의리 같은 것이 남아 있게 마련이라고 그녀는 이해했다. 그는 왜 하필 그녀에게 메일을 보낸 것일까? 당연한 일이다. 처녀성을 잃는다는 건, 돌이킬 수 없는 한 번뿐인 사건이며 되풀이할 수도 없다. 덕분에 이데올로기와는 상관없이, 당신이 원하든 원치 않든 간에, 그것은 어떤 의미에서 중대한 문제가 되어 버린다. 그녀는 그때를 정확히 기억하고 있다. 순식간의 관통, 고통, 절개, 방혈(放血). 그처럼 부드럽고 둔한 도구가 그런 결과를 초래하다니 얼마나 놀라운 일이었던지.

그녀는 또한 대학교 근처에 있던 베이지색과 잿빛 섞인 건물들을 기억한다. 그리고 날씨나 계절에 상관없이 늘 불이 켜 있던 음산한 약국을, 그리고 거기에 놓여 있던, 내용물의 함량에 대한 정보가 적힌 라벨이 부착된 오래된 갈색 단지들도 기억한다. 고무줄로 묶인 노란색의 작은 패키지 속에는 두통약이 각각 여섯 개씩 들어 있었다. 또한 그녀는 주로 검은색이나 마호가니 색에 경화 고무로 주형을 떠서 만든, 유선 전화기의 특이한 모양이 생생하게 기억났다. 당시 전화기에는 회전 다이얼도 없었고 크랭크만 달려 있었다. 그 소리는 전선의 긴 터널 속에서 원하는 상대의 목소리를 불러내기 위해 휘몰아치는 작은 회오리바람 같았다.

모든 것이 이처럼 또렷이 기억난다는 사실에 자신도 놀랐다. 인생에서 처음이었다. 노화가 시작된 모양이다. 노년에 반응한다고 알려진, 모든 일에 대한 시시콜콜한 기록이 있는 두뇌의 한쪽 구석이 작동하기 시작한 것을 보면 말이다. 지금까지는 과거에 대해 생각할 시간이 정말 없었다. 과거는 늘 한 줄기 얼룩진 선 같았다. 그런데 이제는 영상이 속도를 늦추고 세부 항목들을 드러낸다. 인간의 뇌 용량은 정말 대단하다. 심지어 그녀의 오래된 갈색 핸드백도 머릿속에 넣어 놓고 있었다. 전쟁 전 어머니에게서 물려받은 그 가방은 보석처럼 보이는 아름다운 금속 걸쇠가 달리고, 내부엔 부드러운 고무 처리가 되어 있었다. 안쪽은 매끄럽고 차가웠다. 그래서 그 속에 손을 집어넣으면, 마치 시간의 죽은 딱지가 거기에 달라붙어 있는 것처럼 느껴졌다.

유럽으로 향하는 두 번째 비행기는 더 컸고, 복층 구조로 되어 있었다. 탑승객 대부분은 마음껏 휴식을 취해 피부가 구릿빛으로 그을린 여행객들이다. 그들은 여행지에서 산 괴상한 기념품들, 예를 들면 민속 문양의 천으로 싼 북, 밀짚모자, 목조 부처상 등이 담긴 기내용 수화물을 머리 위 선반에 쑤셔 넣기 위해 애쓰는 중이다. 그녀는 두 여자 사이의 가운데, 상당히 불편한 자리에 끼어 앉았다. 의자에 머리를 기대 보지만, 잠들지 못하리라는 걸 이미 알고 있다.

같은 소도시 출신의 두 사람은 다른 도시에 있는 대학교에 나란히 진학했다. 그는 철학을, 그녀는 생물학을 전공했다. 수업이 끝난 뒤 매일 만났다. 둘 다 대도시의 광대함에 약간 겁을 먹고 있었다. 때로는 상대의 기숙사에 몰래 숨어들기도 했다. 최근에 그녀는 이런 일도 기억해 냈다. 한번은 그가 3층에 있는 그녀의 방까지 배수관을 타고 올라온 적도 있었다. 그녀는 자신의 방 번호도 기억했다. 321호였다. 하지만 그 도시에서의 대학 생활은 1년 남짓에 불과했다. 그녀가 간신히 기말시험을 치르자마자 그녀의 가족은 떠났다. 아버지는 자신의 개인 병원을 헐값에 팔아넘겼다. 치과 진료용 의자, 금속과 유리 캐비닛, 멸균 처리기, 그리고 그 밖의 다른 도구들. 그 모든 설비는 과연 다 어디로 갔을까? 이제 와서 그녀는 궁금해졌다. 쓰레기 더미에 파묻혔을까? 미색 페인트는 여전히 벗겨지고 있을까? 어머니는 가구를 팔았다. 절망이나 슬픔은 없었다. 그저 모든 것을 없애야만 하는 번거로움이 있을 뿐이었다. 결국 그것은 새롭게 다시 시작한다는 의미였던 것이다. 부모님은 지금의 그녀보다 나이가 어렸다.(당시 그녀의 눈에는 그들이 노인처럼 보였지만.) 그리고 그들은 새로운 모험을 받아들일 준비가 되어 있었다. 스웨덴이든 오스트레일리아든 아니면 마다가스카르든 상관없었다. 1960년대 후반, 부조리로 가득 찬 비우호적인 공산주의 국가에서의 부패한 생활, 밀실 공포증을 자아내는 그 생활로부터 멀리 도망칠 수 있다면 어디라도 좋았다. 아버지는 이 나라가 인간에게 적합한 나라가 아니라고 말했다. 하지만 그는 남은 생애 동안 향수병에 시달려야 했다. 그녀는 떠나길 원했다. 모든 열아홉 소녀가 그렇듯이 세상으로 나갈 수 있기를 진심으로 바랐다.

이 나라는 인간들에게는 아니지만, 작은 포유동물들이나 곤충들, 나방들에게는 적합한 곳이다. 그녀가 잠이 든다. 비행기는 박테리아를 절멸시키는 깨끗하고 서늘한 대기에 매달려 있다. 모든 비행은 우리를 소독한다. 모든 밤은 우리를 정화한다. 그녀의 눈에 그림 한 점이 보인다. 제목은 모르지만 어린 시절부터 기억하는 그림이다. 한 젊은 여자가 자신을 향해 무릎 꿇고 있는 노인의 눈꺼풀을 어루만지고 있다. 아버지의 서재에서 나온 화집에 있던 그림이다. 그녀는 그 책이 어디쯤 놓여 있었는지도 기억한다. 책장의 오른편 하단, 다른 화집들과 함께 꽂혀 있었다. 지금도 눈을 감으면 그녀는 마당이 훤히 내다보이는 퇴창이 있는 그 서재로 들어갈 수 있다. 창문의 오른편, 눈높이 정도 되는 위치에 검은 경질 고무로 만든 오래된 콘센트가 부착되어 있었는데, 거기에는 엄지와 검지로 집어서 돌리게끔 된 구식 스위치가 달려 있었다. 그것은 작동할 때마다 약간 빽빽했다. 샹들리에 속에서 꽃받침 모양의 유리 갓 다섯 개가 음영을 만들었고, 각각의 음영이 굴러가는 바퀴의 형상을 빚어냈다. 하지만 천장에서 내려오는 빛은 희미하고 또 너무 높았기에, 그녀는 별로 좋아하지 않았다. 그보다는 노란 전등갓을 씌운 거실의 스탠드 램프 켜는 걸 선호했다. 그런데 그 램프 안에는 풀잎이 하나 들어 있었다. 어떻게 된 일인지는 아무도 몰랐다. 그리고 그녀는 램프 옆에 놓인, 닳아빠진 오래된 안락의자에 앉아 있곤 했다. 어린 시절 그녀는 그 안락의자에 '보보크(bobok)'[116]라는 이름의, 딱히 뭐라고 규정하기 힘든 기괴한 피조물이 살고 있다고 믿었다. 이 순간 아마도 그녀가 무릎 위에 얹은 채 펼쳐 들게 될 책은 말체프스키[117]의 화집일 것이다. 이제야 화가의 이름이 떠올랐다. 그녀가 책장을 펼친다. 거기에는 커다란 낫을 들고 있는 아름다운 젊은 여인과 그녀의 눈앞에서 사랑을 담아, 담담하게 무릎을 꿇고 있는 한 노인의 그림이 있다.

그녀의 테라스는 광활한 초원을 향해 펼쳐져 있고, 그 뒤로 만의 푸른빛이 보인다. 넘실대는 조수가 다양한 색깔을 뿜어내고, 파도가 은빛 광채를 머금은 채 출렁인다. 그녀는 식사를

116) 도스토옙스키가 1873년에 발표한 단편 소설의 제목으로, 망자들이 무덤 속에서 서로 얘기를 나누는 내용이다.

117) 야체크 말체프스키(Jacek Malczewski, 1858~1929). 19세기에 활동한 폴란드의 화가. 민속적 모티프와 반고전주의를 융합하여 고대 신화를 폴란드의 독특한 요소로 재구성했다는 평가를 받는다.

마치면, 항상 저녁 시간에 테라스에 나가곤 했다. 담배를 피울 때부터의 습관이었다. 지금 그녀는 테라스에 서서 온갖 종류의 기쁨과 즐거움을 만끽하는 사람들을 내려다본다. 만약 눈앞에 펼쳐진 광경을 화폭에 옮긴다면, 그것은 유쾌하고 화창하며 약간은 유치한 브뤼헐[118]의 그림처럼 보일 것이다. 남부의 브뤼헐. 사람들은 연을 날리고 있다. 그중 하나는 큼직하고 알록달록한 열대어 모양으로, 길고 가느다란 지느러미가 하늘에서 특유의 우아함을 뽐내며 헤엄치고 있다. 다른 하나는 판다 모양인데, 사람들의 조그만 형상 위로 거대한 타원형 몸집이 높이 솟아올라 있다. 다른 것은 흰 돛을 단 연으로 땅에서 주인의 작은 유모차를 끌어당기고 있다. 아, 연의 용도가 이토록 다양하다니! 그리고 또 바람은 얼마나 유용한지. 너무나 쾌적하다.

사람들이 색색의 공을 던지며 개들과 즐겁게 논다. 개들은 지칠 줄 모르는 열정으로 공을 되찾아 온다. 사람들의 작은 형상이 달리고, 자전거를 타고, 배구와 배드민턴을 연습하고, 요가 수련을 한다. 인근 고속도로에는 형형색색의 자동차들이 차선을 따라 질주하고, 자전거와 캠핑카가 이동한다. 가벼운 산들바람이 불고, 태양이 빛나고, 작은 새들이 나무 밑에 뿌려진 빵 부스러기를 발견하고는 서로 차지하려고 소란을 피운다.

그녀는 이 행성의 모든 생명은 유기체의 원자에 함유된 어

118) 피터르 브뤼헐(Pieter Brugel, 1525?~1569). 네덜란드의 화가. 플랑드르 미술의 대표적 풍경·풍속화가로 서민 생활의 정경 표현에 뛰어났다.

떤 강력한 힘에 의해 작동한다고 이해했다. 하지만 지금까지 그 힘을 입증하는 물리적 증거는 하나도 나오지 않았다. 정교한 현미경이나 원자 스펙트럼의 사진도 그것을 포착하지 못하고 있다. 그 힘은 현재의 상태를 넘어 끊임없이 문을 열고 앞으로 나아가고 밀어붙인다. 그것은 변화를 주도하는 원동력이자 맹목적이며 강력한 에너지이다. 그 힘의 목표나 의도를 글로 기록하려 하는 것은 잘못된 접근이다. 다윈은 자신이 할 수 있는 범위 내에서 그 힘을 이해했지만, 그것은 여전히 잘못된 해석이었다. 자연의 선택도 없고, 투쟁도, 승리도, 적자생존의 법칙도 없다. 경쟁이라고? 개나 줘 버리라지. 경험이 풍부한 생물학자일수록 생물계의 복잡한 구조와 연결 고리를 더욱 오래, 그리고 더욱 주의 깊게 들여다본다. 그 과정에서 살아 있는 모든 것이 생장하며 밀고 당기는 과정에서 서로를 원조하고 돕는다는 직감 또한 점점 강렬해진다. 살아 있는 유기체들은 서로 헌신하면서, 자신이 상대에게 효율적으로 이용되는 것을 허락한다. 만약 경쟁 체계가 존재한다면 그것은 지엽적인 현상에 불과하며, 균형이 깨졌기에 나타나는 것이다. 나뭇가지들이 빛을 향해 서로 밀치며 자라나고, 뿌리들이 샘에 닿기 위해 경쟁을 벌이며, 동물끼리 서로를 잡아먹긴 하지만, 그럼에도 거기에는 인간의 시각으로 보기에는 두려울 정도의 조화와 일치가 깔려 있다. 우리 모두는 거대한 하나의 몸체로 이루어진 연극에 참여하는 배우들이다. 그리고 우리가 치르는 전쟁은 내전에 불과하다. 살아 있다(이것 말고 대체 어떤 어휘를 사용할 수 있겠는가.)는 것은 100만 가지의 특성과 자질을 아우르고 있다는 뜻이며, 삶을 벗어나서 존재하는 것은 아무 것도 없다는 뜻이다. 그러므로 모든 죽음은 삶의 일부이며, 어떤 의미에서 보면 죽음이란 없는 것이나 마찬가지다. 그러므로 오류나 잘못 또한 없다. 죄를 저지른 자도, 무고한 자도 없고, 공이나 과도 없으며, 선과 악도 없다. 이러한 개념을 만든 당사자는 인류를 잘못된 방향으로 이끈 것이다.

그녀는 침실로 돌아가 전자음을 통해 수신 알림 된 그의 서신을 읽는다. 그리고 아주 오래전, 이 편지의 발신인으로 인해 맛봐야 했던 자신의 절망을 회상한다. 그는 남고, 그녀는 떠나야 했기에 느꼈던 절망. 그때 그는 기차역에 나왔더랬다. 하지만 승강장에 서 있는 그의 모습은 기억나지 않는다. 그날의 이미지를 주의 깊게 머릿속에 아로새겼음에도 불구하고. 그녀가 기억하는 것은 열차의 움직임, 점점 멀어지는 바르샤바의 겨울 풍경, 그리고 '결코 다시는'으로 시작하는 문장들. 그뿐이었다. 지금은 상당히 감상적으로 들리지만, 솔직히 말해 그녀는 그 말을 떠올리면서도 별다른 아픔을 느끼지 못한다. 그것은 생리통처럼 긍정적인 통증이었다. 뭔가가 완결되고 내적인 절차가 종료되면, 모든 불필요한 것은 제거되기 마련이다. 그렇기에 아픔을 느끼게 되지만, 그것은 정화의 고통일 뿐이다.

얼마 동안 그들은 서로 편지를 썼다. 그의 편지는 통밀 색깔의 소인이 찍힌 푸른 봉투에 들어 있었다. 물론 그들에게는 계획이 있었다. 그녀가 있는 곳으로 그가 찾아오겠다는 계획.

하지만 너무나 당연하게도 그는 그녀에게 오지 못했다. 하긴 그런 약속을 누가 믿을 수 있겠는가. 비록 지금 와서 보면 모호하고 이해하기 힘들지만, 그래도 몇 가지 이유는 있었다. 여권이 없었고, 정치적인 문제에 얽혀 있었고, 겨울이 한창이라 한번 빙하 속의 깊게 갈라진 틈에 빠지면 헤어나지 못할 수도 있었다.

새로운 곳에 오자마자 그녀는 갑자기 이상한 향수의 파도에 휩싸였다. 이상하다고 표현한 건, 그리움의 대상이 정말 사소한 것들이었기 때문이다. 인도의 커다란 웅덩이에 고인 물, 그리고 그 물에 떨어진 휘발유가 만들어 내는 네온 빛깔. 무겁고 삐걱거리는 아파트 현관문. 학생 식당에서 녹인 버터와 설탕을 뿌려 대충 만든 피에로기[119]를 담을 때마다 사용했던, 식자재 조합의 로고가 찍힌 갈색 테두리의 유리 접시도 그리웠다. 하지만 시간이 흐르면서 엎질러진 우유처럼 그녀의 향수와 그리움은 점차 새로운 땅으로 스며들었고, 결국 흔적도 남기지 않고 사라졌다. 그녀는 학업을 마치고 학자가 되었다. 전 세계를 여행했고, 그러다 지금껏 함께 살고 있는 남편을 만나 결혼했고, 쌍둥이를 낳았으며, 그 아이들도 머지않아 그들의 아이를 낳을 예정이다. 그러므로 기억이란 결국 서류와 종잇조각으로 가득 찬 서랍 같은 것인지도 모른다. 그 종이 뭉치 중에서 드라이클리닝을 맡긴 전표나 겨울 부츠 혹은 토스터

119) 폴란드식 만두 요리. 반죽 속에는 고기, 양배추, 치즈, 과일, 잼 등 다양한 재료를 넣을 수 있다.

기기를 구입한 영수증 같은 일회용 서류는 별다른 쓸모가 없다. 하지만 거기에는 얼마든지 재사용이 가능한 서류들, 어떤 사건이나 과정에 대한 증명서들도 있다. 아이에게 예방 접종을 시킨 기록이 담긴 소책자, 매 학기 수업 이수 확인 도장을 받은 종이쪽지가 들어 있는 대학교 학생증, 수능 시험 성적표, 양재 과정 이수 증명서.

그녀가 받은 연이은 편지에서 그는 지금 병원에 있지만 의사가 크리스마스에는 자기를 내보내 주기로 했다고 적었다. 그리고 그 후에는 다시 병원에 돌아가지 않을 거라고도 했다. 그들은 할 수 있는 모든 걸 했다. 진찰도 하고 검진도 했다. 그러므로 이제 그만 집으로 돌아가겠다고 그는 적었다. 그는 바르샤바 외곽의 시골에 살고 있다. 지금 눈이 내린다. 유럽 전역에 한파가 몰아닥쳐 심지어 얼어 죽는 사람도 있다. 그러고는 자신이 앓고 있는 병명도 적었는데 폴란드어였다. 그래서 그녀는 그 병이 무엇인지 알지 못했다. 폴란드어 명칭을 몰랐기 때문이다. "우리가 했던 약속 기억해?" 그가 적었다. "네가 떠나기 전 마지막 밤을 기억해? 우리는 공원 잔디밭에 나란히 앉아 있었어. 6월이라 꽤 더웠지. 우리는 이미 우수한 성적으로 모든 시험을 통과했어. 도시는 종일 뜨겁게 달궈진 후, 마치 땀을 흘리듯이 콘크리트 냄새가 섞인 열기를 내뿜었어. 기억해? 네가 보드카를 한 병 가져왔잖아. 하지만 그것을 다 마시진 못했어. 그때 우리는 다시 만나자고 약속했었지. 무슨 일이 일어나도 꼭 다시 만나자고. 그리고 또 어떤 사건이 벌어졌어. 그 일 기억해?"

물론 그녀는 기억하고 있었다.

그는 상아로 만든 손잡이가 달린 작은 주머니칼을 가지고 다녔는데, 그중 가장 날카로운 도구는 코르크 마개를 뽑는 따개였다.(당시 보드카 병은 코르크 마개나 밀랍으로 봉인되어 있었다.) 그런데 그만 그가 코르크 따개의 가장 날카로운 부분에 손가락을 찔리고 말았다. 그녀의 기억이 정확하다면, 엄지와 검지 사이에 기다란 상처가 났다. 그러자 그녀는 그에게서 그 나선형 모양의 날카로운 철제 도구를 받아 들고는 자신의 손에 똑같이 상처를 냈다. 그런 다음 그들은 서로의 핏자국을 만지며, 거기에 또 다른 상처를 냈다. 이 무모한 젊음의 낭만을 그들은 '피의 동맹'이라 불렀다. 아마도 당시에 인기를 끌던 영화나 책, 어쩌면 아파치 추장이 등장하는 카를 마이[120]의 모험 소설 시리즈에서 유래했을 것이다.

그녀는 자신의 손을 교대로 꼼꼼히 살펴본다. 왼손이었는지 오른손이었는지 기억이 나지 않았기 때문이다. 하지만 아무것도 발견되지 않는다. 시간은 그런 상처들도 아물게 한다.

그 시절, 6월의 밤을 그녀는 당연히 기억하고 있다. 나이가 들어 감에 따라 기억은 천천히 홀로그램의 심연을 열기 시작한다. 어떤 날들은 아주 손쉽게 끄집어낼 수 있다. 또 어떤 날들은 시와 분까지도 명확히 떠오른다. 고정된 이미지들이 조금씩 움직이기 시작한다. 처음에는 천천히, 그러다가 같은 순

---

120) Karl May(1842~1912). 독일의 소설가. 주로 북미 인디언의 세계와 근동 지역을 무대로 풍부한 상상력을 동원하여 긴장감 넘치는 모험 소설을 발표했다.

간이 계속해서 반복적으로 펼쳐진다. 그것은 마치 모래밭에서 고대의 해골을 발굴하는 과정과 흡사하다. 처음에는 뼈 한 개만 보이지만, 솔질을 계속하다 보면 점차 다른 부위가 나타난다. 그러다 마침내 복잡한 인체가 구조를 드러낸다. 관절과 마디들, 그리고 육신의 시간을 그동안 지탱해 왔던 구조물이 현현하게 되는 것이다.

그녀의 가족은 폴란드에서 스웨덴으로 건너갔다. 때는 1970년, 그녀의 나이 열아홉이었다. 이 년이 흐른 뒤, 그들은 너무 가까운 곳으로 떠나왔음을 깨달았다. 발트해를 사이에 두고, 끊임없이 유체가, 향수병이, 독기가, 그리고 어떤 불쾌한 공기가 계속해서 밀려왔던 것이다. 그녀의 아버지는 뛰어난 치과 의사였고 어머니는 치기공사였다. 이 정도 조건이면 전 세계 어디에 가도 환영받을 수 있었다. 인구수에 치아 개수를 곱하면, 그들에게 주어진 기회와 가능성을 쉽게 산출할 수 있었다. 멀리 갈수록 유리했다.

그녀는 그의 메일에 답장을 보냈다. 과거에 자신이 했던 어떤 약속을 기억하고 있다는 사실을 재확인하는 내용이었다. 그리고 다음 날 아침 그에게서 답장이 왔다. 마치 지구 반대편 어딘가에서 간절히 기다리고 있다가 바탕 화면 어딘가에 저장해 놓은 준비된 답장을 복사하여 붙여 넣기라도 한 듯 신속한 반응이었다.

"지속적인 고통과 점진적인 마비 증세가 갈수록 심해지는 그런 상태를 한번 상상해 봐. 그래도 뭐, 어떻게든 고통을 참을 수는 있었을 거야. 이런 생각이 끊임없이 날 괴롭히지만 않았어도. 지금 겪는 이 고통 말고 다른 방법은 없으며 앞으로도 이 고통에 대해 아무런 보상도 없으리라는 생각, 매 시각 고통은 점점 더 심해질 것이며 그렇게 깊이를 헤아릴 수 없는 나락으로 추락하고 있다는 생각, 열 개의 통증과 시련이 기다리고 있는, 환각으로 지어진 지옥 속으로 곤두박질치고 있다는 생각, 그리고 그 지옥의 여정 속에서 인도해 주는 안내자가 한 사람도 없고 손잡아 줄 이 또한 아무도 없다는 생각, 아무도 이유를 설명해 주지 않는 건 실은 별다른 이유가 없기 때문이고, 따라서 그 어떤 형벌도 포상도 없으리라는 그런 생각 말이야."

그리고 다음 편지에서는 뻔한 내용을 쓰는 것조차 끔찍하게 힘들다고 푸념했다.

"이곳에서는 그런 말은 꺼낼 수도 없다는 거 잘 알잖아. 우리의 전통은 그런 식의 사고방식에는 배타적이니까. 게다가 우리 동포들(근데 아직 '너의' 동포가 맞는 거지?)은 어떤 일을 돌아보고 반성하는 것을 싫어하거든. 우리는 그 이유를 고통스러운 역사에서 찾고 있지. 역사는 우리에게 늘 불친절했으니까. 극적인 승리 뒤에는 항상 나락이 기다리고 있었으니까. 그래서 우리는 세상에 대해 일종의 경계심과 두려움을 갖게 되었어. 그러다 보니 강력한 규제에 내재된 구원의 가능성을 믿으면서도 동시에 우리 스스로가 고안해 낸 규칙을 깨뜨리고 싶은 성향도 함께 갖게 된 거지.

지금 내 처지는 이래. 아내와 이혼했고 연락도 끊겼어. 누이가 나를 돌봐 주고는 있지만 내 부탁이나 요청을 제대로 들어준 적이 없어. 자식이 없는데 요즘은 후회하고 있어. 자식이라도 있으면 이럴 때 의지할 수 있을 텐데, 안타까워. 난 공인이지만 불행하게도 인기가 없어. 어떤 의사도 감히 날 도와주려고 하지 않아. 복잡한 정치적 사건에 연루되는 바람에 평판도 좋지 않아. 그렇다는 걸 너무나 잘 알지만 상관없어. 이따금 사람들이 병문안을 오긴 하는데, 짐작건대, 내 상태가 정말 염려된다든지 연민이 느껴져서 찾아오는 건 아닌 것 같아. 그보다는 자신들도 미처 의식하지 못하는, 어떤 묘한 만족감 때문에 날 보러 오는 듯해. 꼴 좋다, 결국 이렇게 되었군! 그들은 침대맡에서 머리를 끄덕이지. 나는 그들의 이러한 감정이 지극히 인간적인 것이라고 생각해. 나 역시 결백하진 않아. 인생을 엉망으로 만들었으니 말야. 내 유일한 장점이라면 체계적으로 일 처리를 한다는 거야. 나는 마지막 순간까지 내 이러한 성향을 최대한 활용하고 싶어."

그녀는 편지의 내용 전체를 이해하는 데 애를 먹었다. 그동안 꽤 많은 단어를 잊어버렸기 때문이다. 예를 들어 '공인'이라는 단어가 무슨 뜻인지 몰라서 오랫동안 고민해야만 했다. 그리고 이제는 그 뜻을 알 것 같았다. '인생을 엉망으로 만든다'라는 건 또 무슨 뜻일까? 말썽을 피운다는 뜻일까? 아니면 스스로에게 해를 끼친다는 의미일까?

그녀는 편지를 쓰는 그의 모습을 상상해 보았다. 앉아서 썼을까, 누워서 썼을까, 어떤 모습이었을까, 파자마를 입고 있었을까? 그녀의 머릿속에 남은 그의 이미지는 채워지지 않은 테두리뿐이었다. 테두리 안쪽의 빈 공간 너머로 멀리 초원이, 그리고 만이 보였다. 긴 편지를 읽고 나서 그녀는 폴란드에서 가져온 오래된 사진들을 보관해 둔 판지 상자를 뒤지기 시작했다. 그리고 마침내 그를 발견했다. 젊은 청년, 단정하게 머리를 빗은, 솜털이 보송보송한 앳된 얼굴, 우스꽝스러운 안경을 쓰고, 산사람들이 주로 입는 늘어난 스웨터 차림에 얼굴에 손을 올리고 있다. 흑백사진에 찍히는 순간 뭔가를 말하는 중이었던 것 같다.

동시다발적인 사건의 일례. 몇 시간 뒤, 그녀는 사진이 첨부된 그의 편지 한 통을 또 받았다. "글쓰기가 점점 힘들어. 제발 서둘러 줘. 지금 내 모습은 이래. 일 년 전에 찍은 사진이긴 하지만, 그래도 알아볼 수 있을 거야." 덩치 큰 남자, 짧게 깎은 은발, 깔끔하게 면도한 모습, 완만하면서 두루뭉술한 실루엣이 종이 더미가 잔뜩 쌓인 책장이 놓인 공간에 앉아 있다. 출판사일까? 두 장의 사진에선 사소한 공통점도 발견되지 않는다. 완전히 다른 사람으로 보일 정도였다.

그의 병은 대체 무엇일까? 그녀가 구글 검색창에 폴란드어 병명을 입력한다. 그러자 확실히 알게 되었다. 이럴 수가! 저녁에 퇴근한 남편에게 병에 대해 물어본다. 남편이 이 질병의 특징과 경과에 대해 상세히 설명해 준다. 치유 불가능한 병이라는 사실, 그리고 진행성 퇴행 및 마비에 대해서도.

"왜 물어보는데?" 결국 그가 묻는다.

"그냥 호기심이야. 지인의 지인이 이 병을 앓고 있대." 그녀가 얼버무리며 대답한다. 그러고 나서 스스로도 놀라면서 마치 지나가는 말처럼 대수롭지 않게 그에게 말한다. 유럽에서 학회가 있다고, 막판에 갑자기 초대를 받게 되었노라고.

런던에서 바르샤바까지는 두 시간도 채 안 걸렸기에 그녀는 마지막 비행은 아예 염두에 두지도 않았다. 이 둘째 비행은 사실 그녀의 이목을 끌지 못했던 것이다. 많은 젊은이가 퇴근 후 집으로 돌아가는 길이었다. 승객 대부분이 자연스럽게 폴란드어를 하는 광경이 신기하게 느껴졌다. 처음에는 마치 고대 그리스인들 무리를 만나기라도 한 듯 놀랍고 당황스러웠다. 다들 두꺼운 옷차림이었다. 모자와 장갑, 목도리, 패딩 점퍼. 마치 스키라도 타러 가는 것처럼 보였다. 그제야 그녀는 깨달았다. 겨울의 한복판에 착륙한다는 것이 어떤 의미인지.

너무 말라서 마치 기다란 인대처럼 보이는 지친 육신이 침대에 쓰러져 있다. 그녀가 침실로 들어서자 그는 그녀를 알아보지 못했다. 당연하다. 유심히 그녀를 살펴보고 나서야 그는 그녀가 왔음을 알았다. 하지만 그녀를 제대로 알아본 건 아니었다. 적어도 그녀에겐 그렇게 느껴졌다.

"잘 있었어?" 그녀가 인사한다.

그러자 그가 희미하게 웃으며 잠시 눈을 감는다.

"와, 너 정말 왔구나."

그와 함께 있던 여자는 아마도 그가 편지에서 언급했던 누이일 것이다. 자리를 비켜 준다. 그녀는 침대 옆에 앉았다. 거의 잿빛에 가까운, 뼈만 남은 그의 손 위에 그녀가 자기 손을 올려놓았다. 지금 그의 핏속에는 불 대신 재가 돌고 있는 중이었다.

"자, 보여?" 누이가 마치 어린아이에게 말하듯 이야기한다. "손님이 찾아왔어. 봐, 누가 왔는지." 그러고는 그녀를 향해 말했다. "여기 앉으세요."

그가 누운 침실에서는 흰 눈이 쌓인 마당과 커다란 소나무 네 그루가 내려다보였다. 뒤쪽으로는 울타리와 도로가 있고, 그 너머에는 별장들이 있다. 그녀는 건물들의 화려함에 놀랐다. 기억과는 사뭇 달랐던 것이다. 기둥과 발코니, 햇빛을 받아 반짝이는 진입로. 이웃 하나가 억지로 자동차에 시동을 걸기 위해 애쓰는 중인지, 엔진의 괴상한 소음이 들려온다. 침엽수림이 내뿜는 불과 연기의 미세한 향기를 그녀가 공기 속에서 감지한다.

그가 그녀를 쳐다보며 미소 지었다. 입술이 떨리고 그 양쪽 끝이 미세하게 위로 치켜 올라간다. 하지만 그의 눈빛은 심각하다. 침대 왼편에 매달린 링거 병에서 수액이 떨어지고 있다. 돌출된 푸른 정맥에 주삿바늘이 연결되어 있는데, 수액이 거의 바닥난 듯하다.

누이가 자리를 비우자 그가 묻는다.

"진짜 너니?"

그녀가 미소 짓는다.

"봐, 내가 왔어." 그녀는 이 간단한 문장을 꽤 오래전부터 준비해 왔었다. 그리고 지금, 제법 그럴듯하게 대사를 내뱉었다.

"고마워. 믿을 수가 없네." 그러면서 마치 울음을 터뜨리듯 그가 침을 흘린다.

그녀는 불편한 장면을 목격하게 되는 건 아닌지 갑자기 두려워졌다. "무슨 말이야. 한순간도 망설인 적 없어."

"예쁘다. 젊어 보여. 머리색만 바꿨네." 그가 농담을 시도했다.

그의 입술이 갈라져 있었다. 그녀는 침대맡에 있는 탁자에 물잔이 놓여 있는 것을 발견했다. 거즈에 싸인 빨대가 그 안에 꽂혀 있었다.

"물 마실래?"

그가 고개를 끄덕였다.

그녀는 거즈를 물에 적신 뒤 누운 남자를 향해 몸을 숙였다, 그러자 퀘퀘하고 들쩍지근한 냄새가 풍겼다. 그녀가 그의 입술을 세심하게 적셔 주는 동안, 그는 눈을 감고 있었다.

그들은 대화를 나눠 보려 했으나 잘 되지 않았다. 그는 몇 초에 한 번씩 눈을 감았고 그때마다 그녀는 그의 의식이 지금 이곳에 있는지 아니면 어딘가에서 헤매고 있는지 가늠할 수 없었다. "혹시 기억해?" 이런 식으로 대화를 시도해 보았지만 별 효과가 없었다. 그녀가 입을 다물자 그가 그녀의 손을 잡으며 부탁했다.

"무슨 이야기라도 좀 해 봐. 내게 말을 해 줘."

"얼마나 더……." 그녀가 단어를 고르며 말했다. "이렇게 지내야 해?"

그가 몇 주는 더 걸릴 거라고 말했다.

"이게 뭐야?" 그녀가 수액을 보면서 물었다.

그가 다시 미소 지었다.

"최고로 좋은 식사지. 아침, 점심, 그리고 저녁밥. 양배추를 곁들인 스하보비,[121] 디저트로는 애플파이와 맥주."

그녀가 조용히 그의 말을 따라 했다. "스하보비." 거의 잊고 살았던 이 단어를 소리 내어 말하는 순간 갑자기 허기가 느껴졌다. 그녀가 그의 손을 잡고, 그의 차가운 손가락들을 조심스럽게 문질렀다. 낯선 손, 낯선 사람, 그녀가 알던 그 무엇도 지금의 그에게선 발견할 수 없었다. 낯선 육체, 낯선 목소리. 그녀는 어쩌면 다른 사람의 집에 와 있는지도 모른다.

"정말 날 알아보겠어?" 그녀가 그에게 물었다.

"당연하지. 넌 거의 변하지 않았어."

하지만 그녀는 그의 말이 사실이 아니라는 걸, 그가 그녀를 전혀 알아보지 못한다는 걸 알고 있었다. 만약 그들이 이제라도 더 많은 시간을 함께 지낼 수 있다면, 그래서 달라진 표정과 몸짓, 습관적인 동작들에 익숙해질 시간이 허락된다면 모를까……. 하지만 그럴 필요가 있을까. 또다시 긴 시간이 흐른 듯 느껴졌다. 그리고 그는 마치 잠든 듯 눈을 감았다. 그녀는 그를 방해하지 않았다. 그의 잿빛 얼굴과 움푹한 두 눈, 그리고 마치 밀랍으로 만든 것처럼 새하얀 그의 손톱을 하나하나 살펴보았다. 피부와 손톱의 경계가 모호했다.

---

121) 돈까스와 비슷한 폴란드 전통 요리로, 돼지고기 안심에 빵가루를 입힌 커틀릿이다.

잠시 후 그가 다시 돌아왔다, 마치 일 초 정도의 시간밖에 흐르지 않았다는 듯, 태연하게 그녀를 바라본다.

“오래전 인터넷에서 널 찾아냈어. 네 논문도 읽었는데 이해가 잘 안 되더라고.” 그가 희미하게 미소 지었다. “용어들이 너무 복잡해서 말이야.”

“진짜 읽었다고?” 그녀가 놀라서 물었다.

“너는 행복한가 보구나. 그래 보여.”

“응.” 그녀가 대답한다.

“여행은 어땠어? 몇 시간이나 걸렸지?”

그녀는 그에게 비행기 환승에 대해, 그리고 공항들에 대해 이야기했다. 비행 시간을 계산해 보려 했지만 잘 되지 않았다. 동쪽에서 서쪽으로 오는 바람에 시간이 늘어나 버렸기 때문이다. 그녀는 주머니쥐에 대해, 그리고 시골 학교에서 영어를 가르치기 위해 일 년 동안 과테말라로 떠난 자신의 아들에 대해 이야기했다. 또한 많은 걸 이뤘고, 백발이 성성했으며, 비밀이 있을 땐 남몰래 폴란드어로 속삭이곤 했던 부모님이 얼마 전에 차례로 세상을 떠났다는 이야기도 했다. 그리고 복잡하기 짝이 없는 신경 계통 수술을 담당하는 자신의 남편에 대해서도.

“넌 동물을 죽이고 있잖아, 맞지?” 느닷없이 그가 물었다.

그녀가 깜짝 놀라서 그를 쳐다보았다. 잠시 후 그녀는 그의 말을 이해했다.

“안타까운 일이지만 어쩔 수 없어.” 그녀가 대답했다. “물 마실래?”

그가 고개를 저었다.

"무엇 때문인데?"

그녀가 애매한 손동작을 했다. 뭔가 초조한 듯한 몸짓이었다. 이유는 분명했다. 사람들이 토종 생태계에 전혀 알려지지 않은, 낯선 동물들을 섬으로 유입했기 때문이었다. 200년도 더 지난, 오래전에 부주의하게 데려온 동물들도 있었고, 누군가의 잘못이나 실수 때문이 아니라 그저 도망치다가 해변에 다다른 동물들도 있었다. 토끼들이 그러했다. 주머니쥐와 족제비는 모피를 얻기 위해 사육되었다. 식물들이 사람들의 정원에서 사라지기 시작했다. 최근에 그녀는 길가에 자라는 피처럼 붉은 제라늄을 보았다. 마늘도 인간의 곁을 떠나 광야에서 야생 식물이 되었다. 그 꽃들의 색깔은 다소 엷어졌는데 누가 알겠는가, 수천 년이 지난 후 여기서 마늘의 국지적 돌연변이가 탄생할지. 그녀와 같은 사람들은 이 섬이 나머지 지역에 의해 오염되는 것을 막기 위해 열심히 노력했다. 누군가의 주머니 속에 임의의 종자들이 무작위로 들어가서 섬의 토양에 떨어지는 것을 막기 위해, 바나나 껍질에 낯선 균류가 섞여 들어와 생태계 전체를 무너뜨리는 일이 발생하지 않도록. 사람들의 신발에, 그들의 등산화 밑창에 박테리아나 곤충, 해조류와 같은 원치 않는 이민자들이 묻어 들어오지 않도록. 그것은 처음부터 실패가 예고된 싸움이었지만, 그래도 치러야만 하는 전투 같은 것이었다. 결국 개별적인 생태계는 더 이상 존재하지 않는다는 사실을 인정해야만 한다. 온 세상이 하나의 거대한 시궁창 속에 빠져 함께 철벅거리고 있으니.

하지만 세관 규정은 반드시 준수해야 한다. 섬에 생물학적 물질을 영입하는 것은 허용되지 않는다. 종자를 들여오려면 특별 허가를 받아야만 한다.

그녀는 그가 자신의 말을 유심히 듣고 있음을 발견했다. 하지만 이것이 과연 이런 만남에 어울리는 주제인가? 그녀는 침묵하며 생각한다.

"말해 줘, 더 말해 줘." 그가 재촉한다.

그의 파자마가 가슴팍까지 흘러내리는 바람에 은빛 머리카락 몇 가닥이 떨어진 새하얀 살갗이 훤히 드러났다. 그녀가 그의 잠옷을 바로 입혀 준다.

"이것 봐, 이 사람이 내 남편이야. 이건 아이들이고." 그녀가 핸드백에서 지갑을 꺼내어 투명한 주머니 속에 든 사진들을 보여 준다. 그녀가 자식들을 그에게 보여 준다. 그는 머리를 움직이지 못한다. 그래서 그녀가 가볍게 그의 머리를 들어 올려 주었다. 그가 미소를 지었다.

"전에 이곳에 와 본 적 있어?"

그녀가 머리를 젓는다.

"아니, 하지만 유럽에 다녀간 적은 있어, 학회 때문에. 총 세 번."

"근데 돌아오고 싶다는 생각은 전혀 안 했어?"

그녀가 망설였다.

"살면서 일이 좀 많았어야지. 알잖아. 학업에, 육아에, 직장에. 바닷가에다 집도 지었거든." 그녀가 말하기 시작했다. 하지만 머릿속에서는 계속 아버지의 목소리가 들려왔다. 이 섬은 작은 포유류와 곤충, 그리고 벌레 들에 딱 맞는 곳이라고 말하던 그 목소리……. "그러다가 잊어버렸지, 뭐."

"어떻게 하면 되는지 방법을 알지?" 긴 침묵 후에 그가 물었다.

"응." 그녀가 대답했다.

"언제 할까?"

"네가 원할 때."

그가 힘겹게 고개를 창문 쪽으로 돌렸다.

"될 수 있는 한 빨리. 내일 어때?"

"좋아. 내일."

"고마워." 그가 말하면서 마치 조금 전에 그녀에게 사랑을 고백한 것 같은 눈길로 그녀를 쳐다보았다.

그녀가 집 밖으로 나오자, 늙고 뚱뚱한 개 한 마리가 그녀에게 다가와서 킁킁거렸다. 혹한 속에서 그의 누이가 담배를 피우며 현관 앞에 서 있었다.

"담배 한 대 피우시겠어요?"

그녀는 이것이 대화의 제안임을 알아차렸다. 그리고 놀랍게도 그녀는 담배를 받아 들었다. 멘톨이 든 매우 가느다란 담배였다. 한 모금 빨자마자 몸이 휘청거렸다.

"그는 모르핀 패치를 붙이고 있어요. 그래서 의식이 또렷하지 않은 거예요." 여자가 말했다. "멀리서 오셨어요?"

그제야 그녀는 깨달았다, 그가 자신의 누이에게 비밀을 털어놓지 않았다는 걸. 뭐라고 대답해야 좋을지 알 수가 없었다.

"아, 아니에요. 우리는 한때 함께 일했었어요." 그녀가 거리낌 없이 말했다. 스스로도 자기가 이렇게 능숙하게 거짓말을 할 수 있을지 몰랐다.

"저는 해외 특파원이에요." 그녀는 자신의 특이한 억양을 변명하기 위해 신분을 지어냈다.

"신은 불공평해요. 부당하고 잔인하죠. 저렇게 고통을 겪게 하다니." 그녀가 얼굴에 뭔가 결연한 기색을 드러내며 말했다. "병문안 와 주셔서 좋네요. 너무 외로워했거든요. 오전에는 진료소에서 간호사가 와요. 간호사가 호스피스 병동으로 옮기는 게 좋겠다고 하는데 환자가 원치를 않네요."

눈발 속에서 두 여자는 동시에 담배를 껐다. 타닥거리는 소리조차 내지 않고 담뱃불이 꺼졌다.

"내일 들를게요." 그녀가 말했다. "작별 인사하러요. 곧 떠나거든요."

"내일요? 그렇게나 빨리요? 당신을 만난다고 그렇게 좋아했는데……. 근데 겨우 이틀 일정으로 오신 거군요." 여자는 그녀의 손을 붙잡으려는 듯한 몸짓을 했다, 마치 '우리를 두고 떠나지 마세요.'라는 말을 덧붙이고 싶은 듯.

그녀는 비행기표를 다시 예약해야 했다. 이렇게 빨리 떠나게 될 줄 몰랐기 때문이다. 직항이 없었으므로 유럽에서 집으로 가는 주요 노선의 비행 일정은 도저히 바꿀 수가 없었다. 그래서 일주일이나 자유 시간을 갖게 되었다. 하지만 그녀는 이곳에 남지 않기로 결정했다. 가능하다면 곧바로 떠나는 게 낫다고 판단했다. 게다가 눈도 내리고, 어두컴컴한 날씨 또한 영 낯설었다. 내일 오후면 그녀는 암스테르담이나 런던에서 자유 시간을 보낼 것이다. 그녀는 암스테르담을 선택했다. 일주일 동안 도시를 구경하리라.

그녀는 혼자 저녁을 먹었다. 그러고 나서 구시가지의 중심가를 산책했다. 아기자기한 상점들의 진열장을 구경했는데, 주로 기념품이나 호박으로 만든 장신구들이 놓여 있었다. 제품들은 그다지 마음에 들지 않았다. 또한 도시 자체도 너무 크고 썰렁해서 선뜻 다가가기가 힘들었다. 사람들은 두꺼운 옷으로 온몸을 꽁꽁 싸맨 채, 옷깃이나 목도리로 얼굴을 반쯤 가리고, 입에서 조그만 연기 구름을 내뿜으며 도시를 배회했다. 얼어붙은 눈덩이가 인도에 뒹굴었다. 그녀는 언젠가 살았던 기숙사에 가 보고 싶었지만 포기했다. 이곳의 모든 것이 자신을 배척하는 것처럼 느껴졌기 때문이다. 청춘을 보낸 추억의 장소를 사람들이 흔쾌히 방문하는 현상, 그것도 어떤 강압에 의해서가 아닌, 자신의 자유 의지로 그곳에 돌아가 보는 현상이 문득 이상하게 여겨졌다. 대체 그들은 거기서 무엇을 찾으려는 걸까? 자기가 언젠가 그곳에 머물렀었다는 사실, 단지 그것을 검증받고 싶어서일까? 그곳을 떠나온 게 옳은 선택이었음을 확인하려는 걸까? 어쩌면 과거의 잃어버린 장소에 대한 기억이 명확해지면, 마치 번개처럼 빠르게 지퍼가 작동해서 과거와 미래가 하나의 일직선으로 연결되고, 금속 봉합선에 맞춰 지퍼의 톱니가 고르게 맞물리게 될 거라는 희망이 그들을 고무시킨 것은 아닐까?

그녀 또한 이곳 사람들을 밀어냈음이 분명하다. 아무도 그녀를 쳐다보지 않았고, 시선을 던지지 않는 걸 보면. 투명 인간이 되고 싶다는 어린 시절의 꿈이 이루어진 듯했다. 동화 속에 등장하는 도구, 투명 모자를 머리에 쓰는 순간, 타인의 눈에서 순간적으로 사라지는 마법.

최근 몇 년 동안 그녀는 아무런 특징도 없는 중년 여인이 되면 타인의 눈에 절대 띄지 않는다는 걸 깨달았다. 비단 남자들뿐 아니라, 직장에서 그녀를 더는 경쟁 상대로 여기지 않는 다른 여자들의 눈에도 마찬가지였다. 사람들의 시선이 그녀의 얼굴과 뺨, 코를 훑어보지도 않고 무심하게 미끄러져 지나갈 수 있다는 사실을 깨달은 건, 상당히 새롭고도 놀라운 발견이었다. 그들의 시선은 그녀의 몸을 고스란히 관통했다. 아마도 그들은 투명한 그녀의 육체 너머에 있는 광고판과 풍경, 열차 시간표까지 보았으리라. 그렇다. 그녀는 투명 인간이 된 게 틀림없었다. 다시 말해 이제 막 사용법을 익히기 시작한, 무궁무진한 능력이 그녀에게 주어진 것이다. 여기서 어떤 극적인 상황이 벌어진다 해도 아무도 그녀를 기억하지 못하리라. 증인들은 이렇게 증언할 것이다. "어떤 여자였는데……." 또는 "누군가가 여기에 서 있었는데……." 귀걸이 따위를 주목하는 여자들과 비교해 보면 남자들은 훨씬 더 무례하다. 그녀가 귀걸이를 걸고 있었다 해도 그들은 단 일 초도 그녀를 쳐다보지 않았을 테니까. 어린아이들만 이따금 알 수 없는 이유로 그녀의 얼굴을 꼼꼼히, 그리고 무심하게 응시하다가 미래를 향해 얼굴을 돌려 버린다.

저녁 시간은 호텔 사우나에서 보냈다. 그러고는 시차 때문에 피로해서 금방 잠들었다. 자신의 처지가 마치 뭉치 속에서 꺼내져 다른 이국적인 게임 카드와 뒤섞인 외로운 카드처럼 느껴졌다. 아침 일찍 잠에서 깨어난 그녀에게 느닷없이 공포가 밀려왔다. 등을 대고 누워 있었는데 여전히 어두웠다. 졸음에 취해 그녀에게 작별 인사를 하던 남편의 얼굴이 떠올랐다. 남편을 다시는 못 볼지도 모른다는 생각이 들자 갑자기 두려움이 엄습했다. 그러고는 상상했다. 계단에 가방을 내려놓고 옷을 벗고 그가 좋아하는 자세로 그의 옆에 누워, 그의 등을 뒤에서 안으며 그의 목덜미에 콧등을 파묻는 자신의 모습을. 그녀는 그에게 전화를 걸었다. 그곳은 이미 저녁 시간이었고, 그는 마침 병원에서 막 퇴근한 참이었다. 그녀는 학회에 대해 간단히 둘러댔다. 그리고 날씨 이야기, 여긴 너무 추워서 견딜 수가 없다고 말했다. 마당에 피어난 화초, 특히 돌밭에 돋아난 사철쑥에 물을 주라는 당부도 잊지 않았다. 직장에서 걸려온 전화가 없는지도 확인했다. 그러고 나서 샤워를 하고 공들여 화장한 뒤, 아침 식사를 위해 식당에 내려갔다. 그녀가 첫 손님이었다.

그녀의 화장품 파우치에는 향수 샘플처럼 보이는 앰플이 한 개 들어 있었다. 어제 호텔로 돌아오면서 그녀는 약국에서 작은 주사기를 한 개 샀는데, 재미있는 경험이었다. 폴란드어로 작은 주사기에 해당하는 단어인 '스트쉬카프카'라는 괴상한 발음의 단어가 생각이 안 나서 '주사'를 뜻하는 '자스트쉭'을 달라고 했던 것이다. 두 단어의 발음은 그럭저럭 비슷하니까.

그녀는 택시를 타고 도시를 지나갔다. 그러면서 자신이 느끼는 소외감이나 이질감의 원인이 무엇인지 조금씩 깨닫게 되었다. 지금 자신의 눈앞에 펼쳐진 건 완전히 다른 도시였다. 그녀의 머릿속에 간직되어 있던 지난날의 도시와는 하나도 닮은 점이 없었다. 그녀의 기억에 각인되어 있던 것들은 막상 이곳에는 없었다. 그 어떤 것도 익숙하지 않았다. 집들은 너무 단단하고 땅딸막했다. 도로들은 너무 넓었고 문들은 너무 견고했다. 전혀 다른 차량들이 전혀 다른 도로를 달리고 있었다. 게다가 그녀가 익숙했던 방향과는 반대쪽으로 운행하고 있었다. 그렇기에 마치 거울의 반대쪽, 모든 것이 허상인 비현실적인 세계에 도달한 것 같은 느낌을 떨칠 수가 없었다. 바꿔 말하면 모든 것이 자유롭게 허용된다는 뜻이기도 했다. 누구도 그녀의 팔을 잡거나 그녀의 행동을 막을 수 없었다. 그녀는 다른 차원의 세계에서 온 낯선 방문객 같은 모습으로 얼어붙은 거리를 지나고 있었다. 스스로가 뭔가 더 큰 존재가 된 것처럼 느껴졌다. 이 공간으로 들어오기 위해 자신의 몸을 한껏 축소시킬 수밖에 없는 그런 존재. 그리고 이곳에서 그녀가 수행해야 할 유일한 임무는 너무나 명백한 무균성의 사명, 바로 사랑의 사명이다.

택시 기사는 빌라들이 밀집된 단지에서 길을 잃고 잠시 헤맸다. 이름도 마치 동화 속에 나오는 지명 같았다. 잘레시에 구르네(Zalesie Górne). '산 너머, 숲 저편'이란 뜻이다. 그녀는 택시 기사에게 모퉁이에 차를 대고, 카페에서 기다려 달라고 부탁했다. 그리고 요금을 지불했다.

그녀는 잰걸음으로 수십 미터를 걸었다. 그러고 나서 마당의 출입문에서 집까지, 또다시 눈 쌓인, 낯익은 오솔길을 통과해야만 했다. 그녀가 출입문을 열자마자 쌓여 있던 눈이 바닥으로 떨어지면서 집의 번지수가 드러났다. 1번지였다.

그의 누이가 울었는지 벌겋게 충혈된 눈으로 대문을 열었다.

"당신을 기다리고 있어요. 심지어 면도도 해 달라고 했답니다."

누이가 이렇게 귀띔하고는 자취를 감추었다.

그는 깨끗하게 교체된 시트 위에 누워 있었다. 의식이 또렷했고 머리는 문을 향하고 있었다. 정말로 그녀를 기다린 모양이었다. 그녀가 침대 위 그의 곁에 앉아서 양손을 잡았다. 순간 좀 이상한 느낌이 들었다. 그의 양손, 손바닥과 손등 모두 땀에 젖어 있었던 것이다. 그녀가 그를 향해 미소를 지어 보였다.

"그래서…… 좀 어때?" 그녀가 물었다.

"좋아." 그가 대답했다.

거짓말이다. 별로 좋아 보이지 않았다.

"저기 있는 패치 좀 붙여 줘." 탁자 위에 놓여 있는 작은 상자를 눈짓으로 가리키며 그가 말했다. "아파서 그래. 약효가 퍼질 때까지 좀 기다려야 해. 네가 언제 올지 몰랐거든. 의식이 명료한 상태에서 널 보고 싶었어. 하지만 그래도 널 못 알아봤을지 몰라. 네가 아닌 다른 사람이라고 생각했을 수도 있어. 아, 넌 이렇게나 젊고 예쁘구나."

그녀는 움푹 꺼진 그의 관자놀이를 쓰다듬었다. 콩팥 바로 위에 붙인 패치는 마치 그의 또 다른 피부 같았다. 그녀는 학대받고 손상당한 그의 신체 부위를 보면서 몸을 떨었다. 그녀가 입술을 깨물었다.

"내가 무슨 통증 같은 걸 느끼게 되는 건가?"

그가 물었다. 그러자 그녀가 아무 걱정 말라며 그를 안심시켰다.

"어떻게 하고 싶은지 이야기해 줘. 잠시 혼자 있고 싶어?"

그가 고개를 저었다. 그의 이마는 마치 양피지처럼 건조했다.

"고해 성사 따위는 하고 싶지 않아. 그저 네 손으로 내 머리를 좀 잡아 줘."

그가 그녀에게 부탁하면서 희미하게 미소를 보냈다. 그의 웃음에는 뭔가 장난기가 어려 있었다.

그녀는 망설임 없이 그렇게 했다. 얇은 피부와 가느다란 뼛조각, 그리고 감은 눈자위에서 그의 안구가 느껴졌다. 그녀의 손가락을 타고 맥박, 그리고 긴장 때문인지 떨림이 전해져 왔다. 두개골, 섬세한 격자무늬 구조의 뼈, 완벽하게 단단하고, 강하지만 동시에 깨지기도 쉬운 뼈. 그녀는 목이 메었다. 그녀의 눈에 눈물이 고인 건 이번이 처음이자 마지막이었다. 그녀는 이 접촉이 그에게 안식을 가져다주리라는 걸 알고 있었다, 그녀는 그의 피부 아래에서 떨림이 점점 진정되는 것을 느낄 수 있었다. 마침내 그녀는 그의 몸에서 손을 뗐다. 그는 여전히 두 눈을 감은 채 누워 있었다. 그녀가 천천히 그를 향해 몸을 숙이고 그의 이마에 입을 맞추었다.

"난 좋은 사람이었어." 그가 눈을 뜨고는 그녀를 뚫어지게 응시하면서 속삭였다.

그녀가 고개를 끄덕였다.

그가 그녀에게 부탁했다. "무슨 말이든 좀 해 봐."

그녀가 목을 가다듬었다. 아무런 준비도 하지 못했던 것이다. 그러자 그가 재촉했다.

"네가 사는 곳은 어떤지 이야기해 줘."

그래서 그녀의 이야기가 시작되었다.

"한여름에는 나무에서 레몬이 익어……."

그가 그녀의 말을 끊었다.

"창문 너머로 바다가 보여?"

"응." 그녀가 말했다. "밀물 때가 되면, 바닷물이 조개껍데기를 남기고 사라져."

하지만 그것은 그의 묘책이었다. 그는 그녀의 이야기에 귀 기울일 생각이 전혀 없었다. 잠시 후 그의 눈빛이 흐려졌다. 그러다 아주 잠깐, 예전의 날카로움이 다시 돌아왔다. 그리고 그는 멀리서 보듯이 그녀를 지그시 바라보았다. 그 순간 그녀는 그가 이제 더 이상 이 세상에 속한 사람이 아니라는 걸 깨달았다. 그녀가 그에게서 목격한 것이 정확히 무엇인지, 두려움인지, 공포인지, 아니면 반대로 안도였는지는 알 수가 없다. 그가 희미하게 뭐라고 속삭였다. 아마도 감사 인사였을 것이다. 그러고 나서 그는 잠들었다. 그 순간 그녀가 가방에서 앰풀을 꺼내어 적정량을 주사기에 주입했다. 그의 정맥에서 수액 주사를 빼고 자신이 가져간 액체를 서서히 그에게 주사했다. 아무 일도 일어나지 않았다. 그의 숨이 멈춘 것 말고는. 갑자기, 그리고 자연스럽게, 마치 조금 전까지 계속되던 그의 흉곽 운동이 예외적인 동작이었다는 듯 그렇게 그의 숨이 한순간에 멈추었다. 그녀는 그의 얼굴 위로 손을 뻗어서 수액 주사를 다시 제자리에 연결했다. 그리고 자신이 앉았던 시트의 구겨진 주름을 손으로 폈다. 그녀가 방에서 나왔다.

그의 누이가 어제처럼 문 앞에 나와서 담배를 피우고 있었다.

"담배 피우시겠어요?"

그녀는 이번에는 누이의 제안을 거절했다.

"또 오실 건가요?" 누이가 물었다. "당신을 정말 애타게 기다렸거든요."

"저는 오늘 떠납니다." 그녀가 계단 밑으로 내려서며 덧붙였다. "잘 지내세요."

비행기가 출발하자 그녀의 기억도 닫혔다. 그녀는 이제 더는 그 일에 대해 생각하지 않았다. 그 어떤 회상도 머릿속에 출몰하지 않았다. 그녀는 암스테르담에서 며칠을 보냈다. 그곳은 매년 이맘때면 늘 바람이 많이 불고 추웠으며, 도시는 흰색, 회색, 검은색의 세 가지 색상이 조합되었다. 그녀는 종일 박물관을 돌다가 저녁에 호텔로 돌아왔다. 하루는 중심가를 산책하다가 인류 표본에 관한 해부학 전시회가 열리는 것을 보게 되었다. 관심이 생겨서 안으로 들어섰다. 거기서 두 시간 동안, 그녀는 최신 기술로 완벽하게 보존된, 가능한 모든 순열에 따른 인간의 몸을 관람했다. 정신적으로 매우 피로하고 미묘한 상태였기에 모든 것이 안개 너머에 있는 것처럼 윤곽선만 희미하게 보였다. 그녀는 보았다. 정원사의 통제를 벗어나 제멋대로 자라난 이국적인 식물을 연상케 하는 신경의 끝부분과 혈관을. 또한 결절과 혹, 고환, 레이스, 세포 조직이 만들어 낸 자수, 신경망, 점판암, 막대 세포, 꽃의 수술, 더듬이와 수염, 둔덕, 총상(總狀), 물줄기, 주름, 파도, 모래 언덕, 분화구, 산, 골짜기, 계곡, 고원, 구불구불 휜 혈관을 보았다.

대양 위 상공에서 그녀는 핸드백 속에 들어 있던 색색의 전단지를 발견했다. 피부가 없는 인간의 몸이 마치 로댕의 조각과 같은 포즈를 취하고 있었다. 무릎 위에 얹힌 손, 머리를 괴고 있는 손, 비록 피부와 얼굴은 거세되었지만 고민에 빠진, 뭔가를 사색하는 듯한 몸.(여기서 얼굴은 지극히 피상적인 신체 기관이라는 사실이 드러난다.) 하지만 눈은 비스듬하게 위로 치켜 올라가 있고, 이국적으로 보였다. 그러고 나서 그녀는 비행기 엔진의 은밀하고 음울한 웅웅거림 속에서 반쯤 잠이 든 상태로, 머지않아 기술이 발달해서 모두에게 플라스티네이션 기법이 제공되는 상황을 상상해 본다. 그렇게 되면 비석 대신 사랑하는 사람의 몸을 무덤에 올려놓고, 다음과 같은 글귀를 적게 될지도 모른다. "고인은 그렇게 몇 년 동안 이 육체 속에서 여행을 했고, 몇 살의 나이에 이 육체를 떠났다." 비행기가 하강을 준비하자 그녀는 갑작스러운 두려움과 공포에 사로잡혔다. 그래서 팔걸이를 단단히 붙잡았다.

마침내 그녀는 피곤한 몸을 이끌고 자신이 사는 나라, 아름다운 섬에 도착했다. 그리고 세관에서 입국 심사를 받았다. 공무원이 몇 가지 뻔한 질문을 했다. 방문했던 나라에서 동물들과 접촉이 있었는지, 시골 지역에 머물렀는지, 생물학적 오염물질에 노출되었는지.

그의 집 현관에 서 있던 자신의 모습이 떠올랐다. 부츠에 묻은 눈을 털던 모습, 살진 개가 계단으로 달려와 그녀의 다리에 몸을 문지르던 장면이. 그리고 향수 샘플처럼 보이는 앰플의 뚜껑을 열던 자신의 손이 떠올랐다. 그래서 그녀는 평화롭게 고개를 끄덕였다.

그러자 세관원이 그녀더러 옆으로 비켜서라고 요청했다. 거기서 그녀의 무거운 겨울 부츠가 살균제에 의해 진지하게 소독되었다.

두려워하지 말라

체코에서 내가 자동차에 태운 한 세르비아 청년의 이름은 네부이사였다. 함께하는 여정 내내 전쟁에 대해 떠들어 대는 바람에 나는 그를 태운 것을 후회했다.

자신의 영역을 표시하는 개처럼 죽음도 자신의 자리를 표시한다고 그는 말했다. 어떤 사람들은 그러한 기운을 바로 감지하는 반면, 또 어떤 사람들은 시간이 어느 정도 흐른 뒤에야 뭔가 어색하고 불편하다는 사실을 느낀다는 것이다. 우리가 머무는 장소에는 각기 죽은 이들의 미세한 현존이 깃들어 있고, 그래서 결국 그것은 우리에게 발각될 수밖에 없다고도 했다. 그는 이렇게 덧붙였다.

"우리는 처음에 생기 넘치고 아름다운 것들을 먼저 보게 됩니다. 자연의 풍경, 다양한 색깔로 칠해진 각 지방의 교회들이 우리를 매료시키죠. 하지만 어떤 장소에 오래 머물면 그러한 매력은 점차 퇴색됩니다. 그러면서 우리가 이곳에 오기 전에 과연 이 집과 이 방에는 어떤 사람이 살았을까 궁금해지게 되죠. 이 물건은 누구의 것이었을까, 누가 침대 위 벽에다 생채기를 냈을까, 창틀은 과연 어떤 나무를 베어서 만든 것일까 등등. 정교하게 장식된 벽난로를 만들고 안마당을 가꾼 손은 누구의 것이었을까? 그리고 지금 그 손은 어디에 있을까? 어떤 모습일까? 저수지 근처에 오솔길을 깐 건 누구의 아이디어였을까? 창문 아래에 버드나무를 심은 건 또 누구의 생각이었을까? 모든 집과 대로, 공원, 정원, 그리고 도로에는 누군가의 죽음이 스며 있습니다. 당신이 그것을 느끼는 순간, 뭔가가 당신을 어딘가 다른 곳으로 끌어당기는 겁니다. 움직여야 할 때가 왔다고 당신 스스로가 깨닫게 되는 거죠."

그러면서 우리가 일단 움직이게 되면 그런 헛된 명상에 빠질 시간 따위는 주어지지 않는다고 했다. 그렇기에 여행을 할 때, 사람들은 모든 것이 새롭고 깨끗하고 순수하다고, 어떤 면에서는 불멸이라고까지 느끼게 된다는 것이다.

그가 미쿨레치에서 내렸을 때, 나는 그의 괴상한 이름을 소리 내어 반복해 보았다. 네-부이-샤. 폴란드어의 '니에 부이 시에.(Nie bój się.)'라는 문장과 소리가 비슷했다. '두려워하지 말라.'라는 의미였다.

위령의 날

여행 안내 책자에는 이 명절이 사흘간 지속된다고 적혀 있다. 만약 주 중반에 해당 명절이 있으면 정부는 통상 휴일을 늘리는데, 덕분에 관공서나 학교가 일주일 내내 문을 닫는다고 한다. 라디오 방송에서는 쉼 없이 쇼팽의 음악이 흘러나오고 있다. 그의 음악이 경건한 추모와 집중에 도움이 된다고 여기는 모양이다. 이 기간에 이 나라에 거주하는 사람들 대부분이 조상의 묘소를 찾는 것으로 추산된다. 최근 20여 년 동안 이 나라는 전례 없는 호황과 산업화를 이뤄 냈는데, 이는 다시 말해 몇몇 현대적인 대도시에 사는 수많은 시민이 성묘를 위해 지방에 있는 먼 곳으로 향한다는 의미이다. 이미 한두 달 전부터 비행기표, 기차표 그리고 버스표가 동이 난다. 미처 서두르지 못한 사람들은 자동차를 몰고서라도 조상의 묘지를 찾아 참배한다. 명절이 가까워지면 도시 외곽의 모든 도로는 붐비기 시작한다. 명절이 8월이므로 폭염 속에서 교통 체증을 겪는 것은 결코 달가운 일이 아니다. 그렇기에 사람들은 각종 불편과 애로 사항에 대비하기 위해 아이스박스와 휴대용 플라스마 텔레비전을 준비한다. 선팅을 한 유리창을 닫고 에어컨을 가동하면 몇 시간 정도는 버틸 수 있다. 가족이나 친구처럼 유쾌한 일행과 함께 여행용 간식을 구비하고 있으면 버티기가 한결 수월하다. 또한 친지들과 전화 통화를 하기에 적합한 때이기도 하다. 게다가 화상 통화가 보편화된 덕분에 한동안 소홀했던 친목 활동을 만회할 수 있다. 심지어 교통 체증에 갇혀 있으면서 단체 채팅을 통해 가십거리를 서로 나눌 수도 있고, 귀향 후에 만날 계획을 세울 수도 있다.

조상의 영혼을 위해 사람들은 각종 제물을 가져간다. 성묘를 위해 특별히 구운 과자, 과일, 그리고 직물에 적힌 특별한 기도문.

대도시에 남은 사람들은 매우 이상한 체험을 하게 된다. 모든 대형 쇼핑센터가 문을 닫고, 거리의 거대한 전광판들도 사라진다. 지하철 운행 횟수도 줄고 어떤 역은 아예 문을 닫는다.(예를 들면 대학교나 증권 거래소와 연결된 역이 그렇다.) 패스트푸드 음식점이나 클럽들도 운영하지 않는다. 도시 전체가 텅 비어 버려서 당국은 전자식으로 제어되는 분수대 시스템을 중단시키기로 결정했는데, 아마도 막대한 비용 절감 효과가 있을 것으로 예상된다.

루스

아내가 죽고 난 뒤 남자는 그녀와 같은 이름을 가진 장소들을 모아 리스트를 만들었다. 아내의 이름은 루스였다.

제법 많은 장소를 찾아냈는데 마을 이름뿐 아니라 시냇물, 작은 주거 단지, 언덕 또는 섬도 있었다. 아내를 기리기 위해 리스트를 만든다고 그는 말했다. 게다가 말로 표현할 수 없는 놀라운 방법으로 그녀가 자신의 이름을 통해 이 세상에 존재한다고 생각하면 그것만으로도 그에게 위로와 힘이 된다는 것이다. 나아가서 '루스'라는 이름의 언덕 기슭에 서 있으면, 그녀가 죽지 않고 다른 모습으로 거기에 있는 것만 같은 느낌이 든다고 했다.

그의 이 여행 비용은 아내의 생명 보험으로 충당되었다.

고급 호텔들의 화려한 로비

바쁜 걸음으로 들어서면 포터의 공손한 미소가 나를 맞이한다. 나는 누군가를 만나기 위해 이곳에 온 것처럼 바쁜 척 주위를 둘러본다. 나는 연기를 하는 중이다. 초조한 듯 손목시계를 들여다보면서 소파에 털썩 주저앉아 담뱃불을 붙인다.

로비는 카페보다 훨씬 낫다. 아무것도 주문하지 않아도 되고, 웨이터와 실랑이를 벌일 필요도 없으며, 억지로 뭔가를 먹지 않아도 된다. 호텔은 내 앞에서 자신의 고유한 리듬을 펼쳐 보인다. 그것은 소용돌이이며 그 중심에는 회전문이 있다. 어디론가 흘러가던 사람들의 물줄기가 잠시 멈춘 채, 여기서 하룻밤 또는 며칠 동안 계속해서 빙글빙글 돈다. 그러다 또다시 어딘가로 흘러간다.

비록 오기로 한 사람은 없지만 그렇다고 내 기다림의 에토스[122]가 퇴색되는 건 아니다. 그것은 명상과 비슷한 활동이다. 시간이 흐르고 새로운 사건은 거의 일어나지 않으며 상황은 계속해서 반복된다.(택시가 도착하고 손님이 내린다. 포터가 트렁크에서 그들의 짐을 꺼내고, 손님과 포터가 리셉션 데스크로 가서 열쇠를 받아 들고 엘리베이터로 향한다.) 때로는 상황이 두 배가 되기도 한다.(두 대의 택시가 반대편 지점에서 대칭을 이루며 도착한다. 손님 두 명이 각각의 택시에서 내리고 두 명의 포터가 두 개의 트렁크에서 그들의 짐을 꺼낸다.) 또는 상황이 더 다양하게 확산되기도 한다. 인원이 몰리면서 긴장이 고조되고 혼란이 발생한다. 하지만 그것은 그저 형태만 복잡할 뿐이다. 그 복잡함에 내재된 조화를 단번에 알아차리는 건 쉽지 않은 일이다. 그러다 또 어느 시점이 되면 로비가 텅 빈다. 그러면 포터는 리셉션 데스크의 접수 담당자와 장난을 친다. 하지만 언제든 서비스를 제공할 태세를 갖춘 채, 반쯤만 정신이 팔린 채로, 긴장을 늦추지 않은 상태로 시시덕거리는 중이다.

나는 딱 한 시간 정도, 그런 상태로 로비에 앉아 있곤 한다. 황급히 엘리베이터에서 내려 약속 장소를 향해 달려가는 사람들을 바라본다. 태생적으로 늘 지각하는 사람들, 서두르다가 가끔은 회전문에서 빙글빙글 돌기도 한다. 회전문은 마치 한순간에 그들을 가루로 빻아 버릴 수도 있는 풍차 같다. 또한 발걸음을 뗄 때마다 무슨 큰 결심이라도 하듯 발을 질질 끌면서 천천히 걷는 사람들도 눈에 들어온다. 남자들을 기

---

122) 인간의 습관적인 성격 또는 어느 사회 집단의 특유한 관습이나 기풍.

다리는 여자들, 여자들을 기다리는 남자들도 본다. 여자들은 (밤이 되면 공들여 닦아 버릴 테지만) 막 화장을 하고 나서는 참이다. 그들의 머리 위에서는 향수의 뭉게구름이 신성한 후광을 내뿜고 있다. 남자들은 완전히 자유로운 척하지만 실제로는 상당히 긴장하고 있다. 오늘 그들의 몸과 마음은 온통 복부 아래쪽, 신체의 아랫부분에 쏠려 있다.

이런 식의 기다림은 이따금 예기치 않은 보너스를 안겨 주기도 한다. 여기, 한 남자가 한 여자를 택시로 인도하고 있다. 나는 그들이 함께 엘리베이터에서 내리는 것을 목격했다. 여자는 작고 가냘픈 체격에 머리색이 검다. 짧은 타이트스커트를 입었지만 천박해 보이진 않는다. 고급 콜걸이다. 그녀의 뒤를 따라서 걷고 있는 남자는 큰 키에 은발, 회색 양복 차림에 두 손을 바지 주머니에 찔러 넣고 있다. 그들은 아무 대화 없이 적당히 거리를 유지하고 있다. 불과 조금 전까지만 해도 서로의 점막을 핥고 문지르면서 그의 혀가 그녀의 입속을 샅샅이 탐색했다는 사실이 믿기지 않을 정도다. 잠시 나란히 걷다가 회전문 앞에서 그가 다시 그녀를 앞세운다. 미리 통지를 받은 택시가 기다리고 있다. 여자가 말없이 택시에 올라탄다. 입가에 옅은 미소를 머금고 있다. '다시 만나자'라든지 '만나서 즐거웠다'와 같은 인사는 조금도 깃들어 있지 않다. 그가 차창을 향해 말없이 몸을 숙였다. 여기서 '안녕'이란 인사는 필요치 않지만, 그는 오랜 습관을 떨쳐 버리기 힘든 모양이다. 그가 바지 주머니에 손을 넣은 채 되돌아온다. 가벼운 만족을 느끼는 듯하다. 심지어 미소의 기색마저 피어오른다. 저녁 시간에 무엇을 할지 머릿속으로 계획을 세우기 시작한다. 이메일과 전화를 떠올렸지만 아직은 확인하고 싶지 않다. 잠시만 더 이 가벼움을 만끽할 것이다. 그래서 그는 한잔하러 갈 것이다.

지점

결국 언젠가는 이중 한곳에 오래 머물러야만 한다는 사실을 도시들을 지나치면서 나는 알게 되었다. 그러다 어쩌면 거기에 정착하게 될지도 모른다는 사실도. 나는 마음속으로 도시들의 비중을 가늠해 보고 비교해 보고, 또 평가를 내린다. 내게는 항상 그것들이 너무 멀거나, 너무 가까이 있는 것처럼 보인다.

이것은 다시 말해 어떤 고정된 지점이 존재하고, 내가 그 주위를 계속해서 맴돌고 있음을 의미한다. 대체 어느 지점으로부터 멀고, 또 어느 지점으로부터 가깝다는 말인가?

인지 수단으로서의 단면

층위에 따른 인지, 각각의 단면은 다음 또는 이전의 층을 막연히 떠오르게 한다. 일반적으로 그것은 변형이고 수정된 버전이다. 개별적인 층은 전체적인 순서에 따라 차곡차곡 포개져 있지만, 전체로서 파악하지 않고 따로따로 놓고 보면 그러한 사실을 이해하기 힘들 것이다.

각각의 단면은 전체의 일부이지만 개별적인 규칙의 지배를 받는다. 이차원의 단면 속에 갇히고 축소된 삼차원의 질서. 어쩌면 전체라는 건 존재하지 않으며 아예 존재한 적도 없었노라고 생각할 수도 있다.

쇼팽의 심장

쇼팽이 10월 17일 새벽 2시(영어판 위키피디아에서는 이 시각을 'in the small hours'라고 명시하고 있다.)에 사망했다는 것은 널리 알려진 사실이다. 운명하는 순간 그의 곁에는 친지 몇 명만이 함께했는데, 그중에는 마지막까지 쇼팽을 헌신적으로 간호한 누나 루드비카도 있었고 예워비츠키 신부도 있었다. 신부는 철저하게 망가진 육신이 조용히, 짐승처럼 죽어 가는 모습을 목격하면서, 그리고 숨을 들이마실 때마다 환자가 벌이는 처절한 사투를 보면서 몸을 떨었다. 처음에는 계단에서 기절한 적도 있었다. 그러다 그는 자신도 의식하지 못하는 어떤 저항감의 발로로 인해 회고록에서 이 거장의 죽음과 관련된 더 나은 버전을 지어내기에 이르렀다. 예를 들어 그는 쇼팽이 운명하기 직전 마지막으로 남긴 말이라며 다음과 같이 적었다.

"나는 이미 모든 행복의 근원에 도달했다." 실로 아름답고 감동적인 말이지만, 이것은 명백한 거짓말이다. 루드비카의 회고에 따르면, 사실 남동생은 아무 말도 하지 않았다. 죽기 몇 시간 전부터 아예 의식을 잃었던 것이다. 마지막으로 그의 입에서 흘러나온 건 어두운 빛깔의 걸쭉한 핏줄기였다.

루드비카가 춥고 지친 몸을 이끌고, 승합 마차에 올라 어디론가 가고 있다. 마차가 라이프치히 근처에 다다른다. 습기 많은 겨울 날씨, 서쪽에서부터 무거운 먹구름이 일행을 뒤쫓아오고 있다. 곧 눈이 내릴 것만 같다. 장례식을 치른 지 벌써 몇 달이 지났지만 폴란드에서의 장례식이 한 번 더 남아 있었다. 프레데리크는 늘 입버릇처럼 조국의 땅에 묻히고 싶다고 말했다. 자신이 죽어 간다는 사실을 잘 알고 있었기에 그는 자신의 죽음을 세심하게 준비했다. 두 번의 장례식 또한 마찬가지였다.

그가 세상을 떠나자마자 솔랑주의 남편이 도착했다. 마치 오래전부터 외투를 차려입고 신발을 신은 채 기별을 기다리기라도 한 것처럼, 그렇게 순식간에 달려왔다. 그의 가죽 가방에는 모든 장비와 용품들이 들어 있었다. 우선 그는 생기를 완전히 잃은 망자의 손에 기름을 바른 뒤, 그 손을 신중하고 정중하게 나무틀 위에 올려놓고 석고를 부어 본을 떴다. 그러고 나서 루드비카의 도움을 받아 '데스마스크'를 만들었다. 그들은 죽음의 개입으로 인해 쇼팽의 얼굴선이 무너져 버리기 전에 이 작업을 완수해야만 했다. 왜냐하면 죽음은 모든 얼굴을 다 비슷하게 만들어 버리기 때문이다.

조용하고 은밀하게 쇼팽의 다음 소원이 이루어졌다. 그가 사망한 다음 날, 포토츠카 백작 부인의 추천을 받은 한 의사가 찾아왔다. 그는 쇼팽이 입은 상의를 모두 벗기고 흉곽 주위에 여러 겹의 시트를 깐 뒤, 메스를 들고서 단 한 번의 신속한 움직임으로 흉곽을 열었다. 그 옆에 서 있던 루드비카의 눈에는 시체가 전율하는 것 같았고, 심지어 한숨을 쉬는 것처럼 느껴졌다. 그러다 새하얀 시트가 엉겨 붙은 핏덩어리로 검붉게 물들자 결국 그녀는 벽을 향해 고개를 돌렸다.

의사는 쇼팽의 심장을 대야에 넣고 물로 헹구었다. 루드비카는 인간의 심장이 얼마나 큰지, 또한 모양도 색깔도 얼마나 볼품없는지를 확인하고 적잖이 놀랐다. 그러고는 에틸알코올이 가득 담긴 유리 단지에 그것을 간신히 쑤셔 넣었다. 의사는 좀 더 큰 단지로 바꾸라고 충고했다. 근조직이 유리벽에 닿거나 눌려서는 안 되기 때문이었다.

승합 마차의 바퀴가 덜그덕거리는 규칙적인 소음을 들으면서 루드비카는 자신도 모르게 깜빡 잠이 든다. 그녀와 나란히 앉은 동행 아니엘라의 맞은편 자리에 한 숙녀가 다가와 앉는다. 모르는 사람이었지만, 어쩐지 먼 옛날 폴란드에서 만난 적이 있는 것처럼 느껴진다. 1830년 11월 봉기[123] 직후 남편을

123) 1830년 11월 29일 바르샤바에서 러시아 제국 육군 사관 학교에 소속

잃은 과부들이 입고 다녔던 것과 비슷한 낡은 상복을 입고, 가슴에는 호화로운 십자가 목걸이를 걸었다. 그녀의 부어오른 얼굴은 시베리아의 강추위 때문에 벌겋게 달아올라 있었고, 닳아빠진 회색 장갑을 낀 양손에는 단지가 하나 들려 있었다. 신음을 내뱉으며 잠에서 깬 루드비카가 바구니에 든 내용물을 확인했다. 아무 이상 없었다. 이마까지 내려온 모자를 고쳐 쓰면서 루드비카는 프랑스어로 욕설을 내뱉는다. 뒷목이 너무 뻣뻣했다. 아니엘라도 눈을 뜬다. 그리고 창문의 커튼을 걷는다. 멀리, 그리 크지 않은 마을이 보인다. 축축한 회색빛 기운이 감도는 정착지였다. 루드비카는 자신이 벌레가 되어, 무시무시한 곤충학자가 지켜보는 가운데, 커다란 테이블 위를 기어 다니는 모습을 상상해 본다. 그녀가 몸서리치며 아니엘라에게 사과 하나를 달라고 부탁한다.

"지금 어디쯤 왔어?" 루드비카가 창밖을 내다보며 묻는다.

"아직 몇 시간 정도 더 가야 해." 아니엘라가 침착한 어조로 대답한다. 그리고 자신의 동행에게 작년에 딴, 쭈글쭈글한 사과 한 알을 내민다.

장례식은 원래 파리의 마들렌 성당에서 거행될 예정이었고, 장례 미사도 미리 주선되어 있었다. 그 전까지는 방돔 광장에서 시신을 전시하기로 했기에 많은 지인과 벗이 무리 지

된 젊은 부사관들이 일으킨 봉기. 얼마 안 가 러시아 점령하의 폴란드인 대부분이 참가했다.

어 조문했다. 창문에 덮개를 씌웠음에도, 햇볕이 그 틈을 비집고 들어와 따뜻한 색감의 가을꽃들, 즉 보라색 과꽃과 꿀빛의 국화에게 장난을 쳤다. 하지만 안쪽에는 양초의 불빛뿐이었다. 덕분에 꽃들의 색깔이 더욱 심오하고 물기를 머금은 것처럼 보였다. 고인의 얼굴 또한 햇볕 아래에서처럼 유달리 창백해 보이지는 않았다.

장례식에서 모차르트의 레퀴엠을 연주해 달라는 프레데리크의 소원을 실현하는 것은 쉬운 일이 아니었다. 고인의 친구와 친지는 가능한 한 모든 인맥을 동원해 가장 뛰어난 연주자와 성악가를 섭외했다. 당시에 유럽에서 가장 훌륭한 베이스로 널리 각광받던 쾌활한 이탈리아인 루이지 라블라체가 장례식에서 노래를 부르기로 했다. 그는 자기가 원하는 인물의 목소리를 그대로 흉내 내는 재능이 있었다. 그러다 장례식을 얼마 앞둔 어느 저녁, 비공식적인 자리에서 그는 프레데리크의 목소리를 완벽히 재현했다. 망자의 시신을 아직 매장하기도 전이었으므로 다들 당혹스러워하면서도 웃음을 터뜨리지 않을 수 없었다. 그만큼 똑같았던 것이다. 모임의 막판에 누군가가 이것은 우리가 고인을 사랑하고 기억하고 있다는 증거라고 덧붙였다. 이런 식으로 쇼팽은 살아 있는 사람들 곁에 꽤 오래 머물렀다. 다른 사람들을 유창하고 신랄하게 풍자하던 쇼팽의 생전 모습을 모두가 기억했다. 분명한 건, 그가 재능이 정말 많은 사람이었다는 사실이다.

궁극적으로 모든 것이 복잡했다. 마들렌 성당에서는 합창이든 솔로든 여성이 노래하는 것을 허락하지 않았다. 여성을 배제하는 것이 오랜 전통이었던 것이다. 남자들의 목소리만 허락했고, 어쩔 수 없는 경우에는 카스트라토[124]가 대신했다.(교회에서는 성기 없는 남성이 무조건 여성보다는 우월한 존재로 간주되었다고 이탈리아의 소프라노인 그라치엘라 파니니가 말했다.) 하지만 오늘날, 그러니까 1849년에 어디서 카스트라토를 찾는단 말인가? 소프라노와 알토 파트 없이 「경이로운 나팔 소리」를 노래하는 건 불가능했다. 하지만 마들렌 성당의 주임 신부는 제아무리 쇼팽의 장례식이라 해도 관례를 바꿀 수는 없다고 말했다.

"대체 얼마나 더 시신을 보관해야만 하죠? 신의 자비를 구하기 위해, 이 문제에 대해 로마 교황청에 간청이라도 해야 하나요?"

절망에 빠진 루드비카가 마침내 소리쳤다.

10월에도 날씨가 제법 따뜻했기에 시신은 서늘한 안치소에 보관되었다. 꽃들을 덮어 놓아 눈으로 볼 수 없었지만, 시신은 어두컴컴한 곳에 놓여 있었고, 가볍고 야위었으며 심장이 제거된 상태였다. 눈처럼 새하얀 흰 셔츠 아래에는 수술 뒤 어설프게 흉곽을 꿰맨 바늘 자국이 감추어져 있었다.

그사이 교회에서는 레퀴엠을 연주하려는 시도가 계속되었다. 고인의 친구들 가운데 지체 높은 귀족들이 주임 신부와

---

124) 변성기가 되기 전에 거세하여 소년의 목소리를 유지하는 남자 가수. 여성이 대중 앞에서 노래를 부를 수 없었던 16~18세기 유럽에서 교회 음악이나 오페라에서 여성의 역할을 소화하기 위해 이 같은 카스트라토들이 활약했다.

은밀히 협상을 시도했다. 결국 여성들이 솔로와 합창에 참여해서 노래를 부를 수 있었다. 단 신자들이 그들의 모습을 볼 수 없도록 검은 막 뒤에 서서 불러야만 했다. 이러한 결정에 그라치엘라만이 반발했다. 하지만 다른 사람들은 이런 복잡한 상황에서는 아예 노래를 부르지 못하는 것보다는 그나마 나은 결정이라는 것을 인정했다.

장례식을 기다리면서 쇼팽의 친구들은 저녁마다 그의 누이 또는 조르주 상드의 집을 방문하여 고인을 추모했다. 그들은 함께 저녁을 먹고, 도시에 떠도는 소문들에 대해 이런저런 잡담을 나누었다. 마치 일상적인 날짜에 포함되지 않은 것 같은, 뭔가 이상하리만큼 고요하고 평화로운 시간이었다.

가무잡잡한 피부에 자그마한 몸집, 그리고 번개를 맞은 것처럼 심한 곱슬머리의 그라치엘라는 델피나 포토츠카 백작부인의 지인이었다. 두 여인은 몇 차례 함께 루드비카를 방문했다. 리큐어 몇 잔을 마신 그라치엘라는 바리톤과 지휘자를 조롱했다. 그러고 나서 자신에 관한 이야기를 늘어놓았다. 전형적인 예술가 부류에 속하는 사람이었다. 그녀는 한쪽 다리를 절었다. 작년에 빈에서 시가전에 휩슬리는 바람에 부상을 입었기 때문이다. 당시 군중이 그녀의 마차를 에워쌌다. 성악가가 아니라 부유한 귀부인의 마차라고 확신했던 것이다. 그라치엘라는 값비싼 마차와 우아한 의상에 유독 집착했다. 롬바르디아의 구두 수선공 집안에서 태어나 자랐기 때문인지도 몰랐다.

“아니, 예술가는 화려한 마차를 타지 말란 법 있나요? 성공했는데 그 정도 작은 사치도 못 누리다니요?"

특유의 이탈리아 악센트 때문에 그녀의 말투는 살짝 더듬는 것처럼 들렸다.

그라치엘라의 불운은 잘못된 장소, 잘못된 시간에 그녀를 덮쳤다. 혁명의 분위기에 고조된 군중은 경비원들이 에워싼 황제의 궁전을 공격할 엄두는 내지 못하고, 대신 귀족들의 소장품들을 약탈하기 시작했다. 그라치엘라는 성난 군중이 저택으로 쳐들어가서 귀족의 몰락과 사치, 잔인함 등을 떠올리게 만드는 모든 것을 밖으로 끄집어내는 광경을 지켜보았다. 미쳐 날뛰는 군중은 창밖으로 안락의자를 던지고, 소파를 찢고, 고가의 그림들을 벽에서 떼어 냈다. 아름다운 크리스털 거울이 요란한 소리를 내며 산산조각 났다. 또한 값진 골동품이 놓여 있던 유리 장식장도 부서졌다. 사람들은 도로 위에 오래된 화석을 집어던지고 유리창을 깨뜨렸다. 순식간에 패물들을 훔치고, 해골과 박제된 동물도 가져갔다. 몇몇 군중의 대변인들은 적절한 기독교 장례 절차를 밟아 박제된 인간과 미라를 매장하라고 요구했다. 또한 인간의 육체를 훼손하고 유린한 이런 증거들을 모두 없애라고 당국에 촉구했다. 거대한 장작더미가 세워졌고, 그들은 손에 잡히는 것을 모두 불태웠다.

마차가 하필이면 엉뚱한 방향으로 넘어지는 바람에 크리놀린[125]의 금속 후프가 그녀의 다리에 부상을 입혔다. 하체의 감각이 사라진 걸 보면 아마도 그때 신경이 끊어진 듯했다. 그

125) 과거 여자들이 치마를 불룩하게 보이려고 옷 안에 입던 틀.

녀는 이 비극적인 사건에 대해 이야기하면서 치맛단을 들어 올려 그 자리에 있던 여성들에게 고래수염과 튼튼한 가죽으로 만든 다리 보조기, 그리고 스커트의 풍성함을 유지시키고 있는 커다란 금속 후프를 보여 주었다.

"바로 이래서 크리놀린이 필요한 거죠."

장례 미사에서 독보적인 목소리와 해석으로 큰 감동을 안겨 준 바로 이 소프라노 덕분에 루드비카는 아이디어를 얻게 되었다. 종 모양의 드레스 자락을 들어 올려 고래수염과 우산살 같은 철사로 지탱된 복잡한 반구형 지붕의 신비를 과감히 드러내 보인 바로 그 동작으로 인해.

장례식에는 수천 명의 조문객이 몰렸다. 장례 행렬이 지나가는 길목의 모든 마차가 가던 길을 멈추고 돌아가야만 했다. 파리 전체가 마비되었다. 이 모든 희생을 감수하면서 「입당송」이 시작되고, 합창 소리가 교회의 아치형 지붕을 두드리기 시작하자 모두 눈물을 흘렸다. 「영원한 안식」이 강렬하게 울려 퍼지며, 모두를 깊이 감동시켰다. 하지만 루드비카는 아무런 슬픔도 느낄 수 없었다. 이미 모든 눈물을 다 흘렸고 모든 슬픔을 다 소진해 버렸던 것이다. 그러자 분노가 치밀었다. 세상은 왜 이다지도 비참하고 절망적인가? 대체 왜 이렇게 젊은 나이에 죽음이 찾아오는 걸까? 하필이면 왜 그일까? 또한 왜 그런 식으로 죽어야만 했을까? 그녀는 손수건을 눈가로 가져갔다. 눈물을 닦기 위해서가 아니었다. 물 대신 불로 이글거리고 있는 눈동자를 감추고, 온 힘을 다해 끓어오르는 뭔가를 억누르기 위해서였다.

기적의 나팔 소리
세상 끝 묘지에 울려 퍼져
만인을 왕좌 앞으로 모으리라

루이지 라블라체의 베이스가 시작되었다. 그 음성이 어찌나 따뜻하고 애처로운지 그녀의 분노가 누그러졌다. 그러자 테너가 합류하고, 막 뒤에서 여성 알토들의 음성이 들려왔다.

죽음과 자연이 놀라워하리라
피조물이 부활하여
심판자에게 변명하리니
기록한 책이 펼쳐지리라
그 안에 모든 것이 담겨 있어
이윽고 세상이 심판을 받으리라
하여 심판자 좌정하시리니
숨겨진 일들이 드러나리라
남김없이 벌 받으리라

마침내 그라치엘라의 깨끗하고 투명한 음성이 불꽃처럼 터져 나오기 시작했다. 마치 절뚝거리는 다리가, 벌거벗은 진실이 만천하에 드러나는 것 같았다. 가장 노래를 잘 부른 사람은 당연히 그라치엘라였다. 두꺼운 장막도 그녀의 목소리를 가리지는 못했다. 루드비카는 이 작은 체구의 이탈리아 여인이 머리를 꼿꼿이 쳐들고서 목에 핏대를 세운 채, 온 힘을 다해 열정적으로 노래하는 모습을 상상해 보았다. 이미 리허설 때 그녀의 모습을 봤던 것이다. 그렇게 그녀는 자신의 몸 안에서 최상의 소리를 뽑아냈다. 그녀는 두꺼운 장막과 불편한 다리에도 불구하고 수정처럼, 다이아몬드처럼 맑게 노래했다. 빌어먹을 이 세상의 지옥을 향해서.

그때 가련한 나 무엇을 말하리오
어떤 변호자에게 도움을 청하리오

포즈난 공국[126]의 국경에 다다르기까지는 약 반 시간이 더 걸렸다, 승합 마차가 여관에서 멈춰 섰다. 그곳에서 루드비카와 아니엘라는 몸을 씻고 옷을 갈아입은 뒤 간단하게 식사를 했다. 약간 식은 고기 요리와 빵, 과일이 나왔다. 그러고 나서 여인들은 다른 승객들처럼 길가의 덤불 속으로 사라졌다. 잠시 풀숲에 떼 지어 핀 미나리아재비 꽃을 감상했다. 그러고 나서 루드비카는 바구니에서 갈색 살덩이가 담긴 큼지막한 단지를 꺼내어 가죽으로 만든 주머니에 넣었다. 아니엘라는 루드비카의 음부 근처, 크리놀린의 금속 후프에다 주머니에 달린

126) 1793년 러시아와 프로이센이 폴란드를 분할 점령하면서 오늘날 폴란드의 서부 지역에 프로이센이 세운 공국. 1848년까지 존속되었다.

가죽 줄을 꽁꽁 묶었다. 그런 다음 드레스 자락을 내리자 그 속에 이런 보물이 숨겨져 있다는 건 그 누구도 상상할 수조차 없게 되었다. 루드비카는 몇 번을 빙그르 돌고 나서 드레스 매무새를 가다듬고, 승합 마차가 있는 곳으로 향했다.

"이걸 차고는 멀리 못 갈 것 같아." 그녀가 동행에게 속삭였다. "계속 내 다리를 건드려."

실제로 루드비카는 그리 멀리 가지 않았다. 그녀는 마차의 자기 자리로 돌아와 몸을 곧게 펴고 앉았다. 좀 뻣뻣하게 보였을지는 모르지만, 그녀는 숙녀였고 프레데리크 쇼팽의 누이였다. 그리고 폴란드인이었다.

국경 근처에서 프로이센 헌병대가 승객들을 마차에서 내리라고 명령했다. 그리고 폴란드인들의 어리석은 독립 의지를 일깨우는 물품을 공국으로 갖고 들어오는 건 아닌지 승객들을 샅샅이 조사했지만, 당연히 아무것도 발견하지 못했다.

국경의 반대편, 칼리시 부근에 이르니 바르샤바에서 보낸 마차 한 대와 친구 몇 명이 그들을 기다리고 있었다. 이 슬픈 의식의 증인들이었다. 검은 연미복을 차려입고 검은색 정장 모자를 쓴 그들의 모습은 마치 일렬로 심어 놓은 관목 울타리처럼 보였다. 그들은 애도의 기운이 가득한 창백한 얼굴로 마차에서 짐 꾸러미가 내려질 때마다 애절하게 바라보았다. 루드비카는 모든 비밀을 공유한 아니엘라의 도움으로 잠시 일행에서 떨어져 나와 드레스 안쪽, 따뜻하고 은밀한 곳에 숨겨 놓은 단지를 꺼낼 수 있었다. 아니엘라는 스커트의 풍성한 레이스 자락 안쪽을 손으로 더듬어서 안전하게 주머니를 꺼냈다.

그리고 마치 갓 태어난 아이를 산모의 품에 안겨 주는 산파와 같은 몸짓으로 루드비카에게 그것을 건넸다. 그러자 루드비카는 울음을 터뜨렸다.

마차 몇 대의 호위를 받으며 쇼팽의 심장은 그렇게 바르샤바로 돌아왔다.

건조된 표본들

순례의 목적은 다른 순례자다. 이번에는 아름다운 필체로 쓰인 글귀가 참나무 선반을 장식하고 있었다.

가장 작은 것에 가장 큰 신의 위대함이 있다.

잘 말린 내장 기관의 표본들이 모여 있었다. 주어진 신체 부위 또는 장기를 먼저 깨끗이 소독한 뒤, 그 속을 솜으로 채워 놓고 건조하는 방식이었다. 말린 표본의 겉면에는 유화의 표면을 보존하는 데 사용되는 니스를 발라 코팅한다. 이때 여러 겹을 칠해야 한다. 그러고 나서 솜을 제거한 뒤, 표본의 내부에도 니스를 발라 코팅한다.

불행히도 니스는 조직의 노화를 막을 수 없으므로 시간이

지남에 따라 건조된 모든 표본에는 비슷한 갈색 그림자가 생겨난다.

예를 들어 보자. 여기 아주 잘 보존된 인간의 위장이 있다. 풍선처럼 부풀어 오르고 늘어난 것도 있고, 양피지로 만든 듯이 얇은 것도 있다. 이것은 창자다. 가느다란 것도 있고 두꺼운 것도 있다, 나는 과연 이 소화 기관을 통해 세상의 어떤 식품들이 섭취되었는지, 얼마나 많은 동물이 이 기관을 통과했고, 또 얼마나 많은 씨앗과 과일이 이 기관을 거쳐 갔는지 궁금하다.

그 옆에는 마치 보너스처럼 거북이의 페니스와 고래의 콩팥이 놓여 있다.

네트워크 공화국

나는 네트워크 공화국의 국민이다. 이곳저곳 옮겨 다니느라 바쁜 나머지, 나는 최근에 우리 공화국의 정치 문제에서 그만 방향을 잃고 말았다. 대화와 협상, 회의, 협의, 정상 회담이 지속되었다. 깃발을 꽂아 함락시킨 지역을 나타내고, 다음 정복지의 방향을 벡터로 표시하는 위대한 지도들이 탁자 위를 돌아다녔다.

몇 년 전까지만 해도 지금은 눈에 보이지 않거나, 혹은 여전히 통용되고 있는 국경선을 의도치 않게 넘어갔을 때, 내 휴대 전화의 화면에 더 이상 아무도 기억하지 못하는 외국계 네트워크의 이국적인 명칭이 나타나는 현상이 있었다. 우리는 한밤중에 벌어진 쿠데타를 알아차리지 못했고, 항복 조약의 내용은 공개되지 않았다. 예의 바르고 친절한 공직자들로 구성된 제국 군대의 움직임과 동향은 대중에게 알려지지 않았다.

나의 휴대 전화 또한 예의가 무척 바르다. 비행기에서 내리자마자 네트워크 공화국의 어느 지방에 내가 와 있는지 알려 준다. 무슨 일이 발생하기라도 하면, 즉시 나에게 필요한 정보와 도움을 제공해 준다. 비상 구급 전화번호를 간직하고 있고, 밸런타인데이나 크리스마스 때는 할인 행사나 추첨에 참여할 것을 독려하기도 한다. 휴대 전화는 나를 무장 해제시키고, 나의 무정부주의적인 성향을 눈 녹듯 사라지게 만든다.

언젠가 아주 먼 곳까지 여행을 갔다가 네트워크가 없는 지역에서 고생했던 일을 복잡한 감정으로 회상해 본다. 처음에 내 전화기는 절박하게 연결 고리를 찾아 헤맸지만, 결국 아무런 해결책도 발견하지 못했다. 전화기의 메시지는 내 눈에는 점점 더 신경질적으로 변해 가는 듯했다. '네트워크를 찾을 수가 없습니다.'라는 메시지가 계속 반복되었다. 그러다 결국 자포자기한 전화기는 사각형의 동공으로 멍하니 나를 바라보았다. 그것은 그저 쓸모없는 기기, 플라스틱 덩어리에 불과했다.

그 순간 내 머릿속에는 세상의 끝에 도달한 여행자의 모습을 새긴, 오래된 판화가 생생하게 떠올랐다. 흥분이 고조된 여행자는 짐꾸러미를 내던진 채 네트워크 너머의 세상을 둘러본다. 어쩌면 판화 속의 여행자는 자신을 행운아라고 생각할지도 모르겠다. 그는 별과 행성이 창공으로 고르게 퍼져 나가는 광경을 바라본다. 또한 그의 귀에는 구체(球體)들의 음악이 들려온다.

하지만 여행의 끝에 다다른 우리에게는 그런 선물이 허락되지 않았다. 네트워크 너머의 세상, 거기에는 그저 침묵만 있을 뿐이다.

만자[127] 문양들

동남아시아 한 도시의 채식 식당들은 일반적으로 적색 만자, 즉 고대의 태양과 생명력을 상징하는 문양을 달고 있다. 이것은 타국의 도시에 머무는 채식주의자의 삶을 한결 수월하게 만들어 준다. 고개를 치켜들고 이 표지가 있는 쪽만 찾아가면 되는 것이다. 거기에 가면 정말 다양한 종류의 채소들을 넣어 만든 커리와 파코라나 사모사, 코르마, 필라프, 가벼운 튀김들, 그리고 내가 좋아하는, 말린 김에 싼 라이스 스틱을 맛볼 수 있다.

며칠이 지나자 나는 파블로프의 개처럼 조건 반사에 익숙해졌다. 만자 표시를 보면 저절로 침을 흘리게 된 것이다.

---

127) 卍字. 불교를 상징할 때 사용하는 문자.

이름을 파는 상인들

머지않아 태어날 아기를 위해 이름을 지어 주는 작은 상점들을 길거리에서 보았다. 이름을 받으려면 꽤 일찍 신청해야 한다. 또한 정확한 출산 예정일과 초음파 사진을 제공해야 한다. 이름을 고를 때는 아이의 성별이 무엇보다 중요하기 때문이다. 상인은 필요한 정보를 기록하고 나서 며칠 후에 다시 오라고 한다. 그동안 별점으로 태어날 아이의 운세를 점치고 명상에 돌입한다. 때로는 이름이 쉽게 떠오르면서 타액에 뒤섞인 음절들이 그들의 혀끝에서 두세 개의 소리로 구체화된다. 그러고 나면 그 소리는 장인의 숙련된 손길에 의해 종이 위에서 붉은 글자로 탈바꿈한다. 하지만 어떤 경우에는 이름들이 불확실하게 윤곽만 드러내며 짜증을 유발하기도 한다. 말로 응축하기 힘들어지는 것이다. 그렇게 되면 보조적인 기술의 도움을 받을 수밖에 없는데, 그 기술은 이름을 파는 상인들의 고유한 비밀이다.

라이스페이퍼[128]를 바른 문이 대부분 열려 있어 안쪽에 있는 상인들의 모습과 작은 불상, 그리고 손으로 쓴 기도문 들이 보인다. 상인들은 손에 붓을 든 채 종이를 향해 몸을 숙이고 있다. 때로는 마치 얼룩이 번지듯, 이름이 하늘에서 뚝 떨어질 때도 있다. 느닷없이, 명료하게, 그리고 완벽하게. 이런 상황에서 할 수 있는 건 아무것도 없다. 때로 부모들이 만족하지 못하고, 좀 더 온건하고 낙관적인 이름을 원할 때도 있다. 예를 들어 여자아이들에게는 '달빛'이나 '아름다운 강'과 같은 이름을, 남자아이들에게는 '항상 앞으로 나아가라', '두려움 없는' 아니면 '목표를 성취한 자'와 같은 이름을 지어 주기 바란다. 석가모니도 자신의 아들에게 '족쇄'라는 이름을 지어 주었다고 말해 봐야 도무지 설득이 되지 않는다. 만족하지 못한 고객들은 투덜거리면서 경쟁 업체 쪽으로 발걸음을 돌린다.

128) 질이 좋은 얇은 종이의 하나. 삼, 아마, 무명, 짚 따위를 원료로 만든다.

드라마와 액션

집에서 아주 멀리 떨어진 곳, DVD 대여점에 가서 선반을 훑어보다가 나도 모르게 폴란드어로 욕을 했다. 그러자 갑자기 그리 크지 않은 키에 50대 정도로 보이는 여자가 내 옆에서 걸음을 멈추더니 어색한 폴란드어로 말했다.

"폴란드어죠? 폴란드어를 하세요? 안녕하세요?"

하지만 애석하게도 그녀의 폴란드어 문장은 여기서 재고가 바닥나고 말았다.

그때부터 그녀는 영어로 이야기했다. 열일곱 살 때 부모와 함께 이곳에 왔다고 했다. 그러면서 그녀는 아이들이 엄마를 부르는 애칭인 '마무시아'를 사용하여 자신의 폴란드어 실력을 과시했다. 그러다가 갑자기 당혹스럽게도 자신의 팔뚝을 가리키며 울음을 터뜨렸다. 그리고 피에 대해 말했다. 여기에 자신의 혼이 다 담겨 있다고, 이것은 폴란드의 피라고.

이러한 속수무책의 행동은 마약 중독자의 행동을 연상시킨다. 실제로 그녀의 검지는 바늘을 꽂는 지점인 정맥을 가리키고 있었다. 그녀는 자기가 헝가리인과 결혼하는 바람에 폴란드어를 잊어버렸다고 했다. 그녀가 나의 어깨를 끌어안았다. 그리고 '드라마'와 '액션'이라고 적힌 코너 쪽으로 사라졌다.

세상의 지도를 그릴 수 있게 만들어 준 모국어를 어떻게 잊어버릴 수 있을까. 나로서는 믿기 힘들었다. 그녀는 자신의 언어를 어딘가에 잘못 보관한 모양이다. 어쩌면 그 언어는 브래지어나 팬티와 함께 속옷 서랍 속에 처박혀 있는지도 모른다. 어쩌다 열정에 사로잡혀 사들여 놓고, 단 한 번도 사용할 기회가 없었던 도발적인 끈 팬티처럼 어느 구석에서 구겨지고 둘둘 말린 채로.

증거들

천지 창조설의 신봉자라는 사실이 자신들의 연구에 아무 지장도 초래하지 않는다고 여기는 어류학자들을 만나게 되었다. 우리는 한 테이블에 앉아 채식 커리를 먹었다. 비행기 출발 시간이 꽤 남아 있어서 우리 일행은 바로 자리를 옮겼다. 말총머리를 한 동양적인 외모의 젊은이가 에릭 클랩튼의 히트곡을 기타로 연주하고 있었다.

그들은 신이 아름다운 물고기들을 어떻게 창조했는지에 대해 이야기를 나누었다.

"신은 송어와 창꼬치, 가자미와 넙치 그리고 그들의 계통 발생적인 증거를 모두 창조하셨어요. 셋째 날에 만들어 낸 일련의 물고기들을 완성하기 위해 신은 발굴 가능한 해골과 사암에 새겨진 대담한 각인, 그리고 화석들까지 준비했습니다."

"아니, 무엇 때문에요?" 내가 물었다. "대체 왜 그런 가짜 증거들을 만들어 낸 거죠?"

그들은 내 의문에 대해 이미 답변을 준비하고 있었다. 그들 중 한 사람이 이렇게 말했다.

"신에 대해, 그리고 그분의 의도에 대해 서술하려 하는 것은 마치 물고기가 자신이 헤엄쳐 다니는 물에 대해 묘사하려고 하는 것과 같습니다."

잠시 후 다른 학자가 덧붙였다.

"그리고 어류학자에 대해 묘사하려고 하는 것과도 같죠."

9호실

X라는 도시, 음식점 위에 자리 잡은 한 싸구려 호텔에서 내게 배정된 방은 9호실이었다. 안내인이 내게 열쇠(방 번호가 적힌 둥그런 패가 달린 평범한 은색 열쇠였다.)를 건네주며 말했다.

"열쇠를 잘 간수하세요. 9호실 열쇠가 제일 잘 분실되거든요."

나는 체크인을 하기 위해 숙박계를 적다가 갑자기 몸이 굳어졌다.

"그게 무슨 말인가요?"

나는 속으로 경계 태세를 높이면서 물었다. 카운터 뒤에 서 있던 사내는 상대를 잘못 골랐던 것이다. 가정에서부터 훈련받은 탐정, 우연의 일치와 흔적을 캐는 사설 수사관, 그게 바로 나였다.

그는 나의 불안을 눈치챈 듯했다. 뭔가를 달래려는 듯 상당히 우호적인 목소리로 설명했다. 하지만 거기에 의미를 두어서는 안 될 것이다. 그의 말에 따르면 그저 순수한 우연의 법칙에 의해 투숙객들이 9호실 열쇠를 가장 자주 잃어버린다는 것이다. 그가 이러한 사실을 정확히 기억하는 건 해마다 여분의 열쇠를 주문하는데, 매번 9호실 열쇠를 가장 많이 주문하기 때문이라고 했다. 심지어 열쇠 제작자도 이상하게 여긴다고 덧붙였다.

나는 X시에 머무는 나흘 동안 열쇠를 세심히 챙겼다. 호텔로 돌아오면 항상 제일 잘 보이는 위치에 열쇠를 놓았고, 방을 나설 때마다 리셉션 데스크에 열쇠를 맡겼다. 한번은 깜빡 잊고 열쇠를 들고 나온 적이 있었는데, 가장 안전한 주머니 속에 열쇠를 넣어 보관했다. 그리고 종일 손가락으로 열쇠가 있는지 확인했다.

대체 나는 어떤 법칙이 9라는 숫자에 작용하는지, 어떤 원인과 어떤 결과가 있는지 궁금했다. 어쩌면 접객 담당자가 옳았는지도 모른다. 그의 즉흥적인 직감대로 그저 그것은 우연이었을 것이다. 아니, 어쩌면 그 반대일 수도 있다. 그의 잘못일지도 모른다. 자신도 모르게 산만하거나 미덥지 못한 손님에게 9호실을 내주었기 때문일 수도 있다.

기차 시간이 바뀌는 바람에 서둘러 X시를 떠난 지 며칠 후, 나는 주머니에서 우연히 열쇠를 발견하고는 몸서리를 쳤다. 나도 모르게 그만 열쇠를 가져온 것이다. 우편으로 열쇠를 보낼

까 하는 생각도 했지만, 솔직히 말하면 호텔 주소가 생각나지 않았다. 그 와중에 한 가지 사실만은 기뻤다. 나와 같은 부류의 사람들, 그러니까 주머니에 9호실 열쇠를 넣은 채 X시를 떠난 사람들이 꽤 많다는 사실 말이다. 어쩌면 우리는 무의식중에 우리가 그 존재의 이유를 짐작조차 하지 못하는 어떤 공동체를 만들고 있는지도 모른다. 먼 훗날, 언젠가 그 실체가 자연스럽게 규명될 수도 있으리라. 어쨌든 호텔 안내인의 예언은 실현되었다. 그는 9호실 열쇠를 또다시 주문해야 할 것이다. 여전히 놀라움을 금치 못할 열쇠 제작자에게.

여행의 체적 측정에 대한 시도

한 남자가 대륙을 오가는 대형 비행기 안에서 불편하게 잠을 자다 깨어난다. 그리고 얼굴을 창문에 갖다 댄다. 밑으로 광활한 검은 대륙이 보인다. 그 컴컴한 심연 속에서 군데군데 희미한 빛줄기가 뻗어 나온다. 거기에 대도시들이 있다. 화면에서 펼쳐지고 있는 지도 덕분에 그는 여기가 러시아 대륙의 시베리아 중부 어디쯤이라는 사실을 깨닫는다. 사내는 담요를 끌어 올려 덮고는 다시 잠이 든다.

아래쪽, 흑점 가운데 하나에서 또 한 명의 사내가 나무로 지은 집에서 걸어 나온다. 그리고 내일 날씨를 확인하기 위해 두 눈을 들어 하늘을 바라본다.

만약 지구의 중심으로부터 일직선의 광선을 하늘을 향해 끌어당긴다고 가정해 보면, 몇 초 동안 비행기 안에 있는 사내와 지상에 서 있는 사내, 이 두 사람은 그 반경의 일직선상에 놓이게 될 것이다. 그리고 어쩌면 찰나의 시간 동안 그들의 눈빛 또한 동일선상에 놓일 것이며, 그들의 동공도 직선으로 서로 연결되었을 것이다.

그러므로 아주 짧은 순간이지만, 두 사내는 서로 수직적으로 이웃이다. 1만 1000미터란 결국 무엇인가. 그것은 10킬로미터보다 조금 더 먼 거리에 불과하다. 그리고 그것은 시베리아에 거주하는 사내의 마을에서 인근 마을까지의 거리보다 훨씬 가까운 수치다. 또한 그것은 대도시에서 서로 떨어져 있는 거주 단지들 사이의 거리보다도 훨씬 가까운 수치이기도 하다.

심지어

차를 몰면서, 나는 흑백 광고판을 지나친다. 거기에는 영어로 이렇게 적혀 있다. "예수님은 심지어 당신도 사랑하십니다.(Jesus loves even you.)" 나는 예기치 못한 격려에 고무되었다. 다만 '심지어(even)'이라는 글귀가 살짝 마음에 걸렸다.

시비에보진

실유카의 날카로운 잎사귀들을 헤치며 가파른 해안 기슭을 따라 몇 시간을 강행군한 뒤, 우리는 바위가 많은 해변으로 내려갔다. 거기에 신선한 물을 마실 수 있는 작은 쉼터가 있었기 때문이다. 황량하기 짝이 없는 이곳에는 뜻밖에도 세 개의 벽으로 둘러싸인 지붕이 있고, 그 아래에는 앉아서 쉬거나 잠을 청할 수 있는 벤치들이 있다. 게다가 벤치 중 하나에는 놀랍게도 검은 플라스틱 표지의 공책과 노란색 볼펜 한 자루가 놓여 있었다. 방명록이었다. 나는 배낭과 지도를 던져 놓고, 방명록을 처음부터 탐독했다.

세로로 쓰인 글귀, 고유한 필체, 외국어 단어, 그 밖의 간결한 기본 사항. 이 모든 것이 어떤 불가사의한 운명의 조화로 인해 그들이 나보다 앞서 이곳을 다녀갔음을 말해 주었다. 숫자, 날짜, 성과 이름, 그리고 순례자의 세 가지 질문인 출신국, 최근 방문한 곳, 목적지. 알고 보니 나는 156번째로 이곳을 방문한 사람이었다. 나보다 먼저 왔다 간 이들 중에는 노르웨이인, 아일랜드인, 미국인, 두 명의 한국인, 오스트레일리아인, 제일 많은 비중을 차지하는 독일인, 그리고 스위스인, 심지어 (이것 봐라!) 슬로바키아인도 있었다.

그러다 내 시선이 한 이름에 고정되었다. 시몬 폴라콥스키(Szymon Polakowski), 시비에보진(Świebodzin), 폴란드. 나는 최면에 걸린 듯 흘려 쓴 글씨체를 응시했다. 그리고 큰 소리로 그 지명을 읽어 보았다. 시비에보진. 그때부터 나는 어느 바닷가, 실유카 나무들과 가파른 길이 있는 그곳에 누군가가 희뿌연 막을 펼쳐 놓은 것 같은 느낌이 들었다.

그 우스꽝스럽고 발음하기 어려운 지명은 훈련이 덜 된 혓바닥에게 저항을 불러일으켰으며, 뭔가 부드러우면서도 이례적인 ś의 음가는 어떤 막연한 자극을 일깨웠다. 말하자면 식탁 위에 깐 유포(油布)[129]라든지, 텃밭에서 갓 따낸 토마토가 가득 담긴 바구니, 혹은 가스레인지가 내뿜는 매캐한 냄새 같은 것 말이다. 이 모든 것이 다른 무엇도 아닌, 바로 시비에보진을 여기서 유일하게 현실적인 대상으로 만들어 주었다. 하루의 나머지 시간은 마치 거대한 신기루처럼 바다 위에 매달려 있었다. 비록 지금껏 그 작은 마을에 한 번도 가 본 적은

129) 물기가 스며들지 않도록 한쪽에 기름 막을 입힌 천. 과거에 식탁보로 많이 쓰였다.

없지만, 내 눈앞에는 저 멀리 희미하게나마 골목길과 버스 정류장, 정육점, 그리고 교회의 종탑이 보였다. 밤이 되자, 마치 창자의 수축처럼 불쾌하기 짝이 없는 향수의 물결이 느닷없이 나를 휩쓸고 지나갔다. 그리고 św라는 어이없는 소리를 흠잡을 데 없이 정확하게 발음할 수 있는, 낯선 자의 입술이 반쯤 잠든 내 눈앞에서 어른거린다.

쿠니츠키
대지

쿠니츠키의 뒤에서 여름이 쾅 하고 문을 닫아 버렸다. 쿠니츠키는 샌들을 슬리퍼로 갈아 신고, 반바지를 긴바지로 갈아입고, 책상에 앉아 연필을 깎고, 영수증을 정리하면서 그렇게 정착하는 중이다. 과거는 그저 생의 파편이 되고 존재하지 않는 것이 되어 버렸다. 그러므로 후회할 필요는 없다. 그가 지금 느끼는 건 일종의 환지통(幻肢痛)이고 비현실적인 것이며 온전한 전체를 갈망하는, 모든 불완전하고 들쭉날쭉한 형태가 겪는 태생적인 고통이다. 그것 말고는 달리 설명할 길이 없다.

최근 들어 그는 잠을 이루지 못했다. 정확히 말하면 저녁 무렵 깜빡 잠이 들었다. 피로에 지쳐 쓰러져 버리는 것이다. 하지만 새벽 3~4시경이면 어김없이 깼다. 몇 년 전 홍수를 겪고 난 뒤에 그랬던 것처럼. 하지만 그때는 불면증의 원인이 무엇인지 알았다. 직접 재해를 겪고 나서 두려움에 사로잡혀 있었기 때문이다. 하지만 지금은 상황이 다르다. 어떤 재난이나 재해도 없었다. 그런데 어떤 구멍이나 공백 같은 것이 생겨 버렸다. 쿠니츠키는 적절한 말을 통해 상황이 개선되리라는 걸 알고 있었다. 만약 자신에게 벌어진 일을 명확히 설명할 수 있는, 적절하고 의미 있는 적정치의 어휘들을 찾는다면 구멍은 흔적 없이 메워지고, 아침 8시까지 푹 잘 수 있으리라. 드문 일이긴 하지만 어쩌다 머릿속에서 크고 날카로운 목소리, 한두 개의 단어가 울려 퍼지는 느낌이 들 때가 있었다. 불면의 밤과 광란의 낮으로부터 동시에 추출된 단어들. 신경 세포에서 뭔가가 번쩍거리고, 알 수 없는 충동이 이쪽저쪽으로 튀어 올랐다. 생각이란 본래 이렇게 발생하는 게 아니던가.

그것들은 이미 이성의 문 앞에 선 준비된 환영이며, 공장에서 대량 생산된 것이었다. 실제로는 전혀 무섭지 않았다. 성서에 나오는 대홍수도, 단테의 지옥 속 장면도 나오지 않았다. 그저 물의 불가피함과 편재성이 끔찍할 따름이었다. 그가 사는 아파트의 벽이 물을 빨아들였다. 쿠니츠키는 손가락으로 질척거리는 회반죽을 문질러 보았다. 젖은 페인트가 그의 피부에 흔적을 남겼다. 벽에 남은 얼룩이 그가 알지도 못하고 어떤 명칭으로도 부를 수 없는 나라들의 지도를 그렸다. 물방울이 창틀을 통해 스며들어 양탄자의 때를 씻어 냈다. 물이 이야기했다. 망치로 벽에다 못을 박아라, 내 작은 물줄기가 솟아나리니. 서랍을 열어라, 물이 샘솟을 테니. 바위를 들어 올려라, 내가 거기 있을 테니. 물이 졸졸거리며 말했다. 물줄기가 컴퓨터 키보드로 쏟아지고 화면이 물에 잠겨서 꺼져 버렸다. 아파트 건물 밖으로 뛰쳐나온 쿠니츠키는 모래톱과 화단이 사라지고, 관목 울타리가 없어졌음을 목격했다. 그는 발목까지 차오르는 물속을 걸어서 자동차로 다가갔다. 차를 타고 좀 더 높은 지역에 있는 이웃 마을로 도망쳐 보려 하지만, 이미 늦었다. 알고 보니 그곳 역시 물의 덫에 갇혀 버렸다.

어둠 속에서 욕실로 향하면서 모든 것이 잘 끝나서 기쁘다고, 그가 스스로에게 말했다. 물론 기쁘다고, 그가 자신에게 응답했다. 하지만 그는 조금도 기쁘지 않았다. 그는 체온으로 데워진 이불 속으로 돌아가서 자리에 누웠다. 그리고 뜬눈으로 밤을 새웠다. 그의 다리는 불안했다. 시트의 주름 속에서 비현실적인 산책을 하면서 어딘가를 향해 걷고 있었다. 몸속부터 가려웠다. 이따금 잠이 들었다가도 자신의 코 고는 소리에 놀라서 깼다. 그는 누워서 창밖이 훤히 밝아 오는 걸 느꼈다. 환경미화원들이 부산하게 움직이는 소리, 버스와 전차가 차고에서 운행을 시작하는 소리에 귀를 기울였다. 아침이 되어 엘리베이터가 오르내리기 시작하면 삐걱거리는 소음이 들려왔다. 2차원의 공간 속에 갇힌 생물체의 삐걱거림, 그것은 위아래로 움직일 뿐, 절대로 양옆이나 대각선으로는 움직이지 않았다. 그렇게 세상은 앞으로 전진했다. 그 구멍은 절대 메워질 수 없는 것이었다. 심각한 손상, 다리를 절뚝거렸다.

쿠니츠키는 다리를 절며 욕실로 갔다. 그리고 부엌의 싱크대 근처에서 커피 한 잔을 마셨다. 그가 아내를 깨웠다. 잠에 취한 그녀가 말없이 욕실로 사라졌다.

잠들지 못하는 상황에도 한 가지 이점이 있었다. 잠을 자면서 그녀가 무슨 말을 하는지 들을 수 있는 것이다. 보통 이런 식으로 어마어마한 비밀이 누설되곤 한다. 자신도 모르는 사이에 마치 연기처럼 새어 나왔다가 즉시 사라져 버리기 때문에 입가에서 바로 붙잡아야 한다. 그래서 그는 골똘히 집중해서 그녀의 말을 엿들었다. 그녀가 배를 바닥에 깔고서 고르게 숨을 쉬며 조용히 자고 있었다. 한숨을 내쉴 때도 있지만, 거기에는 아무런 말도 담겨 있지 않다. 다른 쪽으로 돌아누울 때, 그녀의 손이 무의식적으로 다른 육신을 찾아 헤매면서 그것을 껴안으려 했다. 그녀가 한쪽 다리를 앞으로 뻗었다. 그 순간 그의 몸이 경직되었다. 무슨 의미일까? 하지만 습관적인 동작일 뿐이라고 그는 애써 무시했다.

햇볕 때문에 머리카락 색깔이 조금 더 밝아지고 콧등에 주근깨가 늘어난 것 말고는 그녀는 아무것도 변한 게 없었다. 하지만 그녀의 몸을 만지는 순간, 손으로 그녀의 벌거벗은 등을 쓰다듬는 순간, 그는 자신이 뭔가를 발견했음을 느꼈다. 그녀의 피부가 갑자기 저항이라도 하듯 딱딱해졌다. 방수포처럼 무감각해진 것이다.

그는 두려운 나머지 더 이상의 탐색을 시도하지 못하고 손을 거두었다. 반쯤 잠든 상태에서 그는 자신의 손이 어떤 낯선 구역을 더듬고 있음을 실감했다. 7년 동안 부부 생활을 하면서도 미처 알아차리지 못했던 것, 뭔가 낯뜨거운 것, 어떤 결함, 털이 무성한 피부 껍질, 물고기의 비늘, 새의 깃털, 특이한 구조물, 변칙적인 대상을 맞닥뜨린 것만 같았다.

그래서 그는 침대의 가장자리로 비켜나, 거기서 아내의 형체를 바라보았다. 창문으로 새어 들어오는 희미한 빛 아래서 그녀의 얼굴은 창백한 윤곽선일 뿐이었다. 그 두리뭉실한 형상을 바라보면서 그는 다시 잠에 빠져들었다. 그러다 눈을 뜨니 침실이 훤히 밝아 오기 시작했다. 먼동이 틀 무렵, 빛은 금속성이며 잿빛이었다. 잠시 그는 그녀가 죽어 버렸다는 생각에 몸서리쳤다. 오래전에 이미 영혼이 달아나 버린, 그녀의 텅 빈, 메마른 육체를 바라보았다. 두렵지 않았다. 단지 놀랐을 뿐이다. 이미지를 붙들기 위해 그가 재빨리 그녀의 뺨을 어루만졌다. 그녀가 숨을 내쉬면서 그를 향해 몸을 돌렸다. 그의 가슴에 자신의 손을 얹었다. 영혼이 돌아왔다. 그 순간부터 그녀가 다시 규칙적으로 숨을 쉬었다. 하지만 그는 움직일 용기가 없었다. 어서 자명종이 울려서 이 불편한 상황에서 자신을 깨워 주기만을 기다릴 뿐.

자신의 무력함 때문에 그는 불안했다. 아무것도 놓치거나 간과하지 않으려면, 모든 변화의 양상을 일일이 기록해야만 하는 것일까? 그는 조용히 자리에서 일어나 이불을 옆으로 밀어 놓고, 식탁으로 가서 종이를 반으로 찢은 뒤에, 거기에 적기 시작했다. 그녀가 이전에는 어땠고 지금은 어떠한지. 또 무엇을 적으면 좋을까? 그녀의 피부가 전보다 거칠어졌다. 단순히 나이를 먹어서일 수도 있고, 아니면 햇볕 탓일 수도 있다. 파자마 대신 티셔츠를 입고 있다? 아마도 평상시보다 난방을 더 강하게 했기 때문일 것이다. 체취? 로션을 바꾼 모양이다.

그녀가 섬에서 바르던 립스틱이 떠올랐다. 지금은 다른 색상을 바른다! 그때 그 립스틱은 좀 더 밝고 베이지색에 가까웠으며, 입술색과 유사한 부드러운 색감이었다. 하지만 지금 바르는 립스틱은 진홍색이다. 사실 그는 색깔을 정확히 묘사할 줄 몰랐다. 지금껏 한 번도 제대로 표현해 본 적이 없고, 붉은색과 진홍색의 차이가 뭔지도 몰랐다. 그러니 선홍색은 말할 것도 없으리라.

그는 조심스럽게 이불을 옆으로 걷어 놓고 맨발로 바닥을 딛고는, 그녀를 깨우지 않기 위해 불도 켜지 않은 채 어둠 속에서 살금살금 욕실로 갔다. 거기서 비로소 눈부시게 밝은 형광등을 켰다. 거울 아래 선반에 구슬로 장식된 화장품 주머니가 놓여 있었다. 자신의 짐작이 맞는지 확인하려고 그가 살그머니 주머니를 열어 보았다. 분명히 그날과 다른 립스틱이었다.

아침이 되자 그는 계획한 대로 모든 걸 완벽하게 수행해 나갔다. 뭔가를 잊어버렸어. 그래서 집에 좀 더 머물러야 해. 5분 정도 걸릴 거야. 그의 생각으로는 모든 게 완벽했다.

"어서 가! 나 기다리지 말고."

그가 서두르는 척, 서류 따위를 찾는 척했다. 그녀가 거울 앞에서 점퍼를 걸치며 붉은 스카프를 둘렀다. 그리고 아이의 손을 잡고 집을 나섰다. 그들이 문을 닫았다. 계단을 뛰어 내려가는 소리가 들렸다. 그는 서류 더미 앞에서 꼼짝 않고 서 있었다. 쾅 닫힌 문의 잔향이 그의 머릿속에서 마치 공을 튀기듯 몇 차례 울려 퍼졌다. 쾅, 쾅, 쾅. 그러다 소리가 잦아들었다. 그가 한숨을 깊게 내쉬고 몸을 곧게 폈다. 고요. 그는 적막이 자신을 휘감는 것을 온몸으로 느끼며 천천히, 하지만 정확하게 움직였다. 옷장으로 가서 유리가 끼워진 옷장 문을 열고, 그녀의 옷가지들을 살펴보았다. 밝은 색깔의 블라우스를 향해 그가 손을 내밀었다. 그녀가 한 번도 입은 적 없는, 지나치게 점잖은 옷이었다. 그는 손가락 끝으로 조심스럽게 블라우스를 만져 보았다. 그러다 손바닥 전부를 대어 보았다. 그의 손이 실크 주름 속으로 파고들었다. 하지만 아무것도 찾을 수 없었다. 그래서 그는 계속 뒤지기 시작했다. 역시 평소에 그녀가 거의 착용하지 않던 캐시미어 슈트와 여름용 드레스, 그리고 차례차례 몇 벌의 셔츠를 발견했다. 세탁소에서 찾아온 그대로 비닐이 씌워진 겨울용 스웨터, 그리고 검은 롱코트. 이 코트를 입은 모습 또한 자주 보지 못했다. 그러자 문득 그런 생각이 그의 머릿속을 스치고 지나갔다. 이 옷들이 여기에 걸려 있는 건, 그를 헛갈리게 만들고 속이고 길을 잃게 만들기 위해서가 아닐까.

두 사람은 부엌에 나란히 서 있었다. 쿠니츠키가 칼로 파슬리를 썰었다. 다시 시작하고 싶지 않지만 도저히 제어할 수가 없었다. 마치 단어들이 그의 목구멍에 걸려 있는데 삼키지 못하는 것만 같았다. 그러므로 해묵은 질문이 되풀이될 터였다.

"그래서 무슨 일이 있었는데?"

"또 그 소리군. 자, 다시 말할게. 몸이 좀 안 좋았어. 식중독에 걸린 것 같았다고 이미 말했을 텐데."

그녀의 목소리에는 피로가 묻어 있었다. 지겨운 답변을 또

다시 늘어놓아야 한다는 게 짜증스럽고 성가시다는 어조였다.

하지만 그는 쉽게 물러서지 않았다.

"밖으로 나갈 때만 해도 몸 상태가 그렇게 나쁘진 않았잖아."

"응, 그랬지. 하지만 나중에 안 좋아졌어. 몸이 아팠다고." 그녀가 반박했다. "아마 잠시 의식을 잃었던 것 같아. 애가 울기 시작했고, 그래서 정신을 차렸거든. 아이가 무서워하니까 나도 무서웠어. 우리는 자동차로 돌아오려고 했어. 그런데 그만 다른 방향으로 간 거야."

"어떤 방향으로? 비스섬 쪽으로?"

"응, 비스섬 쪽으로. 아, 아니다, 잘 모르겠어. 그게 비스 쪽이었는지 아닌지, 내가 어떻게 알겠어? 알았다면 무사히 돌아왔겠지. 벌써 수없이 말했잖아." 그녀가 언성을 높였다. "길을 잃었다는 걸 깨닫고, 우리는 작은 숲속에 잠시 앉아서 쉬었어. 애는 잠들었고, 난 몸이 계속 안 좋았고……."

쿠니츠키는 그녀가 거짓말을 한다는 걸 알고 있었다. 파슬리를 잘게 다지면서 그는 도마에서 눈을 떼지 않았다. 그리고 음울한 음성으로 말했다.

"그 섬에는 숲이 없는데."

그녀가 거의 고함에 가까운 소리를 질렀다.

"분명히 있었다니까!"

"아니, 없어. 거기 있는 거라고는 올리브나무들과 포도밭이 다라고. 대체 무슨 숲을 말하는 거야?"

침묵이 흘렀다. 그러자 그녀의 목소리가 갑자기 섬뜩하리만치 심각하게 돌변했다.

"좋아. 모든 걸 알아냈네. 잘했어. 비행접시가 우리를 데려갔어. 그리고 거기서 생체 실험을 당했고, 그들이 내 몸에다 칩을 심어 놓았어. 바로 여기에."

그녀가 고개를 세우더니 자신의 뒷목을 가리켰다. 그녀의 시선은 차갑게 얼어붙어 있었다.

쿠니츠키는 그녀의 빈정거림을 무시했다.

"좋아, 계속해 봐."

그녀가 말했다.

"거기서 작은 돌집을 발견했어. 우리는 그 안에서 잠들었고 날이 어두워졌어."

"그렇게 금방 어두워졌다고? 그럼 종일 대체 무슨 일이 있었던 거야? 뭘 했냐고?"

그녀가 계속해서 자신의 주장을 고집했다.

"……그날 아침은 꽤 좋았어. 당신이 우리에 대해서 조금쯤은 걱정할지도 모른다고, 그리고 우리의 존재를 기억해 주리라고 생각했어. 일종의 충격 요법처럼 말야. 우리는 포도를 따 먹고, 수영도 했어……."

"그러니까 사흘 동안이나 음식을 먹지 않았다는 거야?"

"포도를 먹었다고 했잖아."

"그럼 음료는? 뭘 마셨는데?"

쿠니츠키가 캐물었다.

그러자 그녀가 얼굴을 찡그렸다.

"바닷물."

"대체 왜 사실대로 말하지 않는 거야?"

"그게 사실인걸."

쿠니츠키가 파슬리의 부드러운 부분을 잘게 썰었다.

"알았어. 그다음엔 뭘 했는데?"

"아무것도 안 했어. 그러다 결국 도로로 돌아와서 자동차를 탔어. 그 차가 우리를 데려다주었지. 거기로……."

"사흘 만이었지!"

"그래서 그게 뭐?"

그가 파슬리를 향해 칼을 던졌다. 도마가 바닥으로 떨어졌다.

"이 여편네야, 대체 당신이 무슨 짓을 했는지 알기나 해? 헬리콥터가 수색 작업을 했다고. 섬 전체가 동원되었다니까!"

"쓸데없는 짓이었어. 사람들은 이따금 사라지곤 하잖아, 안 그래? 그렇다고 수선을 떨 필요까진 없어. 내가 몸이 좀 안 좋았지만, 결국 회복되었다고, 그렇게 말하면 그만인데."

"빌어먹을, 무슨 일이 있었던 거야? 대체 왜 그러는 건데? 이 모든 걸 어떻게 설명할 건데?"

"아무 설명도 필요 없어. 나는 계속해서 사실을 말하고 있는데 당신이 알아듣지 못하잖아."

그녀가 소리를 버럭 지르다가 금방 음성을 낮추었다.

"어디 말해 봐, 당신이 무슨 생각하는지. 대체 내게 무슨 일이 일어났다고 상상하는 건데?"

하지만 그는 아무 대답도 하지 않았다. 이런 식의 대화가 벌써 여러 차례 반복되었고, 이제 두 사람 모두 지쳐 버렸다.

때로 그녀는 벽에 기댄 채 그를 노려보면서 비웃었다.

"매춘업자들이 잔뜩 탄 버스가 와서 나를 사창가에 팔아 넘겼어. 그들은 우리 애를 베란다로 내몰고 빵과 물만 주었지. 나는 사흘 동안 무려 60명이나 되는 고객을 상대해야 했어."

그 순간 그는 그녀를 때리지 않기 위해 주먹으로 테이블을 세게 내리쳤다.

그는 특정한 날들을 전혀 기억하지 못했다. 하지만 이런 문제에 대해 단 한 번도 고민하거나 걱정해 본 적이 없었다. 어느 월요일에 무엇을 했는지, 아니 어느 월요일이 아니라 바로 지난 월요일, 아니면 2주 전 월요일에 무엇을 했는지 몰랐다. 그저께 무엇을 했는지도 알지 못했다. 비스섬으로 떠나기 직전, 목요일에 무엇을 했는지 기억해 내려 했지만 아무것도 떠오르지 않았다. 하지만 집중을 거듭하면 어쩌다 기억의 파편이 돌아오기도 했다. 그들은 함께 오솔길을 걸었다. 마른 허브 덤불이 발밑에서 짓이겨졌다. 바싹 마른 잔디가 신발 밑에서 바스러졌다. 문득 낮은 돌담이 떠올랐다. 그날 거기서 뱀을 한 마리 목격하고 놀라서 도망쳤기 때문에 생각이 난 듯하다. 그때 그녀가 그에게 아이를 안아 달라고 했었다. 그가 아이를 안아 올렸고, 그녀는 마른 나뭇잎을 손가락으로 비벼서 가루로 만들었다. "루타[130]야." 그녀가 말했다. 그제야 그가 깨달았

130) 지중해 연안이 원산인 귤과의 상록 다년초. 잎은 흥분제나 자극제로 쓰인다.

다. 그곳의 모든 것에서 바로 그 허브 향기가 난다는 걸. 심지어 라키[131]에도 루타가 들어 있었다. 하지만 그는 그들이 어떻게 돌아왔는지, 그리고 그날 저녁 무엇을 했는지 전혀 기억나지 않았다. 그리고 다른 저녁들도 생각나지 않았다. 아무것도 기억할 수가 없었다. 그는 모든 걸 놓쳐 버렸다. 기억나지 않는다는 건 존재하지 않았다는 뜻이다.

세부 항목, 세부 항목의 무게. 과거에 그는 이를 심각하게 받아들이지 않았다. 하지만 지금은 각각의 항목들을 서로 긴밀하게 연결하여 사슬을 만들면서, 원인에다 결과를 더하면서, 그는 모든 것이 비로소 설명되리라는 걸 알았다. 사무실에 조용히 앉아서 종이 한 장을(그것도 가능하면 큰 치수가 필요하다. 책을 싸는 포장지처럼) 펼쳐 놓고 항목별로 나누어 모든 것을 거기에 옮겨 적어야 한다. 결국 그건 사실이니까.

자, 그러면 시도해 보자. 그는 배송된 소포 상자를 묶은 플라스틱 테이프를 자른 뒤, 보지도 않고, 그 안에 든 책 꾸러미를 꺼냈다. 베스트셀러 중 하나였는데 사실 아무래도 상관없었다. 상자에서 회색 용지 하나를 꺼내 책상 위에 펼쳐 놓았다. 확장된 잿빛 공간, 가볍게 구겨져 있었다. 그는 당혹감을 느꼈다. 검은색 마커로 그가 거기에 적었다. 국경. 거기서 그들이 싸웠다. 어쩌면 휴가를 떠나기 전의 시간부터 돌이켜 봐야 하는 건 아닐까? 아니다. 국경에서 시작해 보자. 거기서 그는 아마 자동차 차창 너머로 여권을 건넸을 것이다. 슬로베니아

131) 동유럽이나 중동 지역에서 즐겨 마시는 독한 술.

와 크로아티아의 국경이었다. 폐허가 된 시골 마을을 지나 차를 타고 아스팔트 도로를 통과하던 기억이 난다. 지붕 없는 돌집들은 화재나 폭격의 흔적이었다. 전쟁이 휩쓸고 간 생생한 증거. 이 집의 주인들은 전부 피난을 떠났을 것이다. 죽어 버린 길들. 앙다문 입들. 아무것도 아니다. 아무 일도 일어나지 않았다. 그들은 그저 연옥에 있을 뿐. 그들은 차를 타고 갔다. 아무 말 없이, 유령과도 같은 풍경을 바라보면서. 하지만 그녀에 대해서는 아예 기억이 나지 않았다. 그의 옆자리, 너무 가까이 앉아 있었으니까. 그곳 어디쯤에서 그들이 차를 멈췄는지 아닌지도 기억나지 않았다. 그렇다. 아마도 작은 주유소에 들러서 기름을 넣었을 것이다. 아이스크림도 산 것 같다. 그리고 날씨, 숨이 턱턱 막혔다. 하늘은 우윳빛이었다.

쿠니츠키는 괜찮은 직업을 갖고 있었다. 직장에서 그는 자유로웠다. 바르샤바에 있는 대형 출판사의 영업 담당자로 일했다. 영업 담당자, 그러니까 책을 파는 사람이었다. 그는 도시에 있는 지점들을 주기적으로 방문하여 책을 홍보하고 신간을 납품하고 할인가를 제안했다.

변두리에 있는 작은 서점에 그의 차가 도착했다. 그가 주문 요청을 받은 책들을 트렁크에서 꺼냈다. 서점의 이름은 '서점. 문구점'이었다. 별도의 상호를 붙이기에는 규모가 너무 작았다. 게다가 거기서 판매하는 주력 상품은 공책과 교과서였다.

주문된 제품은 플라스틱 상자 하나에 모두 들어갔다. 실용서 몇 권, 백과사전의 제6권 두 권, 그리고 '별자리'라는 제목만 갖고는 그 내용을 전혀 짐작할 수 없는 최신 베스트셀러가 무려 세 권이나 주문이 들어왔다. 쿠니츠키는 이 책을 꼭 읽어 보리라고 다짐했다. 주인 내외가 커피와 함께 집에서 구운 케이크 한 조각을 내왔다. 그들은 그를 좋아했다. 커피 한 모금을 마셔 입안에 남은 케이크 조각을 말끔히 삼킨 뒤에 그가 출판사에서 만든 새로운 카탈로그를 보여 주었다. 요즘 이런 책들이 잘 팔리고 있다, 특히나 이 책들은 늘 주문이 끊이지 않는다고 그가 말했다. 이것이 그의 업무였다. 서점을 나서기 전에 그는 할인 판매 중인 달력을 하나 구입했다.

저녁에는 자신의 작은 사무실에서 직접 수주한 주문 건을 출판사의 주문서에 기입했다. 그리고 그 양식을 메일로 발송했다. 내일이면 책을 수령할 수 있을 것이다.

그가 담배 연기를 내뿜으며 깊은 안도의 숨을 내쉬었다. 그렇게 그의 하루 업무가 끝났다. 그는 아침부터 이 순간을 기다렸다. 조용히 사진을 감상하기 위해. 그가 디지털카메라를 컴퓨터에 연결했다.

거기에는 총 예순네 장의 사진이 있었다. 그는 한 장도 지우지 않았다. 사진들이 10초에서 12초 간격으로 자동 재생되었다. 따분한 사진들이었다. 사진으로 남기지 않았다면 완전히 사라져 버렸을 순간들을 고정시켰다는 게 그나마 유일한 미덕이었다. 하지만 그렇다고 굳이 컴퓨터에 저장할 필요가 있을까? 그래도 해 보자. 쿠니츠키는 CD에 사진들을 따로 저장하고 컴퓨터를 끈 뒤, 집으로 돌아갔다.

그는 모든 동작을 무의식중에 기계적으로 수행했다. 경보

장치를 해제하고, 차의 시동을 걸고, 안전띠를 매고, 손가락을 움직여 라디오의 스위치를 켜고, 1단 기어를 넣었다. 자동차가 천천히 주차장을 빠져나와 거리로 나섰다. 이때 기어를 2단으로 변속했다. 라디오에서 비가 올 거라는 일기 예보가 흘러나왔다. 저주가 내리기를 기다렸다는 듯 곧 비가 퍼붓기 시작할 테고, 앞 유리창의 와이퍼가 작동할 것이다.

그러다 갑자기 뭔가가 바뀌었다. 날씨도, 비도, 차창 밖 풍경도 그대로다. 하지만 한순간에 모든 게 달라졌다. 마치 검은 선글라스를 쓰고 있다 벗은 것 같기도 하고, 와이퍼가 평상시보다 더 많은 도시의 먼지를 긁어낸 것 같기도 했다. 몸이 뜨거웠다. 하지만 그는 더욱 세게 액셀을 밟았다. 누군가 그의 차를 향해 경적을 울렸다. 마음을 가다듬고서 검은색 폴크스바겐을 따라잡으려 했다. 손에 땀이 나기 시작했다. 갓길로 비켜서고 싶었지만, 마땅한 곳이 없어서 계속 달렸다.

모든 게 끔찍하리만치 선명했다. 익숙한 도로에 난잡한 표지판들이 가득했다. 이 모든 메시지는 오직 그만을 위한 것이다. 외발 기둥에 달린 동그라미 이정표, 노란 삼각형, 파란 사각형, 녹색과 흰색의 표지판, 화살표, 표식, 불빛, 아스팔트에 그어진 선, 도로 표지, 경고문, 알림. 광고판의 미소, 모두 의미심장했다. 아침에 봤을 때만 해도 별다른 의미를 발견하지 못했기에 무시했다. 하지만 이제는 대수롭지 않게 넘길 수가 없었다. 그를 향해 조용하지만 분명한 어조로 속삭이고 있었다. 그리고 숫자가 점점 더 불어났다. 이제 그것들이 없는 공간은 없었다. 상점 간판, 광고, 우체국 표시, 약국, 은행, 아이들을 인도하여 도로를 건너는 유치원 선생님의 손에 들린 막대 사탕, 표시는 또 다른 표시를 몰고 오고, 표시를 가로질러 또 다른 표시가 왔다. 표시 너머에 다른 표시를 가리키는 표시가 있고, 다른 표시에서 야기된 표시들이 있었다. 표시의 음모, 표시의 네트워크, 그의 등 뒤에서 표시들끼리 서로 합의가 이루어졌다. 무관한 건 아무것도 없고 모든 게 다 중요했다. 전부 끊임없이 이어지는 커다란 퍼즐이었다.

그가 공황 상태에서 주차할 곳을 찾았다. 두 눈을 감았다. 안 그러면 돌아 버릴 것 같았다. 대체 무슨 일이 일어난 것일까? 그가 몸을 떨기 시작했다. 다행히 버스 정류장을 발견하고 길 한쪽에 차를 세웠다. 평정심을 찾으려고 애썼다. 어쩌면 뇌출혈일지도 모른다고 그는 생각했다. 주변을 둘러보는 게 두려웠다. 어쩌면 그가 사물을 보는 새로운 방법을 발견한 것인지도 몰랐다. 새로운 관점, 모든 게 대문자로 쓰인 시각.

잠시 후 그의 호흡이 정상으로 돌아왔다. 하지만 손은 여전히 떨고 있었다. 그가 담배에 불을 붙였다. 니코틴의 독성이 퍼지면서 연기가 그를 얼빠지게 만들고, 악마를 쫓아냈다. 하지만 그는 알고 있었다. 더 이상 차를 몰 수 없다는 것을. 지금 그를 압도하고 있는 이 새로운 깨달음을 자신도 어떻게 할 수 없다는 것을.

그가 인도에다 차를 세웠다. 아마 벌금이 나올 것이다. 그리고 조심스럽게 차에서 나왔다. 아스팔트 표면이 끈적거리는 것만 같았다.

"이봐요, 불행남 씨!" 그녀가 입을 뗐다.

도발적이다. 쿠니츠키는 아무 대답도 하지 않았다. 그녀가 차 상자를 꺼내고 나서 부엌의 찬장 문을 소리 내어 닫았다. 그리고 그가 반응할 때까지 잠시 기다렸다.

"대체 무슨 일이에요?" 그녀가 물었다. 날카로운 목소리였다. 쿠니츠키는 알고 있었다. 지금 자신이 대답하지 않으면 그녀가 대놓고 공격에 돌입하리라는 걸. 그래서 침착하게 대답했다.

"아무 일도 없어. 꼭 무슨 일이 있어야만 하는 건가?"

그녀가 코웃음을 치면서 단조로운 음성으로 읊조렸다.

"당신이 아무 말도 안 하고, 몸에 손도 못 대게 하고, 침대에서는 늘 반대쪽으로 돌아눕고, 밤마다 잠도 안 자고, TV도 안 보고, 어딘가를 돌아다니다가 술 냄새를 풍기면서 늘 늦게 귀가하니까……."

쿠니츠키는 어떻게 대처해야 할지 망설였다. 어떤 행동을 해도 좋지 않은 결과를 초래할 것이다. 그래서 꼼짝하지 않았다. 의자에 똑바로 기대앉아 탁자를 바라보았다. 어찌나 불편한지 먹기 싫은 뭔가를 억지로 삼키는 것만 같았다. 부엌에서 언뜻 위협적인 움직임이 느껴졌다. 그가 마지막으로 시도해 보았다.

"우리는 모든 것을 제대로 된 명칭으로 불러야만 해……."

그가 이야기를 시작하는데 그녀가 말을 막았다.

"그야 그렇지. 제대로 된 명칭이 무엇인지 알기만 한다면야."

"좋아. 하지만 당신은 내게 말해 주지 않았잖아, 진짜로 어땠는지……."

하지만 그는 말을 끝마치지 못했다. 그녀가 바닥에 차 상자를 내던지고 마루를 박차고 나가 버린 것이다. 잠시 후에 현관문이 닫히는 소리가 들렸다.

쿠니츠키는 그녀가 정말 훌륭한 배우라고 생각했다. 배우가 되었으면 대성했을 것이다.

그는 자기가 원하는 게 뭔지 항상 알고 있었다. 그런데 지금은 몰랐다. 아무것도 몰랐다. 심지어 뭘 알아야 하는지도 몰랐다. 그가 서랍 속 카탈로그철을 뒤졌다. 어떻게 찾아야 하고 뭘 찾고 있는지도 몰랐다.

간밤에 그는 인터넷 사이트를 내내 뒤적였다. 그러고는 뭘 찾아냈던가. 비스섬의 부정확한 지도. 크로아티아 관광청 사이트. 여객선 운항표. '비스(Vis)'라는 검색어를 입력하자 열 페이지도 넘는 검색 결과가 나왔다. 하지만 정작 섬에 대한 정보는 별로 없었다. 호텔 요금과 관광 명소. 그리고 'Visible Imaging System(VIS)'도 검색 결과에 포함되었다. 그가 이해하기로는 인공위성에서 찍은 사진들을 의미하는 듯했다. 'Vaccine Information Statements(VIS)'도 있었고, 'Victoria Institute of Sport(VIS)'도 있었다. 또한 'System for Verification and Synthesis(VIS)'도 있었다.

인터넷 스스로가 한 단어에서 또 다른 단어로 그를 이끌고 다니며, 링크를 제시하고 손가락으로 가리켰다. 자신도 모를 땐 영리하게 침묵하거나 아니면 고집스럽게 계속 같은 사이트를 보여 줘서 질리도록 만들었다. 쿠니츠키는 자신이 어떤 낯익은 세계의 경계선이나 벽, 보이지 않는 하늘의 천장에 부딪힌 것 같은 느낌을 받았다. 하지만 그것을 돌파하거나 뚫고 나갈 방법이 없었다.

인터넷은 속임수였다. 많은 것을 약속했다. 특히 당신이 원하는 것을 찾게 해 준다는 본연의 임무를 충실히 이행하겠노라 약속했다. 임무, 완수, 그리고 포상. 하지만 본질적으로 그런 약속은 일종의 미끼였다. 당신은 즉시 무아지경과 최면 상태에 빠져 버리기 때문이다. 경로들이 두 갈래, 여러 갈래로 빠르게 갈라진다. 당신은 그 경로들을 좇아 목적지를 향해 달려가지만, 목표물이 점점 희미해지면서 갈수록 형태가 변형된다. 당신은 발밑의 토대를 잃어버리게 되고 시작점을 잊게 된다. 뻔뻔스럽게도 화면의 평면 속에 우주가 존재하는 척하면서 스스로 줄 수 있는 것보다 더 많은 것을 약속하는 각종 사이트와 여러 가지 사안을 통과하는 동안, 결국 당신의 목적지는 시야에서 사라지고 만다. 친애하는 쿠니츠키 씨, 이보다 헛된 것은 없습니다. 쿠니츠키 씨, 당신은 무엇을 찾고 있죠? 어디로 가려 하나요? 두 팔을 벌린 채 심연 속으로 맹렬히 돌진하려 하지만 이보다 더한 속임수는 없습니다. 알고 보면 풍경은 그저 벽지에 불과하고, 당신은 앞으로 한 발도 나아갈 수 없을 테니까요.

그의 사무실은 작았다. 다 허물어져 가는 낡은 건물의 4층에 있는 방 한 칸을 헐값에 빌려 사용하고 있었다. 그의 사무실 바로 옆에는 부동산이 있고, 그 옆에는 문신 업소가 있다.

사무실 안에는 책상과 컴퓨터 한 대, 마룻바닥에는 책이 담긴 상자들. 창가에는 커피포트와 인스턴트커피가 담긴 유리병이 놓여 있다.

그가 컴퓨터를 켜고 기계가 깨어나기를 기다리면서 첫 번째 담배를 피웠다. 그리고 사진들을 다시 한번 들여다보았다. 이번에는 한 장 한 장 꽤 오랫동안 꼼꼼하게 감상했다. 그러다 결국 여정의 마지막에 자신이 직접 촬영한 사진에 이르렀다. 그녀의 손가방에 들어 있던 내용물을 찍은 사진, 그리고 '카이로스(Kairos)'라고 쓰인 표 한 장. 그렇다. 그는 이 단어를 기억하고 있었다. καιρός. 이 단어가 모든 걸 설명해 주었다.

예전에는 미처 발견하지 못했던 것을 찾아낸 것이다. 그가 한껏 흥분해서 또다시 담배에 불을 붙였다. 그리고 이 비밀스러운 단어를 들여다보았다. 이 어휘가 그를 이끌어 줄 터였다. 마치 연을 날리듯 단어를 바람결에 띄우고 그 뒤를 따라갈 터였다. "카이로스." 쿠니츠키가 소리 내어 읽는다. "카이로스." 정확한 발음인지 미심쩍어하면서 다시 한번 발음해 보았다. 그리스어인 것 같다고 즐겁게 상상해 보았다. 그리스어. 책장을 훑어보지만 그리스어 사전은 없었다. 지금껏 한 번도 펼쳐 본 적 없는 『실용 라틴어 속담집』만 꽂혀 있었다. 이제 그는 자신이 제대로 된 경로에 들어섰음을 알았다. 멈출 수 없었다. 손가방에 들어 있던 내용물을 촬영한 사진들을 펼쳐 보았다. 사진으로 찍어 두길 잘했다. 솔리테르 카드[132]를 펼치듯 나란

132) 혼자 게임하는 용도의 카드.

히 열을 맞춰 사진들을 늘어놓았다. 다시 담배 한 대를 더 피우면서 마치 탐정처럼 탁자 주변을 돌아다녔다. 그러다 걸음을 멈추고 연기를 흡입하고는 다시 사진 속의 립스틱과 펜을 꼼꼼히 살펴보았다.

그러다 갑자기 깨달았다. 대상을 바라보는 데는 다양한 방법이 있다는 걸. 첫 번째 방법은 사물, 즉 인간이 사용하는 물건을 있는 그대로, 구체적으로 보는 방법이다. 이 경우 해당 물건의 사용법과 용도를 단번에 파악할 수 있다. 또 다른 방법은 파노라마로, 더 일반적인 시각으로 바라보는 것이다. 이 경우 개체 사이의 연관성과 서로에 대한 반응을 네트워크로 파악하게 된다. 사물은 더 이상 사물이 아니다. 뭔가에 기여하고 유용하게 쓰인다는 사실은 이제 중요치 않다. 그것은 피상적인 가치일 뿐이다. 신호나 기호가 되어 사진 속에 없는 뭔가를 지칭하면서, 사진의 테두리 너머에 있는 어떤 것을 암시한다. 이러한 시선을 유지하려면 극도로 집중해야 했다. 궁극적으로 그것은 재능이자 축복이었다. 쿠니츠키의 심장이 더욱 강하게 뛰기 시작했다. '셉톨레테'[133]라고 적힌 붉은색 볼펜에는 알 수 없는, 어둡고 의미심장한 의미가 새겨져 있었다.

그는 이곳을 잘 알았다. 그가 마지막으로 여기에 왔던 건, 홍수 직후 물이 범람했을 때였다. 도서관, 그리고 저명한 오솔

133) 폴란드에서 목이 아플 때 먹는 목캔디의 일종. 이 부분에 등장하는 볼펜은 이 의약품을 광고하기 위해 회사가 제작한 사은품을 뜻한다.

리네움[134] 출판사는 강변에 위치해 있었다. 강물과 얼굴을 맞대고 있는데, 이것은 명백한 실수였다. 책들은 언덕에 보관해야 마땅하다.

태양이 얼굴을 내밀고 물이 조금씩 빠지기 시작할 무렵의 풍경을 그는 기억했다. 홍수에 진흙과 오물이 휩쓸려 왔지만, 어떤 구역은 오히려 깨끗하게 청소되었다. 도서관 직원들은 거기에다 책을 쌓아 놓고 말렸다. 그들은 문을 반쯤 열어 놓은 채 바닥에 수백, 수천 권의 책을 쌓아 놓았다. 부자연스럽게 배열된 그 책들은 살아 있는 생물체처럼 보이기도 하고, 새들과 말미잘을 교차로 포개어 놓은 것 같기도 했다. 얇은 라텍스 장갑을 낀 손들이 서로 끈적끈적 들러붙어 있는 책장들을 참을성 있게 분리했다. 아쉽게도 책장들은 쪼글쪼글해지고, 진흙과 빗물 때문에 시커멓게 물들었다. 사람들이 그 책들 사이를 조심스럽게 오갔다. 병원에서처럼 새하얀 앞치마를 입은 여성들이 햇볕을 향해 책장을 펼쳤다. 태양이여, 책을 읽어라. 하지만 사실 그것은 원소들이 서로 맞닥뜨리는 것처럼 끔찍한 광경이었다. 쿠니츠키는 두려움에 떨며 그러한 광경을 바라보았다. 그러다가 오가는 다른 이들로부터 고무되어 열정적으로 작업에 합류했다.

도심 한복판에 있는 도서관은 안뜰의 우물 근처에 자리한

---

134) Ossolineum. 폴란드 귀족 출신의 문학가이며 예술사가, 정치인이었던 유제프 막시밀리안 오솔린스키(Józef Maksymilian Ossoliński, 1748~1826)가 르부프에 세운 학술 센터를 모델로 1947년에 폴란드의 브로츠와프에 설립된 도서관 및 학술 서적 전문 출판사.

다른 건물들 틈에 파묻혀 있었는데, 홍수 이후에 멋지게 개조되었다. 하지만 쿠니츠키는 뭔가 불편함을 느끼곤 했다. 널찍한 열람실에 들어서면 서로 조심스럽게 거리를 유지하면서 나란히 배치된 책상들이 눈에 띄었다. 거의 모든 책상 앞에는 기울거나 구부정한 자세로 앉아 있는 등이 있었다. 무덤가의 나무들. 공동묘지.

책꽂이에 놓인 책들은 등뼈만 내보이고 있었다. 마치 사람들의 옆모습만 보는 것 같다고 쿠니츠키는 생각했다. 그것들은 다채로운 색상의 표지로 당신을 유혹하지도 않고, 모든 단어가 최상급으로 시작하는 띠지를 두른 채 위용을 뽐내지도 않았다. 마치 군대에서 벌 받는 신병처럼 자신의 기본적인 정보만을 밝힐 뿐이었다. 제목과 저자. 그것이 전부였다.

포스터나 팸플릿, 광고용 봉투 대신 거기에는 목록이 있었다. 서랍을 채우고 있는 그 작은 카드의 평등주의적인 성향은 존경심마저 불러일으켰다. 최소한의 정보, 숫자, 간단한 설명, 절대 과시하는 법이 없었다.

과거에 그는 이곳을 이용하지 않았다. 대학 재학 시절에는 새로 지은 대학 도서관을 주로 드나들었다. 열람 카드에 책 제목과 저자명을 기입하기만 하면 15분 후에 책을 수령할 수 있었으니까. 하지만 그곳도 자주 간 건 아니었다. 솔직히 말하면 도서관에 가는 건 드문 일이었다. 대부분의 텍스트는 복사해서 봤다. 그것은 문학의 새로운 세대였다. 뼈대가 없는 텍스트, 빠른 복사물, 마치 손수건이 사라지고 휴대용 화장지가 성행하는 것과 같은 이치였다. 휴대용 화장지는 계급의 격차를 없애고 겸손한 반란을 일으켰다. 한번 사용하고 나면 어김없이 쓰레기통 속으로 던져지므로.

지금 그의 앞에는 세 개의 사전이 놓여 있었다. 『그리스어-폴란드어 사전』. 지그문트 벵츨렙스키 편찬, 르부프, 1929. 사무엘 보덱 서점, 바토리 거리 20번지. 『휴대용 그리스어-폴란드어 사전』. 테레사 캄부렐리와 타나시스 캄부렐리스 편찬, 비에자 포프셰흐나 출판사, 바르샤바, 1999. 그리고 네 권으로 구성된 『그리스어-폴란드어 사전』, 조피아 아브라모비추프나 편찬, PWN 출판사, 1962. 알파벳 자모표를 찾아 가며 그가 간신히 자신의 단어를 판독했다. 'καιρός.'

그는 사전에서 라틴 문자로 쓰인 폴란드어 부분만 골라서 읽었다. "1. 〔도량형에 관해〕 적합한 치수, 적절성, 적당함; 차이점; 의미 2. 〔장소에 관해〕 신체에서 살아 있는, 민감한 부위. 3. 〔시간에 관해〕 결정적인 순간, 알맞은 시간, 절호의 순간, 기회, 아슬아슬한 때, 적합한 타이밍은 순식간에 지나간다; 예기치 않게 나타난 사람들; 날려 버린 기회; 적절한 순간이 오면, 폭우가 몰아칠 땐 서로 도와야 한다, 정시에, 기회가 생겨날 때, 너무 이르게, 결정적인 시기, 주기적인 상태, 사건의 시간적 순서, 상황, 사물의 상태, 배치, 궁극적인 위험, 이득, 활용성, 대체 무슨 목적으로? 당신에게 어떤 도움이 될까? 어디가 편리할까?"

첫 번째 사전에는 위와 같이 적혀 있었다. 이보다 오래된 두 번째 사전을 펼쳐 든 쿠니츠키는 세세한 항목을 지나치고, 그리스어 단어를 통과하고, 오래된 철자들을 건너뛰었다. "적절한 치수, 적당함, 올바른 관계, 목표의 달성, 과도함, 적절한 순간, 알맞은 시기, 우호적인 순간, 절호의 기회, 시간, 시각, (그리고 복수형으로는) 상황, 관계, 시대, 사건, 경우, 혁명의 결정적인 순간, 위험; 기회가 알맞은 순간에 찾아오다, 딱 들어맞는 타이밍." 또 이렇게도 적혀 있었다. "어떤 일이 적절한 순간에 일어나다." 가장 최근에 간행된 사전에서는 각진 괄호 안에 발음 기호까지 명기되어 있었다. 〔키에로스〕. 그리고 이렇게 적혀 있었다. "날씨, 시간, 계절, 날씨는 어떤가? 지금은 포도의 계절, 시간 낭비다, 때때로, 어쩌다 한 번, 얼마나 오랫동안? 이것은 사실 오래전에 필요했던 것이다."

쿠니츠키는 절망스러운 눈길로 열람실을 둘러보았다. 책을 향해 숙이고 있는 정수리들의 끝부분이 보였다. 다시 사전으로 돌아갔다. 그리고 철자가 딱 하나만 다른, 바로 앞에 있는 표제어 καιριος(카이리오스)를 확인했다. 다른 내용이 적혀 있었다. "시간을 지켜 완수하기, 목적에 부합하는, 효과적인, 치명적인, 위험한, 문제 해결: 몸에 상처가 잘 나는 급소, 항상 정시에 있는 것, 언제든 벌어질 수 있는 일."

쿠니츠키가 자신의 소지품들을 챙겨서 집으로 돌아갔다. 밤에 그는 위키피디아에서 '카이로스(Kairos)'에 대한 사이트를 찾아냈다. 이를 통해 그는 이것이 지금은 잊힌, 비중이 별로 없는 그리스 신 중 하나라는 사실을 알게 되었다. 또한 이 신이 트로기르[135]에서 발견되었다는 것도 확인했다. 그곳의

---

135) 크로아티아 남부의 항구 도시.

한 박물관에 그의 형상이 있었다. 그래서 그녀가 이 단어를 메모한 것이다. 다른 이유는 없었다.

아들이 갓난아기였을 때, 쿠니츠키는 아들을 인간이라고 생각하지 않았다. 그것은 좋은 일이었다. 덕분에 부자 사이가 가까웠다. 인간은 언제나 서로 거리를 두고 있으려 하니까. 그는 능숙하게 기저귀 가는 법을 익혔다. 기저귀의 바스락거림 말고는 거의 눈치채지 못할 정도로 재빠르게, 단 몇 번의 손길만으로 임무를 완수했다. 물을 받아 놓은 욕조에 아들의 조그만 몸뚱이를 담그고 배에다 비누칠을 해 주었다. 그리고 수건으로 둘둘 말아 방으로 안고 와서 파자마를 입혔다. 간단했다. 어린아이가 생기면 뭔가를 길게 생각할 여력이 없어진다. 모든 동작이 당연하고 자연스러워진다. 아이를 가슴팍에 꼭 끌어안는다. 그리고 무게를 느낀다. 마음이 절로 따뜻해지는 낯익은 아이의 체취. 하지만 아이는 인간이 아니다. 품에서 떨어져 나가며 '아니야.'라고 말하기 시작할 무렵, 그제야 비로소 인간이 된다.

적막이 쿠니츠키를 불안하게 했다. 아이는 지금 뭘 하고 있을까? 쿠니츠키는 문간에 서서, 집 짓기 블록을 늘어놓고 바닥에 앉아 노는 아이를 바라보았다. 그러다 아이 옆에 앉아 플라스틱 미니카를 손으로 집어 올렸다. 그러고는 그림판 위의 도로에 자동차를 올려놓고 손으로 움직였다. 동화로 놀이를 시작해 보면 어떨까. 그가 망설였다. 옛날에 길 잃은 자동차 한 대가 있었다고. 그가 막 입을 열려는 순간, 아이가 그의 손에 들린 장난감을 낚아채더니 짐칸에 블록을 잔뜩 실은 나무 트럭을 내밀었다.

"벽돌을 쌓을 거야."

아이가 말했다.

"뭘 지을 건데?"

쿠니츠키가 맞장구를 쳤다.

"작은 집."

그래, 좋다. 작은 집을 짓자. 두 사람이 블록을 사각형으로 쌓기 시작했다. 트럭이 건축 자재를 실어다 주었다.

"섬을 짓는 건 어때?"

쿠니츠키가 물었다.

"아니, 작은 집을 지을 거야."

아이가 말하면서 아무렇게나 블록을 쌓아 올렸다. 집이 무너지지 않도록 쿠니츠키가 조심스럽게 균형을 잡아 가며 블록의 위치를 수정했다.

"바닷가 기억나니?"

쿠니츠키가 물었다.

아이가 고개를 끄덕였다. 트럭이 새로 실어 온 블록들을 바닥에 내려놓았다. 이제 쿠니츠키는 아이에게 무슨 말을 해야 할지, 무엇을 물어봐야 할지 알지 못했다. 양탄자를 가리키면서 이것은 섬이라고, 그들은 지금 섬에 와 있는 거라고 말했다. 그런데 어린 소년이 섬에서 길을 잃어버리는 바람에 아빠가 자기 아들이 어디 있는지 몰라서 걱정하고 있다고 이야기했다. 하지만 그의 말은 별로 설득력이 없다.

"싫어." 아이가 고집을 피웠다. "작은 집을 지을 거야."

"엄마를 어떻게 잃어버렸는지 기억나니?"

"안 나!"

아이가 버럭 소리를 질렀다. 그리고 유쾌한 몸짓으로 빠르게 블록을 쌓았다.

"전에 길을 잃은 적 있지?"

쿠니츠키가 다시 물었다.

"아니."

아이가 대답했다. 막 쌓아 올린 집을 향해 트럭이 전속력으로 돌진했다.

"붕, 붕!"

아이가 큰 소리로 웃었다.

쿠니츠키는 참을성 있게 다시 집을 짓기 시작했다.

그녀가 집으로 돌아왔을 때, 쿠니츠키는 아이처럼 양탄자 위에 주저앉아서 그녀를 쳐다보았다. 그녀는 유달리 커 보였고, 바깥의 냉기 때문에 얼굴에는 홍조를 띠고 있었는데, 수상쩍게도 약간 흥분한 듯 보였다. 입술은 붉었다. 그녀가 빨간색(어쩌면 연보라색이나 자줏빛일지도 모른다.) 스카프를 벗어 의자 등받이에 걸쳐 놓고 아이를 와락 끌어안았다. "배고프니?" 그녀가 물었다. 그녀가 집 안에 들어서는 순간, 바닷가의 거센 바람이 함께 불어닥친 것 같다고 쿠니츠키는 느꼈다. "어디에 갔었어?"라고 묻고 싶지만 가까스로 자제했다.

아침이 되자 발기가 시작되어 어쩔 수 없이 그녀로부터 돌아누웠다. 육체의 그릇된 반응을 그녀가 행여 화해의 시도나 애정의 몸짓으로 받아들이지 않도록 하기 위해서다. 그가 벽을 향해 얼굴을 돌리고는 발기를 자축했다. 목적 잃은 준비 상태, 경계 태세, 팽팽하게 긴장된 신체의 끝자락. 이 모든 걸 그가 독점하는 중이다.

페니스의 끝부분이 벡터처럼 솟구친다. 창문을 향해, 세상을 향해.

다리. 발. 그가 걸음을 멈추거나 자리에 앉아 있을 때도 그것들은 계속해서 움직였다. 계속 전진하는 것만 같고, 절대 멈추지 못하며, 빠르고 잰걸음으로 주어진 공간을 가로질렀다. 그가 정지시키려 하면 곧바로 저항했다. 쿠니츠키는 두려웠다. 다리가 갑자기 뛰기 시작해서 원치 않는 방향으로 자기를 데려갈까 봐, 자신의 의지와는 전혀 상관없이 민속춤을 추듯이 공중으로 뛰어오를까 봐, 그의 의사를 거역하고 낡고 오래된 석조 건물의 음울한 안뜰로 들어갈까 봐, 낯선 계단을 올라가 가파르고 미끄러운 지붕으로 그를 이끌까 봐, 그리고 마치 몽유병자처럼 비늘 모양의 기와들 사이를 돌아다니게 할까 봐.

쿠니츠키가 잠들지 못하는 건 틀림없이 이 말썽 많은 다리 때문이리라. 허리 윗부분은 멀쩡하다. 근육이 이완되고 나른하게 졸린 상태다. 하지만 허리 아랫부분은 통제가 불가능하다. 마치 다른 두 인물이 공존하는 것 같다. 위쪽은 평화와 정의를 갈망하고, 아래쪽은 범법적인 성향에 규칙을 깡그리 무시한다. 위쪽 인물은 이름과 주소, 신분증 번호를 가졌지만,

아래쪽 인물은 자신에 관한 이야깃거리가 하나도 없으며, 스스로에 대해 넌덜머리를 내고 있다.

그는 자신의 다리를 달래 주고, 거기에 진정 연고를 발라 주고 싶다. 실제로 내부의 가려움증이 너무 고통스러웠다. 결국 그는 수면제를 복용했다. 다리가 간신히 안정을 되찾았다.

쿠니츠키는 자신의 끝부분을 통제하려고 노력했다. 그가 고안해 낸 방법은 끊임없이 끝부분을 움직이게 만드는 것이다. 심지어 신발을 신은 채로도 발끝을 움직이려 애썼다. 그래야 나머지 부위가 편안해졌다. 자리에 앉으면 발가락의 움직임 속도를 좀 늦추었다. 하지만 계속 불편한 상태를 유지하도록 했다. 그는 자신의 구두 끝을 내려다보면서 그 속에서 자신의 발가락이 강박적인 행군을 시작하는 바람에 생기는 가죽의 섬세한 주름을 주시했다. 이번에는 오드라강과 운하를 연결하는 모든 다리를 건널 수 있을 것만 같은 느낌이 들었다. 하나도 빼놓지 않고 모두.

9월의 셋째 주, 비가 내리고 바람이 불었다. 창고에서 가을옷들을 꺼내야만 했다. 점퍼와 아이의 고무장화. 그가 유치원에서 아이를 픽업해서 함께 자동차로 부지런히 걸었다. 아이가 웅덩이에서 팔짝거리자 물이 튀었다. 하지만 쿠니츠키는 알아차리지 못했다. 무슨 말을 할지 문장을 만드느라 골몰하고 있었기 때문이다. 예를 들면 "저는 아이가 쇼크를 받았을까 봐 두렵습니다."라든지, 좀 더 확신에 찬 어투로 "제 생각에는 아이가 충격을 받은 것 같아요."라고 말하면 어떨까. 문득

'트라우마'라는 어휘가 떠오른다. '트라우마를 경험하다.'

그들은 차를 타고 비에 젖은 도시를 지나갔다. 와이퍼가 부지런히 움직이면서 유리창의 물기를 닦아 냈다. 덕분에 빗물에 잠겨 번진 세상이 잠시 환하게 보였다.

목요일은 그의 담당이다. 목요일마다 그는 아이를 유치원에서 데려왔다. 그녀는 바빴다. 당직 때문에 오후 근무라 밤늦게 돌아왔다. 덕분에 쿠니츠키가 아이를 독점할 수 있었다.

쿠니츠키는 도심 한복판에 새로 리모델링한 벽돌 건물 옆에 차를 세우고는 잠시 주차할 공간을 찾았다.

"어디 가는 길이에요?" 아이가 물었다. 쿠니츠키가 아무 대답도 하지 않자, 아이의 질문이 꼬리를 물고 반복되었다. "어디 가는 거예요? 어디 가요?"

"조용히 해." 아버지가 말했다. 하지만 잠시 후에 그가 설명했다. "어떤 아주머니를 만나러 가는 거야."

아이는 저항하지 않았다. 흥미를 느끼는 모양이었다.

대기실에는 아무도 없었다. 그들 앞에 50대 정도 되는 키 큰 여자가 나타나 사무실로 안내했다. 방은 밝고 쾌적했다. 중앙에는 제법 치수가 큰 알록달록하고 부드러운 양탄자가 깔려 있고, 그 위에 장난감과 블록들이 놓여 있었다. 뒤편에는 소파와 두 개의 안락의자, 책상과 의자가 있었다. 아이가 소파의 끝부분에 조심스럽게 앉았다. 하지만 눈망울은 장난감을 좇고 있었다. 여자가 미소를 지으며 쿠니츠키를 향해 손을 내밀더니 아이와도 인사를 나누었다. 그녀는 자기가 아버지에게는 전혀 관심을 기울이지 않는다는 것을 분명히 하고 싶은 듯 아이만을 쳐다보며 말했다. 그래서 그는 그녀가 할 만한 질문들에 대한 대답을 앞서 말했다.

"아들이 언제부턴가 잠을 못 자요. 계속 불안해하고요. 게다가……."

그가 거짓말을 했다. 하지만 여자가 말을 가로막았다.

"우선 함께 놀이를 하죠."

그녀가 말했다. 그녀의 말이 너무나 어처구니없이 들렸다. 자신도 함께 놀 수 있는지 쿠니츠키는 알 수 없었다. 너무 놀란 나머지 꼼짝도 하지 못했다.

"몇 살이니?"

여자가 아이에게 물었다. 아이가 손가락 세 개를 펼쳐 보였다.

"4월이 되면 만 세 살이 됩니다."

쿠니츠키가 설명했다.

그녀가 양탄자 위, 아이 옆에 앉더니 아이에게 블록을 건넸다. 그리고 말했다.

"아빠는 복도에 앉아서 책을 읽으실 거야. 우리는 여기서 놀고, 그게 좋겠네."

"싫어."

아이가 말하면서 벌떡 일어나 아버지에게 달려갔다. 쿠니츠키가 상황을 받아들였다. 그리고 아이를 설득했다.

"문은 열어 놓을 거예요."

여자가 다짐했다.

진료실 문이 반쯤 닫혔다. 쿠니츠키는 대기실에 앉아 그들의 대화에 귀를 기울였다. 하지만 무슨 말을 하는지 명확하게 들을 수는 없었다. 사실 그는 많은 질문을 기대했다. 심지어 아이의 건강 기록부도 준비했다. 만기(滿期) 출생, 자연 분만, 애프가 채점법[136]에서 10점, 예방 접종, 몸무게 3750그램, 신장 57센티미터. 성인의 신장에 대해서는 '높이'라는 말을 쓰지만, 유아에게는 '길이'라는 용어를 쓴다. 그가 탁자 위에 놓인 다채로운 색깔의 잡지를 집어 든다. 그리고 기계적으로 펼쳐 보다가 신간 서적에 관한 광고를 발견했다. 낯익은 제목들. 가격을 비교해 보았다. 아드레날린이 솟구쳤다. 그의 회사에서 제공하는 가격이 더 저렴했던 것이다.

"무슨 일이 있었는지 이야기해 주세요. 문제가 뭔가요?" 여자가 물었다.

그는 부끄러움을 느꼈다. 아내가 아이와 함께 사라졌었다고, 사흘 동안, 그러니까 정확히 마흔아홉 시간 동안(그는 그 시간을 정확히 세고 있었다.) 그들이 자취를 감췄었다는 걸 뭐라고 설명한단 말인가? 게다가 그들이 어디에 갔었는지 그는 여전히 알지 못했다. 그들에 관한 일이라면 항상 모든 걸 알았는데, 지금은 가장 중요한 사실조차 알지 못했다. 잠시 그는 자신이 그녀에게 말하는 모습을 상상해 보았다. '제발 절 도와주세요. 아이에게 최면을 걸어서 그 마흔아홉 시간의 매 순간을 밝혀 주세요. 전 꼭 알아야 합니다.'

그러자 키가 크고, 화살처럼 자세가 꼿꼿한 그녀가 그에게

136) 신생아의 심장 박동수, 호흡 속도 등 신체 상태를 나타낸 수치.

다가왔다. 어찌나 가까이 다가섰는지 그녀의 스웨터에 배어 있는 소독약 냄새, 어릴 때 간호원들에게서 나던 그 냄새를 생생히 맡을 수 있을 정도였다. 그녀가 따뜻한 두 손으로 그의 머리를 들어 올리더니 자신의 가슴팍에 꼭 끌어안았다.

하지만 실제로 일어난 일은 달랐다. 쿠니츠키는 거짓말을 했다.

"최근 들어 아이가 안정을 못 찾고 있어요. 밤에 자주 깨서 울곤 해요. 작년 8월에 가족이 함께 휴가 여행을 갔었어요. 제 생각엔 그때 뭔가를 경험한 것 같아요. 우리가 미처 알아차리지 못한 어떤 일이 벌어진 것 같기도 하고 뭔가에 놀란 것 같기도 해요……."

그는 그녀가 자신의 말을 믿지 않을 거라고 확신했다. 여자가 볼펜을 들고 손가락으로 빙빙 돌렸다. 그리고 따뜻하고 매력적인 미소를 지으며 말했다.

"선생님은 평균 이상의 사교성을 지닌 매우 영리한 아드님을 두셨어요. 말씀하시는 현상들은 아이가 정상적인 발달 단계를 거치고 있다는 의미입니다. 티브이를 너무 많이 보게 하지 마세요. 제 판단으로 아드님은 지극히 정상이며 아무 문제가 없습니다."

그러고는 걱정스러운 눈빛으로 그를 쳐다보았다. 아니면 그의 눈에만 그렇게 보였을 수도 있다.

병원을 나서며 아이가 의사 선생님에게 "안녕."이라고 작별 인사를 하는 순간, 쿠니츠키는 그녀가 '창녀' 같다고 생각했다. 그녀의 미소는 어쩐지 솔직해 보이지 않았다. 그리고 뭔가를 감추고 있었다. 그녀는 그에게 모든 걸 다 말해 주지 않았다. 이제 와서 생각해 보니 여자 의사를 찾아가는 게 아니었다. 이 도시에 아이들을 위한 남자 심리학자는 없단 말인가? 여자들이 아이들을 독점하기라도 한 걸까? 여자들은 한 번도 명확한 적이 없다. 첫인상만 봐서는 강한지 약한지 알 수가 없었다. 어떤 행동을 취할지, 무엇을 원하는지도 모호했다. 그러므로 각별히 주의할 필요가 있었다. 그녀가 손에 들고 있던 볼펜이 떠올랐다. 노란색 비크 볼펜, 아내의 손가방 속 소지품을 찍은 사진 속에 있던 것과 같은 볼펜이다.

화요일은 휴무다. 아침부터 그는 약간 들떠 있었다. 벌써 잠에서 깬 상태다. 침실에서 욕실로, 부엌에서 현관으로, 그리고 다시 욕실로 부산하게 왔다 갔다 하는 그녀를 못 본 척했다. 아이가 참지 못하고 짧게 소리를 질렀다. 아마 그녀가 아이의 운동화 끈을 묶어 줄 때였을 것이다. 칙칙. 아내가 디오더런트를 뿌리는 소리. 주전자의 휘슬 소리.

마침내 아이를 데리고 아내가 집을 나서자 그는 문간에 서서 엘리베이터가 잘 도착했는지 귀를 기울였다. 60을 셌다. 아래층까지 내려가는 데 걸리는 시간이다. 그는 재빨리 신발을 신고, 비닐봉지에서 중고 의류점에서 산 점퍼를 꺼내 입었다. 그녀가 그를 알아보지 못하도록. 그리고 살그머니 출입문을 닫았다. 엘리베이터는 오래 기다릴 필요가 없었다.

그렇다. 모든 일이 순조로웠다. 그가 안전거리를 유지하면서 그녀의 뒤를 따라갔다. 그녀가 알지 못하는 점퍼를 입은 채로. 그의 시선은 그녀의 등에 고정되었다. 그녀가 뭔가 불편함을 느끼는지, 그렇지 않은지 궁금했다. 전혀 개의치 않는 듯했다. 빠르고 활기차게, 그리고 유쾌하게 걸어가는 걸 보면. 아내는 물웅덩이를 아이와 함께 폴짝 뛰어넘었다. 옆으로 돌아가지 않고 뛰어넘었다. 왜일까? 오늘처럼 가랑비 내리는 가을날, 저렇듯 왕성한 활력은 대체 어디서 나오는 걸까? 커피의 카페인이 효과를 발휘한 걸까? 그녀를 제외한 나머지 세상은 느릿느릿 졸린 듯 보였다. 그녀는 평소보다 훨씬 생기가 넘쳤다. 그녀의 강렬한 핑크색 스카프가 그날의 어두운 배경에 환한 얼룩을 새겼다. 쿠니츠키는 마치 지푸라기를 붙잡듯 그 핑크색 얼룩을 따라갔다.

마침내 그들이 유치원에 다다랐다. 그는 그녀가 아이와 헤어지는 모습을 지켜보았다. 그 모습이 딱히 감동스럽진 않았다. 어쩌면 그녀는 아이를 다정하게 껴안으면서 아이의 귓가에 어떤 단어, 그러니까 쿠니츠키가 그토록 절망적으로 찾고 있던 바로 그 단어를 속삭였는지도 모른다. 만약 그 단어가 뭔지 알았다면, 그는 위키피디아의 검색창에 당장 그것을 입력했을 테고, 그랬다면 이 우주적 검색 엔진은 곧바로 그에게 간단하고 솔직한 답변을 제시했을 것이다.

지금 그는 횡단보도 앞에서 파란불을 기다리고 있는 그녀를 보고 있다. 그녀가 신호를 기다리면서 휴대 전화를 꺼내 번호를 골랐다. 순간 쿠니츠키는 주머니 안에 있는 자신의 휴대 전화가 울릴지도 모른다는 기대를 품었다. 그녀의 번호에는 다른 신호음을 지정해 놓았다. 매미 소리였다. 그렇다. 그는 그녀의 소리로 열대의 곤충, 매미를 지정해 놓았다. 하지만 그의 주머니 속은 조용하다. 그녀가 누군가와 짧은 대화를 나누며 차도를 건넜다. 신호가 바뀔 때까지 기다려야 했다. 마음이 급했다. 그녀가 모퉁이를 돌아 사라졌다. 그가 발을 동동 굴렀다. 그녀를 잃어버릴까 봐 겁이 났다. 스스로에게, 그리고 신호등에게 화가 치밀어 올랐다. 아, 집에서 나온 지 겨우 200미터 지점에서 그녀를 잃어버리다니! 하지만 그녀는 저기 있다. 상점의 회전문 안으로 스카프가 들어가고 있었다. 거대한 상점, 백화점이었다. 이제 막 문을 열었기에 안에는 사람이 거의 없었다. 그래서 쿠니츠키는 망설였다. 그녀를 따라서 안으로 들어갈지 말지. 매장들 사이에 몸을 숨길 곳이 있을까. 하지만 어쩔 수 없었다. 백화점에는 반대편 도로로 나가는 다른 출구가 있었다. 그래서 그는 점퍼에 달린 모자를 썼다. 마침 비가 내리기에 상당히 그럴싸한 모습이다. 그리고 안으로 들어섰다. 그가 그녀를 바라보았다. 마치 뭔가에 잡히기라도 한 듯, 그녀는 매장 사이를 천천히 돌아다녔다. 화장품을 살펴보고 향수를 구경했다. 진열대 앞에 멈춰 서서 손을 뻗어 뭔가를 꺼냈다. 손에 유리병 비슷한 물건을 들고 있었다. 쿠니츠키는 할인 판매하는 양말들을 뒤적거렸다.

그녀가 골똘히 생각에 잠긴 채, 가방들이 진열된 곳으로 향했다. 쿠니츠키가 그녀가 만진 유리병을 집어 들었다. 캐롤리나 헤레라. 그가 상표를 읽었다. 이 이름을 기억해야 할까, 아니면 당장 머릿속에서 지워 버릴까? 기억하라고, 뭔가가 그를 부추긴다. 모든 것에는 의미가 있다. 어떤 의미인지 우리가 모를 뿐. 그가 스스로에게 되뇌였다.

그가 멀리서 그녀를 바라보았다. 그녀는 빨간 핸드백을 손에 든 채 거울 앞에 서 있었다. 거울에 비친 자신의 모습을 이쪽저쪽 다른 각도에서 살펴보았다. 그러고 나서 계산대로 향했다. 쿠니츠키가 있는 방향으로. 그가 겁에 질린 채 양말 선반의 뒤쪽으로 물러나서 고개를 숙였다. 그녀가 그를 지나쳤다. 마치 유령처럼. 하지만 가다 말고 느닷없이 몸을 돌렸다. 마침 뭔가가 생각났다는 듯. 그녀의 시선이 정면으로 그를 향했다. 모자를 이마까지 눌러쓴 채, 몸을 숙이고 있는 그를 그녀가 쳐다보았다. 쿠니츠키는 놀라서 커진 그녀의 눈동자와 마주쳤다. 그가 그녀의 시선을 느꼈다. 그녀의 시선이 그의 몸에 닿더니 그의 몸을 더듬었다.

"여기서 뭐 하는 거야? 대체 행색이 이게 뭐야?" 그녀가 물었다.

그러다 한순간에 그녀의 눈빛이 부드러워졌다. 눈망울에 안개 같은 것이 서리고, 그녀가 눈을 깜빡거렸다. "세상에, 대체 당신에게 무슨 일이 일어난 거야? 어떻게 된 거냐고?"

이상한 일이었다. 쿠니츠키는 이런 상황을 전혀 예측하지 못했다. 소란이 벌어질 거라고만 생각했던 것이다. 그녀가 그를 얼싸안더니 중고 의류점에서 산 괴상한 점퍼에 자신의 얼굴을 파묻었다. 쿠니츠키의 입에서 한숨이 터져 나왔다. "아!"와 같은 작고 둥근 탄성. 예상치 못한 행동 때문에 놀라서 튀어나온 건지, 아니면 그녀의 향기 나는 오리털 재킷에 눈물을 쏟아 내고 있는 자신의 모습이 낯설어서인지, 스스로도 알 수 없었다.

그가 전화로 택시를 불렀다. 그리고 두 사람은 말없이 기다렸다. 엘리베이터 안에서 그녀가 다시 입을 열었다. "당신, 괜찮은 거야?"

쿠니츠키가 대답했다. 괜찮다고. 하지만 그는 알았다. 그들이 지금 마지막 대결을 앞두고 있다는 사실을. 그들의 부엌은 결투장이 될 테고, 거기서 그들은 각자 공격 태세를 갖추게 될 것이다. 그는 아마도 식탁 근처에 자리를 잡을 테고, 그녀는 창문을 등지고 설 것이다. 늘 그랬듯이. 그리고 그는 알았다. 이 중요한 순간을 절대 가볍게 여겨서는 안 된다는 것을. 왜냐하면 무슨 일이 벌어졌는지 알 수 있는 정말 마지막이자 유일한 순간이 될 수도 있으니까. 진실은 무엇일까. 하지만 그는 또한 알았다. 자신이 지금 지뢰밭을 밟고 있음을. 모든 질문은 폭탄이 될 것이다. 그는 겁쟁이가 아니다. 진실을 규명하려는 시도를 결코 멈추지 않을 것이다. 엘리베이터가 위로 올라가자 그는 자신이 마치 옷 속에 폭탄을 감춘 테러리스트가 된 듯한 느낌이 들었다. 폭탄은 그들이 아파트 현관문을 열자마자 곧바로 터질 것이다. 그러면 모든 것이 먼지가 되어 흩어지리라.

그가 문을 열고 장바구니를 현관 안으로 밀어 넣기 위해 한쪽 다리로 문을 지탱했다. 그러고 나서 가까스로 문틈에 몸을 밀어 넣었다. 수상쩍은 징후는 발견되지 않았다. 불을 켜고, 부엌의 싱크대 위에 식료품들을 올려놓았다. 유리컵에 물을 받은 뒤 거기에 파슬리 한 다발을 꽂았다. 파슬리가 자신의 활력을 되찾게 해 줄 거라고 그는 생각했다.

쿠니츠키는 자신의 집 안을 마치 유령처럼 돌아다녔다. 스스로 벽을 통과하고 있다고 느꼈다. 방들은 텅 비어 있었다. 쿠니츠키는 자신이 퍼즐을 푸는 눈동자가 된 것처럼 느꼈다. 그림 A와 그림 B의 다른 점을 찾으세요. 그래서 쿠니츠키는 찾고 있었다. 지금의 아파트와 이전의 아파트가 다른 건 분명한 사실이다. 이것은 주의력이 부족한 사람들이나 하는 게임이었다. 옷걸이에 걸려 있던 그녀의 코트가 사라지지 않았는가. 스카프도 없고 아이의 점퍼도 없으며 현관에 널려 있던 신발도 없고(남은 거라고는 외로운 그의 샌들뿐) 우산도 없다.

아이의 방은 황량하기 짝이 없었다. 가구만 남아 있었다. 양탄자에는 장난감 자동차 한 대가 널브러져 있었다. 마치 상상조차 할 수 없는 우주의 대충돌이 일어난 후 남겨진 잔해처럼. 하지만 쿠니츠키는 확인을 해야만 했다. 그래서 그는 손을 뻗어 살그머니 침실로 들어갔다. 그리고 유리가 끼워진 옷장으로 다가가 장롱문을 열었다. 무거운 문이 서글프게 투덜거리는 소리를 내며 열렸다. 남은 거라곤, 그녀가 입기에는 지나치게 점잖은 디자인의 실크 블라우스 한 벌뿐이었다. 외롭게 옷장 안에 걸려 있었다. 문이 열리는 바람에 블라우스의 소맷자락이 가볍게 흔들렸다. 그동안 버려졌다가 마침내 누군가가 발견해 줘서 기뻐하는 것처럼 보였다. 쿠니츠키는 욕실의 빈 선반을 바라보았다. 그의 면도용품만이 구석에 놓여 있었다. 그리고 배터리를 넣어 작동시키는 전동 칫솔 한 개.

이러한 광경에 익숙해지려면 더 많은 시간이 필요했다. 저녁 내내, 밤새도록, 그리고 이튿날 아침까지도 모자랄 터였다.

9시쯤 그가 진하게 커피를 탄다. 그러고 나서 욕실에 있던 면도용품 일부와 옷장 안에 있던 셔츠 몇 벌, 그리고 바지를 챙겨서 가방에 넣었다. 집을 나서기 전, 현관문 앞에 서서 그는 지갑을 확인했다. 신분증과 카드. 그러고는 아래층으로 내려가 자동차에 올랐다. 밤사이 눈이 내렸다. 그래서 차창에 쌓인 눈을 치워야 했다. 한쪽 팔로 대충 털어 냈다. 저녁때쯤이면 자그레브에 다다를 것이고, 다음 날에는 스플리트에 도착할 거라고 확신했다. 그러니까 내일이면 바다를 볼 수 있을 것이다.

그는 체코와의 국경을 향해 화살처럼 똑바로, 꼿꼿하게 남쪽으로 향했다.

섬들의 대칭

여행 심리학에서는, 두 장소의 유사성에 대한 인지도는 두 장소의 거리에 일정한 관계가 있다고 말한다. 서로 가까울수록 비슷하다고 느끼지 않고, 낯설게 여긴다는 것이다. 여행 심리학에 따르면, 눈에 띄는 유사점의 대부분은 세계의 반대편에서 발견된다.

특별히 흥미로운 예로 섬들의 대칭 현상을 들 수 있다. 헤아릴 수도 없고 설명할 수도 없는 이 현상에 대해서는 별도의 논문이나 연구를 할애할 만한 가치가 있다.

고틀란드와 로도스, 아이슬란드와 뉴질랜드. 이 섬들은 대칭을 이루는 파트너 없이 개별적으로만 보면 불완전하고 부족하게 느껴진다. 로도스의 헐벗은 석회암 절벽은 고틀란드의 이끼로 덮인 절벽과 만날 때 비로소 완결된다. 태양의 눈부신 광채는 북부의 부드러운 황금빛 오후와 대조를 이룰 때 더 현실적으로 드러난다. 중세 도시의 성벽은 극적이거나 우울하거나, 두 가지 형태 중 하나다. 로도스섬에 유럽연합에도 보고되지 않은 비공식적인 식민지를 세운 스웨덴 관광객들은 이러한 사실을 누구보다 잘 안다.

비행기 멀미용 봉투

바르샤바에서 암스테르담으로 가는 비행기 안에서 나는 아무 생각 없이 종이봉투를 갖고 놀았다. 봉투에 볼펜으로 적힌 내용을 확인한 건 한참 뒤였다.

"2006년 10월 12일: 아일랜드로 향하는 비행. 최종 목적지는 벨파스트. 제슈프 공과 대학 학생들."

이러한 글귀가 봉투의 밑바닥, 공식 인쇄 문구 사이의 빈 공간에 적혀 있었다. 여러 언어로 적힌 똑같은 내용. Do you want air sickness bag……. sac pour mal de l'air……. Spuckbeutel……. bolsa de mareo. 이러한 어휘들 사이에 '1'로 시작하는, 인간의 손으로 쓴 필체가 보인다. 1자를 유달리 두껍게 쓴 걸 보면, 이 필체의 주인은 이렇게 익명으로 자신의 불안감을 표현할지 말지 잠시 망설인 듯하다. 그는 과연 봉투에 휘갈겨 쓴 이 문구가 그것을 읽어 줄 독자를 만나게 되리라는 걸 알았을까? 덕분에 내가 타인의 여행에 관한 증인이 되리라는 사실을 짐작이나 했을까?

나는 이와 같은 일방적인 의사소통 행위에 감동받았다. 과연 누구의 손이 그것을 기록했는지, 그리고 인쇄된 문구에 열을 맞춰 손이 움직일 때, 그의 눈빛이 어땠을지 궁금했다. 또한 제슈프 출신의 그 학생들이 벨파스트에서 잘 지냈는지도 알고 싶었다.

그리하여 나는 훗날 다른 비행기에서 내 의문에 대한 답변을 발견하게 되기를 소망해 본다. 부디 이렇게 적어 놓았기를. "모든 게 성공적이었다. 우리는 모국으로 돌아간다." 하지만 나는 알고 있다. 사람들이 봉투 따위에 뭔가를 적는다는 건, 불안감이나 불신을 표출하기 위해서라는 걸. 실패 혹은 대단한 성공은 글쓰기에 전혀 도움이 되지 않는다.

대지의 젖꼭지

여기 젊은 커플이 있다. 많아야 열아홉 살 정도 되어 보이는 소녀는 스칸디나비아 문학을 전공하는 대학교 1학년생이고, 그녀의 남자 친구는 금발의 레게 머리에 체구가 작다. 그들은 아이슬란드의 수도인 레이캬비크에서 이사피외르뒤르까지 히치하이크로 이동하겠다고 고집을 피운다. 다음과 같은 두 가지 이유로 히치하이크는 꿈도 꾸지 말라는 충고를 들었음에도 말이다. 우선 아이슬란드는 교통량이 별로 없고, 특히 북쪽으로 갈수록 차량 운행이 적어지기 때문에 도로 어딘가에서 꼼짝달싹도 못 하게 될 확률이 높다. 둘째, 기온이 갑자기 떨어지는 일이 다반사다. 하지만 젊은이들은 충고에 귀 기울이지 않았고, 이 두 경고는 모두 현실이 되었다. 그들은 황야에서 오랜 시간을 기다려야 했다. 그들을 태워 준 차가 외딴 마을을 향해 방향을 돌리기 직전 이곳에 내려 줬지만, 그 후로 다른 차는 한 대도 지나가지 않았다. 한 시간 만에 날씨가 급격히 바뀌었고 눈이 내리기 시작했다. 용암이 잔뜩 깔린 평야를 가로지르는 도로 부근에서 그들은 담배를 피우며 싸늘한 몸을 덥히려 애썼다. 자동차 한 대쯤은 지나가지 않을까 기대하면서. 하지만 차는 끝내 오지 않았다. 그들은 그날 저녁 이사피외르뒤르까지 가는 여정을 포기했다.

불을 피울 만한 땔감도 없었다. 눅눅하고 차가운 이끼와 불길조차 집어삼키려 하지 않는 희귀한 덤불뿐이었다. 그들은 이끼 덮인 바위틈에서 침낭에 들어가 그날 밤을 보냈다. 먹구름이 사라지고 얼어붙은 하늘에 별들이 빛나기 시작하자 그들은 용암 덩어리가 얼굴의 형상을 취하는 것을 보았다. 여기저기서 속삭임과 중얼거림, 바스락거리는 소리가 들려왔다. 대지의 따뜻한 온기를 느끼기 위해 이끼 아래, 돌 밑에다 손을 갖다 댔다. 그러자 미세한 진동과 움직임, 그리고 호흡이 손끝에서 느껴졌다. 의심의 여지가 없었다. 대지는 살아 있었다.

나중에 그들은 아이슬란드 사람들을 통해 그날 밤 별일 없이 무사히 넘어갈 수 있었던 이유를 깨우쳤다. 그들처럼 길 잃은 사람들이 있으면, 대지는 기꺼이 자신의 따뜻한 젖꼭지를 내어준다고 아이슬란드인들은 말했다. 그러면 그저 감사한 마음으로 젖꼭지를 빨면서 거기서 흘러나오는 모유를 마시면 된다는 것이다. 그 모유는 아마도 수산화마그네슘 같은 맛이리라. 위산 과다증이나 속 쓰림 증상을 치료하기 위해 약국에서 판매하는 바로 그 약품 말이다.

포고[137)]

내일은 안식일이다. 젊고 풋풋한 하시디즘[138)] 그룹의 멤버 두 사람이 산책로에서 요즘 유행하는, 활기 넘치는 남미 음악의 리듬에 맞춰 포고 춤을 춘다. 사실 '춤을 춘다'라는 건 적절한 표현이 아니다. 거칠고 황홀한 점프, 제자리에서 반복되는 격렬한 회전, 서로 포개졌다가 튕겨 나오는 탄력 넘치는 육체들. 콘서트장 무대 앞에서 전 세계의 모든 10대 소녀들이 발을 구르며 추는 춤이다. 자동차에 설치된 스피커에서 음악이 흘러나오고 차에 탄 랍비 하나가 모든 것을 지휘하고 있다.

흥이 넘치는 스칸디나비아 관광객 소녀들이 합류해서 소년

---

137) 콩콩거리며 타고 다닐 수 있는 놀이 기구 '포고'에서 유래한 라틴 아메리카의 춤. 위아래로 점프하면서 서로 몸을 부딪치며 추는 것이 특징이다.
138) Hasidism. 18세기 동유럽 국가에서 일어난 유대교 종교 운동.

들과 어색하게 손을 잡고 캉캉을 시도한다. 그러자 소년 중 하나가 소녀들을 향해 명령한다.

"부탁이야, 춤을 추고 싶으면 여자들은 구석으로 좀 비켜줘."

벽

여기 여행의 끝에 이르렀다고 믿는 사람들이 있다.

사막에 버려진 뼈의 잔해처럼 도시는 완전히 희뿌옇다. 뜨거운 열기가 혓바닥을 날름거리며 도시를 핥고, 모래밭은 광채를 내뿜는다. 마치 태고의 바다에서부터 언덕을 이루고 있는 석회화된 산호 군락처럼 보인다.

이 도시의 활주로는 고르지 못해서 그 어떤 조종사도 운행하기 어렵다고 한다. 한때 신들이 바로 거기서 하늘로 날아올랐다고 전해진다. 그때 그 시절에 대해 어떤 생각이나 개념을 가지고 있는 사람들은 아쉽게도 서로 모순된 이야기만 남발한다. 그래서 하나의 버전으로 확정할 수가 없다.

주의하라, 이 먼 곳까지 다다른 모든 순례자와 여행자, 그리고 방랑자여, 당신들은 배나 비행기를 타거나 혹은 걸어서, 다리와 해협을 건너고, 군사 분계선과 철조망을 넘어 여기에 다다랐다. 당신들이 탄 자동차와 대상(隊商)은 여러 차례 정지를 당했고, 당신들의 여권은 샅샅이 조사를 받았으며, 저들은 당신들의 눈동자를 유심히 들여다보곤 했다. 주의하라. 표지판을 따라, 역을 따라 복잡한 미로를 통과하라. 누군가의 집게손가락이, 책 속에 적힌, 번호가 매겨진 구절들이, 건물 벽에 쓰인 로마 숫자들이 당신들을 무사히 인도하기를. 구슬 목걸이와 카펫, 물담배, 사막의 모래밭에서 발굴되었다고 주장하는 동전들, 피라미드 모양의 형형색색 용기 속에 들어 있는 매운 향신료에 실망하지 말기를. 당신들처럼 다양한 유형의 군중 — 피부와 얼굴과 머리카락의 다채로운 색깔, 의복과 모자와 배낭의 파노라마에 주의를 빼앗기지 말기를.

미로의 중심에는 보물도 없고, 싸워서 물리쳐야 할 미노타우로스도 없다. 길은 갑자기 벽 앞에서 끝난다. 도시 전체처럼 새하얗고 높은 그 벽은 도저히 넘을 수 없다. 아마도 이것은 보이지 않는 성전의 벽일 것이다. 하지만 사실은 사실일 뿐, 우리는 끝에 이르렀고 거기에는 더 이상 아무것도 없다.

그러므로 벽 앞에서 놀라는 사람들, 혹은 이마에 맺힌 땀을 식히는 사람들, 피로와 실망에 주저앉았다가 아이들처럼 벽에 바짝 달라붙는 사람들을 보면 절대 놀라지 말 것.

이제 돌아갈 시간이다.

꿈속의 원형 극장

뉴욕에서의 첫날 밤, 나는 한밤중에 길을 잃고 이 도시를 헤매는 꿈을 꾸었다. 다행히 내 손에는 지도가 들려 있었고, 나는 이 격자무늬의 미로에서 빠져나오기 위해 때때로 그것을 들여다보았다. 그러다 갑자기 거대한 광장으로 나오고, 고대의 커다란 원형 극장이 눈앞에 펼쳐졌다. 나는 놀라움에 우뚝 서 버렸다. 그때 일본인 관광객 부부가 내게 다가와 내가 들고 있는 지도에서 광장이 어디 있는지 손가락으로 가리켜 주었다. 그렇다. 광장은 정말로 거기에 있었다. 나는 안도의 한숨을 내쉬었다.

수직과 수평의 거리들이 씨실과 날실처럼 서로 교차하는 덤불 속에서, 그 단조로운 네트워크 속에서 나는 하늘을 올려다보는 크고 둥근 눈동자를 보았다.

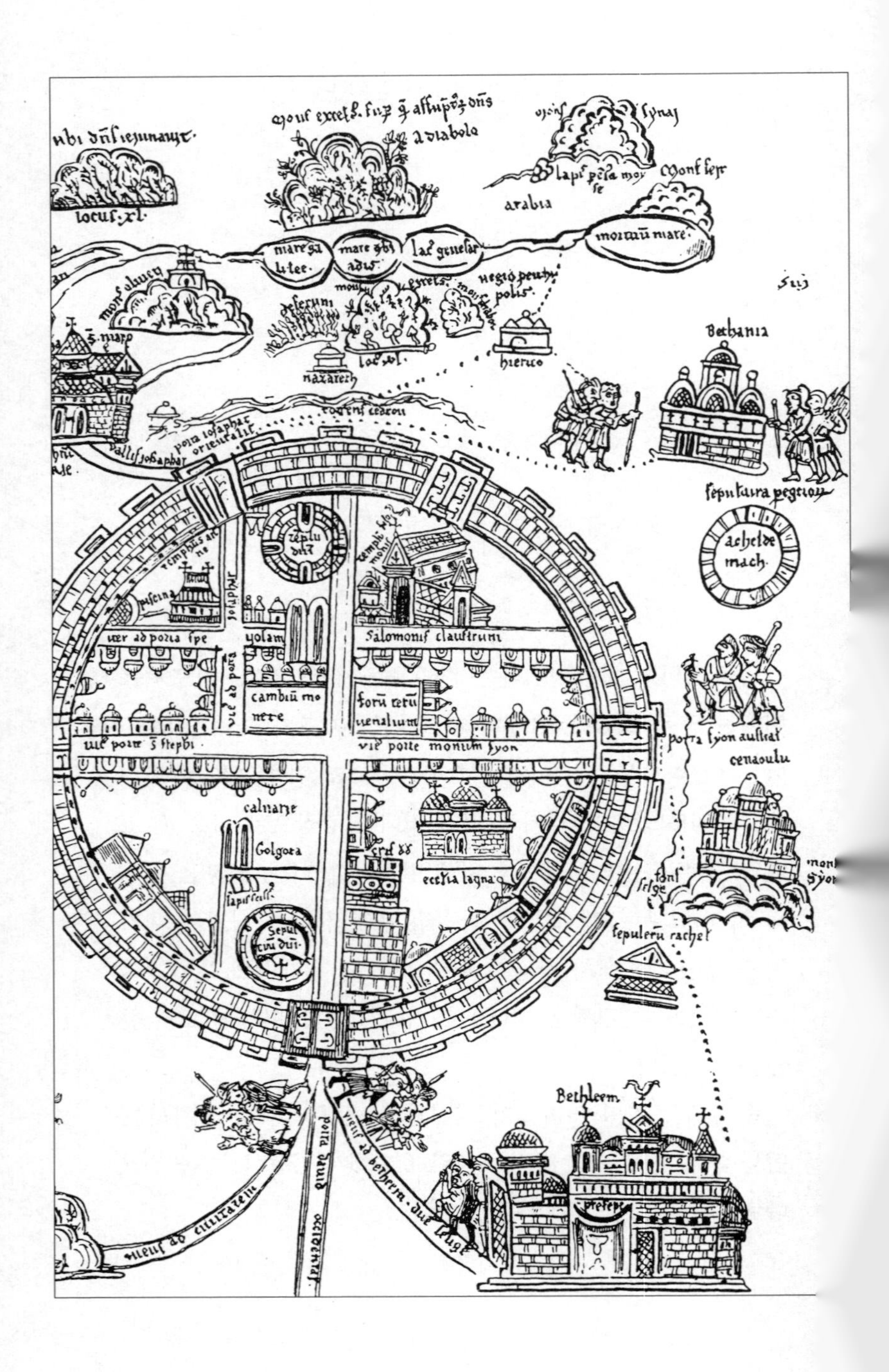

ubi dn̄s ieiunavit.
locus .xl.
a diabolo
synai
arabia
mare galilee.
lac genesar
mortuu̅ mare.
hierico
nazareth
Bethania
torrens cedron
porta iosaphat orientalis
vallis iosaphat
sepultura peregrinorum
acheldemach.
piscina
Salomonis claustrum
cambiu̅ monete
foru̅ reru̅ venalium
vie porte montium syon
porta syon australis
calvarie
Golgota
Sepulcru̅ dn̄i
sepulcru̅ rachel
Bethleem
presepe

그리스 지도

그것은 위대한 타오(Tao), 그러니까 도교의 도(道)를 연상시킨다. 가까이 들여다보면, 물과 흙으로 이루어진 위대한 타오를 발견할 수 있다. 그러나 그 어떤 지점에서도 어느 한 요소가 다른 요소보다 우위를 점하지는 않는다. 대지와 바다가 서로 대등하게 아우르고 있는 것이다. 펠로폰네소스반도는 흙이 물에게 준 것이며, 크레타섬은 물이 흙에게 준 것이다.

나는 펠로폰네소스반도야말로 가장 아름다운 모양이라고 생각한다. 그것은 인간의 손이 아닌, 위대한 어머니의 손 모양을 닮았다. 자식을 씻길 목욕물의 온도가 적당한지 확인하기 위해 물속에 담근 어머니의 손.

카이로스

"우리는 매 순간 뭔가와 맞서 싸워야 합니다."

그들이 커다란 공항 건물에서 빠져나와 택시를 기다리고 있을 때 한 교수가 말했다. 그는 따뜻하고 부드러운 그리스의 공기를 기분 좋게 들이마셨다.

그의 나이 여든하나. 곁에는 스무 살 연하의 아내가 있다. 첫 번째 결혼 생활이 바람 빠진 풍선처럼 탄력을 잃고 아이들이 모두 집을 떠났을 때, 신중하게 고민하여 선택한 결혼이다. 잘한 일이었다. 첫 번째 아내는 돌봐 줄 사람이 필요했고, 현재 시설 좋은 양로원에서 평화로운 말년을 보내는 중이었다.

그는 비행을 잘 견뎠고 몇 시간 정도의 시차에도 끄떡없었다. 교수의 수면 리듬은 오랫동안 불협화음으로 이루어진 교향곡 같았다. 예기치 않게 밀려드는 졸음과 놀랄 만큼 또렷한

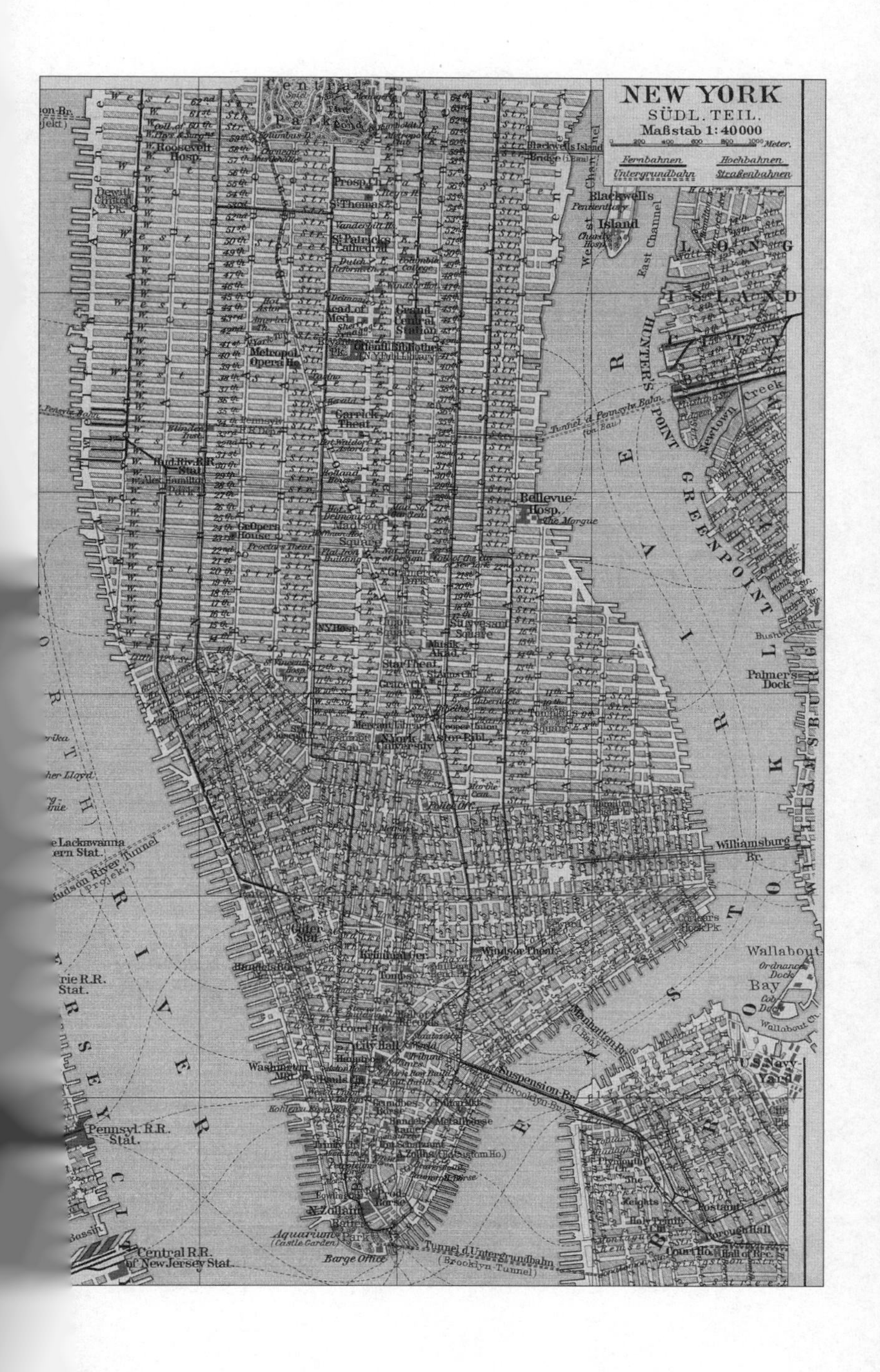
NEW YORK
SÜDL. TEIL.
Maßstab 1:40000
Meter
Fernbahnen
Hochbahnen
Untergrundbahn
Straßenbahnen
Central Park
Roosevelt Hosp.
Blackwell's Island
Blackwells Island Bridge
St. Patricks Cathedral
Grand Central Station
Metropol. Opera Ho.
Acad. of Med.
Garrick Theat.
Bellevue-Hosp.
The Morgue
Madison Square
Hud. Riv. R.R. Stat.
Stuyvesant Square
Union Square
N. York University
Tompkins Square
Hunter's Point
Greenpoint
Long Island City
Newtown Creek
Palmers Dock
Williamsburg Br.
Wallabout-Bay
U.S. Navy-Yard
Hudson River Tunnel
Hudson River
East River
City Hall
Court Ho.
Suspension-Br.
(Brooklyn-Br.)
Manhattan Br.
Washington Mkt.
Pennsyl. R.R. Stat.
Central R.R. of New Jersey Stat.
Aquarium
(Castle Garden)
Barge Office
Tunnel d. Untergrundbahn
(Brooklyn-Tunnel)
Borough Hall
Heights
Erie R.R. Stat.

의식이 무작위로 반복되는 일상. 시차라는 건 수면 상태와 비수면 상태가 빚어내는 혼란스러운 화음이 그저 일곱 시간 뒤로 이동하는 것에 불과했다.

에어컨이 갖춰진 택시가 그들을 호텔로 데려다주었다. 교수의 젊은 아내인 카렌이 능숙하게 짐을 내리고, 리셉션 데스크에서 크루즈 안내원으로부터 필요한 정보를 수집한 뒤, 열쇠를 챙기고 친절한 포터의 도움을 받아 별 어려움 없이 남편을 2층에 있는 자신들의 숙소로 데려갔다. 거기서 그녀는 그가 침대에 눕도록 도와주고 얇은 비단 스카프를 느슨하게 풀어주고 구두를 벗겨 주었다. 그러자 남편은 곧바로 잠이 들었다.

그렇다. 그들은 아테네에 도착했다! 창문으로 다가가며 그녀는 기쁨을 느꼈다. 그리고 잠시 견고하게 만들어진 창문 걸쇠와 씨름했다. 4월의 아테네. 봄기운이 사방에 만연하고 잎새들이 열정적으로 공간을 채웠다. 거리마다 먼지가 쌓이기 시작했지만 아직 심각하진 않았다. 소음은 늘 있는 문젯거리다. 그녀가 창문을 닫았다.

욕실에서 그녀는 짧은 은백색 머리카락을 물에 헹구고 샤워를 했다. 발밑으로 흘러내리는 비눗물과 함께 모든 긴장이 씻겨 나가고 영원히 배수구로 빠져나가는 듯한 느낌이 들었다.

'두려워할 것 없어. 모든 육체는 세상에 맞춰야 하는 법이잖아, 다른 방도가 없어.'

그녀가 스스로에게 다짐했다.

'이제 거의 결승선에 다다른 거야.' 그녀가 뜨거운 물줄기 아래, 가만히 멈춰 서서 큰 소리로 중얼거렸다. 머릿속에 자꾸만 어떤 이미지가 떠오르는 것은 어쩔 수가 없었다.(그녀는 이런 습관이 학문적 업적을 쌓는 데 방해가 된다고 생각했다.) 고대 그리스의 연무장(演武場)을 연상시키는 어떤 장소가 자꾸만 눈앞에 어른거렸다. 줄 위에 세워진 출발대와 주자들, 바로 남편과 자신이다. 이제 막 출발했는데 벌써 두 사람이 서툰 포즈로 결승선을 향해 뛰어 들어가고 있다. 그녀는 넉넉한 수건으로 몸을 감싼 뒤, 얼굴과 목, 그리고 가슴 위쪽에 보습 크림을 듬뿍 발랐다. 낯익은 화장품 냄새가 그녀의 기분을 진정시켜 주었다. 침대로 가서 남편의 옆자리에 누웠고, 자신도 모르는 새 깜빡 잠이 들었다.

저녁은 호텔 아래층에 있는 레스토랑에서 먹었다.(그는 브로콜리를 곁들인 가자미구이를, 그녀는 페타 치즈가 들어간 샐러드를 주문했다.) 노트북과 책, 요약문 들을 챙겨 왔는지 교수가 물었다. 평범하고 일상적인 질문과 답변이 오가던 중에 결국 언젠가는 나올 수밖에 없었던, 바로 그 질문이 튀어나오고야 말았다.

"여보, 지금 우리가 어디에 있는 거지?"

그녀가 침착하게 대답했다. 쉽고 간단한 몇 문장으로 설명해 주었다.

"아, 그렇지." 그가 기뻐하며 대답했다. "내가 좀 정신이 없는 모양이야."

그녀는 자신을 위해 레치나를 주문했다. 그리고 주위를 둘러보았다. 대체로 부유해 보이는 여행객들이 식사를 하고 있었다. 미국인, 독일인, 영국인, 그리고 자유롭게 이동하는 돈의 흐름을 좇다가 과거의 특징이나 흔적을 말끔히 지워 버린 사람들. 다들 건강하고 아름다워 보였고, 한 언어에서 다른 언어로 너무도 쉽고 유연하게 넘나들고 있었다.

예를 들어 바로 옆 테이블에는 유쾌해 보이는 그룹이 앉아 있었는데, 그녀보다는 약간 젊어 보이는 것이 다들 50대 정도인 듯했다. 모두 혈색이 좋고 정정했다. 남자 셋, 여자 둘. 카렌은 왁자지껄 웃음을 터뜨리고 있는 저 테이블 사람들과 자신이 더할 나위 없이 잘 어울린다고 상상했다.(때마침 웨이터가 그들에게 그리스 와인 한 병을 더 가져와서 따라 주고 있었다.) 그녀는 생각했다. 떨리는 포크로 물고기의 창백한 살집을 헤집고 있는 남편을 이 자리에 홀로 남겨 두고 벌떡 일어서는 자신의 모습을. 그리고 레치나를 손에 들고 마치 민들레 홀씨가 떨어지듯, 저들의 테이블로 자연스럽게 옮겨 앉아서는 부드러운 알토로 저들의 웃음소리에 마지막 화음을 넣는 자신의 모습을.

물론 실행에 옮기지는 않았다. 그녀는 교수의 부주의로 식탁보에 떨어진 브로콜리를 주워 담으며 불쾌감을 표시했다.

"맙소사!"

그녀가 급기야 인내심을 잃어 한숨을 내뱉고는 웨이터를 불러 허브티 한 잔을 주문했다.

"도와드려요?"

"먹여 주는 것만은 허락할 수 없어."

남편이 말했다. 그리고 포크를 들고 온 힘을 다해 물고기를 공격하기 시작했다.

그녀는 자주 그에게 화가 났다. 이 사람은 자기에게 모든 걸 전적으로 의지하면서도 그러지 않는 듯이, 아니 오히려 그 반대인 듯이 행동한다. 남자들, 아니면 적어도 그들 가운데서 똑똑한 부류는 자기 보존 본능이 발동해서 스스로도 의식하지 못하는 사이에 자기보다 아주 젊은 여자에게 집착하는 경우가 많은데, 그것은 매우 필사적인 감정이라고 그녀는 생각했다.(하지만 그 이유는 사회 생물학자들이 추측하는 것과는 전혀 다르다.) 그렇다. 그건 시간의 흐름 속에 자신의 DNA를 채워 넣으려는 욕망이나 번식에 대한 욕구 따위와는 아무런 상관이 없었다. 그보다는 삶의 순간순간마다 인간이 느끼는 어떤 직감, 애써 감추며 침묵으로 일관해 온 불길한 예감 탓이라고 할 수 있다. 인간이 너무 조용하고 따분한 시간의 흐름 속에 던져지면 남보다 빨리 늙어 버릴지도 모른다는 그런 예감 말이다. 그들은 자신이 처음부터 짧고 강렬한 순간을 위해 태어난 존재인 것처럼 착각한다. 위험천만한 경주와 승리, 그리고 탈진. 그러므로 그들을 살아 있게 만들어 주는 것은 흥분과 전율이다. 하지만 그것은 매우 값비싼 삶의 전략이라고 할 수 있다. 그렇게 비축된 에너지가 소진되고 나면 그때부터는 마이너스 통장으로 살아가야 하므로.

두 사람이 처음 만난 것은 같은 대학에서 일하는 한 동료의 재직 2주년을 기념하는 파티에서였다. 벌써 15년 전의 일이다. 교수가 그녀에게 와인 한 잔을 건넸을 때 그녀는 교수가 입은, 유행에 한참 뒤떨어진 모직 조끼의 솔기가 터져 있음을,

그리고 짙은 색의 실 한 가닥이 그의 엉덩이에서 펄럭이고 있음을 발견했다. 그녀가 이 도시로 오게 된 것은 때마침 정년퇴직을 하게 된 어느 교수의 후임으로 내정되었기 때문이다. 그 교수의 학생들 또한 그녀가 인계받을 예정이었다. 그때 그녀는 이혼 직후였고, 카드 빚으로 아파트를 임대해서 한참 가구를 들여놓는 중이었다. 아이가 있었다면 이혼은 아마 더 고통스러웠으리라. 15년 동안이나 함께 결혼 생활을 했던 남편이 다른 여자에게 갔다. 카렌은 그때 갓 마흔을 넘겼고, 이미 정교수였다. 저서도 몇 권 출판했다. 그녀는 그리스 섬들의 알려지지 않은 고대 종교 집단에 관한 전문가였다. 그녀는 종교학자였다.

이 만남이 있은 지 몇 년 후 그들은 결혼식을 올렸다. 첫 번째 부인의 병세가 심각해서 이혼 동의를 얻어 내는 게 쉽지 않았다. 하지만 교수의 자녀들이 그들의 편을 들어 주었다.

그녀는 가끔 자신의 인생이 지금껏 어떤 방향으로 흘러왔는지 생각하곤 했다. 그리고 진실이란 단순하다는 결론을 내리게 되었다. 여자가 남자를 필요로 하는 것보다 훨씬 더 많이 남자가 여자를 필요로 한다는 사실. 카렌의 판단으로 여자는 남자 없이도 얼마든지 잘 살 수 있었다. 외로움도 잘 참고 건강도 적절하게 유지하고 인내심도 강하고 교우 관계도 원만하게 꾸려 나갈 수 있다. 그 밖에 또 어떤 자질이 있는지 그녀는 머릿속으로 떠올려 보았다. 그러다 그녀는 자신이 그리는 여자의 이미지가 고급 품종의 유용한 강아지와 비슷하다는 것을 깨달았다. 갑자기 만족감을 느끼면서 그녀는 강아지의 성향들을 꼽아 보았다. 빨리 배운다. 공격적이지 않다. 아이들을 좋아한다. 우호적이다. 집에서 잘 지낸다. 여자들에게서, 특히 젊은 여자들에게서 미지의 강렬한 본능을 일깨우는 것은 별로 어려운 일이 아니다. 그러한 본능은 때로는 아이를 갖고 싶은 욕구와 연결되기도 한다. 하지만 사실 여자들에게는 그보다 훨씬 더 많은 욕구가 도사리고 있다. 세상을 포용하고 싶은 욕구. 산책로에 발을 들여놓으려는 욕구. 낮과 밤을 정리하려는 욕구. 집 안의 고유한 일상을 확립하려는 욕구. 무력감을 다스리는 가벼운 훈련을 통해 이러한 본능을 일깨우는 것은 그리 어려운 일이 아니다. 하지만 그러고 나면 그녀들은 어느 틈에 눈먼 존재가 되고, 기계적인 알고리즘이 작동하게 된다. 결국은 텐트를 버리고 둥지 속에 눌러앉게 될 것이며, 둥지 밖으로 모든 것을 내던지게 될 것이다. 또한 그 안에 있는 새끼 새가 실은 괴물이고, 누군가가 버리고 간 존재라는 사실도 알아차리지 못할 것이다.

교수는 5년 전에 퇴직했다. 상아탑을 떠나며 포상과 훈장을 받았고, 학문적으로 공로를 세운 학자들만 오를 수 있는 리스트에 이름을 올렸다. 지역 출판사는 그의 제자들이 쓴 논문을 모아 기념 논총을 출간했다. 또한 그의 업적을 기리기 위해 몇 차례의 파티가 열렸다. 한 파티에는 TV에서 활발하게 활동하는 유명 코미디언이 참석하기도 했다. 사실 무엇보다 교수를 들뜨게 하고 기쁘게 한 건 바로 그의 출연이었다.

그 후 부부는 대학가에 있는 아담하고 안락한 집으로 영구 이주했고, 거기서 '논문 정리 작업'을 했다. 아침이면 카렌은 남편을 위해 차를 끓이고 가벼운 식사를 준비했다. 그에게 오는 모든 연락을 그녀가 대신 받았고, 초대장이나 편지에도 그녀가 답장을 보냈다. 대부분은 초대나 제안을 정중히 거절하는 내용이었다. 아침마다 그녀는 남편의 생활 리듬에 맞춰 일찍 일어나려 애썼고, 힘겹게 졸음을 참으며 그를 위해 오트밀을 끓이고 자신이 마실 커피를 탔다. 남편이 입을 깨끗한 옷도 항상 챙겼다. 정오 무렵이면 가사 도우미가 왔다. 남편이 낮잠을 자기 시작하면 그제야 비로소 그녀는 자신을 위해 몇 시간을 보낼 수 있었다. 오후가 되면 다시 차를 우렸다. 이번에는 허브티였다. 그러고는 이른 저녁, 홀로 산책에 나서는 그의 뒷모습을 바라보곤 했다. 오비디우스의 시를 큰 소리로 낭송하고, 다시 저녁 식사와 잠자리 준비, 그리고 다양한 종류의 알약과 시럽을 챙겼다. 지난 5년 동안, 한 해도 빠짐없이 부부가 응답한 초대는 단 하나였다. 바로 그리스의 섬들을 오가는 호화로운 크루즈 여행이었다. 그곳에서 교수는 날마다 승객에게 강의를 했다. 토요일과 일요일을 제외하면 강의는 모두 열 번, 교수가 개인적으로 가장 좋아하는 주제로 구성되었다. 주제는 매년 달랐고 고정된 목록도 없었다.

배의 이름은 '포세이돈'(검은색으로 쓴 그리스어 알파벳 ΠΟΣΕΙΔΩΝ이 흰 선체와 강한 대조를 이루었다.)이었는데, 두 개의 갑판과 식당, 당구장 하나와 작은 카페, 마사지 숍과 일광욕실, 그리고 편안한 선실들이 있었다. 몇 년 전부터 그들은 항상 특정 선실을 사용했다. 큰 치수의 더블베드와 욕실, 안락의자 두 개가 딸린 테이블과 초미니 책상이 놓여 있는 객실이었다. 바닥에는 푹신푹신한 커피색 양탄자가 깔려 있었다. 카렌은 양탄자를 볼 때마다 저 부드러운 섬유 사이 어딘가에서 자신이 4년 전에 잃어버린 귀걸이 한 짝이 발견될지도 모른다는 막연한 기대감을 품곤 했다. 선실은 일등실의 갑판과 바로 연결되어 있었다. 저녁에 교수가 잠들면 카렌은 이 쾌적한 시설을 마음껏 즐겼다. 난간에 기대어 담배 한 대를 피우며, 멀리 지나가는 배들의 불빛을 바라보았다. 낮 동안 햇볕에 달궈진 선실은 저녁 무렵에도 여전히 온기를 내뿜었다. 하지만 바다에서는 냉기와 어두운 공기가 피어올랐다. 카렌은 자신의 육체가 낮과 밤의 경계선을 표시하고 있는 것 같다는 생각이 들었다.

"배의 구원자이자 야생마의 조련사이시여, 당신은 축복받으셨습니다. 오, 포세이돈이여, 대지를 뒤흔드는 분, 흑발에 행운이 가득한 분, 항해자들에게 자비를 베푸소서."

그녀가 소리 낮춰 중얼거렸다. 그러고 나서 바로 전에 불붙인 담배를 바닷속으로 던졌다. 그것이 그녀에게 할당된 하루치의 완벽한 호사였다.

크루즈의 노선은 지난 5년 동안 한 번도 바뀐 적이 없었다.

배는 피레우스에서 출발하여 엘레우시스로 향했다. 그다음엔 코린토스에 들렀다가, 거기서 돌아와 다시 남쪽의 포로스로 간다. 승객들이 포세이돈 성전의 폐허를 감상하고 작은 마을을 걸어서 돌아다닐 수 있게 하기 위해서다. 그러고 나서 크루즈의 선로는 키클라데스 제도로 이어졌다. 이 모든 여정이 서두름 없이, 느긋하고 여유로운 동선으로 짜여 있었다. 덕분에 승객들은 햇볕과 바다의 정취를 만끽하고, 섬에 자리 잡은 도시들, 새하얀 벽과 오렌지색 지붕이 있는 마을의 풍경을, 레몬밭의 신선한 내음을 충분히 즐길 수 있었다. 본격적인 휴가철이 시작되지 않았기에 단체 여행객들은 아직 없다. 교수는 그들에 대해 항상 비판적으로 말했고 짜증을 숨기지 못했다. 여행객의 대부분은 뭔가를 바라보면서도 실은 아무것도 보지 못하며, 그들의 시선은 대량으로 찍어 낸 여행 가이드북에 소개된 것들만 따라다니며, 심지어 그럴 때도 그저 대상의 표면을 미끄러져 갈 뿐이라고 교수는 말했다. 그들의 다음 목적지는 델로스, 아폴로 신전이 있는 곳이었다. 그러고 나서 마지막으로 로도스섬이 있는 도데카네스 제도로 향했다. 거기서 여정의 대단원을 마감한 뒤, 지방 공항에서 비행기를 타고 각자 집으로 돌아가는 것이다.

카렌은 이 남쪽 지방을 좋아했다. 배가 항구에 정박하면 그들은 산책하기 좋은 차림을 하고(교수는 항상 목에 스카프를 둘렀다.) 도시로 향했다. 항구에는 그들이 타고 온 배보다 훨씬 큰 여객선들이 정박할 때도 많았다. 그러면 도시의 상인들은 즉시 상점을 열었다. 관광객들에게 섬의 이름이 박힌 수건이나 조개껍데기 세트, 해면, 예쁜 바구니에 담긴 말린 허브나 우조,[139] 아니면 아이스크림을 팔기 위해서였다.

교수는 혈기 왕성하게 도시를 휘젓고 다니며 역사적인 지형지물, 다시 말해 대문이나 분수, 허물어져 가는 담에 둘러

---

139) 아니스 열매로 담근 그리스 술.

싸인 유적지 등을 지팡이로 가리켰다. 그리고 그 어떤 가이드북에도 없는 흥미로운 이야깃거리들을 여행객들에게 들려주었다. 이러한 산책은 계약서에 포함된 내용이 아니었다. 매일 강의 하나씩만 하면 그만이었다.

그가 시작했다. "인간이 살아가기 위한 기후 조건은 대략 감귤나무의 환경과 비슷하다고 생각합니다."

그는 작고 둥근 전구들이 가득 매달린 천장 쪽으로 시선을 들어 올렸다. 그리고 예상보다 오랫동안 그곳을 응시했다.

카렌은 손가락 관절이 새하얘질 때까지 양손을 꽉 움켜쥐었다. 하지만 다행히도 그녀는 살짝 도발적이면서 뭔가에 흥미를 느끼는 듯한 미소를 가까스로 유지할 수 있었다. 그래도 치켜 올라간 눈썹 때문에 그녀의 표정이 뭔가 역설적으로 보였다.

남편이 말을 이었다. "이것이 바로 우리의 출발점입니다. 그리스 문명의 범위가 대체로 감귤나무의 서식지와 일치한다는 건 결코 우연이 아닙니다. 햇볕을 듬뿍 받은, 생명력 넘치는 공간 너머의 모든 것은 천천히 피할 수 없는 쇠락을 겪는 법이죠."

그것은 마치 서두르지 않고 질질 끄는 비행기 이륙 과정과도 같았다. 카렌은 항상 똑같은 이미지를 보았다. 교수의 비행기가 비틀거린다. 바퀴들이 활주로에 자국을 남긴다. 하지만 그러면서도 활주로에서 떠오르기 시작한다. 그렇게 잔디밭을 벗어나는 것이다. 그러다 결국 엔진이 작동하고 기체가 좌우로 흔들리고 요동치다가 결국엔 하늘 높이 날아간다. 카렌은 남몰래 안도의 한숨을 내쉬었다.

카렌은 강의 주제에 대해 잘 알았다. 교수가 특유의 작고 가느다란 필체로 깨알같이 적어 놓은 개요 노트를 이미 봤고, 그를 돕기 위해 자신이 직접 메모도 했기 때문이다. 만약 진짜로 무슨 일이 일어나기라도 하면, 첫째 줄에 마련된 자기 자리에서 벌떡 일어나 그가 내뱉는 모든 문장을 도중에 낚아채서 적절한 순서에 따라 이야기할 수도 있었다. 하지만 분명한 건, 그녀에게는 남편과 같은 웅변술도 없고 청중으로 하여금 무의식중에 주목하게 만드는 독특한 행동을 재현할 수도 없다는 사실이었다. 그녀는 교수가 자리에서 일어나 걸어 다니기 시작하는 순간을 늘 기다렸다. 그녀가 즐기는 이미지를 통해 설명하자면, 이 순간은 카렌에게 교수의 비행기가 순항 고도에 이르는 순간, 그러니까 모든 게 정상적이고 원활하게 움직이는 순간이다. 비로소 그녀는 배의 상갑판으로 올라가서 기쁨에 넘쳐 해수면을 바라보며, 그들이 막 지나친 요트의 돛대와 새하얀 안개를 뚫고 뿌옇게 솟아오른 산봉우리를 원 없이 바라볼 수 있었다.

그녀는 청중들을 살펴보았다. 사람들은 반원을 그리며 앉아 있었다. 첫째 줄에 앉은 사람들은 접이식 테이블을 펼쳐 놓고 노트를 꺼내어 교수의 이야기를 열정적으로 적고 있다. 반면에 창문 근처, 끝줄에 앉은 사람들은 뭔가를 과시하듯 무관심해 보이고 활기도 없었지만, 그래도 강의를 듣고는 있다.

사실 바로 이런 사람들이 나중에 이것저것 꼬치꼬치 캐물으면서 교수를 귀찮게 하리라는 것을 카렌은 알고 있었다. 그러면 그녀는 아무런 보수도 없이 추가로 진행되는 보충 수업으로부터 남편을 보호하기 위해 그들과 가벼운 실랑이를 벌여야만 했다.

그녀는 이 남자, 즉 자신의 남편에게 매료되었다. 그녀의 눈에 남편은 그리스에 관한 모든 것, 기록되고 발굴되고 말로 전해진 모든 내용을 온전히 습득한 사람처럼 보였다. 그러므로 그의 지식은 '폭넓다'보다는 '무시무시하다'라고 표현하는 것이 맞았다. 그것은 텍스트와 인용구, 참고 문헌, 각주, 깨진 화병 조각에 적힌 단어의 세심한 판독, 완벽히 이해하기 힘든 그림, 그리고 발굴 현장과 후대의 저작물, 유골이나 서간문, 용어 색인 등 모든 것을 총망라한 지식이었다. 그러므로 거기에는 도저히 인간의 것이라고는 믿을 수 없는 뭔가가 있었다. 그러한 지식을 모조리 습득하고 소화하기 위해 교수는 아마도 특별한 생물학적 수술을 감행해야만 했을 것이다. 지식이 자신의 세포 조직 속에 유입되어 점점 배가될 수 있도록 스스로 몸을 열고 하이브리드로 거듭났을 것이다. 그렇지 않고는 설명할 길이 없었다.

이토록 방대한 지식의 축적물을 제대로 정리하고 배열하는 게 쉽지 않다는 건 명백한 사실이다. 그러므로 그러한 지식은 해면과도 같은 형태, 수년에 걸쳐 바닷속에서 자라며 가장 환상적인 형상으로 탈바꿈한 산호와 같은 형태를 취하고 있다.

그것은 이미 임계 질량에 도달하여 이제는 다른 형태로 변형되었다. 재현되고 증식되고 복잡하게 조직되었다. 연상 작용은 전형을 벗어난 경로로 움직였고, 예상치 못한 버전에서 유사점이 발견되었다. 마치 누구든 어떤 사람의 자녀 또는 남편이나 여동생으로 판명될 수 있는 브라질 막장 드라마의 혈연관계처럼. 지금껏 이미 많은 이가 지나간 길이 갑자기 아무런 가치도 없는 경로로 전락하고, 도저히 넘나들 수 없다고 생각되던 길이 한순간에 편리한 루트로 바뀌었다. 오랫동안 별다른 의미가 없는 것으로 여겨졌던 것들이 교수의 머릿속에서 느닷없이 위대한 발견의 시작점이 되고, 패러다임의 실질적인 변화를 유도하는 도화선이 되었다. 자신이 위대한 인간의 아내라는 사실을 그녀는 추호도 의심하지 않았다.

입을 열면 그는 얼굴이 변했다. 마치 그의 말이 얼굴에 깃든 고령의 흔적과 피로를 말끔히 씻어 내기라도 하듯, 전혀 다른 얼굴이 나타나곤 했다. 눈은 반짝이고 뺨은 탱탱하게 부풀어 올랐다. 조금 전까지 그의 얼굴을 가리고 있던 찡그린 인상의 마스크가 순식간에 사라졌다. 마치 마약이나 약간의 암페타민을 복용한 듯한 극적인 변화였다. 하지만 그녀는 언제쯤 약효가 떨어지는지 알고 있었다. 그 순간이 오면 그의 얼굴은 다시 무표정하게 변하고, 눈빛은 흐려지고, 몸은 가장 가까운 곳에 놓인 안락의자에 너부러져 그녀가 너무도 잘 아는 무기력한 모습으로 돌아올 것이다. 그러면 그녀는 겨드랑이에 두 팔을 넣어 조심스럽게 그의 몸을 들어 올린 뒤, 다리를 끄는 그를 선실까지 부축하고 가서 잠시 낮잠을 잘 수 있게 해야 한다. 강의에 너무 많은 에너지를 소모했기 때문이다.

그녀는 강의의 순서와 내용을 잘 알고 있었다. 하지만 매번 그의 모습을 지켜볼 때마다 그녀는 충만한 희열을 느꼈다. 마치 사막의 장미를 물이 담긴 꽃병에 집어넣듯이 그는 그리스가 아니라 자신의 이야기를 하고 있었다. 그가 언급하는 모든 인물은 바로 그 자신이었다. 그것은 너무도 당연했다. 그가 거론하는 모든 정치적인 사안은 그가 겪는 가장 사적인 문제들이었다. 밤마다 그의 잠을 설치게 만드는 철학 사상들, 그것은 그의 것이었다. 신들과 개인적으로 너무 친해서, 그는 집에서 가까운 레스토랑에서 항상 그들과 함께 점심을 먹었고, 밤에는 에게해의 와인을 마셨다. 그는 신들의 주소와 전화번호를 알고 있었고 아무 때나 그들에게 전화를 걸 수 있었다. 아테네에 관해서라면 마치 자신의 주머니 속처럼 속속들이 꿰고 있었다. 물론 여기서 아테네는 그들이 얼마 전 출항한 도시를 말하는 게 아니다.(현재의 아테네에 대해서는 솔직히 그는 아무런 관심이 없었다.) 하지만 고대의 아테네, 그러니까 페리클레스[140] 시대의 아테네에 대해서는 너무도 잘 알았다. 당시 아테네의 지도가 오늘날의 레이아웃과 중첩되어 현재의 도시를 기이하고 비현실적인 것으로 만들어 버렸다.

카렌은 오늘 아침 피레우스에서 승객들이 승선했을 때, 그들에 대한 사적인 관찰과 조사를 끝냈다. 승객들은 모두, 심지

---

140) Pericles(기원전 495?~기원전 429). 고대 아테네의 정치가이자 군인. 평의회와 민중 재판소, 민회가 실권을 갖도록 하는 법안을 제출해 민주 정치의 전성기를 이끌었다.

어 프랑스인조차 영어를 구사했다. 아테네 공항 혹은 호텔에서 택시들이 그들을 곧바로 항구로 싣고 왔다. 다들 예의 바르고 아름다운 외모에 지적으로 보였다. 여기 오십 대로 짐작되는 커플이 있다. 늘씬한 몸매의 그들은 실제로는 훨씬 나이가 많을 수도 있었다. 밝은 색조의 자연스러운 옷차림, 면과 마 소재의 옷, 남자는 손가락으로 볼펜을 돌리고 있고, 여자는 등을 꼿꼿이 세웠지만 긴장을 완전히 푼 자세로 앉아 있다. 특별한 이완술을 배우기라도 한 듯하다. 그 너머로 콘택트렌즈 때문에 유리구슬처럼 보이는 눈동자를 지닌 한 젊은 여자가 뭔가를 적고 있다. 왼손잡이, 큼직하고 둥근 글씨체, 여백에 8자를 적어 놓았다. 그녀의 뒤로 게이 커플, 말끔하고 단정한 차림새, 그중 하나는 엘튼 존을 연상시키는 익살맞은 안경을 쓰고 있었다. 창문 아래쪽으로 아버지와 딸, 그들은 인사를 나누자마자 부녀지간임을 강조했다. 남자는 혹시라도 미성년자와 부적절한 관계로 의심받을까 걱정스러운 모양이다. 소녀는 검은 옷을 입고, 머리는 빡빡 밀다시피 하고 있었다. 어두운 빛깔에 통통하고 아름다운 입술에는 감추기 힘든 경멸과 거부의 기색이 담겨 있었다. 그다음 커플은 은백색 머리카락으로 볼 때 틀림없이 스웨덴 사람이었다. 아마 어류학자들일 것이다. 카렌은 미리 전달받은 강의 신청자 명단에서 그런 기록을 본 기억이 났다. 조용하고 온화해 보였다. 그리고 서로 닮았다. 그것은 태생적인 유사성이 아니라 오랜 세월 부부로 함께 지내야만 싹틀 수 있는 그런 종류의 유사성이었다. 첫 크루즈 여행을 하는 젊은이 몇 명은 고대 그리스가 과연 그들에게 흥미로울지, 아니면 난초의 신비나 세기말 전환기 근동 지역의 장식 미술에 대해 탐구하는 편이 나았을지에 대해 여전히 확신하지 못하는 중이었다. 감귤나무들 사이를 산책하며 고대 그리스에 대해 강의하는 늙은 교수와 함께하는 이 배가 과연 그들에게 적절한 장소일까? 카렌은 붉은 머리에 피부색이 창백한 남자를 오랫동안 쳐다보았다. 환한 안색에 흘러내릴 듯 헐렁한 청바지를 입은 그는 골똘히 생각에 잠긴 채 며칠간 면도를 하지 않은 듯한, 밝은 금발의 수염을 문지르고 있었다. 아마 독일인인 듯했다. 잘생긴 독일인. 그리고 십수 명의 다른 사람들, 그들이 말없이 집중하며 교수를 바라보고 있었다.

이것은 새로운 지성의 유형이라고 카렌은 생각했다. 저명한 교재나 논문, 백과사전에 쓰인 내용을 믿지 않는 부류들. 학창 시절 뭔가 시련을 겪고 난 뒤, 계속해서 딸꾹질을 하며 경기를 일으키는 사람들. 그들은 망가져 버렸다. 모든 구조, 심지어 가장 복잡한 유형조차 손쉽게 소인수로 분해해 버리고, 모든 불완전한 논쟁을 매번 귀류법[141]으로 처리한다. 몇 년에 한 번씩 완전히 새로운 유행어를 받아들인다. 그리고 그 유행어는 (마치 최신 유행의 면도칼 광고에서처럼) 모든 걸 다 해낸다. 깡통 뚜껑을 따고, 물고기를 깔끔하게 다듬고, 소설을 해석하고, 중앙아프리카의 정치 변동을 예측한다. 그것은 크로스워

141) 어떤 명제가 참임을 증명하려 할 때 그 명제의 결론을 부정함으로써 가정 또는 공리 등이 모순됨을 보여 간접적으로 그 결론이 성립한다는 것을 증명하는 방법.

드 퍼즐을 즐기는 지성이고, 칼과 포크처럼 서로 의지하고 참조하는 지성이다. 이성적이면서 담론적인 지성, 깨끗하게 살균된 고독한 지성, 모든 것을 다 알고 있다고 여기지만, 실제로는 그다지 많은 걸 알지 못하는 지성, 하지만 그것들은 재빠르게 움직인다. 신속하고 영리한 전기 자극, 아무런 제약 없이 모든 걸 서로 연결해 버리는 지성, 모든 것이 함께 어떤 의미를 만들어 낸다고 설득하는 지성. 하지만 그 의미가 무엇인지 우리는 모른다.

교수는 지금 열정적으로 포세이돈이라는 이름의 어원에 대해 설명하고 있고, 카렌은 고개를 바다 쪽으로 향하고 있다.

그는 매번 강의가 끝나면 그녀에게서 잘했다는 확인을 받고 싶어 했다. 부부는 선실에서 저녁 만찬을 위해 옷을 차려입었다. 그녀가 그를 껴안았다. 그의 머리카락에서 은은한 캐모마일 샴푸 향이 풍겼다. 그들은 식당으로 나설 준비를 마쳤다. 어두운 색의 얇은 재킷을 걸치고, 자신이 좋아하는, 유행 지난 스카프를 목에 두른 그와 초록색 실크 드레스를 입은 그녀가 좁은 선실 가운데에 서서 나란히 창밖을 바라보았다. 그녀가 작은 술잔에 와인 한 잔을 따라 그에게 건넸다. 그가 한 모금 마시고는 몇 마디 말을 중얼거렸다. 그러고 나서 술잔에 손가락을 담갔다가 선실에 와인을 뿌렸다. 푹신푹신한 커피색 양탄자를 더럽히지 않도록 주의하면서. 와인 방울이 의자의 어두운 덮개에 스며들었고 가구들 사이로 사라졌다. 어떤 흔적도 남지 않았다. 그녀도 똑같이 따라 했다.

오전에 봤던 매력적인 남자가 선장과 함께하는 저녁 식사에 합류했다. 카렌은 남편이 낯선 남자의 합류를 못마땅하게 여긴다는 걸 알았다. 하지만 새로운 일행은 예의 바르고 친절하게 대했다. 그는 자신을 프로그래머라고 소개하면서, 베르겐[142]에서 컴퓨터 관련 일을 하고 있다고 말했다. 알고 보니 노르웨이 사람이었다. 은은한 조명 아래서 그의 피부와 눈동자, 그리고 철사처럼 가느다란 안경테는 모두 황금으로 빚어 놓은 것처럼 보였다. 그가 입은 흰 리넨 셔츠가 불필요하게 그의 황금빛 토르소를 가리고 있는 것처럼 느껴졌다.

알고 보니 그는 교수의 강의에서 들은 어떤 단어에 흥미를 느끼고 있었다. 사실 교수는 이미 강의 도중에 그것에 대해 상세하게 설명했다.

"관조(觀照)." 교수가 짜증 내지 않으려고 애쓰면서 단어를 반복했다. "제가 이미 강의 시간에도 말했듯이 그것은 인간의 힘보다 강한 무언가의 현존을 자발적으로 드러내는, 일종의 다양한 통찰력 같은 것입니다. 모든 이질성을 뛰어넘는 합일이나 일치를 뜻하는 거죠. 내일 강의 시간에 이 주제에 대해 좀 더 자세히 설명해 드리겠습니다."

그가 입안에 음식물을 가득 넣은 채 덧붙였다.

"알겠습니다." 노르웨이 사람이 어쩔 수 없이 대답했다. "그런데 대체 그게 무슨 뜻일까요?"

노르웨이 사람은 그가 원하는 대답을 듣지 못했다. 왜냐하

142) 노르웨이 남서부의 항구 도시.

면 기억의 심연 속에서 뭔가를 끄집어내기 위해 잠시 심사숙고하던 교수가 결국 한 손으로 허공에다 작은 원을 그리면서 뭔가를 읊조리기 시작했기 때문이다.

"모든 것을 마다하라. 보지 말라. 눈꺼풀을 닫고 시선을 바꿔야 한다. 거의 모든 사람이 갖고 있지만, 좀처럼 사용하지 않는 다른 것에 눈을 떠야 한다."

스스로에 대한 자부심으로 교수의 얼굴이 붉게 상기되었다.

"플라톤이죠."

선장이 크게 고개를 끄덕이고는 건배 제의를 했다. 이번이 교수와 함께하는 다섯 번째 항해였다.

"우리의 5주년을 기념하기 위해!"

이상한 일이지만, 그 순간 카렌은 이것이 마지막 항해라고 생각했다.

"우리가 내년에 여기서 또 만날 수 있기를!"

그녀가 말했다.

활기를 되찾은 교수가 '올레(Ole)'라고 불리는 붉은 머리 남자와 선장에게 자신의 다음 아이디어를 들려주었다.

"오디세우스의 여정을 따라가는 겁니다." 그들이 자신의 생각에 감탄할 시간을 주기 위해 그가 잠시 기다렸다가 다시 말을 이었다. "물론 최대한 비슷하게 재현해 본다는 뜻입니다. 어떻게 하면 실효성 있는 프로그램을 짤 수 있을지는 고민해 봐야죠."

그가 카렌을 쳐다보자 그녀가 중얼거렸다.

"오디세우스의 모험은 꼬박 이십 년이 걸렸어요."

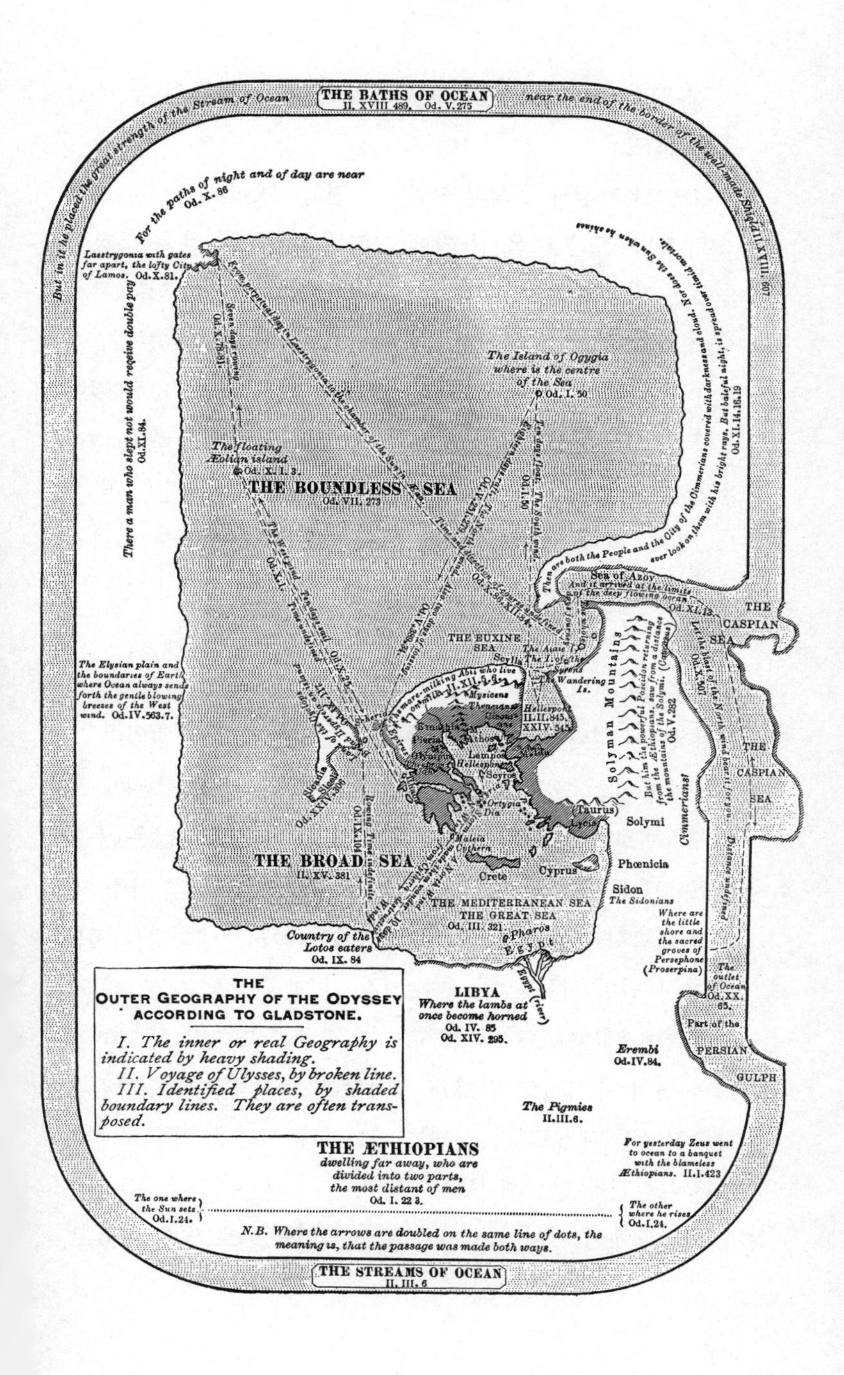
THE BATHS OF OCEAN
Il. XVIII 489. Od. V. 275
For the paths of night and of day are near
Od. X. 86
Laestrygonia with gates far apart, the lofty City of Lamos. Od. X. 81.
There a man who slept not would receive double pay
Od. XI. 84.
The Island of Ogygia where is the centre of the Sea
Od. I. 50
The floating Æolian island
Od. X. I. 3.
THE BOUNDLESS SEA
Od. VII. 273
Sea of Azov
THE CASPIAN SEA
Od. XI. 13.
Od. X. 507
THE BUXINE SEA
Scylla
The Wandering Is.
Solyman Mountains
Od. V. 282
Cimmerians!
THE CASPIAN SEA
The Elysian plain and the boundaries of Earth where Ocean always sends forth the gentle blowing breezes of the West wind. Od. IV. 563. 7.
Mycenæ
Crete
Cyprus
Solymi
Phœnicia
Sidon
The Sidonians
Lycia
(Taurus)
THE BROAD SEA
Il. XV. 381
THE MEDITERRANEAN SEA
THE GREAT SEA
Od. III. 321.
Pharos
Egypt
Country of the Lotos eaters
Od. IX. 84
Where are the little shore and the sacred groves of Persephone (Proserpina)
The outlet of Ocean
Od. XX. 65.
Part of the PERSIAN GULPH
THE OUTER GEOGRAPHY OF THE ODYSSEY ACCORDING TO GLADSTONE.
I. The inner or real Geography is indicated by heavy shading.
II. Voyage of Ulysses, by broken line.
III. Identified places, by shaded boundary lines. They are often transposed.
LIBYA
Where the lambs at once become horned
Od. IV. 85
Od. XIV. 295.
Erembi
Od. IV. 84.
The Pigmies
Il. III. 6.
THE ÆTHIOPIANS
dwelling far away, who are divided into two parts, the most distant of men
Od. I. 22 3.
For yesterday Zeus went to ocean to a banquet with the blameless Æthiopians. Il. I. 423
The one where the Sun sets
Od. I. 24.
The other where he rises
Od. I. 24.
N.B. Where the arrows are doubled on the same line of dots, the meaning is, that the passage was made both ways.
THE STREAMS OF OCEAN
Il. III. 6

"상관없어." 교수가 명랑하게 대답했다. "오늘날엔 두 주면 충분하다고."

그 순간 카렌과 올레의 시선이 우연히 부딪혔다.

그날 밤, 혹은 다음 날 밤에 그녀는 꿈속에서 혼자 오르가슴을 느꼈다. 붉은 머리의 올레와 어느 정도 연관이 있는 듯했지만, 사실 분명친 않았다. 꿈속에서 무슨 일이 벌어졌는지 기억이 잘 나지 않았기 때문이다. 그저 그 매력적인 남자를 깊이 알게 되었을 뿐이었다. 그녀는 하복부에 선명한 수축과 경련을 느끼며 잠에서 깨어났다. 처음엔 놀라고 신기했지만, 곧 부끄러웠다. 그녀는 무의식중에 빈도수를 셌다. 그리고 넷까지 세자 경련이 멈췄다.

다음 날, 해안선을 따라 항해하면서 카렌은 어딜 가든 더 이상 볼 게 없다는 사실을 솔직하게 인정할 수밖에 없었다.

엘레우시스로 가는 길 — 자동차들이 달리는 아스팔트 도로. 30 킬로미터가량 계속되는 진부하고 아름답지 않은 풍경, 건조하고 투박한 양 옆길, 콘크리트 주택, 광고판, 주차장, 경작에 적합하지 않은 토양. 창고들, 사다리차, 거대하고 지저분한 항구, 난방 시설.

그들이 해변에 도착하자 교수는 지금은 폐허가 된 데메테르 신전의 유적지로 일행을 데려갔다. 여행객들은 실망감을 감추지 못했다. 그러자 교수는 그들에게 시간을 거꾸로 돌려 과거의 장면을 상상해 보라고 했다.

"아테네에서 이어지는 이 도로는 당시엔 돌로 덮여 있었고,

상당히 좁았습니다. 자, 보세요. 저 길 위에 엘레우시스로 향하는 사람들 무리가 있습니다. 그들이 세상의 가장 위대한 통치자들도 무서워하는 먼지 바람을 일으키며 걸어가고 있습니다. 길에 빽빽이 들어찬 군중이 소리를 지릅니다. 수천 명이 한꺼번에 고함을 치는 겁니다."

교수가 잠시 걸음을 멈추고 발뒤꿈치에 힘을 주면서 지팡이를 땅에 꽂았다. 그리고 다시 말을 이어 갔다.

"그 소리는 대충 이런 식이었어요."

그가 잠시 말을 멈추고는 길게 심호흡을 했다. 그러고는 자신의 노쇠한 목청에서 최대한 우렁찬 함성을 뽑아냈다. 그의 목소리가 쩌렁쩌렁 깨끗하게 울려 퍼졌다. 그가 내지른 고함이 뜨거운 공기 속으로 퍼져 나갔다. 그러자 따로 돌아다니던 몇몇 여행자와 아이스크림 상인들, 관광 시즌을 맞아 난간 세우는 공사를 하고 있던 일꾼들, 그리고 겁에 질린 딱정벌레를 나뭇가지로 쿡쿡 찌르고 있던 아이 하나와 건너편 도로변에서 멍하니 먼 곳을 응시하고 있던 당나귀 두 마리가 일제히 위쪽을 올려다보았다.

"이아코스,[143] 이아코스!"

교수가 두 눈을 감은 채 소리를 질러 댔다.

심지어 그가 입을 다문 뒤에도 그의 비명이 허공에 남아 있었다. 대략 삼십 초 정도 모두가 숨을 멈추었다. 이 괴짜 같은 행동에 너무도 큰 충격을 받아 사람들은 서로 얼굴을 쳐다보

143) 그리스 신화에 등장하는 신성한 존재.

지도 못했다. 카렌은 마치 자기가 소리를 지른 당사자이기라도 한 듯 얼굴이 뜨거웠다. 그녀는 열을 식히기 위해 길 한쪽으로 비켜섰다.

하지만 노인은 전혀 당황하지 않은 듯했다. 그의 이야기는 계속되었다.

"……어쩌면 과거를 보는 게 가능할 수도 있습니다. 우리의 시선을 뒤로 돌리는 거죠. 마치 파놉티콘처럼. 아니면 친애하는 여러분, 과거가 여전히 존재하는 것처럼 간주하는 겁니다. 단지 다른 차원으로 이주해 있다고 생각하는 거죠. 그저 우리의 시각과 관점을 바꾸기만 하면 될지도 모릅니다. 모든 걸 곁눈질로 보는 거죠. 미래나 과거가 무한하고 끝없는 것이라면 실제로 '언젠가'라는 시점은 존재하지 않을 테니까요. 시간의 다양한 순간이 마치 홑이불처럼 공간 속에 매달려 있거나, 아니면 여러 개의 화면 속에 특정한 순간이 동시에 투영되고 있습니다. 세상은 이렇게 움직일 수 없는 순간, 거대한 메타-이미지들로 이루어져 있습니다. 우리는 이쪽에서 저쪽으로 그저 깡충깡충 뛰어다닐 뿐입니다."

그는 숨을 고르기 위해 잠시 멈췄다. 마침 가벼운 언덕배기를 오르고 있었기 때문이다. 그가 색색거리면서 단어를 쥐어짜 내는 소리가 카렌의 귀에 들려왔다.

"실제로는 그 어떤 움직임도 존재하지 않습니다. 제논의 역설에 등장하는 거북이처럼, 우리는 어느 곳으로도 움직이지 않고 정지해 있는 것입니다. 그저 순간의 내부를 간신히 맴돌고 있을 뿐이죠. 그러므로 애초에 목적지도 없고 끝도 없습니니다. 공간에도 똑같은 논리를 적용할 수 있습니다. 모두가 무한대에서 똑같이 멀리 떨어져 있으므로 '어딘가'라는 표현은 존재할 수가 없습니다. 그러므로 어떤 장소도, 어떤 날도 고정된 것은 없습니다."

저녁에 카렌은 머릿속으로 이번 여행에 대한 대가를 계산해 보았다. 햇볕에 그을린 이마와 코, 상처가 생겨 피가 난 발. 남편은 날카로운 돌에 발이 찔렸지만 전혀 느끼지 못했다. 그가 여러 해 전부터 앓고 있는 동맥 경화증이 심각하게 악화되었다는 의미였다.

그녀는 남편의 육체를 잘 알고 있었다. 그것도 지나칠 정도로 속속들이. 쪼그라들고 움푹 꺼진 몸, 갈색 반점이 가득한 메마른 피부. 가슴팍에 남은 허옇게 센 잔털들, 흔들리는 머리를 간신히 지탱하고 있는 가느다란 목, 얄팍한 거죽 아래 도드라진 얇은 뼈, 마치 새처럼 가벼운, 알루미늄 같은 골격.

그녀가 잠자리를 준비하고 옷을 갈아입히기도 전에 그가 곯아떨어지는 적도 많았다. 그러면 그녀는 조심스럽게 재킷과 구두를 벗기고, 잠에 취한 그를 침대로 옮겨야만 했다.

아침마다 그들은 똑같은 문제에 부딪히곤 했다. 신발이 문제였다. 교수는 발톱이 살갗을 파고드는 질환을 갖고 있었다. 염증도 자주 생기고 발가락이 퉁퉁 부어오르곤 했다. 그러면 발톱이 위쪽으로 들어 올려져서 양말에 구멍이 생겼다. 신발 천장에 발가락이 닿으면 쓸려서 따가웠다. 이렇게 고통스러워하는 발에 검은 가죽 신발을 신기는 것은 고문이나 마찬가지였다. 그래서 평소에 교수는 늘 샌들을 신었다. 발등을 덮는 신발이 필요한 경우에는 자신들이 사는 곳에서 가까운 곳에 있는 제화점에서 꽤 많은 금액을 지불하고 발등 부분이 높게 재단된, 부드럽고 헐렁헐렁한 구두를 맞춰 신어야 했다.

그날 저녁, 햇볕 탓인지 교수의 몸에 열이 있었다. 그래서 카렌은 식당에서의 저녁 만찬을 포기하고, 선실로 음식을 주문했다.

아침에 배가 델로스에 다다르자 양치질을 하고 간신히 면도를 하고 난 뒤, 부부는 전날 티타임 때 남겨 둔 케이크 한 조각을 들고 갑판으로 올라갔다. 그들은 케이크를 잘게 부숴서 바다에 던졌다. 아직 이른 시간이라 다들 잠든 모양이었다. 먼동의 붉은 기운이 사라지고 금빛으로 빛나기 시작하면서 시시각각 햇볕이 강해졌다. 바닷물이 마치 꿀처럼 황금색으로 변하며 깊어졌다. 파도는 잠잠해졌고, 태양의 거대한 다리미가 단 하나의 주름도 남기지 않고 해수면을 평평하게 만들었다. 교수가 카렌의 어깨를 감싸 안았다. 그것은 남편의 정신이 명료할 때, 그리하여 그의 현존이 명백할 때, 그가 그녀에게 해 줄 수 있는 유일한 몸짓이었다.

수많은 세부 항목 속에 몰래 어떤 형상을 감추고 있는 이미지를 보듯이 그렇게 자신의 주위를 다시 한번 둘러보라. 그 이미지는 한 번 보고 나면 절대로 잊을 수가 없다.

크루즈 여행의 하루하루, 그리고 강연의 세부적인 내용에 대해서는 시시콜콜 적지 않겠다. 언젠가 카렌이 그 내용을 출판할 수도 있기에. 배는 계속 항해했고 매일 저녁 갑판에서 무도회가 열렸다. 승객들은 한 손에 술잔을 들고 난간에 기대어 느긋하게 대화를 나눴다. 다른 이들은 밤바다를, 그 서늘하고 투명한 어둠을 바라보았다. 이따금 승객 수천 명을 다른 항구로 싣고 가는 거대한 유람선의 불빛들이 수면에 투영되곤 했다.

여기서는 내가 가장 좋아하는 강의 하나만 언급하겠다. 그 강의를 개발한 건 카렌이었다. 그녀가 바로 아이디어의 제공자였다. 유명한 책들이 다루지 않은 신들, 예를 들어 호메로스나 오비디우스도 무시해 버린 그런 신들에 관해 들려주자는 것이었다. 극적인 사건이나 로맨스와는 별로 상관이 없는 신들, 딱히 무섭거나 교활하지도 않고, 그저 순식간에 사라져 버린 신들, 부서진 돌조각, 혹은 불타 버린 도서관에 남겨진 미세한 흔적 속에 존재하는 신들. 하지만 바로 그들 덕분에 널리 알려진 유명한 신들이 영원히 잃어버릴 뻔한 것들이 보존될 수 있었다. 즉 신의 가변성과 형태의 유동성, 계보의 불확실성이 고스란히 남겨질 수 있었던 것이다. 그들은 그림자 속에서, 무형체 속에서 모습을 드러냈다. 그리고 희미한 어둠 속으로 다시 돌아갔다. 카이로스의 경우를 보자. 그는 늘 인간의 시간과 신의 시간이 교차하는 지점, 즉 순환의 시간 속에서 활동했다. 그것은 장소와 시간이 교차하는 지점, 즉 다시 오지 않을 유일한 기회, 적절한 가능성을 만들기 위해 아주 짧게 열리는 순간이다. 또한 무(無)에서 무(無)로 달려가는 직선이 원과 맞닥뜨리는 바로 그 지점이기도 하다.

그가 발을 질질 끌면서, 쌕쌕 숨을 몰아쉬면서, 종종걸음으로 강의실로 들어와 강의 탁자(레스토랑에서 흔히 볼 수 있는 테이블이었다.) 앞에 선다. 그리고 옆구리에 끼고 있던 꾸러미를 펼친다. 그녀는 그의 전략을 잘 알고 있었다. 그 꾸러미는 선실에서 가져온 수건이었다. 그는 자신이 이것을 펼치는 순간 강의실이 조용해지고, 마지막 줄에 앉은 사람들의 머리가 일제히 앞쪽을 향하게 된다는 것을 잘 알고 있었다. 사람들은 어린아이나 다름없었다. 수건을 펼치자 그 안에서는 다시 그녀의 붉은 스카프가 나왔다. 그리고 마침내 그것을 펼치면 거기에는 새하얀 대리석 덩어리가 있다. 얼핏 보면 그냥 돌조각처럼 보였다. 방 안의 긴장이 절정에 이른다. 얼마나 흥미로울지, 누구보다 잘 아는 그가 음흉한 미소를 지으며 성공을 자축한다. 그리고 마치 영화 속 배우처럼 천천히 동작을 이어 간다. 그는 햄릿을 패러디하며 손바닥 위에 그 밝은 대리석 조각을 놓고, 청중들의 눈높이 정도로 들어 올린다. 그리고 시작한다.

이 조각가는 누구이며, 어디 태생인가?

시키온[144] 출신이다.

그의 이름은?

리시포스.[145]

당신은 누구인가?

---

144) 그리스 남부 코린토스 근처에 있던 고대의 도시.

145) Lysippos. 기원전 360~320년경에 활약했던 그리스의 조각가.

모든 것을 길들이는 카이로스.

왜 항상 발돋움을 하고 있는가?

쉼 없이 세상을 뛰어다니고 있으니까.

무엇 때문에 당신의 두 발에는 날개가 달렸는가?

바람과 함께 날아다니기 때문이지.

당신의 오른손은 무엇 때문에 면도칼을 들었는가?

세상의 모든 날카로운 것보다 더 날카롭다는 것을 사람들에게 알려 주기 위한 표시지.

머리카락은 왜 눈을 가렸는가?

나와 정면으로 마주치는 사람이 내 앞머리를 붙잡을 수 있게 하기 위해서지.

세상에, 당신의 뒷머리는 왜 하나도 없는가?

한번 지나치면 날개 달린 발로 빠르게 달아나 버리기 때문에 아무리 원해도 그 누구도 날 뒤에서 붙잡지 못하도록 하기 위해서지.

왜 그가 당신의 동상을 만들었는가?

외국인들, 바로 당신들 때문이지. 그리고 교훈으로 입구에 나를 세워두기 위해서지.

그는 포세이디포스의 아름다운 풍자시[146]로 자신의 강의

---

146) 이탈리아 북부 토리노 박물관에 소장된, 리시포스의 부조 「카이로스」를 소재로 포세이디포스가 쓴 풍자시. 이 조각의 주인공은 앞머리는 풍성한데 뒷머리는 대머리다. 천사처럼 어깨에 날개가 돋아 있고, 발뒤꿈치에도 날개가 달려 있다.

를 시작했다. 확신컨대 이 시는 시인의 묘비명으로 사용했어야 마땅하다. 교수가 첫째 줄로 다가가서 신이 존재했다는 증거를 청중에게 내민다. 통통하게 부풀어 오른, 경멸하는 듯한 입술을 가진 소녀가 지나치게 조심스러운 동작으로 대리석 부조를 향해 손을 뻗는다. 어찌나 집중했는지 가볍게 혓바닥을 내밀고 있다. 그녀가 옆 사람에게 부조를 건넨다. 이 작은 신이 강의실의 중간쯤에 다다를 때까지 교수는 묵묵히 기다린다. 그러고 나서 돌처럼 냉정한 표정으로 선언한다.

"다들 걱정하지 마세요. 이것은 박물관 상점에서 구입한 석고 모형입니다. 15유로짜리예요."

카렌의 귓가에 키득거리는 웃음소리와 청중들의 술렁거림, 그리고 의자 끄는 소리가 들려온다. 긴장이 무너졌다는 명백한 신호다. 교수는 강연을 멋지게 시작했다. 아마 오늘은 잘 풀릴 것 같다.

그녀가 잠시 갑판으로 빠져나가 담배 한 대를 태운다. 점점 가까워지는 로도스섬과 커다란 여객선, 이맘때쯤엔 아직도 인적이 드문 해변, 그리고 햇빛이 밝게 비치는 쪽으로 가파른 경사면을 그리며 형성된 곤충들의 군체를 연상시키는 도시를 바라본다. 거기에 서서 그녀는 모처럼 자신을 에워싸는, 알 수 없는 평화로운 감정을 만끽했다.

그녀는 멀리 섬의 해안과 동굴들을 바라보았다. 물살이 바위에 새겨 놓은 회랑과 신도석, 마치 거대하고 신비스러운 성전 같았다. 어떤 초자연적인 힘이 수백만 년에 걸쳐 정교하게 이 모든 것들을 조각했다. 그리고 바로 그 힘이 지금 그들의 작은 배를 여기까지 몰고 왔고, 또 조용히 흔들어 대고 있다. 그 투명하고 견고한 힘은 육지에서도 위력을 발휘한다.

대성당의 원형(原型), 가늘게 높이 솟은 탑들과 카타콤을 카렌은 떠올렸다. 바닷가에 고르게 쌓인 암석층들, 수세기에 걸쳐 정교하게 깎인, 완벽하게 둥근 돌들, 모래 알갱이들, 그리고 타원형의 동굴들. 사암 속의 화강암맥과 그것들의 흥미로운 비대칭 문양들, 규칙적인 곡선을 그리는 섬의 해안선, 해변의 모래에 깃든 음영. 기념비적인 건축물이나 정교한 보석 장신구 같다. 그렇다면 해안선을 따라 줄을 꿰듯 나란히 세워진 저 조그만 집과 아기자기한 항구, 장난감 같은 배, 그리고 무모하고 과도한 자신감으로 모든 걸 단순하게 축소한, 해묵은 아이디어를 판매하는 인간의 상점은 저 위대한 자연의 창작품에 비하면 얼마나 하찮은지.

아드리아해 어딘가에서 남편과 함께 봤던 수중 동굴이 떠올랐다. 포세이돈의 동굴. 하루에 한 번, 꼭대기에 뚫린 구멍을 통해 동굴 안으로 햇살이 쏟아진다. 바늘처럼 날카로운 빛줄기가 초록빛 바닷물을 관통하는 바로 그 순간, 모래 바닥이 모습을 드러내는 광경을 보면서 그녀는 빛의 기둥에 큰 감동을 받았다. 그것은 태양이 위치를 바꾸면 곧바로 사라져 버리는 찰나의 순간이었다.

담배가 쉬익 소리를 내면서 바다의 거대한 입속으로 사라졌다.

그는 한 손을 뺨 밑에 놓고 입을 살짝 벌린 채, 옆으로 누워서 잤다. 바짓단이 위로 말려 올라가는 바람에 회색 면양말이 드러났다. 그녀가 조심스럽게 그의 옆에 누웠다. 그리고 팔로 그의 허리를 감싼 뒤, 모직 조끼를 입은 그의 등에 입을 맞췄다. 나중에 그가 떠나더라도 당분간은 집에 머물러야 한다는 생각이 갑자기 그녀의 머릿속을 스치고 지나갔다. 자신들이 살았던 흔적을 지우고 다음 사람을 위해 집을 비워 줘야 하기 때문이다. 그가 남긴 모든 기록을 모아서 정리하고 나면 아마도 출판하게 될 것이다. 출판사들과의 계약 문제도 해결해야 한다. 그가 쓴 몇 권의 책은 이미 교과서로 지정되었다. 그가 은퇴 후에도 가끔씩 맡았던 강의를 그녀가 계속하는 것도 문제가 없었다. 하지만 대학 측에서 그녀에게 이런 제안을 할지는 미지수다. 한 가지 확실한 건 이 포세이돈 유람선에서의 강의를 그녀가 이어받고 싶어 한다는 사실이다.(물론 그녀에게 요청이 들어온다면 말이다.) 그렇게 되면 아마도 자신의 아이디어를 많이 추가할 것이다. 그녀는 생각했다. 지금껏 그 누구도 우리에게 늙는 법을 가르쳐 준 적이 없다고. 그래서 우리는 노화가 어떤 것인지 잘 모른다. 젊을 때는 병들고 아프다는 게 내가 아닌 다른 사람들에게만 해당되는 일이라고 생각한다. 그리고 우리 자신은 영원히 청춘일 거라는 정체 모를 확신을 품는다. 또한 우리는 고령자를 대할 때, 노화가 마치 그들의 잘못인 양 취급한다. 당뇨병이나 동맥 경화증처럼 그들 자신이 원인을 제공했다고 치부하기 일쑤다. 하지만 노화라는 질병은 무고하고 결백한 사람들에게도 어김없이 찾아온다. 그리고 눈을 감자 또 다른 생각이 떠오른다. 이제 그녀의 등을 감싸 줄 손은 영원히 없을 것이다. 누가 그녀를 안아 주겠는가.

아침이 되자 바다가 어찌나 잔잔하고 날씨는 또 얼마나 화창한지 모두가 갑판에 나왔다. 이런 날씨라면 터키 해안에 있는 아라라트 산봉우리[147]도 볼 수 있다고 누군가가 주장했다. 하지만 그들이 본 것이라고는 높다란 바위가 솟아 있는 해변뿐이었다. 바다에서 바라보니 단층 지괴가 더욱 우람해 보였다. 인간의 뼈를 연상시키는 헐벗은 바위들이 단층에 밝은 얼룩을 찍고 있었다. 교수는 등을 구부린 채, 그녀의 검은 스카프를 목에 두르고 눈은 가늘게 뜨고 있었다. 카렌은 또다시 이미지를 보았다. 배가 바다 밑으로 항해하고 있다. 마치 홍수가 난 것처럼 해수면이 높아졌기 때문이다. 그들은 지금 움직임을 느리게 만들고 언어를 삼켜 버리는 공간, 환하게 조명을 밝힌 초록빛 공간 속을 이동하는 중이다. 그녀의 스카프가 더는 요란스럽게 펄럭이지 않았다. 대신 조용히, 잔잔하게 물결쳤다. 남편의 검은 눈동자가 그녀를 바라보았다. 부드럽고 온화하게. 그의 눈동자는 소금기 섞인 눈물에 깨끗이 헹구어져 있었다. 붉은색과 황금색이 뒤섞인 올레의 머리카락이 더욱 눈부시게 빛났다. 그의 온몸은 물속에 투하된 한 방울의 나뭇진[148]처럼, 곧 영원히 단단하게 굳을 것이다. 그들의 머리 위쪽에서 누군가의 손이 육지를 찾기 위해, 새 한 마리를 날려

---

147) 터키 동쪽, 이란과 아르메니아 국경 근처의 산으로 노아의 방주가 상륙했다는 곳으로도 널리 알려져 있다.
148) 소나무나 전나무 따위의 나무에서 분비하는 점도 높은 액체.

보내고 있었다. 그리고 잠시 후 그들은 자신들이 지금 어디로 가고 있는지 알게 되었다. 새를 날려 보냈던 바로 그 손이 산꼭대기를 가리키고 있었다. 새로운 시작을 위한 안전한 장소가 거기에 있었다.

바로 그 순간 배 앞쪽에서 비명이 들려왔다. 그리고 발작적으로 이어지는 경고성 호루라기 소리, 근처에 서 있던 선장이 함교[149]를 향해 달려갔다. 평소의 기품 있는 태도와 달리 너무 다급하게 뛰어갔기 때문에 카렌은 갑자기 두려워졌다. 잠시 후 승객들이 고함을 치면서 손을 흔들기 시작했다. 난간에 기대 서 있던 승객들은 신비로운 아라라트 산맥 쪽이 아니라 아래쪽에 있는 뭔가를 내려다보고 있었다. 그제야 그녀는 배가 급정거했음을 깨달았다. 너무 갑작스럽게 멈춰 발밑에서 갑판이 흔들릴 정도였다. 그녀는 마지막 순간에 난간의 쇠 부분을 간신히 붙잡았다. 그리고 곧장 남편의 손을 잡으려고 했다. 하지만 교수는 잰걸음으로 뒤로 물러서고 있었다. 마치, 거꾸로 재생되는 영화의 한 장면 같았다. 남편의 얼굴에는 놀라고 즐거워하는 표정이 역력했고, 아무런 두려움의 흔적도 발견할 수 없었다. 그의 눈동자는 이렇게 말하는 듯했다. 날 잡아 봐! 그러고 나서 그녀는 남편이 뒤로 자빠져서 등을 바닥에 찧고, 머리를 철제 계단에 부딪히고, 앞으로 튕겨 나왔다가 무릎을 꿇고 고꾸라지는 것을 보았다. 바로 그 순간 앞쪽에서

---

149) 선장이 항해 중에 함선을 조종, 지휘하기 위해 갑판의 맨 앞, 한가운데에 높게 만든 조종실.

뭔가가 충돌하는 굉음과 함께 사람들의 비명이 들려왔다. 그러고는 구명 튜브들의 철퍼덕거림과 바다로 던져진 구명정이 요란하게 물보라를 일으키는 소리가 들려왔다. 사람들의 비명으로 미루어 아마도 배가 작은 요트와 충돌한 모양이라고 카렌은 짐작했다.

그녀의 주변에 있던 사람들이 갑판에서 몸을 일으켰다. 다친 사람은 아무도 없었다. 오직 카렌만 남편 옆에 무릎 꿇고 앉아서 그를 살리기 위해 조심스러운 시도를 하고 있었다. 남편이 눈을 깜빡거렸다. 제법 오랫동안 깜빡였다. 그러고 나서 또렷한 음성으로 그가 말했다. "날 좀 일으켜 줘!" 하지만 그렇게 해 줄 수가 없었다. 그의 몸이 도저히 말을 듣지 않았던 것이다. 그래서 카렌은 그의 머리를 자기 무릎에 올려놓고 도움을 기다렸다.

의료 보험을 잘 선택한 덕분에 바로 그날, 로도스섬에 헬리콥터가 도착했고 교수는 아테네에 있는 한 병원으로 옮겨졌다. 거기서 모든 정밀 검사를 했다. CT 촬영 결과, 대뇌 왼쪽에 치명적인 손상을 입었고 뇌출혈 또한 심각하다고 했다. 멈출 방도가 없었다. 카렌은 이미 기력을 상실한 그의 손을 쓰다듬으며, 끝까지 그의 곁을 지켰다. 몸 오른쪽은 완전히 마비되었고 눈도 뜨지 못했다. 카렌은 그의 자식들에게 빨리 오라고 전화했다. 그녀는 남편의 병상을 지키며 그의 귀에 대고 계속해서 뭔가를 속삭였다. 그녀는 그가 자신의 말을 들을 수 있고 이해할 수 있다고 믿었다. 그녀는 밤새도록 교수를 데리고 먼지 낀 도로를 달렸다. 광고판과 창고, 경사로와 지저분한 차고, 고속도로변을 지나치면서.

그러나 교수의 머릿속에서는 이미 피의 강물이 흘러넘쳐 붉은 대양이 차오르고 있었다. 그리고 이 바닷물은 점차 다른 지역으로 범람했다. 먼저 그가 태어나고 자란 유럽의 한 평원을 집어삼켰다. 도시와 다리, 그리고 그의 조상들이 대대손손 어렵게 지은 댐이 물밑으로 가라앉았다. 바다는 갈대숲에 감춰져 있던 그들의 집 문턱까지 침범했고, 과감하게 집 안으로 들이닥쳤다. 돌바닥에 깔린 붉은 양탄자와 토요일마다 문질러 닦던 부엌의 나무 바닥을 휩쓸더니, 마지막으로 벽난로의 불을 꺼뜨리고 찬장과 테이블까지 덮쳤다. 그다음으로는 기차역과 공항, 언젠가 세상으로 나아가기 위해 교수가 고향을 떠난 바로 그곳을 집어삼켜 버렸다. 또한 그가 여행을 다녔던 도시들과 거리들이 전부 물에 잠겼다. 그가 임대해서 지내던 방, 싸구려 호텔, 끼니를 해결하던 음식점도 모조리 사라졌다. 붉게 빛나는 그 수면은 그가 너무도 사랑하던 도서관의 첫 번째 서가를 공격했다. 책장들이 물에 젖어 퉁퉁 불었다. 표지에 그의 이름이 적혀 있는 책들도 마찬가지였다. 검붉은 혓바닥이 문자들을 핥았고 검게 인쇄된 활자를 지워 없앴다. 자녀들이 졸업장을 받은 학교의 계단과 마룻바닥도, 교수 임명을 받기 위해 자랑스럽게 달려가던 도로도 전부 붉은 바다에 가라앉아 버렸다. 그와 카렌이 함께 누워 늙고 노쇠한 육신을 처음으로 결합했던 침대 시트도 붉게 물들었다. 붉은빛의 그 끈끈한 점성 액체는 그가 자신의 신용 카드와 비행기표, 손자들의 사진을 넣어 둔 지갑의 칸막이도 영원히 봉인해 버렸다. 물살은 기차역과 철로, 공항과 활주로를 모조리 덮쳤고, 이제는 그 어떤 비행기도, 그 어떤 기차도 거기서 떠나지 못하게 만들었다.

해수면은 끈질기게 상승했고, 말과 개념과 추억을 모두 집어삼켰다. 가로등 불빛이 모조리 꺼지고 전구들이 터져 버렸다. 전선은 끊어지고 네트워크는 아무짝에도 쓸모 없는, 죽은 거미줄이 되어 버렸으며 전화기는 먹통이 되었다. 그리하여 그 느리고 무한한 대양이 마침내 병원 근처까지 왔다. 그리고 아테네 전체가 핏물에 잠겼다. 신전들, 성스러운 길과 수풀들, 이 시각엔 늘 비어 있는 아고라, 여신의 빛나는 조각상들, 그리고 그녀의 작은 올리브나무까지 모두.

그녀는 계속 그와 함께 있었다. 그들이 불필요한 장치를 그에게서 떼기로 결정하는 순간까지, 그리고 그리스 간호사가 단 한 번의 능숙하고 부드러운 손길로 그의 얼굴을 시트로 덮는 순간까지.

시신은 화장했다. 유골은 그의 자식들과 함께 에게해에 뿌렸다. 이런 식의 장례를 그가 가장 마음에 들어 했을 거라고 믿으면서.

여기 내가 있다

나는 진보했다. 처음엔 낯선 장소에서 눈을 뜨면 '나는 지금 집에 있다.' 하고 생각했다. 그러다 몇 분쯤 지나고 나면 생경한 광경들이 비로소 눈에 들어오고, 햇빛이 스며들면 날이 밝았다는 걸 깨닫는다. 호텔의 두꺼운 커튼, 커다란 평면 TV, 잔뜩 어질러진 내 짐 가방, 꼼꼼하게 접힌 새하얀 수건. 새로운 장소가 커튼 너머에서 구체적인 모습을 드러낸다. 베일에 싸인 채 수수께끼처럼, 가로등 불빛 때문에 주로 크림색이나 노란색을 띠면서.

그러다 결국 나는 여행 심리학자들이 말하는 다음 단계, 그러니까 '모르겠다, 지금 내가 어디에 있는지.'의 단계에 이르게 되었다. 그렇게 나는 한동안 공간 감각을 상실한 채 잠에서 깨어나곤 했다. 마치 알코올 중독자처럼 전날 밤에 내가 무엇을 했는지, 어디에 갔었는지, 어떤 경로로 여기까지 왔는지, 세세한 항목을 자꾸만 돌이켜야만 했다. '지금'과 '여기'의 의미를 해독하기 위해서. 복기의 과정이 오래 걸릴수록 나는 더욱 당황할 수밖에 없었다. 그것은 일종의 미로염[150] 같은 것이다. 기본적인 균형 감각을 상실하게 되고, 구토를 유발하기도 한다. 제기랄, 대체 나는 지금 어디에 있는가. 하지만 세상의 세부 항목들은 자비롭기에 결국엔 항상 옳은 방향으로 나를 이끌어 준다. 나는 지금 M이라는 곳에 있구나. 나는 지금 B라는 곳에 있구나. 여기는 내 친구의 아파트, N 씨 가족의 손님방, 지인의 소파 위.

이러한 각성은 여행을 계속해도 좋다는 승인 도장을 받는 것과 같았다.

다음은 세 번째 단계다. 여행 심리학자들에 따르면 이것이야말로 핵심적이고 궁극적인 최상의 단계다. 목적지가 어디건 간에, 우리는 항상 이런 방향으로 향하고 있는 것이다. '내가 어디에 있든 중요치 않다.' 어디에 있는지 상관없다. 여기 내가 있으므로.

---

150) 내이에 염증이 생기는 병.

종의 탄생에 관해

우리는 이 행성에 출몰하는 새로운 존재들의 목격자다. 어떤 것들은 이미 전 대륙을 점령했고, 대부분 생태적 지위를 확보했다. 떼 지어 다니거나 풍매(風媒)[151] 작용을 통해 먼 거리도 큰 어려움 없이 이동한다.

나는 지금 버스 창문 너머로 그런 종을 보고 있다. 공중을 떠도는 말미잘 같은 것인데, 떼 지어 사막을 배회하는 중이다. 개별적으로 사막의 연약한 식물들에 들러붙어서 요란스럽게 펄럭인다. 아마도 그들 특유의 의사소통 방식인 듯하다.

전문가들은 플라스틱 봉투가 자연의 오랜 관습을 깨뜨리면서 존재 방식의 새로운 장을 열었다고 평가한다. 왜냐하면 그

151) 바람에 의하여 꽃가루가 운반되어 수분(受粉)이 이루어지는 일.

것들은 온전히 표면으로만 구성되어 있고 내부는 비어 있기 때문이다. 내용물의 함유를 과감히 포기한 이러한 역사적인 결단은 그들에게 예기치 않게 진화적으로 유리한 이점을 제공해 주었다. 우선 그것들은 가볍고 기동성이 있다. 또한 손잡이 덕분에 다른 물체 혹은 생물체의 부속 기관에 들러붙기가 쉽고, 이를 통해 그들의 서식지를 점진적으로 넓혀 간다. 그것들은 도심 외곽이나 쓰레기장에서 출발하여 매서운 바람이 부는 몇 번의 계절을 지나면서, 마침내 지방이나 먼 야생 구역까지 다다른다. 그러고는 해변으로 이어지는 거대한 고속도로 분기점의 휴게소들에서부터 슈퍼마켓의 등장으로 비어 버린 광장의 작은 노점상들을 거쳐 히말라야의 바위투성이 골짜기에 이르기까지 지구의 방방곡곡을 파고든다. 언뜻 보기엔 섬세하고 연약해 보이지만, 실제로는 매우 끈질긴 생명력과 강인한 몸체를 갖고 있다. 그 덧없고 가벼운 몸뚱이는 300년 동안 전혀 분해되지 않는다.

지금껏 우리는 이처럼 공격적인 존재 방식과 맞닥뜨린 적이 없다. 형이상학적인 도취에 빠진 이들은 세상을 점령하고 대륙을 정복하는 것이 플라스틱 봉투의 본성이라고 믿는다. 자신의 속을 채울 '내용'을 찾는 '형식'의 모습을 취하고는 있지만, 실은 언제든 그 내용에 싫증을 낼 수 있고, 그것들을 한순간에 바람에 날려 버릴 수 있기 때문이다. 또한 그들은 플라스틱 봉투를 일종의 '방랑하는 눈동자'로 간주하면서, 비현실적인 '저쪽 세상'에 속한 존재로 파악한다. 마치 파놉티콘처럼 '저쪽 세상'의 눈이 '이쪽 세상'을 비밀리에 관찰하고 있다는 것이다. 한편 또 다른 부류들, 그러니까 좀 더 현실적인 사고 방식을 가진 사람들은 오늘날의 진화가 한곳에 오래 머무르지 않고 자유롭게 세상을 돌아다니는 가벼운 형태를 권장하고 있음에 주목한다. 이를 통해 어디에나 현존할 수 있는 편재성을 얻을 수 있기 때문이다.

마지막 일정

이 순례의 목적은 다른 순례자이다. 오늘 나는 드디어 도착했다. 또 다른 순례자는 지금 플렉시 글라스[152] 속에 담겨 있거나, 아니면 다른 방에서 플라스티네이션 처리가 된 상태로 나를 기다리고 있다. 그것들을 보기 위해 나는 줄을 서야만 했다. 그리고 마침내 다른 관람객들과 함께 아름다운 조명 아래, 2개 언어로 설명이 붙은 전시품들을 보았다. 우리의 눈앞에 펼쳐진 대상들은 바다 건너 먼 나라에서 애써 구해 온 진귀한 물품들 같았고, 덕분에 마음껏 눈 호강을 할 수 있었다.

플렉시 글라스 속에 든 공들여 만든 표본을 제일 먼저 감

152) 유리처럼 투명한 특수 아크릴 수지.

상했다. 신체의 아주 작은 부분, 나사나 쐐기 못, 코터 핀[153]을 연상시키는 뼈와 관절, 우리 몸속 어딘가에 있다는 사실조차 몰랐던 그것들이 눈앞에 전시되어 있었다. 이렇게 플렉시글라스에 넣는 것은 공기를 완벽히 차단하고 손상의 위험이나 증발을 막는 유용한 방법이다. 만약 당장 전쟁이 일어나면 지금 내 눈앞에 있는 하악골이 폐허의 잿더미 속에서 유일하게 보존될 가능성이 크다. 화산이 폭발하고 홍수나 산사태가 발생하면 미래의 고고학자들은 이 표본들을 발견하고는 크게 기뻐할 것이다.

하지만 지금까지 본 것은 시작에 불과했다. 순례자들은 한 줄로 서서 묵묵히 이동했다. 뒤쪽에 있는 사람들은 조용히 앞쪽의 무리를 따라갔다. 숙련된 플라스티네이션 전문가, 시체 방부 처리 기술의 계승자, 무두장이, 해부학자 그리고 박제사들이 우리에게 알려 줄 것이다. 지금 이 방에는 무엇이 있고, 앞으로 무엇을 보게 될 것인지, 어떤 신체 부위가 이곳에 보존되어 있는지.

인체에서 끄집어낸 척추뼈가 유리 진열장 안에 전시되어 있다. 활 모양으로 굽은 본래의 형태를 그대로 유지하고 있다. 마치 에일리언 같다. 인간의 몸속을 탐험하는 여행자, 거대한 다지(多肢) 동물. 신경총과 혈관총으로 이루어진 그레고르 잠자,[154] 혈관을 촘촘히 엮어 작은 뼈들을 꿰어 만든 묵주처럼

153) 기계 안의 부품이 빠지지 않게 박는 금속 핀.
154) 카프카의 소설 『변신』의 주인공.

보인다. 이 묵주로 척추의 주인을 위해 '영원한 안식'을 염원하는 기도를 할 수 있지 않을까. 끊임없이 기도를 반복하면 누군가가 그를 애처롭게 여기고 안식을 허락해 줄 수도 있으니.

그 뒤로는 온전한 인체가 전시되어 있다. 아니, '시신'이라고 지칭하는 편이 어울릴 것이다. 세로로 반을 갈라 내부 기관의 매혹적인 구조를 드러내 보이고 있다. 특별히 눈에 띄게 아름다운 장기는 콩팥이다. 저승의 여신으로부터 축복받은 곡물, 거대한 누에콩 모양.

옆방으로 이동하니 남자의 몸이 전시되어 있다. 옆으로 길게 찢어진 그의 눈에는 눈썹이 제거되어 있다. 피부도 완전히 벗겨져 있어서 순례자들은 근육의 시작점과 끝점을 생생히 파악할 수 있다. 근육이 우리 몸의 중심축에서 매우 가까운 곳에서 시작하여 상당히 먼 주변부에서 끝난다는 사실을 알고 있는가? '두라 마테르'[155]가 관능적인 포르노 스타의 이름이 아니라 뇌의 막을 뜻한다는 것은? 모든 근육에는 시작점과 끝점이 있다는 사실은? 인체에서 가장 강한 근육은 혓바닥이라는 사실은?

오직 근육으로만 이루어진 전시물을 감상한 우리 순례자들은 골격근이 우리의 의지에 순종한다는 설명이 사실인지 확인하기 위해, 저도 모르게 근육을 조였다 풀어 보았다. 하지만 불행하게도 우리의 명령에 따르지 않는 근육들도 있다. 이

155) dura mater. 경뇌막. 뇌와 척수를 둘러싸고 있는 세 겹의 뇌막 중 가장 바깥에서 둘러싸는 막.

런 경우엔 별다른 방법이 없다. 까마득히 먼 과거에 이러한 근육들이 우리의 몸속 어딘가에 정착했고 지금은 도리어 우리의 반사 작용을 지배하고 있다.

다음으로는 뇌의 작동에 대해 많은 것을 배울 수 있었다. 특히 냄새를 맡는 기능은 편도체와 밀접한 연관을 맺고 있으며, 감정의 표출, 싸움이나 탈출에 대한 충동 또한 그렇다는 것을 알게 되었다. 반면 대뇌 측두엽에 있는 해마, 즉 작은 바다 생물처럼 생긴 기관은 단기 기억력을 관장한다.

내측 중격(中膈)은 편도체의 작은 영역으로 쾌락과 중독의 관계를 조절하는 역할을 담당한다. 나쁜 습관을 제어하고 싶으면 우리는 이 기관에 대해 반드시 알아야 한다. 누구에게 도움과 지원을 요청해야 하는지 파악할 필요가 있기 때문이다.

다음 표본은 뇌와 말초 신경으로 구성되어 있는데, 흰색 표면에 가지런히 배열되어 있다. 흰 배경과 빨간 디자인이 마치 지하철 노선도처럼 보이기도 한다. 가운데에 중심역이 있고, 거기서 주요 노선들이 뻗어 나온다. 옆쪽에는 다른 경로들이 생성되어 있다. 배열이 매우 잘되어 있음을 인정할 수밖에 없다.

현대의 표본들은 강렬하고 밝은 색감을 보여 준다. 혈관과 정맥 및 동맥들이 액체 속에서 유연하게 헤엄쳐 다니며, 3차원의 네트워크를 돋보이게 한다. 그것들이 이처럼 평화롭게 떠다닐 수 있게 만들어 주는 열쇠는 바로 카이젤링 III 용액이다. 표본의 고유한 색깔과 모양을 가장 잘 보존하는 액체로 알려져 있다.

이제 우리는 혈관으로만 이루어진 인체에 이르렀다. 그것은 '유령'의 해부학적 버전처럼 보였다. 밝은 조명에 타일이 깔린 장소, 예를 들어 도살장이나 화장품 실험실 같은 곳에서 출몰할 것만 같은 유령이었다. 우리는 한숨을 쉬었다. 우리 몸 안에 이처럼 많은 정맥이 있으리라고는 한 번도 생각지 못했기 때문이다. 그러므로 피부에 약간의 상처만 나도 피가 샘솟는 건 당연한 일이다.

보는 것이 아는 것이다. 그것은 의심의 여지가 없는 사실이다. 순례객 모두가 가장 열광한 대상은 횡단면으로 자른 표본들이었다.

그렇게 여러 조각으로 잘린 한 인간의 몸이 지금 눈앞에 놓여 있다. 덕분에 우리는 인체에 대해 전혀 예상치 못한 새로운 시각을 갖게 되었다.

폴리머[156] 보존법

단계적인 과정

"먼저 해부를 위해 전통적인 방식으로 시신을 준비해 주세요. 그중 하나가 피를 뽑아내는 일입니다."

"해부를 진행하는 동안, 당신이 보여 주고 싶은 부위를 노출시켜야 합니다. 예를 들어 그게 근육이라면, 먼저 피부와 지방 조직을 제거해야 합니다. 이 단계에서 시신을 당신이 원하는 자세로 배치해 놓아야 합니다."

"다음으로는 표본을 아세톤으로 세척해서 액체의 흔적을 모조리 없앱니다."

"탈수시킨 표본을 실리콘 폴리머 욕조에 담근 뒤, 진공 용

156) 한 종류 또는 여러 종류의 구성 단위가 많은 수의 화학 결합으로 중합되어 연결된 분자 화합물.

기에 넣고 밀봉합니다."

"진공 용기 내에서 아세톤이 증발하고 실리콘 폴리머가 그 자리를 차지하면서 조직의 가장 깊고 오목한 부위로 흘러 들어가게 됩니다."

"실리콘이 단단하게 굳어도 탄성은 그대로 유지됩니다."

나는 이렇게 보존된 콩팥과 간을 만져 보았다. 그것은 단단한 고무로 만든 장난감, 예를 들어 던져 놓고 강아지에게 주워 오게 하는 작은 공을 연상시켰다. 모조품과 진품 사이의 경계선이 갑자기 희미해졌다. 문득 이러한 기술이 원본을 영원히 사본으로 바꿔 버릴지도 모른다는 불안이 솟구쳤다.

탑승

그가 신발을 벗고 배낭을 발 옆에 내려놓는다. 그리고 우리가 비행기에 탑승할 때까지 기다린다. 며칠 동안 못 깎아 덥수룩해진 수염, 거의 대머리에 가깝고, 나이는 마흔에서 쉰 살 사이쯤인 듯하다. 자신이 남들과 별반 다르지 않다는 사실을 불과 얼마 전에 깨우친 사람처럼 보인다. 즉 나름대로 각성의 경지에 이른 것이다. 그의 얼굴에는 아직도 그 충격의 흔적이 남아 있다. 눈은 계속 신발 근처 바닥만 내려다보고 있다. 아마 다른 이들과 시선을 마주치고 싶지 않아서일 것이다. 표정이나 몸짓을 쓰지 않는 건 이제 그럴 필요성을 느끼지 못하기 때문이리라. 잠시 후 그가 공책을 꺼낸다. 수작업으로 제본한 아름다운 디자인이다. 제삼세계에서 싸게 만든 제품을 비싼 값에 파는 상점에서 구입한 듯하다. 재활용 용지로 만든 표지에는 영어로 '여행자 일지'라고 적혀 있다. 노트의 3분의 1 정도를 이미 채웠다. 그가 무릎 위에 공책을 올려놓고 검정 볼펜을 꺼내 첫 문장을 쓰기 시작한다.

그래서 나도 여행 일지를 꺼내어 지금 일지를 적고 있는 한 남자에 대해 기록하고 있다. 어쩌면 그 남자 또한 이렇게 적고 있을지도 모른다. "뭔가를 적고 있는 여자. 신발을 벗고 배낭을 발밑에 내려놓았다……."

다들 주저하지 마시라.(나는 지금 게이트가 열리기를 기다리던 나머지 다른 승객들을 떠올리는 중이다.) 어서 일지를 꺼내고 기록하시라! 실제로 우리 중에 뭔가를 기록하는 사람이 얼마나 많은가. 우리는 서로 인사를 나누는 것을 허용하지 않는다. 신발에서 시선을 들어 올리고 서로 바라보는 것을 허용하지 않는다. 그러므로 우리는 서로에 대해 기록할 것이다. 그것이 가장 안전한 형태의 커뮤니케이션이기에. 우리는 문자와 이니셜을 서로 교환하고, 종이 위에 서로를 불멸로 남기고, 서로를 플라스티네이션 처리하고, 문장의 포름알데히드 속에 서로를 담글 것이다.

집으로 돌아오면 다 쓴 일지를 다른 노트들과 함께 보관할 것이다. 옷장 뒤쪽에 놓여 있는 상자, 책상 서랍의 맨 아래 칸, 침대 옆에 두는 작은 탁자의 서랍 속, 평소 우리가 이런 일지들을 보관하는 바로 그곳에. 거기에 우리 여행의 기록을 남겨 둘 것이다. 여행을 준비하고, 행복하게 돌아온 기록. 플라스틱 병들이 잔뜩 널린 어느 지저분한 해변에서 바라본 석양의 황홀함, 극심한 무더위에 시달렸던 어느 호텔에서의 저녁. 병든 개가 먹이를 구걸했지만 빵 부스러기 하나 나눠 줄 수 없었던 어느 이국적인 거리, 과열된 라디에이터를 식히기 위해 버스가 잠시 멈췄을 때 떼 지어 몰려들던 아이들, 행주 삶은 물 같은 맛이 나는 땅콩 수프의 조리법, 검게 그을린 입술을 가진, 불을 삼키는 묘기를 부리는 사내, 여행 경비를 꼼꼼히 정산한 기록, 비행기에서 꾸었던 이상한 꿈, 어떤 줄에서 우리 일행 바로 앞에 서 있던, 회색 승려복을 입은 아름다운 비구니. 여기 모든 것이 있다. 심지어 한때는 드나드는 배들로 북적였지만, 지금은 텅 비어 버린 부둣가에서 탭댄스를 추고 있는 선원도 있다.

누가 이것을 읽을 것인가?

곧 게이트가 열릴 것이다. 승무원들이 게이트 앞에 서서 승객을 맞을 준비를 끝내자 지금껏 무기력하게 앉아 있던 승객들이 벌떡 일어나 기내 수화물을 챙긴다. 탑승권을 뒤적거리고, 채 읽지 못한 신문을 미련 없이 내려놓는다. 각자 머릿속에서 말없이 양심의 성찰을 한다. 여권과 표, 서류 등등을 모두 챙겼는지, 환전은 했는지. 지금 어디로 가고 있는지, 무엇을 위해서인지, 그리고 그곳에 가면 그들이 원하는 것을 발견할 수 있는지, 제대로 된 방향을 선택했는지.

천사처럼 아름다운 승무원들이 우리의 여행 적합도를 확인하고 난 뒤, 호의적인 손짓으로 우리를 들여보낸다. 폭신한 카펫이 깔리고 둥근 벽이 에워싼 터널 속으로. 이 터널을 통과하여 우리는 비행기에 탑승하게 될 것이다. 거기서 차가운 공중 도로를 날아서 새로운 세계로 향할 것이다. 우리의 눈에 비친 그들의 미소에는 일종의 약속이 담겨 있다. 그 미소가 말한다. 어쩌면 우리는 새로 태어날 것이라고. 이번에는 적절한 시간, 적절한 장소에서.

이티네라리움[157)]

1. Vienna — Narrenturm — Pathologisch-anatomisches Bundesmuseum, Spitalgasse 2.

2. Vienna — Josephinum, Museum des Instituts für Geschichte der Medizin, Währingerstrasse 25.

3. Dresden — Deutsches Hygiene Museum, Lingnerplatz 1, Dresden Gläesernen Menschen.

4. Berlin — Berliner Medizinhistorisches Museum der Charité, Charitéplatz 1.

5. Leiden — Museum Boerhaave, St. Caecilia Hospice, Lange St. Agnietenstraat 10.

---

157) Itinerarium. 라틴어로 '여행 안내서' 혹은 '여행기'를 뜻한다.

6. Amsterdam — Vrolik Museum, Academisch Medisch Centrum, Meibergdreef 15.

7. Riga — Pauls Stradins Museum of the History of Medicine, Antonijas iela 1, and the Jekabs Primanis Anatomy Museum, Kronvalda bulvāris 9.

8. Saint Petersburg — Museum of Anthropology and Ethnography (Kunstkamerr), 3, Universitetskaya Naberezhnaya.

9. Philadelphia — Mütter Museum, 19 South 22nd Street.

인용 문헌

Emile Cioran, *Wyznania i anatemy*, Krzysztof Jarosz 옮김, Kraków, 2006.

Benedykt Chmielowski, *Nowe Anteny*, Kraków, 2003.

Herman Melville, *Moby Dick czyli Biały Wieloryb*, Bronisław Zieliński 옮김, Szczecin, 1987.

Requiem aeternam.

Zygmunt Węclewski, *Słownik grecko-polski*, Lwów 1928.

Teresa Kambureli, *Thanasis Kamburelis*, Podręczny słownik grecko-polski, Warszawa, 1999.

Zofia Abramowiczówna, *Słownik grecko-polski*, Warszawa, 1962.

지도 목록

본문에 삽입된 그림과 삽화는 『역사적이고 독특한 지도들을 모은 애자일 래빗 북(*The Agile Rabbit Book of Historical and Curious Maps*)』(The Pepin Press, Amsterdam, 2005)에서 발췌했다.

9 395쪽: Chinese map(1984)

10 404~405쪽: Russian map(날짜 없음)

11 584쪽: Plan of Jerusalem based on a manuscript from 1200(날짜 없음)

12 587쪽: New York, USA(날짜 없음)

13 607쪽: The wanderings of Odysseus represented on a map from the Odissey(1911)

작품 해설

경계와 단절을 허무는 방랑자들에게 바치는 찬가

스웨덴 한림원은 2018년 노벨 문학상 수상자로 올가 토카르추크를 선정하면서 "삶의 한 형태로서 경계를 넘어서는 과정을 해박한 열정으로 그려 낸 서사적 상상력"이라는 찬사를 보냈다. 일찍이 폴란드 언론과의 인터뷰에서 토카르추크는 타인과 교감할 수 있는 무한한 가능성이야말로 글쓰기의 가장 큰 매력이라고 토로한 바 있다. 경계와 단절을 허무는 글쓰기, 타자를 향한 공감과 연민은 토카르추크 작품의 본질적 특징이다. 그리고 이러한 특징을 가장 잘 나타내는 대표작이 바로 『방랑자들』(2007)이다. 저자는 소설을 가리켜 '국경과 언어, 문화의 장벽을 뛰어넘는 심오한 소통과 공감의 수단'이라고 말했는데, 저자가 지향하는 이러한 가치가 무엇보다 생생하게 빛나는 작품이기도 하다.

2008년 폴란드 최고의 문학상인 니케 문학상을, 2018년에는 맨부커 인터내셔널 상을 수상한 『방랑자들』은 '여행'이라는 키워드를 공통 분모로 100여 편의 다양한 글들이 씨실과 날실처럼 정교하게 엮인 하이브리드 텍스트이다. 단선적 혹은 연대기적인 흐름을 따르지 않고, 단문이나 짤막한 에피소드를 촘촘히 엮어 중심 서사를 완성하는 특유의 내러티브 방식이 가장 절묘하고 효과적으로 활용된 사례로 평가받는다. "물리적인 이주(移住)와 문화의 이행에 초점을 맞춘, 위트와 기지로 가득한 작품"이라는 한림원의 평가에 저절로 고개가 끄덕여지는 작품이다.

떠나는 자에게 축복을

토카르추크는 『방랑자들』을 집필하게 된 이유에 대해 다음과 같이 언급했다.

> 이 책에서 나는 우리가 세상 속에서 경험하는 카코포니[1]와 불협화음, 단일화의 불가능성, 혼돈과 분열, 그리고 새로운 형태로 재배치되는 일련의 과정을 충실히 그려 내고자 했다. 나는 경계의 주변부, 말로는 다 표현할 수 없는, 흐릿하고 모호한 영역이 있다고 믿는다. 이 책에서 나는 고유한 실수를 반복하고 있지만, 그래도 그것이 꼭 필요하다고 생각한다.[2]

1) 귀에 거슬리는 음향.

『방랑자들』은 경계를 넘나들며 이곳저곳을 여행하고, 방랑하는 다양한 인물 군상의 이야기다. 하지만 흥미로운 건, 이 등장인물들의 여행에는 '목적지'가 명확히 드러나고 있지 않다는 점이다. 작품 속에 등장하는 주인공들은 정주(定住)를 스스로 거부하거나 혹은 타의에 의해 거부당한 채, 길 위를 떠돌고 있지만, 정작 구체적인 목적지나 특정 장소에 도달하는 내용은 나오지 않는다. 『방랑자들』에 나오는 구절을 빌려서 설명하자면, "목적지는 신기루 같은 것이고 불확실한 것"이기 때문이다. 인생이란 결국 하나의 긴 여정이라는 관점에서 보면, 이 책을 관통하는 궁극적인 주제는 '여행' 혹은 '방랑'을 하는 주체인 인간에 대한 실존적 고찰이라고 할 수 있다.

소설의 제목은 고대 러시아 정교의 한 교파인 '달리는 신도들'에서 착안한 것이다. 그들은 온갖 악으로 가득 찬 이 세상에서 정체되거나 머물러 있지 않고, 끊임없이 움직이고 이동하고 장소를 바꾸는 것만이 악을 쫓아낼 수 있는 길이라고 믿었다. 소설의 첫머리에서 토카르추크는 다음과 같은 모토를 선언한다.

> 내 모든 에너지는 움직임에서 비롯되었다. 버스의 진동, 자동차의 엔진 소리, 기차와 유람선의 흔들림. (18쪽)

모스크바의 지하철역 주변에서 노숙하는 정체 모를 노파의

2) Olga Tokarczuk, *Bieguni*(Wydawnictwo Literackie, Kraków, 2007).

에피소드를 통해 토카르추크는 인간이 한곳에 너무 오래 머물러 어떤 장소나 사물에 얽매이게 되면 근본적으로 나약해질 수밖에 없다고 역설한다. 관습과 타성에 젖어 익숙한 것만을 찾는 인간은 현재에 안주하기 위해 자신을 둘러싼 환경에 기계적으로 순응하게 되고, 더 이상 모험이나 행복을 갈구하지 않는다는 것이다.

> 멈추는 자는 화석이 될 거야. 정지하는 자는 곤충처럼 박제될 거야. 심장은 나무 바늘에 찔리고, 손과 발은 핀으로 뚫려서 문지방과 천장에 고정될 거야. (……) 움직여, 계속 가, 떠나는 자에게 축복이 있으리니. (405~406쪽)

토카르추크는 우리를 쉼 없이 움직이게 만드는 여행이야말로 인간을 근본적으로 자유롭게 해 줄 수 있음을 역설한다. 그리고 우리가 머무는 공간, 우리가 움켜쥐고 있는 소유물, 우리가 사용하는 언어가 삶의 본질적인 요소는 아님을 일깨운다.

형식의 경계를 넘어서—별자리 소설

『방랑자들』은 파편화된 텍스트이다. 독립된 조각 글마다 소제목이 붙어 있으며, 다중 화자가 등장하고, 형식도 제각각이다. 불과 10여 개의 문장으로 이루어진 짧은 텍스트도 있고, 중편소설이라고 해도 손색이 없을 정도로 긴 분량의 이야기도 있다.

> 한 귀퉁이에 서서 바라보는 것. 그건 세상을 그저 파편으로 본다는 뜻이다. 거기에 다른 세상은 없다. 순간들, 부스러기들, 존재를 드러내자마자 바로 조각나 버리는 일시적인 배열들뿐. 인생? 그런 건 없다. 내 눈에 보이는 것은 선, 면, 구체, 그리고 시간 속에서 그것들이 변화하는 모습뿐이다. (636~637쪽)

장르 또한 다양해서 여행 일지나 르포르타주는 물론 서간문이나 강연록 형식의 글들도 발견된다. 멜빌의 『모비 딕』(1851)에 대한 오마주로 소설 속 대사를 그대로 읊조리는 주인공이 등장하는 에피소드도 있다. 인체나 내장 기관을 전시한 박물관에 대한 관람 기록은 추리물처럼 팽팽한 긴장감을 자아낸다. 오랜 시간 비행기를 기다리며 공항에서 쓴 에세이도 있고, 바쁜 여정을 쪼개어 기차역에서 무릎 위에 책을 받쳐 놓고 쪽지에 휘갈겨 쓴 단상도 있다. 트렁크에 담긴 구겨진 짐처럼 두서없고, 혼란스러운 형태로 다채로운 에피소드가 나열된다.

> 나는 기차와 호텔, 대기실에서, 그리고 비행기의 접이식 테이블에서 글 쓰는 법을 익혔다. 밥을 먹다 식탁 밑에서, 혹은 화장실에서 뭔가를 끄적이기도 한다. 박물관 계단에서, 카페에서, 길가에 잠시 정차해 둔 자동차 안에서 글을 쓴다. 종이쪽지에, 수

첩에, 엽서에, 손바닥에, 냅킨에, 책의 한 귀퉁이에 쓴다. (34쪽)

각각의 에피소드에 등장하는 주인공들 또한 시간적·공간적으로 서로 단절된 것처럼 느껴진다. 하지만 작품 전체를 놓고 보면, 서로 유기적으로 연결되는 지점이 발견된다. 공항에서 여행객들이 끊임없이 서로 마주치고 스쳐 지나가는 풍경과 유사하다고 볼 수 있다. 예를 들면, 전반부에 등장한 레오나르도 다빈치의 「세례자 성 요한」과 후반부에 언급되는 로마 시대의 조각 「콘스탄티누스 황제의 손」은 공통적으로 하늘을 향해 들어 올린 검지손가락을 소재로 한 작품들이다. 드물긴 하지만, 앞에서 언급된 에피소드의 후속 스토리가 뒷부분에서 이어지는 경우도 있다. 흑인이라는 이유로 아버지의 시체를 박제하여 '호기심의 방'에 전시한 프란츠 1세에게 항의 편지를 보내는 딸의 사연, 크로아티아로 여름휴가를 떠났다가 아들과 아내를 잃어버린 사내의 이야기, 공항에서 시리즈로 전개되는 여행 심리학에 대한 강연이 대표적인 예다. 하나의 에피소드가 끝날 때 즈음, 다음 에피소드의 공간적 배경에 대한 단서가 은밀하게 등장하기도 한다. 예를 들면 뉴질랜드를 발견한 영국의 탐험가 제임스 쿡의 에피소드에 이어 호주의 한 해변에서 길을 잃고 죽음을 맞은 고래의 사건이 언급되고, 그 뒤로 호주로 짐작되는 나라로 이주한 폴란드 연구원의 사연이 이어지는 식이다. 이러한 단서를 찾아보고, 서로 연결되는 요소를 찾아보는 것도 이 책을 읽는 또 다른 재미가 될 것이다.

『방랑자들』은 '인생'이라는 이름의 유랑길에서 전혀 무관해 보이는 타인들의 삶이 실제로는 가느다란 실처럼 연결되어 서로에게 순간순간 영향을 끼치고 있음을 우리에게 일깨워준다.

관계 지향적이면서도 가변적인 텍스트를 추구했던 토카르추크는 이 작품의 형식을 "별자리 소설(Constellation novel)"이라고 정의한다.

> "우리가 밤하늘을 바라보면서 흩어져 있는 별들을 눈으로 연결해서 별자리를 그려보듯이 저는 독자들이 저마다 자신만의 방법으로 이 책의 이야기들을 연관 짓고 조합해보기를 원합니다. 각각의 에피소드에는 서로 유기적으로 연관되는 갈고리나 나사못 같은 것들이 감춰져 있습니다. 이러한 단서들을 연결해서 어떤 별자리를 그려내느냐 하는 것은 온전히 독자의 몫입니다."

토카르추크는 『방랑자들』을 단순한 '이야기 모음집'이 아닌, '별자리 소설'이라고 명명한다. 이야기의 궤도 속에서 독자들이 저마다 자유롭게 형태와 패턴을 만들도록 유도한 것이다. 조각글들 속에 숨겨진 갈고리나 나사못 덕분에 『방랑자들』에서 서로 단절된 것처럼 보였던 다양한 인물의 수많은 여행담들은 어느 순간 서로 연결되어 우리 눈 앞에 반짝이는 별자리의 문양을 드러낸다. 이처럼 책 속에 등장하는 개개인의 삶을 가만히 따라가다 보면, 그것이 어느새 거대한 서사가 되어 있음을 깨닫는 지점이 나오는데, 이것이 바로 이 책을 읽는 묘미이다.

A라는 지점에서 출발하여 B라는 지점에 이르는 단선적인 여행이 아닌, 끊임없이 어딘가로 향하고 있는 유랑의 속성은 『방랑자들』의 구성과 형식 뿐만 아니라 내용에서도 고스란히 드러난다. 건너뛰고 넘나드는 여행의 속성처럼 독자들 또한 무작위로 나열된 에피소드들을 자유롭게 감상할 수 있다. 굳이 처음부터 끝까지 순서대로 읽어야 할 필요는 없으며, 아무렇게나 페이지를 펼쳐 눈에 띄는 이야기부터 읽어도 무방하다. 파편화된 조각 글들은 궁극적으로 '여행(혹은 유랑)'이라는 하나의 키워드로 수렴되기 때문이다. 『방랑자들』은 '여행' 또는 '유랑'을 주제로 하고 있지만, 실은 독자로 하여금 한 문장, 한 문장을 곱씹듯이 읽으며 사색을 하도록 유도하는 철학적인 텍스트다. 또한 읽을 때마다 매번 다른 느낌과 해석이 가능한 유동적이고 가변적인 텍스트이기도 하다. 한 인터뷰에서 토카르추크는 '소설'이라는 형식 속에서 '유동하는 서사', 즉 '움직이는 텍스트'를 추구함으로써 여행의 혼란스러움과 두서없음, 광기를 재현해보고 싶었다고 말했다. 다시 말해 저자는 '여행' 혹은 '유랑'이라는 주제를 효과적으로 전달하기 위한 새로운 형식을 치열하게 고민했고, 『방랑자들』의 낯설고도 독특한 구성, 정형화되지 않은 구조는 바로 이러한 고민의 산물인 것이다.

토카르추크의 ‘호기심의 방’

『방랑자들』에서 처음 30쪽 정도는 토카르추크가 본인의 목소리로 실제 경험담을 기록하고 있어 자전적 소설이 아닐까 하는 착각을 불러일으키지만, 계속 페이지를 넘기다 보면, 각양각색의 인물이 작중 화자로 등장한다. 작가는 17세기부터 21세기까지 다양한 시공간을 배경으로 저마다의 이유로 여행길에 오른 다채로운 인간 군상을 보여 준다. 죽어 가는 첫사랑에게서 은밀한 부탁을 받고 수십 년 만에 모국을 방문하는 연구원, 장애인 아들을 보살피며 고단한 삶을 살다가 일상에서 탈출하여 지하철역 노숙자로 살아가는 여인, 프랑스에서 사망한 쇼팽의 심장을 몰래 숨긴 채 모국인 폴란드로 돌아온 쇼팽의 누이, 다리를 절단한 뒤 섬망증에 시달리는 해부학자, 지중해 유람선으로 생의 마지막 여행을 떠나는 그리스 문명의 권위자 등. 그들은 어딘가로부터, 무엇인가로부터, 누군가로부터, 혹은 자기 자신으로부터 도망치려는 사람들, 어딘가를, 무엇을, 누군가를, 혹은 자기 자신을 향해 다다르려 애쓰는 사람들이다. 그러므로 이 작품은 타인과의 경계, 거리, 혹은 단절에 대한 성찰의 기록으로 읽을 수도 있다.

『방랑자들』에 등장하는 여러 화자 중에서 가장 많은 비중을 차지하는 건 아무래도 토카르추크 본인이다. 소설에 묘사된 여행자 토카르추크는 주머니에 두둑한 지갑을 넣은 채 호텔을 전전하는 ‘관광객’이라기보다는 배낭 하나 둘러멘 채 낯선 공간을 홀로 떠도는 ‘방랑자’ 혹은 ‘순례자’라고 할 수 있다. 작가는 낯선 나라, 낯선 사람, 낯선 문화와 끊임없이 맞닥뜨리지만, 그 대면이 피상적인 접촉에 그치는 것을 경계하고, 직접 오감으로 인지하고 체험하기 위해 노력한다. 그렇기에 이 책에는 "내 순례의 목적은 늘 다른 순례자다."라는 구절이 반복적으로 등장한다.

흥미로운 것은 에피소드의 주인공이 인간으로만 국한되지 않고, TV 프로그램이나 토카르추크 본인의 집, 심지어 생리대와 같은 사물로까지 확장되고 있다는 점이다. 절단된 다리가 편지의 수신인이 되고, 버려진 아파트가 주인을 그리워하는 등, 저자의 눈에 비친 사물은 인성(人性)을 가진 존재들이다. 지금껏 다른 책들이 외면했던 대상들이 토카르추크의 '호기심의 방'에서는 인간과 동등한 존재로 자리매김한다.

인간 중심적인 사고에서 탈피하여 만물을 생태계의 동등한 구성원으로 포용하려는 이러한 시각은 토카르추크가 평소 불교 사상에 관심과 조예가 깊다는 점과도 밀접한 연관이 있다.[3] 일찍이 저자는 불교 철학에 매료된 이유로, 세상 만물의 인과 관계와 상호 의존성을 강조하고, 공감과 연민을 설파한다는 점을 꼽았다. 참고로 '사리'라는 제목을 붙인 에피소드는 저자의 한국 방문 경험을 토대로 집필된 것이다.

---

3) 2006년 '세계 젊은 작가 축전'에 참여하기 위해 한국에 왔을 때, 개인적으로 템플 스테이를 체험하기도 했다.

인체를 향한 탐험

『방랑자들』에서 토카르추크가 시도하는 또 다른 여행은 바로 인간의 육체에 대한 탐험이다. 경계를 뛰어넘는 이동을 실현하는 주체가 바로 인간의 몸이기 때문이다. 과거에도 그리고 현재에도 사람들은 끊임없이 움직이며 공간을 이동한다. 정치적 망명, 생계형 이민, 출장, 휴가, 신혼여행 등 여행의 목적과 이유는 다양하며, 덕분에 우리의 정신은 권태나 무감각의 상태에서 벗어나 깨어 있게 된다. 그렇기에 저자는 철저히 육체적인 관점에서 생과 사의 의미를 성찰한다.

작품 속의 '나'는 인체나 장기를 약품에 담가 저장하거나 방부제를 사용해서 보존해 놓은 세계 각지의 박물관들을 찾아다닌다. (저자는 책의 뒷부분에 '이티네라리움'이라는 제목을 붙여 이러한 박물관들의 목록을 수록해 놓았다.) 또한 사체를 저장하고 보관하는 다양한 방법을 세밀하게 기록하고, 이러한 시도를 감행하는 여러 연구자의 에피소드를 소개한다. 17세기에 인간의 육체를 미세한 부분까지 도해하여 방부 처리하는 데 골몰했던 해부학자 프레데릭 라위스 교수와 21세기에 이와 유사한 시도를 한 외과 의사 블라우에 관한 이야기를 읽으며, 우리는 시공을 초월한 인간의 욕망, 즉 인체를 불멸의 상태로 유지하여 영구 보존하려는 염원을 읽을 수 있다. 이러한 시도들은 필멸의 존재인 인간이 꿈꾸는 불멸에 대한 소망을 가시적으로 보여 준다. 유리병이나 항아리 속에 저장된 특정한 신체 부위들은 지금은 소멸했으나 과거의 어느 시점에 명백히 존재했던 한 생명체의 현존의 흔적을 생생하게 증명하기 때문이다.

토카르추크는 인간의 몸을 세상의 축소판으로 간주하며, 우리의 몸이 느끼는 생생한 '감각'이야말로 모든 인식을 가능케 만드는 선험적인 조건임을 역설한다. '이성'을 진리의 근원으로 여겼던 데카르트 이후, 서양철학에서 변방으로 밀려났던 '감각'에 주목한 것이다. 저자는 우리에게 자신의 육체를 인지하고, 그 아름다움에 눈을 뜨라고 촉구한다. 그리고 자연의 본성에 충실하게 창조된 육체의 신비와 그 안에 깃든 심오한 생의 의미를 강조한다.

21세기의 오디세이

『방랑자들』에서 토카르추크는 여행길에서 마주친 다양한 인물들의 삶과 죽음, 그들의 내밀한 이야기들을 '언어'의 힘을 빌려 작품 속에 꼼꼼히 기록함으로써 그들에게 불멸의 가치를 부여한다.

> 우리는 서로에 대해 기록할 것이다. 그것이 가장 안전한 형태의 커뮤니케이션이기에. 우리는 문자와 이니셜을 서로 교환하고, 종이 위에 서로를 불멸로 남기고, 서로를 플라스티네이션 처리하고, 문장의 포름알데히드 속에 서로를 담글 것이다. (625쪽)

이 책에서 끊임없이 회자되는 여행이란 단순히 바다를 건너고 대륙을 횡단하는 물리적인 이동만을 의미하지 않는다. 자신의 내면을 향한 여행, 묻어 두었던 과거의 기억을 되살리려는 시도, 시련과 고통을 직시하고 받아들이는 과정 또한 이 방대한 여정에 포함된다. 독자의 입장에서 이 책을 통해 직접 가 보지 못한, 머나먼 타국의 이국적인 장소들을 간접적으로 방문해 보고, 다양한 정보를 접하게 되는 것, 지구촌 곳곳에서 여러 흥미로운 인물들과 그들의 생의 단면을 만날 수 있다는 것 또한 일종의 여행이라고 할 수 있겠다.

인간은 생이 시작된 순간부터 각자에게 할당된 시간의 한계에 쫓기며, 하루하루 소멸을 향해 나아가는 존재이다. 멈추는 건 잠깐, 금방 또 어디론가 떠나게 마련인, 부단히 움직이는 존재. 그러므로 방랑과 이동, 그리고 귀환은 우리의 숙명이다.

토카르추크는 우리에게 지금까지와는 다른 시각으로 자신을 성찰하고, 세상을 바라보고, 경계를 뛰어넘어보자고 촉구한다. 나아가 세상 만물이 별자리처럼 촘촘하게 이어져 있고, 서로가 서로에게 의지하고 있다는 사실을 일깨우면서, 단절과 고립의 시대를 살아가는 현대인들에게 다정한 위로를 건넨다. 그러므로 『방랑자들』은 세상의 모든 여행과 이동에 바치는 찬가이자, 불안정한 생(生)의 여정에서 끊임없이 흔들리고 방황하는 호모 노마드, 바로 우리 자신에 관한 뜨겁고도 냉철한 성찰의 기록이라고 할 수 있다.

2019년 10월

최성은

작가 연보

1962년 1월 29일 폴란드 술레후프에서 2녀 중 장녀로 태어났다. 아버지와 어머니는 모두 교사였다.

1979년 나타샤 보로딘(Natasza Borodin)이라는 필명으로 문예지 《가로질러(Na przełaj)》에 생애 첫 단편 소설을 게재했다.

1980년 키에츠의 치프리안 카밀 노르비드 고등학교를 졸업했다.

1980년 바르샤바 대학교 심리학과에 입학했다. 카를 융의 사상에 깊은 관심을 가졌다.

1985년 바르샤바 대학교 심리학과 졸업.

1989년 바우브치흐에서 심리 치료사로 일하다 시집 『거울 속의 도시들』을 출간했다.

1993년 첫 장편 소설 『책의 인물들의 여정』을 출간했다. 폴란드 출판협회상 수상. 이 시기 전업 작가로 전향했다.

1995년 장편 소설 『E.E.』 발표.

1996년 장편 소설 『태고의 시간들』 출간.

1997년 『태고의 시간들』로 사십 대 미만의 작가들에게 수여하는 코시치엘스키 문학상을 수상했다. 단편집 『옷장』 출간.

1999년 브와디스와프 레이몬트 문학상을 수상했다.

1998년 장편 소설 『낮의 집, 밤의 집』을 발표했다. 독립 출판사 '루타(Ruta)'를 설립하여 2003년까지 운영했다.

2000년 산문집 『인형과 진주』 발표.

2001년 단편집 『여러 개의 작은 북 연주하기』 출간.

2004년 단편집 『마지막 이야기들』 출간.

2006년 장편 소설 『세상의 무덤 속 안나 인』 출간.
한국문학번역원이 주최하는 제1회 '세계 젊은 작가 축전'에 폴란드 대표로 참가했다.

2007년 장편 소설 『방랑자들』 발표.

2008년 『방랑자들』로 폴란드 최고의 문학상인 니케 문학상을 수상했다.
오폴레 대학교에서 한 학기 동안 문예 창작 교과목을 강의했다.

2009년 장편 소설 『죽은 이들의 뼈 위로 쟁기를 끌어라』 출간.

2010년 폴란드 정부로부터 글로리아 아르티스(Gloria Artis) 문화훈장 은메달을 수상했다.

2012년 산문집 『곰의 순간』 발표.

2013년 슬로베니아 작가 연합이 중부 유럽 작가에게 수여하는 빌레니카(Vilenica) 상을 수상했다.

2014년 장편 소설 『야고보서』 발표.

2015년 『야고보서』로 니케 문학상 대상을 수상했다. 독일-폴란드의 교류에 기여한 공로로 브뤼케 상(Internationaler Brückepreis der Europastadt Görlitz/Zgorzelec)을 수상했다.

2017년 『야고보서』로 스웨덴 쿨투르후세트 상을 수상했다.

『죽은 이들의 뼈 위로 쟁기를 끌어라』가 아그니에슈카 홀란드 감독에 의해 '흔적(Pokot)'이라는 제목으로 영화화되었다.(국내에는 '스푸어'라는 제목으로 알려짐.) 토카르추크는 홀란드 감독과 공동으로 시나리오를 집필했으며, 이 영화는 베를린 영화제 은곰상, 제52회 전미비평가협회 특별상을 수상했다.

일러스트레이터 요안나 콘세요와 함께 그림책 『잃어버린 영혼』을 출간했다.

2018년 『방랑자들』의 영어판 『Flights』로 번역자 제니퍼 크로프트와 함께 맨부커 인터내셔널 상을 수상했다.

단편집 『기묘한 이야기들』 출간.

단편집 『바르샤바의 앤드류스 교수/ 섬』 출간.

2019년 노벨문학상 2018년 수상자로 선정되었다.

『죽은 이들의 뼈 위로 쟁기를 끌어라』가 맨부커 인터내셔널 최종 후보(쇼트 리스트)로 선정되었다.

2020년 노벨문학상 상금의 일부를 출자하여 올가 토카르추크 재단(Fundacja im. Olgi Tokarczuk)을 설립했다. 이후 토카르추크는 폴란드의 문화와 예술을 전 세계에 널리 홍보하고, 인간의 권리와 자유를 수호하는 다양한 활동과 더불어 자연에 대한 인식을 제고하고, 동물권을 보장하는 환경 운동을 펼치고 있다.

노벨문학상 수상 기념 기조 강연문과 문학과 예술에 관한 에세이들을 모은 산문집 『다정한 서술자』를 출간했다.

이탈리아의 포르데노네 도서 축제에서 소설 부문에 수여하는 스토리아 디 운 로만초(La storia in un romanzo) 상을 수상했다.

바르샤바 대학교로부터 명예박사 학위를 수여받았다.

2021년 브로프와프 대학교로부터 명예박사 학위를, 야기엘론스키 대학교로부터 명예박사 학위를 수여받았다.

세계문학전집 399

방랑자들

1판 1쇄 펴냄 2019년 10월 21일
1판 11쇄 펴냄 2023년 2월 2일
2판 1쇄 펴냄 2022년 2월 18일
2판 4쇄 펴냄 2024년 4월 29일

지은이 올가 토카르추크
옮긴이 최성은
발행인 박근섭, 박상준
펴낸곳 (주)민음사

출판등록 1966. 5. 19. (제 16-490호)
서울특별시 강남구 도산대로1길 62(신사동) 강남출판문화센터 5층 (우편번호 06027)
대표전화 02-515-2000 팩시밀리 02-515-2007
www.minumsa.com

ISBN 978-89-374-6399-0 04800
ISBN 978-89-374-6000-5 (세트)

세계문학전집 목록

51·52 내 이름은 빨강 파묵 · 이난아 옮김 노벨 문학상 수상 작가
53 오셀로 셰익스피어 · 최종철 옮김 서울대 권장도서 100선
54 조서 르 클레지오 · 김윤진 옮김 노벨 문학상 수상 작가
55 모래의 여자 아베 코보 · 김난주 옮김
56·57 부덴브로크 가의 사람들 토마스 만 · 홍성광 옮김 노벨 문학상 수상 작가
58 싯다르타 헤세 · 박병덕 옮김 노벨 문학상 수상 작가
59·60 아들과 연인 로렌스 · 정상준 옮김 《뉴스위크》 선정 100대 명저
61 설국 가와바타 야스나리 · 유숙자 옮김 노벨 문학상 수상 작가 | 서울대 권장도서 100선
62 벨킨 이야기 · 스페이드 여왕 푸슈킨 · 최선 옮김
63·64 넙치 그라스 · 김재혁 옮김 노벨 문학상 수상 작가
65 소망 없는 불행 한트케 · 윤용호 옮김 노벨 문학상 수상 작가
66 나르치스와 골드문트 헤세 · 임홍배 옮김 노벨 문학상 수상 작가
67 황야의 이리 헤세 · 김누리 옮김 노벨 문학상 수상 작가
68 페테르부르크 이야기 고골 · 조주관 옮김
69 밤으로의 긴 여로 오닐 · 민승남 옮김 노벨 문학상 수상 작가 | 미국대학위원회 선정 SAT 추천도서
70 체호프 단편선 체호프 · 박현섭 옮김
71 버스 정류장 가오싱젠 · 오수경 옮김 노벨 문학상 수상 작가
72 구운몽 김만중 · 송성욱 옮김 서울대 권장도서 100선 | 국립중앙도서관 선정 청소년 권장도서
73 대머리 여가수 이오네스코 · 오세곤 옮김
74 이솝 우화집 이솝 · 유종호 옮김 논술 및 수능에 출제된 책(1998~2005)
75 위대한 개츠비 피츠제럴드 · 김욱동 옮김 《타임》 선정 현대 100대 영문소설
76 푸른 꽃 노발리스 · 김재혁 옮김
77 1984 오웰 · 정회성 옮김 《타임》 선정 현대 100대 영문소설 | 《뉴스위크》 선정 100대 명저
78·79 영혼의 집 아옌데 · 권미선 옮김
80 첫사랑 투르게네프 · 이항재 옮김
81 내가 죽어 누워 있을 때 포크너 · 김명주 옮김 노벨 문학상 수상 작가
82 런던 스케치 레싱 · 서숙 옮김 노벨 문학상 수상 작가
83 팡세 파스칼 · 이환 옮김
84 질투 로브그리예 · 박이문, 박희원 옮김
85·86 채털리 부인의 연인 로렌스 · 이인규 옮김
87 그 후 나쓰메 소세키 · 윤상인 옮김
88 오만과 편견 오스틴 · 윤지관, 전승희 옮김 미국대학위원회 선정 SAT 추천도서
89·90 부활 톨스토이 · 연진희 옮김 논술 및 수능에 출제된 책(1998~2005)
91 방드르디, 태평양의 끝 투르니에 · 김화영 옮김
92 미겔 스트리트 나이폴 · 이상옥 옮김 노벨 문학상 수상 작가
93 페드로 파라모 룰포 · 정창 옮김
94 차라투스트라는 이렇게 말했다 니체 · 장희창 옮김 국립중앙도서관 선정 청소년 권장도서
95·96 적과 흑 스탕달 · 이동렬 옮김 국립중앙도서관 선정 청소년 권장도서
97·98 콜레라 시대의 사랑 마르케스 · 송병선 옮김 노벨 문학상 수상 작가 | BBC 선정 꼭 읽어야 할 책
99 맥베스 셰익스피어 · 최종철 옮김 서울대 권장도서 100선 | 미국대학위원회 선정 SAT 추천도서
100 춘향전 작자 미상 · 송성욱 풀어 옮김 서울대 권장도서 100선
101 페르디두르케 곰브로비치 · 윤진 옮김
102 포르노그라피아 곰브로비치 · 임미경 옮김
103 인간 실격 다자이 오사무 · 김춘미 옮김
104 네루다의 우편배달부 스카르메타 · 우석균 옮김

165 모렐의 발명 비오이 카사레스 · 송병선 옮김
166 삼국유사 일연 · 김원중 옮김 서울대 권장도서 100선
167 풀잎은 노래한다 레싱 · 이태동 옮김 노벨 문학상 수상 작가
168 파리의 우울 보들레르 · 윤영애 옮김
169 포스트맨은 벨을 두 번 울린다 케인 · 이만식 옮김
170 썩은 잎 마르케스 · 송병선 옮김 노벨 문학상 수상 작가
171 모든 것이 산산이 부서지다 아체베 · 조규형 옮김 《타임》 선정 현대 100대 영문소설
172 한여름 밤의 꿈 셰익스피어 · 최종철 옮김 미국대학위원회 선정 SAT 추천도서
173 로미오와 줄리엣 셰익스피어 · 최종철 옮김 미국대학위원회 선정 SAT 추천도서
174·175 분노의 포도 스타인벡 · 김승욱 옮김 노벨 문학상 수상 작가 | 《타임》 선정 현대 100대 영문소설
176·177 괴테와의 대화 에커만 · 장희창 옮김
178 그물을 헤치고 머독 · 유종호 옮김 《타임》 선정 현대 100대 영문소설
179 브람스를 좋아하세요... 사강 · 김남주 옮김
180 카타리나 블룸의 잃어버린 명예 하인리히 뵐 · 김연수 옮김 노벨 문학상 수상 작가
181·182 에덴의 동쪽 스타인벡 · 정회성 옮김 노벨 문학상 수상 작가
183 순수의 시대 워튼 · 송은주 옮김 《뉴스위크》 선정 100대 명저 | 퓰리처상 수상작
184 도둑 일기 주네 · 박형섭 옮김
185 나자 브르통 · 오생근 옮김
186·187 캐치-22 헬러 · 안정효 옮김 《타임》 선정 현대 100대 영문소설
188 숄로호프 단편선 숄로호프 · 이항재 옮김 노벨 문학상 수상 작가
189 말 사르트르 · 정명환 옮김
190·191 보이지 않는 인간 엘리슨 · 조영환 옮김 《타임》 선정 현대 100대 영문소설
192 왑샷 가문 연대기 치버 · 김승욱 옮김 퓰리처상 수상 작가
193 왑샷 가문 몰락기 치버 · 김승욱 옮김 퓰리처상 수상 작가
194 필립과 다른 사람들 노터봄 · 지명숙 옮김
195·196 하드리아누스 황제의 회상록 유르스나르 · 곽광수 옮김
197·198 소피의 선택 스타이런 · 한정아 옮김 퓰리처상 수상 작가
199 피츠제럴드 단편선 2 피츠제럴드 · 한은경 옮김
200 홍길동전 허균 · 김탁환 옮김
201 요술 부지깽이 쿠버 · 양윤희 옮김
202 북호텔 다비 · 원윤수 옮김
203 톰 소여의 모험 트웨인 · 김욱동 옮김
204 금오신화 김시습 · 이지하 옮김
205·206 테스 하디 · 정종화 옮김 미국대학위원회 선정 SAT 추천도서 | BBC 선정 꼭 읽어야 할 책
207 브루스터플레이스의 여자들 네일러 · 이소영 옮김
208 더 이상 평안은 없다 아체베 · 이소영 옮김
209 그레인지 코플랜드의 세 번째 인생 워커 · 김시현 옮김 퓰리처상 수상 작가
210 어느 시골 신부의 일기 베르나노스 · 정영란 옮김
211 타라스 불바 고골 · 조주관 옮김
212·213 위대한 유산 디킨스 · 이인규 옮김 서울대 권장도서 100선 | BBC 선정 꼭 읽어야 할 책
214 면도날 서머싯 몸 · 안진환 옮김
215·216 성채 크로닌 · 이은정 옮김
217 오이디푸스 왕 소포클레스 · 강대진 옮김 서울대 권장도서 100선
218 세일즈맨의 죽음 밀러 · 강유나 옮김
219·220·221 안나 카레니나 톨스토이 · 연진희 옮김 서울대 권장도서 100선

222 오스카 와일드 작품선 와일드 · 정영목 옮김
223 벨아미 모파상 · 송덕호 옮김
224 파스쿠알 두아르테 가족 호세 셀라 · 정동섭 옮김 노벨 문학상 수상 작가
225 시칠리아에서의 대화 비토리니 · 김운찬 옮김
226·227 길 위에서 케루악 · 이만식 옮김 《타임》 선정 현대 100대 영문소설 | 《뉴스위크》 선정 100대 명저
228 우리 시대의 영웅 레르몬토프 · 오정미 옮김
229 아우라 푸엔테스 · 송상기 옮김
230 클링조어의 마지막 여름 헤세 · 황승환 옮김 노벨 문학상 수상 작가
231 리스본의 겨울 무뇨스 몰리나 · 나송주 옮김
232 뻐꾸기 둥지 위로 날아간 새 키지 · 정회성 옮김 《타임》 선정 현대 100대 영문소설
233 페널티킥 앞에 선 골키퍼의 불안 한트케 · 윤용호 옮김 노벨 문학상 수상 작가
234 참을 수 없는 존재의 가벼움 쿤데라 · 이재룡 옮김
235·236 바다여, 바다여 머독 · 최옥영 옮김
237 한 줌의 먼지 에벌린 워 · 안진환 옮김 《타임》 선정 현대 100대 영문소설
238 뜨거운 양철 지붕 위의 고양이 · 유리 동물원 윌리엄스 · 김소임 옮김 퓰리처상 수상작
239 지하로부터의 수기 도스토옙스키 · 김연경 옮김
240 키메라 바스 · 이운경 옮김
241 반쪼가리 자작 칼비노 · 이현경 옮김
242 벌집 호세 셀라 · 남진희 옮김 노벨 문학상 수상 작가
243 불멸 쿤데라 · 김병욱 옮김
244·245 파우스트 박사 토마스 만 · 임홍배, 박병덕 옮김 노벨 문학상 수상 작가
246 사랑할 때와 죽을 때 레마르크 · 장희창 옮김
247 누가 버지니아 울프를 두려워하랴? 올비 · 강유나 옮김
248 인형의 집 입센 · 안미란 옮김
249 위폐범들 지드 · 원윤수 옮김 노벨 문학상 수상 작가
250 무정 이광수 · 정영훈 책임 편집 서울대 권장도서 100선
251·252 의지와 운명 푸엔테스 · 김현철 옮김
253 폭력적인 삶 파솔리니 · 이승수 옮김
254 거장과 마르가리타 불가코프 · 정보라 옮김
255·256 경이로운 도시 멘도사 · 김현철 옮김
257 야콥을 둘러싼 추측들 욘존 · 손대영 옮김
258 왕자와 거지 트웨인 · 김욱동 옮김
259 존재하지 않는 기사 칼비노 · 이현경 옮김
260·261 눈먼 암살자 애트우드 · 차은정 옮김 《타임》 선정 현대 100대 영문소설
262 베니스의 상인 셰익스피어 · 최종철 옮김
263 말리나 바흐만 · 남정애 옮김
264 사볼타 사건의 진실 멘도사 · 권미선 옮김
265 뒤렌마트 희곡선 뒤렌마트 · 김혜숙 옮김
266 이방인 카뮈 · 김화영 옮김 노벨 문학상 수상 작가 | 미국대학위원회 선정 SAT 추천도서
267 페스트 카뮈 · 김화영 옮김 노벨 문학상 수상 작가 | 국립중앙도서관 선정 청소년 권장도서
268 검은 튤립 뒤마 · 송진석 옮김
269·270 베를린 알렉산더 광장 되블린 · 김재혁 옮김
271 하얀 성 파묵 · 이난아 옮김 노벨 문학상 수상 작가
272 푸슈킨 선집 푸슈킨 · 최선 옮김
273·274 유리알 유희 헤세 · 이영임 옮김 노벨 문학상 수상 작가

275 **픽션들** 보르헤스·송병선 옮김 서울대 권장도서 100선
276 **신의 화살** 아체베·이소영 옮김
277 **빌헬름 텔·간계와 사랑** 실러·홍성광 옮김
278 **노인과 바다** 헤밍웨이·김욱동 옮김 노벨 문학상 수상 작가 | 퓰리처상 수상작
279 **무기여 잘 있어라** 헤밍웨이·김욱동 옮김 미국대학위원회 선정 SAT 추천도서
280 **태양은 다시 떠오른다** 헤밍웨이·김욱동 옮김 《타임》 선정 현대 100대 영문 소설
281 **알레프** 보르헤스·송병선 옮김
282 **일곱 박공의 집** 호손·정소영 옮김
283 **에마** 오스틴·윤지관, 김영희 옮김
284·285 **죄와 벌** 도스토옙스키·김연경 옮김 미국대학위원회 선정 SAT 추천도서
286 **시련** 밀러·최영 옮김
287 **모두가 나의 아들** 밀러·최영 옮김
288·289 **누구를 위하여 종은 울리나** 헤밍웨이·김욱동 옮김 노벨 문학상 수상 작가
290 **구르브 연락 없다** 멘도사·정창 옮김
291·292·293 **데카메론** 보카치오·박상진 옮김
294 **나누어진 하늘** 볼프·전영애 옮김
295·296 **제브데트 씨와 아들들** 파묵·이난아 옮김 노벨 문학상 수상 작가
297·298 **여인의 초상** 제임스·최경도 옮김 미국대학위원회 선정 SAT 추천도서
299 **압살롬, 압살롬!** 포크너·이태동 옮김 노벨 문학상 수상 작가
300 **이상 소설 전집** 이상·권영민 책임 편집
301·302·303·304·305 **레 미제라블** 위고·정기수 옮김
306 **관객모독** 한트케·윤용호 옮김 노벨 문학상 수상 작가
307 **더블린 사람들** 조이스·이종일 옮김
308 **에드거 앨런 포 단편선** 앨런 포·전승희 옮김 미국대학위원회 선정 SAT 추천도서
309 **보이체크·당통의 죽음** 뷔히너·홍성광 옮김
310 **노르웨이의 숲** 무라카미 하루키·양억관 옮김
311 **운명론자 자크와 그의 주인** 디드로·김희영 옮김
312·313 **헤밍웨이 단편선** 헤밍웨이·김욱동 옮김 노벨 문학상 수상 작가
314 **피라미드** 골딩·안지현 옮김 노벨 문학상 수상 작가
315 **닫힌 방·악마와 선한 신** 사르트르·지영래 옮김
316 **등대로** 울프·이미애 옮김 《타임》 선정 현대 100대 영문소설 | 《뉴스위크》 선정 100대 명저
317·318 **한국 희곡선** 송영 외·양승국 엮음
319 **여자의 일생** 모파상·이동렬 옮김
320 **의식** 노터봄·김영중 옮김
321 **육체의 악마** 라디게·원윤수 옮김
322·323 **감정 교육** 플로베르·지영화 옮김
324 **불타는 평원** 룰포·정창 옮김
325 **위대한 몬느** 알랭푸르니에·박영근 옮김
326 **라쇼몬** 아쿠타가와 류노스케·서은혜 옮김
327 **반바지 당나귀** 보스코·정영란 옮김
328 **정복자들** 말로·최윤주 옮김
329·330 **우리 동네 아이들** 마흐푸즈·배혜경 옮김 노벨 문학상 수상 작가
331·332 **개선문** 레마르크·장희창 옮김
333 **사바나의 개미 언덕** 아체베·이소영 옮김
334 **게걸음으로** 그라스·장희창 옮김 노벨 문학상 수상 작가

395 **월든** 소로·정회성 옮김

396 **모래 사나이** E. T. A. 호프만·신동화 옮김

397·398 **검은 책** 오르한 파묵·이난아 옮김 노벨 문학상 수상 작가

399 **방랑자들** 올가 토카르추크·최성은 옮김 노벨 문학상 수상 작가

400 **시여, 침을 뱉어라** 김수영·이영준 엮음

401·402 **환락의 집** 이디스 워튼·전승희 옮김

403 **달려라 메로스** 다자이 오사무·유숙자 옮김

404 **아버지와 자식** 투르게네프·연진희 옮김

405 **청부 살인자의 성모** 바예호·송병선 옮김

406 **세피아빛 초상** 아옌데·조영실 옮김

407·408·409·410 **사기 열전** 사마천·김원중 옮김 서울대 권장도서 100선

411 **이상 시 전집** 이상·권영민 책임 편집

412 **어둠 속의 사건** 발자크·이동렬 옮김

413 **태평천하** 채만식·권영민 책임 편집

414·415 **노스트로모** 콘래드·이미애 옮김

416·417 **제르미날** 졸라·강충권 옮김

418 **명인** 가와바타 야스나리·유숙자 옮김 노벨 문학상 수상 작가

419 **핀처 마틴** 골딩·백지민 옮김 노벨 문학상 수상 작가

420 **사라진·샤베르 대령** 발자크·선영아 옮김

421 **빅 서** 케루악·김재성 옮김

422 **코뿔소** 이오네스코·박형섭 옮김

423 **블랙박스** 오즈·윤성덕, 김영화 옮김

424·425 **고양이 눈** 애트우드·차은정 옮김

426·427 **도둑 신부** 애트우드·이은선 옮김

428 **슈니츨러 작품선** 슈니츨러·신동화 옮김

429·430 **세계의 끝과 하드보일드 원더랜드** 무라카미 하루키·김난주 옮김

431 **멜랑콜리아 I–II** 욘 포세·손화수 옮김 노벨 문학상 수상 작가

432 **도적들** 실러·홍성광 옮김

433 **예브게니 오네긴·대위의 딸** 푸시킨·최선 옮김

434·435 **초대받은 여자** 보부아르·강초롱 옮김

436·437 **미들마치** 엘리엇·이미애 옮김

438 **이반 일리치의 죽음** 톨스토이·김연경 옮김

439·440 **캔터베리 이야기** 제프리 초서·이동일, 이동춘 옮김

441·442 **아소무아르** 에밀 졸라·윤진 옮김

세계문학전집은 계속 간행됩니다.